신청곡

신청곡

초판 1쇄 인쇄일 | 2025년 06월 11일
초판 1쇄 발행일 | 2025년 06월 27일

지은이 | 유폴히
펴낸이 | 조승진
펴낸곳 | 데이즈엔터

출판등록 | 제2023-000050호
주소 | 서울특별시 강서구 양천로 570, NH서울축산농협 NH서울타워 19층 (등촌동)
전화 | (070)8826 - 4508
팩스 | (02)337 - 0668
E - mail | bear6370@hanmail.net

정가 | 16,500원

ISBN 979 - 11 - 427 - 0936 - 4 (03810)

ⓒ 유폴히, 2025

※이 책은 데이즈엔터와 저작자의 계약에 의해 출판된 것이므로, 무단 전재 및 유포, 공유를 금합니다.

TRACK LIST

A side   **01** ↻   실핀처럼 머리끈처럼_7

후기_81

02 ▷   신청곡_83

1. 사랑의 시작_85
2. 우연의 끝_132
보너스 트랙_165
후기_186

B side   **03** ▷▷   은하의 형태_189

참고 문헌_272

runtime 56:00　　　　　차례

B side　04　어쩌다 내가 쟤 같은 애를_275

I. Andante molto

1. 너 머리에 껌 붙음_277
2. 나도 알고 있음_298
3. 반주해 줄까요_374

II. Allegretto

4. 학교나 나와_397
5. 저한테 왜 이러세요?_421
6. 크기가 궁금해_445

III. Agitato

7. 부담되진 않을 정도_457
8. 위안이 되네_475
9. 보이는 것을 바라는 것은 희망이 아니므로_508

Coda

작가의 말_545
참고 문헌_558

너에게 편지를 쓰기로 마음먹은 건 우리가 헤어진 지 딱 30일째가 되던 날이었어. 그날 난 밤새워 뒤척이다 새벽이 다 되어 잠이 들었고, 그마저도 아침 일찍 작게 울리는 핸드폰 진동 소리에 바로 눈을 떠 버리고 말았지.

그래, 뭘 부정하겠어. 나는 그게 네 연락인 줄 알았던 거야. 그렇지만 그건 광고 문자였어. 나는 다시 한번 날짜를 세었지. 벌써 30일째, 너는 내게 연락이 없었어.

늘 그랬듯이 내가 먼저 전화할 때까지 기다리기만 할 거구나. 내가 끝까지 너를 찾아가지 않으면 우리는 정말 헤어지겠구나. 그런 생각을 하니 덜컥 겁이 나더라. 그래서 나는 편지를 쓰기로 했어.

사랑을 담아, 애절한 호소를 하려던 건 아니었어. 그보단 분노를 토로하려 했지. 다 쓰고 나면 너를 찾아가서 네 얼굴에다 대고 편지를 집어 던질 생각이었어. 굳이 다시 한번 네 목석같은 얼굴을 확인하고 그 앞에서 우린 이젠 끝이라고 소리칠 셈이었지.

그렇게까지 하면 네가 날 잡아 주지 않을까 하는 기대도 조금 있었던 것 같아. 사람들은 모두 널 차가운 사람이라고 오해하지만 내가 아는 너는 은근히 맘이 약한 구석이 있었거든.

너는 길가의 고양이 하나 그냥 지나치지 못해. 사람을 끊어 내는 일에도 서툴지. 그러니 너는 나를 붙잡을 거야. 적어도 한 번은. 그럼 못 이기는 척 네 품에 안겨 훌쩍여야겠다는 비열한 계책까지 세워 봤어.

그래, 그게 그때 내 마음이었어. 이젠 그 생각은 모두 부질없는 것들이 되었지만.

모든 것이 변한 후에도 변하지 않은 건 정물뿐이구나. 내 책상 한편엔 아직도 볼펜이 마구 꽂힌 나무색 스탠드형 필통과 언젠가 네가 나에게 사 준 작은 노트 한 권이 놓여 있어. 오늘은 멍하니 그걸 보다 펜을 들었어. 다짐만 하고 쓰지는 못했던 편지를 이제 와 뒤늦게 써 보려 해. 이 편지는 애초의 계획과 달리 너를 향한 절절한 사랑 고백이 되겠지만, 그래도 일단 이 말부터 해야겠어.

재현아, 너랑 사귀는 건 정말로 정말로 힘든 일이었어. 넌 좀 특이하고 이상했으니까.

얼마 전에 읽은 소설엔 널 똑 닮은 남자가 나오더라. 그 남자는 발랄하고 재잘거리길 좋아하는 아름다운 여자와 사랑에 빠졌고, 두 사람은 곧 결혼했어. 남자는 사랑하는 이를 아낄 줄 아는 사람이라 언제나 다정히, 또 극진히 여자를 대접했는데 다만 두 사람은 너무 달라서 서로를 완전히 이해하지는 못해. 거기서 모든 비극이 시작되지.

우선 남자는 지나치게 말이 없었어. 그게 어느 정도냐면 말이야. 창밖에 봄비가 내리는 걸 보고 여자가 '어머나, 비가 오네요!'라고 말해도 대꾸도 하지 않는 거야. 여자는 당황해서 남자를 쳐다보지.

이 사람이 나한테 화가 났나?

비가 와서 일정이 어그러질까 봐 걱정하느라 내 말을 못 들었나?

여자는 한 번 더 말해 봐. 더 큰 목소리로.

―저기요, 월터. 비가 온다고요.

남자는 해사하게 웃으며 행복한 듯 말해.

―그래, 그렇군.

그러니까 남자는 '어머, 비가 오네요'라는 말을 혼자만의 감탄사라고 생각한 거야. 여자의 말을 듣고 봄비가 내리는 걸 깨달은 남자는 바깥 풍경을 살피며 기분이 좋아졌지만, 그게 다였던 거지. 남자에게 '그래, 비가 오는군' 하는 말은 불필요한 말이었어.

나는 이 장면을 두 번, 세 번 되풀이해서 읽었어. 이 월터라는 남자가 꼭 너 같았거든. 넌 필요한 때만 말을 하면 된다고 생각하지. 맞는 말이야. 너의 그 필요한 때라는 것의 기준이 남들과 완전히 다르다는 게 문제지만. 네 동생 우연이는 이렇게 말했지.

'형은 자기 몸에 불이 붙어도 혼자서는 절대 끄지 못하겠다는 확신이 들 때까지는 악 소리도 내지 않을 사람이에요.'

나는 그 애가 바로 봤다고 봐. 너는 정말 그런 사람이야. 아주 친한 사람들 앞에서도 좀처럼 네 속내를 털어놓지 않지. 사귀면서부터는 거의 매일같이 만나던 나에게조차 그랬어. 난 너에게 회사에서 있었던 안 좋은 일이나 억울하게 상사에게 혼난 일까지 모두 털어놓았지만 네 입에선 뭐가 힘들다, 어디가 아프다 같은 흔한 투덜거림 한번 들은 적이 없어. 그렇다고 네가 퉁명스러울 정도로 입을 다물고 있는 건 아니야. 넌 늘 아주 조금만 말해. 그래서 나는 네가 말하지 않은 부분까지도 알고 싶어지고.

나는 물 줄 시기를 몰라 매일같이 화분을 들여다보는 사람처럼 너를 관찰했지. 그러다 네 관옥 같은 얼굴에 홀렸고, 처음의 목적을 잊고 그저 보기 좋아 내내 바라보고 있기도 했어. 그렇게 한참을 보아도 네 속은 하나도 알 수 없었어. 그래서 늘 답답했고, 답답해하면서도 계속 너만 보게 되었지.

이렇게 날 미치게 만든 너지만, 넌 내가 아는 사람 중 가장 이상한 사람은 아니야. 그 영예의 자리는 아마 늘 너 대신 우리 엄마가 차지할 거야. 엄마는 너랑은 좀 다른 방식으로 독특한 사람이었지.

일단 너처럼 말이 없진 않았어. 그렇다고 수다스러운 건 아니었고, 다만 뮤지컬 배우라도 되는 것처럼 모든 말에 멜로디를 붙여 대는 버릇이 있었지.

'은호야아 우리 은호오 친구들이랑 왔니이이이이.'

둘이 있을 때야 모든 말을 노래처럼 해도 괜찮았어. 엄마 목소리는 낭랑하고 맑아서 듣기 좋았거든. 그치만 친구들이 집에 놀러 왔을 때 그러면 나는 쥐구멍에라도 들어가고 싶은 심정이 됐어.

애들이 우리 엄마를 신기하게 쳐다보는 건 꼭 노래하듯 말하는 버릇 때문만은 아니었어. 너도 알다시피 우리 엄마는 그런 특이한 짓을 하지 않아도 충분히 시선을 끌 만한 사람이었잖아. 창백하도록 하얀 피부에 까맣고 반들반들한 눈동자, 붉은 입술, 나이를 가늠할 수 없이 아름다운 얼굴, 모든 게 보통 사람 같지 않았어.

그뿐인가. 허리까지 내려오는 검은색 긴 머리 위엔 늘 고깔처럼 생긴 모자를 쓰고 있었지. 옷은 언제나 발목까지 내려오는 검은색 원피스였어. 마치 마녀처럼.

유치원에 다닐 때는 어떤 애가 순진한 얼굴로 물어본 적도 있어.

'은호야, 너네 엄마, 마녀야?'

나는 아니라고 말하지 못했어. 사실 나도 좀 의심하고 있었거든.

엄마에게는 언제나 좋은 냄새가 났어. 꽃향기 같은 거 말고, 마녀가 보글보글 끓이는 따뜻한 수프에서 나는 맛있는 냄새 말이야. 엄마는 그게 다 식품 회사에서 쓰는 소스를 개발하는 일을 해서 그런다고 말했지만, 난 그 말을 믿을 수가 없었어. 엄만 회사에 다니지 않고 집에서 일했거든.

방 하나를 점령하고 문에다가 빨간 펜으로 커다랗게 '작업방: 들어오지 마시오. 절대!'라고 쓴 종이를 붙여 두었지. 엄마는 그 방 안에 들어갔다 나올 때마다 자물쇠로 꽁꽁 문을 걸어 잠갔어. 엄마의 몸에선 맛있는 냄새가 풀풀 풍겼지. 집에다 비밀의 방을 만들어 두고 혼자 개발하는, 기가 막히게 맛있는 냄새가 나는 식품 회사 소스라니. 아무리 생각해도 수상했어.

사실 수상한 건 한두 가지가 아니었어. 엄마는 들풀이나 나무, 꽃의 이름을 누구보다 잘 알았고, 내가 아플 때면 어디서 났는지 그런 이상한 것들을 잔뜩 넣어 차를 끓여 주곤 했어.

그 차를 마시면 목이 아플 때든 감기에 걸렸을 때든 금방 나았어. 만화에 나오는 마녀가 만드는 마법의 묘약처럼. 엄마는 심지어 손재주도 좋았지. 모든 마녀들이 그렇듯이.

기억나? 우리 초등학교에 막 입학했을 때 말이야. 학교 앞 건널목을 건널 때 눈에 잘 띄게 흔들고 다니라며 노란색 손수건을 한 장씩 가져오라고 한 적이 있잖아. 학교 앞 문방구에서는 잽싸게 노란색 커다란 천을 떼다가 가위로 잘라 2천 원씩 주고 팔았어. 다들 문방구에 들러 그 얇고 실오라기가 이미 술술 풀리고 있는 작은 천을 사서 학교에 갔지.

 우리 엄만 내게 2천 원을 주는 대신 재봉틀을 꺼냈어. 나비 날개처럼 하느작거리는 노란색 실크의 가장자리에 그보다 더 얇은 레이스 천을 섬세하게도 덧대어 붙여서 내게 손수건을 만들어 줬지. 이게 뭐냐고 묻자 엄마가 씩 웃곤 대답했어.

 '나비를 죽이고 천사의 날개를 꺾어 만든 손수건이란다.'

 어린 딸 앞에서 하는 말치고는 단어 선택이 남달랐지. 으스스한 말과 다르게 완성된 손수건은 지나치게 아름다웠고.

 난 그 특별한 손수건을 아끼지 못했어. 아끼지 않았다 뿐인가. 혹시나 다른 애들이 보고 비웃을세라 건널목 앞에서만 슬쩍 꺼내 흔들고는 바로 호주머니에 쏙 넣어 버렸지.

 왜 어려서는 많이들 그러잖아. 혼자만 남들과 다른 걸 지니는 걸 기쁨이라 여기지 못하고 부끄러워하곤 하지. 아마 나도 그랬나 봐. 혼자만 남들과 다른 엄마를 가진 것만 같아서, 그게 싫었어.

 있잖아. 사실 나는 엄마가 좀 미웠어. 노래하듯 말하는 것도 점점 더 날 부끄럽게 했고, 늘 검은색 드레스만 입고 다니는 것도 싫었어. 철없는 내가 우리 집은 왜 다른 집처럼 아빠가 없느냐고 물으면 그런 말 하면 안 된다고 나를 혼내는 대신 웃기만 하는 게 답답했어. 아빠와 처음 만났던 날 이야기를 꺼내며 소녀같이 들뜬 얼굴도, 일주일도 안 되어 결혼하기로 결심했단 말을 하는 목소리도 다 싫었어.

조금 머리가 컸다고 엄마 앞에서 화를 낸 적도 있어. 사람이 어떻게 그렇게 쉽고 경솔하게 사랑에 빠지냐고, 아빠에 대해서 뭘 안다고 결혼을 하고 나를 낳았냐고 따지듯 물었지. 엄마는 그저 웃으며 답했어.

'은호야, 우리가 누군가를 사랑한다는 건 그 사람을 조금은 알아서래. 엄마는 아빠를 보자마자 아빠가 좋은 사람이라는 걸 알았어. 말을 조금 나눠 보고는 본질이 선하고 용감한 사람이라는 것도 알게 되었지. 마치 동화 속 기사님이나 용사처럼. 그래서 사랑하게 됐어.'

난 엄마의 번드르르한 말을 믿지 않았어. 누군가를 사랑한다는 건 그 사람을 조금은 알아서라니, 말도 안 되는 소리였지. 엄마는 나에 대해서 조금도 모르면서, 내가 자기를 얼마나 미워하는지도 모르면서, 날 엄청나게 사랑하고 있었으니까.

그래, 그날 일도 엄마가 날 몰라서 발생한 거였어. 막 5학년이 되었던 3월 둘째 주였던가. 같은 반의 세라랑 윤아, 나래가 우리 집에 놀러 오겠다고 했어. 세라는 4학년 때부터 꽤 유명했던 애였지. 왜, 어렸을 때 보면 그런 애들 있잖아. 말도 잘하고, 친구도 많고, 인기도 많은 애. 좌중을 휘어잡을 만큼 성격이 강해서 반 분위기를 좌지우지하는 타입의 여자애 말이야. 그런 애가 우리 집에 놀러 오겠다고 하는데 누가 안 된다고 할 수 있겠어.

게다가 나는 그 바로 전날, 세라의 원망을 살 일을 하나 했어. 피구 시합 심판을 보다가 세라가 다른 애랑 금 밟았다느니 뭐니 하고 싸우는데 세라 편이 아니라 다른 애 편을 들어 줘 버렸거든. 그것만 해도 충분히 밉보일 만한 일이었는데, 우리 집에 오는 것도 안 된다고 하면……. 음, 이거야 뭐 1년간 척지고 살자는 소리로 들릴 게 뻔했지. 그래서 내키지 않았지만 어쩔 수 없이 애들 셋을 끌고 집에 간 거야.

엄마는 다행히 그날따라 좀 바빠 보였어. '다들 놀러 왔구나 반가워라 히야히호 반가워' 하고 노래를 부르는 대신에 작업방 문을 열고 부스스한 얼굴로 나타나서는 '잘 놀다 가렴' 하고 짧게 말하고는 바로 다시 들어가 버렸지.

애들은 우리 엄마가 너무 예뻐서 깜짝 놀랐지만, 곧 잊고 이런저런 수다를 떨기 시작했어. 나는 안도의 한숨을 쉬었지.

그렇게 몇 시간을 놀았을까? 집에 갈 때가 다 되었을 즈음의 일이었어. 갑자기 세라가 울상을 하는 거야. 분명 여기 올 때까지만 해도 가지고 있던 머리끈이 보이지 않는다지 뭐야. 옆에서 윤아가 말했어.

"머리끈 같은 거, 원래 잘 없어지잖아."

"그래, 오다가 떨어뜨렸나 보다."

나래도 거들었지. 하지만 세라는 거의 화내듯이 말했어.

"여기 도착했을 때까지만 해도 있었단 말이야. 그리고 우리 집에서 잃어버리는 거랑 심은호네 집 와서 잃어버리는 거랑 같아?"

가슴이 철렁했어. 꼭 도둑으로 몰리기라도 한 심정이었어. 내가 아무 말도 못 하고 앉아만 있는 사이, 세라가 울먹이기 시작했어.

"머리 풀고 가면 엄마한테 혼나는데."

다른 애들이 열심히 세라를 다독였어. 그 소리가 꽤 떠들썩했는지 엄마가 작업방에서 나왔어. 눈물은 아직 한 방울도 흐르지 않았지만 어쨌든 울기 일보 직전인 세라를 보고 물었지.

"무슨 일이니?"

우리가 자초지종을 털어놓자, 엄마는 가볍게 웃었어.

"실핀이나 머리끈 같은 게 원래 그렇게 감쪽같이 어디로 가 버리곤 하지. 우리 집에서만 사라진 머리끈이 몇 개나 될 것 같아?"

"저는 손목에 걸어 뒀다가 잠깐 바닥에 풀어 둔 걸 똑똑히 기억해요. 거실에서 움직이지도 않았고요. 그런데 없어지는 게 말이 돼요? 누가 가져가서 감춰 둔 게 아니면!"

세라가 목소리를 높여 항변했지만 엄마는 여전히 심드렁한 말투로 답했어.

"누가 가져가긴. 제 발로 굴에 들어갔겠지."

"굴이요?"

나래와 윤아가 동시에 입을 모아 물었어. 엄마가 걸려들었다는 듯이 씩 웃고는 조금 더 성실해진 목소리로 답했지.

"그래. 굴. 여우 굴, 토끼 굴 같은 굴. 반짝반짝 빛나는 굴. 다른 세상으로 가는 굴. 사라진 실핀과 머리끈이 다 같이 모여 사는 동굴."

엄마의 그윽한 목소리는 사람을 홀리는 구석이 있었어. 애들은 셋 다 자연스럽게 엄마 쪽으로 몸을 기울였지. 엄마는 더 가까이 오라는 듯, 목소리를 낮춰 동화책이라도 읽어 주듯 천천히 말했어.

"연못처럼 오묘한 초록빛으로, 다시 바다보다 푸른빛으로, 거기에 햇살이 더해지면 이번엔 연보랏빛으로, 석양이 찾아올 때면 장밋빛으로, 낮의 해를 다 가져간 듯, 달빛을 머금은 듯 온갖 색으로 반짝반짝 빛나는 동굴. 세상엔 그런 곳이 있어. 우리가 모르는 세계로 통하는 문이지. 아주 작아서 보통 사람들은 잘 볼 수가 없어. 특별히 눈이 좋은 몇몇 사람들만 빼고. 그렇지만 실핀과 머리끈처럼 작은 애들은 귀신같이 그걸 보고 홀린 듯 거기에 들어가 버려. 어쩔 수 없지. 그 동굴은 너무 아름답거든."

조금 엉뚱한 면이 있는 윤아가 물었어.

"그 굴, 문방구 아저씨가 파 놓은 거예요? 계속 새로 실핀이랑 머리끈 사라고?"

엄마가 소리 내서 웃었어.

"그래, 그럴지도 모르겠다."

"그럼, 그 굴 안에 여태까지 잃어버린 실핀이랑 머리끈이 모여 있어요?"

윤아가 다시 묻자, 세라가 '야, 말이 되는 소리를 해. 우리 이제 5학년이야.' 하고 옆구리를 찔렀어. 엄마는 그 큰 목소리를 듣지 못한 것처럼 무시하고는 거실에 놓인 장식장을 열어 아빠 사진을 꺼냈지.

"이거 좀 볼래. 은호네 아빠 사진이야. 여기. 아주 반짝거리는 게 보이지?"

엄마가 바닷가를 배경으로 환하게 웃고 있는 아빠의 어깨 근처를 가리켰어. 햇살 받은 바다가 반짝반짝 빛나고 있는 부분이었지. 과연, 아름다운 사진이었어. 아주 아름답고 평범한 사진. 그런데 그 아무것도 아닌 사진을 보물처럼 두 손으로 쥔 엄마는 마녀가 주문을 걸 때처럼 속삭이는 거야.

"이 반짝거리는 곳으로 가면, 거기에 실핀과 머리끈이 모여 있어. 더 깊숙하게 들어가면 거기에선 이 사진 속 은호 아빠도 만날 수 있지. 죽어서 우리 곁을 떠났다고 생각했던 사람들은, 사실은 사라진 실핀이나 머리끈처럼 모두 어딘가에서 잘 살아 있단다."

세라가 '말도 안 돼'라고 중얼거렸을 때였어. 엄마가 하얗고 긴 손가락을 사진 위에 올렸지. 그리고 그 안에서 세라의 머리끈을 건져 올렸어.

그 몸짓을 '건져 올렸다'라는 말 말고 달리 어떤 단어로 표현할 수 있을까? 엄마는 작은 구슬을 집을 때처럼 엄지와 검지를 모았어. 그리고 긴 끈을 공중으로 끌어 올리듯이 사진 위에서 무언가를 쏙 잡아 뽑았지. 그랬더니 사진 안에서 세라의 연두색 머리끈이 나온 거야.

우린 모두 입을 떡 벌리고 머리끈을 쳐다봤어. 잠시 후에야 윤아가 '우와!' 하고 환호성을 터뜨렸어. 나는 불안한 눈으로 세라의 얼굴을 살폈어. 세라가 뭔가 이상한 말을 하면, 애들 분위기도 확 달라질 것 같았거든.

하지만 세라는 그저 웃었어. 머리끈을 찾아서 기분이 좋아진 걸까? 그 애는 글쎄, 우리 엄마를 향해 꾸벅 고개를 숙이면서 작은 목소리로 '감사합니다'라고 인사까지 하더라고.

애들은 그게 엄마가 부린 마술인 줄 아는 것 같았어. 나래는 엄마가 마술사면 미리 얘기하지 그랬냐고 나를 타박했어. 집으로 돌아가기 직전에 세라가 말했어.

"심은호, 너네 엄마 되애애애게 재밌는 사람이다."

그제야 나는 안심을 하고 애들을 배웅할 수 있었어.

그렇지만 일은 그렇게 쉽게만 풀리진 않았어. 다음 날 아침 학교에 도착했을 때, 세라가 교실 한복판에 서서 여자애들을 다 모아 놓고는 우리 엄마 시늉을 내고 있더라고. 엄마가 사기라도 친 거처럼 주먹 속에 머리끈을 숨기고 손가락으로 슬쩍 옮기는 척을 했지. 어제 환호성을 터뜨렸던 윤아는 옆에서 거들면서 말했어.

"야, 심은호네 엄마, 진짜 이상해."

엄마는 세라의 잃어버린 머리끈을 찾아 줬을 뿐인데, 그뿐인데, 애들이 우리 엄마를 이상하다고 하는데도 나는 아무 말도 하질 못했어. 그래도 나를 도둑으로 몰진 않아 다행이라고 생각하면서 얼굴이 빨개진 채로 자리에 가만히 앉아만 있었지.

그래, 엄마는 정말 조금도 날 알지 못했어. 나를 사랑한다고 했지만, 내가 이렇게 비겁한 딸이라는 건 아마도 영영 몰랐을 거야.

그렇게 3월 둘째 주가 더디게 흘러갔어. 학기 초에 나는 세라 무리와 멀어진 채 어울릴 다른 친구를 찾지 못하고 계속 혼자였지. 셋째 주엔 반장 선거가 있었어. 선생님은 친구들의 추천을 통해 누구든 입후보할 수 있고, 여자와 남자를 각각 한 명씩 뽑아 반장, 부반장으로 세울 거라고 말씀하셨어.

남자애들 둘이 친구의 추천을 받아 후보로 올라왔어. 여자는 세라 혼자였지. 이대로라면 세라가 반장이 될 것이 분명했어. 그 나이 또래엔 보통 남자는 같은 남자를, 여자애들은 같은 여자를 뽑곤 하니까. 어떤 여자애도 감히 세라 아닌 다른 애를 후보로 추천하려 들지 않았지. 그렇게 입후보가 마감되려던 때였어. 세라가 갑자기 손을 들고 일어난 거야.

"저는 심은호를 추천합니다."

날 엿 먹이려는 속셈이었어. 세라가 있는데 나를 뽑을 여자앤 아무도 없을 테니까. 내가 나를 뽑는다면 한 표, 나조차 나를 뽑지 않는다면 영 표. 어느 쪽이든 애들은 날 비웃을 터였어.

영 표가 더 비참할까, 내가 날 뽑아서 딱 한 표가 되는 게 더 비참할까.

투표용지를 받은 나는 한참을 고민하다가 결국 누구의 이름도 적지 않은 채 종이를 냈어. 곧 개표가 시작되었어. 강세라, 강세라, 강세라의 이름이 울려 퍼졌지. 그런데 그 사이로 갑자기 내 이름이 불린 거야.

"심은호, 한 표."

교실 어디에선가 웃음소리가 터졌어. 세라가 소리쳤어.

"아, 내가 추천했는데, 한 표 얻어서 다행이다! 나는 내가 후보라서 어쩔 수 없이 날 찍었지만."

옆에서 누군가가 키득거렸어. '그럼 저건 심은호가 자기 찍은 거네' 하고. 그런 소릴 듣기 싫어 영 표가 되는 걸 감수하고 백지를 냈건만. 억울했지만, 뭐라 변명하기도 구차했어. 그래서 나는 귀까지 붉어진 얼굴을 감추려 고개를 푹 숙이고 앉아 있었지. 맨 뒷자리에 앉은 네가 소리를 낸 건 바로 그때였어.

"내가 뽑았는데. 심은호."

변성기도 지나지 않았던 때였지만, 넌 이미 울림 좋은 목소리를 가지고 있었어. 작고 낮게 말해도 모두를 귀 기울이게 만드는 힘이 있었지. 그렇지만 그때 우리 반 애들 전부가 일제히 뒤를 돌아 너를 바라본 건 꼭 그 목소리 때문은 아니었어. 넌 너무 특별한 애였거든.

오후 2시의 햇볕을 받아 연갈색 빛을 띠는 눈동자는 아름다웠어. 하얀 얼굴은 햇살 한 줌 받지 않고 자란 왕자님 같았지. 그렇지만 넌 햇빛 아래서 하는 모든 운동을 곧잘 했어. 운동뿐인가. 뭐든, 못하는 게 없었지. 또래와 다르게 진중한 구석이 있어서 다른 남자애들처럼 까불대며 여자애들을 놀리는 법도 없었어. 넌 초봄부터 땀을 뻘뻘 흘리며 시큼한 냄새를 풍기던 남자애들과는 전혀 달랐지. 더위도 잘 타지 않는지 초여름까지도 소매가 긴 셔츠를 고집하던 너에게는 늘 좋은 향만 났어. 누군가 네가 지역구 국회 의원 아들이라고 호들갑을 떨며 말하고 다닐 때도 너는 그냥 조용한 목소리로 그 애를 불러다가 이렇게만 말했어.

'상혁아, 다른 사람 가족 이야기는 그렇게 함부로 떠들어 대는 게 아니야.'

 상혁이란 애는 곧 입을 다물고 미안하다고 네게 사과했지. 너는 가볍게 웃고는 '앞으로는 그러지 마'라고만 했어. 어떤 어른도 그런 일에 너처럼 의연하게 대처하진 못할 거야.
 그런 너를 누가 좋아하지 않았을까. 모두가 자석에 끌리는 철 가루처럼 너에게 붙으려 들었지. 네가 그런 애라서였을까. 아니면 상혁이가 철모르고 소문내고 다니는 것처럼 너희 아빠가 지역에서 힘깨나 쓰는 사람이라서였을까. 선생님들조차 고작 열두 살인 널 어려워하는 것 같았어. 너에게는 그런 종류의 기품이 있었지.
 그래서 더더욱, 난 네가 나를 뽑았다고 말한 게 하나도 좋지 않았어. 나도 당연히 널 좋아했거든. 생애 첫 짝사랑에 빠져 가슴앓이를 하는 정도는 아니지만 처음 봤을 때부터 네가 잘생겼다고, 멋있다고 생각해 왔어. 그런데 네가 날 불쌍하게 생각해서 동정이랍시고 한 표를 던져 주었다고 생각하니 좋기는커녕 기분만 나빴어. 그게 아니라 장난이었다면, 조금 실망스러웠고.
 나는 투표 시간이 끝나기까지 가만히 고개를 숙이고, 책상만 쳐다보며 떨어질락 말락 하는 눈물을 참았어. 쉬는 시간 종이 치자마자 선생님께 머리가 아파서 보건실에 다녀오겠다고 말하고는 복도로 뛰쳐나갔지. 네가 나를 따라 나와 불러 세웠어.
 "심은호, 너 어디 아파?"

"안 아파."

"보건실 간다며."

"서재현 너랑 같은 교실에 있기 싫어서 가는 거야."

"왜?"

나는 고개를 휙 돌려 너를 노려봤어.

"그런 장난 치면 재밌어?"

"뭐?"

"너 장난으로 나 뽑은 거잖아, 아까."

"아닌데, 장난."

"그럼 동정한 거야? 내가 영 표 나올까 봐 불쌍해서?"

너는 '내가 그럴 사람 같아 보여?' 하고 묻는 대신, 의미를 알 수 없는 답을 했지.

"누가 누굴 동정해."

"그럼 장난이네."

"아니야."

"그럼 날 왜 뽑았어?"

내가 거의 화를 내면서 묻는데도, 너는 얼굴색 하나 흩트리지 않고 태연히 대답했어.

"나는 그냥 내가 좋아하는 사람 뽑았어."

"뭐?"

"심은호, 너 좋아해서 뽑았다고."

예상 밖의 대답에 나는 너무 당황했어. 그래서 뭐라 말도 하지 못하고 복도 한가운데에 우뚝 섰지. 너는 그런 나를 창가 쪽으로 잡아끌었어. 한가운데 있다가 사람들이랑 부딪히면 안 된다는 듯이. 그리고 작게 말했어.

"안 아프면 됐어. 보건실 잘 가."

그렇게만 말하고 넌 교실로 돌아갔어. 지금 생각하면 우스워. 그건 네 기준에는 불필요한 말이었어. 내가 아프지 않단 걸 확인했으니 굳이 입 밖으로 끄집어 말할 필요 없었고, 가만두면 나는 보건실로 갈 테니, 잘 가란 인사도 생략해도 좋았지. 그러니까 그날 너는 내 앞에서 최선을 다해 네가 할 수 있는 최대한의 긴 대화를 시도한 거야. 그렇지만 네가 그런 사람인 걸 아직 몰랐던 나에게는 그 말도 충분히 짧았지. 아무것도 설명된 것이 없었어.

같은 반이긴 했지만 지난 3주 동안 우린 말 한번 섞어 본 적 없었어. 그뿐인가, 내게는 신발장 앞에서 스치듯 너와 부딪치며 작게 인사를 나누는 운 좋은 일조차 일어난 적 없었어. 나는 여태까진 네가 내 이름도 모를 거라 생각했어. 난 너나 세라처럼 눈에 띄는 애는 아니었으니까. 그러니까 지금 그 이야기는 말이 안 됐어. 내가 너를 좋아하면 좋아했지, 네가 나를 좋아한다고?

갑자기?

왜?

어떤 식으로 좋아하는 건데?

아니, 근데 그 말만 남기고 그냥 교실로 가 버린다고?

나는 수업 종이 울릴 때까지 한참이나 복도에 서 있었어. 수업이 시작되고 나서야 겨우 보건실에 가려고 했다는 걸 떠올렸고, 거기서도 멍하니 앉아만 있다가 다시 교실로 왔지. 다음 수업이 가고, 또 다음 수업이 가고, 종례를 하고, 청소 시간이 될 때까지 내 머릿속에선 계속 네 목소리가 들렸어.

심은호, 너, 좋아해서.

그 문장 안의 모든 단어가 생경했어. 내 이름조차도. 그래서 청소를 다 마치고 나서도 가방을 싸고, 집에 갈 생각도 못 하고 가만히 앉아 있었지. 너는 그런 내 앞에 와서 말했어.

"같이 가자."

나에게 집이 어디냐고 물었고, 내가 답하곤 같은 방향이냐고 묻자 그렇다고 짧게 말했지. 나는 이제 알아. 그것만으로도 넌 그날 한 달 치 말을 다 한 거야. 그래서 집으로 가는 내내 아무 말도 할 수 없었지.

그렇지만 그런 걸 알 도리가 없던 그때는 말없이 내 옆을 걷기만 하는 네가 야속했어. 대체 무슨 생각으로 이러나 싶었고. 학교 밖으로 나와서야 나는 너에게 물어볼 용기가 생겼어.

"나를 좋아한다는 거, 무슨 뜻이야? 그러니까 좋아한다는 게 그 좋아한다는 거야?"

너는 대답 대신 고개만 끄덕였어. 그걸 '그래, 좋아한다는 말은 네가 생각하는 그 좋아한다는 뜻이 맞아'라고 멋대로 해석한 내가 다시 물었지.

"대체 왜?"

너는 네 마음을 제대로 표현할 단어를 고르기라도 하는 듯 머뭇거리다가 한참 후에야 말했어.

"네가 좋은 사람이라서."

나를 왜 좋아하냐고 묻는데, 그렇게 답하는 열두 살 남자애가 세상에 너 말고 또 누가 있을까. 나는 어안이 벙벙해서 다시 물었어.

"그…… 예뻐서거나 뭐 그런 게 아니라?"

너는 작게 웃었어.

"물론 그것도 있고."

"됐어. 나도 내가 예쁘다고 생각해서 물은 건 아니야. 그냥 네 대답이 좀 이상해서."

"이상해?"

"그래. 내가 좋은 사람인지 아닌지 네가 어떻게 알아?"

너는 아까보다 조금 더 오래 망설이다가 피구 시합 이야기를 꺼냈어. 내가 학기 초부터 발목을 삐어서 심판을 맡았던 지난주 피구 시합, 세라가 수민이 공에 맞고서는 수민이가 금을 밟았으니 무효라고 우겼던 그 시합 때 생긴 일을 말이야. 그때 세라는 '내 말이 맞지?'라고 말하면서 내 어깨를 꾹 눌렀어. 빨리 무효라고 말하라는 듯 내 눈을 가만히 쳐다봤지.

너는 그 눈과 마주친 내 눈동자가 흔들리는 것을 다 보았다고 했어. 내가 세라를 보다가 말고 다시 수민이 표정을 힐끔 본 것도 다 봤다고. 수민이가 억울한 눈으로 '진짜 아니야, 나 금 밟은 적 없단 말이야'라고 말했을 때, 내가 어깨를 뒤로 젖혀 세라에게서 몸을 떼어 내고는 '수민이 금 안 밟았어'라고 선언했던 걸 모두 기억한다고 말했어. 그날 세라가 수민이만 빼고 점심을 먹으려는데, 내가 그 무리에서 빠져서 수민이와 같이 밥을 먹은 것도 다 보았다고 했어.

일단 나는 네가 그렇게 길게 말하는 걸 처음 봐서 조금 놀랐어. 그리고 금을 밟았다느니, 피구공에 맞아 죽었다느니 하는 이야기를 입에 올리는데도 목소리만큼은 유치하기는커녕 우아하게만 들리는 것에는 퍽 감탄했지. 그다음엔 네 시선이 날 향했다는 게 좀 이상했어. 그래서 물어봤어.

"어떻게 그걸 그렇게 자세히 본 거야? 수민이 표정부터 내 표정, 세라 표정까지 다."

"두 번 보면 보여. 처음부터 그렇게는 못 봐."

"두 번?"

대체 그게 무슨 소리냐고 내가 묻자, 너는 어려운 수학 공식이라도 설명해야 하는 사람처럼 이마를 찡그리고는 말했지. 너는 뭐든지 두 번씩 볼 수 있다고.

한참 TV에서 과거로 돌아간 남자가 두 번째 기회를 얻어서 인생의 실수를 바로잡는 드라마가 방영 중이던 때였어. 나는 그 드라마 제목을 운운하며 널 비웃었지. 네가 그 남자라도 되는 거냐고. 너는 기분 나빠 하지 않고 답했어.

"바꾸진 못해. 그냥 한 번 더 볼 수만 있어."

누구도 믿지 않을 그 이야기를 너는 정말 진지하게 하더라. 과거로 돌아가서 수민이는 금 밟은 게 아니라고 선언하는 내 편을 들어 주지는 못하지만 그 장면을 한 번 더 보러 그때로 돌아갈 수는 있다고.

 그런 말을 하는 네가 이상해 보였던 건 아니야. 오히려 친근하게 느껴졌지. 난 엄마 덕분에 이런 종류의 허무맹랑한 이야기에 익숙해져 있었거든. 너처럼 어른스러운 애가 우리 엄마와 비슷한 부류라고 생각하니까 조금 반갑기까지 하더라. 난 장난스레 물었어.

 "그렇게 두 번째로 보면 뭐가 좋은데?"

 "이수민이 금을 밟았는지 안 밟았는지를 알 수가 있어."

 있잖아. 네 얼굴은 어렸을 때부터 예쁘다거나 잘생겼단 말보다는 수려하다, 고아하다, 미려하다 같은 '아름답다'의 유의어 칸에서 겨우겨우 찾아낸 어려운 말들이 어울리는 생김새였어. 그런 진지한 얼굴로 하는 말이 금 밟은 걸 두 번 보러 다녀왔다는 이야기라니. 내가 웃음을 터뜨린 건 당연한 일이었어.

 "너 정말 우리 엄마처럼 말한다."

 넌 그게 무슨 뜻이냐고 묻지 않았고, 나는 네가 묻지도 않았는데 엄마에 대해 주절주절 떠들어 댔지. 세라랑 윤아, 나래가 우리 집에 왔을 때 엄마가 실핀과 머리끈이 사라지는 반짝반짝 빛나는 동굴 이야기를 해 버려서 애들이 날 실컷 비웃었던 얘기도 했어.

 "그러니까 세라는 나한테 두 번이나 기회를 준 거야. 피구 때도 자기편을 안 들어 줬는데, 우리 집까지 와서 친하게 지내려고 한 거지."

 "네 약점을 잡으러 집까지 간 거란 생각은 안 해?"

"그렇게 나쁜 애는 아니야."

"그래?"

네가 의아하다는 듯 물었어. 나는 좀 생각하다 이렇게 말했지.

"음, 다시 생각해 보니 그런 생각으로 우리 집에 온 걸 수도 있겠다. 그런데 뭐. 내가 자기편을 안 들어 줬으니까. 그런 마음을 품은 것도 이해해."

"심은호, 넌 그게 아무렇지 않아?"

"그런 건 아니지만……."

"걔가 너희 엄마를 비웃었다며."

너는 이해할 수 없다는 듯한 표정을 했어. 나는 이걸 어떻게 설명해야 하나 고민하다 그저 이렇게 말했지.

"우리 엄마가…… 조금 독특한 분이긴 하거든."

"그래도 네 앞에서 그렇게 말하면 안 됐지."

"맞아. 근데 그건 사실 내가 나쁜 거야."

"네가 뭐가?"

"내가 엄마 편을 들어야 했는데 못 그랬어."

'비겁했다'는 단어를 찾아내기엔 어휘력이 부족했던 난, 거기까지만 말하고 우물쭈물하고 있었어. 너는 나를 바라보며 허탈한 듯 웃었어. 내가 왜 웃냐고 물으니 네가 말했어.

"거봐. 은호 넌 좋은 사람이야."

아니라고 말하려다 나는 그새 우리 집 앞까지 와 버렸다는 걸 알았어. 내가 멈추자, 너는 거기가 우리 집인 걸 눈치챈 건지 들어

가라고 말했지.

"너네 집은 여기서 더 가? 3단지 아파트야?"

내가 묻자, 너는 떨떠름한 표정으로 고개를 끄덕였어. 나는 잘 가라고 말하고 엘리베이터 쪽으로 걸어갔다가, 우편함을 살피러 다시 나갔지. 그러다 유리로 된 입구 너머로 널 봤어. 넌 우리가 걸어오던 방향과 정반대 방향으로 걸어가고 있었어.

다음 날, 학교에 가서 출석부를 확인하고 나서야 네가 학교를 기준으로 우리 집과는 완전히 정반대 방향에 있는 단독 주택 지역에 산다는 걸 알았어. 너는 나를 집까지 데려다주었던 거야. 고작 열두 살짜리 남자애 주제에.

다음 날에도 너는 수업이 끝나자마자 내 자리로 왔어. 그리고 같이 가자는 말 대신 이렇게 말했지.

"내가 아침잠이 많아서 등교는 같이 못 해."

너는 그 사실이 애석하다는 듯이, 네가 하교할 때 우리 집까지 같이 가는 건 선택 사항이 아니라 당연한 일이라는 듯이 말했어. 그래서 나는 너희 집은 반대 방향 아니냐고 묻지 않았어.

사실 말이야. 난 너랑 같이 집에 가는 길이 좋았어. 네가 같이 가자며 내 자리로 올 때면 애들이 수군거렸거든. 그 수런거림이 나를 우쭐하게 했어.

네가 말이 없어서였을까? 너와 함께 걸으니 이상하게 혼자 걸을 때마다 주변을 오래 바라보게 되는 것도 좋았어. 3월 말, 우리가 함께 걷는 그 길엔 막 봄꽃이 피어나고 있었지. 손톱보다 작고 하늘하늘한 연노랑 꽃을 보고 저게 개나리인가 생각했던 게 기억나. 그때는 사실 그런 꽃의 이름 따위 몰랐고 관심도 없었지만, 어쨌든 너와 걷는 길은 다 좋아만 보였어.

우리가 매일 함께 하교하는 동안 3월의 노란 꽃이 4월의 연분홍 꽃으로, 다시 5월의 신록으로 변해 갔어. 계절이 변화하는 게 눈으로 보이고 손으로 만져졌어.

그러던 어느 날인가는 길에서 우리 엄마랑 마주친 적도 있어. 나는 그때까지도 철이 덜 들어 엄마를 부끄러워하고 있었는데, 이상하게 너에게는 우리 엄마를 자랑하고 싶더라. 날 좋은 사람이라고 생각하는 너라면, 모든 걸 두 번씩 본다는 이상한 이야기를 꾸며 내는 너라면, 우리 엄마가 실은 얼마나 재밌는 사람인지도 알아줄 것만 같았거든.

네 반응은 내 예상과 전혀 달랐지만. 넌 내가 '우리 엄마야' 하고 말했는데도 인사도 하지 않았어. 우리와 마주치자마자 놀란 듯이 굳어 아무 말도 하지 않았지.

역시 엄마의 옷차림은 너무 튀는 감이 있지. 고깔모자를 쓰고 다니는 어른은 좀 이상해 보일 만도 해.

그래도 그렇지 이건 좀 너무한 거 아닌가? 우리 엄만데.

꽁꽁 언 얼음처럼 미동도 하지 않고 엄마 얼굴만 뚫어지라 응시하는 너에게 얼마간 배신감을 느끼고 있을 때였어. 네가 '얼음땡' 당한 사람처럼 풀어져서 웃고는 말했어.

실핀처럼 머리끈처럼 33

"심은호 너, 어머니랑 진짜 닮았다."

그런 말을 들은 건 그때가 처음이었어. 엄마는 나보다 훨씬 예뻤으니까. 나는 내가 엄마보다는 아빠를 닮았나 보다 하고 있었지. 그렇지만 너는 그런 내 생각이 잘못되었다는 듯이 계속해서 중얼거렸어.

'정말, 정말 닮았어' 하고.

엄마는 너를 향해 미소 지었지. 너는 그런 엄마에게 뒤늦게나마 허리를 굽혀 인사하고, 너답지 않게 서글서글한 말투로 네 소개를 했지. 그리고 갑자기 과학 숙제 얘길 꺼내는 거야.

"제가 잘 몰라서 은호가 가르쳐 주면 좋겠는데, 잠깐 집에 가서 같이 공부해도 되나요?"

좀 더 자주 친구를 집에 데려오라는 말을 입에 달고 살던 엄마는 당연히 좋아했어. 아파트로 들어가 엘리베이터를 타면서는 '집에 가서 아줌마가 과일도 내어 줄게' 하고 말했지. 마침 봄 딸기 철이었어. 엄마는 신이 나서 흥얼거리며 딸기를 씻었고, '딸기를 잘라서 흰 우유를 붓고 숟가락으로 으깨서 먹으면 맛있다네 맛있어 우리 재현이는 딸기를 좋아하니 좋아하니이' 하고 노래하듯 말했어.

넌 잠시 침묵하더니 '그럼요오' 하고 엄마의 노래에 대한 답가라도 부르듯 멜로디를 넣어 답했어. 나는 푸핫, 웃음을 터뜨리고 말았지. 말 한마디 듣기 힘든 네 입에서 나오는 어색한 노랫가락이라니.

엄마는 곧 투명한 유리그릇에 반으로 쪼갠 딸기를 넣고 그 위에 우유를 부어 내어 왔어. 너는 감사하다는 말로 끝내질 않고 어른들이나 그러듯 자연스럽게 엄마에게 말을 걸더라. '은호가 어머니를 정말 닮았어요' 하고.

　엄마는 다른 애들처럼 아줌마라고 부르는 대신 어머니라고 말하는 네가 이상하지도 않은지, 웃지도 않고 답했어. 실은 내가 엄마보다는 아빠를 더 닮았다고. 그러고는 또 장식장을 열어 아빠 사진을 가져왔어. 이번에는 앨범에 액자까지 한가득이나.

　그리고 어제 본 드라마 얘기라도 하듯이 '우리 은호 아빠는 은호가 한 살 때 돌아가셨는데' 하고 말을 꺼냈어. 너는 엄마가 늘어놓는 나의 돌아가신 아빠 얘기를 부담스러워하지 않고 다 귀담아듣더라. 그리고 나한테 들은 이야기라며 그 '실핀과 머리끈이 숨어 있는 굴'에 대해 물었지.

　엄마는 내가 저지할 새도 없이 세라와 윤아, 나래 앞에서 했던 이야기를 한 번 더 늘어놓았어. 난 그런 엄마 옆에서 그저 전전긍긍했지. 내가 좋아하는 네가, 내 기대와 다르게 혹시라도 우리 엄마를 비웃기라도 할까 봐. 그러면 나는 세라 때와는 다르게 정말로 상처받을 것만 같았거든.

　다행히도 그건 다 내 기우였어. 너는 누구보다 열심히, 우리 엄마 이야기를 듣더라고. 이렇게 재밌는 이야기가 또 어딨냐는 듯 눈마저 반짝이며 말이야. 이야기가 끝나자마자 뜬금없이 이런 말도 했지.

"저, 강릉 바닷가 근처에 저희 집 별장이 있어요."

"멋지겠구나. 바닷가가 보이니?"

"네, 바다도 보여요."

"자주 가니?"

"아뇨, 근데 어렸을 때 거기서 엄마랑 동생이랑만 잠깐 지냈어요."
"그러니?"
"그때가 제 인생에서 제일 행복했던 때예요."
"너는 그런 말을 하기엔 너무 조금 살았는데."
"지금은 엄마가 돌아가셔서……. 동생은 거기 두고 저만 서울로 올라왔어요."

그런 선문답 같은 대화를 주고받으면서 우리 엄마는 바로 네 속을 다 알겠다는 듯 웃더라. 어른은 어른이지.

"너, 엄마가 보고 싶구나. 실핀과 머리끈이나 찾을 수 있는 동굴을 찾아 들어가서라도."

너는 그게 한참 생각해 보고 답해야 하는 일이라는 듯, 골똘한 표정을 짓고 있다가 '그런 것 같아요' 하고 작게 대답했어. 그러자 엄마는 네 뜻을 알았다는 듯 사진 속에서 반짝이는 동굴을 찾는 법을 설명해 주더라고. 말도 안 되는 빛무리 색깔을 한참이나 묘사하던 엄마는 이렇게 대화를 끝맺었어.

"뭐, 시도해 보는 건 가치 있는 일이지. 아무나 찾을 수 있는 건 아니지만. 내 딸이라면 가능성이 있을 텐데, 네가 찾을 수 있으려나."

엄마가 방에서 나가고 나서, 나는 너에게 말했어.
"엄마 말, 재밌으라고 하는 이야기니까 그러려니 해."
"믿어. 다. 진짜라는 거."
내가 할 말을 잃고 너를 바라보자, 네가 부연했지.

"내가 그 이야기를 믿는 건 당연한 일이잖아."

"뭐가 당연한데?"

나는 도무지 이해가 가지 않아 너에게 되물었어. 너는 태연한 얼굴로 답했지.

"이건 내가 한 이야기랑 그렇게 다르지 않아."

"네가 한 이야기? 무슨 이야기?"

"말했잖아. 난 뭐든 두 번씩 볼 수 있다고."

그래, 그런 이야기를 꾸며 내서 진짜라고 믿고 산다면, 사라진 실핀과 머리끈이 모인 동굴이 있다는 이야기도, 그 굴 깊숙한 곳까지 가면 이 세상에 없는 사람들도 모두 만날 수 있다는 말도 다 믿을 수 있겠지. 하지만 나에게는 그 모든 이야기가 다 바보스럽게만 들렸어.

뭐, 그때의 난 너라면 아무리 바보 같은 말을 해도 다 좋았지만, 그래도 조금 놀리곤 싶었지. 그래서 난 농담하듯 물었어.

"아니, 두 번 보는 게 대체 피구 심판할 때 말고 뭐가 좋은데?"

"음……."

"돌아가도 아무것도 못 바꾼다면서."

"……가끔은 바꾸지 않아도 다시 보는 것만으로 좋은 순간이 있어."

그 말은 글쎄, 무슨 뜻인진 모르겠지만 아주 멋진 말처럼 여겨졌어. 엄마가 보는 두꺼운 소설책에나 나올 것 같은, 적어도 어린애들의 입에서 나올 것 같지는 않은 단어의 조합들. 나는 감탄하며 말했어.

"그렇게 말하니까 너 되게 어른 같다."

"이거, 어른이 해 준 말이거든."

너는 그렇게 답하고는 그 말을 들은 날의 이야기를 해 줬어. 네가 강릉 바닷가에서 엄마랑 동생이랑 같이 살던 때의 일을 말이야. 아까 우리 엄마에게도 말했듯이 그 시절은 너의 짧은 인생에서 손꼽게 행복하던 때였지. 얼마나 행복했냐면 바닷가에서 잠깐 만난 낯선 어른이 네가 신나게 노는 걸 보고 '꼬마야, 그렇게 행복하니' 하고 물었는데 바로 그렇다는 답이 입 밖으로 흘러나올 정도였어.

그 낯선 어른은 그런 네가 귀여웠나 봐. 너에게 특별한 걸 선물해 줬어. 이토록 행복한 풍경은 두 번 봐도 좋을 거라고, 아끼고 아껴 두었다가 꼭 필요할 때, 이 광경으로 돌아오라고. 단 한 번만, 다시 이 순간을 볼 수 있는 능력을 주겠다고 한 거지.

그 낯선 이의 말에 따르면 뭔가를 두 번 보고 싶을 땐 그냥 생각만 하면 된대. 정말로 돌아갈 수 있을 거라 믿고, 간절히 원하기만 하면, 그러면 자연스럽게 그때로 돌아가 뭐든 두 번 볼 수 있을 거라나. 아무것도 바꾸진 못하지만, 다시 한번 그때로 돌아갈 수 있다는 말에 너는 내가 그랬듯이 그게 뭐가 좋으냐고 물었지. 낯선 이가 말했어.

'가끔은 아무것도 바꿀 수 없어도 다시 보는 것만으로 좋은 순간도 있어.'

네가 그 말도 안 되는 이야기를 해 주는 동안 난 네 얼굴을 물끄러미 바라보았어. 또래 남자애들과 다르게 아무리 뛰어도 땀이 배기는커녕 뽀송뽀송하기만 한 얼굴, 선 고운 이마와 끝이 날카로운 콧날, 지금처럼 움직일 때보다는 꾹 다물고 있을 때가 많은 입술, 시원하다 못해 조금 서늘해 보이기까지 하는 깔끔한 눈매, 섬약함보다는 단호함에 가까운 빛을 내보이지만, 왜 그런지 사람 맘을 짠하게 만드는 구석이 있는 꿈꾸는 눈동자.

재현아, 열두 살의 너는 이미 너무 아름다웠어. 믿을 수 없을 만큼 이상한 이야기를 하고 있을 때조차 그랬어. 그래서 나는 네 말을 완전히는 아녀도 조금은 믿기로 했어. 적어도 그런 어른을 만나서 인상적인 말을 들었다는 이야기까지는 믿을 수 있었으니까.

'가끔은 바꾸지 않아도 그저 다시 보고 싶은 순간이 있어.'

'가끔은 바꿀 수 없어도 보는 것만으로 좋은 사람이 있어.'

'가끔은 바꾸지 못해도 다시 돌아가고 싶은 장소가 있어.'

나는 네가 한 말을 정확히 외우지는 못해 이렇게 저렇게 어미와 단어를 바꿔 보며 교과서를 암기할 때처럼 마음속으로 되뇌어 봤어. 그러다 잠깐 조금 슬픈 생각이 스쳐서 너에게 물었어.

"그 어른 만났던 날, 돌아가서 두 번째로 봤어?"

너는 고개를 끄덕였어. 두 번 봐서 그런지 행복하냐고 물었던 낯선 이의 상냥한 얼굴도 아직 생생히 기억난다고 말했어. 엄마의 손이 얼마나 따뜻한지도 두 번째로 보았을 때에야 새삼 깨달았다고 했어. 어린 동생의 꺄르르 하는 웃음소리를 한 번 더 들을 수 있어서 그게 참 좋았다고도 말했어.

그 이야기를 들으니 나는 네가 조금 불쌍하더라. 나도 아빠가 돌아가셨으니까, 아까 네가 엄마가 돌아가셨다고 말했어도 사실 아무 생각이 없었거든. 나도 엄마랑 둘이 지내지만 잘 살고 있으니, 너도 그럴 거라고 생각했나 봐. 그렇지만 우리 아빠는 내가 한 살 때 돌아가셨고, 너는 나랑 다르게 엄마에 대한 기억이 많을 테니 나보다 훨씬 외로울 수도 있겠다 싶더라고.

그래서 낯선 사람이 해 준 이상한 이야기를 진짜로 믿어 버린 걸까?

정말로 두 번 본 거라 착각할 만큼 그날 일을, 엄마 생각을 자주 하는 걸까?

나는 너에게 물었어.

"그 기억, 자주 들여다봐?"

"아니, 한 번 본 건 다시 못 봐."

네 엉터리 이야기는 설정이 꽤 치밀했지. 모든 장면은 단 한 번만 다시 볼 수 있다나. 너는 아껴 보지 못한 게 후회된다고 했어. 네가 가지고 있던 모든 기억은 이미 두 번씩 들여다봐서, 이제는 더는 볼 수 있는 기억이 남아 있지 않다고 말이야. 아껴 뒀어야 했는데 어렸을 때라 그런 걸 몰랐다고. 나는 그제서야 네가 왜 실핀과 머리끈이 있는 동굴 이야기를 믿고 싶어 했는지도 알았어.

거기까지 깨닫고 나니 괜히 가슴이 울컥했지. 내 표정을 읽었던 걸까. 너는 갑자기 실없는 소리를 하더라.

"그래서 이제는 강세라가 금 밟았나 안 밟았나 같은 거나 두 번 보고 그래."

나는 그만 킥 웃고 말았어. 너같이 진지한 애가 농담을 하면 파급력이 크거든.

"뭐야, 그게."

"이렇게라도 써야지."

"남용하네."

난 사회 교과서에서 배운 단어를 멋지게 활용해 봤어. 네가 피식 웃으면서 답했어.

"그래, 남용 중이야."

"서재현 너, 오늘 집에 가서 나랑 있는 이런 순간도 두 번째로 보고 그러는 거 아니야?"

너는 고개를 젓고 말했어. 다시 볼 수 있는 기회는 오로지 한 번뿐이라고. 그러니까 오늘도,

"아껴 볼 거야."

라고.

'뭘 아껴 봐?' 하고 내가 묻자 너는 '너를' 하고 대답했어. 나는 별안간 부끄러워져서 대체 무엇이 나를 부끄럽게 하는지도 모른 채 더듬거리며 물었어.

"너, 너랑 난 맨날 같이 하교하잖아. 우린 계속 같이 있을 건데 뭘 아껴 봐?"

네가 곧 아주 먼 나라로 유학을 간다는 걸 털어놓았던 건 바로 그때였어. 물론 난 너무 충격을 받았어. 여름 나무의 잎사귀 색이

바래고, 가을이 오는 풍경을 너와 함께할 수 없을 거라니.

그걸 이제야 말하는 너에게 무척 서운했어. 넌 속상해하는 나한테 이렇게만 말했어.

"다시 만나면 돼."

정반대 방향에 사는 우리가 언제나 같이 하교하는 게 당연한 사실인 것처럼, 멀리 떠난 네가 언젠가 다시 나와 만나는 것도 너무나 자연스럽고 응당 일어나야 할 일인 것처럼 말이야.

네가 학교를 그만두고 외국으로 떠나기 전까지 우리는 하루가 다르게 막역해졌어. '서재현, 심은호' 하던 호칭은 어느새 '재현아, 은호야'가 되었어. 마지막 하굣길에 네가 우리 집 앞까지 데려다주고는 '은호야, 들어가' 했을 때 나는 결국 울음을 터뜨렸지.

사귀자고 말한 적은 없었지만, 아니, 서로를 좋아하고, 사귀고, 남자 친구 여자 친구가 되는 일이 어떤 식으로 이루어지는 건지도 알 수 없을 정도로 어린 나이였지만, 나는 네가 나에게 주는 것이 사랑이란 걸 알았었나 봐. 그 사랑이 너무 빨리 끝난다는 게 서러웠던 것도 같아. 너같이 이상하고 아름다운 친구를 다시는 못 만날 거란 걸 예감했을지도 모르지.

나는 너를 붙들고 엉엉 울며 넌 왜 안 슬퍼하냐고, 날 보고 싶어 하지도 않을 거냐고 투정 부리듯 물었어. 너는 매정하게도 이렇게 답했어.

"은호야, 내가 널 보고 싶어 할 일은 없을 거야."

그 말에 깜짝 놀란 나는 우는 일도 잊고 눈을 동그랗게 뜨고 널 보았지. 네가 말을 이었어.

"차곡차곡 모아 놨거든. 그동안. 아껴 뒀으니까, 그러니까 두 번 보면서 버티면 돼."

그러니까 너는 내가 보고 싶지 않을 거라는 말을 한 게 아니었어. 그놈의 두 번 보는 능력으로 그동안의 우리의 걸음을 되풀이하며 버티겠다고 말하려던 거였지.

마치 거기서의 삶이 너에게 버티는 일이 될 거라는 걸 예감한 사람처럼. 그간의 삶도 너에게는 버티기의 연속이었던 것처럼.

'버티기'는 철봉에 매달리기 같은 걸 할 때가 아니면 너처럼 어린애가 선택하지 않을 만한 단어였지만, 그런 것을 눈치채기엔 나도 너무 어렸어. 그래서 아무것도 모르는 채 너에게 칭얼거렸어. 네 말대로면 너만 좋은 거 아니냐고, 너야 두 번 볼 수 있겠지만, 나는 어떻게 하냐고 말이야. 너는 말했지.

"이메일 쓸게."

"내 컴퓨터가 고장 나면?"

"편지도 보낼게."

절대로 아무것도 보내지 않을 사람처럼 무미건조한 말투였어.

그렇지만 네가 떠나고 며칠 안 되어 정말로 메일이 왔지. 컴퓨터가 고장 나서 내가 네 메일을 못 보는 일은 발생하지 않았지만, 한 달쯤 지났을 땐 먼 나라의 소인이 찍힌 편지도 도착했어. 편지의 맨 마지막 줄에 이렇게 쓰여 있었지.

[추신. 내 컴퓨터가 고장 나서.]

그 단정한 글씨를 보고 나는 킥킥 웃었어. 내 컴퓨터는 고장 나지 않았지만, 그날 나는 네 편지에 답장을 썼어. 그 후로도 우리는 가끔 편지를 주고받았어. 물론 그보다 더 자주 메일을 했지. 네 글은 말보다 길었어. 그래서 나는 널 조금 더 알게 된 기분이었지.

언제나 사려 깊은 눈으로 나를 천천히 살피다가 불쑥 챙겨 주는 방식으로 배려를 하던 너는, 그걸 못 하게 되자 네 다정함을 글로 풀더라.

바람이 춥진 않은지 묻고, 따뜻하게 입고 다니라고 말하고, 내가 운동화 끈 매는 방식이 이상해서 자꾸 풀어지는 거라며 종이 한 바닥을 할애하며 그림까지 곁들여 운동화 끈을 제대로 매는 방식을 자세히 설명해 주기도 했어.

어린애답지 않은 잔소리의 끄트머리에서 펜은 잠깐 멈칫한 듯, 잉크 멍울을 만들고 있었어. 그러다 너는 갑자기 불쑥 네가 어떻게 사는지를 말해 주곤 했지. 내 학교 이야기를 물으려면 먼저 네 얘기를 해야 한다는 걸 불현듯 깨달은 사람처럼 말이야.

네 편지는 네 말투가 그렇듯 언제나 무미건조했어. 적응하기가 힘들다는 투덜거림도, 무엇이 멋지고, 무엇이 낯설다, 무엇이 그립다는 감정도 한 톨 들어 있지 않았어. 그러나 너는 차마 표현하지 못하는 마음을 장면으로 대신하겠다는 듯이, 네 생활의 단면만큼은 그림처럼 자세히 말해 줬어.

나는 네가 다니는 기숙사형 사립 학교가 붉은 벽돌로 지어진 고색창연한 건물이라는 걸 알았어. 그 사이를 올라타고 있는 초록색 이파리가 엉킨 실타래처럼 건물을 감싸고 있다는 것도 오래 기억했지. 교복이 하늘색 셔츠에 짙은 감색의 스웨터라는 소릴 듣고는 그걸 입은 네 모습을 상상해 본 적도 있어. 학교 밖으로 조금 멀리 나가면 있는 그 지역 명물인 커다란 호수가 얼마나 맑은 색인지까지를 말하던 편지의 끝에서, 너는 드물게 네 감정을 드러냈어.

[은호야, 나는 좋은 걸 볼 때마다 너를 생각해. 너와 같이 여기 와서 이 호수를 다시 보고 싶다.]

그러고 나서는 이렇게도 썼지.

[나는 그냥 네가 보고 싶은 걸지도 모르겠어.]

그 짧은 말이 내 마음을 얼마나 크게 두드렸는지 너는 알까. 네가 내게 주는 말들은 너무 부드럽고, 황송해서 언제나 날 뭉클하게 만들었지.

그런 마음을 잔뜩 받고 나니 나도 너에게 뭐든 주고 싶어졌어. 슬슬 낙엽이 지기 시작하는 가을 나무 소식이라도 전해 보고 싶었어.

실핀처럼 머리끈처럼 45

새로 만난 친구들 이야기나 처음 간 수학여행 이야기도 미주알고주알 늘어놓고 싶었어. 처음으로 엄마랑 떨어져 하룻밤을 보냈다고 자랑하고 싶었어. 캄캄한 게 싫어서 전등을 켜고 자던 버릇대로 못 하니 너무 무서워 옆의 친구를 끌어안고 자다가 그만 친해지고 말았다는 싱거운 이야기라도 너라면 웃으며 들어 줄 것만 같았으니까.

네가 보낸 편지를 읽고, 정성 들여 답장을 쓰는 시간을 나는 퍽 사랑했어. 너에게도 그 일이 나에게처럼 소중하게 느껴졌을까. 우리의 편지는 텀이 짧았어. 우린 둘 다 편지 보내러 우체국에 가는 일을 게을리하지 않았지.

엄마가 그렇게 일찍 돌아가시지 않았더라면 우리 편지는 네가 성인이 되어 한국으로 돌아오는 때까지 더 오래 이어졌을지도 몰라.

엄마가 돌아가신 건 내가 고등학교에 들어가기 직전이었어. 갑작스러운 죽음 후에 난 아무런 준비 과정도 없이 바로 친척 집에 맡겨졌고. 이사도 하고 전학도 가야 했지. 복잡한 서류 문제가 끝나자 새 학교의 출석부에 적힌 내 이름은 심은호에서 이은호로 바뀌었어. 단 한 글자가 바뀌었을 뿐인데 이름도 삶도 도무지 내 것 같지가 않았어.

변명같이 들리겠지만 그땐 정말 너에게 편지를 보낼 새 같은 건 없었어. 시간이 있다 해도 어디서부터 써야 할지 알 수 없었지. 엄마가 돌아가셨다고? 죽었다고? 그런 걸 함부로 글로 써서 남겨도 되는 걸까? 엄마는 사실 안 죽고 어딘가에 살아 계신 건 아닐까? 그런데 내가 글을 쓰고 그 사실을 인정해 버려서 진짜로 죽어 버리는 건 아닐까?

 나는 영원히 엄마와 죽음이라는 단어를 한 줄에 넣어 쓸 수 없을 것만 같았어. 그렇지만 그 이야기를 빼놓고 다른 이야기만 하는 편지를 쓸 수도 없었지.

 그렇게 망설이는 사이 시간이 많이도 흘렀어. 너는 나를 아직 잊지 않았단 걸 증명하듯 한 달에 한 번꼴로 이메일을 보내오더라. 거기엔 짧은 네 근황과 함께 내가 보고 싶다는 말, 드디어 걱정한 대로 컴퓨터가 고장이 났냐는 물음, 우편함은 부서지지 않았기를 바란다는 농담이 적혀 있었어. 너는 말수가 적긴 해도 여전히 좀 웃기는 구석이 있었지.
 네 메일은 점점 짧아졌어. 농담도 사라져 갔지. 마지막으로 내가 확인한 메일엔 이렇게만 적혀 있었어.

 [은호야, 무슨 일이 있었든, 얼마나 늦게 답장을 하든 상관없으니 네가 내킬 때 언제든 연락해.]

 손 글씨로 쓴 편지도 아닌데, 마지막 온점이 단호해 보이는 것이 꼭 너 같아서 나는 그 문장을 한참 바라봤어.
 늘 생각했어. 너에게 답장을 보내야만 한다고. 꿈에서 엄마와 함께 살던 아파트 1층의 우편함에 빨간색, 파란색 줄무늬의 해외용 편지 봉투가 빼곡히 꽂혀 있는 걸 본 적도 있어. 그걸 가지러 가야 하는데, 아니 그냥 이메일 답장이라도 해야 하는데, '해야 하는데, 해야 하는데' 하는 생각만 하고 나는 아무것도 하지 않았어.

내 처지를 너에게 설명하는 게 구차한 일로만 느껴졌어. 철없는 상혁이가 떠들었듯이 아버지가 국회 의원이고 부잣집 도련님처럼 뽀얀 얼굴을 하고는 어려서는 강릉 바닷가 근처 별장에서 자라다가 커서는 동네에서 제일 비싼 단독 주택 부지에 살며 학교를 다니고, 이제는 멀리 외국으로 떠나 붉은 벽돌을 초록 잎사귀가 감싸고 있는 멋진 기숙사 학교를 다니는 너는, 나랑은 너무 다른 사람 같았으니까.

어느새 네 편지는 어린 나의 마음의 짐이 되어 버렸어. 나는 언젠가부터 이메일 계정에 들어가지 않았어. 자연스레 널 잊고, 답장을 보내지 못했다는 죄책감마저 사라졌을 때쯤, 그러니까 네 이름마저 가물가물해졌을 무렵, 네가 날 찾아왔어. 어른이 다 되어서야.

그사이 나는 많이 바뀌었어. 삼촌은 좋은 분이지만 주머니 사정이 좋진 않았어. 대학 학비는 언감생심 꿈도 꿀 수 없었지. 다행히 장학금을 준다는 대학이 있어 고집을 부려 거기에 입학했지만 일단 생활비부터가 문제였어. 나는 휴학을 거듭하며 아르바이트를 해서 생활비를 모았고, 7년 만에 대학을 졸업했어. 변변찮은 회사에 취직이란 걸 하고 나서는 그래도 숨 쉴 틈이 생기긴 했어.

커 가면서 아빠보단 엄마를 더 닮아 간 내 얼굴은 엄마만큼은 아녀도 꽤 예쁜 축에 속했고, 그맘때쯤엔 내게 고백해 오는 남자들도 부쩍 늘었지. 그중 몇몇과 어설픈 연애를 하고, 씁쓸한 끝을 맺었어. 걔넨 너보다 말이 많았고, 그래서 속마음도 쉽게 파악되었는데 나를 사랑한다고 하는 사람의 속내라는 게 소설이나 영화에서처럼 모두 낭만적인 건 아니더라고. 나는 곧 연애에도 사랑에도 제법 냉소적인 사람이 되었지.

그래, 내게 일어난 변화란 건 그런 거였어. 연둣빛 새싹이 나무가 되고 밑동만 남았던 나무에 가지가 나고 무성한 잎사귀가 달리고 앙상하던 벚나무에 꽃이 피는 일이 아니라 따끈했던 커피가 미지근히 식고 눈 내린 흰 바닥이 구정물이 되어 버리는 것과 비슷한, 그런 방식으로 나는 낡고 닳아 있었어. 그런데 그렇게 지친 내게 네가 온 거야.

여전히 반짝반짝 빛나는 너는 내 회사 앞에 찾아와서 마치 어제 보고 다시 본다는 듯 아무렇잖게 인사했어. 오래 나를 찾았다고 말했어. 내 바뀐 성 때문에 찾는 데 애를 먹었다고도 했어.

나도 물론 네가 반가웠어. 확인하지 못한 메일, 우편함에 꽂혀 있을 편지, 그 때문에 가지고 있던 오래된 죄책감이 네 미소 하나에 멀리로 날아가더라.

그래서 나도 스스럼없이 웃을 수 있었어. 답장을 미루다 연락이 끊긴 게 내내 마음에 걸렸는데, 이렇게 얼굴을 봐서 좋다고도 했어.

모두 다 좋은 말들이었지. 길가에서 마주치는 여느 평범한 동창과도 나눌 수 있는 틀에 박힌 말이기도 했고.

그래, 나는 그사이 네가 얼마나 특별한 사람이었는지를 까맣게 잊고 있던 거야. 네가 너무 좋고, 덜 자란 머리로도 그 감정이 사랑인 것만 같아서 설레던 어린 시절을 먼 곳에 두고 나는 그저 그렇게 형식적인 말을 나눈 후 널 보낼 셈이었지.

그런데 네가 내 얼굴을 보는 대신, 바닥을 보더라. 뭘 그렇게 보나 싶어 나도 시선을 옮기려던 때, 네가 말했어.

"신발 끈."

"응?"

"여전하구나."

너는 더 말 않고 천천히 긴 다리를 꺾어 한쪽 무릎을 꿇어앉았어. 그리고 어린 시절에 종종 그랬듯 손수 운동화 끈을 고쳐 매 줬지. 가만히 그 모습을 보는데, 갑자기 마음속의 작은 서랍에 욱여넣어 둔 기억이 하나둘 풀려나더라.

맞아, 서재현은 이런 애였지. 내 신발 끈이 풀렸다는 걸 언제나 나보다 먼저 눈치채곤 했었지. 멈춰 서라는 말도 않고 불쑥 길바닥에 무릎을 꿇고 앉아서는 직접 운동화 끈을 동여매 줬지. 말없이 챙겨 주는 걸 못 하는, 아주 먼 곳으로 가고 나서야 비로소 긴 말을 하기 시작했지. 종이 한바닥에 걸쳐 운동화 끈 제대로 매는 법을 전자 제품 설명서처럼 자세히 써서 보내왔었지.

갑자기 떠오른 기억이 반가워 나는 그 잔소리 가득한 편지를 기억하고 있다고 말했던 것 같아. 그다음으로는 어렴풋이 남아 있던 추억도 몇 가지 떠들어 보았어. 너무 오래되어서 흐릿해지고, 단정을 지을 수 있는 부분이 적어진 불완전한 기억의 조각들이었지.

그런데 이제 희붐해졌을 그 어린 시절의 기억을 넌 바로 어제 들춰 본 사람처럼 완전무결하게 가지고 있는 거야. 정말로 두 번 보는 능력이 있는 사람처럼, 그래서 우리가 만나지 못했던 시간 동안 내내 그 시간을 곱씹어 본 것처럼.

너는 우리가 처음 친구가 된 3월, 하굣길에 피어 있던 노란 꽃이 개나리가 아니라 산수유꽃이라고 말했어. 3월 중순, 산수유꽃이 먼저 피고, 개나리는 나중에야 학교 뒤편에 피어났다는 걸 기억해 냈지. 네가 떠날 때쯤엔 학교 앞에 있던 가지가 썩둑 잘려 있는 버즘나무에 커다란 잎들이 많이도 났다는 것이나 내가 계수나무 이파리를 보고 하트 모양이라고 좋아했던 것까지 알고 있었어.

내가 신고 다니던 하얀 스타킹이나 파란색과 분홍색이 교차되어 있던 아가일 체크 무늬 스웨터, 하늘색 머리띠, 노란색 피아노 학원 가방까지. 모든 것을 어제 일인 듯 이야기했어.

네가 과학 숙제를 핑계 삼아 우리 집에 처음 왔을 때 엄마가 투명한 그릇에 딸기를 잘라 넣고는 우유를 부어 주었던 일, 내가 습관처럼 숟가락으로 딸기를 으깨서 먹고, 분홍색이 된 우유가 달아서 좋다고 말했던 것까지 하나도 잊지 않고 머릿속에 담고 있었어.

어떻게 그걸 다 기억하냐고 묻자, 넌 말했지.

"나는 뭐든지 두 번 볼 수 있으니까. 두 번 본 건 쉽게 잊지 않아."

오랜만에 들으니 그 바보 같은 이야기마저 반가웠어.

"그래, 기억난다. 그거. 넌 정말 우리 엄마 같다니까."

"어머니는 잘 계셔?"

나는 엄마가 꽤 오래전에 돌아가셨다고 말했어. 그렇게 말을 한 번 꺼내고 나니 모든 게 쉬웠지. 그간의 사정부터 편지를 쓰지 못했던 때의 마음까지 모두 술술 흘러나왔어.

우리는 난생처음 만난 맘 맞는 친구가 반가워서 집에 가는 걸 깜빡한 초등학생들이나 그러듯, 길에 선 채로 이야기를 나눴어. 나는 의외로 눈물 한번 흘리지 않고 엄마가 갑작스럽게 돌아가셨던 때 이야기를 했어. 돌아가시고 나서야 내가 엄마를 얼마나 사랑했는지를 알았다고, 그래서 온통 후회뿐이라고.

너는 오래도록 내 이야기에 귀를 기울여 줬어. 가만히 서서 이따금 고개를 끄덕였고, 어깨라도 토닥일 듯 팔을 뻗었지. 내게 닿지도 못하고는 아래로 손을 떨군 채, 마지막에서야 넌 이렇게 말했어.

"힘들었겠구나."

그러더니 갑자기 이상한 이야기를 꺼내는 거야. 네 능력을 내게 주겠다고. 뭐든 두 번은 볼 수 있는 그 신비한 능력을 줄 테니, 그걸로 엄마를 다시 보라고 했지. 후회되지 않도록 오래오래, 모든 순간을 두 번씩.

나는 이게 네 식대로의 위로라는 걸 알았어. 그 말도 안 되는 이야기가 이상하게 위안이 되더라고. 우리의 오래된 농담거리가 아직도 살아 있는 것이 반갑기도 했어.

그래서 웃으면서 물었지.

"보려고 하면 뭐든 볼 수 있는 거야?"

너는 간절히 보고 싶은 게 있으면, 진짜로 볼 수 있을 거라고 믿으면, 그럼 뭐든 볼 수 있다고 말했어. 그런 말을 진지하게 하는 것마저 우리 엄마랑 똑같이 이상한 사람 같아 그리움에 잠깐 목이 메더라. 나는 흠, 하고 목을 몇 번 가다듬고 농담으로 말을 돌렸어.

"그런 좋은 능력을 나한테 주면 너는 앞으로 어떻게 해? 이제 보고 싶은 게 있어도 두 번 보지도 못하고."

너는 담담한 목소리로 말했어.

"괜찮아. 나는 이제 보고 싶었던 사람이 눈앞에 있어서."

그때 네 눈앞에 있는 건 나뿐이었고, 그러니 네가 보고 싶어 했던 사람은 내가 아닐 수가 없었지. 그걸 깨닫자 얼굴이 거짓말처럼 새빨개졌어. 난 그걸 감추려고 괜히 허리를 숙이고 멀쩡한 다리를 손으로 두드렸지.

"아, 다리 아프다."

말하자마자 후회했어. 네가 내 말을 피곤하니 이쯤에서 파하자는 뜻으로 받아들이면 어쩌나 하고. 넌 다만 이렇게 답했어.

"그럼 우리 이제 어디 앉아서 이야기할까."

난 너를 낡고 보잘것없는 내 방으로 데려갔어. 우리는 거기서 밀린 이야기를 계속했지. 주로 내가 떠들었고 너는 가만히 듣기만 했지만, 그러다 간혹 내뱉는 한 마디 한 마디가 날 웃게 했어. 실은 나도 그리 말이 많은 편은 아닌데, 오랜만에 널 만나서였을까. 그날은 끝도 없이 수다가 나오더라고.

우리가 보지 못하던 사이에 켜켜이 쌓인 세월의 더께를 뚫고 해야 할 말들은 너무나 많았지. 시간이 너무 늦어져 다음을 기약하고 이제 그만 너를 보내야겠다 할 때쯤이었어. 갑자기 우리 동네 전체가 정전이 되고 만 거야.

어려서부터 어둠을 무서워하던 나는, 침을 꿀꺽 삼켰어. 지금 무섭다고 하면 너무 수작 부리는 것처럼 들리려나 고민도 해 봤지. 그때였어. 어둠 속에서, 네 목소리가 들렸어.

"은호야."

"으응?"

"무서워?"

"음. 뭐, 조금?"

나는 떨림을 감추려고 어색하게 웃었어. 네가 날 따라 작게 웃음소리를 흘렸지.

"그래? 어쩌나."

"응? 뭐가?"

"나는 많이 무서운데."

네 목소리는 너무도 여유롭고 침착하게만 들려서, 어둠이 무섭단 말이 도무지 믿기질 않았지. 그럼 대체 무슨 뜻으로 이런 말을 하려는 걸까? 난 알 수 없었어. 너무 캄캄해서 네 표정을 읽을 수가 없었거든. 잠깐의 침묵 후, 네가 다시 입을 열었어.

"……이런 말 하면 수작 부리는 거 같겠지만."

난 네 말이 끝나기도 전에 웃음을 터뜨리고 말았지. 그건 바로 방금 전에 내가 하던 생각이잖아. 네가 나와 완전히 똑같은 고민을 했다는 게, 그 작은 사실이 뭐가 그렇게 웃겼던지.

넌 갑작스럽게 터진 내 웃음을 기분 나쁘게 받아들이지 않았어. 그저 조용히 같이 웃다가 말했지.

"나 어두운 거 무서워해."

"그래?"

"그래. 그러니까 불이 다시 켜질 때까지만 기다렸다 갈게."

재현아, 넌 꼭 그렇게 말했어. 내가 캄캄한 데를 무서워하는 걸 기억하고 있다고, 그러니 곁에 있어 주겠다는 말이 아니라 네가 어두운 걸 무서워해서 지금 갈 수 없다는 식으로. 나는 또 그게 좋았지.

너는 너구나. 그때나 지금이나, 너는 너처럼 말하는구나.

나는 어둠 속에서 연신 고개를 끄덕이다, 내 모습이 너에게 보이지 않을 걸 뒤늦게 깨닫곤 작게 '응' 하고 말했어. 너도 내 말을 알아들은 듯 고개를 끄덕이다가, 뒤늦게 깨닫고는 '그래' 하고 나지막이 대답했지.

우리는 잠시간 그렇게 마주한 채, 서로의 얼굴을 보지 못하고 앉아 있다가 겨우 정신을 차리고 핸드폰 불빛에 의지해 초나 전등 따위를 찾았어. 서랍 속에서 선물 받은 향초를 찾아내 불을 붙이고 나서야 나는 다시 네 얼굴을 보았어.

일렁이는 불빛을 그대로 받아 내는 소년처럼 맑고 아름다운 네 얼굴. 그 얼굴을 찬찬히 살피고 있는 사이 저절로 입이 열렸어. 생각지도 못한 말이 나에게서 흘러나왔지.

"있잖아. 재현아. 내가 옛날에 너 많이 좋아했었다? 알아?"

너는 내 얼굴을 빤히 바라보다가 웃는 건지 우는 건지 모를 묘한 표정으로 말했지.

"알아."

그게 전부였어. 이어지는 말은 없었어. 하지만 나는 알 수 있었지. 너도 날 좋아했었단 말, 그 말은 굳이 하지 않아도 내가 알 사실이라 생략되었다는 것을.

그 밤, 너는 또 어떤 마음을 말하지 않는 방식으로 나에게 전달했을까. 나는 또 얼마나 사소한 마음을 네 앞에 주섬주섬 늘어놓았을까.

말수도 적은 우리는 촛불 하나 켜 두고 밤을 새워 가며 대화를 나눴어. 밤의 끝자락에서야 너는 조그만 내 방의 귀퉁이에 틀어박혀 시체처럼 조용히 잠들었지.

아침이 되어 내가 일어났을 때 넌 이미 사라져 있었어. 연락처 하나 남기지 않고 가 버린 게 서운해서 망연해하고 있을 때, 넌 집 앞 마트에 다녀왔다면서 딸기 한 상자에 1리터짜리 우유를 사서 돌아왔지.

햇살이 남서향 방의 끝까지 들어오는 토요일 오후, 우리는 나란히 앉아 숟가락으로 우유 속의 딸기를 으깨 먹고, 분홍색으로 물든 우유를 마셨어.

그다음 날, 다음 날도 첫날처럼 넌 우리 회사 앞으로 찾아왔고 어느새인가 우린 연인이 되어 있었어.

우리는 4년을 만났어. 그러는 동안 우리 나이의 앞자리 숫자가

2에서 3으로 바뀌었지. 너는 사랑한단 말 하나는 절대로 아끼지 않는 남자 친구였지만 단 한 번도 내게 결혼을 입에 담은 적은 없어. 네 가족 얘길 하거나 친구들을 나에게 소개해 주지도 않았어.

나는 달랐어. 돌아가신 엄마 아빠는 소개해 줄 수 없었지만, 삼촌도, 사촌 언니도, 친구들도, 회사 사람들도, 내 주변 사람들은 모두 너를 알았어. 네가 늘 나를 찾아왔으니까. 하루라도 거르면 큰일 나는 듯, 아무리 바빠도 매일매일. 아니, 그러지 않더라도 나는 네가 너무 자랑스러워서 모두에게 네 이야길 떠들고 다닐 수밖에 없었지.

그래서였나 봐. 나는 네 그런 행동이 그저 서운했어. 너에게 사정이 있을 거란 생각은 못 했어. 네 사정이란 건 다 내 손바닥 안의 일이라고 생각했어. 너의 부자 아버지, 잘난 집안에 소개하기엔 내가 너무 모자라고 부끄러운 존재일 거란 생각만 들었지. 나름대로 열심히 살았는데도, 여전히 아등바등하고 있는 것 같아 조금 지쳐 있던 시기였어. 그래서 내 열패감을 그런 식으로 너에게 전가했나 봐.

우리는 그 문제로 크게 다퉜지. 아니, 그걸 다퉜다고 할 수 있나. 내가 크게 화를 냈고, 너는 미안하다고는 말했지만, 그 이상은 설명하지 않았지. 내가 끝없이 이어지던 비난을 겨우 끝마치고 숨을 몰아쉬자 너는 평소보다 조금 더 가라앉은 눈으로 말했어.

"은호야, 네가 부끄러웠던 적은 한 번도 없어. 나는 내가 부끄러워. 내 가족이 부끄러워서 그래."

그 외의 설명은 없었어. 네 새어머니는 네 엄마가 돌아가시고 얻은 새 아내가 아니라는 것, 그전부터 네 아버지는 새어머니와 관계

했고 그게 네 어머니가 돌아가시게 된 이유였다는 것, 너희 엄마가 너와 동생을 데리고 나가 강릉 별장에서 살았던 잠깐의 시간이, 정말로 네 인생에선 유일한 호시절이라는 것, 네 아버지는 새어머니가 아이를 낳지 못한다는 걸 알고 나서야 다시 너를 강제로 불러왔다는 것, 우리가 처음 만난 열두 살 때쯤에 너는 두 사람에게 방치당한 채 외로이 크던 소년이었다는 것, 네가 긴 팔만 입고 다닌 건 맞아서 생긴 멍 때문이었다는 것, 그런 건 전부 나중에서야 알게 되었어.

모두 너 아닌 다른 사람에게서 들었지. 그래, 네가 '유일한 가족'이라며 소개해 주었던 너의 동생에게서. 형이 서울에 불려 가 맏이 노릇을 하는 동안, 강릉에서 혼자 자랐다는 네 남동생, 서우연. 그 앤 참 너랑 많이 닮았어. 섬세한 눈매도, 꿈꾸는 눈빛도. 너보다 조금 더 밝고 서글서글한 인상이었지만.

말재주도 너보단 훨씬 좋았어. 그 애는 음악을 하고 싶은데 엄마 아빠가 모두 반대한다고, 그래도 너만은 자길 믿어 준다고 말했어. 기타도 형이 가르쳐 주었다면서, 형이 얼마나 기타를 잘 치는지 아냐고 자랑도 했지.

그렇게 오래 알았는데도 아직 내가 모르는 네가 있다는 게 서운하게 느껴지지 않았던 건, 아마 네 동생이 아주 유쾌한 사람이라서였을 거야. 덕분에 난 많이 웃었고, 너는 그 애의 등쌀에 어쩔 수 없이 언젠가는 내게 기타를 쳐 주겠노라 약속을 해야만 했지.

네가 잠깐 회사에서 온 전화를 받으러 자리를 비운 사이에, 내가 우연이에게 말했어.

"형이랑 많이 닮았어요."

"전혀 다르단 소리를 듣기도 해요."

"말을 잘하는 건 완전히 다르네요."

그 애는 화사하게 미소 지으며 말했어.

"형은 좀 말수가 적죠?"

"좀이요?"

그 애가 크게 소리 내어 웃었어.

"그래서 손해를 많이 봐요. 사실은 되게 따뜻하고 속이 깊은 사람인데 안 그래 보여서."

그 말을 듣고 나서야 나는 네가 어떤 사람인지를 조금 알게 되었던 것 같아. 그래, 너는 늘 손해를 보는 사람이었어. 눈빛은 날카롭지, 표정은 차갑지, 말은 짧지. 사람들은 그런 네가 얼마나 따뜻한 사람인지를 몰랐어. 네가 얼마나 사소한 것까지 마음을 써 주는 사람인지도 알아주지 않았지. 그런 건 네 동생이랑 나만 아는 사실 같았어.

그런 너를 세상 단 한 사람, 나만큼은 무조건 이해해 줘야지 하고 생각했어. 우리가 너무 달라서, 매일같이 싸워 대지만 그래도 괜찮다고 생각했어. 나는 너라는 사람의 본질을 알고 있으니까, 아무리 의견이 다르고 서로를 오해해도 내가 아는 그 본질은 변하지 않으니까.

재현아, 너는 나를 처음으로 알아준 사람이었어. 너는 편지하겠다는 약속을 끝까지 지킨 사람이었어. 너는 크게 싸우고 헤어진 다음 날에도 우리 집 앞에 와서는 전화하는 사람이었어.

'우리 오늘 보기로 했었잖아.'
'내가 오늘 너 데려다주기로 한 날이잖아.'

그런 말을 하면서 약속 시간에 맞춰 왔지. 그 약속이라는 게 아무리 화가 나도 절대로 어길 수 없는 아주 귀중한 것이라도 되는 듯이.

그날, 너를 붙잡지 않은 건 그 때문이었을 거야. 우리가 마지막으로 만났던 그 밤, 내가 헤어짐을 입에 올리자, 너는 긴 한숨을 내뱉고는 떠나 버렸지. 분한 마음에 잠을 이루지 못하면서도 난 이게 우리의 끝이란 생각은 추호도 하지 않았어. 씩씩거리며 못다 한 말은 내일 쏟아 내겠다 다짐했지. 믿고 있었거든. 다음 날 저녁, 네가 또 나에게 올 거라는 것을.

싸우기 직전까지 우린 그런 이야길 하고 있었잖아. 내가 야근해야 한다고 투덜거리니까 네가 밤길은 위험하니 회사 앞까지 데리러 오겠다고 말했잖아. 일정을 메모하려고 네가 전화기를 들었던 때, 하필 내 주머니 속 전화기의 통화 버튼을 눌렀고, 그 바람에 네가 내 번호를 지워 버렸다는 걸 알았어.

변명도 않는 너와 오늘이야말로 제대로 된 말을 듣고 싶은 나, 도무지 속을 알 수 없는 네가 힘든 나, 쏟아 내듯 화내는 나에게 상처받는 너, 그 밤, 우리 두 사람의 싸움은 제법 끔찍했지.

그치만 너는 싸웠다고 해서 나와 한 약속을 어기는 사람이 아니잖아. 단 5분도 말없이 늦은 적이 없었잖아. 그래서 나는 믿은 거야. 네가 날 데리러 올 거라고. 아무 일도 없었던 것처럼.

그런데 너는 그날 회사 앞으로 오지 않았어. 전화도 문자도 없었지. 그제야 나는 어제 일을 되새겨 봤어. 내가 너무 심하게 화냈지. 맞아, 먼저 헤어지자고도 했어.

조금 반성이 됐어. 그래도 그렇지 네가 싸우는 도중에 가 버린 건 너무하단 생각이 들더라. 그렇게 말없이 가 버리면 정말로 우리가 헤어지는 것 같잖아. 그래, 우리는 벌써 몇 번이나 그런 식으로 싸웠어. 먼저 화를 낸 건 늘 나였고 먼저 연락하는 것도 언제나 나였지. 내가 전화하면 너는 기다렸다는 듯이 달려 나왔지만, 절대로 먼저 연락 와서 매달리는 법이 없었어.

나는 좀 오기가 났어. 그래서 다짐했어. 이번에야말로 먼저 연락하지 말아야지. 그러다 영영 너에게 전화가 오지 않으면 그건 우리가 그것밖에 안 되는 사이라는 거니까 그냥 헤어져야지.

너는 늘 침묵으로 말을 대신하니까. 어디서 들은 말대로 답장이 오지 않는 것도 답장이니까. 그렇게 생각하고 하루하루를 보냈어. 너는 끝까지 연락이 없더라. 우리가 이렇게 쉽게 끝날 사이였나. 허무했어. 2주쯤 지났을 땐, 진짜 헤어졌나 보다 하고 조금 슬프기도 했어. 슬픔은 곧 분노로 바뀌었어.

네가 어떻게 나를 이렇게 끊어 낼 수 있지?

나는 아마 너를 얕봤나 봐. 내가 너를 사랑한 것보다 더 큰 크기로, 네가 나를 사랑하고 있다는 걸 알고는 그걸 빌미로 널 우습게라도 봤나 봐. 어려서부터 비열했던 나는, 아직도 야비하게 그런 생각을 했나 봐. 네가 어떻게 감히 나와 헤어질 생각을 할 수 있지?

자존심이 상했어. 네가 끝까지 연락하지 않으면 나도 평생 너를 안 보고 살 거라는 다짐을 또 한 번 한 건 17일이 지났을 때였어.

20일째, 그 다짐을 지키는 게 얼마나 어려울지 알아서 여기저기 써 두기까지 했어.

21일째, 나는 네 전화번호, 열한 개의 숫자를 다 누르고 통화 버튼을 누르기 직전에야 손을 멈췄어.

22일째, 나는 네 본질이란 걸 내가 오해한 거 아닐까 생각했어. 말수가 적은 너, 속 모를 너는 어쩌면 아주 오래전부터 제멋대로인 나를 참아 왔을지도 모르겠다고, 그러니 이렇게 말없이 끊어 내는 게 네 방식일 거라고.

25일째, 나는 회사 사람이 요즘 재현 씨가 안 데리러 오네 하고 말하는데 그냥 웃었어. 그래, 난 그때가 되어서도 우리가 결국은 다시 만날 줄 알고 주변에는 아직 헤어졌단 걸 알리지 않은 거야.

그 모든 나날이 지나고 우리가 헤어진 지 30일이 되었던 날, 그날 아침에서야 난 널 붙잡으러 갈 마음이 들었지. 가기 전에 일단 편지를 쓰자 싶었어. 그 안에 내가 느낀 허무함을 토로하고 싶어서, 너를 욕하고 싶어서, 혹시라도 네 사랑이 완전히 다해 버린 거라면, 그래서 내게 마지막 인사를 고할 시간조차 허락하지 않는다면 내 모든 증오와 사랑을 글로라도 고백해야겠다는 마음이었어.

너의 거창한 배경이 때로는 얼마나 날 작아지게 만들었는지를 털어놓고 싶었어. 지쳐 죽을 것 같은 얼굴을 하고 나타나서는 널 그렇게 힘들게 하는 게 무엇인지에 대해서만은 입을 꾹 다물 때마다 내가 얼마나 맘 졸였는지를 말하고 싶었어. 하지만 재현아, 네가 새벽 늦게 나를 찾아와서 무작정 끌어안고, '살았다. 정말 죽을 뻔했는데.' 하고 속삭이던 때, 내가 얼마나 짜릿했는지도 이야기하고 싶었어.

너에겐 나뿐이란 걸 알고 있다고, 전화기에서 내 번호를 지워 놓은 이유는 네 아버지 때문이란 거는 안다고, 다만 그런 걸 네 입으로는 왜 이야기해 주지 않는지 모르겠다고도, 나는 그런 게 서운하다고도 쓰고 싶었어.

내가 말했나? 그때쯤 난 매일 밤 자다 깨고 자다 깨길 반복했어. 새벽이 다 되어서야 잠이 들었는데 작은 알림음이 네 연락인 줄 알고 화들짝 놀라 깼다가 광고 문자라는 걸 알고 조금 울었단 것도 아까 얘기했지?

아, 운 것까진 말 안 했나. 응, 나 울다가 편지를 쓰려고 한 거야. 사실은 울면서 썼는데, 쓰다 보니 구구절절 글이 길어지더라. 열두 살 때 얘기부터 쓰면서 이렇게 헤어지진 말자고 널 자꾸 설득하고 싶어졌거든. 그러기엔 시간이 부족하다 싶어서 일단 출근 준비를 했지. 편지는 회사에 다녀와서 마저 써야지 싶었어. 밤에 널 붙잡으러 가는 게 더 좋을 것 같기도 했고.

너는, 내가 아는 서재현은, 늦은 밤에 내가 찾아가면 나와 헤어지기로 마음먹은 상태라고 해도 '기다려, 집에 데려다줄게'라고 말할 테고, 그럼 나는 널 설득할 시간을 더 버는 셈이니까 말이야.

 출근길은 괴로웠어. 집 앞에 나가면 나를 기다리던 네 까만색 차가 보이는 듯했어. 세상에 까만색 차는 왜 이렇게 많은지, 별 게 다 네 차 같아서 움찔움찔하기도 했지. 버스에서 내려 회사까지 가는 내내, 나는 걸음걸음이 부끄러웠어. 너와 같이 거닐던 광화문 거리의 나무들이 혼자인 날 보고 수군거리기라도 하는 것 같았지. 그래서 바닥만 보고 비척비척 걷다가 그만, 나처럼 고갤 숙이고 걷던 이와 부딪치고 만 거야.
 내 눈앞에 익숙한 얼굴이 보였지. 네 동생, 서우연이었어.

 네가 그 앨 나에게 소개해 준 건 2년 전 일이지만, 널 닮은 그 얼굴을 나는 잊지 않았지. 그 애는 날 한 번에 못 알아보더라. 내가 먼저 알은척을 했어.
 "저기, 나 기억 안 나요? 재현이랑 한번 봤는데."
 네 눈과 같은 색을 띤 눈동자가 일순간 동그래졌어. 너보단 조금 덜 고집스러운 입매가 '아' 하고 벌어졌지.
 "그, 형이랑 사귀었던……."
 '사귀었던'.
 그 과거형 연결 어미가 가슴에 박혔어. 혹시 너는 나랑 헤어졌다고 동생에게 말했나. 어쩌다 우연이가 너에게 지나가는 말로 '형,

여자 친구랑은 잘 지내?' 하고 물으면, 네가 무심한 말투로 별것 아니라는 듯 '헤어졌어'라고 말하는 풍경이 그려지더라. 그래, 넌 어떻게 헤어졌다느니 언제 헤어졌느니 하는 걸 구구절절 털어놓진 않았을 거야. 그러니 나는 아주 부끄러워할 필요는 없겠지. 거기까지 생각하고 나서야 나는 표정을 가다듬고 말했어.

"네. 맞아요. 기억하네요. 형은…… 재현이는, 잘 지내죠?"

그 애는 잠깐 다른 생각이라도 했던 건지, 가만히 있다가 화들짝 놀란 사람처럼 급하게 대답했어.

"아, 네. 잘 지내요."

전에 만났을 때보다 말수가 좀 적어졌네. 나이 먹으면서 점점 널 닮아 가나. 하긴, 형의 전 여자 친구랑 뭐 더 할 말이 있을까. 거기까지 생각하니 울컥해서 나는 입술을 꾹 깨물었어. 그리고 짜내듯 말했지.

"그럼, 잘 가요. 저는 다니는 회사가 바로 저쪽 골목이라, 지금 들어가 봐야 해서. 다음에 또 봐요."

웃기지도 않아. 뭘 다음에 또 보자는 건지. 그런 이상한 말에도 우연은 웃지 않고 작게 '네' 하고만 대답했어. 그러고도 제 갈 길을 가지 않고 우두커니 서 있길래, 나는 손을 한 번 흔들고 웃어 보이고는 먼저 걸음을 옮겼어. 거의 회사 앞까지 왔을 때, 누군가 내 팔을 잡더라. 놀라서 돌아보니 우연이가 서 있었어. 아까 거기서부터 나를 쫓아 달려온 건지 숨을 몰아쉬고는 말했어.

"저기…… 제가 경황이 없었어요."

"네? 아. 그럴 수 있죠. 2년 전에 만났는데 기억하는 게 이상하죠. 저는 우연 씨가 재현이랑 너무 닮아서 바로 알아본 거예요."

"아니, 그게 아니라…… 제가, 형 핸드폰에도 누나 전화가 없고, 또 더 알아볼 시간도 없고. 그래도 말했어야 했는데 너무 늦었지만, 말해야 할 거 같아서. 아까는 말을 하지 않는 게 낫다고 생각했는데, 그래도……."

그 애는 한참 횡설수설을 하다 말을 멈췄고, 잠시 숨을 고르고는 눈을 질끈 감았어. 보이지 않으면 모든 일이 없던 일이 될 거라 믿는 사람처럼. 빠르게 말하면 이 시간이 빨리 지나갈 거라는 듯 서두르는 말투로, 뉴스라도 읊듯 감정의 고저 없이 너의 소식을 전했지.

29일 전날 밤, 강남에서 광화문으로 향하는 강변북로에서 3중 추돌 사고가 났고, 그 자리에서 네가 즉사했다고.

나는 그다음 말을 귀에 담지 못했어.

너무 화가 나서 아무 소리도 들리지 않았기 때문이야.

재현아, 너는 나를 숨겨서는 안 됐어. 네 아버지가 어떤 사람인지, 너에게 무슨 짓을 했는지, 너희 가족이 나를 안다면 얼마나 천박하게 굴지 그런 건 내가 감당하게 둬야 했어. 전화기에 내 번호를 저장하지도 않은 채 외워서 눌러서는 안 됐어. 너의 전화기에 나를 여자 친구라고 저장해 둬야 했어. 네가 아는 사람 모두에게 나를 소개해야 했어. 그런 일로 날 화나게 해선 안 됐어. 고작 그런 일로 나와 싸워서는 안 됐어. 나 없는 데서 함부로 죽어서는 안 됐어.

나는 연락도 받지 못했어. 장례식장에도 가지 못했어. 네 차갑고 하얘진 얼굴을 마지막으로 보지도 못했어. 딱딱하게 식은 몸을 어루만지며 울지도 못했어.

그때 내가 우연이한테 뭐라고 말했는지, 어떻게 행동했는지는 기억 안 나. 아마 아주 무례하고 이상하게 굴었겠지. 다만 어디론가 걸어가려고는 했던 일은 기억해. 어디로 가야 하는지도 모르면서 나는 무작정 앞으로 걸어갔어. 잠시 후, 우연이가 내 어깨를 거세게 잡아끌었지. 내 앞으로 차가 휙 지나갔어. 그제야 내가 차도로 향하고 있었다는 걸 알았지.

우연이는 나를 데리고 길에 보이는 아무 가게에나 들어갔어. 거긴 손님이 한 사람도 없는 카페였어. 우리는 한동안 거기에 앉아 있었어. 정신을 차렸을 때, 무단결근을 한 내 전화기엔 메시지가 쏟아지고 있었지. 내가 진동을 끄는 사이, 우연은 장례식장의 상주가 손님들에게 떠들듯이 담담하게 네가 어떻게 갔는지 이야기해 줬어.

'다행히 즉사라 고통은 느끼지 않았을 거래요.'
'에어백이 터졌는데 어쩌다가 그게 문제가 되어서……'
'형이 퇴근하는 길은 그쪽이 아니었는데 그날은 하필……'

뭐, 그런 이제 와서는 아무래도 좋을 이야기들, 그렇지만 그거 말고 뭘 더 말해야 할지 알 수 없어서 떠드는 이야기들 말이야.

넌 그날도 내게 오려고 했더라. 그래, 우연이가 그랬지. 네가 일하는 강남에서 내가 다니는 회사가 있는 광화문 사이의 강변북로. 거기서 사고가 났다고 했더랬지. 그러니까 나는 네 본질을 확실히 알긴 했던 거야. 네가 그런 사람이 아니었으면 좋았을 텐데. 싸웠으면, 헤어지잔 소리까지 들었으면, 내가 야근을 하든 말든 신경도 쓰지 말고 나를 데리러 오지도 않았으면 좋았을 텐데.

네 동생은 너와 다르게 생각하는 게 얼굴에 그대로 보이는 애더라. 그 애는 '그냥 두면 따라 죽을까 봐 걱정돼요'라고 얼굴에 써 붙인 채 나를 집까지 데려다주겠다고 했어. 나는 거절하지 않았어. 그게, 그 애에게도 필요한 일 같았거든. 우리는 말없이 걸었어. 그러면서 나는 혼자 생각했어.

우리가 마지막으로 만난 날, 내가 무슨 말을 했더라.

너한테 사랑한다고 말했던가?

너는 말없이 나를 바라보았나?

그때 네 눈빛은 어땠더라?

화를 냈던가. 내 모진 말에 상처받았을까. 나만큼 너도 슬퍼 보였던가.

11월의 스산한 바람, 길가에 흩어져 있는 낙엽, 곧 떨어질 나뭇잎 몇 개를 겨우 달고 있는 가지, 집 앞의 가로등, 그날의 풍경 하나하나를 그려 보았어. 그래야 그 앞에 서 있는 너도 불러낼 수 있을 거 같아서. 네가 하던 농담처럼 두 번째로 널 보고 싶어져서.

그런데 이상한 일이 일어났어. 11월 초, 우리 집 앞에 커다란 차를 세우고, 거기에 기대어 있는 네 모습이 내 눈앞에 나타나 버린 거야.

그건 그냥 기억이 다 난다, 생생히 떠오른다 하는 수준이 아니었어. 네 동생 우연이가 어느새 내 곁에서 사라지고 네가 내게 왔어. 가을과 겨울 사이라 더 매섭게 느껴지는 바람이 우리 사이에 불었어. 나는 네 앞에 서서 가만히 너를 봤어.

손을 뻗어 네 몸을 만지려 했는데 마음같이 되지 않았어. 대신에 나는 날 잡으려는 네 손을 뿌리쳤어. 너에게 화를 냈어. 어디 한번 말을 해 보라고 소리 질렀어. 우리가 사귀는 건 맞느냐고 물었어. 나를 사랑은 하는 거냐는 마음에 없는 소리를 했을 때, 네가 화난 듯 나를 쳐다봤어. 나는 네 시선을 피하지 않고 똑바로 노려보며 이럴 거면 헤어지자고 했어. 네 눈이 흔들리더라. 호수에 던진 돌멩이가 만든 파문처럼, 색이 연한 눈동자가 사정없이 동요하더라. 그렇게 네가 상처 입어 가는 모습을 목격하면서도 나는 널 헤집는 일을 계속했지.

'헤어져.'
'너랑 사귀는 거 너무 힘들어.'

실은 다른 말이 하고 싶었어.
내가 나한테 자신감이 없어. 그래서 이런 일을 그냥 넘어가지 못해. 방금 한 말은 내가 정말 너를 상처 주려고 한 말이 아니야. 내 마음이 작은 일에도 상처 입고 서러워하곤 해서, 말이 맘대로 튀어나온 거야. 그러니까 이런 이야기 맘에 담아 두지 마. 아무리 화가 난 순간에도, 크게 싸우고 헤어지자고 말하는 때에도, 재현아, 나는 너를 사랑해.

그렇게 말하고 싶었는데 입이 마음대로 움직였지. 그제야 나는 알았어. 이게 그거였어. 네가 나에게 준 그 능력 말이야. 뭐든 두 번 볼 수 있다는 그거, 그걸 드디어 나도 할 수 있게 된 거야. 네 말대로 간절히 바라서, 이제야 겨우 한 번 더 보고 싶은 장면이 생겨 버려서, 나는 우리의 마지막을 볼 수 있게 된 거지.

네 말대로 아무것도 바꾸지는 못한 채, 그냥 한 번 더 볼 수 있을 뿐이었어. 터벅터벅 걷는 네 발걸음 소리, 네 차가 우리 집 앞을 떠나는 소리, 깊은 한숨이 새어 나오는 아름다운 입술, 지쳐 보이는 어깨, 그런 것들이 나를 슬프게 했어. 그리고 동시에 기쁘게도 했지. 30일 만에 너를 다시 봤잖아. 이제 다시는 볼 수 없는 너인데, 내가 지금 널 보고 있잖아.

집까지 어떻게 걸어왔는지 모르겠어. 네 동생 우연이가 사려 깊은 목소리로 내게 괜찮냐고 물었던 게 기억나. 나는 고개를 끄덕이고 얼른 방으로 들어왔어. 그리고 바로 다른 때를 떠올렸어.

처음으로는 너와 처음 재회했던 날을 봤어. 이제 너를 알아서인지 네가 얼마나 긴장했는지가 보이더라. 손에 땀이 배었는지 슬쩍 손수건을 꺼내 닦던 것도. 그래, 너는 손수건을 가지고 다니는 남자야.

반장 선거 때, '내가 뽑았는데. 심은호.' 하고 말하는 장면도 봤어. 이제 보니 너는 참 어리더라. 어릴 때도 넌 지금과 꼭 닮았고. 그게 너무 좋았어.

나는 개나리인 줄 알았고, 너는 산수유꽃이라고 말하던 우리가 처음으로 같이 하교하던 날 길에 피어 있던 3월의 꽃도 보았어. 두 번 보니 보이더라. 연한 가지 끝에 작게 매달린 연노랑 산수유꽃이 개나리랑은 완전히 다르게 생겼다는 게. 그 뒤로 조금씩 움트고 있던 연두색 싹들이.

4월에는 네가 날리는 벚꽃 잎을 손으로 잡아서 내게 주었어. 그래, 열두 살의 네가 그랬지. 스물이 넘어도 한참 넘어서 다시 만났을 때도 넌 한 번 더 내게 벚꽃 잎을 줬어. 너무 바빠서 벚꽃 떨어지는 것도 같이 못 보고 봄이 지나간다고 통화하며 투정처럼 한 말을 기억하고, 밤늦게 나를 태우고 벚꽃이 만개한 강변으로 데려가 밤 벚꽃이 우수수 떨어지는 광경을 보여 줬지. 꽃잎은 그때도 너에게로만 날렸어. 손바닥에 사뿐히 내려앉은 꽃잎을 잡아 넌 나에게 건네주었지.

4월의 연분홍을 향해 긴 팔을 뻗는 너는 얼마나 아름답던지.

그 광경을 다시 보는 일은 어찌나 나를 행복하게 만들던지.

아무것도 바꾸지 못해도, 두 번 보는 것만으로도 좋은 일이란 세상에 얼마나 많은지.

안타깝게도 내 머리는 그런 일을 그리 많이 기억해 내지 못했어. 촘촘히 쌓아 왔다 생각한 일상 중엔 그냥 흘려보낸 시간이 너무 많앉던 거야. 우린 둘 다 인터넷에 사진을 올려 가며 연애를 전시하는 타입은 아니었고, 그래서 기억을 반추할 단서는 턱없이 부족했어. 많이 후회했어. 일기를 쓸걸. 사진이라도 찍을걸. 뭐라도 더 남겨 둘걸.

난 모아 놓은 쌀 빼 먹듯 우리가 차곡차곡 쌓아 온 순간을 소모했고, 기억의 곳간은 곧 바닥을 드러냈어. 네 말에 따르면 그 모든 건 두 번은 볼 수 있지만 그게 다였지. 내가 볼 수 있는 너의 모습은 점점 줄어들었어. 아껴 봐야 했어.

그사이 1년이 흘렀어. 우리가 헤어진 날이 왔고, 그다음 날이 네 기일이었지. 평일이라면 일한다는 핑계로 어떻게든 그 시간을 버텼을 텐데, 마침 주말이었고 대체 뭘 하며 그날을 버텨야 할지 알 수 없었어. 너를 두 번 보는 일을 이제 그른 것 같으니 오늘부터는 네가 오래전 내게 보낸 편지라도 꺼내 다시 읽어 볼까.

그런 생각을 하고 있을 때 전화벨이 울렸어. 전화기 속에서 우연이가 널 닮아 낮고 울림이 좋은, 그렇지만 너보다 조금 더 어리고 미성인 목소리로 머뭇거리며 말하더라. 네가 생전에 좋아하던 바다에 갈 생각이라고, 같이 가겠느냐고.

그래서 여기, 강릉 바다에 온 참이야. 우연이는 이제 졸업 학년이라고 하더라. 졸업하면 너처럼 그럴듯한 옷을 입고 출근하게 되는 거냐고 물어봐야 했을까. 아, 음악을 한다고 했지. 잘되어 가? 하고 관심을 보이는 게 좋았을까. 아니면 그런 소리를 뒤로하고 하나뿐인

형을 잃은 네 동생을 위로해야 했을까. 그렇지만 내게도 서재현은 단 하나뿐이었는데, 나를 위로해 달라고, 내가 너를 세상에서 제일 그리워하는 사람이라고, 그래서 아껴 보지 못하고 1년 새 우리가 함께한 시간을 모두 다 한 번 더 봐 버린 것만 같다고 말해야 했을까.

그렇게 속내를 드러냈더라면 나에게도 우연이에게도 좋았을지도 모르는데. 나는 언제나처럼 숫기 없이 별말을 하지 못했어. 기차로 강릉은 금방이더라. 거의 다 도착했을 때쯤에 우연이가 웃으며 말했지.

"형이 왜 누나를 좋아했는지 알겠어요."

"네?"

"두 사람, 닮았네요."

"우리가요?"

"네. 말이 없고."

"재현이처럼 없는 건 아닌데."

우연이가 작게 웃고 말을 이었어.

"맞아요. 형만큼 없지는 않지만 말이 없고. 그런데도 같이 있는 게 불편하지 않고. 속을 모르겠다가 보면 또 되게 좋은 사람이고."

"제가 좋은 사람인 줄 어떻게 알아요?"

"1년이나 되었는데, 갑자기 연락 온 제 전화도 받아 주고 저랑 같이 여기까지 와 줬잖아요."

"오고 싶었어요."

"그만큼 우리 형을 좋아한 거면, 그거면 좋은 사람이죠."

뭔가 말하려고 입을 뻥긋거리는 사이, 기차가 멈췄어. 우리는 내렸지. 네가 사랑한 강릉 바닷가는 깊고 짙은 파란색이었고, 우리는 그 앞에 앉아 하얗게 부서지는 파도만 하염없이 바라보았어. 바다를 열심히 노려보면 그 속에서 네가 나타날 거라고 믿는 사람들처럼.

손이 얼음장처럼 차가워지는 것도 모르고 한참을 앉아 있었어. 먼저 입을 연 건 우연이었어. 밥이라도 먹고 올라가라고 하더라. 자기는 하루 더 있을 셈이라고. 나는 고개를 끄덕이고, 그 애가 이끄는 대로 들어갔어.

그렇게 어른스럽게 말했으면서 우연이도 나만큼 정신이 없었나 봐. 식당인 줄 알고 문을 당긴 곳이 카페더라고. 그렇지만 우리 둘 다 굳이 다시 나가서 밥집을 찾고 싶진 않았어. 그 애가 그냥 따뜻한 거나 마실까요? 하고 물었고 나는 고개를 끄덕였지. 뜨거운 커피 잔을 잡고 손을 녹이는 사이, 그 애는 깜빡할 뻔했다는 듯, 뒤에 지고 있던 가방을 열어, 뭔가를 꺼냈어.

"전에 전화하셨잖아요. 형 일기장 같은 거 있냐고."

"있어요?"

"아뇨. 형이 그런 걸 쓰는 사람은 아니더라고요. 대신 이거라도 보여 드리려고 가져왔어요."

"뭔데요?"

"형 사진이요."

그 애가 네 사진을 한 장씩 보여 줬어. 회사에서 찍힌 사진도 있었고, 유학 시절 다니던 학교의 졸업 앨범도 있었지. 그리고 그보다 더 옛날, 네가 돌아가신 어머니와 네 동생 우연이와 같이 강릉에서 지내던 아주 작고 하얗고 어리던 시절의 사진들. 나는 꼭 너라도 된 것처럼 말없이 사진을 보았어. 우연은 사진을 붙들고 한 장 한 장 설명을 해 주다가 곧 말이 짧아졌고, 그런 말에 아무 의미가 없다고 생각하는 사람처럼 입을 다물어 버리더니, 눈가가 빨개져서는 잠시 나갔다 오겠다고 말했어.

그 애에게 위로가 필요하다는 걸 알면서도 나는 아무것도 하지 않은 채 뻔뻔한 얼굴로 앉아 네 사진만 뒤적였어. 그 속에 널 다시 볼 방법이라도 찾을 수 있을까 희망을 걸어 봤지만, 아무리 봐도 그런 건 없었어. 모든 건 내가 옆에 없던 때의 너의 모습이었으니까. 거기에 내가 불러낼 기억은 없는 게 당연했지.

그래도 너를 보는 게 좋았어. 움직이지도 않는, 정지된 채 빛바랜 평면 안의 너라도 그건 너였기에, 네가 내 손안에 있는 게 좋아서 하릴없이 사진을 매만지고 눈에 담았지. 네가 가장 행복한 때였다고 말했던 강릉에서 찍은 사진들은 더 오래 보았어. 사진 속의 너는 정말 어려 보이더라. 우리가 처음 만난 때보다도 더. 배경은 방금 우연이와 앉아 있던 바로 그 해변가였어. 너는 파란 바다를 뒤로하고 반짝반짝 왕자님처럼 웃고 있었어. 날이 좋았나 봐. 오래전 사진인데도 색이 맑고 선명했어. 네 등 뒤로 바다가 태양광을 반사하며 빛나고 있었지.

초록빛으로 파란빛으로 연보랏빛으로 장밋빛으로, 햇살을 담은 듯 달빛을 비추는 듯 온갖 색으로 반짝반짝, 엄마가 우리 아빠 사진

속에서 세라의 머리끈을 보여 주면서 했던 그 설명 그대로 말이야. 그때 엄마가 무얼 말하려 했던 건지 그제야 알겠더라고.

나는 반사적으로 그 빛을 향해 팔을 뻗었어. 그리고 그 안으로 들어갔어. 정말이야. 낡은 사진 속의 모래알만 한 굴속으로 걸어 들어가 버린 거야.

거기에는 사람들이 잃어버린 수많은 머리끈과 실핀이 모여 있었어. 그걸 다 가져가면 문방구라도 차릴 수 있겠다 싶었지.

그보다 더 깊숙한 데로 들어가니 멀리, 바닷가가 보였어. 달릴 듯이 걸어가니 거기에 네가 보였어. 열 살도 채 되지 않은 어린 네가.

저 멀리 웃으면서 너를 보고 있는 여자가 있었지. 웃는 얼굴이 너와 비슷한 걸 보니 네 친어머니 같았어. 여자 옆에 대롱대롱 매달려 있는 어린애는 아마 네 동생 우연이일 거야. 나는 두 사람 쪽으로 작게 손을 흔들었어. 그리고 나보다 작은 네 키에 맞추려 무릎을 굽혔어. 나는 너에게 물었지.

'꼬마야, 바다에 와서 좋니?'

너는 어려서부터 말수가 적었나 봐. 대답 대신 고개만 끄덕여. 나는 언제나 한결같은 네가 우스워 작게 웃어. 근데 그때 네가 말해. 이 말은 꼭 해야겠다는 듯이,

'행복해요.'

라고.

가물가물한 내 기억 속에 그제야 네가 한 말이 떠올라.

네가 아주아주 어렸을 때, 그러니까 우리가 처음 만난 열두 살보다 어렸던 그 시절, 너는 그때의 네가 아주 불행한 어린이였다고 말해 주었어. 그런데 엄마랑 우연이랑 셋이서 강릉 바닷가 별장에 내려와 살던 잠깐만큼은 무척 행복했었다고도 했었지. 어느 날은 엄마와 동생과 바닷가에서 뛰놀고 있는데, 어느 낯선 어른이 다가온 일이 있다고 했어. 그 어른이 너를 보며 다정히도 물었다고 했어. 바다를 보아서 좋냐고, 얼마나 좋으면 그렇게 웃냐고, 그렇게나 행복하냐고 말이야.

네가 한 치의 망설임도 없이 행복하다고 답하자 낯선 어른이 그럼 아껴 두었다가 꼭 필요할 때 이 광경으로 돌아오라고 말했다고. 단 한 번만, 지나간 순간을 다시 볼 수 있는 능력을 주겠다며 네 어깨에 손을 올렸다고. 간절히 돌아가고 싶을 땐 그냥 생각만 하라고, 그러면 자연스럽게 그때로 돌아가 두 번째로 그 장면을 볼 수 있을 거라 이야기했다고.

열두 살 소년 서재현이 나에게 모두 말해 줬어. 그 낯선 어른이 해 준 말도 그대로 전해 줬어.

아무것도 바꿀 수 없어도 때로는 그저 한 번 더 본다는 것만으로도 좋은 순간이란 게 있다는 말.

너무 어린 너는 그 말을 듣고도 아무것도 제대로 이해하지 못했지만 그저 고개를 끄덕였다고 했어. 그래, 너는 그렇게 말했어.

재현아, 나는 그제야 눈치챘어. 열두 살 소년이었던 네가 나를 데려다주다 우리 엄마와 만나고, 엄마의 얼굴에서 내 모습을 찾아내자마자 곧바로 깨달았던 사실을 나는 그때가 되어서야 알았어.

너에게 두 번 볼 수 있는 능력을 준 건 나였던 거야. 그러니 두 번 볼 기억 하나 남아 있지 않은 나는, 이제 어린 너에게 이 능력을 돌려줘야만 하지.

이제 나는 오래전 네가 말해 준 그대로 너의 어깨에 손을 올려. 네가 이야기한 그대로의 대사를 더듬더듬 읊지. 너는 의젓한 자세를 하고 영문을 모르겠다는 눈으로 나를 봐. 그리고 또래보다 훨씬 영특한 머리로 어떻게든 내가 던진 말들을 이해하려 노력하지. 그러고선 너는 물어.

'뭐든 두 번 보면 뭐가 좋은데요?'
'글쎄. 뭐가 좋을까.'
'음, 어제 끝난 만화 영화 같은 것도 다시 볼 수 있어요?'
'그래, 그럴 수도 있지. 다른 것도 가능하고.'
'축구하다 오프사이드 했는지 안 했는지 같은 것도 다시 가서 볼 수 있어요?'

나는 웃으며 대답해.

'그래, 피구 하다 금 밟았는지 안 밟았는지도 알 수 있을 거야.'

너는 웃어. 그리고 어른처럼 말해.

'그거 괜찮네요.'

너는 어린애들이 다 그러듯이 이 일을 곧 잊을 거야. 다시 서울로 올라간 너는 새어머니와 친아버지에게 방치될 거고, 학대받을 거고, 때로는 감춰야 할 멍이 들 만큼 심하게 얻어맞겠지. 멀리 떨어져 지내는 동생에게는 아무 일 없는 것처럼 굴면서 버티다가, 버티고 또 버티다 어느 날 그리운 것들을 되새김질하게 될 거야.

되새기고 되새기다 두 번째로 보는 날도 오겠지. 그때가 되면 너는 바닷가에서 만난 낯선 여자를 기억하게 될 거야. 너는 우리 엄마처럼 특이하고 이상한 사람이니까 이 말도 안 되는 이야기를 믿겠지. 그렇게 넌 모든 걸 두 번 볼 수 있는 사람이 되는 거야.

그 능력을 아낌없이 쓰고 소중한 기억을 모두 소진해 버린 너는 어느 날 고작 피구 게임의 시비를 가리는 일에 두 번 보는 힘을 쓰게 되겠지. 그리고 내가 좋은 사람이라고 마음대로 생각하게 될 거야. 고작 열두 살 주제에 나를 매일같이 집까지 데려다주다가 우리 엄마랑도 만나겠지. 그리고 깜짝 놀라서 잠시 사고가 멈출 거야. 우리 엄마는 어린 시절, 네가 바닷가에서 만난 여자랑 놀랍도록 닮았으니까. 마치 모녀 사이처럼 말이야. 너는 두 번 보아서, 그 사람 얼굴을 놀랍도록 생생히 기억하고 있거든.

이 신기한 일이 널 즐겁게 해. 그래서 넌 그만 나와 사랑에 빠지고 말아. 아니면 그전에 이미 빠져 있었을지도 모르고.

그러니까 이건 슬픈 이야기가 아니야. 너는 곧 나를 찾아낼 거야. 우리는 운명처럼 만날 거고, 곧 헤어지겠지. 그렇지만 넌 나 없는 곳에서도 나를 다시 한번 되새기며 영영 기억하고 있을 거야. 그러다 네가 내게 찾아오는 날, 우린 밤이 깊어 가는 줄도 모르고 긴 이야기를 나눌 테고, 마법처럼 도시의 불이 모두 꺼지면 두 번째 사랑에 빠지게 될 거야.

사랑하는 만큼 많이 다툴 테고, 어리석게도 마지막까지도 그렇겠지만, 네가 죽은 다음에도 나는 너를 볼 거야. 아껴 두지 못하고 그리운 모습을 모두 꺼내 보다가, 더는 볼 것이 없어진 날에 실핀처럼 머리끈처럼 반짝임에 이끌려 너를 찾아가겠지. 그리고 우리 이야기는 거기서 다시 시작되는 거야. 우리는 그렇게 돌고 돌며 끊임없이 서로를 사랑하게 될 거야.

그렇지만 그 굴레에서 벗어난 채 홀로 남은 내 그리움은 이제 어쩌면 좋을까.

그건 네가 답해 줄 수 있는 문제는 아니겠지. 괜찮아. 내게는 네 동생이 건네주고 간 사진이 아주 많으니까. 나는 어디선가 또 반짝임을 찾을지도 몰라. 오렌지빛으로, 장밋빛으로, 빛바랜 나뭇잎 색으로, 햇볕을 따갑게 반사해 내는 바닷가 윤슬처럼 반짝이는 사이로, 내가 또 너를 찾아갈게. 실핀처럼 머리끈처럼.

〈끝〉

후기

 올봄, 저는 생각나는 대로 아무렇게나 적은 초고와 거기에 곁들이는 편지 몇 장을 함께 보내 주는 '편지와 소설'이란 프로젝트를 시작했습니다. 〈실핀처럼 머리끈처럼〉은 '편지와 소설' 프로젝트의 첫 글로, 그 프로젝트를 하며 제가 써낸 글 중 가장 좋아하는 글이기도 합니다.
 이미 한번 공개된 글을 고쳐서 출간하는 데 도움을 주신 동아출판사의 편집자님들과 어설픈 초고를 미리 읽어 주시고 다정한 말을 건네주신 '편지와 소설' 구독자님들께 이 자리를 빌려 큰 감사를 드립니다. 덕분에 용기를 내어 이 짤막한 글을 출간까지 할 수 있게 되었습니다.

초고를 공개했을 때 많은 분이 저에게 '바꾸지 않아도 다시 보는 것만으로 좋은 순간'에 대해 이야기해 주셨습니다. 온 가족이 함께 갔던 초등학교 입학식에서 번쩍 손을 들고 '선생님, 똥은 어디서 싸요?'라고 당당히 물었던 일, 이제는 내 곁에 없는 강아지와 실컷 뛰놀며 산책을 하던 경험, 고등학교 때 친구와 야간 자율 학습을 하지 않고 몰래 나가 떡볶이를 먹던 날…….

돌아가 봤자 어차피 아무것도 바꿀 수 없다고 생각하고 보니, 우리가 다시 한번 보고 싶어 하는 순간은 대체로 평온한 일상 안에 있더군요.

두 번 들여다보고 싶을 정도로 소중한, 그렇지만 이렇다 할 거창한 순간도 아닌 아주 사소한 기억들. 어쩌면 우리 곁을 떠난 사람들은 그 기억 속 세상에서 내내 살아 있을지도 모르겠습니다. 저는 그곳에 가면 사라진 실핀과 머리끈도 잔뜩 발견할 수 있을 거라 생각합니다. 그게 아니면 대체 어디로 가 버려서 매일 사도 없는 건지 알 수 없으니까요. 그러니 살다가 반짝임을 발견하는 순간마다 그 속에 살고 있을 실핀과 머리끈과 그 밖의 다른 존재들을 생각하며 잠시간 행복하셨으면 좋겠습니다.

2022년 6월, 또 머리끈을 찾다가, 유폴히.

1. 사랑의 시작

"미쳤어요?"

남자의 단단한 팔이 나를 일으켜 세웠다. 바닷물에 잠겨 있던 내 몸이 해변으로 내동댕이쳐졌다. 콜록콜록, 기침이 나왔다. 동시에 내 입이 바닷물을 왈칵 뱉어 냈다. 그걸 본 남자가 화를 냈다.

"죽으려고 작정했어요?"

난생처음 보는 사람에게 혼이 나다니, 진귀한 경험이었다. 나는 숨을 고르며 띄엄띄엄 단어를 토했다.

"왜, 저한테, 화를, 내세, 요? 그냥, 가던……."

가던 길이나 가시지.

……하고 말하려다가 기침 때문에 말을 멈추었다. 남자는 그런 내가 어처구니없다는 듯이 허, 하고 혀를 한 번 찼다.

"지금 본인이 무슨 꼴을 하고 있는지 모르나 봐요."

그 말을 듣고 나서야 나는 내 몸을 내려다보았다. 12월 밤, 해안가에 신발을 고이 벗어 두고는 그대로 물속으로 걸어 들어간 여자. 옷도, 머리카락도 흠뻑 젖은 채 덜덜 떨고 있는 사람. 남자가 무슨 상상을 하고 있을지 대충 짐작이 갔다. 나는 얼른 변명을 덧붙였다.

"저 죽으려고 들어간 거 아니에요."

"퍽이나 그러셨겠어요."

"잠깐 바닷물에 들어가 보려던 거예요."

"겨울밤 바다 수영, 아아주 흔한 일이죠."

얄미운 말투와 달리, 모랫바닥에 엎어진 나를 일으켜 세우는 손길은 다정하기 짝이 없었다. 그 차이가 우스웠다. 어떻게 생긴 사람이길래 이렇게 말과 몸이 따로 노는 걸까. 그런 생각을 하며 고개를 들었다.

그런데, 올려다본 얼굴이 다시 한번 나를 배반했다. 정말이지, 당황스러울 정도로 아름다운 사람이었다. 나는 조금 누그러든 목소리로 말했다.

"진짠데…… 왜 사람 말을 안 믿어요."

"저기요, 아까 한 시간쯤 전부터 여기서 울고 계셨잖아요."

"……네?"

"그렇게 열심히 울다가 갑자기 바다에 뛰어들어서 정수리까지 잠겨 놓고, 죽으려던 건 아니라고요? 그 말을 어떻게 믿습니까?"

아무도 없는 줄 알고 거의 오열하듯 울었건만 그걸 다 듣고 있었다니. 부끄러움에 얼굴이 홧홧해졌다. 당황한 난 그만 큰소리를 내고 말았다.

"아니, 왜 그걸 훔쳐 들어요?"

"아무도 모르게 할 생각이었으면 조금 더 작게 우셨어야 할 것 같습니다."

"들리면 말을 하든가요!"

남자가 어이가 없다는 듯 헛웃음을 흘렸다.

"모르는 사람이 울고 있는데 다가가서 말을 거는 게 더 실례 아니겠습니까?"

"모르는 사람인데 죽든 말든 그냥 내버려 두지 그러셨어요?"

"어떻게 그럽니까. 입장을 바꿔서 생각해 보세요. 제가 바다에 뛰어드는 걸 봤으면 그냥 있었을 겁니까?"

다 맞는 말이었다. 해변에서 혼자 울던 사람이 갑자기 바닷물에 들어가면 나라도 죽으려 그러는 거라 생각했을 것이다. 남자처럼 첨벙첨벙 겨울 바다에 뛰어들진 못했겠지만.

그러고 보면 참 착한 사람이긴 했다. 아까부터 잔소리하듯 말하고 있지만 내용만 그랬다 뿐, 어투는 애 어르듯 부드러웠다. 날 언제 봤다고 구하려 뛰어든 것도, 살뜰히 걱정해 주는 것도 모두 고마운 일이었다.

그렇긴 해도 오해를 산 건 억울했다. 난 정말 죽으려던 게 아니었다. 바다가 아름다워서, 가까이하고 싶었을 뿐이다. 낮의 푸른 빛

깔이 흔적도 없이 사라진 까만 물, 그 위에 내리쬐는 달빛, 빛 아래 하얗게 부서지는 파도. 이리저리 튀는 포말은 추락한 별이 뿌리는 가루 같았다. 그 은빛 가루를 거머쥐고 싶었다. 파도는 어서 오라는 듯 내게로 밀려들었다. 신발을 벗고 발을 적시니 바닷물은 생각보다 따듯했다. 그래서 몇 걸음 더 나아갔다. 그뿐이다. 온몸이 잠기도록 깊은 데까지 온 줄은 정말 몰랐다.

생각에 잠겨 입을 다물고 있는 사이에도 남자는 사려 깊은 얼굴로 날 바라보고 있었다. 어둠 속에서 언뜻언뜻 보이는 선 고운 얼굴이 밤바다와 어우러졌다. 그림 같은 윤곽이었다. 나를 쳐다보는 눈매는 시원했고, 그 안에 담긴 눈동자는 소년처럼 맑았다. 그래서 더더욱 그 눈에 어린 연민이 부담스러웠다. 저토록 아름다운 남자에게 동정 따위 사고 싶진 않다. 나는 다시 지리멸렬한 해명을 시작했다.

"……저 정말 죽으려고 그런 거는 아니고요."

"네. 그러셨겠지요."

"일단 제 팔 좀 놓아주실래요? 제가 지금 바다로 다시 달려갈 건 아니니까요."

남자는 자신이 아직도 내 팔을 꽉 붙들고 있다는 걸 그제야 깨달은 모양이었다. 놀란 얼굴을 하더니 제 손이 무슨 더러운 것이라도 되는 듯이 얼른 저쪽으로 치워 버렸다. 그 동작이 우스워 실소가 터져 나왔다.

"눈물범벅 된 얼굴로 웃으시네."

"이제는 웃는 거 가지고도 잔소리하세요?"

"아뇨. 웃는 건 좋은 거니까. 웃을 힘이 생겼으면 일단 해변이나 벗어나죠. 젖은 옷 말릴 데부터 찾아봅시다."

"도와주시려는 건 감사한데, 이제 그냥 가던 길 가셔도 되어요."

"전 아직 그쪽 말 못 믿습니다."

"네?"

"방금 죽으려던 사람 두고는 못 가요. 내가 못 미더우면, 보호자라도 불러 봐요. 그 사람 올 때까지 기다려 줄게요."

나는 후, 하고 크게 한숨을 쉬었다. 섣불리 이런 행동을 해서 생판 남에게 동정이나 사고 있는 스스로가 한심했다. 어서 이 상황을 벗어나고 싶었다. 하지만 남자의 우려를 이해하지 못하는 건 아니었다. 저 사람은 아무 잘못 없다. 그저 운이 나빠 나와 마주친, 아주 잘생기고 마음 착한 사람일 뿐이다. 그렇게 중얼거리며 마음을 삭여 보았다. 그러고서야 다시 남자에게 설명을 시작했다.

"저기, 저 죽으려던 거 아니고요. 미성년자도 아니에요. 스물일곱이나 먹었어요."

"좋네요. 나랑 같은 나이네. 친구, 우리 이제 다른 친구 좀 불러 볼까요?"

"이런 일로 친구한테까지 연락하고 싶지 않아요."

"아님 더 가까운……. 음, 가족이나, 남자 친구도 괜찮아요. 누구든 오면, 그 사람 보고 갈게요."

어쩌면 '남자 친구'라는 그 별것 아닌 단어가 나를 좀 욱하게 한 것 같다. 찰랑찰랑 차오르던 감정들이 단번에 넘쳐흘렀다.

"남자 친구요? 있죠. 결혼식 한 달 전에 내 아파트에서 딴 여자랑 자다가 걸린 남자."

남자가 잘생긴 눈을 일그러뜨렸다. 그러건 말건 내뱉기 시작한 말들은 마개 없는 병에서 물 흐르듯 쏟아져 내렸다.

"친구요? 당연히 친구도 있어요. 그 새끼랑 잔 여자가 바로 내 제일 친한 친구거든. 그걸 눈앞에서 라이브로 봤어요. 근데 지금 내가 안 울게 생겼어요? 그래도 그 앞에서는 안 울었어요. 그냥 자리만 박차고 나왔다고요. 차 끌고 동해로 달려오는 내내도 눈물 한 방울 안 흘렸어요. 울면 시야가 가려져 안전 운전을 못 하니까! 저 진짜 올바른 시민이에요. 그러니까 바닷가까지 와서는 좀 울 수도 있는 거 아니에요? 아니, 제가 뭐 해변에서 고성방가를 한 것도 아니고, 표지판이라도 부순 것도 아니고, 그냥 울지도 못해요? 바다는 진짜, 진짜로 그냥 들어갔어요. 그냥 한번 적셔나 보려고. 몸을 적시면, 좀 나아질까 봐서. 그런데, 그런데……."

한꺼번에 너무 많은 말을 쏟아 낸 탓에 숨이 가빠 왔다. 그 바람에 말이 끊겼다. 남자는 끊긴 말 틈으로 무어라 받아치지 않았다. 대신, 가만히 나를 바라만 보았다. 잠깐의 정적 후, 조금 더 부드러워진 목소리가 말을 이었다.

"그러게. 울 만한 일이었네."

"그러니까 그냥 두세요."

"운전 중에 울지 않은 것도 잘하셨습니다."

"네, 이 올바른 시민, 칭찬 달게 받을게요. 그쪽도 이제 가던 길 가세요."

손사래 치는 시늉을 하는 날 보며 남자가 피식 웃었다.

"저기요, 올바른 시민님."

"왜요."

"내가 죽여 줄까요?"

"저요?"

놀래서 눈을 동그랗게 뜨고 묻자, 남자가 웃음기 가득한 목소리로 농담처럼 답했다.

"아니요. 그 약혼자란 놈. 뭐, 친구도요."

"깜깜한 데서 혼자 뭐 하시나 했더니 그런 일 하는 분이셨어요?"

나 역시 농담인 듯 받아쳤다. 남자는 다시 한번 싱긋 웃었다.

"아뇨, 사실 벌레 한 마리도 못 죽입니다. 그래도 누가 죽여 주겠다고 말하는 걸 들으면 기분 좋죠? 조금 위로가 돼요?"

순간 비죽, 웃음이 새어 나왔다. 남자의 말처럼 위로가 돼서는 아니고 그냥, 어이가 없어서였다.

"참 나. 실없는 사람이시네요. 계속 제 옆에 얼쩡거릴 거면 코트나 벗어 주세요. 죽으려던 건 진짜 아닌데, 얼어 죽겠어요."

"그런 말 아십니까?"

"또, 뭐요?"

"물에 빠진 사람 구해 줬더니 옷 벗으라 한다는 말이 있는데……."

"정확히 말하면 물에 빠진 건 아니고 그냥 잠깐 들어가 본 건데요."

남자는 물에 빠졌어도 입만 동동 떴겠다고 투덜거리면서도 얼른

신청곡 91

옷을 벗어 내 어깨에 덮어 주었다. 나는 그쪽도 잔소리가 여간 심한 게 아니라고 툴툴대면서도 바로 그 옷을 받아 들었다. 피차간 젖은 옷이건만, 그걸 덮으니 조금 따뜻해졌다. 고마운 맘에 남자를 바라보았다. 달빛 때문에 음영 진 눈가, 그 밑으로 근사한 입매가 호를 그리며 웃었다.

그 얼굴을 더 자세히 보려다, 나는 잠에서 깨어났다.

* * *

그래도 오늘은 여기까지 왔다. 거의 늘, 꿈은 더 짧게 끝났다.

인호와 유리가 맨몸으로 뒹구는 걸 목격하다 깨면 그날은 온종일 일진이 사납다. 오래전 느낀 배신감이 아직도 내 주위를 둥둥 떠다니는 기분이다. 무작정 차를 끌고 바다로 가는 길에서 깨 버리면 어딘가 찜찜하다. 남자를 만나지 못한 게 아쉽기도 하고.

운 좋은 날엔 오늘보다 더 긴 꿈을 꾼다. 그런 날의 꿈은 퍽 아름답다. 꿈속에서 남자와 나는 같이 국밥을 먹기도 하고 어딘가에 앉아 젖은 겉옷을 말리기도 한다. 남자가 24시간 편의점에서 산 뜨거운 캔 커피를 내게 건네며 '손 좀 녹이세요' 하고 말하는 때도 있다.

우리는 함께 바닷가를 걷는다. 그러다 앉아서 수다를 떨기도 한다. 남자가 가지고 있던 이어폰을 나눠 끼고 어딘가 수상쩍은 기타 소리의 노랠 듣는 때도 있다. 거기까지 꿈이 갈 때면 정말 기분이 좋다.

하지만 오늘 정도면 괜찮은 축에 속한다. 대화도 한결 자세해졌고, 남자의 얼굴도 전보다 또렷이 기억난다. 마침 오늘은 병원에 가는 날이다.

의사는 언제나 내 말을 귀담아들어 주고 작은 변화에도 신경을 기울여 준다. 벌써 15주째, 매번 똑같은 꿈 이야기만 듣는 게 지겨울 만도 할 텐데.

그러고 보니 강릉에 온 지도 3개월이 넘었다. 창이 커다랗게 난 나의 아파트에서는 짙은 파란색 동해 바다가 한눈에 보인다. 아침에 일어나면 제일 먼저 하는 일은 창문을 여는 것이다. 그러고는 커피를 내려 온다. 창가에 놓인 의자에 앉아 바다를 보며 커피를 마신다.

그러면 매일매일, 바다 색이 달라지는 게 보인다. 물은 언제나 똑같은 파랑일 줄 알았는데 그렇지가 않다. 가을에서 겨울로 흘러가는 이 애매한 계절에도 바다는 조금씩 변한다. 매 순간 더 짙어지고, 푸르러진다. 그걸 보고 있으면 나의 모호한 상태가 그럭저럭 견딜 만하게 느껴진다. 지난 넉 달간, 나도 바다처럼 미약하게나마 변해 왔으리라.

넉 달 전, 나는 병원에서 깨어났다.

내 곁엔 어딘가 비열해 보이는 인상의 남자가 연기라도 하듯 울먹이고 있었다. 그 옆엔 고등학교 때부터 친구였던 유리가 떨떠름한 표정으로 서 있었다. 의사는 4년 전, 내가 자동차 사고로 크게 다쳤고, 그 후로 내내 의식을 회복하지 못했다고 설명해 주었다. 침대에 누운 채 스물일곱에서 서른하나가 되어 버린 것이다.

내 뇌는 4년을 쉬는 거론 모자랐는지 20대의 기억마저 깡그리

삭제해 버렸다. 내가 떠올려 낸 마지막 장면은 갓 스무 살 때의 일이다. 하나뿐인 가족인 아빠가 돌아가셨던 날, 그 쓸쓸했던 장례식 풍경. 그 이후의 일은 아무것도 기억나지 않는다.

나의 병명은 영화에서나 들어 본 '퇴행성 기억 상실'이다. 의사는 사고의 충격 때문에 기억이 일시적으로 사라지는 일이 생각보다 자주 발생한다고 말했다. 보통은 사나흘 내로 바로 돌아오는 것이 영화와 다른 점이라고도 설명했다.

"어느 날 문득, 옛 기억이 하나 돌아오는 거죠. 대체로는 내가 몰던 차 이름, 주차장 위치 같은 아주 사소한 것들입니다. 그걸 단서로 운전하는 법이 기억나고, 조수석에 앉아 있던 사람 얼굴이 떠오르는 식이지요. 대부분의 환자는 오래 걸린다 해도 결국엔 모든 기억을 되찾게 됩니다."

그러나 그는 내 경우는 조금 다르다고도 덧붙였다. 누워서 지낸 4년간의 공백 동안 나의 기억들은 돌아올 길을 잃었다. 의사는 쉽게 희망을 얘기하지 않았다. 이렇게 오랫동안 자리를 비운 기억이 집을 찾아 돌아올 가능성은 매우 희박했다.

잃어버린 11년 동안에도 나는 제법 열심히 살았던 모양이다. 대학을 무사히 졸업한 후엔 신문사에 취직해 영화 기자 생활을 3년이나 했다고 하니 말이다. 인호와는 대학 시절에 만났다고 한다. 아빠가 남겨 주신 유산으로 비교적 사정이 넉넉했던 난, 취직 후에는 취준생인 인호를 뒷바라지까지 하며 사귀었단다. 인호는 취직에 성공하자마자 내게 청혼을 했고 우리는 그렇게 영원히 행복할 작정이었다. 그런데 결혼식을 한 달 앞둔 날 밤, 사고가 난 것이다.

인호는 4년 내내 내 곁을 지켰다고 했다.

"그러니까 우린 이제 결혼만 하면 돼."

아무리 들어도 낯설기만 한 목소리로 인호가 말했다. 내가 그 말을 모두 믿은 건, 유리 때문이었다. 나의 가장 절친한 친구 유리가 모든 일의 증인이 되어 주었으니, 낯선 남자가 내 약혼자란 말도 냉큼 믿을 수 있었다. 하관이 좀 야비해 보이긴 했지만 얄쌍하니 이쁘장하게 생긴 인호의 얼굴은 과연 내가 좋아할 만하기도 했다.

인호는 퇴원 수속을 마치자마자 당연한 수순처럼 나를 제집으로 데리고 갔다. 물론 통원 치료는 계속할 생각이었다. 내 뇌는 새로운 기억을 만드는 덴 문제가 없었지만, 옛 기억은 하나도 남김없이 지워 버렸다. 11년간의 추억은 물론이고 대학 때 배웠던 사소한 지식 하나 남아 있질 않았다.

이대로 기억을 되찾지 못한다면 나는 어떻게 되는 걸까?

하루하루 지나갈 때마다 초조함이 침전물처럼 뼈 안에 차올랐다. 조바심이 나를 옥죄었다. 매일같이 손에 진땀이 났다. 인호는 그런 내게 말했다.

"사랑아, 그렇게 필사적으로 노력하지 않아도 돼. 기억은 새로 만들어 가면 되는 거야. 내가 앞으로 좋은 기억을 많이 만들어 줄게."

달콤한 말이었다. 거기에 기대어 잠시 쉬는 것도 나쁘진 않을 것 같았다. 나는 결국 인호의 조언에 따라 치료를 중단했다. 옛 기억을 되살리는 대신 그와 함께 새 삶을 꾸려 보기로 한 것이다. 지금 생각하면 무척 나약하고 의존적인 결정으로 여겨지지만 그때 나에겐 별다른 도리가 없었다.

기억을 되찾아 봤자 4년이나 경력이 단절된 영화 기자가 할 수 있는 일이 있긴 할는지. 막막함과 불안 사이에 매일을 욱여넣는 동안에도 시간은 빠르게 흘러갔다. 인호의 집에 얹혀산 지도 꼬박 한 달이 지났을 때였다. 어느 날, 기억의 편린이 꿈속에 잠입했다.

첫날 꾼 꿈은 단순했다. 남자와 여자가 놀란 눈으로 나를 쳐다보고 있는 흐릿한 장면, 오직 그뿐이었다.

다음 날 밤, 뿌옇던 꿈은 조금 더 선명해졌다. 헐벗은 두 사람이 인호와 유리였다는 걸 알아차릴 수 있을 정도로.

세 번째로 꾼 꿈은 한 장면으로 끝나지 않았다.

예정보다 빨리 끝난 출장, 나는 콧노래를 부르며 내가 살던 아파트로 들어간다. 그런데 그 안에서 신음 소리 비슷한 게 들린다. TV를 켜 놓고 갔었나? 그런 생각을 하며 안방 문을 연 내 눈앞에 맨몸을 비벼 대고 있는 인호와 유리가 있다. 들고 있던 여행 가방이 바닥으로 낙하한다. 툭 하는 소리에 놀란 두 사람이 나를 쳐다본다. 나는 그대로 뛰쳐나간다.

처음엔 그저 악몽이라 생각했다. 그러나 꿈은 매일 밤 계속되었고, 반복을 거듭하며 점점 길고 명확해졌다. 나는 결국 꿈 내용을 인호에게 털어놓았다. 그런 일이 실제로 있었다면 말해 달라고 했다. 인호는 그저 웃었다.

"우리 사랑이가 너무 불안했나 보다. 그런 말도 안 되는 꿈을 꾸고."

다음 날, 인호와 함께 찾아간 병원에서도 같은 말을 했다.

"전에도 들으셨겠지만, 환자분 같은 경우는 조금 특별합니다. 기억이 돌아올 가능성이 현저히 낮은, 말하자면 특이 케이스지요. 게다가 그 기억이 갑자기 꿈으로 들어온다는 건 뭐, 기적 같은 이야기입니다. 아마 조금 생생한 꿈을 꾸신 걸 겁니다."

"근데 저, 선생님. 가끔, 낮에도 꿈속 장면들이 문득 떠오르고 그래요."

"글쎄요. 그건 환자분의 불안이 초래한 망상 장애라고 봐야 할 것 같습니다. 지금 환자분께서 의지할 것은 두 사람뿐이죠. 그들이 날 떠날지도 모른다는 걱정을 하신 적 있습니까?"

"음, 그런 적은 없는 것 같은데……."

"환자분이 인식하지 못하셨다고 해도 무의식적으로 그런 불안을 느꼈을 가능성이 큽니다. 무의식이 그런 상상을 하고 꿈으로 구현해 낸 거죠."

다른 의사를 찾아가 볼까 했지만 인호가 만류했다. 그는 그보단 서둘러 결혼식을 올려 안정을 찾는 편이 낫겠다고 말했다. 유리는 언제나처럼 인호의 말에 동조했다. 일이 이렇게 흐르니 나 역시도 나 자신을 믿을 수 없었다. 어쩌면 의사 말대로 내가 미쳐 가고 있는지도 몰랐다.

그렇게 내 신경 쇠약을 인정하려 할 때쯤, 꿈속에 갑자기 새로운 인물이 등장했다. 기억 속에 묻어 두기엔 너무 아름다운, 낯선 남

자. 남자는 바다에 빠진 날 건져 냈고, 또렷한 목소리로 잔소리를 해 댔으며, 심지어 농담까지 했다. 너무도 생생한 꿈이었다. 이 모든 게 내가 만들어 낸 망상이라니, 믿을 수 없었다.

그날, 인호가 외출한 사이, 난 유리를 찾아갔다. 처음으로 인호 없이 단둘만 만나는 자리였다. 나는 유리의 손을 꼭 붙잡고 물었다.

"유리야, 난 그 꿈이 사실이었다고 해도 상관없어. 어차피 인호를 사랑했던 기억도 남아 있지 않아. 두 사람이 그런 사이였다고 해도 그냥 다 용서할게. 축복해 줄게. 나한테 지금 중요한 건 그런 게 아니야. 난 그냥 알고 싶어. 지금 내가 미쳐 가고 있는지, 기억을 되찾고 있는 건지. 그러니까 말해 줘. 날 속여서 네가 좋을 것도 없잖아, 응?"

유리는 당황스럽다는 듯 나를 보더니, 조금 화난 목소리로 답했다.

"사랑아, 너 정말 왜 그래? 나 진짜 걱정돼. 너 고 3 때 너희 아버지가 얻어 주신 학교 앞 오피스텔은 기억하지? 거기 살 때도 나한테 비밀번호 안 가르쳐 준 게 너야. 너희 집 넓으니까 좀 신세 지자고 할 때도 집에 한번 남 들이기 시작하면 끝이 없다는 얄미운 말이나 했어. 그 어릴 때도 너 그렇게 칼같았어."

"내가 그랬어?"

"그래, 근데 내가 어떻게 네 서울 아파트 문을 열고 들어가서 인호랑 그러고 있니?"

고개를 끄덕이며 수긍하던 내 머릿속에 불현듯, 궁금증이 생겼다.

"유리야, 근데 내가 그 꿈 배경이 아파트 안이라고도 말했나?"

유리는 천연덕스럽게 대꾸했다.

"글쎄? 그런 말 했나, 안 했나. 모르겠어. 안 했으면 또 뭐 어떠니? 나는 그냥 자연스럽게 너희 집이라고 상상했지. 네 아버지가 남기고 가신 그 서울 아파트, 네가 되게 아끼고 좋아했잖아. 값 오르니까 팔고 신혼집은 따로 구하자고 인호가 그랬는데도 너 절대 안 판다고 그랬다? 그렇게 아끼는 집 비번을 네가 나한테 가르쳐 줬겠어?"

"인호는 알았겠지. 팔 생각까지 있었다면."

"글쎄. 나야 모르지. 사랑아, 나는 거기 가 본 적도 없어. 엄청 좋다는 이야기만 듣고 부럽기만 했지. 아, 그래서 아파트라고 생각했나 봐. 그때 부러웠던 감정이 아직도 남아 있어서 자연스럽게 거기가 떠올랐어."

우리 몸은 참 신기하다. 내 뇌는 꿈속에 나오는 그 아파트가 아빠의 유산이라는 중요한 정보를 삭제해 버렸다. 하지만 유리가 거짓말을 할 때면 강박적으로 머리카락을 꼬는 버릇이 있다는 사소한 사실은 뇌리에 박힌 채 똑똑히 남아 있었다.

그날 밤, 나는 무작정 그 집을 나왔다. 아빠의 장례식 때 보았던 아빠 친구 경수 아저씨의 변호사 사무실을 찾아간 것은 바로 다음 날이었다. 나는 아저씨에게 인호가 보관하고 있다는 서울 아파트 열쇠를 회수해 달라고 부탁했다. 아저씨는 사정을 모두 듣고는 고개를 끄덕였고, 전화 몇 통을 돌렸으며 서류 몇 가지를 작성하게 했다. 지루한 과정이 끝나자 카드 키도 하나 건네주었다. 아빠가 강릉에 별장 삼아 사 두었다는 자그마한 아파트라 했다.

아파트 주소가 적힌 종이를 거머쥔 채 나는 바로 강릉으로 내려

왔다. 인호가 무슨 꿍꿍이로 그때 일을 숨긴 채 나와 결혼하려 하는지, 유리는 또 무슨 생각인지. 그런 알고 싶지도 않은 것들은 그냥 덮어 두기로 했다.

그래도 인호와 유리에게 고마운 것이 있긴 했다. 그들은 한 달이라는 짧은 시간 동안 스물일곱 살의 나에 대한 많은 정보를 일러 주었다. 덕분에 난 내가 씁쓸한 커피도 잘 마시는 어른이었단 걸 알았다. 스무 살 때만 해도 분명 입에도 못 대었는데, 서른한 살의 내 몸은 기억 없이도 본능적으로 커피 향을 즐겼다. 나는 이제 매일 아침 의식처럼 커피를 마신다.

강릉의 삶은 아침의 커피처럼 쌉싸름하고 한가롭다. 일주일에 한 번, 경수 아저씨가 소개해 준 병원에서 받는 통원 치료 외에는 별다른 할 일이 없다.

나머지 시간을 나는 거의 늘 혼자서만 보낸다. 낮 내내 바닷가를 산책하고, 어쩌다 한 번씩은 서점에 들러 책을 산다. 한낮의 카페에서 혼자 커피를 마시며 책을 읽고, 정 심심하면 시장도 한 바퀴 돈다. 배가 고프면 맛있어 보이는 가게에 들어가 혼자 밥을 먹는다.

서울에서 인호와 있을 땐, 10년 사이 너무 많이 바뀐 거리가 무서웠고 밖에 나가 걸어 다니는 것조차 버거웠다. 하지만 내게 강릉은 애초에 낯선 도시다. 생경한 거리마저 당연하게 느껴진다. 스무 살에서 서른한 살로 훌쩍, 여행이라도 떠나온 기분이다.

의사는 혼자서도 그렇게 잘 지내는 걸 보면, 기억이 있던 때 나는 꽤 활기찬 어른이었을 거라 말해 준다. 날 응원해 주는 사람이 의사

단 한 사람뿐인 건 아니다. 경수 아저씨도 잊을 만하면 한 번씩 내려와서 회를 사 준다. 이제 어른이니까 소주 한잔해야지 하더니 혼자 술잔을 기울이시기도 한다. 술에 취하면 아저씨는 엉엉 운다.

"정원이 딸이면 내 딸인데, 내가 그동안 신경을 못 썼어. 네가 친지도 없는 걸 알았는데 사는 게 바빠서, 그래도 그렇지 뭐가 그렇게 바쁘다고."

나는 그런 아저씨의 횡설수설을 들으며 남은 회에 술을 마신다. 여태까지 한 번도 아저씨만큼 취한 적이 없는 걸 보면 기억을 잃기 전의 난 커피뿐만이 아니라 술도 꽤 잘 마시는 어른이었지 싶다.

그런 걸 알기나 하는지 다음 날 아침, 아저씨는 일찍부터 일어나 해장국을 끓여 주고 내려간다. 그걸로도 모자라 다음에 올 땐 TV라도 사 올까? 하고 조심스레 묻기도 한다.

"텔레비전이 무슨 슈퍼에 파는 과자라도 돼요?"

난 고개를 절레절레 저으며 회 한 접시보다 비싼 건 사 오지 말라고 으름장을 놓는다. 하지만 아저씨의 선의를 거절하는 건 꼭 돈 때문만은 아니다. 나는 어쩐지 텔레비전 속 세상이 무섭다. 그 안도 서울의 거리처럼 너무 많이 바뀌어 있기 때문이다.

인호네 집에 살 때는 잠 오지 않는 밤, TV를 틀었다가 방영해 주는 영화를 보고 문득 아득해졌던 일도 있었다. 영화 잡지사 기자였다는 나는 이제 뭘 하고 살아야 하는 걸까? TV에서 해 줄 정도면 꽤 오래된 영화들일 텐데도, 그중에 내가 아는 영화는 거의 없다. 내가 기억하는 것들은 모두 너무 오래되었다. 그런 걸 생각하면 갑자기 내가 무척 쓸모없는 사람이 된 기분이다.

 의사는 나의 이런 소심한 걱정들을 모두 들어 주곤 친절히도 답해 준다.

 "조금씩 천천히 보면 되지요. 무엇이든 좋아하는 게 있다는 건 좋은 거예요. 11년 치 좋은 영화를 몰아 볼 수 있다니, 그건 또 얼마나 행복한 일입니까?"

 아직 그럴 용기가 나지 않는다며 답답하게 굴어도 고개를 끄덕이며 공감해 준다.

 "너무 많은 자극이 한꺼번에 몰려오는 건 누구에게나 힘든 일입니다. 영상 매체가 지금 사랑 씨에겐 그런 거겠죠. 좀 덜 자극적인 것부터 시작하면 어떻습니까? 라디오는 좋아했어요?"

 "어, 네. 저 사실 고등학교 때는 좋아하는 연예인이 있어서 라디오 챙겨 듣고 그랬어요. 어쩌다 영화 기자가 되었는진 모르겠지만, 고 3 때 꿈은 라디오 작가가 되는 거였어요."

 "좋네요. 그럼 그거부터 들어 보는 건 어때요?"

 의사의 말에 실컷 고개를 끄덕여 놓고선 나는 정작 집에 와서는 아무런 시도도 하지 않았다. 많은 환자들이 그렇듯 내게도 의사의 조언을 듣자마자 행할 만한 실행력은 없었다. 한 것도 없이 일주일이 흘렀다. 다시 병원에 갔을 땐, 라디오를 어떻게 들어야 할지 모르겠다는 게 핑계가 되어 주었다.

 고등학교 땐 MP3 플레이어로 듣곤 했는데 요즘 길을 걸어가다 보면 그런 기계를 가지고 다니는 사람을 찾아보기가 쉽지 않았다.

그보다 어린 시절에 있던 카세트 플레이어나 CD 플레이어 같은 건 아마도 멸종되었을 테고, 그걸 대체할 만한 기기도 내겐 없었다.

그런 말을 변명처럼 우물쭈물 늘어놓다가 상담 시간이 끝났다. 그다음 주, 의사는 30년은 묵힌 듯 낡은 카세트 플레이어를 내게 건넸다.

"아주 오래전 물건인데, 시장 지나가다 보니 중고로 만 원에 팔더라고요. 사랑 씨가 생각나서 샀어요. 카세트는 고장 나서 못 듣고 라디오만 들을 수 있는 거예요."

의사는 그렇게 말하고는 버튼을 눌러 전원을 켜는 법이나, 동그란 스위치를 돌려 주파수를 맞추는 법을 알려 주었다.

"음질이 아주 좋진 않은데, 라디오는 또 그 맛에 듣는 거지요."

기계를 받아 든 채 버스를 타고 오는 길, 나는 라디오 뒷면에 쓰여 있는 의사의 이름을 보고 작게 웃었다. 아껴 간직했던 자기 물건을 주며 만 원짜리라고 말해 준 그 마음이 뭔지 알 것도 같았다.

하지만 그렇게 살뜰한 맘을 받은 것도 무색하게, 집에 온 물건은 거실 한편에 덩그러니 장식품처럼 놓여 찬밥 신세가 되었다. 그 무렵, 나는 새로운 것에 도전하길 그렇게나 겁내고 있었다.

그러나 혼자 사는 삶엔 필연적으로 고독이 사무치는 밤이 오는 법이다. 그날이 꼭 그런 날이었다. 겨울철 때아닌 폭우로 병원도 가지 못하고 일주일째 집에만 틀어박혀 있던 그때, 나는 전화기를 살 걸 그랬나 후회를 했다. 어차피 연락할 데도 없으니 사지 않은 것이지만, 전화기가 있었다면 경수 아저씨한테라도 걸어 보는 건데 싶었다.

내 외로움을 거들어 주려는지 밤이 되자 빗소리도 잦아들었다. 사위가 고요해지니 내 심장의 자맥질 소리마저 들리는 듯했다. 무섭도록 커다란 침묵이었다.

그제야 나는 못 이기는 척 라디오를 켰다.

지지직거리는 소리가 적막을 죽였다. 제일 처음 찾은 주파수에서 12시를 알리는 기계음이 들렸다. 조용한 시그널 음악 뒤로, 심야 시간에 어울리는 나지막한 남자의 목소리가 들렸다.

「FM 음악의 바다, 서우연입니다.」

나쁘지 않았다. 웬걸, 가슴 한구석이 싸해 왔다. 의사와 경수 아저씨를 제외하고는 오랜만에 들어 보는 타인의 목소리였다. 마냥 반가운 것도 당연한 일일지 몰랐다.

나 좀 외로웠나?

남의 목소리 들으면 원래 이렇게 안심이 되고 그러나?

그런 생각을 하는 사이에 시그널 음악이 흘러갔다. 인사가 끝나자 남자는 날씨 이야기를 했다. 서울은 아직 비가 그치지 않은 모양이었다. 남자는 비 오는 날이면 기압이 낮아져 소리가 높게 퍼지지 못하고 고여 있기에 동굴 속에서 목소리가 울리듯, 음악도 조금 더 잘 들린다고 말했다.

「하지만 습도나 소리의 전달 같은 어려운 이야기까지 가지 않더라도요, 빗소리와 섞인 음악은 괜히 더 운치 있습니다. 음악이 유달리 좋게 들리는 때는 또 하나 있죠. 바로 라디오를 통해 울려 퍼질 땐데요. 주파수가 잘 맞지 않아 음질이 조금 안 좋은 구식 라디오,

기억하시나요? 거기서 나오는 지지직거리는 소리가 섞이면 이상하게도, 노래가 더 좋게 들립니다. 음반으로 들을 때보다 왠지 멜로디도 더 괜찮은 거 같고, 가사도 가슴을 울린단 말이죠. 아니, 사실 요즘은 다 인터넷으로 들으시니까, 굳이 그 시절까지 가지 않고 선명한 음질로 잘 맞춘 주파수라고 해도요. 내가 좋아하는 음악이 우연히, 라디오에서 흘러나오면 괜히 기분이 좋죠. 오늘은 저한테 조금 특별한 곡을 가지고 나왔습니다. 이 노래를 함께 좋아해 주던 사람이 지금 이 라디오를 듣고 있으면 좋겠네요. 아껴 듣기 위해 자주 선곡하지 않는 노래예요. 함께 들어 주세요. 여기는 FM 음악의 바다, 저는 서우연입니다.」

오프닝 멘트가 끝나고 음악이 시작되었다. 어딘가 수상쩍은 기타 소리가 찰랑찰랑 울렸다. 어쩐지, 좀 익숙한 선율이었다. 아닌 게 아니라 입은 저절로 멜로디를 따라 흥얼거리고 있었다. 어디서 들었지, 예전에 좋아하던 노래인가 한참을 고민하다 곡이 반절쯤 지났을 때 깨달았다.

꿈속의 남자가 들려준 노래다. 한 짝씩 나누어 듣던 이어폰에서 새어 나오던 그 희미한 멜로디였다.

시답잖은 우연에 기분이 좋아진 나는 노래가 끝날 때까지 주파수를 돌리지 않았다. 제목도 모른 채 꿈속에서만 듣던 그 노래의 정체가 궁금했기 때문이었다. 음악이 끝나자 서우연은 노래를 부른 가수의 이름과 함께 긴 영어 제목을 또박또박 말해 주었다. 서우연이라는, 어딘가 서글서글한 인상의 이름과 어울리지 않는 억세고 딱딱한 발음이었다. 덕분에 단어 하나하나가 또렷이 들려 잘 받아 적긴 했지만, 영어 발음이 저렇게까지 이상할 건 뭔가 싶어 웃음이 나왔다.

비 오는 날의 텔레파시가 내 웃음소리를 전달하기라도 했던 걸까. 서우연이 말했다.

「웃지 마세요. 지금 제 영어 발음이 되게 안 좋다, 이렇게 생각하실 수 있는데 제가 사실은 리버풀에서 유학을 해서 굉장히 정통 영국 사투리를 구사하는 중이거든요.」

어이없어서 한 번 더 웃었다.

그게 다였다. 듣기 좋은 노래가 몇 곡 더 나왔고, 말도 안 되는 농담들에 피식피식 웃다가 정신 차려 보니 두 시간이 지나 있었다. 여느 라디오가 그렇듯 서우연이 끝인사를 건넸다.

「지치지 마시고요. 힘들어하지도 마세요. 우리는 내일 밤 다시 만나요.」

그날 밤, 나는 오랜만에 푹 잠이 들었다.

라디오가 나의 단조로운 일상에 스며들어 온 건 바로 그날부터였다.

처음엔 그냥, 잠 오지 않는 밤마다 습관처럼 틀어 두었을 뿐이다. 서우연의 목소리는 한밤에 잘 어울렸으니까. 텅 빈 방 안에 낮게 울려 퍼지는 그 목소리를 듣다 보면 낮에 느낀 불안이 온데간데없이 사라졌다. 감미로운 목소리라는 게 수면제 작용이라도 하는지, 가끔은 라디오를 켜 놓은 채 스르르 잠이 드는 때도 있었다.

하지만 그런 날이 많지는 않았다. 방송은 늘 유쾌했고, 킥킥대고 웃으며 듣다 보면 어느덧 2시가 되어 있었다. 서우연은 좀 웃겼다. 말도 안 되는 영어 발음을 가지고 리버풀 사투리라고 우길 땐 며칠 동안 긴가민가했는데 듣다 보니 그건 서우연이 청취자들에게 자주 하는 농담이고 아무도 믿는 사람은 없는 듯했다.

그런 식의 능청이 밤 시간대의 라디오가 주는 편안함과 잘 어우러졌다. 보이는 라디오를 해 달라는 팬들의 요청엔, 이렇게 잘생겼는데 보이는 라디오를 했다간 노래는 안 듣고 얼굴만 보는 거 아니겠냐고, 음악을 위해서 안 될 일이라고 너스레를 떨어 댔다.

청취자들 역시 그런 농담에 익숙해졌는지 가끔 '서우연 씨, 진짜 잘생겼더라고요. 주로 라디오에만 출연하는 것도 이해가 돼요. 잘생긴 외모가 음악성을 가려 버리니까.' 같은 사연을 보내왔다. 서우연은 그런 사연만큼은 빼먹지 않고 소개하는 주제에, 많이 와서 지겨우니까 이제 보내지 말라고 으름장을 놓기도 했다.

「너무 잘생겨서 음악에 대한 진정성을 의심당하는 삶, 괴롭습니다. 점점 자신이 없어져요. 외모로 남에게 질 자신이 없네요. 그렇지만 힘내겠습니다.」

진지한 어투로 그런 말을 하다가 또 금세 웃어 버릴 땐 이게 농담인지 진담인지 헷갈리기도 했다. 어느 날인가, 병원에 갔을 땐 로비에 놓여 있는 컴퓨터에다 '서우연' 이름 세 글자를 검색해 볼까 하는 생각까지 했다.

실제로 컴퓨터 앞에서 한참을 앉아 있기도 했는데 결국 찾아보지는 않았다. 인터넷 역시 영화나 TV처럼 나에겐 아직 두려운 대상이었다. 게다가 리버풀 농담을 생각해 보자면, 얼굴이 잘생겼단 말도 거짓말일 게 뻔했다. 나는 서우연의 평범한 얼굴을 확인하는 건 나중으로 미뤄 두기로 했다. 좀 더 오래, 환상에 젖어 있고 싶었다. 이미 그가 무척 좋아졌기 때문이다.

라디오란 참 신기했다. 하루 두 시간, 목소리를 듣는 것뿐인데 이렇게 쉽게 정이 든다니.

나는 일단 그가 선곡한 노래들이 마음에 들었다. 서우연은 음악을 하는 사람이었다. 노래는 물론이고 작곡, 작사까지 도맡아 한다니 음악에 조예가 깊은 건 당연한 일이었다. 라디오 진행은 그에게 찰떡같이 잘 맞는 일이었다. 그는 〈FM 음악의 바다〉라는 방송명에 걸맞게 모래알처럼 다양한 종류의 음악을 청취자들에게 소개해 주었다.

심야 방송이다 보니 밤에 어울리는 잔잔한 노래가 많았지만, 꼭 그런 것만은 아니었다. 매일 각기 다른 코너에서 각양각색의 노래가 흘러나왔다. 난생처음 듣는 인디 밴드의 신곡부터, 아이돌 음악, 아빠가 생전에 술만 마시면 부르던 이글스의 〈Desperado〉처럼 오래된 노래까지. 시대와 국가를 가리지 않는 선곡표였다.

내가 제일 좋아하는 시간은 금요일 밤 1시부터 재즈 음악을 틀어 주는 때였다. 쳇 베이커, 마일즈 데이비스, 조니 미첼, 빌리 홀리데이……. 서우연은 그런 오래된 재즈 넘버를 틀어 주며, 가끔은 노래 가사의 내용을 설명해 주었고, 자주 그들의 연주에 감탄했다.

나는 그의 입담에 흥겨워하며 어쩐지 무척이나 익숙한 노래들을 흥얼거렸다. 그러다 문득 깨달았다. 고등학교 때, 난 이런 음악을 찾아 듣는 조숙한 학생은 아니었다. 그 노래들은 아마 내 스무 살에서 스물일곱 사이를 빛내 주었을 것이다. 가사를 외워 흥얼거릴 만큼 줄기차게 듣던 그 멜로디가 공백이 된 나의 머릿속 어딘가에 끈질기게 자리 잡고 있었다.

별것 아닌 취향일지언정, 나는 또 기억을 하나 되살린 셈이었다. 모두 서우연 덕분이었다.

그렇지만 그가 들려주는 노래가 늘 좋았던 것은 아니다. 너무도 폭넓게 음악을 듣는 사람이라서인지 그는 가끔 내겐 생경하기만 한 노래를 들려주곤 했다. 그런 노래가 나올 때도 나는 주파수를 돌리지 않았다. 의리 때문만은 아니었다. 처음 듣는 노래들조차 서우연이 온전히 내 것같이 만들어 주어서였다.

낯선 외국어로 흥얼대는 브라질 음악을 들으며 이게 뭔가 하고 있으면 그는 내 맘을 알기라도 하듯, 얼른 설명해 주었다.

「이 노래가 되게 밝잖아요. 근데 제목은 'Good bye, sadness'예요. 이 사람이 너무 즐겁게 라라라, 하면서 노래를 하니까 꼭 소풍이라도 온 것 같단 말이에요. 그런데 사실 가사를 보면 정말 정말 슬펐던 사람인 거죠. 가슴이 찢어져도 봤고, 외로움에 몸부림쳐도 봤고, 인생이 다 괴로운 거예요. 그렇지만 이제 슬픔도 끝이라고, 이렇게 즐겁고 밝게 노래를 합니다. 그래서인지 모르겠는데 신나게 라라라 하는 선율을 듣다 문득 마음이 아파지고요. 그러다 다시 기분이 좀 좋아져요. 모든 걸 다 겪은 사람이 끝이라고 하면, 정말 슬픔이 끝날 것 같았어요. 그게 제가 이 노래를 좋아하는 이유입니다.」

그의 말을 듣고 나니 그 곡이 조금 다르게 들렸다. 가벼운 리듬 사이에 서린 애수, 곧 모든 게 끝난다 말하는 다정한 목소리. 내게 서우연은 꼭 그 노래와 같았다. 그는 언제나 슬픔은 끝이라고, 이제 라라라 노래를 부르자고 말하는 사람이었다.

라디오를 다시 듣기 시작하며 내가 새삼 깨달은 건 세상엔 힘들고 외로운 사람이 너무 많다는 것이었다. 어쩌면 나처럼 외롭고 쓸쓸한 이들이 모두 라디오 앞에 모여 있는 것인지도 몰랐다.

서우연은 그런 청취자들의 사연을 또박또박 잘도 읽어 주었다. 주로 가볍게, 때로는 진지하게 그들에게 위로의 말을 건넸다. 사연과 말 사이엔 언제나 농담이 끼어들었다. 실연당한 사람과 전화 연결을 해서 실컷 위로하다가 서우연은 이렇게 말하곤 했다.

「저기, 석원 씨. 아무거나 노래 한 곡 해 봐요.」

「네? 어, 그럼 저 형 노래 할게요.」

청취자들이 빼지도 않고 아무렇잖게 노래를 한다는 게 또 우스웠다. 서우연은 그들의 어설픈 노래를 들으며 거의 흐느끼듯 웃다가도 마지막엔 다시 상냥한 위로의 말을 건넸다.

「석원 씨. 아니, 우리 이제 잘 아는 사이잖아. 형이 말 놓을게. 석원아, 다 잘될 거야. 걱정하지 마.」

그 살가운 위로 다음엔 또 얄궂은 말이 이어졌다.

「석원아, 너 방송 다시 들으면 너무 부끄러워서 내일부터는 사랑으로 괴로워할 틈이 없을 거야.」

그렇게 놀리는 것이 무례하게 느껴지지 않는 건 모두 서우연의 목소리 때문이었다. 다정함이 담뿍 담긴 그 목소리, 그런 건 절대 꾸며선 낼 수 없다. 매일 밤, 두 시간씩을 듣다 보면 알 수 있는 사실이었다. 그는 따뜻한 사람이다. 그래서 그렇게 말할 수 있는 것이다.

가끔은 그런 그라도 농담으로 연결할 수 없을 만큼 참담한 사연들이 라디오에 도착하곤 했다. 서우연은 그런 사연일수록 마음을 다해 대했다. 어떤 때에는 사연을 읽다가 눈물을 떨군 일도 있었다. '오랜만에 온 사람'이란 이름의 청취자가 보낸 사연을 읽던 날도 그랬다.

서우연이 처음 라디오를 시작했던 날부터 함께했다던 애청자 '오랜만에 온 사람' 씨는 3년 만에 다시 라디오를 켰다며 장문의 편지를 보내왔다. 그 속엔 언니와 엄마를 사고로 한꺼번에 잃으며 실의에 빠진 나날들이 담겨 있었다. 편지의 마지막 부분은 이렇게 끝났다.

「3년 동안 나름 잘 지냈어요. 그런데 지나고 보니 그 기간에 내가 뭘 하고 살았는지 기억이 잘 나지 않네요. 일할 때를 빼면 밖에 잘 나가지 않고 사람도 잘 안 만나서 그런가 봐요. 평소 좋아하는 것들도 일부러 멀리했어요. 아마 혼자만 살아남은 날 벌주려고 그랬던 것 같아요. 라디오도 그래서 잘 못 들었어요. 라디오 너무 좋잖아요. 그런 좋은 거 듣고 나 혼자 행복하면 안 될 것 같아서. 엄마랑 언니가 내가 그렇게 살길 바랄 리가 없다는 걸 알면서도요. 그렇게 헤매는 동안 한참이 흘렀어요. 그런데 음악의 바다는 여전히 그 자리에 있네요. 다행이에요. 제가 다시 돌아올 때까지 기다려 줘서 고마워요. 저, 이제 다시 라디오 들으려고요. 예전에 저 엄마랑 식당 열었다고 사연 쓰면서 주소도 보내 드렸는데, 우연 님 오시면 무조건 공짜라고, 밥도 두 공기 드리겠다고 했었는데, 혹시 기억하시나요?」

떨리는 목소리로 한 줄, 한 줄 읽어 오던 서우연은 '밥 두 공기'라는 대목에서 그만, 아이처럼 엉엉 울어 버리고 말았다. '제가 뭐라고, 밥을 공짜로 주세요' 하고 울다가 다시 목소리를 가다듬더니, 결국엔 무너져 내렸다.

「세상이, 너무 힘들죠. 사는 건 가끔은 견디기 힘들게 잔인해요.」

울음 섞인 목소리로 그렇게 말하던 그는, 끝내 다음 사연으로 넘어가지 못했다. '노래 좀 듣고 갈게요' 하는 쥐어 짜낸 목소리 뒤로 음악이 흘러나왔다. 서우연의 방송으로선 드물게, 제목 소개도, 아무런 설명도 덧붙여지지 않았다. 그 음악을 들으며 나는 아주 오랜만에 나 아닌 다른 이를 걱정했다.

차분한 어조로 편지를 써 보냈지만, 그렇게 담담한 문장이 나오기까지 많이도 아팠을 청취자 '오랜만에 온 사람' 씨를 생각했다. 엄마와 함께 차린 밥집, 그 안에 담긴 꿈, 그 모든 걸 무너뜨리게 만든 비극을 생각하며 조금 울었다. 그런 다음에는 자연스레 서우연에게 마음이 갔다. 다른 이를 위해 창피함도 모르고 울어 준 그 사람은, 지금 무슨 생각을 하고 있을까?

노래가 끝나면 돌아올까?

운 것을 겸연쩍어할까?

평소처럼 가볍게, 농담이라도 던지려나?

잠시 후, 난 내 추측이 모두 틀렸다는 것을 확인해야 했다. 한 곡이 끝나고 나서도 서우연은 돌아오지 않았다. 두 번째, 세 번째 노래가 계속되었다. 도합 네 곡이 흐르고 나서야 그는 조금 잠긴 목소리로 등장했다.

「죄송합니다. 오늘 나머지 시간 동안은 음악만 들어 볼게요.」

이제 겨우 새벽 1시였다. '어쩌려고 그러지' 하는 걱정이 들었다가 이내 사라졌다. 아마도 〈FM 음악의 바다〉 청취자들은 나처럼, 서우연의 마음을 이해해 줄 것이었다. TV나 다른 매체에서는 결코 용인받지 못할 공감대가 주파수를 타고 흐르고 있었다. PD는 시말서를 쓸지도 모른다. 서우연도 사과문을 읊어야 할 수도 있다. 그래도 괜찮았다. 어쨌든 음악이 흐르는 동안 라디오는 계속된다. 그것이 위안이 되었다.

그날 난, 2시가 다 되도록 잠자리에 들지 못했다. 서우연이 음악만 걸어 둔 채 퇴근했으리란 상상을 할 수 없었기 때문이다. 그가 녹음실에서 음악을 흘려보내며 울고 있다면, 나 역시 라디오 앞에서 그 노래들을 듣고 싶었다. 게다가 내겐 믿음이 하나 있었다. 시간이 되면 그가 돌아와서 반드시 끝인사를 해 주리라는 믿음.

서우연은 그런 내 맘을 알기라도 하듯, 새벽 1시 59분에 다시 돌아왔다.

「지금까지 음악의 바다, 서우연이었습니다. 지치지 마시고요, 힘들어하지도 마세요. 우리는 내일 밤, 다시 만나요.」

밥공기에 쌀알을 담듯, 마음을 꾹꾹 눌러 담은 서우연의 목소리가 텅 빈 방 안을 채웠다. 평소엔 낯간지럽다고만 생각했던 그 말이 그날은 어찌나 위안이 되던지.

　다음 날 아침 눈을 떴을 때, 난 정말 그의 말대로 지치지도 않고, 힘들지도 않은 하루를 보내고 싶었다. 하나도 외롭지 않은 척 방 안에 틀어박혀 있거나 여유로운 척 바다나 보고 우울해하는 대신, 무언가 새로운 일을 시도해도 좋겠단 생각이 들었다. 밤이 되면 조금 더 가벼워진 마음으로 라디오 앞에 앉아 그를 만나고 싶었다.

　많이 울었으니 눈이 부었겠다고 서우연에게 말을 걸면 좋을 것 같았다. 네가 울어 줘서 '오랜만에 온 사람' 씨의 마음은 한결 나아졌을지도 모른다고, 어쩌면 내 맘도 그랬다고 문자라도 보내고 싶었다.

　그래서 나는 전화기를 사기로 했다. 경수 아저씨가 연락 좀 하고 지내자며 재촉할 때마다 강릉에 내려오시면 되지 않냐고 말대꾸를 했었건만, 고작 라디오에 사연을 보내고 싶어서 마음을 바꾸다니. 경수 아저씨가 알면 퍽도 섭섭할 일이었다. 어쩌면 그런 아저씨의 이야기를 그에게 해 봐도 좋을 것이다. 어느새 내 마음은 잔뜩 들떠서 청취자 전화 연결까지 꿈꾸고 있었다.

　그렇지만 상상에서 깨어나 현실의 단계를 차근차근 밟는 건 쉬운 일이 아니었다. 자리에 누운 채 4년, 아니, 기억을 잃고 11년이 지난 사이에 어느새 난, 전화기를 사는 일조차 버거워하는 사람이 되어 있었다. 대리점 직원은 번호 이동이 아니라 신규 가입이면 혜택이 어쩌고 구시렁대면서 한참을 툴툴댔다. 대입에 성공한 기념으로 아빠가 핸드폰을 바꿔 줬을 때만 해도 이렇게 오래 걸리진 않았던 것 같은데 개통하는 데 시간이 좀 걸린다는 말도, 2년인지 3년에 걸쳐 돈을 나눠 내야 한다는 말도 잘 이해 가지 않았다.

그렇게 해서 겨우 손에 쥔 전화기는 어떻게 켜는 것인지도 알 수 없었다. 직원은 가볍게 말했다.

"이게 신형이라 조금 어렵긴 한데, 워낙 직관적으로 나와서 쓱쓱 보면 이해할 수 있어요. 전에는 기종 뭐 쓰셨어요?"

"그게……."

내가 고등학교 때 쓰던 핸드폰 기종 이름을 답하는 대신, 나는 궁금한 것을 몇 개 더 물었다. 내 질문을 귀찮아하던 직원은 표정이 점점 이상해지더니 결국엔 농담인지 질문인지 모를 말을 던졌다.

"손님, 어디 무인도에서 살다 오셨어요?"

비꼬는 말인 줄도 모르고 나는 스스럼없이 답했다.

"아, 무인도는 아니고 병원에 있었어요."

"병원이요?"

"제가 사고로 4년 동안 누워 있었거든요. 그래서 지난 10년간 기억은 잘 나지도 않고……."

직원은 미친 사람 보듯 나를 봤다. 그제야 난 내가 처한 상황이 얼마나 말이 되지 않는가를 깨달았다. 놀랍게도 절망스럽진 않았고, 바보같이 웃음만 나왔다. 서우연이 하듯, 가볍게 '농담이에요'라고 말하고 수습해야지 싶었다.

그런데 입을 열기도 전에 눈에서 거짓말처럼 물방울이 뚝 떨어졌다. 얼른 훔쳐 내고 다시 농담이라고 말했을 땐 직원의 차가웠던 눈빛이 조금 변해 있었다.

"앉아 보세요. 제가 좀 가르쳐 드릴게요."

내 말을 믿었던 걸까. 아니면 날 좀 모자란 사람이라 생각한 걸까. 이유는 알 수 없지만, 직원은 더는 내 사정을 묻지 않았다. 그저 자리에 앉아서 끈덕지게, 내게 전화기의 요모조모를 가르쳐 주었다. 한 시간 가까이 지나서야 나는 요즘 사람들이 쓰는 전화기의 정체를 대충 이해할 수 있었다. 직원의 말대로 전화기 사용법은 기본을 익히고 나서 보니 꽤 직관적이고 쉬웠다. 어쩌면 내 손이 모든 걸 조금 기억하고 있어서인지도 모르겠지만.

직원은 문까지 나와 나를 배웅하며 나중에 궁금한 게 또 생기면 언제든 찾아오라고 말했다. 꾸벅 고개 숙여 인사하고 집으로 돌아오는 길, 나는 생각했다.

오늘 있었던 일도 서우연에게 말해야지.

꼭 전화기로 사연을 보내야지.

하지만 그게 그리 쉽지만은 않았다. 의사에게 눈물 없이 털어놓기까지도 근 한 달이 걸렸던 이야기였다. 그걸 어떻게 글로 풀어내 모두가 듣는 라디오에 보낸단 말인가. 게다가 멀고도 가까운 기억을 더듬어 보건대, 난 고등학교 때도 라디오를 듣기나 했지 사연 같은 걸 보낸 적은 없었다. 그런 건 좀 귀찮고 번거로운 일이었다.

그러나 서우연의 라디오 속엔 그렇게 귀찮고 번거로운 일을 하는 사람들이 꽤 많았다. 매일같이 사연을 보내는 고등학생 지안이는 이제 다음 주면 수능을 본다. 얼굴도 모르는 사이지만 서우연과 수많은 청취자가 그렇듯 나도 지안이의 수능 대박을 기원했다.

여자 친구와 싸울 때마다 슬픈 노래를 신청하고는 하루만 지나면 다시 화해했다며 세상 행복한 사연을 보내는 도현호 씨는 드디어 청혼을 했다. 서우연은 '현호야, 형한테 행복한 사연은 보내지 말랬지' 하면서 화를 내다가 또다시 진심으로 축하해 주었다. 나 역시 도현호 씨가 여자 친구와 그만 싸우고 행복해지길 바라며 웃었다.

이름만 아는, 아니, 가끔은 별명으로 불려 진짜 이름조차 알 수 없는 사람들. 내가 그들을 이토록 친근하게 느낀 건 서우연의 목소리를 통해 매일같이 그들의 일상을 고백받기 때문이었다.

어떤 청취자는 영화를 무척 좋아하는지, 신작을 볼 때면 늘 사연을 보내곤 했다. 한번은 이 영화는 스포일러를 알고 보면 재미없다며 '붉은 글씨로 쓴 부분은 절대 라디오에서 읽지 마시고 우연 오빠만 알고 계세요'라는 사연을 보냈다. 서우연은 물론, 나한테는 스포일러를 해도 되냐고 분개했다. 그 목소리를 듣고 키득거리다가 나는 문득 그 영화가 보고 싶어졌다.

다음 날, 난 영화관에 갔다. 사고가 난 후로는 처음, 내 기억으로는 11년 만이었다. 영화관은 내 걱정만큼 낯설진 않았다. 멀티플렉스 극장의 스크린은 내 머릿속에 남은 기억과 거의 흡사해 괜스레 반갑기까지 했다. 그렇게 해서 본 영화는 과연, 스포일러를 알게 되면 싱거워질 내용이었다. 나는 서우연을 가엾게 여기며 잠깐 웃었다.

그날 밤, 나는 처음으로 라디오에 보낼 사연을 썼다. 라디오 녹음실 부스에서 서우연이 마이크 앞에 홀로 앉아 있는 모습을 떠올리며, 낮게 울리는 그의 목소리가 조심조심 내 사연을 읽어 줄 일을 그려 보며, 별것 아닌 말에도 유쾌하게 웃음을 터뜨리고, 농담으로 나를 놀릴 일들을 생각하며.

그런 상상을 계속하고 있자니, 어쩐지 꼭 한번은 그와 만나 그렇게 농담을 주고받은 적이 있는 것 같단 착각까지 일었다. 얼굴도 본 적 없는 주제에. 고작 첫 사연을 쓰고 있으면서, 나는 그렇게나 설렜다.

초심자의 행운인지 내 사연은 바로 방송에 소개되었다. 사연의 끝에, 난 영화의 주제곡을 신청했지만 서우연은 스포일러의 악몽이 생각난다며 내 신청곡을 틀어 주지 않았다. 그래도 어쨌든 이름이 호명된 나는 설레는 맘으로 날이 밝도록 잠을 이루지 못했고, 결국 늦잠을 자서 상담 시간에 지각을 하고 말았다.

하지만 그런 기쁨은 반복되지 못했다. 그건 내 이름이 서우연의 목소리로 불렸던 처음이자 마지막 사건이었다. 다음 날, 나는 바로 내 사연을 읽어 줘서 고맙다며 서우연의 라디오에 또 신청곡을 보냈다. 그러나 이번엔 서우연은 내 신청곡을 틀어 주지도, 사연을 읽어 주지도 않았다.

내가 신청한 곡은 꿈속의 남자와 이어폰을 나눠 끼고 들었던 바로 그 노래였다. 서우연이 너무 좋아서 아껴 들으려고 자주 틀지 않는 곡이라고 말한 건 나도 기억하고 있었다. 그래도 라디오에서 나오는 그 노래가 나는 다시 한번 듣고 싶었다. 서우연의 말대로 지지직 소리와 함께 내 신청곡이 나온다면 무척 기쁠 것 같았다. 그래서 나는 생각날 때마다 한 번씩 문자로 신청곡을 보냈다. 나 같은 사람이 너무 많아 그만 묻혀 버린 건지, 아니면 서우연이 그 노래를 정말 아껴서 틀고 싶은 건지, 내 신청곡은 단 한 번도 나오질 못했다.

그것 말고도 사실 내겐 서우연에게 혼자 서운할 만한 일이 하나 더 있었다. 매일같이 사연을 보내는 지안이가 수능을 치르고도 한 달이 지난 그날은, 4년 전, 내가 사고를 당한 날이었다.

그날은 어쩐지 기분이 싱숭생숭했다. 사고의 기억이 선명히 남아 있는 것도 아닌데 어쩐지 힘이 나지 않았다. 그래도 괜찮았다. 낮을 잘 버텨 내면 다시 서우연이 돌아오니까. 밤 12시, 나지막한 목소리가 나를 찾아온다면, 마음을 가라앉히고 편히 잠들 수 있을 것 같았다. 하지만 하필이면 그날, 서우연은 방송에 나오지 않았다.

다른 루트로 따로 공지라도 한 것인지, 다른 청취자들은 오늘 대타 DJ가 온다는 걸 다 알고 있던 듯했다.

대타 DJ가 읽어 주는 고등학생 지안이의 '우연 오빠 1년에 한 번 쉬는 날이 또 돌아왔네요' 하는 사연을 듣다가 나는 아, 오늘이 서우연의 생일인가 싶어 처음으로 인터넷에 그의 이름을 검색해 보았다.

덜컥, 얼굴이 나오면 어쩌지 마음이 조마조마했는데, 의외로 첫 화면에는 짙은 파란 색깔의 앨범 재킷 사진이 먼저 나왔고, 그 옆엔 생년월일이 적혀 있었다. 그의 생일은 6월 7일이었다.

그럼 무슨 일일까? 하는 궁금증은 낮이 될 때쯤 사라졌다. 다시 밤이 오자, 하루 못 본 것쯤은 별것 아닌 일이라는 듯이, 그가 다시 낯익은 인사를 건넸다.

「여기는 FM 음악의 바다, 저는 서우연입니다.」

첫 곡은 인터넷에서 본 짙푸른 색 앨범에 실린 노래였다. 그의 음악은 라디오를 통해 몇 번, 들은 적이 있었다. 감미로운 목소리는 말할 때보다도 울림이 커서 어쩌다 이렇게 유명해지고 라디오까지 맡았는지가 알 만했다.

하지만 오늘 노래는 그전 것들이랑은 좀 달랐다. 일단은 가사가 없는 연주곡이었고, 그전 것들보다 묘하게 대중적이지 못했다. 서우연은 주기적으로 한 번씩 자기 노래를 틀어서 저작권료를 챙겨야 했는데 요즘 좀 뜸했다고 농담을 하더니, 금세 진지해져서 곡을 설명했다.

「사실 이 곡은 아쉬움이 많이 남는 노래예요. 원래는 이렇게 만들면 안 되는데, 서두르다가 조금 그르쳤죠. 제 안에서 끝나지 않은 감정으로 음악을 만들면, 마음처럼 노래가 좀 모호해지거든요.」

알 듯 모를 듯 한 이야기를 곱씹고 있는 사이, 서우연이 말을 이었다.

「음악의 바다를 오래 청취해 주신 분들은 아마 아는 이야기이실 텐데, 어제는 1년에 한 번, 제가 쉬는 날이었어요. 저는 여러분을 버리고 저만의 추억의 장소에 다녀왔습니다. 벌써 문자로 쏟아질 야유가 들리네요.」

그는 자기에게 너무 집착하지 말라고 너스레를 떨다가, 듣다가 덜 외로워지면 라디오를 잊고 떠나라고, 자신을 버리라고 진지하게 말하고, 또다시 내 추억의 장소가 어딘지는 묻지 말라고, 자기 얼굴을 그렇게 보고 싶으냐고, 평소에 미남을 볼 기회가 그렇게 없냐며 우스갯소리를 한참 했다. 그러고는 다시 조금 가라앉은 목소리로 이야기를 시작했다.

「아시는 분은 아시겠지만, 저희 형이, 음, 몇 년 전에 세상을 떠났어요. 제가 형의 기일마다 찾아가는 바닷가가 있는데 그게 형과의 약속이라 거길 안 갈 수는 없어서 라디오를 시작할 때부터 1년에 한 번은 빼 달라고 했어요. 이렇게 말하면 제가 정말 형 생각을 많이 하고 저희 사이가 되게 우애도 깊고 좋은 줄 아시겠지만 사실 별로 그렇진 않았어요. 형한테 진짜 많이 맞기도 하고, 싸우기도 엄청 싸웠거든요. 그런데 곁에 없으니 그런 것도 그립네요. 아, 이런 얘길 하려던 건 아니고, 음······.」

서우연은 목소리를 한 번 가다듬더니, 조금 웃음을 머금은 채 말을 이었다.

「형은 저한테 처음 기타를 사 준 사람이고, 저희 집에서 제가 음악 하는 걸 응원해 준 유일한 존재였거든요. 형이 죽고 나니까 형의 짧은 삶이 안타깝고, 슬픈 것만큼 이제 날 그렇게 생각해 주는 사람이 없다는 게 너무 허전했어요. 저도 참 이기적이죠. 그렇게 형이 가고 1년이 안 되었을 때였나. 안되는 음악을 하면서 버티기도 힘들고, 먼저 간 형이 야속하기도 했던 날, 바다에 간 적이 있어요. 그냥 마음 정리나 하고 형한테 인사나 하고 오자 했는데······. 그런데 혼자 바다를 보고 있으니까 안에 한번 들어가 보고 싶더라고요.」

나는 문득 꿈이 생각났다. 가슴이 아릿해 왔다. 그런 내 맘을 알기라도 하는지, 라디오 속에선 서우연이 잔뜩 밝은 목소리로 웃으며 말을 이었다.

「왜 그런 거 있죠. 그냥, 딱 발만 담가 볼까 싶은 거요. 그때가

요맘때니까 이미 겨울이었는데 물이 그렇게 차갑진 않더라고요. 그래서 한 걸음만 더, 한 걸음만 더 하고 들어갔죠. 그러다가 무릎까지 잠기고, 허리까지 잠기고…….」

모든 것이 너무 내 얘기 같아서 마음이 아득해졌다. 이걸 계속 듣고 있어도 되나 하던 찰나, 작게 웃음이 흘러나왔다.

「……음, 다들 지금 조마조마해서 얘가 방송 심의를 어쩌려고 이러나 하실 텐데 사실 그게 끝입니다. 더 들어갔으면 제가 지금 이곳에 없겠죠? 어떤 고마운 분이 그 바다에 계셔 주셔서, 덕분에 더 들어가지 못하고, 여기 살아 있네요. 그분이랑은 잘 살다가 나중에 거기서 다시 보자고 약속을 했어요. 근데 약속 날짜를 서로 착각한 건지, 그분께 무슨 사정이 있으셨는지 결국 다시 만나진 못했거든요. 아까 제가 그랬죠. 끝나지 않은 감정으로 노래를 만들었다고요. 그 노랜 사실 그분을 생각하며 쓴 노래입니다. 다시 만나지 못하고 만든 노래라 저에겐 어쩐지 미완성같이 느껴지는 곡이기도 하고요. 아직도 1년에 한 번은 거기 다녀와요. 형도 만날 겸 해서지만, 우연히 그분을 만난다면 좋겠다는 바람도 있습니다. 이렇게 말하면 혹시 그분이 듣고 연락 주실까 싶어서 이야기해 봅니다. 이름도 모르는데, 듣고 계실지 모르겠네요. 어느 노래에선 그리운 것은 그리운 대로 두라는데, 저는 그게 잘 안 돼요. 아직도 많이 그립습니다. 아, 지금 다들 울고 계시죠? 와, 서우연 진짜 낭만적이다, 멋있다 이러고 있죠. 맞아요. 사실이에요. 나는 왜 이렇게 멋있지? 잘생겼는데 멋있기까지 해도 되나? 그거 아세요? 심지어 음악도 잘해.」

군데군데 장난이 섞여 피식 웃어 버리고 말았지만, 그렇게 농담을 하기까지 그가 보낸 시간을 생각하니 마음 한구석이 아려 왔다. 약속을 대하는 그의 태도가 무척 진심인 듯해, 상대방이 라디오를 듣고 연락해 줬으면 좋겠다 하는 생각도 들었다.

그리고 서우연의 라디오를 듣고 나서부터는 좀처럼 꿈속에 나타나지 않는, 바닷가에서 날 구해 준 그 남자가 떠올랐다. 그것이 꿈이 아니라 사실이라면, 현실에서 다시 한번 만날 수 있다면, 날 구해 줘서 고맙다고, 괜히 성만 내서 미안하다고, 그래도 그렇게 길게 대화한 바람에 당신만이 내 기억에 남아 있다고 말할 텐데.

'그리운 것은 그리운 대로 두라는데.'

그게 잘되지 않는 것은 서우연뿐만은 아닌 모양이었다.

그때 이어폰에서 흘러나오던 그 노래를 다시 들을 수 있다면.

불가능한 소망인 걸 잘 알면서도 나는 그때로 돌아가는 상상을 했다. 4년이나 지난 지금, 불완전한 기억 속 남자를 찾을 도리는 없었다. 하지만 라디오를 통해서 그 노랠 듣는다면 어쩐지 마음의 위안이 될 것 같았다.

운 좋게도 그날은 마침 '어떤 곡이든' 코너를 하는 금요일 밤이었다.

일주일에 하루, 서우연이 자신의 선곡권을 철저히 포기하는 날.

'어떤 곡이든' 코너는 100퍼센트, 청취자와의 전화 통화로 이루어졌고, 서우연은 법에 저촉되지 않는 범위 내에서 청취자가 원하는 모든 노래를 틀어 주었다. 10분짜리 클래식이든, 동요든, 트로트든 상관없었다. 전화 연결 된 청취자가 원하기만 한다면, 직접 노래를 불러도 되었다.

그 코너라면 아끼고 아껴, 웬만하면 틀지 않는다는 그 노래도, 거절하지 않고 틀어 줄 것이다. 나는 얼른 새 전화기를 들고 방송국의 전화번호를 눌렀다.

그간 번번이 고배를 마신 내게 하늘이 내려 준 선물이었을까. 전화는 단번에 연결되었다. 전화기 속 여자는 자신을 라디오 작가라 소개하며 몇 분 후 다시 전화를 연결할 테니 전화기 앞에서 준비하고 있으라 말했다. 얼마간의 초조한 기다림 끝에 드디어 내 순서가 왔다. 서우연은 이미 몇 명의 청취자들과 전화를 마치고, 웃음기 가득해진 목소리로 나를 반겼다. 그가 내 이름을 물었다.

나는 조심스러운 목소리로 말했다.

"제 이름이 좀 어린애 같고, 특이한데요. 이거 들으면 저 아는 사람들이 알아차릴 것 같아서요. 그냥 익명의 청취자라고 해도 될까요?"

익명을 요구하는 청취자는 나 말고도 많건만, 서우연은 당황한 듯 대답을 하지 않았다.

잠깐의 정적이 흘렀다. 내가 다시 '저기요?' 하고 묻고 나서야 그는 급하게 답했다.

—아, 네. 죄송합니다. 그럼요. 익명으로 하셔도 되죠. 익명의 청취자님, 지금 어디예요?

나는 그냥 집에 혼자 있다고 말했다. 서우연은 이어서 몇 가지 질문을 더 했다. 그리고 정신을 차렸을 때 난 어느새 자연스럽게 내 얘길 떠들어 대고 있었다. 서우연이 타인에게 이야기를 끌어내는 솜씨는 그렇게나 대단했다.

그렇다고 해서 내가 모든 걸 고백한 것은 아니다. 11년 치 기억을 잃었다는 둥, 4년간 의식이 없었다는 둥 하는 이야기는 하지 않았다. 현실은 가끔, 영화보다 더 영화 같은 법이었고, 그런 이야기를 라디오에서 하면 거짓말같이 들릴 게 뻔했다.

나는 그냥 한동안 많이 아팠다고만 말했다. 큰 사고가 났고, 그래서 4년 동안 병원에서 누워 있었다고. 그러다가 나오니 세상이 바뀌어 있어서 그게 좀 힘들었는데 매일 라디오를 들으면서 힘을 얻고 있다고 말했다.

그렇게 말하고 나서야 깨달은 것은 내가 정말 서우연의 목소리 덕분에 조금씩 나아지고 있다는 것이었다. 나는 사연을 보내려고 전화기를 살 결심을 한 것이나, 오랜만에 혼자 영화관에 가서 영화를 본 일을 이야기했다. 서우연은 의사보다도 더 열심히 내 이야기를 들어 주었다.

라디오를 들을 때에도 감탄하곤 했지만 직접 통화를 하니 알 수 있었다. 그는 정말이지 상대의 말에 세심하게 반응했다.

전화기를 샀다는 이야기를 했을 땐 잘했다고 몇 번이나 칭찬을 해 주었고, 영화를 본 일을 말하자 스포일러 당한 얘기가 다시 떠오른다며 또 한 번 분개했다. 영화를 본 것도 그게 아마 4년 만이었을 거라고 말하자, 그렇게 본 영화를 스포일러 없이 감상해서 재밌고 좋았겠다고 툴툴대다가, 금세 다정한 목소리로 물었다.

―그래, 오랜만에 간 영화관은 어땠어요?

나는 또 그 말에 종알종알 신나서 떠들었다. 그렇게 그와 이야기하고 있자니 내가 전에는 마음 맞는 이와 하는 대화를 무척 좋아했다는 사실이 떠올랐다. 꿈속에서조차 처음 만난 남자와 잘도 말을 섞던 내가 아니던가.

고등학교 때만 해도 나는 말이 꽤 많았다. 말재주도 있었고, 왕왕 재밌단 소릴 들었다. 그런 기억을 더듬게 할 만큼 서우연은 내 한마디 한마디에 집중해 주었다. 내가 세상에서 제일 재밌는 사람이기라도 한 듯 실컷 웃음을 터뜨렸다. 그래서 통화는 생각보다 길어졌.

그렇게 한참을 돌아 모든 걸 다 말하게 한 후에야 서우연은 내게 신청곡을 물었다. 나는 서우연의 리버풀 사투리보단 조금 나은 발음으로 제목을 말했다.

서우연이 가볍게 웃었다.

—그 노래, 내가 잘 안 틀어 주는 노랜데.

혹시라도 그가 다른 노래를 고르라 하면 어쩌나 싶어 나는 얼른 오늘 전화한 이유를 털어놓았다. 서우연이 그랬듯 나 역시 바닷가에 얽힌 추억이 있다고 말했다. 4년 전, 약혼자와 친구가 바람피운 걸 목격하고 속상해서 바닷가에 갔다가 호기심에 물에 들어가 본 적이 있다고 고했다. 죽으려던 건 아니었는데 어떤 오지랖 넓은 남자가 갑자기 날 구하겠다며 뛰어드는 바람에 황당했었다고도 이야기했다. 그날 서울로 돌아가는 길에 교통사고를 당했고, 그때의 충격으로 머릿속 기억에 비어 있는 곳이 좀 있다고도 고백했다. 그날 밤 역시 모두 기억하고 있는 건 아니지만 그때 그 남자랑 잠깐 대화도 하고 커피도 마셨던 일은 너무 생생해 자주 꿈에서도 나온다는 데까지 이야기했을 때, 서우연이 슬쩍 끼어들었다.

―술이 아니고 커피요?

나는 웃으며 사실 그것도 잘 기억이 나지 않는다고 했다.

"뭘 마신 것도 같고, 얘기도 많이 한 거 같은데 기억은 안 나요. 그냥 그 사람이 따끈한 캔 커피를 건넨 게 기억나요."

―그걸 기억하는구나.

"되게 친절한 사람이었던 것 같아요."

―얄밉진 않았고?

"그냥 고마웠어요. 제가 물에 빠져 죽으려는 줄 알고 도와준 거니 되게 좋은 사람인 거잖아요. 잔소리가 좀 많았지만. 아마 제가 진짜 죽으려고 한 줄 알고 신경 쓰여서 오래 같이 있어 준 것 같아요. 근데 지금은 찾을 길도 없고, 기억도 사실 잘 안 나고……."

―이름은 기억 안 나나 봐요.

"네, 그날 바로 사고를 당해서. 사실 거기가 어디였는지, 정확한 장소도 생각이 안 나요. 제가 지금 강릉에 살아서 집 앞도 바로 바다거든요."

―강릉에 살고 있었군요.

"네, 그래서 밖에 나갈 때마다 생각하는데 바다는 그냥 다 똑같은 바다잖아요. 그러니까 대체 어느 바다에서 그분을 만난 건지도 잘 모르겠고, 어디다 현수막을 붙여 놓을 수도 없고……."

―현수막을 붙여 놓을 생각도 했어요?

그가 당황한 듯한 목소리로 물었다. 어쩐지 조금 신이 난 것 같기도 한 음성이었다.

"말이 그렇다는 거죠. 전화기도 이제 막 샀는데. 차차 해야죠. 차차."

내가 태연히 답하자 전화기 밖으로 서우연의 커다란 웃음소리가 울려 퍼졌다.

—익명의 청취자님, 정말 재밌는 사람이네. 그래요. 오늘 노래는, 그 찾을 수도 없는 사람을 위해 신청할 건가요?

"네, 그 사람을 다시 만날 순 없겠지만 그때 이어폰으로 그 사람이랑 나눠 듣던 노래는 기억나서, 그 노래를 신청하려고요."

—신청곡이 그러니까……

"아까 말한 노래요."

—제가 아껴서 자주 안 틀어 주는…… 그 노래 맞죠?

내 이야기가 자신의 추억과 닮은 탓일까, 웃음기가 아직 덜 가신 탓일까. 서우연의 목소리가 작게 떨려 왔다.

"아, 네. 맞아요. 그거요."

나는 제목을 읊어 대며 제 발음이 낫죠, 하고 덧붙였다. 서우연은 평소처럼 장난기 어린 목소리로 부정하는 대신, 몇 번 목을 가다듬었다. 말을 너무 많이 해서 목이 메기라도 한 모양이었다.

—오늘 전화해 주셔서 정말 감사합니다. 신청곡, 오랜만에 들려 드릴게요.

전화 연결은 그렇게 끝났다. 이제 서우연은 다시 나 하나가 아니라 수많은 청취자들을 향해, 말을 걸고 있었다.

전화 통화를 위해 저만치 치워 둔 라디오의 볼륨을 다시 높이자 스피커에서 그의 목소리가 흘러나왔다. 통화가 끝나자 허무감에 마음이 싸해졌다.

몇 초 후, 다시 전화기 벨이 울렸다. 아까 통화했던 방송 작가였다.

―익명의 청취자님 맞으시죠? 저희가 선물 보내 드릴 거거든요. 이름이랑 주소 알려 주시면, 이달 내로 배송이 갈 텐데요. 그, 한방 화장품 세트예요.

나는 선물을 받으려고 전화한 건 아니라고, 괜찮다고 말했다. 기념 삼아 받아 봐도 좋겠지만, 갓 수능을 본 지안이며, 여자 친구랑 결혼할 도현호 씨며, 한방 화장품을 노리는 이름만 아는 몇몇 청취자들이 생각나는 바람에 그들에게 양보하고 싶은 맘이 더 컸다.

그런데 그때 갑자기 달그락거리는 소리가 나더니 귀에 익은 목소리가 들렸다.

―여보세요?

라디오에서 이제 내가 신청한 음악이 들리고 있었다. 그러니까 서우연은 나와 통화를 끝내고, 멘트를 마무리한 후 음악을 틀어 두고는 이제 녹음실을 나와 전화를 하고 있는 것이다.

그 과정을 떠올려 보자 어쩐지 몹시 비현실적인 세계 속에 들어온 듯했다. 나와 통화하기 위해 녹음실에서 걸어 나오는 서우연을 그려 보았다. 감격스러웠다. 방송을 통해 나눈 대화보다 지금의 '여보세요' 한마디가 더 설레기도 했다. 내가 그런 생각을 하느라 침묵을 지키고 있자, 서우연이 다시 한번 입을 열었다.

―여보세요?

"네."

―익명의 청취자님…… 맞으시죠?

"네, 저 익명의 청취자 맞아요."

―아까 이름이 특이해서 말을 못 하신다고 했잖아요.

"네. 그, 친구들이 혹시 저인 거 눈치챌까 봐서요."

―전에 배신했던 약혼자가 방송 듣고 알아차릴 수도 있고요.

라디오 밖의 서우연은 라디오 안에서처럼 농담을 잘했다. 나는 조금 웃고 말했다.

"네, 그럴 수도 있고요."

―그럼 라디오에는 말 안 하고 저 혼자 알게요. 이름이 뭔지 물어봐도 돼요?

한방 화장품을 그렇게 주고 싶은 건가.

혹시 할당량을 오늘까지 안 채우면 큰일 나는 뭐 그런 사정이라도 있나.

그런 생각을 하다 말고 나는 내 이름을 말했다.

"사랑이에요. 오, 사랑."

전화기 속으로 잠깐 침묵이 일었다. 서우연이 '그래, 사랑이었구나' 하고 작게 혼잣말을 했다. 그리고 다시 조금 더 큰 목소리로 내게 말을 건넸다.

―사랑 씨.

"네."

―이제 노래 끝나 가니까 나 다시 들어가 봐야 하는데, 방송 끝까지 들을 거예요?

나는 웃으며 답했다.

"네, 그럼요. 방송 듣는 두 시간이 요즘 제일 즐거운 시간인데요."

―졸릴 텐데 안 자고요?

"절대 안 자죠. 매일 끝까지 들어요."

―저런, 큰일 났네. 일찍 자야 하는데.

서우연이 아이 재울 때나 쓸 만한 장난기 어린 말투로 받아쳤다. 나는 웃으며 답했다.

"심야 방송 DJ가 하실 말씀은 아닌 거 같아요."

―사랑 씨, 말을 왜 그렇게 잘해요.

"그러게요. 물에 빠져도 입만 동동 뜰 거란 소리도 들었어요."

꿈속의 남자가 한 말을 떠올리며 그렇게 대답하자, 서우연이 산뜻한 웃음소리를 냈다.

―사랑 씨.

"네."

―2시까지 꼭 다 들어요. 방송 끝나도 바로 자지 말고 조금만 더 있다 자요. 알았죠?

"네. 꼭 끝까지 들을게요."

어차피 설레서 잠은 못 자겠단 말은 하지 못하고, 나는 그렇게 전화를 끊었다.

2. 우연의 끝

"커피 대신 우리, 술이나 마셔요."

여자는 우연이 건네준 따뜻한 캔 커피를 마다하며, 술병을 집어 들었다. 우연은 고개를 절레절레 저었다. 정말이지 종잡을 수 없는 여자였다. 그런데 이상하게 밉지는 않았다.

물에 빠진 걸 건져 줬더니, 옷 좀 벗어 달라고 했을 때부터 그랬다. 그 말이 얄미운 대신 살갑게만 들렸다.

어쨌든 살려 줘서 고마우니 밥을 사겠다고 말하는 것엔 반죽도 좋네 하고 웃었다. 그래 놓고 지갑을 바다에 빠뜨린 거 같으니 이번엔 네가 사라 말할 땐 그저 웃겼다. 해안가 근처 24시간 국밥집을 바로 찾아냈을 때쯤엔 그새 정이 든 듯, 조금 귀엽게까지 느껴졌다.

국밥집엔 마침 난롯가가 있어 젖은 외투를 말릴 수 있었다. 바닷가 근처라 물놀이를 하다 오는 손님이 많은지 한구석에 커다란 타월이며, 옷까지 팔고 있었다. 두 사람은 수건과 옷가지를 두어 장 사고, 겉옷을 말리며 밥을 먹었다. 보글보글 끓고 있는 국밥은 냄새만 맡아도 군침이 돌았다.

"바닷물에 잠깐 들어간 것도 수영이라 쳐야 하나, 되게 배고프네."

여자는 그런 웃기지도 않는 소리를 하며 숟가락을 바삐 놀렸다. 오물오물 맛있게 먹는 모습을 보니 우연도 오랜만에 식욕이 돌았.

그렇게 한 그릇을 해치우고 국밥집에서 나왔을 때만 해도, 이 신기한 연, 이제 끝나겠구나 싶었다. 그런데 계산서를 잡으려다 스치듯 닿은 여자 손이 시체처럼 차가웠다. 뜨끈한 국물에 밥 말아 먹은 게 방금 전 일이건만, 안색 역시 금세 또 파리해져 있었다. 여자는 설상가상으로 콧물까지 훌쩍거렸다. 하여간, 신경 쓰이는 여자였다.

우연은 결국, 여자를 데리고 식당 옆 편의점에 들어갔다. 감기약을 산 후, 손이나 데울 겸 가지고 있게 하려 따끈한 캔 커피도 하나 꺼냈다. 그런데 여자가 캔 커피를 내려놓고 술병을 집은 것이다. 어처구니가 없어 웃음이 나왔다.

여자는 웃는 얼굴에 침 뱉을 수 있냐고 묻듯 생글생글 웃으며 말했다.

"술, 하죠?"

"저랑 오늘 처음 본 거 아시죠? 조금 전에 저기 해변에서."

아까 일이 기억 안 나는 듯, 우연이 일부러 바닷가를 향해 손가락을 뻗었다. 여자는 씩 웃으며 우연의 손가락을 작은 손으로 잡아 내렸다.

"그럼 뭐 어때요?"

여자가 아무렇잖게 웃었다.

"이름도 모르는 남자랑 밥 먹은 건 그렇다 치고 술까지 드시게요?"

"이름이 뭔데요?"

"네?"

"그쪽 이름이요."

"서우연입니다."

"그럼 이제 됐네요. 서우연 씨. 이름 아니까 술 마시죠."

"그쪽 이름은 뭔데요."

"그건 몰라도 돼요. 내 이름 좀 어린애 같고 특이해서 알려 주고 싶지 않거든요."

"그런 게 어딨어요?"

"여기 있어요. 그리고 남자는 이름 모르는 여자랑 술 마셔도 돼요. 내가 설마 우연 씨 죽이기야 하겠어요?"

어디 가서 말로 밀리는 일은 없을 거라 생각했는데, 바다에서 건져 냈을 때부터 물기가 다 마른 지금까지 여자는 말 하나는 잘도 했다. 그뿐인가. 행동 하나하나가 씩씩하고 싹싹했다. 죽으려 한 게 아니었다는 말은 어쩌면 진심일지도 몰랐다. 표정은 밝았고, 목소리는 쾌활했다. 약혼자의 바람을 비관하며 밤바다에 뛰어들어 죽을 사람 같아 보이진 않았다.

하지만 그건 우연 자신도 마찬가지였다. 편의점 거울에 비친 우연의 모습은, 놀랍도록 멀쩡해 보였다. 그렇지만 여자가 해변에 앉아 흐느끼고 있을 때, 우연은 울음을 귓가로 흘리며 천천히 바다로 다가갔었다. 어쩌면 그대로 죽었을지도 몰랐다. 저 성격 급하고 눈에 보이는 것 없는 여자가 자기보다 훨씬 빠른 걸음으로 저벅저벅, 바다에 들어가지만 않았더라면.

같은 장소에서 같은 때에 비슷한 생각을 했단 동질감 때문인지, 우연은 괜히 여자에게 맘이 갔다. 이성에게 느끼는 끌림이라기엔 좀 더 근원적인 호감이었다. 저 사람과 조금 더 이야기해 보고 싶다는 호기심, 혹은 열망.

아닌 게 아니라 여자는 좋은 대화 상대였다. 일단 말을 잘했다. 그걸 저도 알고 있는지 말투도 몸놀림도 어딘가 여유로운 데가 있었다. 말장난이나 주고받아도 웃음이 났고, 가만히 바라만 봐도 어쩐지 마음이 편해졌다.

지금도 그랬다. 상황이 이러한데도, 여자는 무릉도원이라도 놀러온 듯 평온한 얼굴로 종이컵을 꺼내, 술을 부었다. 그 손길이 너무 자연스러워 우연은 멍하게 감상만 했다. 그러는 새 찰랑찰랑 술잔이 가득 찼다. 우연은 얼른 병을 빼앗았다. 넘치게 부은 잔은 여자 쪽으로 밀고 이제 미지근해진 캔 커피를 땄다.

여자는 그러잖아도 커다란 눈을 더 동그랗게 뜨고 물었다.

"술 마시는데 커피 마시기 있어요?"

"한 사람이라도 제정신이어야죠."

여자가 작게 웃었다.

"사실, 그렇게 많이 마실 생각은 없어요. 일단 내일 운전해야 하니 취할 만큼 마시지도 않을 거고."

"그럼, 그냥 마시지 않으면 되잖습니까."

"술을 마셔야 사람이 뻔뻔해지잖아요. 지금 좀 창피해서 그러고 싶거든요."

"뭐가 창피한데요?"

"어쩌다 울게 되었는지를 말해 버린 거, 물에 빠져 죽으려다 모르는 사람이랑 이러고 있는 것도요. 그러니까 수치감을 잊을 만큼, 딱 한 잔만 마실 거예요."

"빠져 죽으려던 거 아니라면서요."

우연이 조심스럽게 묻자, 여자가 유쾌한 웃음을 터뜨리곤 답했다.

"뭐, 다들 '어, 이거 아닌데' 하다가 빠져 죽고 얼어 죽고 그러는 거 아니겠어요? 죽으려던 건 아니지만 그래 봤자 밤바다에 뛰어드는 마음이야 삶보다 죽음이랑 가깝죠."

그러고 보니 정말 그런 것도 같았다. 우연 역시 삶보단 죽음의 언저리에 가까운 채로 바다에 들어갔을지도 몰랐다. 방금 전까지 막연한 형태로만 머릿속에 있던 생각을 그대로 문장으로 꺼내 놓은 여자의 재능에 우연은 순수히 감탄했다.

"역시 말을 잘하네요."

"말하고 글 써서 먹고사니까요."

여자는 신문사 영화부에서 기자로 일한다며 자기 직업을 밝혔다. 우연은 자신이 아직 학생이고 작곡이 전공이라고 말했다. 여자가 어깨를 으쓱했다.

"그 정도면 되었으니까 우리 이제 서로에 관한 이야기는 그만해요."

"네?"

"내가 약혼자랑 친구랑 자는 장면에 충격받아서 울고불고 바다에 빠져 죽으려고까지 했다는 거 아는 사람이랑 친해지고 싶진 않아요."

서운할 만큼 선을 그어 놓은 주제에, 여자는 술을 홀짝 마시곤 일어나서 '잠깐 같이 걸을래요?' 했다. 우연은 당연히 투덜거렸다.

"그건 뭐예요. 더는 알지 말자더니 걷는 건 같이 걸어요? 친해지자는 거예요, 말자는 거예요?"

하지만 여자는 처음부터 끝까지 명쾌했다.

"친해지지 않는 선에서 친해지자는 거죠."

"모를 듯 알 듯 모르겠는 말이네요."

"있잖아요, 서우연 씨. 여기서 만난 게 작곡과 다니는 서우연이 아니라 중학교 때 동창이나, 우리 아빠 친구나…… 그런 사람이었으면, 나 정말 아무 말도 안 하고 그냥 가만히 있었을 거예요. 그런데 다행히도 모르는 사람이 내 그런 모습을 봐서 진짜 다행이라고 생각했어요. 이런 마음, 이해해요?"

우연은 잠시 생각에 잠겼다가 이내 고개를 끄덕였다. 나를 잘 아는 사람에게는 절대로 말할 수 없는 것들이 있다. 형을 뿌린 이곳에 거의 매주, 왕복 다섯 시간이나 걸려서 다녀온다는 이야기 같은 건, 그 역시 아무에게도 이야기할 수 없었다.

여자는 말을 이었다.

"그러니까 친해지지 않는 범위 내에서 친해져요. 오늘 보고 안 봐도 될 만큼 친해져서 모르는 사람이니까 할 수 있는 이야기나 해요. 서우연 씨도 아무거나 말해 봐요. 내가 들어 줄게요."

"무슨 이야기요?"

"글쎄요. 나처럼 화나는 일이나, 아무한테도 말 못 하고 혼자 꾸는 꿈이나. 아니면 몰래 그리워하는 것들도 좋고."

여자의 말들은 무겁지 않았다. 창피해서 마셨단 술에 모든 감정을 녹인 채 이제 슬픔도 진지함도 그만두기로 한 듯, 느릿느릿, 조금 무심하기까지 한 말투였다.

우연은 그게 좋았다. 너무 진지한 건 그 역시 싫었다. 형이 죽고 나서는 더 그랬다. 그 일이 있고 2주에서 한 달쯤, 사람들은 우연을 깨지기 쉬운 유리 다루듯 했다. 자꾸만 그의 표정을 살폈고, 웃다가도 우연을 보면 바로 입을 다물었다.

그리고 한 달이 지나자 이제 모두 우연이 형을 잃은 일 자체가 아예 일어나지 않은 일인 것처럼 굴었다. 형 이야기는 더 이상 누구의 앞에서도 할 수 없는 터부가 되었다. 어머니 앞에서도, 친구들에게도. 혹시라도 이야기를 꺼낼 때면 우연은 농담인 듯, 지나가는 이야기인 듯 웃음 섞어서 말마저 빨리했다. 그렇게 하지 않으면 말을 할 수가 없었다. 그렇게 하는데도 분위기는 금세 무거워졌다. 결국엔 우연도 점점 형 이야기를 하지 않게 되었다. 그러다 결국 오늘, 봇물 터지듯 그리움이 터져 나왔다.

우연은 형이 죽고 나서부터 줄곧 했던 그 생각을 여자의 앞에서 털어놓았다. 누군가를 잃어 본 적이 없는 사람이면, 쉽사리 알 수 없는 감정이라 생각했건만 여자는 의외로 크게 공감해 주었다.

"맞아요. 아빠가 돌아가셨을 때 나도 그렇게 느꼈어요."

"시간이 지나면 좀 달라져요?"

"모르겠어요. 어떤 때는 그냥 아빠가 아직도 살아 있는 것 같아요. 엄마는 내가 너무 어렸을 때 돌아가셨거든요. 그렇다 보니 늘 엄마가 없는 건 익숙했는데, 아빠는…… 자꾸 돌아가셨다는 걸 깜빡해요. 그래서인지 너무 멀쩡하게 웃으며 살아요. 이래도 되나 싶을 정도로요. 그러다 집에 와서야 혼자가 되면 다시 깨닫죠. 아, 이제 아빠를 볼 수 없구나. 그럴 때면 갑자기 다가온 슬픔이 너무 커서 숨이 막힐 정도예요. 오늘 우연 씨도 그랬겠죠?"

우연이 가만히 고개를 끄덕였다. 여자가 말을 이었다.

"그런데 나는 그 주기가 점점 길어졌어요. 그렇다고 잊은 건 아니고, 이제는 괴로워하는 대신 살아 계셨을 때 행복했던 일을 더 자주 생각해요."

여자에게 어머니도 아버지도 안 계신다는 건 그렇게 자연스럽게 알았다. 우연은 뭐라고 위로라도, 토닥여 주기라도 하려다 그냥, 형의 이야기를 할 때 자신이 듣고 싶었던 말을 했다.

"힘들었겠어요. 많이."

"뭐, 그렇죠."

"다른 이야기도 해 줘요. 아빠는 어떤 분이셨어요?"

여자는 고개를 끄덕이곤 신이 나서 아빠와의 추억들을 꺼내 놓았다. 더러는 아름다웠고, 몇 가지는 여자의 아버지를 모르는 우연마저 울컥하게 했다. 그러다가 말고 여자도 우연에게 형에 관해 물었다. 우연 역시 여자처럼 스스럼없이 답했다. 그렇게 누구도 묻지 않았던 질문들을 해 주고, 답하고. 이랬으면 좋았을걸, 저런 것도 같이 해 볼걸, 그런 후회들을 늘어놓다 두 사람은 자연스럽게 눈물을 떨구었다. 그러곤 또 아무렇잖게 눈물을 닦고, 잠시 멈추었다가 다시 이야기했다. 그러는 사이 해변이 끝나고 항구가 나왔다.

이제 슬슬 헤어져야 할 때다 싶었지만, 마음이 그렇지 않았다. 우연은 여자와 조금 더 이야기하고 싶었다. 어떻게 그 이야기를 꺼내야 하나 고민하던 찰나, 여자가 먼저 물었다.

"우리 좀 더 걸을까요? 내가 예전에 어떤 책에서 읽은 건데……."

여자는 전에 소설책에서 봤다는 이야기를 주절주절 풀어 주었다. 밤새도록 걷고 또 걸어, 아침 해가 밝을 때까지 멈추지 않고 걸으면 밤사이 품고 있던 고민은 앙금처럼 가라앉아 사라지고, 새로운 해 앞엔 꿈과 행복만 남는다는, 미신인 듯 축복 같은 이야기였다.

조곤조곤 여자의 목소리로 그런 이야기를 들으니 우연은 그 허무맹랑한 소리를 믿고 싶어졌다. 막연한 희망을 품어도 좋을 것 같은 밤이었다. 무엇보다 여자를 이곳에 홀로 두고 싶지 않았다. 자신이 혼자 있고 싶지 않단 생각보다 조금 더 크고 절실한 마음이었다. 우연은 천천히 고개를 끄덕였다.

"좋아요."

"그럼 우리, 해가 뜰 때까지 걷는 거예요? 멈추지 않고 걸어야 해요."

그렇게 두 사람은 아침까지 바다를 걷기로 했다.

그러나 거창한 계획이 무색하게 여자는 한 시간도 안 되어 길바닥에 주저앉았다. 절대 멈추면 안 된다고 으름장을 놓은 주제에, 이래서는 고민이 풀리겠냐고 묻자 여자는 배시시 웃고 말했다.

"잠깐, 할 일이 있어서 멈추는 건 괜찮대요."

"말 하나는 정말 잘하시네. 그래, 할 일이 뭔데요?"

여자는 커다란 눈을 장난스럽게 굴리더니, 곧 우연이 목에 걸고 있던 이어폰 줄을 가리켰다.

"나랑 아침까지 함께할 남자의 음악 취향부터 확인해야 할 것 같은데요."

여자는 우연에게 제일 좋아하는 노랠 들려 달라 했다. 음악 하는 사람이니, 좋은 노래도 많이 알겠다며 아무거나 소개해 달라는 여자의 말에 우연이 고개를 저었다.

"그게 그렇게 쉬운 게 아니에요. 하나만 꼽으라니."

"하나가 어려우면 둘은 어때요?"

"제일 좋아하는 영화를 두 개만, 꼽을 수 있어요?"

"음, '러브 어페어', '비포 선라이즈'요."

여자는 1초도 걸리지 않고 대답했다. 너무 빠른 대답에 우연이 당황하자 여자가 웃으며 말했다.

"쉽죠? 자, 그쪽 차례예요."

"뭐가 그렇게 쉽습니까? 영화 기자면 진짜 수백 개는 봤을 거 아니에요?"

"나는 취향이 좀 확고하거든요. 아마 이런 건 내가 어딜 다쳐서 기억을 다 잃어도 안 잊어버릴 거예요."

"그럼 싫어하는 영화도 확고해요?"

"너무 많아서 말하기가 힘들죠. 근데 싫어하는 영화 말고 남자가 이 영화가 좋다고 하면 그 남자도 싫어지는 그런 영화는 딱 하나 있어요."

그건 또 신기한 소리였다. 우연은 궁금증을 가지고 물었다.

"그게 뭔데요."

"'이터널 선샤인'이요."

"무슨 내용이길래, 그렇게 싫어합니까?"

"그냥, 너무 잘 안 맞는 사람들이 만났다가 헤어지고, 상처받아서 만났던 기억을 지워 버리려는 이야기예요."

"재밌을 것 같은데요."

"맞아요. 재밌어요. 근데 왠지 남자가 그 영화를 좋아한다고 하면 재수 없어요. 나랑 헤어지면 기억을 지워 버리려고 할 것 같고요. 그런 거 알아요?"

"전혀 모르겠어요."

이해할 수 없단 우연의 표정에 여자는 뭐가 그리 웃긴지 소리 내어 웃었다. 웃음소리가 파도의 철썩임에 기분 좋게 어우러졌다. 그 웃음 하나에, 저도 기분이 좋아진 주제에 우연은 아닌 척 심각하게 물었다.

"그럼 남자는 어떤 영화를 좋아해야 합니까?"

"글쎄요. '다이 하드'? '트랜스포머'? '어벤져스'? 그런 액션 영화요. 난 그런 남자가 좋더라고요. 우연 씨는 나중에 유명한 작곡가 돼서 인터뷰하면 꼭 제일 좋아하는 영화는 '다이 하드'라고 해요. 절대 '이터널 선샤인'이라고는 하지 마요."

우연이 〈다이 하드〉는 너무 옛날 영화 아니냐며 보지도 않았다고 했더니 여자는 '우리 아빠가 좋아했어요'라고 말했다. 어이없어서 피식 웃어 버리자, 여자는 다 대답했으니 얼른 제일 좋아하는 음악부터 고르라고 했다. 우연은 고심 끝에, 우연에게 기타를 가르쳐 준 형이 가장 좋아하던 노래를 들려주었다.

여자와 우연은 그렇게 이어폰을 나눠 낀 채 음악을 들었다. 여자는 보통 사람들이 그렇듯 앞의 몇 초만 듣다 '좋네요' 하고 말하며 이어폰을 중간에 빼지 않았다. 대신에 얼굴을 잔뜩 찡그리고 이해할 수 없단 표정으로 고개를 절레절레 저으면서도 끝까지 듣고 또 듣고 들었다. 좋아하는 이유를 알아낼 때까지 포기하지 않겠다는 듯이.

그래서 여자가 비로소 웃으며 좋다고 말했을 때 우연은 메달이라도 딴 듯 기뻤다. 두 사람은 왜 그 노래가 좋은지에 대해서 한참 신나게 얘기했다.

이제 우연이 여자의 선곡을 들을 차례였다. 여자는 제일 먼저 돌아가신 아빠가 간혹 부르곤 했다는 이글스의 노래를 들려주었다. 그다음엔 자신이 좋아한다는 조니 미첼, 빌리 홀리데이, 쳇 베이커의 음악을 몇 곡이나 들려주었다. 밤바람은 그날따라 별로 차갑지 않았고, 그래서 두 사람은 나란히 앉아 음악을 들으며 몇 시간을 이야기할 수 있었다.

그렇게 한참 동안 앉아서 얘기했으면서도 일어나 걸으니 또 할 이야기가 생기는 건 신기한 일이었다. 두 사람의 대화는 끝이 없었다. 영화, 음악, 그리고 친구들, 사랑과 연애, 어떤 때에는 가족, 그리고 슬픔이나 죽음, 꿈까지도.

음악을 듣는 모습이 꽤 진지하다 싶어 물었더니 여자는 자신의 원래 꿈은 영화 기자가 아니라 라디오 작가나 PD가 되는 거였다고 말했다. 고등학교 땐 제법 열심히 라디오를 들었다고, 사실은 라디오 방송국 PD 시험도 두 번이나 봤는데, 두 번 다 고배를 마시고는 포기해 버렸다고도 말했다. 사연 같은 건 보낼 생각을 못 했지만 듣는 걸 좋아했으니 라디오 방송을 만드는 일도 제법 적성에 맞았을 것 같다고, 그렇게 포기한 것이 아쉽다고 말했다.

우연은 음악이 포기가 안 된다고 말했다. 그렇다고 이렇다 할 재능이 있는 거 같지는 않다고, 잘할 자신은 있다가도 이내 사라지고 만다고도 말했다. 여자는 그런 우연을 한참 보다가 뜬금없이 물었다.

"저기, 본인이 정말 잘생긴 거 알아요?"

"무슨 소리 하는 거예요?"

"음악 열심히 하고, 하다 하다 안 되면 얼굴로 유명해져 봐요."

우연이 피식 웃자, 여자는 웃을 얘기가 아니라 진짜라며 목소리를 높였다.

"일단 얼굴로 유명해지고, 그리고 음악도 하고. 그다음에 얼굴 때문에 내 진지한 음악 세계를 아무도 안 알아준다고 한탄해 봐요. 그럼 내가 인터뷰해 줄게요. 기사 잘 써 줄 수 있어요."

한잔 술에 취한 듯 아무 말이나 하는 여자에게 우연도 이제 맞장구를 쳤다.

"정말 그렇게 되면 인터뷰해 줄 거예요?"

"그럼요. 그쪽도 혹시 엄청 유명해져서 라디오도 하고 그러면 나 라디오 작가 시켜 줘요."

"음, 신청곡 정도는 틀어 줄게요."

"와, 진짜 너무하다."

그렇게 농담을 하고 웃고 나니 꿈 같은 게 별것도 아닌 것처럼 느껴졌다. 한바탕 웃고, 장난처럼 넘기고. 그러다 여자가 아무렇지 않게 덧붙인 '근데 그거 알아요? 좋아하는 게 재능이래요. 포기 못 하는 게 재능의 증거고.' 하는 소리에 덜컥 커다란 위안을 받고, 똑같은 위로를 여자에게 돌려주고. 그러는 사이 새벽은 쉬이 찾아왔다.

너무 많은 이야기가 오가서, 술도 없이 피로에 조금 취한 기분까지 들었다. 여자가 감기에 걸릴까 걱정된 우연이 중간에 몇 번 편의점에 들러 샀던 핫팩도 이제 딱딱히 식어 가고 있었다. 사람의 온기만큼 따뜻하게 피곤을 풀어 주는 게 없단 건 우연도 여자도 알고 있었다. 하지만 두 사람은 밤 내내 서로의 털끝 하나 건들지 않았다.

우연은 어린 남자였다. 여자 역시 바다보다도 새파란 나이였다. 그러나 두 사람은 밤을 함께 보내면서도 손 한번 제대로 잡지 않았다. 그는 그 사실이 퍽 마음에 들었다. 아무 데도 닿지 않은 채 이토록 충만한 감정이 들 수 있다니. 그런 것 없이도 이렇게나 완벽한 밤이라니.

그런 생각을 하고 여자를 바라보는데, 여자가 살며시 미소를 지었다. 그러곤 우연에게 입을 맞춰 왔다. 그 입술이 맞닿자마자 우연은 방금 했던 생각을 수정했다.

그래, 입맞춤도 괜찮네.

마음이 통한다는 느낌만큼이나, 어쩌면 그보다 더, 입맞춤은 다디달았다.

이제 그 이상을 바라게 된 저열한 욕망은 저리 치워 둔 채, 우연이 여자에게 물었다.

"우리, 만날래요? 서울에 돌아가서도."

여자는 대답 없이 웃기만 했다. 우연이 다시 말했다.

"만나서 다시 이렇게 걷고."

"걷고 또 입 맞추고?"

여자가 그렇게 물어서 이번엔 우연이 웃었다. 같이 웃을 줄 알았는데 여자는 조금 진지한 표정을 짓더니 고민하듯 더듬더듬 답했다.

"나도 그러고 싶은데, 일단 서울에 올라가면 사정이 복잡해요. 친구랑도 만나 봐야 하고. 남자 친구……랑도 헤어져야겠죠? 결혼 준비하던 것도 그만두고 정리해야 하고 번잡스러운 일이 많네요. 내가 무슨 말 하는지 알죠?"

우연은 고개를 끄덕였다. 그는 상대의 마음이 나와 같지 않다는 것에 화를 내는 타입은 아니었다. 더 말하지 않아도 충분히 이해할 수 있었다. 어쩌면 이 완벽한 행복감은 우연 혼자만의 것이었을지도 몰랐다. 복잡한 과정 속에서 우연을 만나고 싶지 않은 여자의 마음도 존중했다. 아쉬움이 커다랗게 남을 테지만, 때로는 단념할 수밖에 없는 일도 있었다.

우연이 그렇게 이미 생겨난 마음을 억지로 삼켜 버리려고 하던 때, 여자가 말을 이었다.

"그렇지만, 서우연 씨. 저 오늘 너무 좋았어요."

"좋았어요?"

"우연 씨랑 이렇게 걷고, 이야기하고. 그러는 동안……."

여자가 잠시 망설이다 말을 이었다.

"……우리 사이엔 뭐가 있었잖아요. 뭔가 흘렀잖아요. 그래서 키스한 거예요."

우연의 잘생긴 입꼬리가 저절로 올라갔다. 여자는 이번에야말로 같이 웃었다.

"그렇게 웃으면 진짜 잘생긴 거 알아요?"

"알아요."

"음악으로 안 될 거 같으면 꼭 얼굴로 먹고살아야 해요. 연예인 되면 잊지 말고 저랑도 인터뷰해 주고."

여자는 아까부터 잊을 만하면 그 말을 다시 했다.

"영화부 기자라고 하지 않았어요?"

"영화배우나 가수나. 뭐, 영화 출연도 하는 음악인 하면 되죠. 솔직히 그런 얼굴이면 영화도 나와야 한다."

억지 같은 그 말에 우연은 작게 웃으며 여자를 다시 바라보았다. 검푸른 새벽하늘을 배경으로 뜬 뽀얀 얼굴이 낮달처럼 동그랬다. 확신이 가득 찬 눈빛이 꿈꾸듯 아름다웠다.

이 얼굴을 영영 못 보는 것은 어쩐지 상상이 가지 않았다. 열심히 살아서 유명해지고 나서야 겨우, 인터뷰 자리에서 한번 마주치는 걸 생각해 보니 끔찍했다. 이렇게 여자를 놓치면 평생 후회할 것 같았다. 그래서 우연은 다시 한번 용기를 냈다.

"3개월, 아니, 반년 정도면 괜찮아요?"

"네?"

"반년이요. 약혼자며 결혼 준비며 하는 번거로운 것들을 정리하고 마음도 가라앉히는 거. 반년 정도면 괜찮겠어요? 만약 그렇다면, 난 충분히 기다릴 수 있어요."

여자가 큰 고민이라도 하듯 한참 머뭇거리다 답했다.

"음…… 있잖아요. 나 아까 말한 거 정말 거짓말은 아니에요. 서우연 씨랑 대화하며 너무 즐거웠고, 아마 우연 씨도 그랬을 거 같아요. 근데 그건 오늘 밤의 마법 아닐까요? 서울에 올라가서 다시 만났다가 그 감정이 깨지면 어쩌죠?"

"나는 확신해요. 내 감정이 순간적인 건지 계속될 건지도 모를 바보는 아니니까. 그렇다고 그쪽이 바보라는 이야긴 아니고요. 내가 지금 무슨 말을 하는지 모르겠네요. 아무튼 난 기다릴 수 있어요. 이 감정이 순간적인 게 아니라 계속 생각나는 종류의 것이라는 확신이 생기는 데에 반년보다 더 걸리겠어요? 그렇다면 사실 난, 그보다 배는 더 기다릴 수 있어요. 당신 같은 여잔, 평생에 한 번 만나기 힘든 사람이니까."

급한 마음에 입에서 나오는 대로 떠들었는데, 말을 하는 동안 여자의 표정이 점점 변했다. 살짝 웃었다가, 어떤 감정을 참기라도 하듯 입술을 삐죽 내밀었다가, 낯빛이 오묘해졌다. 우연을 바라보는 눈빛에 물기가 어렸다가, 다시 깊어졌.

그리고, 말이 끝나기 무섭게, 작은 얼굴이 우연에게로 다가왔다.

"지금 무슨……."

무슨 행동을 하려고 그러는 거냐고 물을 새가 없었다. 여자의 작은 입술이 그대로 우연의 입술을 감쌌기 때문이다. 부드러운 혀가 여운이 남을 만큼 짧게 우연을 휘저어 놓고 사라졌다.

우연이 놀라서 여자를 쳐다보자, 여자가 샐쭉 웃었다.

"너무 사랑스러워서 어쩔 수 없었어요. 내가 뭐라고 날 기다리겠다고 하니까, 그 말이 뭐가 그렇게 힘들다고 쩔쩔매고 있으니까……. 정말 내가 뭐라고, 나는 아무것도 아닌데……."

이제 여자의 말을 우연이 막을 차례였다. 처음보다도, 두 번째보다도 길고 달콤한 입맞춤이 이어졌다. 한참 후에야 하나가 되었던 두 사람의 그림자가 다시 떨어졌다. 여자가 숨을 몰아쉬었다.

신청곡 149

"무슨 사람이 이렇게 키스를 잘해요?"

"그래야 만나 줄 테니까."

우연이 농담처럼 말하자, 여자가 활짝 웃으며 고개를 끄덕였다.

"좋아요. 반년이요. 반년만 기다려요."

그 말에 우연의 입꼬리가 하늘 모르고 올라가니, 여자는 자못 단호한 목소리로 말했다.

"대신 그동안은 만나지도, 연락하지도 않는 거예요."

"전화번호 정도는 알고 있어도 되잖습니까? 만일을 위해."

"아뇨, 그럼 어쩌다 몇 번 약속을 미루고, 그러다 흐지부지되겠죠. 완벽했던 오늘 밤의 일도 별것 아닌 일이 될 테고요. 그러니까 그냥 반년 후에 만나요. 우리가 정말 운명이라면 그 정도 시간은 이겨 낼 거예요. 나는 반드시 나올 테니까, 전화번호 같은 거 몰라도 괜찮아요."

"나야말로 꼭 나올 겁니다. 무슨 일이 있어도."

"알아요. 그러니까 우리 그때 여기서 봐요. 오늘이 12월 7일이니까, 정확히 6월 7일, 오후 5시에 다시 여기서 보는 거예요."

"날짜가 좋네요."

"그럼요. 초여름의 바닷가가 얼마나 아름다운데요. 완벽한 날이 될 거예요. 음, 장소는 어디로 하죠?"

그때부터는 둘 다 조금 신났다. 우연과 여자는 머리를 맞대고 궁리했다. 24시간 국밥집, 터미널, 편의점, 처음 만난 곳 등을 훑다가 바닷가는 안 되겠다는 데서 의견의 일치를 보았다.

"바람맞으면 너무 속상해서 펑펑 울다 바닷물에 들어가고 싶을 수도 있으니까요."

"벌써 농담으로 써도 되는 겁니까?"

"나는 괜찮아요. 장본인이니까. 우연 씨는 안 돼요."

무슨 논리냐고 투덜거리면서도 우연은 연신 웃었다. 결국 약속 장소는 국밥집 앞으로 정해졌다.

"진짜 하나도 안 낭만적이네요."

"왜요. 우연 씨는 그 국밥 다시 안 먹고 싶어요?"

"배고파서 맛있었던 겁니다."

그런 농담을 하며 서로에게 눈을 흘기면서도 둘 모두 꼭 오겠다고, 절대로 잊지 않겠다고, 무슨 사정이 있어도 오고 말 거라는 말은 빼먹지 않고 반복했다.

그러다 두 사람의 머릿속에 혹시라도 벌어질 피치 못할 사정들이 떠올랐다. 우연과 여자는 그런 면도 닮았다. 둘 다 치밀하게 걱정했고, 만약을 가정하며 불안해했다. 그만큼 오늘 밤을 소중히 여겼다.

결국, 여자는 반년 후에 혹시라도 무슨 일이 생겨 못 온다면 1년 후에도 다시 와 달라고 이야기했다.

"내가 아까 좋아한다고 말한 영화들 있잖아요. 그거 두 개 다 여행지에서 우연히 만나서 사랑에 빠지는 이야긴 거 알아요? 근데 둘 다, 기차역에서, 뉴욕의 높은 빌딩 위에서 다시 만나기로 해 놓고 여자가 약속 장소에 못 나와요."

"두 영화 다요?"

"네. 하나는 할머니가 하필 그날 돌아가셔서, 하나는 약속 장소에 가려다 사고가 나서."

"……왜 그런 영화들만 본 거예요?"

"그 영화들을 봐서 지금 우연 씨한테 넘어가서 이러고 있는 거예요."

"영화 진짜 잘 봤네. 좋은 거만 골라 봤네."

두 사람은 잠깐 얼굴을 맞대고 낄낄대고는 다시 반년 후, 초여름엔 예행연습을 하는 거고, 1년 후의 오늘이 본편이라고 정했다.

"그래도 웬만하면 예행연습 때 와야 해요."

그 말에 우연은 연신 고개를 끄덕였다. 목이 아파질 때까지 내내. 그러는 새 두 사람은 여자가 차를 세워 둔 자리를 드디어 찾았다. 이제 드디어 두 사람이 헤어질 시간이었다.

마지막 키스는 여자가 먼저 시작했던 것 같다. 까치발을 해서 우연의 입술에 제 입술을 맞대려 한 모습이 귀엽다 생각한 기억이 남아 있다. 여자는 키가 작은 편은 아니었지만, 우연과는 한 뼘 이상 차이가 났다. 두 사람의 입술이 닿으려면 그가 고개를 숙여야만 했다. 그렇게 겨우 두 입술이 다시 포개어졌다. 말캉한 혀가 우연의 입술 사이를 침범했다. 그 맛이 너무 달아서 우연은 자연스럽게 눈을 감았다. 한참 후에야 여자가 말했다.

"키스할 때도 이렇게 잘생긴 남자는 처음 봐요. 어쩜, 눈 감은 모습도 그렇게 예쁠 수가 있어요?"

그렇게 말하는 여자 자신은 새벽 추위에 파리해진 얼굴빛마저도 요요해 보이는 주제에, 그렇게나 아름다운 얼굴을 하고.

우연은 여자의 작은 얼굴을 커다란 두 손으로 감싸고 이마에, 콧방울에, 입술에 다시 한번 입을 맞추었다. 당분간 보지 못할 거라 생각하니 도저히 입맞춤을 끊어 낼 수 없었다. 여자 역시 아쉬움은 마찬가지인 듯했다. 가까워지면 질수록 둘 모두 벅차오르는 감정을 제어할 수 없었다.

사랑이 이런 식으로, 하룻밤 안에, 몇 시간 만에 시작되기도 하나.

우연은 평소 자신이 사랑에 빠지는 데 시간이 걸리는 타입이라고 생각해 왔다. 그러나 어떤 예외는 쌓아 왔던 굳은 믿음을 배반하기 마련이었다.

"이렇게 좋은데 어떻게 반년을 기다리지."

우연이 그렇게 말하자, 여자가 작게 웃었다.

"그러게. 이 잘생긴 얼굴을 어떻게 반년이나 안 보고 살지."

그렇게나 애틋했으면서도 우연도 여자도 그냥 함께 올라가자고는 끝끝내 말하지 못했다.

우연은 너무 서툴렀고, 조심스러웠다. 그래서 기다림이 제가 할 수 있는 최선이라 믿었다.

여자는 너무 자신만만했고, 자유로웠다. 그래서 자신이 모든 걸 기억하고 좌지우지할 수 있으리라 믿었다.

무엇보다, 둘은 너무 어렸다. 그래서 두 사람 앞에 주어진 시간이 무한대라 생각했다.

두 사람은 허황하게도 반년의 시간이 까무룩 흘러가리라 생각했다. 그 사이, 더 나은 사람이 되어서 조금 더 괜찮은 모습으로 제대로 된 연애를 시작하고 싶기도 했다.

차에 타기 전, 여자가 선언하듯 말했다.

"서울로 올라가면, 지긋지긋한 인연을 정리하고, 이직도 할래요. 나 사실 영화 기자 일 싫어하거든요. 그냥, 그게 가요나 공연 파트보다 정시 퇴근이 쉬워서 고른 거예요. 이젠 라디오든 뭐든, 내가 즐길 수 있는 일을 할래요. 우연 씨한테 거창하게 충고한 거 우습지 않게."

참 자기다운 말을 한다고 생각하다 말고 우연은 가볍게 웃고 말았다. 얼마나 알았다고. 그렇지만 그런 생각을 할 정도로 이 여자에 대해 아는 게 많아진 것이 기쁘기도 했다.

그런 속내를 다 말하려다 말고, 우연은 그냥 자신도 힘내 보겠다고만 말했다. 여자는 새벽빛을 받아 반짝이는 눈을 살포시 접어 웃어 보였다.

"힘내지 말고, 적당히만 열심히 해요. 지치지 말고, 힘들어하지 말고."

지치지 말고, 힘들어하지 말고.

그 말이 마음에 들어 우연은 몇 번이나 읊조렸다.

여자의 이름을 다시 한번 물을 용기는 차 문을 닫기 직전에야 냈었다. 여자는 그냥 웃기만 했다.

"그럼, 이 마법 같은 약속이 거짓말이 되잖아요. 나 정말 어린애 같은 이름이에요. 너무 특이해서 찾으면 바로 나오고, 금세 날 만나러 올 수 있을걸요."

"순우리말 이름 같은 거예요?"

여자는 대답 대신 다시 입술을 내주었다. 그것이 너무 달콤해, 우연은 더 할 말도 잊어버렸다. 약속 도장이라도 찍듯 지그시 눌러진 그 입술의 감촉은 반년 내내 우연의 입술 위를 맴돌 계획이었다.

반년을 기다리는 건 쉬운 일이 아니었다. 하지만 여자는 그럴 만한 가치가 있는 사람이었고, 우연은 기다림을 어려워하는 조급한 성격은 아니었다.

게다가 그에겐 산더미 같은 할 일이 기다리고 있었다. 우선 졸업을 해야 했고, 형과 여자의 응원을 받은 만큼 열심히도 살고 싶었다. 여자를 만날 때 그동안 이렇게 살았다 말해 줘야지 하고 생각하니 모든 일이 그리 어렵게 느껴지지 않았다.

우연은 그 밤을 기억하며 몇 곡의 노래를 만들었다. 그중 하나를 모 가요제에 나간다는 친구에게 주었다. 친구가 상을 타며 우연의 이름도 자연스럽게 올라갔다. 그게 계기가 되어 메이저 기획사에 다시 몇 곡을 팔았다. 형도 여자도 오지 못한 졸업식도 치렀다. 봄이 왔을 때쯤 어느덧, 우연은 음악계에서 작곡가로 그럭저럭 이름을 알린 사람이 되었다.

그렇게 분주하게 살았음에도 그해, 시간은 유난히 더디게 흘렀다. 그래도 기어코 6월은 왔다. 반년이 지난 6월, 우연은 물론 약속 장소에 나갔다. 나간 것뿐인가. 국밥집 앞에서 두 시간, 바닷가에서 세 시간, 편의점 앞에서도 그만큼을 기다리다가 결국 숙소까지 잡았다. 혹시라도 내가 착각했나, 약속 장소가 주차장이었나 하고 거기까지 다녀와 보기도 했다. 늦어서 다음 날 오려나 싶어 다음 날도, 그다음 날까지도 기다렸지만, 여자의 얼굴을 찾아볼 순 없었다.

희망이 우연을 더욱 괴롭게 했다. 예행연습이라 해 놓았기에 아직 1년 후 12월의 만남이 예정되어 있던 것이다. 그땐 6월보다 날씨가 궂었다. 하필이면 겨울비로 푸른 바다도 온데간데없던 그날, 우연은 커다란 우산을 들고 가서 바닷가에서 몇 시간이고 기다렸다.

서성이다, 우뚝 서서, 혹은 걸어 다니며, 결국엔 주저앉아. 여자와 지냈던 그 밤처럼 해가 뜨도록 우산을 쓰고 걸어 보았지만, 우연이 얻은 것은 지독한 감기뿐, 여자는 머리카락 한 올도 보이지 않았다.

오지 않을 게 분명했다. 그래도 보고 싶은 마음은 어쩔 수 없었다.

우연은 이제 심심할 때마다 한 번씩 생각나는 모든 순우리말 단어를 적어 보았다.

하늘, 바다, 가람, 시내, 이슬, 비, 바람, 구름, 윤슬, 달, 별, 새벽.

어린애 같은 이름이란 말이 생각나 아이들에게 어울릴 귀여운 이름도 실컷 찾아보았다.

초롱, 샛별, 한별, 다솜, 나리, 빛나, 예슬, 송이…….

하지만 그런 이름을 적어 보았자 소용이 없었다. 영화 잡지를 살 때마다, 아직 잘 살고 있을지를 생각하며 기자들의 이름을 보았다. 한번은 '강바다'란 이름의 기자를 발견하고, 여자이겠다고 생각하고 메일로 연락을 해 보았지만, 나이 지긋한 중년 남자 기자였던 적도 있었다.

  혹시나 힌트라도 얻을까, 우연은 여자가 좋아한다 했던 영화들을 다시 보기도 했다.

  〈비포 선라이즈〉는 유럽 여행 도중, 기차에서 만난 두 사람의 이야기였다. 둘은 꼭 우연과 여자가 그랬던 것처럼 밤새도록 소도시를 돌아다니며 이런저런 대화를 나누었다. 영화를 보면서 우연은 많이 웃었다. 두 사람이 그렇게 대화를 나누던 때가 생각나서 그랬고, 말이 많고, 또 말을 잘하던 여자가 좋아할 만한 영화다 싶어 그랬다.

  그러다가는 문득, 모든 일이 이런 영화만 좋아하던 여자가 꾸며 낸 일은 아닐까 하는 우스운 생각까지 들었다. 그럴 땐 미쳐 버릴 것 같았다. 실제로 우연을 놀리려 꾸며 낸 일이라 해도, 여자가 미워지지 않을 것 같아 더욱, 그랬다.

  〈러브 어페어〉는 비행기에서 만난 두 사람이 사랑에 빠져 석 달 후에 보자고 약속하곤 결국 만나지 못하게 되는 이야기였다. 여자 주인공이 약속 장소에 나오지 못한 이유는 사고로 다리를 다쳐서였다. 영화를 보고 나서 우연은 며칠 악몽을 꾸었다. 꿈속에서 여자는 큰 사고를 당하기도 했고, 많이 아프기도 했다. 실제로 그런 일이 있을지도 모른다 생각하니 참을 수 없이 괴로웠다. 그때부터 우연은 반드시 나오겠다던 여자의 마지막 말이 거짓말이기만을 빌었다. 차라리 여자가 그 약속을 우습게 여겼기를, 그저 변심하거나 무심해 그 밤 따위 잊어버렸던 것이기를 바랐다.

그 모든 과정을 끝내고 나서야 우연은 이제 그만 집착을 버리기로 했다. 설렘은 불안으로, 불안은 슬픔으로, 슬픔은 체념이 되어 가라앉은 후에 우연의 마음에 남은 건 그저 여자가 어디에선가 잘 살고 있었으면 좋겠단 바람뿐이었다.

그렇게 맘을 정리했는데도 음악을 만들 때면 늘 여자가 떠올랐다. 앨범 전체를 통으로 그날을 생각하며 만든 주제에, 단 한 곡에만 〈강릉에서〉란 제목을 붙여 놓고 그 노래 말고는 여자를 그리며 만든 곡이 없는 척도 했다. 여자가 말한 대로 언젠가 인터뷰 자리에서 마주치기라도 한다면, 곡 하나 정도를 널 생각하고 만들었다고는 말할 수 있을 것 같았다. 그 정도는, 그렇게 이상한 게 아니니까.

그러나 사실을 말하자면 그즈음 우연이 만든 모든 노래는 어쨌든 간에 오직 그 밤만을 위한 곡들이었다. 사람들은 그 곡들을 여태껏 우연이 만든 그 어떤 노래보다 더 좋아해 주었다. 그해가 가기 전, 어느 독립 영화 감독이 그중 한 곡을 영화에 쓰고 싶다며 연락을 해 왔다. 우연은 영화를 보지도 않고 허락했다. 아직도 여자가 영화계에 몸담고 있다면, 어떻게든 연이 닿을지도 몰라서, 혹시라도 여자가 제 이름을 기억할까 봐.

그렇게 섣부른 허락으로 참여한 영화는 해외 영화제에서 상을 받았다. 우연이 직접 만들고 부른 곡이 영화의 엔딩곡으로 쓰였기에 그의 이름 역시 큰 화제에 올랐다. 우연은 곧 운 좋게도 괜찮은 기획사를 만났다. 해가 가기 전, 그의 첫 번째 정규 음반이 나왔다. 몇 개의 TV 방송과 그보다 많은 라디오 스케줄이 잡혔다. 얼굴을 그리 많이 노출한 것도 아닌데, 방송에 나올 때마다 우연의 인기는 점점 올라갔다. 그의 음악은 이제 길거리에서도, 어딘가의 카페에서도 쉽게 들어 볼 수 있을 만큼 유명해졌다. 겨울쯤엔, 어느 방송국에서 밤 12시, 라디오 방송 DJ를 제의했다.

주변에선 라디오를 하는 시간에 TV를 더 도는 게 낫다고 말했다. 매일 밤 생방송을 하는 게 쉬울 줄 아느냐고 만류했다. 하지만 우연은 고민도 않고 받아들였다. 어쩌면 여자는 꿈꾸던 대로 라디오 쪽으로 이직했을지도 몰랐다. 그게 아니더라도 라디오를 좋아한다 했으니 어딘가에서 듣고 있긴 하겠지.

그러나 각종 잡지사와의 인터뷰에서도, 라디오를 진행하는 방송국에서도 여자와 마주칠 일은 없었다. 게다가 매일 자정에서 2시까지의 두 시간을 저당 잡혀 있어야 하는 라디오 진행은 결코 쉽지 않았다. 방송을 도저히 못 하겠다 싶을 정도로 컨디션이 엉망일 때도, 많이 아플 때도 있었다. 일이든 가족 문제든 무언가 잘 굴러가지 않아 아무 말도 않고 잠자코 있고 싶지만 나가서 웃고 떠들어야 하는 때도 있었다.

그런 것이 힘들어질 때면 우연은 여자가 좋아하던 노래들을 선곡했다. 유난히 괴로운 날엔 아빠가 좋아하는 곡이었다며 여자가 신이 나서 설명했던 이글스의 노래를 틀었다. 어딘가에서 혹시라도 아빠 생각을 하며 울고 있다면, 여자가 자신을 기억하지 못하더라도 우연히 라디오를 틀었다가 힘을 냈으면 하는 마음에서였다. 여자가 힘내길 바라며 틀곤 하는 노래에 어느새 자신이 힘을 얻기도 했다.

그러는 동안에도 시간은 흘렀다. 당연한 소리지만 4년간 다른 여자를 만난 적은 없었다. 집착이나 오기로 그런 것은 아니었다. 그냥, 그만큼 사랑스러운 여자를 만나지 못했다. 그날 하염없이 나누던 고민, 실타래 풀리듯 쉽게 나오던 말들, 씨실에 날실 엮듯 오밀조밀 엮어 나가던 대화, 그러며 느꼈던 누군가에게 심장을 꽉 쥐어잡힌 듯한 얼얼함. 그 느낌을 다시 줄 만한 여자를 만난다면 다른 사랑으로, 그날 밤을 잊을 수 있을지 몰랐다.

하지만 그건 인생에 한 번 만나기 어려울 인연이었다. 우연은 다시 그런 사람을 만나 사랑에 빠지리라고 기대하지 않았다.

1년에 한 번 그날이 되면 꼭 바다에 들렀다. 여름은 어쩐지 여자와 보냈던 계절 같지 않아서, 온다면 바로 그날을 기억하고 와 줄 것만 같아서, 매년 12월, 우연은 강릉에 갔다.

네 번, 아니, 다섯 번, 실은 여섯 번, 혹은 열 번, 사실은 그보다 더, 셀 수도 없이 많이, 어쩌면 해변의 모래를 헤아릴 만큼 자주, 해안선의 굴곡을 외울 만큼 오래.

그렇게 4년을 지내고 다시 돌아온 12월, 우연은 형의 뼛가루를 뿌린 바닷가에 앉아 그리운 두 사람을 생각했다.

시간은 너무 쉽게 흘러서, 제 손안에 쥐었던 순간을 절대로 돌아오지 못하는 곳으로 보내 버렸다. 그래서 그리움이 이렇게 괴로운지 몰랐다. 그렇지만 두 사람을 생각하는 시간에 괴로움만 가득 차 있는 건 아니었다. 못 보는 것은 슬프지만, 여자에게도, 형에게도 어쩐지 고마운 마음뿐이었다. 우연은 어쩌면 그리움이란 그래서 생기는 감정인지도 모르겠다고 생각했다. 고마운 것이 너무 많아서, 사랑하고 또 사랑해서.

이제 그리움으로 너무 괴로워 말아야겠다는 생각을 하고 돌아온 날 방송에서 우연은, 어쩌면 처음으로 강릉에서 있었던 일을 자세히 고했다. 그러고 나니 어쩐지 마음이 가뿐해졌다. 남은 시간 동안엔 더 주절주절 떠들기보단 다른 이의 속내라도 들어 주고 싶은 기분이었다. 다행히 그날은 청취자들의 신청곡을 틀어 주는 코너로 쉼 없는 전화 통화가 예정되어 있었다.

엄청난 악필로 매달 빠짐없이 손편지를 보내는 대학생, 준겸이는 진지해서 웃긴 데가 있었다. 신청곡은 어울리지 않게 발랄한 사랑 노래라 귀엽기까지 했다.

다음 청취자 역시 닉네임이 익숙한 단골 청취자였는데, 신청곡은 됐고 노래를 부르고 싶다더니 어마어마하게 어려운 노래를 너무 못 불렀다. 가뜩이나 웃음이 헤픈 우연은 정말이지 턱이 아플 정도로 웃었다.

세 번째 전화 연결자는 이름을 말하지 않았다. 이름이 '어린애' 같고 '특이'하니 익명의 청취자라고 불러 달란 말을 듣고 우연은 익숙한 단어들에 잠시 멍해졌다가 얼른 정신을 차렸다. 별것 아닌 말에 여자를 떠올렸던 일이 그간 얼마나 많았던가. 이름이 특이한 사람이야, 세상에 별만큼 많지.

우연은 고개를 절레절레 젓고 여자를 생각만 해도 메어 오는 목소리를 급히 가다듬었다.

그러고 나서 들어 보니 '익명의 청취자'의 목소리는 4년 전 바닷가에서 만났던 여자와는 전혀 달랐다. 전화라는 것이 본래 목소리를 조금 왜곡하는 경향이 있지만, 그걸 감안하고 들어도 이 사람의 목소린 여자처럼 밝지도, 힘이 있지도 않았다. 아니, 반대로 너무 떨고 있어 조금 불쌍할 정도였다. 우연은 그래서 조금 마음을 가볍게 가지고, 평소보다도 더 상냥히 여자의 말을 들어 주었다.

큰 사고를 당했었다고, 그래서 한동안 집밖에 못 나갔다는 말은 안타까웠다. 라디오 덕분에 위안을 받고 사소한 일상을 시작했단 말엔, 내가 뭐라고 이런 고마운 마음을 받나 괜히 뭉클했다. 그래서 우연은 청취자에게 일상을 이것저것 더 물었고, 그러는 사이 긴장이 풀린 여자의 목소리는 조금씩 더 빨라지고, 맑아졌다.

그런데 이상했다. 자꾸만 그 목소리가 우연이 알고 있는 다른 목소리랑 닮아 가고 있었다. 익숙한 목소리가 하필이면 그 노래를 신청했다. 잊지 못할 목소리가 꼭 그 여자처럼 낭랑하게 웃었다. 그간 수백 번 곱씹고 또 곱씹었던 목소리가 4년 전 큰 사고가 났다고 했다. 사고 직전에 강릉에 갔다가 바다로 걸어 들어간 일을 말했다. 그날 자신을 구해 준 사람을 기억한다고 했다. 커피 대신 술을 고른 일을 기억하지 못했다. 현수막이라도 붙이려 했다며 되지도 않는 농담을 해서 우연을 웃기기도 했다. 물에 빠져도 입만 뜰 듯, 말 하나는 기가 막히게 잘했던 꼭 4년 전 그 밤처럼.

어느 순간부터 우연은 소리 없이 울고 있었다. 눈물이 만화에서나 보듯 뚝뚝 떨어져 다행이었다. 우연은 바닥을 보고 가만히 눈물을 삭여 내다가, 얼른 눈을 훔치고 목을 가다듬었다. 고맙다고 말하며 통화를 마무리한 후 전화를 작가에게 돌렸고, 신청곡을 틀어 두고 녹음실을 나왔다.

작가는 아직 전화를 끊지 않고 주소를 묻고 있었다. 저 전화기 속에, 그 여자가 있었다. 이름도 모른 채, 4년을 기다리게 만든, 그 나쁜 여자가. 얼마나 아팠던 건지, 우연의 이름마저 잊어버리고, 라디오나 듣고 있었다.

우연은 입술을 꽉 깨물고 아무것도 모르는 여자에게 물었다. 4년간 제일 궁금했던 이름을.

여자는 수줍게 웃고는 천천히 한 자씩 말했다.

—사랑이에요. 오, 사랑.

그래, 사랑이었구나.

우연은 그제야 깨달았다.

하늘, 바다, 가람, 시내, 이슬, 비, 바람, 구름, 윤슬, 달, 별, 새벽. 세상 모든 아름다운 것을 다 적으면서도 깜빡하고 적지 못했던 그 이름은 사랑이었다.

이제 다시는 이름도 모르고 사랑을 하는 모험은 하지 않으리라 다짐하며 우연은 방송국 전화기에 뜬 전화번호를 혹시나 혹시나 하고 눈으로 외고 또 외웠다. 여자는 하루 두 시간, 이 방송을 듣는 시간이 제일 행복하단 말로 당장이고 방송을 멈추고 달려가려는 우연의 성급함을 막았다.

이제 도리가 없었다. 우연은 여자에게 방송을 끝까지 들어 달라고, 잠들지 말고 2시까지 기다려 달라고 몇 번이고 말했다. '제발'이란 말을 붙이지 않은 건 우연이 보여 줄 수 있는 최대한의 인내심이었다.

방송은 이제 한 시간이 남았다. 지금도 여자는 라디오의 앞에 앉아 그의 말과, 그가 틀어 주는 음악에 귀를 기울이고 있을 것이다. 그리고 나면 두 사람이 사랑의 이름으로 할 수 있는 이야기가 많았다. 우연은 잠깐 혼자 미소 지었고, 방송을 이어 나갔다.

「네, 다음 신청곡은요.」

〈끝〉

보너스 트랙

습관이란 대단한 것이다.

4년이 다 되어 가도록 매일 같은 시간에 두 시간씩 앉아서 들인 습관은 특히 그렇다. 사랑의 전화를 그렇게 끊고도 우연이 방송에 전념할 수 있었던 건 아마 그런 습관의 힘일 터였다.

물론 노래가 나갈 때마다 멍하니 딴생각에 빠졌지만, PD가 말을 거는 줄도 모르고 고개를 떨구고 있었지만, 그래도 온 에어 사인이 들어오면 다시 평소의 서우연으로 돌아간다.

그건 라디오가 그에게 그만큼 소중한 일이기 때문이었다. 매일같이 들어 주는 것도 모자라 사연까지 남겨 주는 청취자들 하나하나가 고마워서, 대충 끝내 버릴 순 없었다. 게다가 우연은 조금 전 사랑에게 이렇게 말했었다.

'2시까지 꼭 다 들어요. 방송 끝나도 바로 자지 말고 조금만 더 있다 자요.'

그러니 열심히 듣고 있을 사랑을 위해서라도 딴생각에 빠져 있으면 안 된다. 그 딴생각이란 게 사랑에 관한 생각이라 할지라도.

다행히 한번 집중을 하고 나니 시간은 빨리도 흘렀다. 전화 연결에 성공한 청취자들은 하나같이 흥분해 있었다. 설렘이 수화기를 타고 우연에게도 전달되어 왔다. 덕분에 함께 들떠 떠드는 새 긴장이 풀렸다. 그렇게, 신청곡 몇 개를 더 흘려보내는 동안 시계는 어느새 새벽 2시를 가리키고 있었다. 드디어 마지막 인사를 할 시간이 되었다.

「지치지 마시고요, 힘들어하지도 말고요. 내일은 좋은 일만 있을 겁니다. 그러니까 우리는 내일 밤, 다시 만나요.」

여느 때보다도 더 큰 진심을 담아, 우연은 말했다.

녹음 부스에서 나오며 수고하셨습니다, 하고 꾸벅 인사하자 PD가 쿡, 우연을 찔렀다.

"아까부터 왜 그래? 정신 나간 사람처럼?"

"네?"

"거봐, 아까 노래 나갈 때 내 말 하나도 안 들었지?"

"아……."

"그 세 번째 청취자한테 주소 물어볼 때 전화는 왜 낚아챈 거야? 거기다 대고 뭐라고 한 거고?"

"음, 그게……."

"그렇게 넉살 좋던 애가 말도 더듬네. 오늘도 멀쩡하게 잘생겼긴 한데, 혹시 남몰래 미쳤어?"

우연이 어디서부터 설명해야 할지 몰라 망설이고 있자 옆자리 작가가 킥킥대며 말했다.

"우연이가 청취자 목소리에 반하기라도 했나 봐."

"이야, 음악 하는 애는 반하는 것도 목소리로 반해?"

장난치듯 말하면서도 두 사람은 은근히 우연의 낯빛을 살폈다. 아닌 게 아니라 벌써 햇수로 4년째 함께 일한 사람들이었다. 이들에게는 숨기려 해도 숨길 수 없다. 아까 우연이 혼자 눈물을 떨군 일부터, 노래가 나갈 때마다 멍하니 정신을 못 차리고 있던 일까지 모두 파악하고 농담하듯 묻는 것이다.

매일같이 만나서 일하다 보니 이제는 동료라기보단 친구에 가까운 이들은 물론, 우연의 기다림도 모두 알고 있었다.

그건 어찌 보면 당연한 일이었다. 우연은 매일 밤 12시에 라디오 방송을 시작하는, 그러니까 늦어도 10시까진 방송국에 도착해야 하는 사람이었다. PD와 작가에게 우연의 하루 스케줄은 응당 알고 있어야 할 정보였다.

그러니 한 달이 멀다 하고 강릉에 다녀오는 일 역시 숨길 순 없었다. 사실 꼭 스케줄을 꿰고 있지 않아도 그런 미친 짓은 쉽게 눈에 띄니 언젠가 들키기 마련이고 말이다.

PD는 몇 년 전 두어 번, 우연과 함께 강릉에 가 주기도 했다. 작가들은 자꾸만 사랑의 인상착의를 꼬치꼬치 캐물으며 뭐라도 단서를 주면 수소문해 보겠다고도 했다.

그럴 때마다 우연은 입을 꾹 다물었다. 고작 하룻밤 만난 여자의 사적 정보를 남들에게 말하고 다니는 건 실례 아닌가 하는 생각이 들어서였다. 어쩌다 보니 그런 인연이 있다는 걸 들키긴 했지만, 그 밤, 둘이 나눴던 마음만큼은 내내 혼자만 간직하고 싶기도 했다.

시간이 흐름에 따라 우연은 여자가 나오지 않은 것이 피치 못한 일이나 사고 때문일 거라는 불길한 생각을 거두었다. 우연은 이제 충분히 유명해졌고, 여자는 우연의 이름을 알고 있다. 사정이 있고 그럴 마음이 있었다면 연락을 취해 설명할 방법이야 많았다.

여자는 그저 나오고 싶지 않아서 나오지 않은 것이다. 그렇다면 더더욱, 이런 식으로 그날 일이 남의 입에서 회자되는 건 달갑지 않을 터였다. 그러니 언젠가 우연히라도 여자를 만났을 때 부끄러울 짓은 하고 싶지 않았다.

게다가 단서를 주고 떠들어 대며 찾아보려고 해 봤자였다. 우연이 여자에 대해 아는 건 거의 없었다. 동갑이라는 것, 이젠 그만두었을지도 모르지만 당시엔 영화 기자였다는 것을 제외하곤 아무것도. 심지어 이름조차 모르는 여자였다.

그래, 그 이름. 이름을 오늘 처음으로 알았다.

어렵사리 얻은 그 이름은 손안에 쥔 모래 같았다. 남들에게 빨리 전해 두지 않으면 사르르 손가락 사이로 흩어져 나가서는 이내 사라져 버릴 것만도 같았다. 그래서 이번만큼은 모두에게 말하지 않고는 어쩐지 배겨지지 않았다.

"사랑이래요."

"뭐라고?"

"그러니까 그 여자 이름이 사랑이래요."

"얘 뭐래는 거니?"

"아까 제가 이름을 물었더니 말해 주더라고요. 이름이 오, 사, 랑이라고."

무슨 소린지 알아듣지 못한 일동이 잠시 침묵했다. PD가 우연에게 왜 그걸 말하는데? 하고 다시 물었다. 물론 우연은 나사 하나가 빠진 사람처럼 이미 그 말을 듣고 있지 않았다.

"안 나온 게 아니었어요. 사고로 나오지 못한 거였어요. 이름만 알았더라면, 그걸 모르고 4년을 보내진 않았을 텐데. 그런데 어쩜, 이름도 그렇게 예쁘죠?"

그렇게 중얼거리는 걸 듣고서야, 사람들은 눈치챘다. 몇 초 후 다 같이 지른 괴성이 녹음실 바깥에 울려 퍼졌다.

"미쳤어, 미쳤어. 대박."

"와, 그 여자? 강릉? 네가 미친놈처럼 기다리던? 세상에, 진짜야?"

그 난리 통 속에서도 PD는 잽싸게 우연에게 전화기를 내밀었다.

"빨리 전화해. 2시에 한다고 했잖아."

우연은 얼른 전화기를 건네받아 적기도 전에 머리에서 기억해 버린 번호를 하나씩 누르기 시작했다. 단단한 팔, 커다란 손, 건반에 얹어 둘 때면 무엇보다 섬세히 움직이던 긴 손가락은 이상하게 번호 몇 개를 누르지 못하고 파르르 떨려 왔다. 잠시 손을 멈추고 주저앉은 우연이 뒤를 돌아봤다. PD와 작가 둘이 눈을 반짝반짝 빛내며 우연을 바라보고 있었다.

"저기, PD님. 근데 저······."

매일같이 생방송을 해도 떠는 일 하나 없던 우연이었다. 그런데 이렇게 긴장을 하다니. PD는 조금 재밌어하며 물었다.

"이제 와서 뭘 망설이는데?"

"저, 뭐라고 말하면 좋죠?"

"참 나, 보고 싶었다고 해야지."

"아까 방송 들으셨죠?"

"오사랑 씨 전화 통화?"

"네, 그······ 사고 때문에 기억이 잘 나지 않는다고 했단 말이에요. 그냥 어렴풋이만 기억하고 있을 텐데, 제가 그 남자라고 하면 너무 당황하지 않을까요? 그보다, 일단 저를 미친놈이라고 생각하진 않을까요?"

PD가 어깨를 으쓱했다.

"너 원래 미친놈이었어. 4년 전부터. 어떻게 해도 미친놈은 미친놈이야."

전혀 도움이 안 되는 말을 해 준 PD가 재촉이라도 하듯 손목시계를 두드렸다. 그랬다. 이렇게 고민하는 동안에도 시간은 가고 있었다. 이대로면 미친놈에 더해 2시까지 자지 말고 기다리라는 영문 모를 말을 날린 놈이 될지도 몰랐다. 우연은 심호흡을 크게 하고 겨우겨우, 열한 자리의 숫자를 눌렀다. 신호가 한 번, 두 번 가고 바로 목소리가 들려왔다.

─여보세요?

옆의 작가와 PD가 무언의 난리를 피웠다. 우연은 메어 오는 목을 가다듬고, 천천히 말했다.

"오사랑 씨?"

─와, 저 진짜 전화기 사기 잘한 거 같아요. 이런 일이 생길 줄은 몰랐어요.

그 말 한마디가 우연의 긴장을 단번에 풀어 주었다. 어떻게 말을 꺼내야 하나 싶었는데. 우연은 웃음기 어린 목소리로 유치원생 어르듯 다정히 물었다.

"그랬어요?"

─네, 저 전화기 원래 안 사려고 했는데요. 라디오 듣기 시작하면서 산 건데. 아, 이거 아까도 말했죠.

"지금 또 얘기해 줘도 괜찮아요. 아무 말이나 더 해 주세요."

재잘거리는 말투도, 그 속에 작게 담긴 흥분도 이제 와 들으니 4년 전 그대로였다. 왜 바로 못 알아챘지.

─아, 저 너무 떨려요. 어떡하지.

그래, 저 떨림 때문이었다.

하지만 우연은 알았다. 지금 자신의 떨림이 사랑보다 덜하지 않을 거란 걸. 4년 동안, 라디오를 하며 늘어난 넉살이 용케 그걸 감춰 내고 있었다.

"그런데 사랑 씨, 제가 왜 전화를 했을까요."

옆에서 PD가 '와, 이상해. 정말 질문 이상해.' 하고 잡음처럼 끼어들었다. 물론 우연 역시 같은 생각이었다. 떨지 않으려고 애를 쓰다 보니 자기도 모르게 청취자 전화 연결 진행하듯 말해 버렸다. 무슨 말을 해서 이 바보 같은 대사를 만회하나 하고 있을 때, 음, 하고 깊이 고민하는 듯한 소리가 들렸다. 잠시 후 사랑이 물었다.

─저, 한방 화장품 때문인가요?

"아, 네. 그렇죠. 맞아요. 한방 화장품. 한방 화장품 때문이에요."

─그걸 꼭 주셔야 하나 봐요. 그게 막 혹시 한 달에 할당량이 있고, 오늘까지 다 안 빠지면 큰일 나고 그러는 건가요?

"그렇죠. 맞아요. 한방 화장품을 오늘 안에 꼭 드려야 해서요."

─그럼, 제가 주소를 부를까요? 그런데 사실 제가 한방 화장품이 그렇게 필요 없는데…….

"아, 필요가 없다고요?"

우연의 목소리에 절망이 어렸다. 뒤에서 다시 한번 PD와 작가의 웃음소리가 들렸다. 막내 작가는 아예 A4용지에다 '한방 화장품 말고 드립백 세트도 있어요'라고 써서는 커다란 힌트라도 주듯 우연의 코앞에 들이밀었다. 우연은 손을 들어 그 종이를 저리 물려 놓고는, 결국 이렇게 말해 버렸다.

"저기, 사랑 씨."

─네.

"……저희가, 한방 화장품 말고…… 드립백 세트도 있어요."

사랑이 조그만 목소리로 웃었다. 그리고 물었다.

─저기, 한방 화장품을 오늘까지 꼭 주셔야 해서 전화하셨다고 하지 않았나요?

"아, 그렇죠."

─그런데 드립백 세트를 주신다고요?

……사실 저도 제가 무슨 말을 하고 있는지 모르겠습니다.

우연은 스스로가 이리도 한심했던 적은 또 없었다는 생각을 했다. 아, 3년 반 전 6월, 강릉 바다에 서서 이럴 거면 반년 후에 만나잔 소리는 하지 않았을 거라고 후회했던 때를 제외하면.

다시 한번 후, 하고 한숨을 쉬었다. 우연은 4년 전, 아직 덜 여문 스물일곱 살 때처럼 또 겁을 내고 있었다. 하지만 이제 그렇게 해선 안 된다는 걸 알고 있었다. 결국 이런 일은 정공법으로 갈 수밖에 없다.

"저, 오사랑 씨."

─네.

"기억하시지 못하겠지만, 제가 4년 전에 사랑 씨와 만난 적이 있습니다."

사랑은 놀란 것인지 아무 말도 하지 않았다. 우연은 그 침묵을 굳이 깨려 들지 않았다. 그저 가만히 전화기만 붙잡고 있었다. 사랑이 숨 고르는 소리가 들려왔다. 그 숨결에 맞추어 우연도 한번 크게 심호흡을 했다. 그러고서야 겨우 한숨처럼 남은 말을 토했다.

"그래서, 연락한 거예요. 다시 만나 보고 싶어서."

그 후로는 거짓말처럼 술술 말이 흘러나왔다.

전화를 듣다가 목소리와 이야기하는 내용 때문에 눈치챘다고, 우리는 4년 전에 만났다고, 아마 난 당신이 사고로 지워졌다는 기억 중 하나일 수도 있겠다고.

한참 횡설수설 떠들다 이야기를 마치자 아무 소리도 들리지 않았다. 전화기에 심할 정도로 귀를 기울이니 몇 초 후에야 사랑이 입을 떼는 작은 소리가 들렸다.

―저기, 그럼······.

"네, 뭐든 물어보세요."

―그, 한방 화장품이랑 드립백은 그럼 거짓말이에요?

거기서 우연은 실없이 웃고 말았다. 이 여자는 늘 우연을 웃게 한다. 죽으려 들었던 날에도, 4년 만에 나타난 오늘도.

"맞아요. 거짓말이에요. 일부러 그런 건 아니고 막상 전화하니 무슨 말을 해야 할지 몰라서 그랬어요."

―아, 네. 어쩐지 이상하다 했어요.

"그렇지만 원하시면 드릴 수 있어요. 저, 솔직히 다 끌어모으면 열 개도, 아니, 제가 사비로 더 많이도 사 드릴 수 있어요."

실망한 듯한 사랑의 목소리에 우연이 다급히 덧붙였다. 수화기 너머로 경쾌한 웃음소리가 들려왔다.

─아니에요. 그냥 여쭤봤어요. 그리고…….

조금 뜸을 들이다가 사랑이 살짝 목이 멘 듯한 목소리로 다시 말을 이었다.

─고마워요. 그냥 지나가지 않으시고, 이렇게 연락해 주셔서요.

"아니에요. 전화해 주셔서, 라디오를 들어 줘서 제가 고맙습니다."

─정말 청취자들에게 친절하시네요. 그리고 신기해요. 제가 연예인이랑 아는 사이였다니.

사랑은 그렇게 말하며 웃었다. 그제야 우연은 깨달았다. 그는 아직 자신이 사랑과 어떻게 알게 되었는지 확실히 말하지 않았다. 그리고 사랑은 자신을 기억하지 못했다. 아마, 우연을 그 시절에 알았던 친구, 혹은 영화 기자 생활 중 스쳐 지나간 취재 대상 정도로 추측하고 있을 것이다.

괜찮았다. 그런 것은 만나서 차근차근 이야기하면 된다. 천천히, 조금씩.

그렇게 생각해 놓고선 막상 입을 여니 전혀 다른 말이 불쑥 튀어나왔다.

"사랑 씨, 지금 자면, 몇 시쯤 일어나요?"

─음, 잠을 오래 들진 못하는 편이라 8시면 일어날 것 같아요.

"8시, 8시에 일어나는구나. 좋아요. 그럼 8시까지 갈게요. 강릉으로."

─저를 만나러 여기까지 오신다고요?

사랑이 그렇게 묻고 있는데, 수화기 너머로 퍽 무언가를 치는 소리가 들렸다. 우연 아닌 누군가가 '8시에 일어난다는데 8시까지 가면 되냐, 미친놈' 하고 말했다. 사랑이 소리도 못 내고 숨죽여 웃고 있는 새, 우연은 몇 초 침묵하더니 다시 물었다.

"······8시는 너무 이르죠?"

―네, 저, 서우연 씨도 주무셔야 하잖아요. 한잠 자고, 오세요. 12시쯤 봐요.

사랑이 카페 이름을 하나 말하며 그곳으로 찾아올 수 있겠냐고 물었다. 우연은 강릉 시내 안에 자신이 모르는 곳이 있을 거 같냐고 하려다 참았다. 그 후론 전화를 끊고 자는 일밖에 남지 않았는데 둘 모두 이대로 통화가 끝나는 게 아쉬웠는지 덧없는 끝인사만 반복되었다. 한참 후에야 사랑이 먼저 뜨거워진 전화기를 놓았다. 우연은 녹음실에 걸린 시계를 바라보았다. 이제 고작 2시 20분이었다.

우연은 스스로를 과대평가하는 타입은 아니다. 그러니 자신이 오늘 한잠도 자지 못할 것은 당연히 알고 있었다. 그래도 운전을 하려면 얼른 집에 가 눈이라도 붙여야 했다.

하지만 차가 드문 새벽 거리를 달려가다가, 잠깐 멈춰 서서 한강을 보았을 때, 그만 깨닫고 말았다. 이 강보다 훨씬 넓은 바다, 움직이는 푸른빛을 당장 보지 못하면 우연은 바로 죽을 것이다. 그토록 거세게 심장이 뛰고 있었다.

이만큼 기다렸는데, 그러고도 또 기다리며 멀쩡히 방송까지 했는데, 다시 기다리라고 한다면 그럴 수도 있는데.

그런데 왜 가슴이 메는지 알 수 없었다. 잠이 들면 그사이 모든 것이 사라져 버릴 것 같았다. 다시 한번 무슨 사고라도 벌어질 것 같았다. 그런 상상만 해도 마음이 찢기는 듯 아팠다.

차에서 내려, 한강을 보며 30분쯤 서성이던 우연은, 결국 그대로 차를 돌려 강릉으로 갔다. 새벽길은 험하지 않았다. 중간에 조금이라도 졸리면 차를 세우고 눈을 붙여야 했지만, 웬걸, 정신은 점점 또렷해지기만 했다. 운전대는 자연스럽게 그때 그 바다로 우연을 안내했다.

도착했을 땐 서서히 떠오르는 해에 새벽 으스름이 사라질 무렵이었다. 하늘은 맑은 파랑으로 빛났다. 바다가 끝나는 지점은 분홍빛으로 물들어 있었다. 사랑과 함께 바다를 걸었던 때 역시 계절도 시간도 꼭 지금과 같았다.

우연은 차를 멈추고, 슬쩍 사랑이 맛있다 칭찬하던 국밥집을 보았다. 수십 번 들렀던 그곳을 뒤로하고 이제 천천히 바다를 걸을 수 있었다. 조금만 걷고, 약속 장소인 카페를 찾아가야지, 어디든 차를 세워 두고 잠깐이라도 눈을 붙여야지, 잊지 말고 알람은 꼭 켜 놔야지, 그런 것들을 생각하면서.

* * *

사랑은 우연보다는 스스로를 잘 알지 못했다. 청취자 연결을 하고, 우연의 전화를 받았을 때부터 어쩐지 오늘 밤엔 눈이 말똥말똥

하다 했지만, 침대에 누워서도 이렇게 잠 한 톨 오지 않을 줄은 미처 몰랐다.

서우연이랑 나는 대학에서 만났을까?

기자 생활 도중에 그와 마주치기라도 했나?

잘 기억나지 않는 것이 몇 있다고는 했지만 11년의 기억을 모조리 다 잃었다고는 이야기하지 않았는데, 혹시 날 만났다가 내 상태를 알고 당황하면 어쩌지?

아니, 혹시 기억에 없는 언젠가, 내가 그의 돈이라도 떼어먹은 건 아닐까? 그에 대한 기사를 이상하게 썼나?

아, 잠이 들어서 꿈속의 그 남자라도 만나게 된다면 조금 마음이 차분해질 텐데, 왜 잠도 안 오는 걸까?

부질없는 걱정은 끝없이 이어졌다. 누워 있어 봤자 소용이 없단 걸 깨달은 건, 두 시간여가 지났을 때였다. 사랑은 벌떡 일어나 방 안을 걸었고, 창가에 앉아 숄을 덮고 잠깐 책을 읽었다. 전화기를 들고 우연과 통화한 흔적을 확인했고, 나눴던 대화들도 곱씹었다.

그러는 사이 어느덧, 컴컴한 방 안이 밝아 왔다. 창밖엔 잔잔히 파도를 밀어 내는 바다가 보였다. 그 위론 해 뜨기 직전의 하늘이 서서히 변모하는 제 색을 뽐내고 있었다. 이쯤이면 산책이 위험할 시간은 지나갔다. 사랑은 코트를 하나 걸치고, 신발을 꿰차고 밖으로 나갔다.

아파트에서 조금만 걸으면 바로 바다가 나왔다. 인적 드문 곳이긴 했지만, 탁 트인 바다인지라 으슥하단 느낌은 없었다. 도착하자마자 저만치 키 큰 남자 하나가 보였지만, 거리도 멀거니와 혼자 천천히 걷고 있는 모습이 이쪽엔 전혀 관심이 없는 것 같아 두려움은 들지 않았다. 이 시간에 이곳에 있다면 외지 사람이 아니라 이웃 주민이겠지 싶기도 했다.

그래서 사랑은 조금 마음을 놓고 해변을 걷기 시작했다. 모래 위로 희부윰한 물결이 레이스처럼 겹겹이 올라왔다. 멀리서는 겨울 바다가 울음처럼 하얀 파도를 토해 내고 있었다. 그럴 때마다 푸른색이 산산이 부서졌다. 파랑 위에 또 더 짙은 파랑, 때로는 연약해 보일 정도로 흐린 파랑이 켜켜이 쌓였다. 바다와 하늘의 경계조차 푸르게 일렁였다.

꼭 꿈속에서 보았던 그 바다 같았다. 어쩌면 바다라는 것이 다 비슷한 모양일지도 몰랐다. 그래도 사랑은 새삼, 그 바다가 어디인가를 확인하고 싶었다. 낮에 서우연을 만난다면, 그래서 과거의 자신이 어떤 사람이었는가를 확인한다면, 그걸 계기로 하나씩 하나씩 기억을 찾아 나갈 수 있지 않을까? 그러다 보면 꿈속의 그 바다가 어딘지도 찾을 수 있을지도 모른다. 그리고 그 남자를 찾아서 또 농담이나 실컷 할 수도 있겠지. 바다란 게 다 거기서 거기더라고요. 우리 집 앞에도 이런 바다가 있어요, 하고.

그런 생각에 빠져서 멍해 있다가 잠깐 선 채로 꾸벅꾸벅 졸았던 것도 같다. 오늘따라 물때가 일렀는지 벌써 파도가 발아래까지 밀려들고 있었다. 황급히 뒤로 물러나려다가, 그만 발을 헛디뎠다. 바다 쪽으로 고꾸라질 뻔했다. 바로 그때였다.

"미쳤어요?"

남자의 단단한 팔이 사랑을 낚아챘다.

"밑에 바위 있는 거 안 보여요? 사람이 왜 이렇게 부주의해요?"

다그치는 남자 때문에 오히려 더 놀랐다. 바위가 있으면 있는 거고, 부딪치면 부딪치는 거지 처음 보는 사람에게 부주의하다고 잔소리까지 할 일인가.

놀라서 딸꾹질이 다 났다. 남자가 허, 하고 혀를 찼다. 아니, 실수 좀 한 거 가지고 초면에 혀까지 차다니, 하고 조금 화가 난 채 고개를 들었다.

그런데 거기에 꿈속의 남자가 있었다. 새벽 5시의 어스름을 단번에 몰아낼 관옥 같은 그 얼굴이 사랑을 똑바로 보고 있었다. 입술이 예쁘게 비틀리며 열렸다.

"여전하네요, 사랑 씨는."

매일 밤 듣는 목소리의 주인공, 우연이었다. 저 낮은 목소리도, 조금 빈정거리는 말투도, 그런 주제에 부드럽기만 한 손길도, 파리한 얼굴, 섬세한 윤곽, 서늘한 눈매, 그 안의 다정한 눈빛까지, 모두 이 사람이었다. 꿈속의 그 남자가 바로, 서우연이다. 그걸 왜 이제야 알았는지, 아니, 어떻게 이렇게 단번에 알 수 있었는지.

아무 말도 못 하고 자신을 바라만 보고 있는 사랑의 눈빛이 어떤 의미인지 알아차리지도 못하고, 우연은 천천히 준비한 말을 했다.

"처음에도 꼭 이렇게 만났어요. 내가 사랑 씨 팔을 잡았고, 바다에서 건져 냈고."

그러니까 우연은 내가 당신이 말한 그 남자라고, 그래서 여기까지 찾아왔다고 말하려 했다. 그런데 놀랍게도 사랑이 말을 이었다.

"그리고 내가 화냈죠. 잘못한 것도 없는 사람한테."

나를 기억하냐고, 알아보겠냐고 묻기도 전에 사랑이 이야기를 이어 나갔다.

"같이 걸었던 게 기억나요. 음악을 들었던 것도."

이제 우연이 해야 할 일은 바로 사랑을 끌어안고 싶은 마음을 있는 힘을 다해 참는 것뿐이었다.

"맞아요. 내가 들려준 음악이 영 이상하다고 사랑 씨가 그랬어요. 그래도 끝까지 듣고, 또 들어 줬어요."

"아침까지 걸었죠, 우리."

"그러면서도 이름 하나를 가르쳐 주지 않았죠."

원망하는 건 아니라는 듯, 우연이 웃었다.

"오사랑이에요."

"알아요. 이제 알아요."

우연은 그렇게 하면 이름을 잊을 일이 없을 거라는 듯 고개를 열심히 끄덕였다. 그러다 말고 사랑을 바라보고 물었다.

"그거 알아요? 나는 그때, 이름 가르쳐 줬어요."

"그랬던 것도 같아요."

그렇게 말한 건, 그냥 하는 이야기가 아니었다. 이상하게도 정말 '서우연'이라는 세 글자가 이 남자의 근사한 입술 새로 새어 나오는 장면을 본 것만 같았다. 오렌지색 광선에 잠식당한 파란빛 하늘처럼, 천천히, 조금 더 많은 기억이 사랑의 머릿속을 비집고 들어왔다.

주차장 위치가 기억나고, 그래서 차에 앉으니 운전하는 법이, 조수석에 앉았던 연인의 이름이 기억나는 것처럼. 남자와 함께 걸었던 바다가, 그때 들었던 이름이, 끝 모르고 나눴던 대화들이, 차 앞에 서서 나눴던 키스와 반년 후에 만나자는 약속까지. 모든 것이 마른 천 같던 사랑의 머릿속에 촉촉이 스며들어 왔다. 그러다 못해 넘쳐흘렀다. 이제 사랑의 눈가엔 물방울이 대롱대롱 맺혔다.

지금 사랑의 머릿속에서 무슨 일이 일어나는질 알지도 못하면서 우연은 잠자코 기다려 주다가 눈물방울 하나가 하얀 볼을 타고 흐르고 나서야 그 볼을 훔쳐 주려 손을 내밀었다. 그 손이 차마 닿지 못하고 허공에서 머뭇거리는 사이, 사랑이 입을 열었다.

"약속했었잖아요. 우리, 반년 후에 만나자고 약속했던 거 맞죠."

우연이 바로 대답을 하지 않자, 사랑은 다시 한번 물었다.

"깜빡 잊고 있었어요. 기억했다고 해도 가지 못했겠지만. 혹시 나왔어요?"

"아뇨, 사실 나도 일이 있어서 못 나왔어요."

우연이 그렇게 대답했다. 그렇지만 차라리 답하지 않는 편이 나았다. 웃음도, 아무렇잖은 척하는 목소리도 너무 거짓말같이 들렸다. 사랑은 고개를 가로저었다. 저도 모르게 눈물이 흘렀다. 별것 아니라는 듯 웃는 남자의 모습에 가슴이 아팠다. 몰랐던 세월이 속절없어서, 지키지 못한 약속에 미안해서, 그럴 수밖에 없던 시절이 원망스러워서.

"기다리는 사람이 있다고 말했잖아요. 내가 다 들었어요. 그거 내 얘기잖아요."

"아, 그렇지. 내가 그걸 방송에서 말했구나."

"왜, 나왔어요?"

"보고 싶었으니까."

"두 번 다, 나갔어요? 여름에도, 겨울에도?"

우연이 말없이 웃었다. 사랑이 다시 한번 눈물을 떨구었다.

"대체 왜 그랬어요?"

"당신이 반드시 온다고 했으니까."

"그걸 믿어요? 얼마나 기다렸는데요."

"글쎄요. 다리에 감각이 없어질 때쯤까지?"

우연이 농담이라도 하듯 말하곤 씩 웃었다. 사랑이 그런 우연에게 두 팔을 뻗었다. 작은 손을 제 앞에 살아 움직이는 서우연의 너른 어깨에 올렸다. 단단한 팔을, 커다란 손을 어루만졌다.

우연은 사랑처럼 조심스럽진 못했다. 그는 그저, 저에게 닿은 사랑을 제 품으로 끌어왔다. 그대로 온 힘을 다해 꽉 안아 버렸다.

4년 전 처음 만났던 그 바닷가에서 이제 다시 밀려오는 바닷물을 발아래 둔 채, 두 사람은 모든 것이 아득히 느껴질 만큼 오래, 서로를 끌어안았다.

그 품에 안겨 사랑은 몇 번이나 미안하다고 했다. 우연은 사랑을 꽉 끌어안은 채 고개를 저었다. 내가 미안하다고 했다. 그날 당신을 더 꽉 붙잡지 않고 반년 후에나 보자고 해서 미안하다고 말했다. 때로는 그저 당신 마음이 변해서 약속을 지키지 않은 것이라 생각했다고 고했다. 더 열심히 당신을 찾아보지 않아서 그것이 제일 미안하다고 속삭였다.

모든 것이 울음 섞인 말이라 서로에게 얼마나 전달될지 알 수 없었지만, 괜찮았다. 아무것도 모른 채로도 두 사람은 오래도록 서로를 마음에 품고 있었다. 꿈에서 그리고 있었다. 전달되지 않는 말 한마디쯤 더 보태어 봤자.

태양은 그런 두 사람을 비추러 위로, 위로 오르고 있었다. 하늘이 검푸른색에서 조금 더 밝은 파랑으로, 그리고 다시 옅은 분홍색으로 점점 밝아 왔다. 두 사람은 누가 먼저랄 것도 없이 고개를 올려 하늘빛을 보았다. 그리고 이제 조금 더 편해진 마음으로 서로의 손을 잡았다. 우연이 사랑의 얼굴에 어린 눈물 자국을 닦아 주었다. 조심스러운 손길에 잠깐 웃곤 사랑이 물었다.

"이제, 어떻게 하면 좋죠?"

"글쎄요. 일단 걸을까요?"

"오늘 방송은 어떻게 하고요?"

"그것도 걸으면서 이야기하면 되겠어요."

그리고 두 사람은 정말로 바다를 걷기 시작했다. 4년 전처럼 대화는 두서없이 시작되어 온 방향으로 뻗어 나갔다. 그간의 공백이 없던 일인 것처럼 두 사람은 함께 웃었고, 쉼 없이 떠들어 댔다. 파도가 둘의 수다를 엿들으려는 듯 몸을 기울였다가 이내 물러났다. 가장 어두운 시기를 버텨 낸 하늘은 시시각각 변화하며 찬란한 빛을 뽐내었다. 그 빛을 눈치채고 먼저 시계를 확인한 건 사랑이었고, 마지못해 시간이 다했음을 인정한 건 우연이었다.

"방송 시간을 맞춰 가려면 곧 출발해야 해요."

"아, 그렇구나."

"그런데 사랑 씨를 두고 가진 못하겠어요."

"음, 방송 끝나고 다시 여기서 만나기로 하면 되지 않나요?"

"그렇게는 안 돼요. 그런 약속은 다신 안 할 거니까."

그 말에 사랑이 웃음을 터뜨렸다. 우연도 같이 웃었고, 그러다 가만히 바다가 잔뜩 담긴 눈동자로 사랑을 바라보았다. 새벽바람에 차가워진 입술에 제 입술을 맞추었다. 영원처럼 긴 입맞춤의 끝에서 사랑이 배시시 웃으며 말했다.

"이러다 진짜 늦겠어요."

"알아요. 그러니까 이제 나랑 같이 가요. 반년 후 말고, 지금 당장."

우연의 끝에서 사랑이 시작되는 순간이었다.

▶
후기

 별것 아닌 일에 어깨가 움츠러들고 마음이 울적해지는 날이 있다. 그날도 그런 날이었다. 옆에 있던 사람이 내게 말했다.
 ―이런 날엔 바다에 가야 한대.
 그래서 집에서 제일 가까운 바다를 찾아 무작정 달려갔다. 오후 1시 넘어 출발했는데 3시에 도착했으니 두 시간이 채 걸리지 않은 셈이다. 하지만 막상 도착해서는 달리 갈 곳이 없었다. 애초에 무슨 계획을 하고 출발한 것도 아닌 데다, 시국이 시국이니만큼 어딜 돌아다니는 것도 죄스러웠다. 오후가 되며 날까지 흐려진 탓에 기대했던, 동해 특유의 푸른 물 색도 보이지 않았다. 그래서 커피 한 잔을 사서 도로 차에 탔다. 파도의 너울을 잠깐 엿보았으니 그걸로 되었다 싶었다. 그랬기에 사실 내 기억 속엔 바다를 본 일보다는 보러 가던 길, 차 안에서의 시간이 더 선연히 남아 있다.

평일이라 길이 한적했고, 집 앞에서 시작되는 고속도로는 바다까지 쭉 이어져 있었다. 운전하기가 편해 대화에 집중할 수 있었고, 뭘 하지도 않고 왔기에 몸이 고단치도 않았다. 돌아오는 길, 선곡권은 조수석에 앉은 나에게 있었다. 운전석에 앉은 이가 아무거나 요즘 듣는 노래를 틀어 보라고 했다. 나는 최근에 들은 음악 리스트에 들어가 랜덤 플레이 버튼을 눌렀다. 두세 곡이 지나간 후, 이소라의 〈신청곡〉이 흘러나왔다.

―이 노래, 좀 가슴을 울리는 데가 있어.

그렇게 말하자 옆의 사람이 답했다.

―그러네.

가만히 노래를 듣다가 문득, 라디오 DJ와 청취자라는 엔간해선 직접 만날 일 없는 사람들이 만나 사랑에 빠진다면 그도 꽤 재밌는 이야기가 되지 않을까 싶었다. 라디오를 듣는 사람은 어쩐지 바다에 살고 있어야 할 것 같았다. 방금 보고 온 흐릿한 바다와 달리 짙은 파랑이 창 너머로 일렁이는 적적한 아파트면 좋지 싶었다. 노래 가사처럼 창밖에 비가 내리는 밤이면 생각이 많아질 테고, 혼자 사는 방은 심장 소리마저 들릴 듯 깊은 적막에 휩싸일 것이다.

거기까지 생각했는데 노래가 끝났다. 조금 더 골몰해 보면 새 이야기가 만들어질 것도 같아 옆 사람에게 양해를 구하고 같은 노래를 두 번 들었다. 두 번, 세 번, 네 번, 그렇게 집에 오는 길 내내 한 노래를 몇 번이고 들으며 이 짧은 이야기가 만들어졌다.

그날, 바다에 데려간 사람에게 고맙다. 좋은 음악을 계속 듣는 일을 고역이라 생각하지 않고 즐겨 주었다. 그뿐인가, 노래가 끝난 후 내가 떠들어 대는 두서없는 말도 모두 들어 주었으며, 괜찮은 이야기 같으니 써 보라고도 말해 주었다. 고마운 사람은 더 있다. 병원 침상에서 낯선 천장을 보며 눈을 뜬 여자의 모습에서 글을 시작하려다가 갈피를 못 잡고 방황할 때, 꿈속 장면부터 써 보는 게 어떠냐고 조언해 준 소렐 작가가 아니라면 이 글을 완성하지 못했을 것이다. 새벽에 써서 아침에 가져간 초고를 읽어 준 글 모임 사람들, 수정하며 문장과 문장 사이를 방황할 때 조언해 준 주은린 작가, 제목을 함께 고민해 준 오랜 친구들, 짧은 글을 흔쾌히 받아 주시고, 세심히 다듬어 세상에 내어 주신 동아출판사의 편집자님들께도 진심으로 감사드린다.

마음을 울리는 노래를 들려주신 가수 이소라 님께도 닿지 않을 감사를 올리며, 이 글의 제목은 노래 〈신청곡〉에서 빌려 왔음을 다시 한번 정확히 밝혀 둔다.

독자님들께서 이 아름다운 노래를 들으며 사랑과 우연의 이야기를 곱씹어 주신다면 그보다 더 큰 기쁨은 없을 것이다. 모두 지치지 마시고요. 너무 힘들어하지도 말고요. 우리는 다음 책에서 다시 만나요.

여름에 겨울 글을 끝내며, 유폴히.

형태는 은하의 첫 남자 친구다. 두 사람은 대학 시절 내내 사귀다 은하가 취직 준비를 하고 형태가 대학원에 들어갔을 때쯤 자연스럽게 헤어졌다.

그 후로도 은하는 몇 번의 평범한 연애를 경험했다. 그들 전부를 마음을 다해 사랑했던 건 아니지만, 모든 관계가 아무 의미 없었다고 말할 수는 없다.

첫 회사에서 직장 사수를 짝사랑하던 때도 그랬다. 그때 은하는 사수가 건네는 다정한 몇 마디에 마음의 위안을 얻었고, 그게 사랑이라고 믿었다. 그 순간만큼은. 이제 와 돌이켜 보면 회사 일이 너무 힘들어 정신이 나갔던 게 틀림없지만.

일을 그만둔 후, 교대에 재입학한 은하는 네 살 연하의 동기, 준영에게 고백을 받았다. 처음엔 적잖이 당황했더랬다. 준영을 귀엽고 말 잘 통하는 동생 이상으로는 생각해 본 적이 없었기 때문이다.

그러나 잔뜩 상기된 얼굴로 덜덜 떠는 준영의 모습은 은하에게 퍽이나 큰 고양감을 선사했다. 심지어 은하는 잠시 향수에 젖기도 했다.

언젠가 나도 저런 눈으로 누군가를 바라본 적이 있었는데.

그 시절이 떠오르자 준영이 애처롭게 느껴졌다. 연민 섞인 동질감이 호감으로 치환된 채, 은하의 세 번째 연애는 성급히 시작되었다.

준영은 사랑을 쏟아붓는 연인이었다. 날 너무 좋아해서 내 사소한 움직임마저 놓치지 않으려는 집요한 시선, 내 삶의 모든 것을 알고 싶다는 듯 끝없이 던지는 물음, 밤새도록 이어지는 전화 통화.

갑자기 별 3점에서 3.5점 사이의 아기자기한 로맨틱 코미디 영화가 되어 버린 것만 같은 느낌은 나쁘지 않았다. 준영이 다른 여자들에게도 아주 자주 주인공으로 등극할 기회를 준다는 걸 알기 전까진.

임용 고시 합격 후에는 주변의 등쌀에 떠밀려 소개팅을 여러 번 했다. 대체로 시간 낭비에 가까웠지만, 한번은 운 좋게도 퍽 어른스러운 남자를 만났다.

그때 은하가 느꼈던 건 설렘보다는 안정감에 가까웠다. 지친 하루의 끝에, 미주알고주알 일상을 털어놓을 상대가 있어 좋았다. 특별한 날마다 누구랑 같이 있을지 고민하지 않아도 되어서 편했다. 감정의 고저가 없고, 나를 잘 이해해 주는 사람과 함께할 때만 느낄 수 있는 평안이 기꺼웠다. 너무 평화롭기만 해서 이런 게 사랑이 맞나 자꾸만 의심하게 되는 게 문제였지만.

서로를 파악하는 일만으로도 대화거리가 채워지던 연애 초기가 끝나자, 때 이른 권태와 지루함이 고개를 비죽 내밀었다. 그 사람과는 결국 석 달을 채우지 못하고 헤어졌다.

어쨌든 이 모든 과정에서 은하는 수많은 긍정적 감정과 조우했다. 그리고 연애의 절정이라 할 만한 곳에 서 있을 때마다 습관적으로 첫 남자 친구, 형태를 떠올렸다.

이해할 수 없는 일이었다. 이미 한참 전에 끝난 연애 상대를, 갑자기 왜?

미안한 일이기도 했다. 지형태 말고 지금 이 순간, 은하의 앞에 있는 현재의 연인에게 말이다.

하지만 사람이 어떻게 머릿속에 떠오르는 생각까지 제어하겠는가. 미안하면 미안한 만큼 잘해 주는 될 일. 이것이 큰 문제가 아니라 치부한 은하는 좀 더 충실한 연인이 되어 보자고 마음먹었다.

그런데 사람 일이 어디 마음먹은 대로 흘러가던가. 사랑은 의리가 아니었고 연애는 미안한 사람이 더 잘해 주면 되는 게임이 아니었다. 그리고 죄책감은 몰입의 최대 방해자였다.

은하는 단 한 번도 사랑이란 감정의 절정에 이르지 못한 채, '미안한 건 미안한 건데 어쨌든 내가 너에게 푹 빠진 건 아닌 듯'을 자각하고야 말았으며 그쯤 해서 연애는 종결되곤 했다.

몇 번의 이별을 더 거친 후에야 은하는 자신의 연애 실패 요인이 단 하나로 귀결된다는 사실을 깨달았다. 비주기적으로 반복되는 지형태 회상 증후군, 모든 건 그 때문이었다.

그렇다면 은하는 왜 이토록 자주, 지형태를 떠올리고야 마는가?

해답은 의외로 바로 튀어나왔다.

그야, 잘생겼으니까.

단정하게 잘생긴 얼굴이었지. 거짓말 못하는 눈동자가 좋았어. 그래, 뭘 꾸며 낼 줄 모르는 사람이었지.

제 속을 낱낱이 다 보여 주는데도, 이상하게 도무지 어떤 사람인지를 파악할 수 없었어. 화가 난 것 같긴 한데 왜 화를 내는지. 슬픈 것 같은데 무슨 이유로 슬퍼하는 건지. 나를 많이 좋아하는 거 같긴 한데, 대체 왜 아무 말도 하지 않는지.

참 답답한 남자다 싶어서 포기하려 들 때쯤, 이해할 수 없는 말을 잔뜩 늘어놓았었지. 먼 우주의 암흑같이 새카만 눈동자 안에 갓 태어난 별 같은 빛을 가득 담고서 말야.

어느 날인가는 나도 모르게 그쪽으로 손을 뻗기도 했지. 어떻게든 닿아 보고 싶었거든. 내 눈엔 그게 세상 가장 귀한 것만 같았어. 그 눈동자를 감겨 별을 안에 가두고 꾹꾹, 눈자위를 눌러 보고 싶었어.

그런데 생각보다 키가 커서 아무리 손을 뻗어도 닿지가 않는 거야. 하는 수 없이 등이나 토닥이면 작게 웃음을 터뜨리는 소리가 귀여웠어. 내 것과 다르게 커다란 날개뼈, 그 양옆에 내 몸에는 없는 탄탄한 근육이 만져지는 게 또 좋았지.

그랬다. 형태의 외형은 은하의 이상형에 가까웠다. 여기서 '가깝다'라는 표현은 기준에 근접했으나 약간 못 미친다는 게 아니라 충족시키다 못해 더 나아가 벅찰 정도였다는 의미이다. 그러니 그 반의반도 못 미치는 놈을 만날 때마다 아쉬움이 들이닥치는 건 당연한 일.

하지만 얼굴이나 몸이랑 전혀 상관없는 것들까지 떠올리게 되는 건 왜인지 알 수 없었다. 조금 낮은 목소리, 다소 무심한 듯 들리는 높낮이 없는 말투, 걸음, 움직임, 몸짓, 도저히 이해할 수 없던 말과 행동까지도.

이 부분 역시 은하는 간단히 해답을 찾아냈다.

그래도 걔가 착하긴 했지. 날 되게 좋아해 줬잖아. 그래서 마음에 남은 거야. 아마 우리 아빠도 걔만큼 날 사랑해 주진 못할걸?

이쯤에서 은하의 머릿속엔 자연스럽게 새로운 질문이 떠올랐다.

그런데, 우리가 왜 헤어졌더라?

내가… 찼나?

내가 걔를? 왜?

아니다, 차였나?

걔가 나를? 설마.

자신이 이 부분을 제대로 기억해 내지 못하는 건 그다지 이상한 일은 아니었다. 은하는 늘 그런 식으로 살아왔다.

엄마 아빠가 이혼한 게 내가 열세 살 때 일이던가? 그때 왜 그랬더라? 모른다. 이제 와서 어떻게 그런 걸 기억하겠는가.

엄마가 떠날 때 왜 나는 아빠랑 남기로 했더라? 그 이유 역시 까맣게 잊어버리고 말았다.

대입에 실패해서 재수하던 때 내가 힘들었던가? 아마 그랬겠지. 잘 기억나진 않지만.

어디에 머리를 세게 부딪친 적은 없었다. 기억에 문제가 생길 만큼 큰 병을 앓아 본 일도 없다. 그런데도 은하의 뇌는 삶의 중요한 순간순간을 완전히 도려내곤 했다. 이걸 위기 상황에서만 발현되는 극단적 회피 성향이라고 해야 할까?

은하는 그런 식으로 일 처리를 하는 자신의 뇌를 원망하지 않았다. 고민해 봤자 해답을 찾을 수 없는 일, 너무 괴로워서 떠올리면 힘들어지는 일, 그런 것들은 모두 잊고 사는 편이 낫다. 좋지도 않은 기억을 굳이 파고들어 헤집어 봤자 이득 될 것 하나 있겠는가.

은하가 간과한 것은 연애에서만큼은 이 '묻어 두기' 방식을 써서는 안 된다는 사실이었다.

세상 사람들이 다 멍청해서 망한 연애를 곱씹으며 괴로워하는 것은 아니다. 밑바닥까지 내려가 조각난 사랑의 단면을 현미경으로 관찰하는 행위에는 자해 이상의 의미가 있다. 그 흉측한 모양을 뇌리에 잘 새겨 두어야만 훗날, 뇌가 제멋대로 과거 미화를 자행할 때 적극적으로 반항할 수 있는 것이다.

그 단계를 거치지 않은 은하가 부작용을 겪게 된 건 당연한 일이었다. 왜 헤어졌는지가 가물가물해지니 좋았던 옛 시절만 떠올랐다. 대충 찍은 영화를 봐도 괜찮은 스틸 컷 하나는 건질 수 있다더니, 사랑도 그랬다. 떠오르는 장면마다 그렇게 애틋하고 아름다울 건 뭐람.

그걸 계속 들여다보다가는 쓸데없이 감상적이 되어서 늦은 새벽, 술 취한 채 한참 전의 남자 친구에게 전화를 거는 끔찍한 실수를 저지를지도 모르는 일이었다.

사실 은하는 그 직전까지 간 적도 있다. 뇌리에 각인된 열한 자리의 숫자를 입력한 후 통화 버튼을 누르기 직전까지.

다음 날, 은하는 바로 전화기를 바꿨다. 지형태의 전화번호를 잊으려고, 세 시간 동안 그와 비슷한 듯 사뭇 다른 50여 명의 친구들의 번호를 달달 암기했다.

뇌를 교란하기 위한 비책에 앞서 헤어짐의 원인도 대충 정리해 두었다.

그때 나 졸업하고 취직 준비하느라 바빴잖아. 그러느라 자주 싸웠던 거 같은데… 그러다 소원해지고 자연스럽게 헤어졌겠지. 헤어지자는 말은… 싸우다 한두 번 나오지 않았나? 그래, 그쯤엔 둘 다 질려서 그냥 헤어지는 게 맞다고 합의를 봤을 거야. 뭐, 이별의 원인이란 게, 딱 한 가지만 있는 건 아니니까.

그렇게 지난 연애의 기억은 완전히 소화되었다.

20대 초반에 만났던 내 취향의 얼굴을 한 남자. 지형태.

착했고 날 많이 사랑해 줬던, 그러나 도무지 이해할 수 없던 이상한 남자와의 연애사. 은하는 그것을 잘 접어 마음속 깊은 서랍 안에 봉인해 두었다. 중학교 때 단짝 친구가 준 쪽지, 지나간 보험 서류, 부끄럽기 짝이 없는 졸업 논문처럼, 버리긴 뭣하지만 영영 들춰 볼 일 없는 것들을 어딘가에 구겨 넣듯이. 다시는 지형태를 그런 식으로 추억할 일은 없을 거라 생각하면서.

그러나 '기억'과 '사람'이 함께 들어간 문장에서 주어의 자리는 언제고 기억이 차지하기 마련이다. '은하가' 잊은 것이 아니라 '기억이' 은하를 내동댕이치고 떠나 버렸듯, '은하는' 반추할 생각이 없었지만 '기억이' 기어코 은하를 찾아왔다. 제멋대로 불쑥, 생각지도 못한 순간에.

새로 발령 난 학교에서 동료 교사 한 명이 휴직을 하면서, 그가 맡았던 영재아 교육 업무가 은하에게 떨어졌다. 학폭처럼 까다로운 일이 아니란 건 감사할 일이었지만, 당장 이틀 후에 있을 영재아 캠프가 문제였다. 인수인계는커녕 자료 한 장 받지 못한 것이다.

방학 중이라 동료 교사들과의 연락도 쉽지 않았다. 동기들과의 단톡방에서 하소연처럼 상황을 털어놓자, 얼마 안 가 바로 개인 메시지가 하나 왔다. 전화기에 뜨는 이름이 아주 낯이 익었다.

이준영.

그래, 걔.

교대 시절에 잠깐 사귄 네 살 연하의 남자 친구. 연애 초기의 풋풋한 설렘을 느끼게 해 주었으나, 얼마 가지 않아 은하 외에도 꽤 많은 여자들에게 그 비슷한 걸 선사하던 중이라는 사실이 밝혀

졌던 그 남자.

그래도 몇 살 위랍시고 어른스럽게 굴자 싶어서 쿨하게 행복을 빌며 헤어진 보람이 있었다. 준영이 고맙게도 본인이 했던 수업의 각종 자료들을 바로 넘겨준 것이다. 싹싹한 성격답게 묻지도 않은 것도 주절주절 설명해 주었다.

그때 사귀지 않았으면 지금도 친구로 지내며 자주 만났을 텐데.

은하는 연한 후회를 삼키며 준영에게 고맙다는 답장을 했다. 곧바로 전화가 걸려 왔다.

─이틀이면 빠듯한데, 누나 괜찮겠어?

"네가 준 거 있으니까 열심히 해야지."

─나, 자료 몇 개 더 있거든. 오늘 좀 정리해서……. 음, 내일 점심때 시간 돼? 잠깐 카페에서 볼까?

인터넷이라는 편리한 문명의 수단을 이용하지 않고 굳이 만나서 전달하겠다고 하는 데에는 밥이라도 얻어먹겠다는 꿍꿍이가 보였다. 은하는 웃음 섞인 목소리로 답했다.

"그래, 그러자. 밥 살게."

─좋지. 소고기 사 줘. 한우.

"음, 나 그냥 일 대충 해 볼까 봐."

─아뇨, 누나. 삼겹살만 사 주셔도 감사해요.

하여튼 귀여운 놈이라니까.

은하는 그렇게 가벼운 마음으로 전 남자 친구를 만나러 나갔다. 이제는 앙금조차 남아 있지 않은, 애초에 기억의 서랍 속에 봉인하는 작업조차 필요 없었던 상대였기에 재회의 부담은 한없이 0에 수렴했다.

준영은 전과 그대로였다. 신경 써서 입은 트렌디한 옷, 반질반질 귀여운 얼굴, 눈꼬리가 살짝 내려간 서글서글한 눈매, 헤픈 웃음, 밑도 끝도 없이 이어지는 수다까지.
"야, 성은하 진짜 운 좋다."
"뭐가."
"사랑스러운 전 남친이 마침 옆 학교에서 영재 교육 담당을 하고 있는 데다가 부르면 바로 달려 나오기까지 하잖아?"

은하는 예의상 그 헛소리를 잠깐 견뎌 준 후, 바로 본론으로 들어갔다. 그러니까 자료에 관한 설명 좀 해 달란 뜻을 최대한 부드럽게 전달했고, 깜빡하고 안 가져왔다는 영상 링크를 보내 달라고 이메일 주소를 적어 줬으며, 건네받은 서류를 검토하며 궁금한 점을 물어봤다는 뜻이다.

준영은 쏟아지는 은하의 질문 앞에서 갑자기 웃음을 터뜨렸다.
"왜 웃어?"
"아, 나 일하러 온 거지, 싶어서."
"일하러 온 거 맞지. 정확히 말하자면 일 도와주러 온 거지만. 그게 왜? 아, 끝나고 밥 사 줘야 하는 건 안 까먹을 테니까 걱정 말고"

준영은 은하가 빠르게 덧붙인 말에 이번엔 더 큰 소리를 내며 웃었다.

"누난 진짜 하나도 안 변했구나. 여전하네."

은하는 뭐가 여전하냐고 물었고, 준영은 의미심장한 미소를 지으며 손가락을 하나씩 구부렸다.

"칼같은 거, 은근히 정 없는 거, 그리고 심플한 거."

바람나서 헤어진 전 남자 친구한테 이 이상 어떻게 정감 가게 굴어야 할지 모르겠는데.

…라는 비아냥을 하기엔 아무래도 도움받는 처지인지라.

은하는 얼굴에 잔잔한 미소를 띠었다. 이 표정이 '어쨌든 나와 줘서 고마운데 헛소리 좀 그만하라'는 메시지를 상대에게 잘 전달해 주길 바라면서.

그러거나 말거나 준영은 허튼소리를 오래도 이어 나갔다. 대충 요약하면 우리 오랜만 아니냐, 연락은 계속했지만 누나 쪽에서 먼저 만나자는 말을 한 건 처음이다, 솔직히 우리 다시 만나 볼 수도 있는 거 아닌가 하는 생각도 하고 나왔다 같은 정신 나간 이야기였다.

은하는 어처구니가 없어져 그만 폭소를 터뜨리고 말았다.

"그… 혹시 나한테 거짓말 치고 네가 다른 여자애들이랑 술 마시다가 걸려서 헤어진 거 까먹은 거 아니지?"

"걔네 그냥 친구였거든?"

은하도 할 말이 없는 건 아니었다.

그럼 거짓말은 왜 했냐, 그 자리에서는 왜 '아뿔싸' 하는 표정 짓고 소파 뒤로 숨은 거냐, 뭐 그런 것들.

그러나 이제 와 그런 걸 따져 물어 봤자 무엇 하겠는가. 당시에도 딱히 궁금하지 않아 퀵 이별로 끝냈거늘.

그 순간에야 사기당해 허위 매물을 구입했다는 미약한 빡침이라도 느꼈지, 한참 지난 지금, 은하에겐 감정의 찌꺼기 한 톨 남아 있지 않았다.

지나간 일은 지나간 일이라 이렇게 편하구나.

은하가 드물게만 찾아오는 평정심을 만끽하는 사이에도 준영의 입은 쉬지를 않았다.

"누나 그때, 진짜 정 없게 굴었어. 헤어지잔 말을 어떻게 그렇게 침착하게 하고 그러냐."

"네가 거짓말을 치고 여자를 만났는데 내가… 정이 없었던 게 맞아? 준영아, 다시 잘 생각해 봐."

"거봐. 지금도 이러지. 큰소리 한번을 안 내. 그때도 딱 지금처럼 말했다니까. 준영아. 네가 실수했고 내가 너를 더는 믿을 수 없어서 우리 관계는 이렇게 정리되지만 난 네가 잘됐으면 좋겠어. 술 좀 그만 처마시고 밀린 인강이나 좀 들어라. 그거 99만 원이나 주고 수강 신청 한 거잖아. 철 좀 들어. 임용 꼭 한 번에 붙고."

"…처마시라는 말은 안 한 것 같은데."

"나한텐 그렇게 들렸다고."

"뭐, 그랬다 치고, 그게 뭐? 다 맞는 말인데. 축복을 해 줘도 불만이네."

은하가 감정 없는 말투로 그렇게 중얼거리자, 준영은 헛웃음을 흘렸다.

"사람이, 어떻게 그렇게 심플해? 난 그때 진짜 힘들었는데."

"아, 진짜?"

"영혼 없는 반응 그만하고. 나 진짜 타격이 컸다니까? 와, 어떻게 1초 만에 헤어지자는 말이 튀어나오냐. 성은하. 이 여자는 이걸 미리 알아서 나랑 헤어지자 결심하고 날 잡으러 온 거거나……."

"내가 그렇게까지 치밀한 사람은 아니야."

"아니면… 애초에 진짜 날 하나도 안 사랑했구나…… 싶었지."

"……."

칼같고, 정 없고, 심플하고.

그래, 준영의 평가를 모두 인정하기로 하자.

하지만 은하는 적어도 거짓말을 밥 먹듯 하는 부류는 아니었다. 그래서 준영의 말엔 대답하지 않기로 결정했다. '눈치챘네? 맞아, 사실 그랬어.'보다는 침묵이 낫지 않은가.

준영이 몇 년 전 일이 어제 일인 듯 회상하며 한숨만 푹푹 쉬는 것도 무시하기로 했다. 이걸 어떻게 극복할지는 준영의 문제이지 은하의 문제는 아니다. 은하가 지금 고민해야 할 건 이 침묵을 깨고 '그럼 이만'을 외치며 자리를 뜰 타이밍이 언제인지를…….

"하여튼. 여기서 아니라고는 안 하는 게 또 누나답다니까."

은하가 하하, 하고 억지웃음을 짓자 준영은 장난처럼 투덜거렸다.

"그래서 내가 계속 아쉬운 거야. 나도 알아. 내가 잘못한 거. 근데 있잖아. 사람은 원래 좀 실수도 하고 그러는 거잖아."

"그게 무슨 개소리니……."

은하의 형태 203

"아니, 내가 진짜 오래 생각해 봤거든? 만약에 누나가 나한테는 그냥 집에서 자겠다고 하고 다른 남자랑 술을 마셨다 쳐."

"우선 난 술을 안 마셔."

"아니, 그냥 그랬다 쳐 보자고. 술을 마셨어. 나처럼 시시덕거리는 수준이 아니라 그 남자랑 진짜 바람피운 거야. 심지어 잤어. 그래도 나는 그때였으면, 바로 못 헤어졌을 거야."

은하는 피로를 느끼기 시작했다. 준비해야 할 일도 많은데 내가 여기서 뭘 하고 있는 거지. 그 생각이 그대로 겉으로 드러났는지, 준영이 헛소리를 중단하곤 불쌍한 척을 하기 시작했다.

"내가 나 잘했다고 하는 말이 아니야."

"아니까 다행이구나."

"누나한테 뭐라 한 것도 아니고."

"그래, 네가 나한테 뭐라 할 일은 아니지."

"그냥 나는 이것만 말하고 싶었어. 누난 내가 바람피운 것처럼 말하지만, 난 진짜 거기까진 안 갔어."

'그건 중요하지 않다'는 진실의 소리를 내뱉을까 말까 고민하던 찰나, 준영이 말을 이어 나갔다.

"알아, 알아. 차여도 싼 짓 한 거. 실수했다고 해서 다 용서받을 수 있는 거 아닌 거. 그렇지만 이건 확실히 하자고. 내가 더 누나 사랑했어."

"준영아, 이게 누가 이기고 지는 게임도 아니고."

"그냥, 알아줬으면 좋겠어서 그래. 나는 그때 성은하 진짜 마음

바쳐 사랑했거든."

"알아."

그랬다. 그건 은하도 알고 있는 바였다. 그 사랑이 꽤 많은 데에 뿌려진다는 걸 알면서도 여전히 연락하고 지내는 건 준영이 그 순간만큼은 언제고 진심으로 사람을 상대한다는 걸 알아서였다. 엉덩이 가볍고 여자 너무 좋아하는 건 또 다른 문제로 두고서라도. 하지만,

"그랬다 치자. 근데 이제 와서 그게 무슨 의미가 있니."

은하는 약간의 지루함을 느끼며 그 순간에 적합한 흔해 빠진 말을 대충 내뱉었다. 그런 식으로 생각 없이 던진 말이 상대의 마음속 과녁에 그대로 적중하는 때도 있기 마련인지, 준영은 갑자기 모든 것을 납득한 듯 크게 고개를 끄덕였다.

"그러네. 그 말이 정답이네."

"……."

"이미 끝난 관계에 말 얹어 봤자 아무 소용 없지."

이제 이 철 지난 치정 싸움 비슷한 걸 끝마치고 '그럼 고마웠고 오늘은 이만 가 볼게 앞으로도 건강하고 행복하길'을 외칠 때였다. 그러나 이번에도 준영이 한발 빨랐다.

"근데 누나 나, 하나만 물어봐도 돼?"

"뭘 또."

"누나는 한 번도, 그런 감정 느낀 적 없어?"

"무슨 감정. 너 속이고 남자애들이랑 술 마시고 싶다는 감정?"

"아아니. 그건 감정이 아니라 욕구지. 감정은 그거랑 달라."

굳이 단어를 정의하고 가는 면이 저와 닮았다는 생각에 은하는 실소를 삼켰다.

그래, 우리도 닮은 구석이 있었지.

아니. 사실 은하와 준영은 꽤 많은 면이 비슷했다. 둘 다 늦깎이 교대생이었고, 전적대가 국문과였다. 두 사람 모두 단어 하나하나에 천착하는 버릇이 있었고, 다소 감정적인 편이었다.

준영이 이 말을 듣는다면 '누나가?'라며 강하게 부정하겠지만, 은하라고 날 때부터 냉소적인 사람이었겠는가.

누군가의 앞에서는 은하도 준영처럼 자주 흥분했고, 감상에 젖었으며, 수많은 만약을 가정하곤 했다.

인간은 모두 저와 어떤 구석은 아주 닮고, 어떤 구석은 완전히 다른 사람에게 끌린다고들 하던데.

준영을 보고 있자니 그 말이 수긍이 갔다. 지형태에게서 처음 듣고는 헛웃음을 터뜨리며 우리가 대체 어느 구석이 닮았냐고, 말도 안 되는 소리로 치부했던 그 말이.

간만에 그놈의 '비주기적 지형태 회상 증후군'을 맞닥뜨린 은하는 저도 모르게 얼굴을 찌푸렸다. 그 표정을 '헛소리할 시간 이제 1초 남았다' 정도로 해석한 것인지 준영이 다급히 물었다.

"아니, 그냥 궁금해서 그래. 왜, 그런 거 있잖아. 그 사람이랑 있으면 너무 행복하고, 세상이 다 아름다워 보이고 그런 거. 누나도 그런 행복을 느끼는 사람이냐고."

"행복이 뭔지 정의해 봐."

"아, 말 돌리지 말고. 그냥 막 어쩔 줄을 모르겠는 거 알지. 아침에 일어났는데 아, 오늘도 걔가 있는 세상에서 내가 살게 되었구나 싶어서 감격스럽고, 갑자기 내가 조금 더 좋아지고 그런 거."

"그 반대는 있었던 것 같은데."

"반대?"

"걔랑 있으면 갑자기 내가 조금 더 싫어지는… 뭐, 그런 거."

"대체 어떤 남자가 성은하 기를 죽였어?"

"그런 게 아니라…. 아, 네 말이랑 뜻은 통하는 것 같기도 하네. 그 사람 앞에서만 내가 착해지는 거야. 그 사람한테는 괜찮아. 다른 사람은 다 싫다가도 걔한텐 잘해 주고 싶은 거지. 그 차이가 눈에 보이니까 아, 난 진짜 별로인 인간이구나 싶고…."

"성은하가 그랬다고?"

준영의 눈동자가 전과는 조금 다른 빛을 띠기 시작했다. 은하는 어쩐지 쑥스러워져서 대충 얼버무리고 말았다.

"이젠 기억도 잘 안 나."

그 말이 신호라도 된 것처럼 카페 안에 흐르던 음악이 뚝 끊겼다. 기묘한 정적이 공간을 덮쳤다가 곧, 이런저런 소음들에 밀려났다.

1초나 됐을까 싶은 그 고요했던 찰나.

꽁꽁 잠가 두었던 서랍이 열린 것은 바로 그 순간이었다. 기억이 제멋대로 은하에게 들이닥쳤다. 물감 먹은 수채화 붓이 스케치북을 물들이듯이 단숨에.

흰 종이에 처음 닿은 색은 어두운 초록이었다. 여름이었고, 밤이었다. 은하는 숲 한가운데에 서 있다. 멀지 않은 곳에 도심이 보였다.
 아, 그래. 두 사람은 그때 삼청공원을 걷고 있었다. 저녁을 먹고 난 후였으니 7시, 8시쯤 되었을 때인가. 길어진 여름 해조차 산 뒤로 종적을 감춘 시각, 주홍색 빛무리만 흔적처럼 남았다. 어둠이 다가오기 전에 즐겨 보라는 듯, 하늘은 다채로운 색을 보여 주고 있었다. 감람색, 연보라, 분홍, 연다홍, 금빛까지.
 은하는 시시각각 변하는 그 빛에 경도된 사람처럼 멍하니 허공만 응시하고 있었다. 사실은 그런 것에 감동할 여유 따위 하나도 없으면서.
 그리고 지형태, 그 남자는 오로지 은하만 바라보고 있었다. 뺨이 따가울 정도로 쏟아지는 눈길을 애써 모른 척하던 그날, 그때 그 풍경이 아주 조금 전에 목격한 것처럼 생생히 떠올랐다.
 산들바람이 불어오며 이마의 땀을 식혔다. 나뭇잎이 사락사락 소리를 내며 부딪히자, 푸드득, 숨어 있던 새가 날갯짓을 하는 소리가 들렸다. 인적이 드문 사잇길에 서 있어 크게 들리는 풀벌레 소리, 밤이 되자 갑자기 켜진 가로등이 내는 자글자글하는 잡음. 대체로 말이 없던 그 남자 곁에 있을 때만 들을 수 있던 그 작은 소리들.
 모든 것들이 마법처럼 은하를 다시 찾아왔다. 그 속에서 은하는 아주 오래전의, 조금 더 앳된 자신의 목소리를 들을 수 있었다.

―형태야.

그래, 그렇게 불렀지.

그러면 형태는 원래도 저를 향하던 고개를 더 확실히 은하의 쪽으로 돌리며 작게 응, 하고 대답했다. 그 충실한 응답을 듣는 것이 좋아 은하는 그럴 필요가 없는 때에도 꼭, 이름부터 불렀다. 다짜고짜 할 말을 하는 대신 입을 열어 형태야, 라고 말한 후 한 템포를 쉬었다.

―형태야,

있잖아. 나는 너랑 있으면 내가 되게 나쁜 사람이 되는 기분이야. 넌 내가 얼마나 별로인지, 그 바닥을 보게 만들어.

좋게만 들리지 않았을 말에도 형태는 쉬이 감정을 드러내는 대신, 침착하게 물었다.

―무슨 말이야?

은하는 자신이 그때 무엇을 느꼈는지 온전히 기억하고 있다.

좋은 대학에 들어왔다고 뿌듯해하는 부모님에게 언제나 자랑으로 남고 싶었다. 그러면서도 불만은 차곡차곡 쌓아 왔다. 입학 이래 장학금을 놓치지 않는다며 친척에게 전화로 자랑하는 걸 엿들었을 땐, 이번 학기는 전액은 못 받았다고 털어놓을 용기가 나질 않아 아르바이트로 충당했다.

과외로 용돈도 알아서 벌고 다 컸다는 칭찬을 듣고 나니, 취직 준비 기간 동안만이라도 잠깐 일은 쉬고 싶다는 말은 할 수 없었다.

그냥 학교만 다닐 수 있었더라면 나도 다른 동기들처럼 복수 전공도 하고 대외 활동도 할 수 있었을까? 그런 쓸데없는 생각이나 하며 남과의 비교를 일삼는 스스로가 한심할 때도 많았다.

그래도 공부만큼은 즐거웠다. 성적도 어느 정도 나와 줬고, 교수님 추천을 미리 받아 두었기에 대학원 합격도 어느 정도 보장된 상태였다. 물론 대학원 학비와 생활비는 스스로 해결할 생각이었다. 부모님께 손 벌리지 않기 위해 휴학까지 해 가며 아득바득 모아 둔 돈이 있었으니까.

그러나 진로를 이야기했을 때 아빠가 말씀하셨다. 아직 갚지 못한 대출 이자도 한가득인데 너라도 빨리 돈을 벌어 와서 거기에 좀 보태면 안 되겠냐고, 이 정도 했으니 공부는 그만두는 게 좋겠다고.

철없이 굴었단 생각이 들어 부끄러운 마음 한편, 당연한 수순처럼 대학원에 진학해 박사 과정 유학 준비를 시작한 형태와 자신의 처지가 비교되었다.

본격적으로 취직 시장에 뛰어든 후엔 마음이 더 조급해졌다. 그간 열심히 살아왔다고 착각하고 있었는데, 손에 쥔 것은 아무것도 없어 허망했다.

내가 지금 당장 먹고 죽을 돈이 없는 것도 아닌데. 사채 빚을 갚아야 하고 병원비를 내야 하는 것도 아닌데. 이건 누구나 겪는 일인데.

당연히 감당해야 할 것들에 피로를 느끼는 스스로가 나약해 견딜수가 없었다. 자괴감을 감당하기도 벅찬데 주변을 살필 여유는 없었다. 누군가 아주 사소한 부탁, 자잘한 질문 하나라도 더할 때마다 이미 꽉 차오른 마음에서 뭔가 축축한 것이 흘러넘쳐 질척였다.

질문할 수도 있지.

부탁할 수도 있지.

징징대고, 힘들다고 할 수도 있지.

그렇게 생각하면서도 '나도 지금 바빠. 맡겨 놓은 듯이 굴지 좀 마.' 하는 말이 입 밖으로 새어 나올 뻔해서 꾹꾹 눌러 담기에 급급한 일상이었다.

쟤넨 왜 자기들 생각만 하지.

나도 힘든데.

나도 지금 내가 벅찬데.

모두가 아주 조금씩 미웠다. 그게 이기적인 태도, 못돼 먹은 마음이라는 걸 알았다. 결국 누구보다 밉고 싫은 건 바로 저 자신이라는 사실을 마주할 때마다 은하는 사는 게 버겁게만 느껴졌다.

다정한 눈동자를 응시하는 대신 어둑해지는 하늘에 시선을 고정한 채, 그토록 구질구질한 감정을 두서없이 늘어놓았을 때 형태는 고개를 저었다.

─은하야, 그건 못된 것도 이기적인 것도 아니야.

─…….

─그건… 그냥 지친 거야.

단 하나, 말하지 못한 것. 너마저도 가끔은 부러워 죽을 것 같다고, 그런데도 너는 도무지 미워지지가 않고, 자꾸 나만 더 못나 보인다는 이야기. 그건 그대로 속으로 삼킨 채, 은하는 순순히 고개만 끄덕였다. 그래, 내가 지쳤나 보다 하고.

침묵으로 위로를 대신하는 형태의 곁에서 한참을 그렇게 있다가 마음이 가라앉은 후에 이런 말을 했던 것도 기억이 난다.

―그런데 있잖아. 형태야. 나는 네가 나한테 뭘 물어보는 건 너무 좋다? 네가 나한테 매일 질문하고, 부탁도 백 개쯤 해 줬으면 좋겠어. 너한테는 뭐든 해 주고 싶어. 있잖아. 나는 너랑 있을 때만 착해져. 너랑 있을 때만, 그때만 내가 좀 좋아져.

테이블 위에 놓인 차가운 유리컵, 거기 맺힌 물방울. 기억은 지금 이 순간, 눈앞에 존재하는 바로 만지고 느낄 수 있는 그런 것들보다도 더 생생한 형태로 은하를 찾아왔다. 그 통제 불능의 것들을 받아들이느라 멈칫하긴 했지만, 은하는 곧 자연스럽게 대화를 마무리했다.

"헛소리 그만하고, 커피 다 마셨으면 일어나자."

적당한 인사 몇 마디가 이어졌다. 오늘 정신없어 보이니 밥은 나중에 얻어먹겠다며 다음에 또 보자는 준영의 말에는 어정쩡한 미소로 응수했다. 나중에 기프티콘이나 비싼 걸로 보내 줘야겠다 생각하면서.

익숙한 길을 걸어 집으로 돌아왔다. 받은 자료를 정리한 후, 리모컨을 찾아 TV를 틀었다. 주말마다 즐겨 보는 채널을 켜 둔 채, 저녁을 준비했다.

엄마에게 전화가 와서 잠깐 통화를 했고, 그동안 다 식은 국이며 밥을 먹기가 그래서 반절은 버렸다. 한참을 별 의미 없이 멍하니 앉아 있다가 식욕이 그다지 일지 않음을 깨달았다.

'더위 먹었나. 내가 좀 피곤한가.'

얼마 전에 큰맘 먹고 산 소파에 누워서 영화나 봐야겠다 마음먹은 은하는 습관처럼 OTT 앱을 켰다.

본래 목적이 영화 포스터 감상인 사람처럼 작은 네모 안의 이미지만 실컷 구경하다가 결국 누른 것이 왜 하필 겨울 영화였을까. 이미 본 건데. 두 번 볼 정도로 재밌던 것도 아닌데. 이 더운 계절에.

계절감 없는 선택을 자책하면서도 은하는 멈춤 버튼을 누르는 대신 눈만 감았다. 장면은 봐 주는 사람 없이도 잘만 흘러갔다. 겨울 영화 속 배경 음악으로 흘러나오는 캐럴이 귓가에 박혔다.

그러니까 이번 기억은 은하가 억지로 불러들인 것일지도 모른다. 일부러 그런 영화를 선택해서, 그 겨울, 형태와 처음 만났던 그 순간을 떠올려 보고 싶었던 거겠지.

은하는 담담히 저의 반추 욕구와 그 안에 담긴 얼마간의 그리움을 인정하고는 상념에 빠졌다.

영화 속처럼 떠들썩한 12월, 거리의 여기저기에서 캐럴이 흘러나오던 그때가 머릿속에 떠올랐다. 그게 아마 종강 날이었을 거다. 같은 과 선배, 미래가 집에 가려던 은하를 붙잡았다.

―은하야, 너 남자 친구 없지. 소개팅할 생각 없어?

―갑자기요?

―원래 이런 건 다 갑자기 하는 거야. 이번 주말 어때?

―아, 저 주말은 좀….

─왜, 아, 종강했다고 어디 여행이라도 가?

─그건 아니고요. 저, 과외도 있고 저녁에도 아르바이트가 있어서……. 아, 맞다. 해연이도 소개팅하고 싶다고 하던데…….

─아냐, 다른 애는 안 돼. 은하 네가 해야 해. 걔가 널 마음에 들어 하는 것 같거든.

미래 선배는 유들유들한 성격으로 누구와도 쉽게 친해지는 타입이었다. 그런 타입치고는 드물게, 언제나 선을 확실히 지켜서 신뢰가 가는 선배. 그런 사람의 권유를 거절하고 싶지 않은 마음 반, 소개팅 같은 것도 해 보면서 좀 대학생답게 살아 보자는 욕심 반, 그런 생각으로 은하는 고개를 끄덕였다.

─음, 누군데요?

─내 동아리 후배님. 은하 너 현역인가?

─아뇨, 저 재수요.

─그럼 둘이 동갑이네. 걔도 과 바꾸느라 반수했거든. 원래 의대 갔다가 안 맞는다고 이공계로 옮겼어.

─보통, 그 반대 아니에요?

─내 말이. 얘가 얼마나 이상한 앤지 알겠지? 아, 방금 건 좋은 의미로 한 말이야.

─근데, 그 사람이 절 어떻게 알고요? 우리 과도 아닌데…….

─그게 말야. 교양 강의에서 널 봤대. 그렇다고 걔가 다짜고짜 소개팅 조르고 그런 건 아니고. 그냥 넌지시 물어보더라고. '누나 국문과라고 했죠. 성은하라고 알아요?' 하고. 내가 거기서 감 잡은

거지. 아, 얘가 우리 은하한테 반했구나.

─혹시, 제가 강의 때 뭐 실수하거나 너무 심하게 졸아서 뭐 그런 애가 다 있냐고 물어본 거면 어떻게 해요?

─아니야. 내가 얼마나 눈치가 빠른데. 형태, 걔가 진짜 그런 말 먼저 하는 타입 아니거든. 남의 이름 기억하고 그러는 애도 아니야. 근데 걔가 교양 강의에서 얼굴 좀 봤다고 이름을 기억한다는 거? 은하 네가 걔네 부모님의 원수인 거 아니면 꽂혀도 단단히 꽂힌 거라니까.

미래 선배는 어쩐지 매우 신난 눈치였다. 걔 진짜 잘생겼다, 착하다, 말이 좀 없는 게 흠인데 그거 빼고는 다 괜찮다, 후회 안 할 거다. 별의별 장담을 다 늘어놓은 후엔, 바로 비는 날짜를 묻더니 시간까지 잡았다.

─그쪽한테 안 물어봐도 돼요? 선약이 있을 수도 있잖아요. 저야, 그날이 제일 좋긴 한데요.

─우리 은하만 괜찮다면야. 걘 대통령이랑 한 약속도 깨고 달려올 애야.

* * *

두 사람은 번화가의 어느 랜드마크 앞에서 만났다. 형태는 잘 다려진 베이지색 면바지 위에 진녹색과 감람색이 어우러진 플란넬 셔츠를 걸치고, 그 위에 어두운색의 스웨터를 입고 있었다. 누가 봐도 공대생이다 싶은 옷차림은 훤칠한 키와, 훌륭한 옷걸이 덕에 잘 무마되었다.

촘촘한 속눈썹에 가려진 까만 눈은 차분했다. 두 사람의 시선이 마주쳤을 때, 형태가 큰 잘못이라도 저지른 사람처럼 급하게 고개를 숙이는 일만 없었더라면, 은하는 이 남자가 이런 자리가 낯설어 어쩔 줄 몰라 한다고는 생각도 하지 못했을 것이다.

서툰 몸짓조차도 귀엽다는 생각이 들 정도로 흠 없는 미남이었다. 그래도 가장 마음에 들었던 걸 꼽아 보자면 입술이려나? 적당히 도톰한 것이 다물린 모양새가 야무져 엔간해서는 잘 열리지 않을 것 같은 인상을 주었다.

국문과에 입학한 이래로 은하는 말 많은 남자들을 싫어하게 되었다. 본인의 추한 민낯, 감춰야 할 밑바닥, 쓰잘데없는 잡생각, 낯부끄러운 환상까지. 그 모든 것을 글로 써서 남에게 읽히는 것도 모자라, 만인이 제 말을 듣고 싶어 할 거라 믿으며 쉼 없이 떠들어 대는 문학가연하는 남자들.

그들에게 진력이 난 지 오래였던 은하에게 형태의 과묵함은 남자가 갖춰야 할 가장 큰 미덕처럼 여겨졌다.

날이 추우니 우동 국물이 당긴다고 하자 군소리 없이 따라오는 남자. 마주 보고 식사하는 것도 어색할 듯해서 바 테이블 자리에 앉는 것은 어떻겠냐 제안하니, 순순히 고개를 끄덕이는 사람. 시답잖은 질문 하나에도 심각한 얼굴로 숙고한 끝에 짧고 간결한 대답만 내놓는 침묵의 대가.

은하는 그런 지형태가 싫지 않았다. 이런 성격으로 잘도 소개팅을 부탁했겠다 싶어 좀 의아하긴 했지만.

자기 얘기만 계속 늘어놓는 것보다는 이게 낫지.

그런 생각도 했던 것 같다.

하지만 말수가 적은 것에도 정도가 있으며, 형태는 그 정도를 모르는 사람이었다.

─교양 강의에서 저를 보셨다고요.

─네.

─무슨 강의였어요?

─영화의 이해요. 최진환 교수님이 하시는.

─아, 영화 좋아하세요?

─…아뇨.

─아… 안 좋아하는구나.

─네….

이 정도 단답이면 짜증 날 만도 한데, 은하는 형태가 밉지 않았다. 대화의 끝을 이렇게 맞이하게 된 것에 자신도 깊은 유감을 느끼지만 여기서 거짓말을 할 수는 없지 않냐고 말하는 듯, 조금 애처로워진 눈동자 때문일까.

아니면,

─저, 은하 씨는 영화 좋아하세요?

라고 겨우겨우 짜내어 물어본 노력을 높이 사고 싶어서일까. 하지만 안타깝게도, 이쪽 역시 거짓말은 못하는 성격이었다.

―사실…… 아뇨.

―아…….

무겁게 내려앉은 정적 속에서 다음 화제를 찾은 건 이번에도 은하였다.

―그런데 형태 씨는 전공이…….

―물리천문학부예요.

―와, 되게 멋있어요!

아무 의미 없는 대답을 했고,

―그런가요?

역시 의미 없는 반응이 이어졌다.

―그럼요. 천문학 너무 멋있다고 생각해요. 그… 달. 별. 우주여행. 화성. 인공위성…. 막 그런 거잖아요.

형태가 웃음을 터뜨린 건 바로 그때였다. 딱딱하게 굳어 있던 표정이 단숨에 풀어졌다.

서늘한 인상이라 생각했건만, 웃으니 꼭 애 같네.

멍하니 그런 생각에 빠져 있던 은하는 곧 저 미소를 이끌어 낸 것이 자신의 헛소리였다는 걸 깨닫고 얼굴이 홧홧해졌다.

뭐, 어쩔 수 없었다. 은하는 초등학교 5학년 때 별의 남중 고도가 나오는 시점부터 우주의 신비에 관한 이해를 포기해 버리고 '별, 달, 우주, 화성, 멋있다…'라고 그 분야에 관한 감상을 정리해 둔 문과생이었으니까.

웃음 뒤에 또 한 번 두 사람을 찾아온 고요를 천형으로 받아들이며, 은하는 과거의 자신을 탓해 보았다.

   소개팅, 괜히 한다고 했나. 기왕 하기로 한 거면 미래 선배한테 어떤 사람인지도 더 자세히 물어볼걸. 이렇게 미남일 줄 알았나. 나, 잘생긴 사람 앞에서는 말 잘 못한단 말야. 아, 적당한 화젯거리라도 생각해 올걸. 이제 와 이런 생각 해 봤자 부질없지. 다음을 기약해 보자. 이 기회를 연습 삼아 다음에 또 잘생긴 사람 만났을 때 잘해 보면 되잖아?

   이런 미남이 흔하지 않다는 걸 알 정도로 세상에 밝진 못했던 20대 초반의 은하는 후회의 끝에 성급한 결론을 내려 버렸다.

   첫 소개팅인데 망하는 게 맞지.

   아쉽지만 어쩌겠어.

   이미 실패한 거 같으니 밥이나 맛있게 먹고 가자.

   마음을 편하게 먹자 긴장이 풀렸다. '어차피 망했으니'라는 생각이 뇌와 입술 사이의 거름망을 없애기라도 했는지, 갑자기 달변가가 된 은하는 질문을 쏟아 내기 시작했다.

   진짜 잘생겼어요. 그런 말 자주 듣죠?

   남중 남고에 공대면 정말 여자 만날 일은 없었겠어요.

   아니다, 옆 학교 애들이 쫓아다니고 그러진 않았어요?

   소개팅 처음이에요? 나돈데. 형태 씨 운도 좋네요. 저, 첫 소개팅 상대로 나쁘진 않잖아요. 그죠?

   …뭐, 이런 나중에 크게 후회할 말들을 내뱉는 동안 어느새 뜨끈한 우동 두 그릇이 나왔다. 오목한 우동 그릇은 뜨거운 국물이나 공

깃밥을 담은 것들이 가끔 그러듯 스르르 은하 쪽으로 미끄러지듯 움직였다. 이미 걸린 발동을 제어할 필요성을 느끼지 못한 은하는 웃으며 말을 이었다.

―봤죠? 방금 우동이 내 쪽으로 붙은 거. 우동도 내 말에 동의하는 거지. 얘도 미인을 알아보는 거야.

그러나 형태는 쉬운 상대가 아니었다. 이런 말에야말로 아까처럼 웃어 주면 좀 좋은가. 아니면 차라리 정색하고 면박을 주든가. 심각한 얼굴로 고개를 끄덕이는 건 진짜 아니지 않나.

별안간 쑥스러워진 은하는 하하, 하는 어색한 웃음소리 끝에 이런 말을 덧붙였다.

―아, 제가 진짜로 그렇게 생각하는 건 아니고요. 저, 그렇게까지 이상한 사람은 아니거든요.

―아, 네.

여전히 진지하기 짝이 없는 형태 앞에서 은하는 작게 한숨을 쉬고 주제를 돌려 봤다.

―그냥요. 저는 이게 신기해요. 뜨끈한 국물 그릇이 테이블에서 혼자 움직이는 거. 나한테 가까워지려고 그러는 거 아니란 걸 알면서도, 꼭 그런 거처럼 기분이 좋아져요. 앤 왜 이러지, 왜 이렇게 움직이지 싶고……. 뭐 찾아보면 나오겠지만 찾아보진 않고 맨날 궁금해만 하고 있네요. 오늘 집에 가는 길에 한번 찾아볼까. 나 궁금한 거 있으면 잠 잘 못 자는데….

형태의 굳게 닫힌 입술이 열린 것은 바로 그때였다.

―그건 마찰력이 감소해서예요.

―마…… 뭐요?

형태는 조곤조곤 설명을 시작했다.

마찰력이 있어야 물체가 한 위치에 고정되고 그것이 줄어들면 아주 작은 힘으로도 그릇이 밀릴 수 있다는 전제를 공고히 하며 시작된 이야기는 그릇 아랫부분의 공기들이 데워져 팽창하고 그로 인해 그릇이 위로 들리면서 물체를 식탁에 붙여 놓던 수직 항력이 줄어든다는 마찰력 감소 과정의 원리에 관한 설명으로 이어졌다.

은하는 입을 떡 벌리고 형태의 설명을 듣다가 말이 다 끝난 것을 확인하고서야 답했다.

―…형태 씨, 이렇게 길게 말할 줄도 아는 사람이었네요.

―……필요할 때는요.

은하는 조금 웃겼다.

지금 이 상황에서 그 설명이 아주 필요했나?

차마 소리 내어 묻진 못했는데 그런 생각을 하는 게 읽혔던 모양이다. 형태가 천천히 대답했다.

―은하 씨가…… 궁금해하셨잖아요.

차분한 눈동자의 어딘가에 장난기가 어린 듯도 해서 헷갈렸다. 이 사람은 지금 농담을 하는 걸까, 아니면 진지한 걸까. 어쩌면 둘 다일지도 모른단 생각을 하며 은하는 고개를 끄덕였다.

―맞아요. 아주아주 궁금했어요.

―몰랐으면 잠을 못 이루실 만큼요.

─네, 알려 주셔서 고마워요. 오늘은 형태 씨 덕분에 잘 자겠네요.

그 말이 뭐라고, 형태는 환하게 웃었다. 은하가 중학생처럼 유치하게 화성, 달, 별, 나사 같은 키워드를 나열했을 때보다 조금 더 크게. 단 한 점의 속셈도 없는, 어디 시골 마을의 이름도 없이 다들 백구라고 부르는 커다란 개나 지을 순진한 미소였다.

누군가 은하에게 지형태라는 사람을 좋아하게 된 순간을 하나만 고르라고 한다면 은하는 별 망설임 없이 바로 그 순간을 택할 것이다.

* * *

천천히 우동 그릇을 비우는 사이에 눈이 내리기 시작했다. 세상이 온통 하얀색으로 뒤덮였다. 귀갓길 안전이 걱정될 정도로 펑펑 내리는 눈을 보다가 먼저 자리에서 일어선 건 은하 쪽이었다.

─날씨가 이래서 차라도 한잔 더 하잔 말은 못 하겠네요.

─…아, 네. 눈이 많이 오네요.

─우동, 잘 얻어먹었어요. 커피라도 제가 샀어야 했는데, 미안해요.

─아뇨, 커피도 제가 사려고 했습니다.

그렇다면 이쯤에서 다음에 사 달라고 말할 수도 있지 않나. 그 정도 변죽이 없다면 그냥 전화번호 알려 달라고만 말해도 좋을 텐데.

아쉬운 마음에 그런 생각에 잠겼던 은하는 저 무거운 입술에서 그렇게 긴 말이 흘러나오는 장면이 상상도 되지 않아 잠깐 혼자 웃었다.

먼저 나서서 다음을 기약할 정도의 자신감은 은하에게도 없었다. 방어 기제가 발동해 속이 뻔히 들여다보이는 말이나 했을 뿐.

―우리 동갑이라 더 좋았던 거 같아요. 소개팅 처음이라 긴장했는데, 좋은 친구 사귄 느낌이네요.

형태는 고개를 숙인 채 답이 없었다. 이건 대답할 필요가 없는 말이라 생각했을까.

소개팅이 친구 사귀려고 하는 거냐는 장난기 어린 물음, 저는 은하 씨랑 친구 하러 나온 거 아니라는 능글맞은 대답. 이 남자에게 그런 걸 기대한 건 아니었지만, 은하는 어쩐지 속이 쓰렸다.

하지만 어쩌겠는가. 아쉬움을 뒤로하고 마지막 인사를 건네는 수밖에.

먼저 들어가 보겠다는 은하의 말에 형태가 괜찮다면 데려다주고 싶다고 답한 건 의외였다.

두 사람 모두 고작 스물한 살. 형태가 아직 차를 사기도 전이었다. 데려다준다고 해 봤자 눈 내린 길을 함께 걷는 것일 뿐이지만 은하는 거절하지 않았다.

이 예의 바른 미남의 매너에 잠깐 기대도 되겠지. 이대로 끝이고 다시 만날 일이 없다고 해도, 좀 더 이 사람과 걷고 싶다. 뭐 그런 생각을 하면서.

그러나 형태의 에스코트는 매너의 범주를 넘어서 계속되었다. 역에 도착하고도 작별 인사를 하는 대신, 어느 방향으로 가냐고 묻고는 은하와 함께 전철을 탄 것이다.

은하의 형태

처음엔 같은 방향이구나 싶었는데, 이 남자는 내릴 생각을 하지 않았다. 혹시나 같은 동네 거주민인가 싶어 형태 씨는 어디 살아요? 하고 물었을 땐 조금 머뭇거리다 겨우 답했다.

은하네 동네에서 전철로 두 시간은 족히 걸릴 정반대편의 역명을.

뜨악한 은하가 지금이라도 얼른 가라고 했을 땐, 다소 절박하게까지 보이는 표정으로 답했다. 그러니까 이제 와 떠올려 보니 형태치고는 그랬다는 말이다. 보통 사람 기준으로 봤을 땐 감정을 겉으로 드러내면 사형을 언도받는 나라의 1등 시민 같은 얼굴이었지만.

—집 앞…… 그 근처까지만 같이 걸어요.

—여기까지 데려다주신 것도 감사한데 이제 그냥 가세요. 저희 어차피 그냥 걷기만 하지 뭐 말하고 그러는 것도 아닌데.

—음, 캄캄하니까.

시간이 많이 늦었고, 길이 어두워져서 걱정이 된다고, 그러니 집 근처까지만 같이 걸어가겠다고, 부담이 될 테니 집 앞까진 가지 말자고, 다 도착했을 때쯤, 근처에서 헤어지자고, 그 긴말을 줄이고 줄여 단 여섯 글자로 하는 남자.

이 말수 적은 남자와 손도 잡지 않은 채 나란히 걸어가는 동안, 은하는 사람이 사람을 아는 방식이 꼭 대화일 필요는 없다는 걸 깨달았다.

제 것보다 훨씬 커다란 발자국이 일직선으로 난 것을 보니 걸음도 생김만큼 곧은 사람.

소복하게 쌓인 눈을 밟는 소리마저도 어쩐지 조용하고 사려 깊게만 들리는 남자.

마른 입술을 자꾸만 깨물고, 또 깨무는 것이 긴장할 때의 버릇인 듯한, 이름마저도 반듯하게 생긴 지형태.

눈썹을 오른쪽 두 번째 손가락으로 매만지는 건 긴장했을 때의 버릇 같은 걸까. 파르르 떨리는 손은 추위 탓이려나 아니면 걷다가 잠시 맞닿은 내 손가락 때문에? 몰래 짓는 한숨의 의미는? 잠깐의 찡그림 후 낙담한 듯 웃는 저의는? 뺨에 닿는 시선이 따가워 고개를 그리로 확 돌려 보면 귀까지 빨개져서는 어설프게 웃다가 고개를 숙이는 건 혹시….

그런 것들이 하나하나 눈에 들어오자, 자연스레 형태의 마음도 느껴졌다.

확신은 아니었고, 어디까지나 추측이었지만.

어쩌면 저 남자도 내가 조금은 좋은가 보다.

뭐, 좋았으니 소개해 달라고 했겠지만, 그거야 모를 때 일이고 오늘 만나서 잠깐 있으면서 맘이 바뀌었겠거니 했는데 그건 또 아닌가 보다. 아니, 가만 보니 내 생각보다도 훨씬 더 나한테 마음이 있을지도 모르겠다. 아니면 저렇게, 긴장하고 있을 이유가 있나.

그런데 대체 내 어디가 마음에 들었던 거지?

그런 의문은 일단 뒤로 제쳐 두고, 은하는 이제 조금 더 편히 말을 걸어 보기로 했다.

─형태 씨.

―네, 은하 씨.

―데려다줘서 고마워요. 다음엔 제가 데려다줄게요.

―네? 네… 아, 아뇨, 아닙니다.

―저, 괜찮다는 거예요, 싫다는 거예요.

이쯤 하면 그래, 다음에도 보자, 언제 시간이 되냐, 다음에도 데려다주는 건 제가 하겠다 같은 말이 나와도 좋았을 텐데. 저 말수 적은 남자는 아무 대답도 못 하고 있었다. 은하는 가벼운 미소를 지으며 화제를 돌렸다.

―그래도 엄청 춥진 않네요. 신기하죠. 눈이 내린다, 하면 왠지 되게 추운 날을 상상하는데. 사실 안 그러잖아요. 눈 안 오는 날이 더 춥지. 아, 형태 씨는 눈 내리는 날이 따뜻한 이유도 바로 설명해주실 수 있을 거 같은데…….

―…진짜로, 듣고 싶으시면요.

이번엔 조금 더 크게 웃어 버리고 말았다.

다행히 눈치가 아주 없는 건 아니었네.

스스로가 능수능란한 연애 전문가라도 된 듯한 기분에 빠지기라도 한 걸까. 은하는 그만 저답지 않은 짓을 했다.

―듣고 싶어요. 근데, 지금 말고, 전화로 들을래요. 형태 씨도 얼른 집에 돌아가야 하니까요.

전화번호를 달라는 말도, 집에 잘 도착했냐는 전화도, 그럼 우리 다음엔 언제 만나냐는 말도 모두 은하가 했다. 자신이 이야기하지 않으면 이 남자는 절대 먼저 움직이지 않을 것 같아서 그랬다.

그런 주제에 은하가 무얼 제안할 때마다 온몸으로 기뻐하는 게 보여서 거리낌 없이 행동할 수 있었다.

그해 겨울은 유난히 추웠다. 지형태는 은하가 차가워진 두 손을 마주하고 비벼 대고 있으면, 장갑을 사 오는 남자였다. 절대로 먼저 손을 잡지는 못하는 사람.

그를 끌고 여기저기를 다니는 것은 늘 은하였다. 밤 산책을 하자고 불러내는 것도, 함께 걷다가 슬며시 형태 손을 잡는 것도 은하가 먼저 했다. 그 손은 언제나 아주 따뜻했다.

은하가 언제 전화하든 형태는 신호음이 두 번도 가기 전에 받았다. 어디를 가자고 하든 거절하는 법이 없었으며, 어떤 때이든 같이 오길 잘했단 생각이 들 정도로 들뜬 얼굴을 보여 주었다.

제 취향대로 데려간 맛집, 몇 번의 전시회장. 자주 가는 공원, 함께하는 도서관. 그 밖의 모든 데이트 장소의 정석 코스를 거친 후, 은하는 형태에게 물었다.

─형태 씨가 제일 좋아하는 장소는 어디예요? 우리, 다음엔 거기 가요.

다음 주말, 형태는 은하를 천문대로 데리고 갔다. 엄청나게 지루하고 재미없는 곳에 가도 버텨 보자는 각오를 했던 은하는 그날, 깜짝 놀랐다. 서울에서 멀지 않은 곳에서 이렇게나 아름다운 하늘을 볼 수 있을 줄이야.

땅으로 쏟아질 듯 많은 별을 바라보는 형태의 눈동자는 흑색 왜

성처럼 짙게 가라앉아 있었다.

이 사람, 좋아하는 것을 바라볼 때면 어째 조금 더 서늘한 눈을 하네.

그렇게 생각한 순간, 어두운 눈동자 안에 별안간 반짝임이 일었다. 가슴이 철렁할 만큼 찬란한 빛이었다.

우동 그릇의 마찰력을 설명해 줄 때처럼 조곤조곤, 별의 탄생과 소멸을 이야기하는 형태의 옆얼굴을 보다 말고 은하는 참지 못하고 그의 가파른 콧날에 입을 맞추었다.

—귀여워서.

놀란 눈동자가 사랑스러워서 그대로 입술로 돌진했다. 가볍게 쪽, 입만 맞출 생각이었는데 막상 그 도톰한 입술을 머금자, 조금 더 가까이 가고 싶었다.

혀와 혀가 만나고, 입술이 입술을 머금고, 부드럽게 빨아들였다 다시 놓아주고, 아주 맛있는 걸 혀 안에 굴리듯 서로를 음미하는 모든 과정이 자연스럽게 이루어졌다. 첫 키스는 나쁘지 않았다. 이 남자, 여태까지 순진한 척 연기했던 것 아닐까 하는 의심은 파르르 떨리는 속눈썹을 확인하고 나서야 거두었다.

입맞춤의 끝에 은하는 배시시 웃어 보였다. 이토록 자연스럽게 흘러가는 연애라니. 좋다. 상대가 자신과 다르게 굉장히 생각이 많아 보이는 표정을 하고 있는 건 좀 의외였다.

내가 먼저 입을 맞춘 것이 불쾌했나?

그럴 리가.

내가 너무 키스가 능숙……했다기엔 저쪽이 더 재능이 있어 보이던데?

가능성을 하나하나 지워 가며 표정의 의미를 탐색해 봤지만, 답은 쉽게 좁혀지지 않았다.

아, 내가 아까 귀엽다고 했지.

보통 남자들은 귀엽다는 말을 싫어하나?

멋있어서 그랬다고 할 걸 그랬나?

하지만 귀여운 걸 어떻게 해.

자기가 귀엽지를 말든가.

시답잖은 생각의 꼬리를 끊어 낸 것은 형태의 나지막한 목소리였다.

―은하 씨.

―네?

형태는 자신의 가슴에 칼을 꽂은 이에게 사실은 내가 네 아버지라고 고백하는 사람처럼 비장한 얼굴로 말했다.

―우리, 사귀는 건 어떤가요.

은하는 너무 당황한 나머지, 음량을 조절하는 법을 잊었다.

―네?

형태는 은하가 놀라움을 큰 목소리로 표현할 것까지 예상한 듯, 차분히 말을 이었다.

―저는 은하 씨가 좋아요. 처음부터 그랬고, 지금은 더 좋아졌습니다. 그래서, 계속 이렇게 만나고 싶어요. 오래.

은하는 너무 황당해서 웃을 생각도 못 하고 되물었다.

―우리… 지금 사귀고 있는 거 아니었어요?

―그…런가요.

―네!

―그럴지도 모른다는 생각은 저도 잠깐 했어요. 그런데….

―그런데 뭐요! 아니면 제가 왜 손을 잡았겠어요. 형태 씨 매일 저한테 전화했잖아요. 어, 점심도 같이 먹고. 주말마다 데이트하고… 집까지 데려다주고. 아, 그리고 방금! 방금 제가 뽀뽀도 했잖아요.

형태는 그 모든 과정이 복잡한 계산식이라도 되는 듯이 입을 꾹 다물고 생각하더니 어렵게 납득했다.

―그렇네요.

―근데, 왜 우리가 안 사귄다고 생각한 거예요? 와, 형태 씨 진짜 이상한 사람이다.

고분고분히 고개를 끄덕이며 제 잘못을 인정하는 듯싶었던 형태는 한참 후에야 반박했다.

―그런데, 은하 씨.

―네, 형태 씨!

―…제 입장에서 생각해 보면 은하 씨가 조금 이상한 여자로 보일지도 모릅니다.

―왜요? 사귀지도 않는데 손잡아서? 사귀지도 않는데 막 갑자기 뽀뽀해서?

―어, 아무래도 둘 다겠지요.

은하는 그제야 이 수상할 정도로 말 없는 남자의 눈에 자신이 어떻게 보였을지를 가늠해 보았다.

동갑내기라 좋은 친구로 지낼 수 있겠다고 말하며 전화번호를 묻더니, 밤마다 전화하라고 시키질 않나, 갑자기 나오라고 부르질 않나. 먼저 손잡고, 밥 먹자 하고, 자꾸 또 만나자고 하면서 진도는 쭉쭉 빼는데 절대 사귀자는 말은 안 하는, 그런데 이제 뽀뽀에 키스까지 단숨에 해치우는 여자.

그게 뭐 어때서. 아니, 나 뭐 수줍은 소녀랑 만나? 그럼 자기가 먼저 사귀자고 하면 되잖아.

아, 지금 그거 한 거구나….

저 이해할 수 없는 남자의 머릿속에 어떤 생각들이 들어 있던 걸까. 짐작도 할 수 없어서 웃음만 흘러나왔다.

은하가 웃음을 터뜨리자, 형태도 웃기 시작했다.

―뭐예요. 지금 웃을 때예요. 아니, 그렇게 이상한 여자 같았으면, 그런 여자한테 왜 사귀자고 했대요?

대답을 바라고 한 질문이 아니라 부끄러움에 혼잣말처럼 투덜대었을 뿐이다. 그렇지만 이번에도 형태는 은하의 예상과 다르게, 같이 웃어넘기는 대신 그 수사 의문문에 명확한 답변을 제공했다.

―은하 씨는 저로서는 잘 이해가 가지 않는 지점이 있는데, 그래서 자꾸만 보게 됩니다. 이해하고 싶어서.

대체 무슨 말을 하는 건지 알 수 없었지만 은하는 천천히 이어지

은하의 형태

는 그 문장의 모든 단어가 사랑스럽게 느껴졌다.

우동 두 그릇을 두고 마찰력을 운운할 때 그랬던 것처럼. 자꾸 이상한 데서 매력을 느끼는 걸 보면 벌써 단단히 코 꿰인 모양이란 생각이 들어 실소를 흘리던 때, 형태가 다급히 덧붙였다.

―이해하고 싶다는 건, 좋아하는 감정의 방증이에요. 저는 은하 씨가 정말 좋아요. 얼마나 좋으냐면… 왜 좋으냐면…….

이 남자가 감당하기에는 지나치게 긴 발화였나?

잠시 중단된 사정을 헤아리던 은하는 호흡을 고르며 할 말을 정리하는 지형태의 얼굴이 너무 귀여워 그만, 놀리고 싶은 충동을 참지 못했다.

―형태 씨, 거기서 말을 끊으면 어떻게 해요. 빨리 말해 봐요. 내가 왜 좋은데요. 어떤 점이 제일 좋아요. 언제부터 좋아했는데요?

생글생글 웃는 얼굴로 농담하듯 캐묻는 은하를 보곤 형태도 조금은 긴장이 풀린 모양이다.

―교양 강의에서 최 교수님이 출석 불렀을 때, 성은하, 하고. 아마 그때부터였던 것 같습니다.

―네?

―은하라는 이름이 좋았어요. 정말 멋진 이름이라고 생각했습니다.

―제 이름이 멋있어요?

―이름이 곧 우주잖아요. 성마저 별이고.

―별? 아, 별 성(星) 자….

―저 사람은 이름에 별과 우주가 다 담겼구나, 정말 탐나는 이름

이라고 생각했습니다.

그때 마침 은하가 대답을 했고, 형태는 무심코 뒤를 돌아보았다고 한다. 짧게 들은 목소리도, 얼굴도 모두 이름과 참 어울린다고 생각했다고, 그래서 마음에 줄곧 남아 있던 것 같다고 말했다.

동아리 선배가 국문과라는 걸 보자마자 자기도 모르게 '성은하…'라고 중얼거린 건 순전히 실수였다고 고했다.

미래에게서 첫눈에 반하기라도 했냐는 추궁을 받았을 때 아니라고 딱 잘라 대답하지 못한 건, 듣고 보니 정말로 그런 것 같다는 깨달음 비슷한 걸 느껴서였단다.

그 탓에 소개팅을 하게 되었을 땐 갑자기 끌려왔을 은하에게 미안했다고, 똑같이 어색해하면서도 먼저 질문해 주는 걸 보고 다정한 사람이구나 했다고, 침묵이 지겹다는 듯이 또르르 굴리는 눈이 귀여웠다고, 말없이 눈을 밟고 걸어가던 때, 형태는 이대로 영원히 길이 끝나지 않길 바라는 매우 비합리적이고 연유를 알 수 없는 감정을 느꼈다고 실토했다.

그렇게 두 사람이 함께한 거의 모든 순간에 자신이 느낀 바와 그 판단 근거를 늘어놓으며, 집에 돌아오면 늘 은하 얼굴이 생각나질 않아서 다시 보고 확인해야겠단 맘이 들었다 했다.

매일 보고 와도 또 떠올리려면 완전한 그림이 그려지지 않아서 아쉽고 그립고, 그런 마음이 조금씩 조금씩 더 커져서 애가 탔다고, 그러다가도 막상 보면 아무 말도 못 하겠고 자신의 심장 박동이 전보다 훨씬 더 빠르고, 크게 들리는 것을 보며 아, 이게 사랑이라는 건가 보다 뒤늦게 자각했다고 털어놓았다.

어조의 높낮이 변화가 거의 없는 담담한 목소리가 드물게 길게 이어졌다. 자신의 감정을 언어화해서 상대에게 발화하는 일 자체가 낯선 듯, 중간중간 떨림 섞인 한숨이 말을 막았다. 익숙한 정적이 두 사람 사이를 배회할 때 은하는 일종의 전율 비슷한 걸 느꼈다. 이토록 괴상한 고백이라니.

그런 것에 감동해 버린 스스로를 도무지 이해할 수 없었지만.

이윽고 모든 말이 끝난 후, 은하에게 남겨진 선택지는 오로지 단 하나뿐이었다. 순순히 사랑에 빠졌다는 걸 인정하는 일.

다시 한번 제가 먼저, 이 남자의 손을 잡고 제 품으로 당겨 꽉 끌어안는 수밖에.

분명 자신이 안아 주려 했는데, 체격 차이 때문에 품을 파고들어 안긴 형태가 되어 버린 것이 얄궂다 느끼며 은하는 장난처럼 물었다.

―그런데, 이름은 그렇다 치고 국문과인 거까진 어떻게 외워 두고 미래 선배 앞에서 말한 거예요? 혹시 한번 들은 건 절대 안 까먹고 그런 편인가?

―처음엔 당연히 은하 씨가 저와 같은 학부일 거라고 생각했습니다. 내가 그 이름을 가졌더라면 천문학을 전공하지 않고는 배길 수 없었을 거 같았거든요. 그래서 국문과라는 걸 알고 조금 놀랐고….

―왜요. 별을 노래하는 마음으로 모든 죽어 가는 것을 사랑하라던 시인도 있잖아요. 국문과도 성은하란 이름이랑 엄청 어울리지 않나?

형태는 소리 내어 살짝 웃고는 답했다.

―은하 씨에겐 우주의 모든 것이 다 어울려요.

은하는 이따금 의문을 품었다.

시인보다 더 시인 같은 고백을 해 온 이 천문학도는, 그때 은하가 윤동주의 〈서시〉 한 구절을 인용했단 걸 알아챘을까.

교과서에도 실리는 시인데. 머리 좋은 형태가 그걸 모를 리가 없지.

처음엔 당연히 그렇게 생각했지만 연애가 길어지면 길어질수록 은하는 100퍼센트 그렇다고 장담할 수는 없다 결론 내렸다.

시작부터 수수께끼 그 자체였던 지형태. 그는 은하에겐 로켓을 쏘아 올리고, 또 쏘아 올려도 도저히 닿을 수 없는 먼 우주의 별처럼 느껴졌다.

1년, 2년이 쌓아 올려지면 서로가 서로에게 익숙해지는 것이 연애라는데, 은하와 형태는 도무지 그렇게 되지가 않았다.

은하에게 당연한 것은 형태에게 당연하지 않았다. 우주의 신비를 사랑하는 사람이 민음사가 출판사인지 절인지 중국집 이름인지도 모른다는 걸 은하는 이해할 수 없었다.

형태에게 당연한 것은 은하에게 당연하지 않았다. 그것들은 너무 당연하지 않아서 당황스러울 정도였다. 이를테면 지형태는 '로켓을 쏘아 올리고 또 쏘아 올려도 도저히 닿을 수 없는 먼 우주의 별' 같은 말은 쓰지 않을 것이다. 현재 시점에서 확인된 가장 먼 천체의, 알파벳과 숫자의 복잡한 조합으로 이루어진 이름을 알려 주고, 고유 거리니, 광행 거리니 하는 것을 들먹이면서 지구에서 그 우주까지의 거리가 몇억 몇만 광년이니 뭐니 하는 소리를 하겠지.

그럴 때면 은하는 형태가 하는 모든 말을 한 귀로 듣고 한 귀로 흘리며 대충 형태의 얼굴에만 집중했다. 그런 이상한 말을 심각한 표정으로 하는 형태가 몹시도 사랑스러웠으니까. 그리고 집에 돌아와서야 고민에 잠겼다.

내가 하는 말들도 가끔 얘한테 이토록 이상하게 들릴까?

표정을 보아하면 그런 것 같긴 한데.

대체 뭐가 이상하고 뭐가 이해되는 말인지 짐작도 못 하겠다······.

싸울 때조차 두 사람은 달랐다.

은하가 '너 날 사랑하긴 하니?'라고 물으면 형태는 '사랑은 해'라고 대답했고, 은하는 '은/는'은 특수 조사라서 사랑은 한다는 말은 다른 것은 하지 않는다는 의미인데 너는 사랑을 하는 대신 뭘 못 하는 거냐고 물었다. 이해? 수용?

그러면 형태는 어이없게도 사랑의 근원을 과학적으로 따져 들어 뇌의 변연계니 신경 물질이니 뭐니 하는 말을 해서 은하를 머리끝까지 열받게 만들었다.

그렇지만 그 이해되지도 않고 이 상황에서 별로 필요하지도 않은 듯한 말들을 잘 들어 보면 어쨌든 형태의 뇌의 변연계인지 뭔지가 은하를 사랑하는 방식으로 공명하고 있다는 결론에 이르렀다. 이 남자와 왜 이따위 방식으로 대화를 하는지 알 수 없지만 말의 속을 파고들면 언제나 그 끝엔 사랑이 있었다.

오랜 기억 속을 헤집던 은하가 슬퍼진 것은 아마 그래서였을 것이다. 이미 끝난 사랑의 갈가리 찢어진 조각들은 하나같이 다정한 모양을 하고 있었다.

지형태는 긴 취준 생활에 지친 여자 친구를 춘천까지 데려가 별을 보여 주는 남자였다. 그 별 아래서조차 세상에 빛나지 않는 건 나뿐인 것 같단 생각이 들 만큼 고장 나 있던 은하에게 위로랍시고 별이 빛을 내는 과정을 설명하던 사람이었다.

─은하야. 별은, 에너지를 소모하는 과정에서 빛을 낸대. 말하자면 빛은, 별이 가지고 있던 에너지가 고갈되는 과정에서 발산되는 거야. 그러니까 너무 빨리, 너무 많이 빛내려고 하면 에너지는 금세 고갈되고 빛은 꺼지고 말아. 그리고 별빛은 팽창할 때만 일어나는 게 아니라 수축과 수축 사이에서도 일어나. 에너지 소모와 붕괴 사이에도 별은 빛나.

─…형태야.

─응?

─사실, 나 팽창과 수축이란 말 나올 때부터 잠깐 정신을 잃었어. 저기, 그러니까 네 말은 별이 빛나는 게 좋은 것만은 아니란 거지? 사라지고, 작아질 때도 반짝거리는 거라고?

─맞아. 다 들었네.

─반만 이해했어. 그러니까 너 지금 나한테 빛나지 않는 게 좋을 수도 있다, 뭐 그런 말 해 주려고 그런 거지?

─아니, 성은하. 너는 지금도 너무 빛난다고. 그러느라 에너지 소

모로 힘든 거라고. 내 우주에서 넌 가장 빛나는 존재야.

은하는 아직도 제가 형태의 말을 완전히 이해했다고 자신할 수 없다. 하지만 그 마음만은 확실히 기억해 낼 수 있었다. 가장 힘들던 때 가만히 옆에 있어 주면서 최선을 다해 자기 방식의 위로를 건네주던 사람.

상처의 흔적조차 이제사 더듬어 보니 애틋했다.

모든 싸움이 너무 사랑해서 벌어진 일이란 걸 이제사 이해할 수 있었다.

형태가 '우리 헤어지는 게 맞겠다'라는 말로 은하의 억장을 무너지게 했던 날, 은하는 왜 그 앞에 붙어 있던 '네가 그렇게 힘들면 당분간'이라는 사려 깊은 조건부 문장은 무시하고 냉큼 '그래, 그러자' 하고 자존심을 세웠을까.

저 신중한 남자가 절대 나를 붙잡는 일이 없을까 봐 선수 쳐서 '그럼 일단 시간을 좀 갖자. 맘 좀 정리되면 내가 먼저 연락할게.'라고 애매하게 말한 주제에, '은하야, 나는' 하는 형태를 뒤로하고 매정히 집으로 가 버렸던 이유는 뭘까.

한참을 거의 달리듯 걸어가다가 문득, 어떻게 한 번을 안 잡나 싶은 마음에 따지러 돌아갔더니, 바닥에 무너져 애처럼 엉엉 울고 있던 형태를 은하도 끌어안고 같이 울었는데, 두 사람은 어쩌다 이별하게 된 걸까.

나만 사랑하는 것 같아서 두려웠다. 그래서 맘에 없는 말을 했다. 자존심을 내세웠고, 붙잡지 못했으며, 그러다가도 결국 돌아가 끌어안은 주제에 진 것만 같은 기분으로 내내 불안했다. 정말로 나만 사랑하는 걸까 봐서, 자꾸만 사랑을 확인하고 싶었다.

밑바닥을 맘껏 보였던 순간들이 떠오르자 은하는 얼굴이 화끈 달아올랐다. 동시에 조금 더 의아해졌다. 그 모든 걸 보여 줄 수 있던 사람, 그럼에도 내내 곁에 있어 주던 그 남자와 나는 어쩌다 헤어지게 된 걸까.

인생은 어쩌면 그렇게 설명할 수 없는 것으로만 가득한 것일지도 모른다. 은하가 대학원을 포기하고 빠르게 취직을 한 후, 결국엔 돌고 돌아 다시 한번 대학에 들어가고, 이젠 초등학교 선생님이 되어 있는 것처럼 말이다.

삶은 그토록 예측 불허이다. 언제나 멋대로 움직이며 예상도 못한 곳으로 인간을 끌어들인다. 온갖 우연이 겹쳐져 제 것이 아닌 업무를 맡은 지금 일만 봐도 그렇다.

자신의 힘으로 어찌할 수 없는 일이 얼마나 많은가를 생각하던 은하는 곧 단잠에 빠졌고, 다음 날 아침에서야 자신이 뭘 단단히 착각하고 있었음을 깨달았다.

삶은 멋대로 움직이는 사고뭉치가 아니라 치밀한 계략가다.

진로를 틀어 초등 교사가 된 성은하가 영재아 센터를 운영하는 지역 대학의 인솔자로 따라갔다가 대학 교수가 되어 영재아 수업까지 담당하게 된 첫사랑 지형태와 우연히 마주치게 될 확률이 과연 얼마나 되겠는가.

이건 누가 짜 놓은 계획임이 틀림없었다.

삶의 계략에 속수무책으로 당할 수밖에 없는 인간의 운명에 관한 한탄은 나중 일로 미뤄 둔 채, 은하는 참관 중인 동료 교사들을 방패 삼으려 애썼다. 최대한 뒤쪽에 몸을 숨긴 후 힐끔 눈만 돌려 살핀 지형태의 얼굴은 놀라울 정도로 전과 같았다.

여전히 잘생겼다.

전보다 조금 수척해졌고, 그 탓인지 선이 날카로워졌지만 그래서 더 근사해 보인다. 서른이 넘었을 지금도 소년 같은 눈, 날카로운 턱, 은하가 처음 입을 맞췄던 콧날까지 모두 그대로였다. 그때와 다르게 하늘색 셔츠만 가볍게 걸친 형태는 아직 은하를 보지 못한 모양이었다.

수업은 아무 문제 없이 정시에 시작되었다.

은하가 손에 든 지도안에는 STEAM이란 단어가 적혀 있다. 과학(Science), 기술(Technology), 공학(Engineering), 인문·예술(Arts), 수학(Mathematics)의 머리글자를 합하여 만든 이 용어는 쉽게 말하면 미술 작품을 과학적으로 해석하거나 과학적 현상을 인문학으로 풀어내는 등 과목과 과목을 결합시킨 수업을 말한다.

형태는 지금 4, 5, 6학년 천재 꼬맹이들을 앞혀 두고 그 본질에 충실한 수업을 하려는 듯했다.

아이들은 처음 와 본 대학 강의실 안에서 조금 신이 난 듯하다. 영재라고 해도 어린이는 모두 어린이다운 면이 있는 것이다.

형태가 그런 아이들을 제법 잘 다루는 모습을 보며, 은하는 이것이 그의 첫 수업은 아니리라 짐작한다.

강의실 왼쪽의 커다란 화면에 신윤복의 그림이 뜨자, 작은 소란마저 완전히 멎었다. 옆자리 선생님이 조금 전 은하의 추측에 동조하듯 말한다.

"교수님이 우리 애들을 좀 아시네. 아무튼 요샌 뭐든 하나 보여 주고 시작해야 집중한다니까."

맞아. 요즘 아이들은 선생님의 말보다 그림, 사진, 영상 자료를 더 좋아한다. 그게 옛 그림이라고 해도 그렇다는 걸 형태는 익히 알고 있는 모양이다.

화면에 비친 그림의 이름을 은하는 단번에 기억해 낸다. 신윤복의 〈월하정인〉. 형태를 끌고 여기저기 전시회를 다니던 때, 함께 봤던 그림이다.

달이 떠 있는 야밤, 담 모퉁이 앞, 등불을 든 선비 차림의 남자 옆에 쓰개치마를 두른 여인이 있다. 그들이 무슨 사이일까 묻는 질문에 장난기 많은 아이 하나가 큰 소리로 답한다.

"수상한 사이요."

몇몇 아이들이 킥킥거리는 동안, 형태는 수상한 사이, 라는 말을 칠판에 적는다. 아무거나 생각나는 대로 말해도 되겠단 용기를 얻었는지 여기저기서 다양한 대답이 나왔다.

"비밀 사이요."

"사랑하는 사이."

"은밀한 사이!"

누군가 '불륜'이라고 외치자 은하 뒤의 선생님 하나가 '못살아' 하고 작게 중얼거린다. 형태는 당황하는 대신, 웃으며 차분히 답한다.

"맞아요. 다들 잘 말해 줬습니다. 선생님은 여러분의 답변 중에 이 말이 가장 마음에 듭니다."

그러더니, 누군가 다시 '불륜!' 하고 장난스레 외치자, 정색하는 척 '아니야, 그런 건 안 돼'라며 아이들을 웃긴다. 생각보다 자연스러운 수업의 흐름에 은하는 내심 놀란다. 저런 장난도 치는 애였나, 하고.

웃음소리가 잦아드는 동안 형태는 단정한 글씨로 칠판에 판서를 시작한다.

'은밀한 사이'

형태는 조금 전 이러한 답변을 내놓은 아이를 지목한다.

"아까 이 대답 한 친구? 지운이. 그래. 지운이는 왜 은밀한 사이라고 생각했을까?"

아이는 조금 쭈뼛거리며 일어섰지만 제법 의젓하게 제 의견을 말한다.

"어, 밤에 둘이만 몰래 만나고 있어서요."

"밤이란 건 어떻게 알았어요? 까맣게 칠해져 있진 않은데."

아이는 이제 조금 더 자신감이 생긴 듯 또박또박 답한다.

"저기, 달이 있어요."

그 옆에서 누군가 끼어든다.

"왠지 분위기가…."

모두가 일제히 웃음을 터뜨리며 수업 분위기는 일순 더 부드러워졌다. 형태는 그 말을 적절히 받아친다.

"맞습니다. 잘 말해 줬어요. 왠지 분위기가 그래요. 앞의 친구도 정답을 말해 줬고요. 여기, 보이나요?"

아이들은 멀리 대학교까지 와서 처음 만난 선생님의 후한 칭찬에 신난 듯, 입을 모아 '네' 하고 대답한다.

형태는 만족한 듯, 고개를 끄덕이곤 그림 한가운데, 달의 아래에 위치한 글자를 가리킨다.

"여러분이 조선 시대 선비처럼 한자를 잘 알았더라면, 이 글씨만으로도 밤이란 걸 알았을 겁니다."

욕심 많은 아이 하나가 울분에 차서 중얼거린다.

"그럼 그걸 미리 가르쳐 줬어야지."

혼잣말치고는 제법 크게 나온 소리에 아이는 헉, 하며 놀라고, 교실엔 다시 웃음이 번진다.

"그래요. 아직 배우지 않았지만, 이제 곧 선생님들이 여러분께 이 한자가 어떤 의미인지를 가르쳐 주실 겁니다. 음, 이건 저기 뒤쪽에 계신 선생님들 중 한 분께 부탁드려 볼까요."

저희와 함께 온 선생님들이 이 수업에 참여해 준다는 것이 좋았는지 아이들은 잔뜩 흥분해 감탄사를 터뜨린다. 은하 주변의 선생님들은 조금 술렁이기 시작한다. 누군가 작게 소곤거린다.

"이거, 지도안에 써 있어요."

"아⋯."

형태는 학생들이 잠잠해질 때까지 기다렸다가, 잔잔한 미소를 입가에 띤 채 교실 뒤편으로 시선을 돌린다.

"자, 제가 가장 잘 읽어 주실 것 같은 선생님 한 분을…"

그의 얼굴에서 미소가 순식간에 사라진다. 달그락, 무언가 바닥에 떨어지는 소리가 난다.

앞에 앉은 아이가 착하게도 형태가 떨어뜨린 리모컨을 직접 주워 들었다.

"선생님. 이거 떨어졌어요."

"아, 미안. 고마워."

형태의 얼굴엔 일그러짐 하나 없다. 그가 무척 당황했다는 건 오로지 은하만 알아챌 수 있다. 눈썹을 찡그리고, 오른쪽 두 번째 손가락으로 관자놀이를 매만지고, 아랫입술을 꽉 깨물기. 이것은 모두 지형태가 완전히 얼어붙어 무력해졌을 때 하는 행동이다.

속사정을 알 리 없는 아이들은 잔뜩 들떠 떠들기 시작한다. 우리 담임 선생님이야. 성은하 선생님. 우리 학교 선생님이야. 보듬 초등학교.

덕분에 은하는 제 소개를 할 필요도 없다. 형태는 힘 빠진 미소를 지으며 나긋한 목소리로 묻는다.

"그럼, …성은하 선생님. 아이들 대신, 이 글을 읽어 주시겠어요?"

"달빛이 침침한 한밤중에, 두 사람의 마음은 두 사람만이 안다."

은하는 망설임 없이 한문을 읽고, 조용한 목소리로 해석을 덧붙인다. 지도안에 퍽 진한 글씨로 적힌 한문의 음과 뜻은 구태여 들여다볼 필요가 없다.

두 사람이 데이트 삼아 전시회 순회를 하던 시절, 은하는 교양 수업에서 얼핏 봤던 저 그림 앞에 서서, 형태에게 실컷 잘난 척을 했었다. 하늘과 땅을 어우르는 우주의 모든 걸 탐구하던 저 남자 앞에서 제 지식을 뽐낼 수 있는 기회는 흔한 건 아니었으니까. 그런 기억은 어째서 쉽게 잊히질 않는 걸까. 여전히 은하는 글귀 전체를 외우고 있다.

달빛이 침침한 한밤중에,

두 사람의 마음은,

두 사람의 마음은….

은하가 소리 내어 읽은 말을 형태가 반복한다.

"두 사람의 마음은 두 사람만이 안다."

다행히 이제 평소의 지형태로 돌아온 모양이다. 수업은 큰 문제 없이 매끄럽게 이어지고 있다.

"어느 시대든 은밀한 사연을 지닌 애틋한 연인들은 있습니다. 이들의 마음은 이들만이 알겠지요. 어떤 이유인지 모르겠으나 두 사람은 달밤에 몰래 만나고 있습니다. 그런데 이 달이 조금 이상합니다. 이런 달, 본 적 있나요?"

과학자라기보단 예술가 쪽이 어울릴 형태의 길고 하얀 손가락이 으슥한 밤, 몰래 만나고 있는 두 사람 위에 뜬 기묘한 모양의 달 앞에서 멈춘다.

그는 이렇게 위로 오목한 모양의 달은 흔히 볼 수 있는 게 아니라고 설명한다. 달의 볼록한 면 쪽에 태양이 있기 때문이라는 설명

뒤로, 아이들이 좋아할 만한 영상 자료가 이어진다. 밤에는 태양이 없어서 달의 볼록한 면이 지평선보다 아래를 향한다. 따라서 그림 속의 달 모양은 월식이 일어날 경우에만 볼 수 있다는 설명.

은하도 학교에서 아이들에게 가르치고 있기에 익히 알고 있는 내용이다. 물론 알고 있다는 말은 완전히 이해했단 말과는 다르고, 은하는 자신이 월식 현상의 모든 것을 완전히 이해한다고 해도 그 사실에 엄청나게 흥분하진 않으리라 생각하지만.

꼬마 천재들은 은하와 달리 이런 것에 크나큰 흥미를 느끼는 듯하다. 형태가 영상 자료를 곁들여 월식과 개기 일식이 어떻게 일어나는지를 설명하자, 모두들 눈을 빛내며 집중한다.

형태는 곧 은하가 읽어 낸 시구 아래에 그림이 그려진 시간도 적혀 있다고 말한다. 3경, 자시(子時), 즉 밤 12시를 전후한 시간. 또 처마 근처에 달이 보이는 것으로 보아 남중 고도가 낮은 여름이 계절적 배경임을 알려 준다.

이제 과업은 꼬맹이들 차지이다. 형태는 신윤복이 살았던 시기 중 여름철, 자시 무렵에 갑자기 부분 월식이 일어난 날짜를 특정해 그림 속 배경이 정확히 며칠인지를 알아낼 수 있도록 자료를 배부한다. 잠시 후 꼬마 과학자들은 달 아래 연인들의 밀회가 정확히 몇 년, 몇 월, 며칠에 이루어졌는가를 밝혀냈다.

1793년 여름.

오늘 날짜와 같은 8월 21일.

그림 속 풍경이 200여 년 전 오늘이란 것이 밝혀지자 아이들은 환호한다.

과학과 예술을 접목시킨, 정말이지 형태다운 강의였다.

* * *

영재아 센터는 수업과 수업 사이에 2~30분의 긴 쉬는 시간이 주어진다. 수업 자체가 길어서다. 기대한 만큼의 집중력을 발휘해 준 꼬마 천재들은 다시 어린이다운 모습으로 돌아왔다.

"얘들아, 쉬는 시간 헷갈리지 말고."

은하 옆의 선생님이 우렁차게 소리쳐 보지만 그 말을 귀담아듣는 아이가 없다. 옆에서 누군가 웃으며 답해 준다.

"괜찮아. 말 잘 듣는 애들이라. 학교가 낯설어 말썽 피울 일도 없을 거야."

"그러게요. 애들이 똑똑해서 수업도 곧잘 따라가더라고요."

"강의가 좋아서 그래. 나도 재밌던데?"

선생님들이 나누는 이야기를 듣던 은하는 어쩐지 뿌듯한 마음에 작게 웃는다. 누군가, 옆에서 은하를 쿡쿡 찌르더니 묻는다.

"성 선생님, 커피 한잔 할까? 교실 안전은 책임자 따로 있대."

은하는 잠깐 확인할 게 있다는 말로 둘러대며 거절한다. 긴장한 탓인지 어깨가 다 뻐근하다. 잠깐 혼자서 조용한 곳에 숨어들어 숨 좀 돌리고 싶다.

별생각 없이 교실 밖으로 나서고 나서야, 복도에서 서성이다 형태와 마주칠지도 모르겠다는 걱정이 들었지만, 설마 그렇게까지 우연이 겹치겠는가.

다행히 이곳은 은하의 모교이다. 졸업한 지 한참 되었지만 낡은 건물에 큰 변함은 없다. 어디에 무엇이 있었는지도 대충 머리 안에 남아 있다.

은하는 복도 왼쪽으로 빠져서 음악관으로 가는 인적 드문 뒷길로 나간다. 그곳엔 등나무 벤치가 하나 있는데 거기 누가 앉아 있는 건 4년 내내 한 번도 보지 못했다. 나무가 얽혀 든 벤치는 웬만해선 없애지 않으니 아직 건재하겠지.

예상한 대로 등나무 벤치는 여전하다. 어찌 된 일인지 이미 누군가에게 점령당했지만. 얼굴을 두 손에 파묻은 채 벤치에 앉아 있는 남자의 뒷모습을 보고서야 은하는 자신이 멍청했다는 사실을 깨닫고 만다.

그래, 내 모교란 건 지형태의 모교이기도 하다는 거지.

우리 둘 다, 여길 좋아했지.

도망칠까 생각한 순간 형태가 거짓말처럼 고개를 들어 이쪽을 본다. 몇 걸음만 걸으면 손이 닿는 곳에 있는 지형태를 보며 은하는 무슨 말을 해야 할지 알 수 없다.

오랜만이라는 말은 좀 식상하다.

여기서 볼 줄 몰랐다? 그건 정말 아무 의미 없는 말이다. 그래서 뭐 어쩌란 말인가. 알고도 왔을 리는 없는데. 은하는 그런 바보 같은 말을 내뱉고 싶진 않다.

수업 얘길 할까. 수업 좋았다고. 그래, 그게 좋겠다. 그런 말은 진심으로 할 수 있지. 꽤 괜찮은 수업이었으니까.

복잡한 머릿속에서 겨우 정답 비슷한 걸 찾아내어 입을 열은 소득은 없다. 8년 만에 전 애인을 만나는 사람들이 할 말을 생각해 내는 데 걸리는 시간이란 게 대체로 비슷하기 때문이다.

"저……."

"저……."

"말해."

"말해."

두 번이나 똑같은 말을 겹쳐 한 두 사람은 이제 마주 본 채 동시에 쿡쿡, 웃음을 삼켰다. 은하가 한 번 더 양보의 제스처를 취하자, 형태는 쑥스러움 많이 타는 소년처럼 웃으며 입을 연다.

"그냥, 반갑다고 말하려 했어."

"그러게. 오랜만이네. 우리."

"잘 지냈어?"

그럭저럭 살고 있다는 대답 정도가 좋았을 것이다. 이런 데서 만날 줄은 몰랐다며, 넌 잘 지내 보인다는 인사치레를 덧붙여도 나쁘지 않았겠지.

수업 잘 들었어. 너 되게 잘하더라.

……뭐 그런 말들도 좋았을 것이다.

그렇지만 이렇게나 어색한 상황에서는 머리도 입술도 자연스럽게 돌아가지 않는다. 은하는 저도 모르게 엉뚱한 소리를 한다.

"가끔 너 생각했어."

"…가끔?"

"응, 요샌 잘 안 그러다가, 어제 갑자기 또 네 생각이 나더라고."

왜, 내 입은 가끔 뇌가 시키지도 않는 말을 하는 걸까. 진짜 뭐라는 거야.

후회해 봤자 뱉은 말은 주워 담을 수 없다.

이제 와서 '아, 아니야. 별거 아니고. 그건 그렇고 나도 반갑네.'라고 할 수 있겠는가.

은하는 작게 침음한다. 형태가 꽤 심각한 표정으로 은하의 얼굴을 살핀다.

"…무슨 일 있었어?"

"아, 그게 별건 아니고… 내 개인적인 일인데."

"너, 어디 아픈 건 아니지?"

무슨 상상을 하는 거야.

은하는 그만 피식 웃고 만다. 덕분에 조금은 마음이 가벼워졌다.

"아니, 그게 그냥 친구랑 만나서 무슨 얘길 하다가…… 갑자기 네 생각이 났어. 기억나? 우리 처음 만났을 때, 내가 너한테 우동 그릇 움직이는 거 신기하다고 했더니, 네가 마찰력 때문이라고 설명해 준 거. 그게 갑자기 생각나더라고."

"아……."

"너무 옛날얘기지? 넌 다 까먹었겠다."

형태는 여느 때처럼 평이한 어조로 답했다.

"어떻게 잊겠어."

높낮이가 없는 형태의 어투엔 감정이 묻어나지 않는다. 그래서 이게 가볍게 던지는 농담인지, 두 사람의 첫 만남을 추억하며 감상적으로 내뱉은 말인지, 도무지 알 수가 없다. 은하는 언제나 그랬듯 제 마음대로 해석해 본다.

"맞아. 원래 다른 건 다 잊어도 처음 만났을 때 일 같은 건 생생히 기억나고 그러지? 헤어지고 나서 다 까먹었다가도 자잘한 에피소드가 갑자기 떠오르기도 하고."

"그래?"

형태는 이번엔 맞장구쳐 주는 대신, 묻는다.

"응? 어, 그렇지. 넌 안 그래?"

"응."

단호하게까지 들리는 짧은 대답에 은하는 야속함마저 느낀다. 얘가 말수가 적긴 해도 사람 무안 주는 타입은 아니었는데.

내가 또 괜한 말을 해서는. 아, 그냥 입 다물고 있을걸.

찰나의 순간 동안 은하의 머리에 그렇게 많은 감정이 스쳐 지나간 걸 알기나 아는지, 형태는 언제나처럼 느릿느릿 말을 잇는다.

"내가 너를 갑자기 떠올릴 일은 없지. 거의 늘 생각하고 있으니까."

저건 능글맞은 농담일까, 혹시 우리의 연애사가 이 사람한테는 안 좋은 기억으로만 남아 있어서, 비꼬듯이 던진 말일까?

그 어느 쪽도 은하가 예전에 알던 지형태답지 않다. 당연한 일이다. 너무 많은 시간이 흘렀으니까. 지금 그녀의 눈앞에 있는 남자는 은하가 알던 지형태와는 전혀 다른 사람일 것이다. 은하는 어쩐지 그 사실을 인정하기가 힘들다. 모든 것이 너무 그대로이기 때문이다.

한때 은하가 사랑해 마지않던 얼굴도, 천천한 속도로 곱씹듯 말하는 버릇도. 가지런하게 내린 짧은 머리칼, 꽤 짙은 눈썹, 툭 튀어나와 예쁜 눈에 그림자를 만드는 눈썹뼈, 코, 모든 걸 다 알려 주는 까만 눈동자까지 하나도 변하지 않았다. 그래, 눈동자. 늘 알 듯 모를 듯 한 말을 짧고 느리게 했지만, 눈을 보면 무슨 생각을 하는지 조금은 알 수 있었지.

은하는 그제야 형태의 눈을 바라볼 생각을 한다.

여전히 다정하게만 보이는 눈동자 속에 비틀림 따윈 없다. 그러고 보니 비아냥거리는 건 굳이 고르자면 형태보다는 은하에게 잘 어울리는 말하기 방식이다. 신발 끈도 전선도 꼬이려면 길이가 좀 있어야 한다. 저 남자의 말은 그 정도로 길지 않다.

은하는 어쩌면 너무 오랜만에 만난 연인에게 자신의 모습을 그대로 투영한 걸지도 모르겠다. 이제 조금 더 편해진 맘으로 은하가 묻는다.

"저기, 형태야."

"응, 은하야."

"그렇게 다 기억하면 말야. 너, 우리가 왜 헤어졌는지도 기억나?"

형태는 답이 없다.

한여름의 더위를 식혀 주는 선선한 바람이 나뭇잎을 쓸고 지나간다. 바람 소리에 내 말이 묻히기라도 했나. 은하는 다시 한번 묻는다.

"아니, 당연히 나도 대충 다 기억나거든. 우리가 그때 되게 많이 싸웠잖아. 싸우다 시간 좀 갖자고 한 적도 몇 번 있고. 그런 거는 기억나. 다들 오래 사귀다 보면 그러니까. 우리도 그렇게 자주 싸우다가 지쳐서 헤어졌겠지. 거기까진 대충 알겠단 말야. 근데 완전히 헤어졌을 때, 정확히 무슨 이유로 그랬는지, 그걸 모르겠는 거야."

형태는 꽤나 당황한 눈치다.

"그게…… 기억이 안 난다고?"

"응, 이상하게 진짜 딱 그것만 기억이 안 나더라고. 우동 얘기까지 기억나면서. 너무 옛날얘기라 너도 다 잊었을 수도 있겠……."

은하의 말이 끝나기도 전에 형태가 답한다.

"아니, 나는 기억해."

"어, 진짜? 역시 넌 머리가 좋다니까."

"은하야, 기억력은 네가 더 좋았잖아. 이건 다른 문제야."

"다른 문제라니?"

형태가 대답 대신 어깨만 으쓱하는 걸 보며 은하는 되묻는다.

"그냥 말해 주면 안 돼? 우리…… 어쩌다 헤어졌지?"

"첫눈에 반할 때 분비되는 각성 호르몬 도파민의 작용과 신경 전달 물질인 페닐에틸아민의 분비 수치가 낮아져서."

형태가 대체로 많은 사람들이 말하는 정도의 속도로, 그러니까 그에겐 드물게 빠르게 내뱉는 말을 들으며 은하는 그만 터져 나오는 웃음을 참지 못한다.

이건, 변하지 않았다 정도가 아니라, 감탄할 만큼 그대로 아닌가?

"와…… 여기서? 진짜 이거 형태 너다운 말이다."

"아니, 이건 나다운 게 아니라 네가 한 말이야."

"어?"

은하가 조금 놀라 묻자, 형태가 담담히 말을 잇는다.

"네가 그렇게 말하면서 나를 찼지."

"네가?"

"그래. 성은하, 네가."

"내가 너를 찼다고?"

"꽤 무참하게."

"무참하기까지 했어?"

"참담했지."

은하는 잠시, 아까 전의 자신의 판단을 수정하고 싶다. 비틀림 하나 없는 눈동자……가 아니었을지도 모르겠다. 잠깐 입꼬리가 한쪽만 위로 올라간 걸 본 것도 같은데?

아냐, 아니겠지. 지형태가 그럴 리가 없지.

은하는 태평을 가장하고 웃었다.

"……형태 너, 어휘력이 많이 늘었구나."

"아, 어휘력. 첫사랑이 국문과 출신이라 많이 배웠어."

"지금…… 비꼬는 거지?"

지형태가?

나를?

은하는 제가 말하고도 믿기지 않아서 웃음이 나온다. 형태는 여전히 진지하게 답한다.

"아냐, 은하야. 이것도 내 첫사랑이 알려 준 건데 빈정거림에는 반어적 표현인 어조의 변화가 동반된대. 나는 지금도 일관된 어조로 말하고 있잖아. 이건, 사실을 말하는 거야."

"……말도 되게 늘었네."

"말은 네가 더 잘하잖아."

답할 말을 찾지 못하는 은하 대신, 형태가 계속 말을 잇는다.

"그때 네가 뭐라고 했더라. 그래, 네가 너무 재수 없어서 각성 호르몬 도파민의 작용도 멈췄고 신경 전달 물질인 페닐에틸아민의 수치가 낮아졌어. 네가 그렇게 좋아하는 과학적으로다가도 도저히 너랑은 못 만나겠다, 이 개새끼야."

은하는 놀라서 묻는다.

"내가 그랬다고?"

"응. 은하 네가 그렇게 말했어."

"그…… 네가 맘대로 바꾼 게 아니고 진짜 토씨 하나 안 틀리고 내가 그렇게 말했어?"

형태는 여전히 비틀린 구석 하나 보이지 않는 다정한 눈으로 은하를 바라보고 있다.

"아, 생략한 게 좀 있긴 해. 그 뒤에 뭐라고 했더라. 다시는 나한테 전화하지 마. 음… 더 할까?"

"더 있어?"

"길진 않고. 두 글자 더."

"두 글자? 뭐, 감탄사 같은 거야?"

"그걸 감탄사라고 해야 하나, 비속어에 가까운 것 같은데."

"아…… 그, 우리가 발에 신는 걸 가리키는 단어에서 첫음절 받침만 울림소리로 덧붙인 그거야?"

형태는 대답 대신 피식 웃고는 혼자 중얼거린다.

"그걸, 그렇게 표현하는구나. 은하 넌 역시 말을 참 잘해."

*발?

내가 그런 말을 했다고? 쟤한테?

은하는 저와 어울리지 않는다고 생각하여 10대 시절 이후 사용을 중단한 욕 몇 가지를 속으로 몰래 발음해 본다. 그렇게까지 어색하진 않다. 어쩌면 자신은 이성을 잃었을 때면 갑자기 입이 험해지는 타입인 걸까?

"나, 평소에 욕 잘 안 하는 편인데."

"아, 그래. 그 말도 하고 갔어. 나 욕 잘 안 하는데, 라고."

"자세히도 기억하네."

"마지막으로 남긴 말이니까."

은하는 이제 슬슬 헷갈리기 시작한다.

내가 왜 얠 잊기로 선택한 걸까?

욕 나오게 싫어서?

너무 괴로워서?

욕까지 내뱉을 정도로 밑바닥까지 내려갔던 게 창피해서?

어느 쪽이든 납득은 간다. 자신이 억지로 잊으려 노력하고 또 노력해 머릿속에서 몰아낼 만한 일들이다.

그러나, 그 결과와 직면한 이상, '글쎄다 나는 아무것도 기억 안 나는데' 하고 시치미를 떼고 있을 순 없다.

"내가 상당히…… 무참하게 찼구나."

"참담했지."

형태는 참담과도 무참과도 거리가 먼 여유롭고 느릿느릿한 말투로 답한다. 욕까지 먹어 가며 차인 게 억울해서 긴 시간 동안 복수만을 꿈꿔 온 사람 같아 보이지는 않는다. 어쩌면 시간의 흐름이 은하의 기억을 딱 편리할 만큼 지운 것처럼 형태가 입은 상처마저 아물게 해 주었는지도 모르겠다.

그래도 은하는 일단 뒤늦은 사과를 건네 보기로 한다. 자, 우선 타인의 마음에 공감을 표하자.

"너, 그럼 내가 많이 미웠겠다."

"그럴 리가. 아까 말했잖아. 반갑다고."

"아……."

은하는 이미 지난 일인 형태의 상처에 공감을 표한 후, 시원하게 사과하겠단 맘을 잊고 어리둥절해진다.

이 상황에서 반갑다는 말을 하는 저의는 대체 뭘까?

너한테 쌍욕 듣고 참담히 차이긴 했지만 일단은 과거에 알았던 사람을 다시 만나면 지구인은 반갑다라고 말하는 거 같으니 그렇게 말해 보겠다, 뭐 이런 건가?

그러니까 역시 지형태 쟤는 외계인이 맞았나? 그래서 그렇게 이해하기 힘들었던 건가? 아, 말 되네. 의대 그만두고 물리천문학부 재입학한 것도 납득이 가잖아. 자기 별로 돌아가려고 그런 거지. 그런데 왜 여기서 이러고 있는 거지. 아, 혹시 내가 우리가 왜 헤어진 건지 다 까먹은 것도 쟤가 내 기억을 지워서….

은하가 최대치로 스트레스 받을 때 종종 그러하듯 현실성 없는 망상 속으로 도피한 사이, 외계인 물리학도는 제법 인간다운 어조로 제 앞에 선 사람의 이름을 부른다.

"은하야."

"어, 어?"

"너… 아까부터 정신이 없어 보인다."

"아, 내가 그랬나…."

"정말로 어디 아픈 건 아니지?"

뇌가 너무 빨리 돌아가서 진심으로 걱정할 땐, 눈동자에 따뜻한 빛을 띠어야 한다는 것까지 학습하고 만 외계인, 아니, 지형태 앞에서 은하는 고개를 도리도리 흔들어 본다. 이제 정신 차리고, 확실하게 물어야지.

"나 이제 정신 차리고 확실하게 물어야겠어."

이건 머릿속으로만 생각하고 그다음 말부터 입 밖에 내려고 했는데 그대로 말로 튀어나온 거 보니 아직, 완전히 제정신 같진 않지만.

그래도 상냥한 외계인께서 다음 말을 기다려 주고 있으니, 은하는 용기를 내어 말을 이어 나간다.

"너 뭐야?"

"응?"

"여기 왜 왔어."

"음, 나… 수업?"

아, 그렇지. 그래, 쟤 여기서 수업했지.

어, 그건 그렇고 참 좋은 수업이었어, 라는 곁다리로 끌려가지 않기 위해 안간힘을 쓰며 은하는 되묻는다.

"그래, 만난 건 우연이라고 치자."

"저, 치는 게 아니라, 우연 맞아."

"알았어. 우연히 만났어. 그럼 뭐 오랜만이다 하면 되지 너 내가 너한테 헤어질 때 막 참담하고… 또 뭐라고 했지."

"무참하게."

"그래, 참담하고 무참하게 막 쌍욕까지 한 얘기 해서 미안하게 했잖아. 갑자기 그런 얘기는 왜 하냐, 진짜."

"은하야, 일단 네가 그런 기분 들었을 줄은 몰랐어. 사과할게. 내가 미안해. 그런데, 이런 소리는 정말로 하고 싶지 않은데…."

사려 깊은 지형태는 얄밉게도 딱 거기까지만 말하고 입을 닫는다.

"아, 내가 물어봤지…."

라는 깨달음을 성은하의 몫으로 남겨 두고서.

어색한 침묵과 잔잔한 미소가 두 사람 사이 좁은 간격을 메꾸고 있다. 어쩌다 내가 얘랑 이러고 있는 건지. 대체 무슨 말을 하려고 입을 연 건지. 어디서부터 길을 잃은 건지, 영문을 알 수 없어서 더 깊게 느껴지는 수치심은 오로지 은하만의 것이다.

은하의 형태

너무 부끄럽고 혼란스러워 이 난관을 어떻게 타개해야 하는지 가늠도 가지 않는다. 다행히도, 그 해결책은 형태가 직접 은하의 손에 쥐여 준다.

"은하, 너 혹시… 지금 당황한 건가?"

"어?"

"내가 너한테 안 좋은 기억만 갖고 있다고 생각해서 사과하는데 반갑다고 말해서 그게 좀 이상했어?"

은하의 나름대로 명석한 머리는 그제야 원래 하려던 말의 맥락을 붙잡고 고개를 끄덕인다.

"그래, 그런 것 같다."

"내가 맞혔어?"

"응, 형태 네가 똑똑하긴 하네. 내가 하려던 말이 그거야. 너, 내가 욕도 했다고 했잖아. 물론 내가 물어봐서 대답한 거지만. 아무튼 그거 다 기억하고 있었잖아."

"그래, 기억하고 있지. 넌 잊었지만."

"거봐. 지금도 이러잖아. 나는 다 까먹었다는 식으로. 그래 놓고 왜 반갑다고 그래? 뭐가 반가워. 야, 여기서 만나네 너 잘 만났다, 막 이런 거야?"

조금 흥분해서 더듬거리기까지 하는 은하의 앞에서 형태는 소리 내어 웃음을 터뜨린다.

"은하 넌 역시 새롭다."

"뭐가 새로워? 왜 갑자기 웃는데?"

"그냥. 그런 식으로 생각할 수도 있구나 싶어서."

전처럼 여유 만만한 말투에 은하는 또 한 번 발끈하고 만다.

"거봐, 또 그러잖아. 지형태, 너 그렇게 빈정거리는 건 어디서 배운 거야?"

은하의 말에 형태가 눈을 데구르르 굴리더니, 모른 척 묻는다.

"내가? 빈정거린다고?"

"그래, 너 지금 빈정거리는 거 아니야? 아니, 내가 그렇게까지 욕한 건 심했다 싶어. 아, 진짜. 기억도 잘 안 나서 변명도 못 하겠고 답답하네. 근데 나 이거 하나는 알 것 같아. 나처럼 점잖은 사람이 그런 말까지 할 정도면 지형태, 네가 뭘 되게 잘못하긴 했을걸."

형태는 이번엔 더 크게 웃음을 터뜨렸다.

"맞아. 그런가 봐."

"그런가 봐? 그게 무슨 무책임한 발언이야. 말해 봐. 너, 무슨 짓 했어?"

"글쎄. 아마 아무것도 안 했을 거야."

"그럴 리가. 그럼 내가 그렇게 화낸 이유가 뭔데?"

"나야 모르지."

"다 기억나면 짐작은 될 거 아냐."

"음, 뭐. 오해였을 거야."

"오해?"

"지금 내가 전혀 빈정거릴 생각이 없는데 넌 내가 비꼬면서 널 놀리고 악감정을 품고 있다고 생각하는 것처럼."

납득이 가는 설명이었지만, 어쩐지 고개를 끄덕이고 싶지는 않았다. 지는 것 같아서.

그러고 보니 아주 오래전, 지형태와의 싸움은 늘 이런 식이었던 것 같다. 비웃는 거 같아서 비웃냐고 물으면 그냥 웃는 거고, 기분이 안 좋아 보여서 눈치를 보고 있으면 아무 생각이 없었다고 한다. 사람이 어떻게 아무 생각 없이 있을 수 있지?

그쪽 역시 은하의 상태도 기분도 아무것도 짐작하지 못했기에 둘의 대화는 늘 이런 식으로 맴돌다, 다른 곳으로 빠져서, 시작도 끝도 알 수 없게 되어 버리곤 했다.

어쩌면 그래서 다 잊어버렸나 보다.

이렇게 정신이 없는데, 뭘 기억하겠는가.

별안간 온몸에 힘이 쭉 빠진다. 두 손으로 지끈거리는 머리를 부여잡은 채 털썩 쭈그려 앉는데, 어처구니없게도 입꼬리는 자꾸만 위로 올라간다.

전에도 이랬던가.

그때도 이렇게 얘만 만나면 머리가 아프고, 아무것도 모르겠고, 그런데 재밌었던가?

지형태는 이번에도 맥락을 못 잡고 딴소리를 한다.

"은하야, 너 진짜 어디 아픈 거 아니지? 건강 검진 언제 받았어?"

"한 달 전에."

"이상은 없고?"

"전혀."

"근데 왜 그러고 있어."

"갑자기 좀 머리가 아파서."

너 때문에.

…라는 말은 생략해도 알아들을 수 있으리라 생각했건만, 형태는 여전히 걱정 어린 눈으로 은하를 바라본다.

"너, 괜히 기억도 안 나는 거 자꾸 생각하려고 하지 마. 그러니까 머리 아픈 거야."

뭐라는 거야.

또 헛다리를 짚은 채 어울리지 않게 긴말을 떠들어 대는 모습이 웃겨서 은하는 그냥, 가만히 두어 본다. 형태는 은하의 옆에 털썩 주저앉더니 말을 이어 나간다.

"그냥, 포기해. 기억이란 게 원래 그런 거거든."

"아까부터 뭐가 자꾸 원래 그렇대."

"사랑에 빠졌을 때 우리 뇌는 도파민과 페닐에틸아민 말고도 아드레날린과 노르아드레날린도 분비하거든. 그건 스트레스성 호르몬이라 흥분과 각성 상태를 유지해서 집중과 기억력을 높여 줘. 너는 그때 호르몬 작용이 종결되어서 기억을 못 하는 거야. 나는 꾸준히 너를 사랑했기 때문에 아드레날린과 노르아드레날린이 기억력을 각성된 상태로 유지시켜 정보를 쉽게 기억할 수 있었고."

은하는 두통도 잊은 채 그만 웃어 버리고 말았다.

어떻게 사람이 저렇게까지 그대로일까.

멀리서 쉬는 시간이 끝나는 종이 울린다. 은하는 그제야 자신이 일하는 중이란 것을 자각했다. 아마, 형태도 다음 강의가 있겠지.

이 기묘한 듯 흥미로운 대화를 더 이어 가고 싶다는 미련이 샘솟지만, 이쯤에서 헤어지는 편이 나을 것이다. 또 한 번 무참하고 참담한 꼴로 전락하기 전에, 깔끔하게. 더는 군더더기를 만들지 말고.

그렇게 마음먹은 은하가 걸음을 옮기는 사이, 형태가 다시 은하의 이름을 부른다.

"은하야."

"응?"

그다음에 이어지는 소리는 또 지형태답다.

"도파민 말야."

은하는 이 재회를 어른스럽게 마무리 짓기 위해 천천히 고개를 돌린다.

"아, 그 호르몬. 미안해. 내가 기억이 잘 안 나지만…… 나도 그때 진짜 어렸다. 지금 같으면 그렇게 안 했을 텐데……."

"그런 이야기가 아니라."

형태는 곤란한 듯 오른손 두 번째 손가락을 들어 눈썹을 매만진다. 다정한 눈을 웃는 건지 우는 건지 모를 표정으로 찡그린다. 아랫입술을 꾹 깨물며 어느 겨울날처럼 다소 절박한 표정을 짓다가 겨우 다시 입을 연다.

"사랑을 시작할 때 분비되는 호르몬은 스트레스 호르몬의 일종이야. 사람마다 편차가 있지만 3개월에서 2, 3년 전후로 호르몬의 분비가 줄어들어. 나는 조금 늦게, 너는 나보다 빠르게 그 호르몬의 분비가 멈췄겠지. 그러고 나면 흥분도 각성도 줄어들고 긴장감이 떨어지고 유쾌함에 덜 민감해져. 그 시기에 많은 사람들이 헤어지지. 그렇지만…."

잠시 멈춘 사이를 은하는 전에 그랬듯이 가만히 기다려 준다. 저 남자가 침묵 속에서 생각을 정리해서 말하는 사람인 건 꽤 오래전에 파악했고, 용케도 잊지 않고 있다.

"그 시간이 지나면 체내에서는 각성 호르몬의 분비가 줄어들면서 새로운 호르몬이 분비돼. 행복 호르몬이라고 부르는 옥시토신은 세로토닌의 분비량을 늘려서 긴장을 풀어 주고 안정과 진정, 편안함을 주지. 그 시기를 넘어선 연인은 그래서 신뢰와 존중으로 사이를 이어 나갈 수 있어."

수업할 때보다 더 긴 말을 늘어놓는 형태의 눈동자는 소년처럼 맑게 빛난다. 저 눈동자를 얼마나 좋아했는지가 떠올라 은하는 코끝이 조금 찡해지고 말지만 그건 그거고 이해할 수 없는 건 이해할 수 없는 것이다.

쟨 왜 또 이 타이밍에 갑자기 호르몬 강의를 시작한 거지?

은하는 몇 가지 추측을 시도해 보려다 그만둔다. 언제는 내가 쟤 행동을 완전히 이해했던가. 지형태 앞에서는 생각 없이 나오는 대로 말하는 게 낫다.

"그…… 물리천문학부에서는 그런 것도 배워?"

뭐 이런 질문 말이다. 형태는 소리 내어 웃고 답했다.

"아니, 따로 조사했지."

"왜?"

"너랑 만나면 설득하려고."

"설득……?"

"네 도파민 분비가 끝났어도, 사랑을 끝내지 않을 방법이 있다고. 옥시토신이 세로토닌의 분비량을 늘릴 때까지 기다려 달라고."

"…음, 형태야."

"왜, 은하야."

은하는 두 사람이 사귀던 시절에 그랬듯이 장난기 가득한 어조로 형태의 이름을 부른다. 제 말에 답하는 목소리는 아주 오래전처럼 다정하기 짝이 없다. 눈치 없이 뭉클해지는 눈가를 무시한 채, 은하는 이렇게 묻는다.

"그 말을…… 이제서야 한다고?"

"기회가 없었어. 그동안은."

"형태야, 우리에겐 문명의 이기가 있어."

은하가 손에 쥔 전화기를 흔들며 말하자, 형태는 조금 머뭇거린다.

"그게….."

아.

"내가 전화하지 말라고 그랬구나."

"문자도."

"아니, 그럼 찾아오든가."

"…."

"그것도 하지 말라고 했구나. 내가."

"이제 좀 기억나?"

"기억나는 건 아닌데, 그랬겠다 싶어서. 근데 야, 넌 그렇다고 그걸 참았다가 우연히 만나고 나서야 말한다고?"

"내가 좀 그렇잖아."

지형태는 그런 무책임한 말을 하고는 아이처럼 웃는다. 그 순간이 되어서야 은하는 깨닫는다.

형태는 이상하다. 다른 별에서 온 외계인이 맞는 것 같다. 아니면 고도로 잘 프로그래밍된 AI일지도 모른다. 사람이라면 이럴 리가 없다. 그는 은하가 너무 화가 나서 '너랑은 만날 수 없다'고 말하면 상처받는 것보다 먼저 '그래, 은하는 나랑 만날 수 없구나'라는 입력값을 받아들인다.

은하가 '나는 네가 싫다'라고 말해도, 그 밖의 수많은 심한 말을 내뱉어도, 형태는 우선 '그렇구나, 은하는 내가 싫구나'라는 통보받은 사실을 인지한 후, 그런데 왜 은하가 기분이 별로 안 좋은지를 분석해 보도록 프로그래밍된 남자다.

상대가 불쑥 화를 터뜨려도 덩달아 씩씩거리는 대신 차분히 문제가 무엇인지를 물어보는 사람, 은하가 입에 담은 모든 말을 온 힘을 다해 존중했던 성실한 연인.

그래서 전화하지 말라고 하면 정말로 하지 않고, 찾아오지 말라는 말을 어길 생각은 추호도 없으며, 오래 생각하고 깊이 고민한 끝에 자신과의 이별을 선언한 은하에게 매달려 한 번 더 생각해 달라고 애원하는 건, 옳지 않다고 결론 내릴 남자.

은하의 첫사랑은 하나도 변하지 않았다.

답답할 정도로 그대로다.

지금도 그렇지 않은가.

호르몬 분비학의 대가처럼 설명을 길게 해 놓고도 절대로 먼저 다시 만나자고는 하지 않는다. 이날만을 기다리고 기억했다고, 그런 방법도 있다고, 나는 너를 우연히 만나면 이렇게 말하려 했다고, 미친놈 같은 말을 하면서도 선택권도 결정권도 은하에게 맡겨 버린다.

다시 만나지 못하면 어떻게 하려고?

그럼 그냥 살아가려고?

머릿속에 드는 그 수많은 질문을 그대로 형태에게 던져 보려다 은하는 그만두기로 한다. 지형태라면 또 기상천외한 대답으로 은하를 화나게 만들 테니까.

관측하지 않으면 아무것도 변경되지 않는다는 백 번을 들어도 이해하기 힘든 양자 역학을 운운할지도 모른다. 우주의 탄생과 소멸의 과정을 설명하며 우리가 떨어져 있던 시간은 그에 비하면 너무 짧은 찰나라는 어처구니없는 말을 내뱉을 수도 있다. 그러다 보면 또 팔자에도 없는 양자 파동 함수, 이중 슬릿 실험 따위의 용어를 실컷 귀에 담을 수도 있다.

그런 이야기를 듣는 사이에 은하는 또 아까처럼 길을 잃고, 분통을 터뜨리고, 부끄러워졌다가, 다시 안도하며 저 혼자 실컷 감정 소모를 하겠지.

어쩌면 이런 것 때문에 은하는 형태에게 욕까지 했나 보다.

이런 점이 참을 수 없어서. 태평히 기다려 주는 사랑은 사랑이 아닌 것만 같아서. 바라는 것은 많은 주제에 조금도 참아 주질 못하던 어린 날의 치기로는 그 조급함만이 사랑인 것 같아서. 그렇다면 나만 그를 사랑하는 것 같아서.

그렇지만 조용한 기다림도 이 정도에 이르렀다면, 슬슬 사랑이라고 인정해 줘야 하는 거 아닐까? 그 기나긴 기다림을 사랑이라 정의한다면, 외면하고 또 외면해도 자꾸만 다시 떠오르는 자신의 기억 역시 어쩌면 사랑 비슷한 것 아니겠는가.

은하는 자신의 머리가 마냥 낙천적인 대답을 향해 달려 나가고 있다는 걸 깨닫고, 얼른 정신을 차린다.

헤어진 지가 언젠데, 이제 와서 사실은 내가 사랑한 건 너뿐이었다는 감상에 젖다니. 그게 말이 되는가.

이성을 되찾고 어른스럽게 행동해야 할 때다. 어차피 지형태가 먼저 제스처를 취할 리는 없다. 그는 한번 잡은 손은 놓지 않는 사람이지만, 움츠러든 은하의 어깨를 붙잡으려고 팔을 뻗고, 손목을 낚아채 제 품으로 끌어당기는 타입은 아니니까.

뜻밖의 사고에 휘말리지 않으려면 저부터 정신을 똑바로 차려야 한다. 넘쳐흐르는 감정을 억제하고, 다시 지워 내는 게 안전한 일이다. 이제 와 다시, 그런 사랑에 빠져서 좋을 게 없다.

"지형태."

"왜, 성은하."

"그만 들어가자. 너 다음 수업 늦어."

"착한 어린이들이니까 좀 늦어도 봐줄 거야."

"형태야."

"왜, 은하야."

그의 이름을 또 한 번 부를 때만 해도 은하 안에는 정해 둔 다음 말이 있었다.

전화기 좀 보라는 말.

거기 쓰인 숫자가 보이지 않냐는 물음.

지금이 몇 시인 줄 아냐는 확인.

더 늦기 전에 들어가야 한다는 채근.

은하는 그런 말을 늘어놓을 작정이었다.

아니면 전화기를 열어 달력이라도 확인해 보라고, 올해가 몇 년도인 줄은 알겠냐고, 우리가 헤어진 지 얼마나 됐는지 좀 보고 정신 차려야 하지 않겠냐고 말해도 좋았겠지.

하지만 형태가 고개를 숙이고, 자신이 든 전화기로 시선을 떨어뜨리고, 덩달아 내리깐 까만 눈이 가지런히 난 속눈썹에 파묻히고, 그 깊숙이 강아지처럼 까만 눈동자가 작게 반짝이고, 입가에 까닭 모를 미소가 걸렸을 때, 은하는 갑자기 예정에도 없던 말을 하고 만다.

"네 전화기 좀 줘 봐."

라고 말이다.

"전화기는 왜?"

정말로 궁금해서 묻는 듯한 형태의 말에 은하는 이제 만면에 미소를 띠고 답한다.

전화기를 주면 내 번호를 누르겠다고, 그렇게 해서 네 번호가 내 전화기에 남으면, 그러면 전화하겠다고 말이다.

형태는 여전히 웃는 얼굴로 말한다.

"그대로야."

"응?"

"넌 바꿨지만, 난, 번호 그때 그대로라고. 지우지 않았다면, 그 번호로 전화해."

은하는 이제 좀 난감해졌다.

"그…… 지웠다면……?"

번호를 지워 봤자 뇌리에 박힌 숫자는 도무지 잊히질 않았다고, 그래서 그걸 지워 내느라 한참을 고생했다는 사실은 영원히 묻어 두기로 한 채, 은하는 미안하다는 듯 어설픈 미소를 지어 본다.

형태는 유쾌한 웃음을 터뜨린다. 헤어진 연인이 제 번호를 지웠고 기억하지도 못한다는 사실이 뭐 그리 좋은지, 그의 얼굴은 전에 없이 밝다.

그렇게 큰 웃음은 자연스레 옆 사람에게 번지기 마련이다. 이젠 은하도 형태와 얼굴을 맞댄 채 소리 내어 웃고 있다. 웃음이 잦아들 때쯤, 형태가 은하에게 자신의 전화기를 건넨다.

"번호 알려 줘. 이번엔 내가 전화할게."

처음의 처음으로 돌아와, 비로소.

〈끝〉

◁
참고 문헌

　신윤복의 〈월하정인〉이 그려진 정확한 날짜를 천문학적 증거로 밝혀낸 연구는 이태형 충남대학교 천문우주과학과 겸임 교수의 연구에 의해, 처음 제기되었다. 이 부분에 관하여서는 이태형 교수의 분석이 처음 보도된 2011년 7월 2일 연합뉴스의 기사 등을 참고하였다.

　별의 생성과 소멸 과정에 관한 대화는 스티븐 호킹의 〈시간의 역사〉, 이동진의 〈밤은 책이다〉, 기타노 다케시의 〈생각 노트〉를 참고해 썼다.

사랑의 과정에 따른 생물학적, 신경과학적인 변화에 관하여서는 애나 마천의 〈과학이 사랑에 대해 말해 줄 수 있는 모든 것〉, 스테파니 카치오포의 〈우리가 사랑에 빠질 수밖에 없는 이유〉를 참고하여 작성했다.

1. 너 머리에 껌 붙음

그 애는 처음부터 눈에 띄었어.

맨 뒷자리에 떨어져 앉아 있는 데다가, 머리엔 분홍색 풍선껌 같은 걸 붙이고 있었으니까. 그런 이상한 걸 달고 다녀서 그러나, 걔 주변엔 늘 사람이 없더라. 보이지 않는 벽이라도 둘러 둔 것처럼.

걔가 나보다 한 달 먼저 전학 왔단 건 반장이 얘기해 줬어. 아, 그래서 늘 혼자 다니는구나 했지. 전학. 쉽진 않은 일이잖아.

다행히 난 그걸 아주 힘들어하는 편은 아니야. 사람 맘 쉽게 사는 건 아빠를 빼닮았다고 엄마가 늘 그랬지. 칭찬은 아니었어. 그러니 자꾸 선 넘는 사람들이 생기는 거라는 사족이 붙었으니까.

엄마 말이 아주 틀린 건 아닌가 봐. 언젠가부터 앞자리 애들이 멋대로 거리를 좁혀 오더니 내 앞에서 별 얘길 다 하더라.

"이은원 쟤, 걸레잖아."

"웃기지 않냐. 얼굴만 믿고 남자들한테 달라붙었다가 개네랑 잘 안되니까 저렇게 된 거."

그런 새끼들이랑은 아예 말을 섞질 말았어야 했는데.

"달라붙기는, 무슨. 너네가 쟤한테 달라붙었겠지."

괜히 그런 말을 해서 다른 애가 끼어들 빌미를 줘 버렸지.

"누가 저런 앨 좋아해. 쟤 엄마 아빠도 없잖아."

"아빠만 없는 거 아녔어?"

"아, 아빠는 어렸을 때 뒈졌고, 엄마가 그러고 바로 쟤 버렸다고 했나?"

"버린 건 아니고 따로 사는 거. 쟤 하고 다니는 건 멀쩡하잖아. 돈은 보내 주는 거지."

"미성년자 딸이랑 따로 살면 그게 버린 거 아니냐? 야, 너네 쟤 1년 꿇은 건 알아? 뭔 짓을 했길래."

이은원의 자리는 바로 옆 분단이었어. 안 들으려야 안 들을 수가 없는 위치였지.

근처에 있던 반장이 내 눈치를 보다가 조심스럽게 말을 보태더라.

"은원 언니가 너무 예쁘게 생겨서…… 애들이 처음에 좀 관심이 많았거든. 남자애들… 수틀리면 저러잖아."

알 만했어. 자극적으로 윤색된 소문. 얼마간의 진실도 포함된.

그래서 당사자가 나서서 여기까지는 맞고 여기부터는 아니라고 해명하기도 뭣한 애매한 말들.

한번 깔린 판은 쉽사리 멈추지 않았어.

불쌍해서 좀 놀아 주려고 했더니 자기가 뭐 되는 줄 안다, 어쩐지 애가 어둡지 않냐, 저런 데서 가정 교육 못 받은 티 나는 거다…. 말의 수위가 끝도 없이 올라갔지.

"옆에 사람 두고 이런 말 하는 게 가정 교육 못 받은 티 내는 거 아닌가?"

판 좀 깨 보려고 던진 말이 적중했고, 갑자기 분위기가 싸해졌어.

어떻게 수습했냐니, 아까 말했잖아. 나 아빠한테 대단한 재능을 물려받았다고. 사람들은 웬만하면 날 안 미워해. 무슨 말을 해도 농담으로 받아들여서 그냥 웃고 끝나.

덕분에 편하게 살아오긴 했는데, 가끔은 난감할 때도 있어. 여기서 뭘 더 어떻게 해야 '난 너네가 별로다'라는 의사를 제대로 전달할 수 있는 건지.

그길로 교무실에 가서 담임한테 쟤 옆자리로 옮기겠다고 말했어. 쟤네 뒤에 앉아서 매일 저딴 헛소리 듣고 있는 것보다는 그 편이 낫잖아. 그 앤 적어도 저런 쓸데없는 말은 하지 않을 테니.

이은원? 괜찮은 애야.

첫인상이 좀 차가워 보이긴 하지만.

내가 매일 저런 뒷말을 듣고 살았으면 진작에 사회성 파탄 났을 텐데, 저 정도면 양호하지. 쟤 의외로 착하기까지 하다니까.

자리 바꾼 날만 해도 그래. 내가 필통 안 가져와서 그러는데 펜 하나만 빌려 달라고 했거든. 걔, 고개를 휙 돌려서 나를 보고 그러더라고.

"너 필통 있잖아. 가방 안에."

대체 언제 거기까지 본 건지.

굉장한 눈썰미다 싶어서 웃어 버렸더니 표정이 더 험악해지는 거야. 나는 빠르게 덧붙였어.

"아, 내가 필통을 가지고 오긴 했는데…."

"그럼 그거 꺼내서 써."

"진짜 필통만 가지고 왔더라고……요. 누나."

가방 안에서 꺼낸 빈 필통을 속까지 탈탈 털어 보이자 걘 냉큼 펜 한 자루를 꺼내 줬어. 샤프까지 달린 4색 볼펜. 손으로 쥐는 부분만 나무가 덧대어 있는 게 꽤 그럴듯해 보였지.

한참 후에야 알았어. 이은원의 얄팍한 필통 안엔 주로 쓰는 4색 볼펜 하나, 그리고 비상용으로 챙겨 다니는 모나미 볼펜. 그렇게 딱 두 자루만 들어 있단 거.

걘, 자기가 가진 것 중에 제일 좋은 걸 내게 준 거야. 나중에 걔 교과서 보니까 네 가지 색을 다 쓰면서 밑줄 긋고 필기하는 타입이던데. 주 장비를 다 내놓고 어쩌려고 그랬는지.

그걸 처음 안 날에는 많이 웃었어.

지갑 내놓으라고 하면 아주 가방째 던져 줄 애다 싶어서.

걔가 좀 그래. 은근히 허당이야. 사실 난 어디 가서 내 밥그릇 못

챙기는 사람은 아니거든. 뭐 빼먹고 다니는 거야 학교생활에 별 신경 안 써서 그러는 거지. 그런데 이은원은 달라. 걘 사람 자체가 허술해. 마음이 물러.

지난번에 내가 수학 프린트 안 가져온 날 일만 봐도 그래. 그 선생님, 좀 빡빡하게 구는 편이라 아차 싶긴 했지만, 그게 뭐 큰일은 아니잖아.

그런데 걔가 갑자기 자기 프린트를 쓱 내 책상으로 밀어 주는 거야. 손놀림이 어찌나 민첩하신지. 나 무슨 마약 거래 하는 줄 알았다니까.

이걸 나 주면 자긴 어쩌려고 저러는지. 난 입 모양으로 물었어.
'뭐 하는 거야.'

이은원이 가지런히 책상 귀퉁이에 붙여 둔 포스트잇 위에다 재빨리 몇 글자를 끄적였어.

[나 전학 온 지 얼마 안 됐어.]

여기서 근황 토크를 시작한다고?

좀 급작스러운 전개였지만 난 최대한 예의 바르게 응해 주기로 했지.

[그렇구나. 전학.. 힘든 일이죠. 삶의 갑작스러운 변화...]
[그게 아니라...

선생님이 나한텐 뭐라 안 한다고.]

[음... 무슨 말인지...?]

[선생님이 난 봐줌. 그냥 다음에 내라고 할 거임.]

그 밑엔 '공리주의적으로 이게 맞음'이라고 써 놓고서는 밑줄까지 두 줄 그어 놨더라.

아니, 어떤 사람이 옆자리 애한테 자기 프린트 대신 내라고 빌려주면서 공리주의 운운하냐고.

[저기, 누나. 내가 누나보다 늦게 전학 온 거... 알죠?]

[알아. 근데 넌 혼나]

[왜요?]

[그냥 넌 혼내도 될 거 같잖아.]

'왜 그렇게 생각하는지 궁금'까지 쓰고 있는데 그 애가 펜을 내려놓고는 작고 퉁명스러운 목소리로 말했어.

"넌 뭐가 이렇게 말이 많아…."

"글쎄요. 그건 아마 어렸을 때부터….";

이은원이 이를 악물고 중얼거렸어.

"이유를 물어본 게 아니라…."

"아, 그건 아는데 말 나온 김에 얘기해도 재밌을 거 같아서. 그러니까요, 그게 일단 타고난 본성이란 게 있는 것 같고요. 그다음엔…."

"그만, 그만 말하고 이거 받아."

그렇게 고압적으로 선행을 베푸는데, 내가 힘이 있나. 감사히 받아 드는 수밖에.

그 애가 주장한 대로 공리주의적 목적은 잘 달성되었어. 아무도 혼나지도, 점수가 깎이지도 않은 채 순조로이 그 시간을 넘겼지.

난 걔한테 포스트잇 몇 장을 더 빌려서 감사의 마음을 적었어. 이은원이 내가 준 걸 찢어 버리지 않고 반으로 잘 접어 필통에 넣어 두는 걸 보고는 조금 감동했고.

수업이 지루해질 때쯤엔 남은 종이에 낙서도 좀 했지. 이은원 닮은 우리 할아버지네 고양이를 그려 넣고 '누나 닮음'이라고 써서 보여 주기도 하고. 그러다 말고 문득 억울해져 장난처럼 항의의 말도 써 봤지.

[근데, 아까요. 누나는 안 혼나고 나는 혼날 거 같다는 말은 좀 심한 거 아니에요?]

이은원은 날 물끄러미 쳐다보다가,

[종이낭비X]

라는 다섯 글자를 써서 보여 주고는 포스트잇을 책상 위에서 치워 버렸어. 아무튼, 재밌는 애라니까.

쉬는 시간엔 매점에 가서 이은원 몫까지 오렌지주스 두 팩을 사 왔어. 이참에 프린트 빌려준 은혜라도 갚자 싶었거든. 아까 헛소리를 잔뜩 써 둔 포스트잇 위에다 네임펜으로 크게 '보은'이라고 써 붙여 내밀었지. 걘 오렌지주스가 폭탄이라도 되는 것처럼 화들짝 놀라더라고.

"…너, 뭐야."

"저는 백이현."

"그걸 묻는 게 아니라…."

"아, 얘한테 물어본 거예요? 얜 누나가 마셔 주길 기다리는 오렌지주스."

장난을 쳐 봐도 경악한 얼굴은 풀어질 생각을 하지 않았어. 난 주스 팩에 붙여 놓은 포스트잇을 톡톡 쳤어.

"이거 맛있어요. 어렸을 때 가끔 마셔 봤는데. 아, 혹시, 오렌지주스 싫어해요?"

"……."

이은원은 여전히 심각한 표정을 하고선 고개를 세차게 저었지.

"아니면, 이따위 걸로 때울 생각 하지 말라는 의미…?"

농담처럼 던진 말에도 반응 없던 이은원은 포기한 내가 오렌지주스를 옆으로 치워 버려야 하나 고민하기 시작한 후에야 입을 열었어.

"백이현. 너, 꽤 잘생겼어."

"네?"

"너도 익히 알고 있겠지만."

오렌지주스 하나 사 줬다고 이렇게까지?

난 좀 황송해서 고개를 조아렸지.

"…뭐, 누나가 그렇게 봐 주셨다니…."

"내가 그렇게 봐 준 게 아니라 객관적으로 그래. 타고나길 예쁜 이목구비가 아주 잘 자란 케이스야."

"아, 그랬구나. 내가 그런 케이스였구나…."

"성격도 뭐, 괜찮은 편이지. 적응력 좋아 보이고, 친구도 금방 사귀고. 10년쯤 이 학교에 다닌 사람 같아."

"…감사합니다…?"

내가 과분한 칭찬 세례에 얼떨떨해 있는 사이, 이은원은 갑자기 자학을 시작했어.

"나는 너랑 반대야. 딱 봐도 부적응자 같아. 친구도 없고."

"어… 제가 있잖아요…?"

"……."

이게 아닌가.

"음… 힘내요?"

이은원은 기가 찬다는 듯한 표정으로 말했어.

"네가 아까 그랬잖아."

"…제가 또 무슨 말을 했을까요."

"난 안 혼나고 넌 혼날 거 같다는 말, 심한 말이라며."

"아, 그거…."

"나쁜 뜻은 없었어."

"그러니까 지금 누나가 하려는 말은…."

"아까, 너 욕한 거 아니라고."

이은원은 오렌지주스에 거침없이 빨대를 꽂아 한 입 쭉 빨아 마시고는 말했어.

"나도 이거 좋아해. 잘 마실게."

그 샐쭉한 얼굴이 어찌나 귀엽던지. 나도 모르게 웃음이 터져 나왔어. 실컷 성낸 주제에 간식은 잘도 받아 챙기는 우리 할아버지네 고양이 같아서.

걘 또 얼굴에다 분필로 크게 '왜 웃어? 비웃냐?'라고 써 놓고선 나를 쳐다보더라. 어쩌겠어. 얼른 변명해야지.

"아, 그냥 좋아서요. 좋아서 웃었어요."

"뭐가 좋아. 너 잘생겼다는 게?"

"아뇨. 그냥…."

"그냥?"

"그냥요, 누나 진짜 좋은 사람이다 싶어서."

이은원은 뭐가 또 못마땅했는지 고개를 돌려 버리더라.

아마, 그때였던 것 같아.

이은원 머리에 붙어 있던 분홍색 풍선껌.

그게 처음보다 훨씬 더 커다래졌다는 걸 내가 눈치챘던 건, 그래. 바로 그 순간이었지.

첫날부터, 자꾸 눈에 밟히긴 했어. 머리에 뭐 저런 걸 붙이고 다

나나 싶어서.

별생각을 다 했지. 좀 이상한 앤가? 아닌데. 멀쩡해 보이는데. 저러고 다니니까 애들한테 얕보이는 거 아닌가? 혹시 머리를 잘 안 감아서 저기 저런 거 붙은 것도 모르나? 그럼 내가 한번 얘기해 볼까? '너 머리에 껌 붙음'이라는 말은 어떻게 해야 실례가 안 되게 전달할 수 있는 거지?

그런데 며칠 더 보다 보니 바로 알겠더라고. 이은원 걔, 엄청 깔끔한 성격이야. 책상 위도 늘 정돈되어 있고, 옷매무새도 흐트러짐 하나 없어. 그런 애가 머리 위에 며칠씩 풍선껌을 붙이고 다닐 린 없지.

누가 쟤 괴롭히려고 붙여 놓은 거란 의심도 해 봤는데, 다행히 그런 건 아니었어. 옆자리로 옮기고 나서야 자세히 보니까 그거 그냥 머리핀이었더라고.

처음엔 새끼손톱만 한 것이 누가 동그랗게 붙어 놓은 상태에서 톡 떼다 머리에 붙인 풍선껌 같더니만, 그새 더 큰 걸로 바꿔 달았나 봐. 이젠 자두 맛 사탕처럼 반들반들해져서 한결 평범해 보였어.

그때쯤부터였던가. 다른 여자애들도 그 비슷한 걸 하나씩 달고 다니기 시작했어. 우리 반뿐이 아니라 다른 반 애들, 가끔 우리 반에 들르는 한 학년 위 여자 선배들, 내가 좀 좋아하는 선생님들, 그나마 친하게 지내는 주변 남자애들 몇까지.

재밌었어. 나 빼곤 우리 반 모두와 말 한마디 안 섞는 이은원이 유행의 선두 주자라는 게.

언제더라. 반장도 머리 위에 작은 걸 달고 왔길래 한번 물어본 적도 있어.

"그거 대체 어디서 사는 거야?"

"응? 뭐?"

"너 머리 위에 그거."

"머리 위?"

"응. 근데 너 알지. 그거 이은원이 제일 먼저 했다?"

반장은 "뭐라는 거야…" 하고 그냥 가 버리더라고.

내가 너무 우쭐해서 말했나? 뭐, 사실 이게 내가 뿌듯해할 일은 아니긴 하지. 남이 머리에 달고 다니는 걸 가지고 가타부타 말을 얹는 것같이 들렸으려나.

난 약간의 반성을 한 후, 앞으론 타인의 머리 위 사정엔 상관하지 말자고 다짐했어. 하지만, 그렇다고 내가 눈을 감고 다닌 건 아니란 말야.

오렌지주스를 쪽쪽 빨아 먹는 이은원의 머리 위엔 파티용 풍선만 한 분홍색 동그라미가 매달려 있었어. 계속 옆자리에 앉아서, 아까 전엔 프린트를 두고 실랑이까지 했는데 내가 저걸 못 봤다고?

저게… 아침부터 저랬던가?

아니, 원래 저런 색이었나? 뭔가 달라진 것 같은데.

연한 체리빛 표면 안에 연청빛이 어룽지고 있었어. 그 안에서 꿀처럼 끈덕진 무언가가 위태롭게 일렁였지. 창밖에서 불어온 바람 따라 살랑살랑 흔들리는 모습은 꼭 살아 있는 생명체처럼 보였지.

아름답다고 생각했던 것 같아. 그래서 반사적으로 팔이 나간 거겠지. 타이밍 좋게 이은원이 고개를 돌렸고, 긴 머리칼이 내 손가락 사이로 감겨 들어왔어. 멈출 새도, 말릴 새도 없이.

"너… 뭐 하냐?"

이은원이 황당하단 듯 물었어. 그제야 지금 내가 얼마나 이상해 보일지를 깨달았고.

"음, 그러니까… 이게요…."

미안하단 말부터 해야 한다는 걸 알면서도, 입이 떨어지지 않았어. 나도 당황한 거지.

스스로를 신중한 타입이라 자부하고 살아오진 않았어도, 이런 식으로 앞뒤 없이 손부터 뻗는 사람은 아니라 믿어 왔어. 내 팔은 몇 초 전에 그 믿음을 배반했고.

그건 꼭 내 통제 밖의 움직임처럼 여겨졌어. 내 의지가 관여할 새도 없이 몸이 제멋대로 움직인 듯한 느낌, 그다지 유쾌한 감각은 아니었지. 잔뜩 일그러진 표정으로 대답을 못 하는 나를 보며 이은원이 눈썹을 찌푸렸어.

"내 머리카락, 거슬려?"

"…네?"

"긴 머리가 좀 그렇지. 불편하면 말해. 묶을 테니까."

쟨 애가 뭐 저렇게 착해 빠진 건지. 허락 없이 남의 머리에 손대냐고 화를 내야 하는 상황에.

"아뇨. 그런 게 아니라 그냥……."

어쩌다 내가 쟤 같은 애를

"그냥, 뭐? 괜찮아. 말해. 바람 이렇게 부는 날엔 긴 머리가 좀 거슬릴 수 있지. 공부하는 데 시야 방해도 되고."

"저, 공부 안 하는데…."

이은원이 피식 웃었어.

"그럼 뭐, 자는 데 방해됐어?"

걘 고맙게도 조금 전 내가 자행한 이상한 짓거리에 대한 변명을 떠먹여 주고 있었어. 나는 그냥 고개만 끄덕이면 되는 상황이었지.

근데 어떻게 그렇게 해. 저 착한 애한테 대체 누가 '응 네 머리카락 엄청 방해됐다' 같은 말을 할 수 있겠냐고.

"그게… 실은요, 누나."

몰랐는데 제가 변태였나 봅니다. 그런데 누나 머리 위의 그 이상한 건 뭘까요. 솔직히 거슬린다면 머리카락이 아니라 그쪽이 몹시 거슬리긴 하는데….

…라고 말할 수는 없었던 나는 하는 수 없이 진실의 반만 드러내기로 했어.

"누나 머릿결이 진짜 좋아 보여서. 그래서 그랬나 봐요. 저도 모르게 손이."

"…어?"

입 밖으로 내뱉으니 이쪽도 만만찮게 이상하게 들렸지만.

"죄송합니다…. 제가… 왜 그랬을까요."

"뭐, 네가 이상하게 군 게 하루이틀 일은 아니니까."

어쩐지 더 부끄러워진 나는 어색한 농담을 마구 던졌어.

"누나, 저도 머리 좀 길러 볼까요?"

"뭐, 넌 그것도 어울릴 것도 같긴 한데…. 음, 좀 더 생각해 보고 말해 줘도 돼?"

"그럼요. 졸업할 때까지 생각하고 말해 줘도 돼요."

"시간 참 넉넉하게도 주네."

"그렇죠. 뭐든 넉넉한 게 좋으니까. 머리숱도 시간도. 아, 근데 누난 머리숱도 많은데 어떻게 잔머리 하나 없이 차분해요. 이렇게 길게 길렀는데."

"…자주 빗어서 그런가 보지."

"머리도 되게 새카맣고. 아, 저는 이거 염색한 거 아니고 자연 갈색이거든요. 어려서부터 머리 노랗다고 애들이 뭐라 그랬는데. 외국 사람 같다고."

"아냐, 너 머리 예뻐. 반짝반짝 빛나."

저런 말은 또 왜 저렇게나 진지한 눈으로 하는지.

"아뇨. 누나가 훨씬 예뻐요. 이렇게 새카만 머리카락, 잘 없잖아요. 저 어렸을 때도 한번 이런 머리카락 본 적 있는데, 햇빛 비쳐도 먹처럼 까매 보이는 거 보고 진짜 예쁘다고 생각했었거든요. 그게, 언제였더라……. 왜 생각이 안 나지. 그때 그게 되게 부러웠고, 그래서……."

부러워서, 나도 모르게 날리는 머리카락을 손으로 잡아 본 것 같다, 지금 생각해 보면 그렇다, 나도 내가 왜 그랬나 모르겠다, 기분 나빴을 텐데 다시는 안 그러겠다, 미안하다고 제대로 사과를 했어.

이은원이 그냥 넘어갔다고 해서, 내 잘못이 잘못이 아니게 되는 건 아니니까. 걘 또 아무렇잖은 듯 순한 얼굴로 답하더라.

"괜찮아. 기분 안 나빴어."

이상하지. 그 말을 듣는데 다행이란 생각보다 화가 먼저 나는 거야. 아무나 막 자기 머리 만져도 괜찮다 할 건가, 사람이 퍼스널 스페이스라는 걸 지키고 살아야 하는 건데, 앤 벽이란 벽은 다 세우고 살면서 그런 것도 모르나.

"이거, 기분 나빠야 하는 게 맞는데요."

그 기분 나쁜 짓을 한 장본인이면서. 뭐가 잘났다고 그런 말을 한 건지.

"…응?"

이은원, 걘 똑똑해서 그 아이러니도 바로 눈치챘을 텐데.

"누가 허락도 없이 머리 만지는 거, 그거 괜찮은 일 아니라고요. 아무나 막 누나 머리 만지고 그러면 안 되는 거잖아요."

그런데도 비꼬는 대신 이렇게 말하더라고.

"아무나 아니잖아."

"…네?"

"백이현, 넌 아무나 아니라고."

"…어, 누나. 그렇긴 한데요. 만약에요. 만약에 다른 사람이…."

"만약에 다른 사람이 그러면 화낼게."

"……."

"됐지?"

"어, 네. 된 것 같습니다. 아, 근데 누나."

"왜, 또."

"저는 아무나… 아니면 뭐예요?"

"음, 좀… 이상한 애? 아니다. '좀' 말고 많이 이상한 애."

살짝 올라가 있는 눈꼬리, 그래서 다들 차가워 보인다고 말하는 커다란 눈동자 안에 장난기가 가득 어려 있었어. 대체로 단호하게 다물려 있던 입술은 하트 모양으로 벌어졌지. 맞아. 이은원, 그 애가 웃었어.

아주 근사한 미소였어. 영화 속에서 볼 수 있는 그런 얼굴. 왜, 그런 거 있잖아. 남자 주인공이 씩 웃는 순간, 주변의 공기가 달라지고, 어딘가에서 누가 틀었는지 모를 노래가 흐르고 여자 주인공의 눈빛도 완전히 변하는.

아마 내겐 그 순간이 그런 장면이었나 봐. 로맨틱 코미디 영화 속의 여자 주인공처럼 나는 환한 웃음의 위력에 맥을 못 추고 넘어가 버린 거지.

프린트 빌려주면서 공리주의를 이유로 대는 별난 애. 그 밑엔 작은 글씨로 '최대 다수 최대 행복'이라고 적어 두며 나를 순 바보 취급 하는 애. 실은 엄청나게 친절하면서 본색을 들키면 살해라도 당할 것처럼 순진한 미소를 꽁꽁 숨겨 두고 사는, 수상하기 짝이 없는 이은원에게 말야.

뭐, 다 이제 와서 하는 이야기야. 그 당시에는 머릿속에 자동으로 재생되고 있는 배경 음악이 묘하게 웨딩 마치와 비슷하다는 것도 눈치채지 못한 채, 멍하니 이은원 얼굴만 쳐다보고 있었지. 이런 소리를 들을 때까지 말야.

"백이현? 너 왜 그러는데?"

"…네?"

"무슨 할 말이 있어서 그렇게 보냐고."

"그게… 그러니까…."

지금 잠깐 무언가에 홀린 듯한 느낌이 들어서 정신이 아득해졌고, 머릿속에서 되게 유명한 곡의 중심 멜로디가 반복 재생 중이라서요.

…라고 말할 수는 없었던 나는 우물쭈물하며 아무렇게나 내뱉을 말을 찾았지.

"제가 왜 누나를 계속 쳐다봤냐면, 그게… 그, 궁금한 게 하나 있어서 그랬던 것 같기도 한 것 같은데요…."

"궁금한 게 있다는 거야, 없다는 거야?"

"있죠, 아, 있어요. 그러니까요. 누나… 머리…."

"머리?"

생각해 내라. 저 엄청나게 커다란 풍선 언급해서 반장한테처럼 싸늘한 시선 받는 대신, 뭐라도 생각해 내라. 머리, 머리….

"머리에… 샴푸 뭐 쓰세요?"

"…샴푸는 왜?"

"아, 저 샴푸 바꿀 때가 되어서 고민 중이라… 거의… 그… 일주일째 고민 중이거든요."

"…넌 참, 고민할 것도 많다."

이은원은 또 혀를 끌끌 차며 중얼거렸어. '진짜 이상한 애야'라고. 지금 머리에 진짜 이상한 거 달고 다니는 게 누군데.

속으로만 투덜거리는 사이, 하루는 빠르게도 흘러갔어. 풍선껌은 어쨌냐고? 뭐, 자꾸 보니 정이 든 건지 그것도 그렇게까지 괴상해 보이진 않더라. 좀 귀엽기까지 하던데?

곧 다른 애들이 쟬 따라 저만한 걸 머리 위에 달고 올 일이 살짝 기대도 되더라니까.

종례가 끝난 후 야무지게 짐을 싸는 이은원 앞에서 실실 쪼개던 나는 몇 번 더 '이상한 놈' 소리를 들었고, 뭐 이상한 놈이긴 하지만 '아무나'는 아니란 걸 인증받은 김에 공손히 인사도 했지.

"이은원 누나, 살펴 가세요."

이은원이 홱 돌아서서 참새 같은 얼굴로 날 보더라고.

"야, 백이현."

"네, 누나."

"너… 그거 좀 하지 마."

"제가 또 무슨 짓을 했을까요."

"그거, 그 이상한 존댓말. 하지 말고 말 좀 편하게 하라고."

"…그래도 돼요?"

"어, '요'는 빼."

나는 호부호형을 허락받은 홍길동의 심정이 되어 활짝 웃었어.

"그럼, 은원아. 내일 보자?"

"백이현."

"응?"

"누나라고는 해야지."

"넵…."

그날은 그렇게 싱겁게 끝났어.

모든 문제는 바로 그다음 날부터 일어났지. 이은원이 머리에 붙은 그 수상한 동그라미를 수박만 한 걸로 갈아 끼우고 왔거든.

사슴같이 가느다란 모가지로 저 큰 걸 어떻게 버텨 내고 있는 건지, 애가 저 꼴을 하고 왔는데도 왜 걱정하는 사람 하나 없는 건지.

1교시 내내 고뇌하던 나는 쉬는 시간 종이 울리자마자 무슨 일인지 물어볼 작정으로 입을 열었지만, 실패했어. 이은원이 나보다 한발 빨랐거든.

"백이현, 너 무슨 일 있어?"

"…저요? 제가요?"

"그래, 너. 표정이 왜 그래?"

그 소리를 들은 앞자리에 앉은 반장이 뒤돌아 끼어들었어.

"그러게. 이현이 너, 아까부터 이상하더라."

"내가…? 이은원 누나 말고 나?"

"그래, 너. 아까부터 자꾸 은원 언니 뒤에 허공만 쳐다보면서 멍때리고, 그러다 한숨 푹 쉬고 그러잖아. 무슨 고민이라도 있는 거야?"

허공?

이은원의 머리 위를 허공이라고 말한다면, 그래, 내가 허공만 본 게 맞긴 한데… 그, 허공이란 건 비어 있는 거 말하는 거 아닌가? 저기 뭐가 있는 걸 보는데도 허공을 본다고 말하나?

 내가 이 정리 안 되는 상황을 겨우 이해하고 있는 사이, 이은원이 조금 굳은 얼굴로 되물었어.

 "백이현, 너 어디 안 좋아?"

 "어, 그건 아닌 것 같은데…."

 차가운 손이 내 이마를 짚어 왔어. 순간 얼굴에 훅 열이 올랐지.

 "아픈 거 맞네. 넌 몸 안 좋으면 집에 있지 왜 학교 나왔냐. 공부도 안 하면서."

 세상에서 제일 이상한 걸 머리에 달고 있는 주제에, 이은원은 한심한 듯 혀를 차며 나를 바라보았지.

 그래, 바보처럼 그 지경이 되어서야 깨달은 거야. 일이 뭔가 이상하게 돌아가고 있었어.

2. 나도 알고 있음

아, 그거.

응, 나도 보여.

맞아, 보통 머리 위에 붙어 있지.

뭐, 적응하면 괜찮아. 누가 나 좋아하는 게 눈에 보이는 거, 가끔은 유용하거든.

응? 갑자기 무슨 풍선껌 얘기야.

분홍색? 그건… 정말 백이현답네. 걘 뭐든 자기 식대로 만들어 버려. 그게 웃겨. 어이없고, 귀엽지. 그래서 자꾸 보게 돼.

언제부터 좋아했냐고? 그걸 내가 어떻게 알아. 어쩌다 내가 저런 앨 좋아하게 됐는지도 모르겠는 판에.

어쨌든 확실한 건 처음부터는 아니란 거야. 그때, 걘 진짜 한심한 꼬맹이였으니까.

그러니까 그게 내가 열한 살 때였나? 개인 레슨 시작하고 얼마 안 되었을 때니까 아마 그럴 거야.

우리가 알던 사이였던 건 아니고, 오가다가 얼굴만 몇 번 봤어. 얼굴보다 이름을 먼저 들었고. 걔, 유명했거든.

백이현. 피아노 신동. 콩쿠르 기계.

쟤네 아빠가 그 '백선오'고, 엄마가 그 '서하진'이란다.

그런데 백선오랑 서하진 이혼하지 않았냐, 쟨 왜 아빠 따라 독일에 안 있고 한국 들어왔냐, 연주자 커리어는 백선오가 낫지 않냐.

그러니까 엄마랑 사는 거다, 백선오 지금 제일 잘나가는 연주자인데 애 볼 시간이 어딨겠냐, 서하진이 지난번 쇼팽 콩쿨 우승자 가르쳤다더라, 서하진이 백선오보다 낫다, 자기 자식을 어떻게 가르치냐, 그래서 여기 다니는 거 아니겠느냐, 그런데 서하진 아주 애를 무섭게 잡더라…….

다 한 귀로 듣고 한 귀로 흘렸지. 난 바이올린, 걘 피아노. 종목도 다르고 나보다 한 학년 아래고, 그런 유명 인사께서 내 반주까지 맡아 줄 일도 없겠다 싶어서 관심도 두지 않았어. 걜 직접 보기 전까지는.

난 개처럼 생긴 앨 처음 봤어.

꿈에 그리던 이상형? 그럴 리가. 난 그렇게 예쁜 얼굴은 꿈에서도 그려 본 적 없어.

그 앨 그리려면 보통 때랑은 좀 다른 물감이 필요할 거야. 색이 연한 머리카락. 뽀얀 뺨, 외국 애처럼 잿빛이 살짝 도는 눈동자.

온통 검고 하얀 피아노 앞에 서 있으면 유독 튀었지. 그 커다란 악기의 색을 자기가 혼자 다 집어삼켜서 걔가 서 있는 데만 움푹, 바닥이 파인 거 같은 느낌이 들었다고 해야 하나. 세상엔 그런 사람이 있더라. 가만히 서 있기만 해도 자꾸만 눈길이 가는 사람.

그날은 더했어. 그렇게 생긴 애가 엉엉 울고 있었으니. 레슨 대기실에 들어가자마자 잠깐 고민했던 기억이 나.

그냥, 문 닫고 집에 가 버릴까.

그때 마침 늦여름 소나기가 퍼붓지만 않았어도 진짜 그렇게 했을지도 몰라.

레슨 대기실엔 우리 둘뿐이었어. 백이현, 걘 저 혼자 있다고 맘놓고 울어 버린 게 분명했지. 날 보자마자 하얀 얼굴을 손으로 마구 훔쳐서 어떻게든 제 눈물을 수습해 보려고 했으니 말야.

그때 우리가 어리긴 했지만, 창피함도 모르고 아무 데서나 울어 젖힐 나이는 아니었거든. 들킨 것도 민망할 텐데 모른 척해 주자 싶었어. 그런데 백이현 걘 우는 걸 감출 생각이 아예 없던데?

가만 보니 부끄러워서라기보단 우는 소리가 내 귀에 거슬릴까 봐 눈치 보는 거더라고. 끅끅대며 소리 좀 덜 내 보겠다고 애쓰는 모습이 어찌나 불쌍해 보이던지.

속 편히 울어라 말해 주고 싶었지만, 아는 사이도 아니면서 갑자기 그런 말 건네긴 뭣했어. 그래서 일단 옆에 가서 앉았지.

걘 흠칫 놀라더니, 눈물범벅이 된 뺨을 마구 문질러 닦더라. 무슨 큰 잘못이라도 저지르다 들킨 아이처럼.

난 테이블 위, 조그만 바구니 안에 있는 사탕 하나를 건넸어.

"이거 먹을래?"

하고 물었지.

속눈썹에 눈물을 대롱대롱 매단 채로 나를 올려다보는 얼굴이 너무 예뻐서 한참 넋을 잃고 쳐다봤던 게 기억나. 그러는 사이 걘 냉큼 사탕을 가져가서 입에 쏙 넣고는 고개를 꾸벅했어. 언제 울었냐는 듯 배시시 웃으면서.

한참을 별말 않고 사탕만 쪽쪽 빨아 먹길래 이제 좀 진정이 되었나 싶어 자리를 옮기려 했어. 공교롭게도 그 타이밍에 백이현의 입이 터졌지.

"저기, 내가 왜 울었냐면은……."

나, 사실 그전에 선생님들이 백이현 얘기하는 거 몇 번 들었거든. 애가 외국에서 오래 살아서 한국말이 서툴다더라, 그래서 그런지 요즘 애 같지 않게 말수가 적다, 자기 얘길 통 안 한다, 뭐 그런 이야기들.

그거 순 거짓말이었더라고. 백이현, 그날 말 못 해서 죽은 귀신이라도 붙은 것처럼 떠들던걸? 이따금 알맞은 단어를 찾느라 머뭇거렸고, 조사를 다 생략하며 말했지만. 그래도 음악하는 애라 귀가 좋아서 그런지 발음만은 완벽했어. 종알종알, 잘도 떠들어 댔지. 자기가 왜 그렇게 크게 울었는지, 뭐가 그리 서러웠는지 같은 것들을 줄 줄이.

엄마가 너무하대. 그냥 하는 말이 아니라 정말 무섭대. 피아노 못 치면 혼내고 때리고 그러는데, 자기가 못하려고 못하는 것도 아닌 데 그걸 알아주질 않는대.

가방에 쓰여 있는 몇 학년 몇 반, 하는 글자를 보고 내가 한 살 위라는 걸 알았는지 꼬박꼬박 '누나' 소리를 붙이는 게 기특했어. 긴 속눈썹 아래 눈동자가 영 맹해 보이더니만, 의외로 그런 쪽으론 눈치가 빠른 게 좀 귀엽더라고.

귀엽긴 귀여운데, 참 배부른 소리를 한다 싶었고.

예체능이 원래 그래. 무서운 선생님은 쌔고 쌨어. 게다가 백이현 엄마면 서하진이잖아. 자기 애 가르치는 것처럼 힘든 게 없다던 어른들 말대로, 아들 가르치려니 더 엄하게 대했을 수도 있겠다 싶었지.

―진짜 우리 엄마 같은 사람은 없을 거야.

―그렇지. 모든 사람은 세상에 유일하지.

―무슨 말 하는 거야. 나 그냥 우리 엄마 욕하는 건데. 누나네 엄 마는 우리 엄마처럼 이러지 않으니까 모르지?

―응?

―누나네 엄마도 우리 엄마처럼 맨날 막 따라다니지 않을 거 아냐.

―뭐, 그렇긴 하지.

―좋겠다. 진짜 부러워.

대충 맞장구를 치고 넘어가지 못한 걸 보면 내가 그때 어리긴 했나 봐.

―난 네가 부러운데. 좋아 보이고.

―좋아? 뭐가?

―맨날 레슨 따라오는 엄마가 있는 거.

일부러 딱 거기까지만 말하고 잘랐어. 경험상 알았거든. 내가 이런 말을 하면 다들 입을 다문다는 거. 이런 분위기는 원래 애들이 더 잘 읽어.

―그게 뭐가 좋은데?

…물론, 백이현 같은 예외도 있긴 하지. 아주아주 드물어서 여태까지 걔 말고는 한 번도 못 봤지만. 내가 벙쪄서 대답을 못 하고 있자, 백이현이 말을 이었어.

―누나 내 말 잘 이해 못 하는 것 같아. 우리 엄마, 따라와서 간식 주는 거 아니고 그냥 옆에 있고, 잘하나 못하나 보고 집에 가서 막 혼내. 진짜 하나도 안 좋아.

―다 이해했어. 난 그것도 부럽단 말이었고.

유치하기 짝이 없는 대답을 내놓았건만, 그놈의 '왜'는 멈추질 않았어. 눈치란 눈치는 죄다 콩쿠르 나가서 팔아먹고 온 건지. 가방 보고 내가 누나라고 알아차린 건 그냥 요행이었나 봐.

―누나 막 혼나는 거 좋아하고 그런 편이야?

―그런 사람이 어딨어.

―그럼 왜 부럽다고 말해? 엄마가 따라다니고 혼내는데.

―어쨌든 매일 엄마 얼굴 볼 수 있는 거잖아.

―그건, 안 따라다녀도 집에 가면 다 봐.

―난 안 그래.

걘 그제야 감 잡았다는 듯, 고개를 끄덕였어.

―아, 이해했어. 나도 아빠 매일 못 봐. 엄청 바쁘거든. 어렸을 땐 많이 봤는데. 누나네 엄마도 많이 바빠?

―몰라.

―아… 알겠다. 아, 아냐.

백이현은 납득했다는 듯이 입을 벌렸다가, 속마음이 튀어나오는 걸 막으려는 듯, 입술을 꾹 깨물었어.

―왜. 뭐가 아냐.

―아냐. 이건 말하면 안 되는 거야.

―뭔데?

―…누나, 똑똑해 보였는데 말하다 보니 안 똑똑한 것 같다고 생각했어… 미안해. 근데 엄마 바쁜 것도 모르면 똑똑한 건 아니야.

아마 그때가 내 인생 최초로 헛웃음을 친 순간이었을 거야.

―아니, 나 몰랐는데 너랑 말하다 보니까 내가 꽤 똑똑한 편이구나 확신이 생기네.

―음, 말이 안 돼. 똑똑한데 왜 엄마 바쁜지도 몰라? 아, 누나 엄마 바쁜 거랑 안 바쁜 거 사이야? 애매해?

또박또박 던지는 물음 속, 묘하게 어색한 단어가 좀 우스웠어. 그래서였을까. 꼬치꼬치 캐묻는 질문들이 하나도 기분 나쁘지 않았지.

―그야, 난 엄마랑 따로 사니까.

―아, 나도 아빠랑 따로 사는데. 엄마랑만 살아. 누나는 아빠랑 사는구나.

―아니, 아빠는 없어.

걘 뭔가 대단한 걸 깨달은 사람처럼 감탄사를 내뱉더라.

―우와, 그럼 누나 혼자 사는구나?

―나, 초등학생이거든?

―아, 진짜? 나도 초등학생이야.

―······그게 아니라, 초등학생이 혼자 살겠냐고.

―그럼 누나 할머니 할아버지랑 살아? 나도 2학년 때 그랬는데.

―아니, 그냥··· 일하는 이모랑 살아.

―일하는 이모는······ 이모인데 일을 많이 해서 그렇게 부르는 거야?

서글서글한 눈동자 안에 왜 이 누나가 이렇게 이상한 말을 할까 궁금해 죽겠다는 속내가 다 비쳐 보였어. 내가 무슨 대답을 해도 '아, 그렇구나' 하고 다음 질문으로 넘어가는 게 어쩐지 산뜻하게 느껴졌지. 조금 더 관대한 맘이 된 난 천천히 설명까지 덧붙였어.

―아니, 일하는 이모라는 건 그냥, 사실은 이모가 아니라 엄마가 돈 주고 쓰는 사람인데, 이모라고 부르는 거야. 그 이모가 집에 같이 살면서 밥도 챙겨 주고 용돈도 주고 그래. 그게 그 이모 일이야.

―우와, 진짜 이모도 아닌데 용돈도 줘?

―엄마가 주는 거지. 일주일에 한 번씩 오거든. 냉장고도 채워

주고, 이모 돈도 주고.

―그럼 엄마 보는 거 맞네. 나는 아빠랑 한 달에 한 번도 못 보는데 누나는 일주일에 한 번은 얼굴 보는 거잖아.

―아니, 그때도 안 봐.

―왜?

―그냥.

―세상에 그냥은 없어. 다 이유가 있어.

저 바보 꼬맹이 입에서 나온 거치곤 꽤 예리한 말이었지. 나는 잠깐 머뭇거리다 솔직하게 털어놓기로 마음먹었어.

―이유가 있긴 하겠지. 근데 난 몰라. 그냥, 그냥 못 봐. 엄마가 오기 전에 난 방에 들어가 있어야 해. 문도 다 걸어 잠그고.

걔가 그때 뭐라고 답했는지 알아?

―와, 진짜 멋있다….

잔뜩 들뜬 얼굴로 그러더라니까?

―대체 어디가?

―뭔가, 비밀이 있는 거잖아. 그럼 누나, 레슨은 어떻게 와? 이모가 데려다줘?

―아니, 혼자 오는데.

―셔틀버스 같은 거 타고?

―그거 없어졌어. 그냥 혼자 버스 타. 전철 타고 내려서 걸어올 때도 있고.

―전철 혼자 타? 몇 살 때부터?

그런 게 멋있어 보일 나이였던 거지.

더 우스운 건 전철도 혼자 타 본 적 없는 꼬마애가 경제관념은 있었다는 거야. 내가 우리 엄마는 아마 내가 여기서 뭘 어떻게 배우는지도 잘 모를 거라고 했더니, 걔가 다짜고짜 그러더라.

―무슨 사연이 있나 보다.

―사연?

―응. 완전 확신해.

―뭘 또 확신까지 하는데.

―아니 들어 봐, 누나. 여기 레슨비, 아주 비싸.

―그건 또 어디서 들었어?

―엄마가 맨날 말해. 돈 들여서 레슨 보내 주는 것도 다 사랑해서 그러는 거라고. 그러니까 잘하라고.

―어…….

―누나 엄마도 누나 사랑하는 거지. 돈 들여서 레슨 보내 주니까. 그런데 사랑하는 사이끼리 얼굴 안 보는 건….

―사연이 있어서 그러는 거라고?

―응, 확신해. 누나 엄마 막 그런 거 같아. 영화에 나오는 요원 같은 거. 얼굴도 아무도 몰라. 이름도 비밀이야. 무슨 말인 줄 알지? 누나 혹시 그거 봤어? 나 지난번에 할아버지랑 같이 본 영화인데…….

'확신'이라는 말을 어제 막 배운 듯한 이 말 많은 꼬마애의 수다는 쉼 없이 계속됐다. 백이현의 머릿속에서 우리 엄마는 외계인이었다가, 살인 면허를 따서 국가의 막중한 임무를 수행하다, 국민 전체가 80명 정도밖에 안 되는 지구 반대편 어느 나라의 납치당한 공주였다가 했지.

물론 난 그 황당무계한 상상에 동참할 맘은 없었어. 하지만 걔가 떠드는 말을 듣고 있자니, 머릿속에 새로운 생각들이 싹트기 시작하는 거야.

어쩌면 저 울보 꼬마의 말대로 우리 엄마한테 무슨 비밀이 있을지도 모르겠다, 내가 미워서 그러는 게 아니라 피치 못할 사정 때문에 우리가 이렇게 사는 걸 수도 있겠다. 뭐, 그런 생각들.

사실 난 이미 오래전에 전혀 다른 쪽으로 결론 내려 둔 터였어. 일하는 이모나, 주변 어른들이 떠드는 뒷이야기, 그걸 주워듣고 눈치로 끼워 맞추면 대충 답이 나왔거든.

'애 아빠가 애도 낳기 전에 도망갔다더라. 쟤네 엄마 인생은 쟤 때문에 다 꼬였다. 그래도 책임감이 있어서 저렇게라도 키우는 거다.'

아, 불쌍한 우리 엄마한테는 내가 짐인데, 버릴 수는 없으니까 이렇게 사는 거구나.

그게 아닐 수도 있다는 희망을 품어 본 적은 없었어. 백이현의 말을 듣기 전까진. 기분 묘하더라. 나쁜 쪽은 아니고 좋은 쪽으로.

그래서 나도 받은 만큼 돌려주기로 했지. 그제서야 걜 좀 달래 줄 생각이 들었다는 거야. 백이현의 쉼 없던 수다가 잦아들 때쯤, 나는 운을 띄워 봤어.

―그럼 너네 엄마도 무슨 사연이 있어서 그런 거겠네. 봐, 일단 네 말대로 레슨비도 내 주시잖아. 그럼 널 아주 사랑하는 거지.

―그렇긴 한데⋯.

―그러니까 너무 속상해하지 마. 그렇게 울지 말고.

그런 낯간지러운 위로까지 해 준 보람도 없이, 걘 이런 말을 하더라니까?

―누나, 사랑이 늘 좋은 것만은 아니더라고.

―네 나이에 할 말은 아닌 것 같은데?

―진짜야. 사랑, 그거 조금만 하는 게 좋은 거 같아.

나는 혀를 차며 타일렀어.

―철없는 소리 한다.

―아니, 그러면 엄마도 속상 안 하잖아. 나 레슨 안 시켜 줘도 되니까 돈도 아끼고, 내가 피아노 잘 못 쳐서 울 일도 없어. 사랑 조금 하면 슬픈 것도 조금이고, 조금만 슬프면 때리지도 않고.

거기까지는 좋았어. 그때만 해도 친구들이 엄마에게 손바닥 한두 대 맞았단 얘길 예사로 듣던 때였으니 그것도 그런 흔한 훈육이겠거니 한 거지. 그런데 걔가 그 뒤에 중얼거리듯 한마디를 더 붙이는 거야.

―그럼 나도 맞다가 기절할 일도 없고.

―⋯너, 맞다가 기절한 적 있어?

저도 모르게 튀어나온 말이었는지, 백이현은 갑자기 입을 꾹 다물어 버리더라. 난 한 번 더 물었어.

―너네 엄마가 너⋯ 심하게 때려?

―심하게?

―많이? 자주? 세게?

―음…… 얼마큼 많이 말하는 건데?

―너 기절할 만큼 아프게 때리냐고. 방금 한 말, 진짜야?

―…….

저 말 많던 애가 갑자기 묵언 수행이라니. 난 조바심에 더듬거리며 되물었어.

―그러니까 내 말은…. 네가 거짓말한다고 생각해서 그러는 게 아니라, 혹시 내가 잘못 들었을까 봐 다시 한번 물어보는 거야.

―…….

―말해 봐, 나도 다 얘기했잖아. 너 우리가 여태까지 한 말 다른 애들한테 다 말하고 다닐 거야?

―…아니.

―그럼 나도 네가 지금부터 하는 말 다 비밀로 해 줄게.

―진짜?

―응. 너도 그런다며. 약속할게.

새끼손가락 걸고 약속하고, 도장에 사인까지 하고 나서야 그 애는 안심한 듯 입을 열어 이야기를 토해 냈어. 정말이지 숨김없이 모든 것들을.

제대로 칠 때까지 나오지 말라며 피아노 방에 갇혔던 날을 말하고는 백이현은 웃었어.

캄캄한 게 무섭다고 목이 쉬어라 울면서 문 두드리던 밤 이야기를 할 땐 농담처럼 덧붙였지.

―그래서, 나, 아직도 캄캄하고 좁은 데 싫어하잖아. 잘 때도 불 켜고 자.

자꾸 맘대로 치지 말고 악보대로 하라며 혼났던 날엔 제가 생각해도 엄마가 화날 만했대. 똑같은 말을 몇 번씩 하는데도 안 고쳐졌으니까. 그런데 자기도 엄마 말대로 해야지, 악보대로 쳐야지 하는데도 손가락이 자꾸만 멋대로 움직여서 억울하더라고, 억울한 마음 한편 엄마는 이런 사정도 모를 텐데 내가 미울 수밖에 없겠다 싶어서 속상했다고 그러더라. 엄마한테 너무 미안했다고.

피아노를 이렇게 치는 앤 밥 먹을 자격도 없다는 말을 들었을 때는 오히려 다행이라 생각했대. 야단맞고 나서 바로 밥 먹다 체하고 토한 적도 몇 번 있어서 이게 낫다 싶었다나.

―밥상에서 그랬으니 솔직히 맞아도 싸긴 했어. 나, 그때 토했던 거랑 밥 안 먹어도 된다고 한 거 되게 후회했다? 며칠 굶으니까 바로 배고파 죽겠더라.

이러니 엄마가 그렇게 화가 났지 싶어서 반성하는 마음이 들었는데, 아무리 반성해도 배고픔은 참아지질 않더래. 일주일 가까이 배를 곯다가 엄마가 잠깐 전화받고 있는 사이에 몰래 나와서 냉장고에서 뭘 꺼내려다 걸렸던 일을 생각하면 아직도 자기가 좀 한심스럽대. 당연히 걸릴 걸, 왜 그랬는지 모르겠다면서.

―그때 진짜 엄청 맞았어. 아, 맞다. 나 그날 다리 부러졌는데. 그거는 오히려 좋았어. 그때 엄마가 엄청 잘해 줬거든. 막 미안하다고 울고. 내가 잘못한 건데.

백이현은 자랑이라도 하듯 말했어.

콩쿠르에서 1등 못 하고 온 날, 네가 이렇게 된 건 다 엄마 탓이니 네가 엄마를 때리라며 빗자루를 쥐어 줘서 어떻게 해야 할지 몰라 가만히 있었던 때, 이런 것도 시키는 대로 못 하면 뭘 하겠냐면서 그 빗자루가 반으로 쪼개질 때까지 맞은 일, 맞다가 기절했더니 엄마가 깨워서는 밥 먹고 연습 가라고 했던 날, 몸에 힘이 들어가지 않아 일어서질 못했는데 그대로 목욕탕까지 질질 끌려가 찬물 세례를 맞은 일까지.

태연하게 늘어놓는 이야기가 하나같이 끔찍하기만 해서, 어떻게 반응해야 할지 알 수 없었어. 백이현은 내가 아무 말 않고 있는 게 제 말을 안 믿어 그러는 거라 생각했나 봐. 갑자기 셔츠를 걷어 올려 몸을 다 까 보이더라. 이거 봐, 거짓말 아니야. 다 진짜 맞지, 하면서.

마른 등허리를 타고 멍 자국이 무늬처럼 이어졌어. 바지를 걷어 붙이니, 더 볼만했지. 발목, 정강이, 무릎, 허벅지까지 성한 데가 한 군데도 없었어. 마주칠 때마다 애가 어쩜 저렇게 뽀얗고 하얀가 했는데 그 색을 보전하고 있는 건 얼굴, 목, 그리고 손뿐이었어.

뜨악해서 입도 다물지 못하고 있는 내 앞에서 백이현은 쑥스러운 듯 웃었어. 옷매무새를 단정히 고치며 아무렇잖게 말했지.

─어, 그래도 엄마가 얼굴은 이제 엄청 세게는 안 때려.

그렇겠지. 고막 터지면 안 되니까.

─아, 손이랑 팔도. 그게 내 귀한 재산이라 아껴야 한대.

그래, 피아노는 쳐야 하니까.

—봐, 내가 맞지.

—……

—그렇잖아. 사랑, 그거 안 하는 게 더 낫지?

그런 건 사랑이 아니라 아동 학대다, 경찰에 신고해라.

그렇게 말했어야 했는데.

그땐 나도 어린애라 아무것도 몰랐어. 내겐 뭐가 정상이고 뭐가 비정상인지를 가늠할 기준조차 없었지. 우리 집은 다른 집이랑은 늘 달랐으니까.

백선오, 서하진같이 대단한 사람들은 자기 아이를 이런 식으로 가르치나? 선생님들이 백이현보고 천재라고 하던데, 천재들은 이렇게 크는 건가? 레슨 대기실 책장에 꽂혀 있던 온갖 음악가들의 평전 속 일화들이 떠오르더라. 엄격했던 스승과의 고생담. 피나게 연습했던 거장들의 과거.

하지만 그 어떤 책에도 저렇게 맞았단 얘긴 쓰여 있지 않았는걸. 천재든 신동이든 피아노 하나 잘 쳐 보겠다고 일주일을 굶을 필요는 없는 거잖아. 세계적인 피아니스트라고 사람을 저렇게 때릴 자격이 생기는 건 아니잖아. 쟨, 나보다도 조그만 앤데. 저 말라빠진 애를 다리가 부러지도록 때렸다니.

나는 목소리를 낮추어 물었어.

—너, 이거 누가 또 알아?

—어? 아무도 모르는데?

갠 그게 뭐 좋은 일이라고 방긋방긋 웃으면서 누나한테만 이야기한 비밀이라고 했어. 도장이랑 사인하고 복사까지 한 거 기억 안 나냐고.

─아빠는? 아빠도 몰라? 너네 아빠도 너 때려?

─아, 아빠는…… 안 때리는데…. 근데….

─근데 뭐?

백이현은 대답 없이 손끝만 만지작거리며 내 시선을 피했어.

─말해 봐. 아빠도 모르는 거 맞지. 너 아빠한테는 왜 말 안 했어.

─아빠는…… 나 별로 사랑 안 해. 엄마가 확실히 나를 많이 사랑해. 그건 확신해.

그러면서 변명하듯 덧붙이는 거야. 그렇다고 아빠가 나쁜 사람인 건 아니라고, 그냥 많이 바빠서 그러는 거라고 말야.

아, 물론 서하진을 변호해 주는 것도 잊지 않았지. 엄마가 저를 참 많이 사랑하긴 한다고, 누나도 아까 그렇게 말하지 않았냐면서. 그러니까 이건 그냥 자기가 정신 좀 차리고 조금만 더 제대로 치면 되는 거래.

내가 진짜 어처구니가 없어서.

─아니, 여기서 어떻게 더 잘 쳐.

─열심히 하면 된대.

─너 그동안 열심히 안 했어?

─…했지.

―그래, 너 열심히 했고, 그래서 이미 잘 쳐. 너 진짜 엄청 잘 치잖아.

―누나가 그걸 어떻게 알아.

―저기 써 있으니까.

난 레슨 대기실 벽에 줄줄이 걸린 것들을 가리켰어. 콩쿠르 포스터, 입상자 명단.

―아, 저거.

―그래. 저거.

―누나 나 원래 알았구나?

―여기 다니는 애들 중 너 모르는 사람 없을걸.

―그럼 그것도 알겠네. 나 가끔 본선도 떨어져. 2등, 3등도 못 해. 그래서 혼나는 거야. 잘할 수 있는데 그런다고.

―너도 사람인데 가끔 떨어질 수도 있지.

―우리 엄마는 그렇게 생각 안 해.

―너네 엄마가 뭔데? 너네 엄마가 피아노 만들었어?

그런 사람도 엄마라고, 백이현은 입술을 삐죽였어.

―그건 아닌데, 우리 엄마 피아노 엄청 잘 치긴 해.

―근데 너 왜 엄마가 안 가르치고 여기 와서 배우는데? 여기 선생님들이 더 잘하는 거 아냐?

―그거는… 내가 모르지.

―야, 여기 레슨, 아무나 못 들어와. 너도 테스트 받고 들어왔잖아. 그럼 잘 치는 거지. 여기서 아니라고 말하면 너 나 욕하는 거야.

나 진짜 잘하거든. 너 지금 나 무시해?

기세로 밀어붙이면 한발 물러날 줄 알았건만, 백이현, 걔. 이상하게 말싸움엔 강해.

―누나는 잘하는데, 나는 못할 수도 있지.

―아니라고. 내가 잘하면 너도 잘하는 거야.

―누나는 나 치는 것도 못 들어 봤잖아.

―들어 봤어.

―거짓말.

―아니거든? 들어 봤거든?

―증거 있어?

그쯤 해서는 나도 약이 바싹 올랐지. 아니, 내가 뭐 없는 말 했어? 피아노 잘 친다고 칭찬 좀 해 주려는데 이렇게 바락바락 대들게 뭐야.

―…하. 야, 백이현. 넌 꼭 증거가 있어야 믿냐? 믿으라면 그냥 믿으면 되지.

―증거도 없이 누나를 어떻게 믿어?

―원래 믿음이란 게 그런 거야.

―원래 그런 게 어딨어.

―넌 진짜. 머리가 있으면 생각을 좀 해 봐라. 증거가 있어야 믿으면 그게 믿음이야? 그냥 아는 거지. 빤히 보이는 걸 바라는 거는 희망도 아니라는 말도 몰라? 원래 아무것도 없어도 믿는 게 믿음이고, 보이지 않는 걸 바라는 게 희망인 거야.

난 일하는 이모가 틀어 둔 종교 방송에서 주워들은 말을 생각나는 대로 내뱉었어. 백이현은 얼굴을 잔뜩 찌푸리고 말했지.

ㅡ너무 이상한 말 해서 무슨 뜻인지 이해 안 가.

ㅡ네가 멍청이라서 그래.

ㅡ나 멍청이 아닌데.

ㅡ맞아.

ㅡ그럼 멍청해서 피아노 못 치겠네. 내가 맞네.

ㅡ아니, 누가 그러는데 피아니스트로 성공하려면 지능 지수가 140 이상 아니면 110 이하여야 한대. 너는 후자인 거지.

ㅡ내가 왜 후자야. 누나 왜 그런 말 해? 그거 되게 나쁜 말 아니야?

얘 진짜 어디서 듣고 이런 이상한 얘길 하는 건지.

ㅡ넌 후자라는 말도 모르냐?

ㅡ내가 피아노 잘 치면 됐지 그런 것까지 알아야 해?

ㅡ오, 너 지금 인정했네. 너 피아노 잘 친다고.

ㅡ그래, 나 피아노 잘 쳐. 엄청 잘 치는 건 아니고 조금 잘 쳐. 그러니까 누나 나한테 졌어. 누나 지금 졌으면서 인정 안 하고 자꾸 이상한 말 한다.

얘 나보다 어리다.

얘 착한 애다.

얘 방금 전까지 울었다.

난 그런 말들을 속으로 중얼거리며 분을 삼켰어. 어쩌다 내가 저 꼬마한테 말려들어서 이러고 있는 건지. 이래서 사람들이 멍청이랑은 싸우면 안 된다고들 하나 봐. 천사같이 생긴 얼굴에 어떻게 그렇게 얄미운 혀가 붙었을까.

그래, 물론 내가 실제로 쟤 피아노 치는 걸 들은 적이 없긴 해. 그건 용케 맞혔어. 그치만 듣지 않아도 잘 치는 건 뻔하잖아. 아마 진짜로 들었어도 와, 잘 친다 했을걸?

생각이 거기까지 미쳤을 때, 불현듯 내 머릿속에 이 엉망진창의 논쟁을 끝낼 해결책이 떠올랐어.

―야, 멍청이.

―왜요. 멍청이한테 진 누나.

―그냥 한번 쳐 봐.

―응?

―네 피아노. 내가 들어서 잘 치는 거 안다는 말 안 믿는다며. 그럼 그냥 지금 쳐 보면 되잖아. 내가 들어 보고 말해 줄게.

백이현이 내 옆의 바이올린 케이스를 흘깃 쳐다봤어. 나는 얼른 으름장을 놓았지. 나 바이올린 말고 피아노도 잘 친다, 피아노를 너무 잘 쳐서 연습할 게 더 없을 정도라서 바이올린까지 하게 된 거다, 다룰 줄 아는 악기가 많은 사람이 원래 귀도 더 좋다, 내가 이 정도 되니까 무슨 사연 있는 우리 엄마가 여기 레슨비까지 내 주는 거 아니겠냐⋯⋯.

다행히 이번엔 별 반항 없이 납득한 거 같더라고. 어깨를 한 번 으쓱하곤 바로 자리에서 일어난 걸 보면 말야.

백이현은 레슨 대기실 한가운데에 놓인 그랜드 피아노 앞으로 성큼성큼 걸어가 앉더니, 바로 건반 위에 손을 올렸어. 젖은 속눈썹이 성가시게 느껴졌는지 눈을 몇 번 끔뻑여 물기를 털어 내고는 망설임 없이 연주를 시작했지.

라-시♭-미-솔-솔.
차례로 흘러나온 다섯 음이 맑은 소리를 내며 흩어졌어.
익숙한 시작부가 반가웠어.
로베르트 슈만의 아베그 변주곡 F 장조 Op. 1.
단순하게 시작해서는, 변주가 들어가자마자 난도가 훅 올라가는 곡이야. 까다로운 테크닉 익히기 좋아서 내 또래 애들이 많이 연습해. 콩쿠르용으로 준비하는 경우도 꽤 있고. 덕분에 수없이 들어 봤지.
그렇지만 그 곡이 그렇게도 들릴 수 있다는 건 그날 처음 알았어.
걔, 정말 제멋대로 치더라.
어설펐던 건 아냐. 그럴 리가 있나. 날 때부터 이 곡 하나만 연습해 온 사람 같았는걸. 실수가 많았다거나 기교가 부족하단 뜻으로 한 말도 아니야. 음, 이건 장담 못 하겠다. 사실 나, 그런 걸 신경 쓸 새가 없었어.
사람들이 대화를 나눌 때 상대가 문법을 제대로 지키고 문장을 잘 끝맺나 한번 지켜보잔 심산으로 팔짱 끼고 감시하진 않잖아. 그날 나도 그랬어. 백이현이 연주를 하는 대신 내게 말을 걸어왔거든.
그걸 '말'이라고 해도 되려나. 걔 자기 속을 다 까뒤집어 보여 주겠다는 듯 음을 밀어 냈어. 설렘과 불안, 기대와 좌절, 분노와 환희,

외로움, 슬픔, 다시 희망. 모든 감정이 너무 적나라하게 드러나 낯이 다 붉어져 왔지.

소나기 탓에 눅진해진 실내 공기 사이로 투명한 음들이 물방울처럼 천진하게 튕겨 올랐다가, 격정적으로 번져 갔어. 그 애의 슈만은 모두를 집어삼키는 너울이었어. 끝없이 침몰하는 함선이었지.

절정부가 끝나자 물결도 파도도 잠잠해진 수면 위로 연노란색 해가 빼꼼히 고개를 내밀었어. 변화무쌍하게 움직이던 음들이 마지막에서야 내 손을 잡고 말했어. 이 거지 같은 세상 속에서 무슨 말도 안 되는 일이 눈앞에 펼쳐져도, 이 빛만은 언제고 여기 있을 거라고.

끝 음의 여운이 사라지기도 전에 쪼르르 달려온 백이현은 천진한 얼굴로 내게 물었어.

―어땠어?

―나는, 이런 건 처음 들어 봐…….

―…아, 많이 이상했어?

―그게, 그런 게 아니라…….

―알아. 무슨 말인 줄. 아주 못 치는 건 아니라고? 근데 누나, 진짜 귀가 좋긴 한가 봐. 우리 엄마도 딱 그렇게 말했거든. 나처럼 이상하게 치는 사람 처음 본다고.

잔뜩 긴장했던 어깨가 풀어지고 피식 웃음이 새어 나왔어. 아까전에 백이현이 했던 말이 떠오르더라고. 손가락이 멋대로 움직여서 엄마에게 야단맞았다는 이야기 말야.

그래, 얜 서하진이 매서운 눈초리로 피아노 옆에 서 있어도 딱 지금처럼 쳤을 애야. 일단 건반 위에 두 손을 올린 이상, 음들이 원하는 대로 그 위를 내달리게 해 주지 않고는 배기지 못했겠지.

그런 식으로 칠 줄 아는 애라 콩쿠르에 나갈 때마다 별의별 찬사를 다 받은 거야. 그런 식으로 쳤으니 이따금 빈손으로 돌아왔던 거고.

심사 위원 중 몇몇은 백이현의 연주가 불쾌하다 느꼈을 거야. 서하진처럼 이상하다고 평하는 사람도 있겠지. 그러나 어떤 이들은 알아챌 거야. 자신이 세상에 몇 없는 아주 희귀하고 아름다운 장면을 목도했다는 사실을.

제가 얼마나 대단한 연주를 했는지도 알 턱이 없는 바보 꼬마는 여전히 기가 죽은 표정이었어. 사람한테도 꼬리가 달려 있다면 누가 봐도 움츠러든 게 눈에 보이도록 몸 쪽으로 잔뜩 말았겠지. 쫑긋 세운 귀가 달린 종이었다면 힘없이 축 처졌을 거야. 대놓고 풀 죽은 얼굴을 하고 있으니 놀리고 싶은 맘도 사라지더라.

─야, 백이현.

─응?

─네가 진짜 바보는 바본가 보다. 이렇게 잘 치면서 어떻게 자기가 잘 치는 줄도 모르냐.

─…어?

─미쳤나 봐. 어떻게 그렇게 치고 나서 괜찮았냐고 물어볼 생각을 하지. 미친 사람처럼 잘 쳤으면서. 너 아이큐 110 이하 맞는 거 같아. 자기가 천잰 줄도 모르는 거 보면.

걘 내가 한 말을 정리해 이해하는 데까지 과정이 좀 필요하다는 듯이 몇 초의 정지 상태를 거친 후, 이내 웃음을 터뜨렸어.

칭찬을 그렇게 하는 사람이 어딨냐면서.

그런 농담에 응해 줄 여유는 없었어. 얘한테 물어볼 게 너무 많았거든.

─너 할아버지 할머니 있다고 했나?

─어? 응. 할아버지만.

─친할아버지, 외할아버지? 그러니까 음… 엄마 쪽?

─나도 그거 알아. 우리 할아버지 친할아버지야. 외할머니랑 외할아버지는… 미국 살아.

─그럼, 친할아버지는? 친할아버지는 어디 사시는데?

─멀리 살아.

─얼마큼 멀어? 초등학생이 혼자 갈 수 있는 데야? 그러니까 나처럼, 전철 타면?

─그건 갑자기 왜? 누나 우리 할아버지 보러 가게? 혼자 전철 타고?

혼자 말고 같이 가서 할아버지에게 아까 그 이야기를 해 보자고, 내가 같이 있어 주겠다고, 나는 그런 말을 할 작정이었어.

대단한 계획을 세우고 꺼낸 말은 아니었어. 나도 서하진 모르게 어떻게 쟤랑 몰래 만날지, 저 바보가 거기 주소는 알지 모든 게 미지수였으니까.

─일단 말해 줘. 어딘데?

─어… 전철 말고 기차 타야 해. 한… 세 시간?

기차는 나도 아직 한 번도 타 본 적이 없었어. 혼자서라면 어떻게 잘 알아보고 해낼 수 있었겠지만, 백이현까지 데리고 어린애 둘이서 기차를 탄다면…. 섣불리 도전하기엔 위험 요소가 너무 많아 보였지. 난 어쩔 수 없이 방향을 선회하기로 했어.

―너희 아빠. 아빠는 언제 오셔?

―어… 다음 달에 오신다고 했는데…….

―다음 달 좋다. 일단 아빠한테 말해 보자. 말해 본 적 없잖아. 한 번만 해 보자.

백이현은 입을 꾹 다문 채 눈알만 데굴데굴 굴리다 더듬거리며 답했어.

―일단 내가 피아노를 더, 더 열심히 쳐 보려고. 내가 잘 치면….

―야, 여기서 어떻게 더 잘 쳐? 내 생각에 너는 세상에서 제일 피아노 잘 치는 사람이야.

―나 열 살인데. 열 살이 어떻게 세상에서 피아노를 제일 잘 쳐.

―그럼 너 세상에서 제일 피아노 잘 치는 열 살이야. 그리고 너희 엄마는 그런 앨 패는 미친 사람이고. 그거, 너네 아빠도 아셔야지.

백이현은 대답 대신 아랫입술을 꾹 깨물었어. 피가 맺힐 정도로 세게.

아차 싶었어. 이런 얘긴 조심해야 하는데. 내 또래 애들이 그래. 엄마 밉다 싫다 욕하다가도 옆에서 누가 같이 욕해 주면 발끈하곤 하지. 몇 번의 시행착오를 거쳐 가며 내 처지로는 도무지 이해가 되지 않는 그 심리를 겨우 파악했건만, 이런 실수를 해 버리다니. 나는 빠른 수습을 위해 입을 열었어.

—그… 그러니까 내가 너네 엄마가 미쳤다고 말하려던 건 아니고, 그냥… 정상은 아닌 것 같으시다는 말이야.

—음…….

—아, 내가 하려던 말은…… 너네 엄마, 너를 사랑하긴 하겠지. 근데 그러면 안 되는 건데 그러는 게 미친… 거까지는 아니고, 정상적인지 아닌지도 내가 말은 못 하겠는데, 그냥… 너희 엄마는 본질이… 좀 나쁜… 아니, 나쁘단 말은 좀 그렇고 악한…? 아, 이게 아니라…….

좀 돌려 말하고 싶었는데. 어찌 된 일인지 말이 길어지면 길어질수록 과격한 표현만 덧대어지더라고. 이걸 어쩌지, 이 문장을 어떻게 끝맺을지 우물쭈물 말을 고르고 있는데….

백이현이 웃음을 터뜨렸어. 조금 전 연주했던 슈만의 곡 도입부처럼 경쾌한 소리를 내면서. 그 애 머리 위에서 하얀 솜사탕 같은 것이 뿅, 하고 솟아오른 건 바로 그때였어. 봄날의 수선화에 봉오리가 맺히듯, 조금 전까지만 해도 없었던 것이 비죽, 고개를 내밀었어.

목화꽃만 하던 것이 단숨에 주먹만 하게 부풀어 오르더니 이내, 두둥실 떠올랐어. 끄트머리는 여전히 그 애 머리카락에 붙은 채였지.

저렇게 생긴 벌레도 있나?

뭔진 몰라도 빨리 떼어 줘야겠다 싶어서 무작정 팔을 뻗었어. 백이현은 내가 뭘 하는 줄도 모르는 주제에 눈부터 질끈 감더라.

손에 닿은 정체불명의 솜사탕은 토끼 꼬리처럼 뽀송하고 부드러웠어. 힘을 주어 떼어 내려고 해도 잘 안 되어서 주변을 매만졌더니 걔가 감았던 눈을 떠서는 곱게 접어 웃더라.

―뭐 하는 거야, 누나. 놀랬잖아. 이제 내 머리카락도 이상하다고 뭐라 그러려고?

안도감 서린 툴툴거림을 듣고서야 나는 알았지. 얘, 내가 자길 때리려는 줄 알고 눈을 감았구나.

괜스레 울컥한 나는 그 애의 부스스한 연갈색 머리카락을 손으로 몇 번 빗어 주었어.

그런데 그 포실포실한 솜덩어리가 풍선처럼 부풀어 오르기 시작하는 거야. 이젠 정말 놀이공원 같은 데서 파는 웬만한 솜사탕보다도 더 커다래져서는 설탕 냄새까지 나더라니깐.

―뭐야, 이게?

―응? 뭐?

―너 머리 위에 이거. 언제부터….

백이현은 고개를 돌려 제 뒤에 붙은 거울을 한 번 확인하더니 영문을 모르겠단 얼굴로 눈만 깜빡였어.

―나 뭐 안 묻었는데? 누나 또 나 놀리는 거야?

그 애가 고개를 갸웃거리고, 어깨를 으쓱하고, 웃을 때마다 머리 위에 달린 솜사탕도 살랑살랑 움직였어. 달콤한 냄새가 대기실 가득히 퍼졌지. 대기실 문이 벌컥 열린 건 바로 그때였어.

―백이현.

단 세 음절의 울림. 그것이 시끄러운 경보 알림, 누군가의 비명이라도 되는 것처럼 그 애 얼굴은 순식간에 굳었어.

제 엄마를 향해 고개를 돌리고, 돌아서는 몸짓들이 너무 느렸어. 그렇게 하기 위해 여러 번 자신을 다독이고 설득해야 하는 사람처럼.

가쁘게 숨을 들이켜는 소리 후, "네." 하고 속삭임에 가까운 대답이 들려왔어.

서하진은 그 애에게 뭐 하고 있었냐고 묻지 않았어. 옆에 애는 누구냐며 나를 훑어보지도, 서두르라 다그치지도 않았지. 그런 말은 필요 없었어. 백이현이 쫓기는 사람처럼 모든 걸 먼저 고했으니.

―엄마, 저 연습하고 있었어요.

―아, 이 누나는요 바이올린 하는 누난데….

―맞다, 지금 빨리 가야 하는 거죠. 집에 가서 얼른 연습해야 하는데….

억지로 끌어 올린 입꼬리가 어중간한 곳에서 멈췄어. 지나치게 활짝 웃었다가 도리어 야단이라도 맞을까 걱정이라도 하는 것 같았지. 두 눈동자엔 익숙한 공포가 서렸어. 그리고 머리 위엔, 그래, 그 애 머리 위엔 아직도 그 솜사탕이 있었지. 서하진은 그게 뭐냐고 묻지 않았어. 백이현의 주절거림이 멈출 때까지 가만히 서 있다가 문을 열고, 혼자 나가 버렸지.

그 앨 일부러 무시하는 거냐고? 아니, 그런 느낌은 아녔어. 그보단 무언의 압박에 가까웠어. 내가 아주아주 오래, 너를 많이 참아주고 있다는 걸 알고 있으라는.

아무 상관 없는 나조차도 숨이 턱 막혀 왔어. 저 사람이 지금 내게 원하는 게 대체 무엇인지를 모르겠다는 거, 그거 되게 막막한 느낌이더라고.

백이현은 아마도 평생을 저렇게 살아왔겠지. 그 생각을 하니, 아까 전에 걔가 그랬듯 눈을 질끈 감게 되더라. 곧 쿵, 하며 문이 닫히는 소리가 낮게 들려왔고, 다시 눈을 떴을 때 두 사람도 솜사탕도 이미 내 시야 밖으로 사라진 후였어.

그날 난 내가 잠깐 신기루 비슷한 걸 목격했다 생각했어. 누구나 잠깐 헛것을 볼 순 있는 거라 여겼지.

내 하루는 여느 때와 같이 흘러갔어. 갑자기 존재하지도 않는 솜사탕이 공중에 나타나 곤란을 겪는 사건 따위도 없었고. 백이현과 내가 다시 레슨실 앞에서 마주치기 전까진.

우리는 레슨실을 오가며 몇 번 더 마주쳤어. 그때마다 백이현의 머리 위엔 뽀얀 솜사탕이 달랑거리고 있었지.

처음처럼 긴 대화를 나눌 기회는 오지 않았어. 걔 옆엔 늘 엄마가 함께했으니까.

몇 번의 마주침을 통해 서하진이 이따금 전화 통화를 하느라 자리를 비우는 때가 있다는 걸 알아챈 나는 백이현에게 건네줄 쪽지를 미리 준비하기 시작했어.

내용? 별거 있나. 잘 지내는지, 밥은 잘 먹었는지, 그날 이후로도 그런 일이 있었는지 같은 걸 물어보고 그랬지.

혹시라도 들킬세라 맞았냐, 때렸냐 같은 단어는 적지 않고서 암호처럼 썼어. 그렇다고 너무 어려운 말을 쓰면 백이현이 못 알아볼 테니, 이런저런 고안을 하는 데 애를 먹긴 했네.

재촉 아닌 재촉도 꾸준히 했어. 아빠는 언제 오시냐, 할아버지나 선생님한테는 말 꺼내 봤냐, 같은 말들.

걔가 불안해할까 봐 비밀은 지킬 거라는 약속도 빼먹지 않고 적어 두었어. 그러니까 이건 너만 할 수 있는 일이라고, 네가 직접 누구한테는 털어놓아야 한다고, 나한테 말했듯이 그렇게 다 말하라고 했지. 대신 언제든 원하면 함께해 주겠다는 꼬드김도 슬쩍 끼워 넣었던 것 같아.

대기실에서 기다리며 들었는데 너 피아노 또 늘었더라, 하고 칭찬도 몇 번 했었네. 빈말은 아니고 진짜 잘 치길래.

수요일마다 맛있는 거 나오는 우리 학교 급식 메뉴도 자랑해 봤지. 그 김에 넌 점심은 먹었냐고 물어도 보고, 먹었으면 고개 세 번 끄덕여 봐라 지령을 내렸더니 걔, 시키는 대로 잘하더라고.

하루는 급식에서 종이 팩에 든 오렌지주스가 나와서, 챙겨 두었다가 걔네 엄마가 통화하느라 자리 비운 사이에 얼른 건네준 적도 있어. 주머니에도 쏙 들어가는 크기다 싶었거든.

나, 나름 철저했어. 백이현 그 바보, 아무 때나 꺼내 먹다가 엄마한테 혼나는 건 아닌가 싶어 숨겨 뒀다 엄마 자리 비운 때 얼른 마시고 레슨실 쓰레기통에 버리고 가라며 후처리 방법까지 적어 두었다니까?

혹시 걔네 엄마가 또 애를 굶기는 건 아닐까 걱정돼서 소리 없이 녹여 먹을 수 있는 사탕이랑 카라멜, 초콜릿 같은 걸 쥐여 주기도 했어. 언제든 먹을 수 있게 호주머니 속에 넣어 두라는 당부가 담긴 쪽지와 함께.

왜 그렇게까지 했냐니. 신경 쓰이니까 그랬지. 답장? 뭐 그런 걸 기대해. 저 바보, 글씨도 잘 못 쓸 게 뻔한데, 그거 읽는 것도 피곤한 일이야.

뭐라도 써서 나한테 건네주려고 어설프게 움직이다가 엄마한테 들켜서 무슨 사달이 나는 건 아닐까 걱정도 됐고. 난 뭐든 확실한 걸 선호하는 편이라 처음부터 일러두었지. 답장은 됐으니 표정으로 이야기하라고.

넌 얼굴만 봐도 속이 빤히 들여다보이는 사람이니, 내가 요령껏 파악해 보겠다는 뜻이었는데. 백이현 걔, 그 말을 곧이곧대로 이해했나 봐.

엄마 눈치를 보느라 눈인사도 몰래 나누는 판에, 만날 때마다 빠짐없이 꼭 한 번은 날 똑바로 쳐다보고 씩 웃어 보이더라. 아무 일 없이 잘 살고 있으니 걱정하지 말라는 듯이 환하게.

그렇게 많은 쪽지를 쥐여 주었는데, 나는 왜 단 한 번을 묻지 않았을까.

그게 대체 뭐냐고. 왜 네 머리 위에서 알알이 영근 한여름 포도에서나 맡을 수 있는 싱그럽고 달콤한 냄새가 나는 거냐고 한 번은 물어볼걸. 어쩌면 그게 내 눈에만 보이는 거란 걸 어렴풋이 알아챘던 것도 같아.

아니면, 그 얘기만큼은 나란히 앉아 소리 내어 실컷 수다를 떨

수 있는 날에 털어놓고 싶었을지도 몰라.

소나기가 내리던 축축한 그날처럼 서하진이 오래 자리를 비우면, 급식에서 나올 때 챙겨 둔 오렌지주스 두 개를 쪽쪽 빨아 마실 날이 올지도 모른다고 믿었어. 대기실 테이블에 놓인 자두 맛 사탕을 입안에 넣은 채 끝없이 이어지는 '왜?'라는 물음에 답해 가며 둘이서 그 해답을 찾아낼 것을 희망했지.

마지막으로 그 애 얼굴을 본 게 언제였더라. 그날 백이현이 머리 위에 달고 있던 솜사탕만큼은 지금도 누가 그려 보라면 그 자리에서 그려 낼 수 있을 것 같아. 솜털구름같이 커다랗게 펼쳐진 것이 어찌나 예쁘고 폭신해 보이던지.

그날, 우리는 레슨실에 놓인 ㄷ자 모양 소파의 양 끝에 앉아 있었어. 마주 바라보고 있지만, 제일 멀찍이 떨어져 있어서 잘 지내냐는 쪽지를 써서 쥐여 주기도, 대기실 테이블 위의 사탕을 건네기도 애매한 거리였지.

그래서 걔가 뭘 말하고 있다는 걸 나중에서야 안 거야. 입술을 자꾸 오물거리길래 뭘 먹고 있나 보다 했거든.

그런데 걔가 갑자기 후, 하고 한숨을 쉬더라고. 왜 저러나, 혹시 또 어디 맞은 건 아닌가. 눈을 가늘게 뜨고 한참을 바라본 후에야 겨우 알았어. 백이현, 걔가 입 모양으로 내게 무언가를 전달하려고 하고 있다는 걸 말야. 내가 알아챌 때까지 쉼 없이, 몇 번이나 반복해서, 그 애는 소리 없이 내게 말했어.

'나 내일 아빠 만나. 다 말할 거야.'

나도 입 모양으로 물었지.

'같이 가 줄까.'

걘 그냥 웃었어. 표정만 봐도 알겠더라. 걔가 내 말을 다 알아듣고서 괜찮다고, 고맙다고 이야기하고 싶어 한다는 걸.

몇 분 후, 레슨실로 들어오라는 선생님의 목소리가 들려왔고, 때마침 서하진도 자리로 돌아와, 그 애 이름을 불렀어. 엄마가 저를 부를 때면 늘 그러하듯 그 애 어깨가 조금 떨렸는데, 그게 전처럼 처량해 보이진 않더라고.

어쩌면 나 혼자 그렇게 느꼈는지도 모르지. 그 애 머리 위 솜사탕이 설탕 냄새를 뿌려 댈 때면 세상 모든 것이 평소보다 조금 더 좋아 보이곤 했거든.

나는 레슨실로 들어가야 하는 것도 잊은 채 홀린 듯 솜사탕만 바라보았어. 덕분에 발견한 거야. 둔탁한 소리를 내며 문이 닫히던 때, 그 애 머리 위에서 달랑이던 것이 미처 다 빠져나가지 못하고 솜털 한 자락을 남겨 둔 것을.

문고리 근처에서 팔랑이는 찢긴 솜사탕 조각을 집어 들어 무심코 혀에 대어 보았어. 실타래처럼 뽀얗고 보드라운 것이 혀끝에서 사르르 녹아들었어. 달더라. 소름 끼치도록.

그날은 이상하게 기분이 좋았어. 뭐 하느라 꾸물거렸냐는 타박을 받으며 레슨실에 들어가서도 바보처럼 히죽였고, 끝나고 집에 가는 길에도 마냥 기뻤어.

있잖아. 레슨이 끝나면 다른 애들은 다 대기실에서 기다리던 아빠, 엄마랑 함께 돌아간다? 도란도란 대화도 나누고 그러더라고.

'딸, 바이올린 엄마한테 줘. 무겁잖아.'

'선생님이 많이 혼냈어? 괜찮아. 다음에 잘하면 되지.'

'고생했어. 우리 딸 힘내게 아빠가 오늘 맛있는 거 해 줄까?'

살가운 말들로 가득 찬 엘리베이터 안을 피해 나는 매번 계단으로 내려가. 그게 힘들어서 레슨 가기 싫다며 철없이 뻗댄 날도 있었지. 그런데 그날은 그것마저 즐겁더라. 나 두 계단씩 내려갔잖아.

집으로 돌아오는 전철 안에서 나는 기도했어. 오늘이 내가 그 애를 레슨실에서 보는 마지막이었으면, 백이현 그 말대답 잘하는 천재 꼬마가 레슨이고 뭐고 그만두고 제 아빠와 아주 먼 데로 떠났으면, 그래서 영영 거기서 다시 볼 일이 없었으면 좋겠다고.

오늘이 마지막인 걸 알았더라면 대기실에 앉아 있을 때 들려오던 연주를 좀 더 귀담아들어 둘걸. 뒤늦은 아쉬움이 들기도 했지만 그거야, 나중을 기약하면 되는 일이었지. 어차피 걘 곧 아주아주 유명해질 테니.

벅찬 마음으로 도착한 집 앞엔 초콜릿 이모가 마중 나와 있더라고.

월수, 화목, 금토일.

총 세 명의 이모가 번갈아 우리 집에 오는데 초콜릿 이모는 그중에서 내가 제일 좋아하는 이모야.

쉿, 하고 입가에 검지손가락을 가져다 대며, 엄마에게는 말하면 안 된다고 하고, 작은 초콜릿을 주는 이모. 이만 잘 닦으면 되는 거 아니겠냐고 장난기 어린 표정을 짓는 이모.

그날도 이모는 상냥한 목소리로 나를 반겼지. 머리 위엔 목화솜처럼 푸슬푸슬한 솜덩어리를 달고서.

그래, 맞아.

나를 좋아하는 사람들의 정수리 위에 떠 있는 그 빌어먹을 솜뭉치. 그게 내 눈에 보이기 시작한 건 바로 그날부터였어.

* * *

그거 알아?

모든 일은 처음이 어렵지 두 번째부터는 아주 쉬워.

그날 저녁, 이모 머리 위의 솜뭉치, 그걸 본 순간 직감으로 알겠더라고.

저거, 내 눈에만 보이는 거구나.

내가 아주 눈치가 없는 편은 아니라 다행이야. 다음 날부터 눈 돌리는 데마다 솜사탕 같은 걸 머리에 동동 띄운 사람들을 만났는데, 그걸 붙잡고 허튼소리를 계속 했다간 미친 사람 취급이나 당했을 거 아냐.

며칠 지나고 나니 대충 패턴도 보이더라고.

모든 사람이 저 솜사탕 덩어리를 달고 다니는 게 아니라는 거, 나랑 좀 친한 사람들, 나한테 유독 잘해 주는 사람들 머리 위에만 나타난다는 거.

호시절이었지. 아무 이유 없이 나를 좋아해 주는 사람들이 많았던 때야. 사람들이 그래. 마음이 모질지 못해서 누가 봐도 애정과 관심에 목마른 티를 내며 돌아다니는 어린애를 보면 금세 가여워해.

내 주변 어른들은 크기와 상관없이 하나씩은 솜털 같은 동그라미를 달고 다녔어. 담임 선생님, 같이 사는 이모, 동네 과일 가게 아저씨, 나랑 제일 친한 친구 윤아네 아줌마, 아저씨까지.

물론 윤아도 달고 있었고, 반 애들 중에도 많았어. 나, 친구가 아주 없는 편은 아녔거든. 옆자리 짝꿍, 같이 노는 여자애들, 날 좋아하는 티를 엄청 내던 우리 반 반장은 윤아보다도 커다란 걸 구름처럼 두둥실 띄우고 다녔지.

가끔은 이름도 모르는 다른 반 애가 갑자기 머리 위에서 솜사탕을 부풀리는 일도 있었어. 기우뚱한 동그라미 같은 걸 달고 수상할 정도로 자주 우리 반에 들르는가 싶더니만 며칠 후에 윤아가 그러더라. 은원아, 쟤, 너 좋아한대.

그런 식으로 혼자 생겨난 솜사탕은 조금씩 흐릿해지다가 스리슬쩍 사라지곤 했어. 그쯤 되니까 모를 수가 없더라고.

저 수상한 솜사탕, 그건 누군가 나한테 품는 순수한 호의였어. 가벼운 호감이든 우정이든 사랑이든 연민이든. 어쨌든 그 사람들의 진심이었지.

누가 날 좋아하는 게 그렇게 눈에 보이는 거, 처음엔 마냥 재밌기만 했어.

물론 좋은 일만 있었던 건 아냐. 막역히 여기던 사람 머리 위가 텅 비어 있는 걸 볼 땐 내가 뭘 잘못한 걸까 조금 당황스럽기도 했지.

하지만 애정이란 게, 맡겨 놓은 듯 당연히 요구할 수 있는 건 아니잖아. 누군가의 머리 위가 텅 비어 있다고 해서, 그게 나에게 씻을 수 없는 상처를 주진 않았어.

아마 내가 아직 어려서 그랬을 거야. 생각해 봐. 그 사람이 날 좋아해 주지 않는다는 게 서러울 정도면 진짜 가까운 사인데, 내 나이 때 그런 사이는 가족, 아니면 친한 친구일 거 아냐.

나한테 가족은 엄마가 전부인데 엄마 머리 위를 볼 기회는 없었고, 제일 친하게 지내는 윤아 머리 위의 솜뭉치는 어느덧 솜사탕만 한 크기로 부풀어 날 흐뭇하게 만들었지.

셀 수 없이 많은 호의가 두툼한 솜이불처럼 나를 둘러싸고 있었어. 세상이 전보다 조금 따뜻하게 느껴졌지. 고마웠어. 그 마음들이. 나를 좋아해 준다니 나도 절로 마음이 갔고, 마음 가는 사람들과 함께 지내는 시간이 길어지는 건 당연한 일이었어.

문제는 그 시간이 쌓이면 쌓일수록 거지 같은 솜덩어리가 자라난다는 거야. 솜꽃처럼 조그마하던 게 어느 순간 동그란 원형을 이뤄. 풍선처럼 부풀어 오르더니 머리 위에 두둥실 떠올라. 그것들이 꿀같이 달콤한 냄새를 풍길 때쯤에서야 나는 깨달았어. 이게 마냥 좋은 일은 아니란 걸.

누가 그런 커다란 솜사탕을 머리 위에 달고 있으면 말야, 그 사람이랑 같은 공간에 있는 것만으로 소름이 쭈뼛 돋아. 숨이 턱 막혀. 달콤한 냄새에 질식할 것 같아. 실제로 몇 번 토한 적도 있어.

기진맥진해서 뭐라도 먹으려고 하지만 물도 제대로 먹히지 않아.

어쩌다 내가 쟤 같은 애를

제일 좋아하던 음식을 입에 넣어 봐도 자갈 씹는 것처럼 느껴져. 뭔가 잘못된 걸 입에 댄 느낌이라 얼른 뱉어 내고 싶어. 도저히 삼킬 수 없이.

며칠을 그렇게 보내고 나면 몽롱한 머릿속이 오로지 단 한 가지 생각만으로 가득 차. 저 솜사탕을 먹어 치우자, 저걸 다 삼켜 없애야 내가 숨 쉬고 먹고 살겠다.

하지만 아무거나 다짜고짜 먹어 치울 순 없는 노릇이잖아. 난 열심히 머리를 굴렸어. 이걸 먹어도 되는 게 맞나. 이게 정말 나를 향한 호의라면, 그건 내 것이 아니라 저 사람의 감정인데 그런 걸 내가 함부로 먹어도 되는 건가.

난 우선 실험부터 해 보기로 했지. 이름도 모르는, 거리에서 눈을 마주친 게 다인데, 솜뭉치를 머리에 띄운 사람들, 날 짝사랑한다며 혼자서 솜덩어리를 부풀려 가던 남자애들 걸 슬쩍 베어 물어 본 거야. 이게 정말 나를 향한 호감이라면, 그 사람들에게 큰일이 일어날 것 같진 않았거든.

내 예상은 맞아떨어졌어. 별일 없더라고. 걔네 머리 위의 솜사탕이 사라진 것뿐. 실험은 순조롭게 끝났지. 그 애들의 짝사랑도 함께 막을 내렸고.

나의 일상은 다시 정상 궤도를 회복했어. 예상치 못한 곳에서 커다란 솜사탕을 맞닥뜨릴 때면 당혹스러웠지만, 그것도 곧 요령을 터득했어. 거리를 두면 좀 참을 만하더라고. 밀려드는 허기를 잠재울 방법은 없지만, 그럭저럭 영양 보충을 하고 사는 법도 익혔어.

씹지 않고 마시는 건 그나마 좀 덜 역하게 느껴지던데?

그렇게 난 점점 그 상태에 익숙해져 갔어. 초창기의 실험 몇을 제외하곤 누구의 솜사탕도 먹지 않은 채 몇 년을 보냈지. 그쯤 해선 내가 모든 걸 컨트롤할 수 있다는 자신감이 붙었고.

문제가 생긴 건 졸업을 앞두고 윤아네 집에 갔던 겨울이었어. 윤아네 식구들이 다 같이 놀이공원에 간다길래 내심 부러워했던 게 기억나네. 그런 감정을 숨기는 데엔 도가 터서 티를 내진 않았던 것 같은데, 윤아네 아줌마가 불쑥 나도 같이 가면 좋겠다는 말을 꺼내시는 거야. 엄마 허락을 받아야 할 텐데 혹시 안 된다고 하시면 아줌마가 한번 말해 보겠다고까지 말씀하시는 걸 보면 빈말은 아니었어.

그래, 윤아네 가족들은 정말로 날 아끼는 사람들이었어. 그걸 모를 순 없었지. 아줌마, 아저씨, 동생, 윤아까지. 모두 머리 위에 아주 푹신해 보이는 하얀 솜사탕을 달고 있었으니까.

눈물 나게 고마웠어. 나 하마터면 입 밖으로 내뱉을 뻔했지. 날 이렇게 좋아해 줘서 고맙다고.

동시에 무척 괴로워졌던 것도 기억나네. 꽉 막힌 공간에서 네 사람이 그런 걸 달고 있으니 단순한 허기를 뛰어넘은 고통이 몰려오더라고.

아픈 티를 내면 놀이공원에 데려가지 않을 테니 안간힘을 다해 아무렇지 않은 척했던 것 같아. 내일 잘 놀기 위해 오늘은 일찍 집에 가서 숙제하고 자겠다며 자리에서 일어서자, 윤아네 가족은 현관문 앞까지 나와서 나를 배웅해 줬어.

―어쩜, 은원이는 하는 짓도 이렇게 예뻐. 인사도 잘하고.

윤아네 아줌마가 장난스럽게 나를 끌어안았어.

무슨 생각으로 도망치지 않았던 걸까. 아마 윤아네 아줌마 품이 너무 포근해서 조금 더 그걸 누리고 싶었던 것 같아. 졸업이 코앞이었으니 퍽 추운 계절이었고, 나, 어른 품에 폭 안겨 본 건 아마 그게 처음이었거든. 되게 따뜻하더라. 아줌마 품.

괜찮다, 여차하면 한 발자국만 더 걸어 나가면 된다, 문만 열면 바깥이다, 그대로 달려 나갈 수 있다.

그런 안이한 생각들에 기댄 채, 그 순간을 누렸어. 왜 이렇게 말랐니, 하며 내 등을 쓸어 주는 손길이 좋아서.

1초만, 아니, 2초만 더.

조금만 더 있다가 공손히 인사하고 나가자.

뒤도 돌아보지 않고 내빼자.

그렇게 하염없이 끝을 미루던 때였어. 별안간 아줌마 머리 위의 솜털구름이 천장까지 부풀어 올랐어. 숨이 쉬어지지 않았어. 허기가 도를 지나치면 몸에 힘이 들어가지 않는다는 걸 그때 깨달았지. 다리에 힘이 풀려 그대로 쓰러질 것만 같았어.

울고 싶더라. 여기서 기절하면 이게 무슨 민폐야. 이러면 내일 놀이공원도 같이 못 갈 거 아냐.

조급해진 마음은 경솔한 결정을 불렀어.

안 되겠다. 아주 조금만 베어 물자. 죽지 않을 정도로만, 진짜 딱

한 입만 삼키는 건 괜찮지 않나. 다들 아주 나를 많이 좋아해 주니까, 그 마음을 한 스푼쯤은 내가 덜어 가도 문제없지 않나.

오만한 생각 끝에 한 입 머금었고, 그다음은 기억나질 않아. 정신 차렸을 때 내 눈앞엔 윤아네 가족 네 사람과 텅 빈 허공뿐. 양탄자처럼 푹신히 깔려 있던 하얀 솜사탕 네 덩어리. 그것들은 흔적 없이 사라진 후였어.

아줌마는 살짝 비틀거리는가 싶더니 곧 자세를 바로잡았어.

―내가 오늘 뭘 했다고 이렇게 피곤하지?

―당신도 그래? 날이 추워져서 이러나.

멍한 눈을 한 제 아빠 곁에 선 윤아는 눈을 꿈뻑이며 말을 보탰어.

―나도 벌써 졸려. 오늘 일찍 좀 잘까 봐.

그뿐이야. 네 사람 모두 평소보다 살짝 지쳐 보일 뿐, 아주아주 멀쩡히 서 있었어. 심지어 날 배웅하며 손까지 흔들어 줬어. '은원아, 잘 가'라고 말하던 윤아, '언니, 내일 봐' 하고 인사하던 윤희.

현관문 앞에서 나는 조금 망설이다 윤아네 아줌마에게 이렇게 말했어.

―저기, 혹시 일정이 바뀌거나 저 못 데려가게 되면요. 괜찮으니까 저희 이모한테 전화해서 말해 주실 수 있어요?

윤아네 아줌마, 아저씨는 동시에 너털웃음을 터뜨리셨지.

―무슨 소리를 하는 거니. 은원이 얘도 참. 어린애가 너무 일찍 철드는 거 아니야. 내일 보자. 집으로 데리러 갈게.

그날, 집에 돌아가는 길엔 추운 것도 모르겠더라. 허했던 속을 간

만에 꽉 채워서였을까. 대책 없이 낙관적인 생각만 들었지.

괜찮다. 아무 일도 일어나지 않았다. 그냥, 내 눈에만 보이던 그 이상한 솜사탕이 사라졌을 뿐이다. 나를 좋아하는 마음이 사라졌겠지만 그것도 괜찮다. 솜사탕은커녕 솜털 뭉치도 떠 있지 않은 이들과도 나는 그럭저럭 잘 지내고 있지 않은가. 윤아네 가족들은 좋은 사람들이니까 처음처럼 다시 날 좋아해 줄 거다.

말도 안 되는 희망에 취한 채 침대에 누운 나는 곧바로 단잠에 빠져들었어.

다음 날 아침엔 평소보다 일찍 눈이 떠졌어. 놀러 갈 채비를 마친 난 약속 시간보다 10분 이르게 밖에 나갔지.

그런데, 아무리 기다려도 윤아네 가족이 올 생각을 하지 않는 거야. 무슨 일이 생겼나, 아닌데, 그럼 전화해 주기로 했는데….

그냥 이제 내가 조금 싫어져서 두고 가기로 했다는 생각도 당연히 했지.

'우리가 왜 남의 집 애랑 같이 놀이공원에 가기로 했더라? 그냥 우리끼리 가면 되는데? 전화? 뭐 그렇게까지 해. 그냥 출발해.'

그렇게 말하는 윤아네 가족들의 모습을 상상해 보려 했지만, 그림이 그려지지 않았어. 너무 좋은 사람들이었으니까. 내가 조금 싫어져도 이미 한 약속은 지킬 사람. 적어도 전화 정도는 해 줄 사람.

내가 날짜를 착각했나 하고 몇 번 어제의 대화를 되짚어 봤어. 어제 윤아네 아줌마랑 통화한 이모한테도 물어보고, 그러다 결국 다짜고짜 윤아네 집 앞까지 찾아갔지. 벨을 눌러도 아무도 나오질 않았어.

이제는 내가 완전히 싫어졌을까. 어떻게 해야 그 맘을 돌릴 수 있지. 다시는 나를 좋아해 주지 않으면 어쩌지. 내가 정말 좋아하는 사람들의 머리 위에, 아무것도 떠 있지 않은 모습을 내가 견딜 수 있을까.

그런 마음들을 애써 외면한 채, 나는 추위도 모르는 사람처럼 우뚝 서서 기다리는 일에만 집중했어. 겨울 해가 짧아선지 금세 사방이 캄캄해지더라. 윤아네 가족은 밤늦게가 되어서야 집으로 돌아왔어.

윤아는 평소에 좋아하던 캐릭터 얼굴이 달린 머리띠를 하고 있었어. 우리 둘 다 그 만화를 좋아하는데, 윤아는 연하늘색 토끼, 나는 분홍 돌고래를 제일 좋아해서 어제, 그렇게 두 개 같이 사서 하고 다니자고 약속했는데, 그래서 이모한테 용돈도 받아 놨는데.

윤아 동생 윤희는 내가 좋아하는 돌고래 캐릭터가 그려진 팝콘 통을 들고 있더라. 그 애, 자기 언니보다 날 더 따라서 내가 좋아하는 거면 무조건 자기도 같이 좋아했거든.

'우리 딸 제일 친한 친구면 그냥 내 딸이지.'

그렇게 말하면서 날 보고 웃던 윤아네 아줌마가 내게 물었어.

—너, 누구니? 누군데 이 시간에 우리 집 앞에 서 있니?

넷 중 누구의 머리 위에도 솜사탕은 보이지 않았어.

넷 중 누구도 나를 알아보지 못했지.

매몰찬 표정은 아녔어. 모두들 착한 사람들이었으니까.

상냥한 목소리로 걱정스러운 듯 물어 왔지.

―넌 이름이 뭐니? 아줌마 이상한 사람 아니야. 우리 딸 또래 같아서 그래. 부모님이 너 여기 있는 거 알고 계시니?

그 사람들은 그냥 나를 잊은 거야.

그 후로도 몇 번 더 윤아네 집 앞에 찾아갔어. 나를 보고도 알은 척도 하지 않는 윤아를 붙들고 별별 말을 다 늘어놓았지. 착한 윤아는 한참이나 나를 참아 주다가 어느 날인가 울먹이며 말하더라.

―네가 무슨 이야기를 하는지 하나도 모르겠어. 그런데 애들이 자꾸 너랑 왜 그렇게 된 거냐고 물어봐. 무슨 소문을 퍼뜨리고 다니는지 모르겠지만, 이제 그만했으면 좋겠어. 엄마가 그러는데 너도 아파서 그러는 거래. 근데, 나 이제 좀 무서워지려고 그래.

생판 모르는 사람 보듯 날 바라보는 윤아의 눈동자를 보고서야 나는 깨달았어.

그 빌어먹을 솜사탕.

점점 커다래지던 그 솜덩어리가 저들이 나와 함께한 시간, 내게 준 마음, 우리가 같이 쌓아 온 기억이었다는 걸.

나는 그 기억을 남김없이 먹어 치워 없애 버린 거야. 고작 배고픔 하나를 못 참아서.

* * *

솔직히 말해 볼까.

충격을 받긴 했어.

하지만 주저앉아 내 어리석음을 곱씹으며 괴로워해 봤자 해결되는 일은 아무것도 없잖아.

난 일단 윤아네 가족 일은 접어 두기로 했어. 돌이킬 수 없는 일이라 생각하고 잊어버리는 게 정신 건강에 도움이 될 테니까. 윤아를 위해서도 그 편이 낫겠지.

하지만 그걸 잊는다고 모든 게 해결되는 건 아니잖아. 앞으로 또 이런 일이 생겼을 때 어떻게 해야 할지, 대책을 세워 둬야 했어.

내 나름대로는 애를 썼던 것 같아. 시립, 국립 도서관까지 찾아가 온갖 책을 다 들춰 본 걸로도 모자라 내 수준으로는 도무지 이해되지 않는 각종 논문도 암호 해석하듯 한 줄 한 줄 붙들고 읽었어. 세상엔 참 다양한 이유로 헛것을 보는 사람이 있더라. 그리고 그중 어떤 케이스도 나와 같진 않았지.

학교도 안 가고 두어 달을 컴퓨터 앞에 매달려 하루 종일 인터넷만 검색하며 살던 시기도 있어. 다행히 여기선 소득이 좀 있었어. 나와 비슷한 문제를 가진 사람들이 모이는 커뮤니티 비슷한 걸 찾았거든. 흔적만 남고 폭파된 지 오래였지만.

공지에 적힌 몇몇 단어들을 조합해 가며 검색을 거듭한 끝에 난 드디어 뭔가를 발견해 냈어. 누군가 그 사이트가 문을 완전히 닫기 전에 게시물의 일부를 블로그에 옮겨 둔 거야.

읽을 수 있는 글이 많진 않았고, 거기 쓰인 말을 다 믿어도 되는지도 알 수 없었지만, 무작정 기뻤어. 기분 좋더라. 누군가 나와 같은 처지에서 괴로워한 적이 있다는 게. 그러니까 내가 혼자가 아니라는 게.

글을 읽어 내리다 요긴한 정보를 만나면 시험공부하듯 달달 암기했어. 어딘가 옮겨 적어 놓는 건 어쩐지 꺼림칙했거든.

절대로 스스로의 통제력을 믿지 말라고, 한 입만, 조금만 먹어 보겠단 생각은 하지도 말라는 댓글을 발견했을 땐 자괴감이 들었지. 내가 얼빠진 희망에 빠져 게으름만 부리는 대신 조금만 더 빨리 이 글을 찾아냈다면, 그랬다면, 아직도 윤아랑 나는⋯. 이런 얘기는 그만둘게. 어차피 부질없으니.

혹시 여기 옮겨 놓지 않은 다른 글이 있지 않을까? 누군가, 해결책을 아는 사람이 존재하지 않을까?

그런 희망을 품고 모든 게시 글을 시간순으로 정리해 가며 읽어 보던 나는 얼마 안 가 가장 최신 날짜가 찍혀 있는 글을 발견했어. 나 같은 괴물을 자식으로 둔 사람이 절망에 사로잡혀 두서없이 적어 내린 글.

제 아들의 증상을 하나하나 나열하며 그 사람은 물었어. 당신들은 나보단 잘 알 것 아니냐고, 어떻게 해야 하는지 알려 달라고.

조롱하는 댓글이 조금, 반대로 길고 다정한 위로의 글을 남긴 사람이 다수, 먹이 주면 더 이런다며 반응하지 말라는 사람이 두엇, 그 밑에 길쭉이 줄을 선 찬성을 의미하는 숫자의 나열들. 1111, 2222, 33333.

중간중간에 짤막하지만 퍽 많은 반응을 얻어 못 보고 지나치기 힘든 댓글도 몇 보였지.

  [나였으면 버림]
  [별 걸 다묻네. 가둬놓고 키우세요.]
  [와... 난 절대 엄마한테 말하지 말아야겠다...]

댓글 쓴 사람을 비난하는 반응 속에 솔직히 그 방법 말고 뭐가 있냐는 담론이 거세게 일었어. 그 밑으로 조금 더 직설적인 댓글도 보였지.

  [여기 누가 그걸 앎?]
  [알면 여기에 있겠냬
  [이 판 특징. 아무도 모르는데 말 개많음]
  [ㅋㅋㅋㅋㅋㅋㅋㅋㅋㅋㅋㅋ 받고 모른단 말 개길게함]
  [웃을 일이 아님. 공지 좀 바꿔라 제발...]

마지막 희망이라고 붙들고 있는 게 그 게시물 조각들인데, 거기서 얻은 결론이 '해답 없음, 일단 모름'이라니. 힘이 쫙 풀리더라. 그게 뭐라고. 내가 너무 큰 기대를 걸고 있었던 거지. 갑자기 아무것도 하고 싶지 않았어. 그냥, 방 안에 틀어박혀 벽만 보고 누워 있는 것 말고는.

엄마에게 전화가 걸려 온 건 침대에서 나오지 않고 꼬박 일주일을 보낸 다음 날이었어. 엄마 목소리를 그렇게 또렷하게 들은 건 그 때가 처음이었어. 이중으로 걸어 잠근 문에 귀를 가까이 대고 훔쳐 듣던 것과는 좀 다르더라. 여자치고는 많이 낮은, 하지만 울림이 좋아 귓가에 한 음절 한 음절이 정확히 꽂히는 목소리. 다정함 같은 걸 느끼기엔 너무 차분히 가라앉아 있었지만, 어쩐지 그래서 더 듣기 좋았어.

―혹시 무슨 큰일이라도 생겼니? 그러니까, 남들한테는 쉽게 말 못 하는 일이나… 아니면 친구 관계에서 갑자기 문제가 생겼다거나, 그게 누구한테 말해도 잘 믿어 주지 않을 것 같은 일이라거나…. 어쨌든 엄마에게 말해야 하는 일이 있으면…….

엄마는 보통, 등교 거부를 하는 중학생을 자식으로 둔 부모가 할 만한 말들은 일절 하지 않았어. 학교에 적응하기 어려운 거냐, 혹시 누가 괴롭히냐, 출석 일수가 문제다, 어디가 아프냐, 상담을 해 볼 생각은 없냐… 같은 말들 말야.

엄마의 질문들은 그런 상식적 수준의 걱정에서 살짝 빗겨난 자리에 위치했어. 모든 말들이 너무 정확하게 내가 가진 문제들을 짚어내고 있었어. 그러니까 내가 어떤 말 못 할 상황에 처해 있는지를 모두 아는 사람처럼.

불현듯 가장 최근 일자의 게시물과 그 밑에 달린 댓글들이 머릿속을 스쳐 갔어.

자식의 문제로 괴로워하던 사람이 남긴 어떻게 하면 좋냐는 질문, 그 밑에 달려 있던 가둬 놓고 키우는 게 답이라는 말.

그래, 그게 바로 백이현이 맘대로 상상의 나래를 펼치던 우리 엄마의 '사연'이었어. 순간 내가 너무 바보처럼 느껴지더라. 왜 여지껏 그 생각을 못 했던 걸까.

비싼 바이올린을 사 주고, 학원에 개인 레슨까지 시켜 가면서도 나랑 같이 살진 않는 이유. 일주일에 한 번씩 빠짐없이 집에 들러 냉장고를 꽉 채우고, 내가 어떻게 지내는지 듣고, 이것저것 체크하면서도 내 얼굴은 단 한 번도 보지 않고 가던 이유.

엄마는 내가 괴물이라는 걸 알았던 거야. 그런데도 나를 돌보기로 결심한 걸 보면 책임감이 강한 사람이었나 봐. 아니면 정이 많은 사람이었을까. 혹시 나를 많이 사랑했나.

어쩌면 엄마의 머리 위엔 그랜드 피아노만 한 솜사탕이 떠 있을지도 모르지. 엄마는 그걸로 날 말려 죽이고 싶지 않았을 거야. 그렇다고 나에게 잡아먹혀, 딸에 관한 기억까지 모조리 다 잃어버리는 것도 안 될 일이라 여겼겠지. 그러면 나를 제대로 돌보진 못할 거 아니겠어?

모든 상황이 척척 맞아떨어졌어. 갑자기 그동안의 일이 저절로 이해되기 시작했지. 엄마가 올 때마다 이중으로 문을 걸어 잠그고 안에 들어가 있어야 한다는 이상한 규칙, 일하는 이모를 요일별로 셋이나 따로 두면서 주기적으로 바꾸는 이유까지도.

어쩌면 내가 아빠 얼굴조차 기억하지 못하는 것도 이 일과 관련이 있을지도 모르겠어. 그런 것까지 파고들어 봤자 도움 될 것 없으니 그 생각은 뒤로 미뤄 놨지만.

우습게도 마음이 좀 편해지더라.

이 비밀의 공유자가 있었다는 사실을 깨닫자마자, 고독이 물에 씻긴 솜사탕처럼 순식간에 사라졌어. 빈자리에 연민이 스며들었지. 제법 오래, 어려운 문제를 혼자 끌어안고 살았을 우리 엄마에 관한 연민이.

당장이라도 엄마에게 전화를 걸어 묻고 싶었어. 이제 나도 다 안다고, 내가 모르는 게 있다면 가르쳐 달라고 말할 결심도 해 봤지.

어쩌다 내가 괴물인 걸 알게 된 건지, 어려서부터 내가 이상했는지, 혹시, 혹시라도 나를 사랑하는지, 그래서 버리진 못하고 가둬 놓은 건지. 아니, 그런 건 내가 직접 알아내면 되니 그냥 우리 딱 한 번만 마주 보고 이야기하면 안 되는지, 매달려서 애원하며 졸라 대고 싶었어.

하지만 숫자를 누르던 내 손은 곧 이성을 되찾았지. 엄마가 나에게 뭔가 문제가 있을 거란 예상을 한 건 확실해. 하지만 내가 이 빌어먹을 능력을 자각한 건 최근 들어서의 일이잖아?

그것까지 엄마가 눈치챘을까? 얼마 전의 전화를 보면 확실히 아는 것 같진 않았는데? 그럼 모든 걸 엄마한테 밝혔다가 완전히 버림받는 건 아닐까?

나는 그 순간이 내 인생의 기로라 생각했어. 여기서 잘못하면 정말 철저히 혼자가 되어 버릴까 두려웠어. 그래서 전화기를 내려놓은 거야. 하지만 벌어졌던 입술은 쉽사리 닫히지 않았지.

누구라도 좋았어. 엄마가 아니라 누구라도. 해결책 같은 거 없다고 해도 상관없었어. 그 순간 내가 바란 건, 그냥 나 같은 사람이었어. 나처럼 혼자서 비밀을 오래 간직한 사람. 그런 이 앞에서 모든 걸 아무렇잖게 털어놓고 싶었어. 부끄러운 줄 모르고 외로움을 토로하고 싶었어.

이제는 습관이 되어 버린 미운 말들을 내뱉는 내게, 지지 않고 맹랑한 대꾸를 하며 질릴 때까지 '왜'냐는 질문이나 하는 사람. 그런 선한 사람에게 쪽지라도 쥐어 주고, 입 모양이라도 해석하며 어떻게든 별별 이야기를 나누고 싶었지.

그래, 나는 백이현을 생각했어. 긴 세월 간직한 짝사랑이었냐고? 대체 무슨 소리를 하는 거야. 우리가 몇 번이나 만났다고 사랑을 해. 걘 열 살짜리 꼬마였어, 나도 고작 열한 살이었고.

그 기억이 아무리 강렬했기로서니, 주욱 마음에 품고 있었단 건 말이 안 되지. 이건 사랑이 아니라 연상 작용 같은 거였어. 처음 느낀 막막함, 문득 찾아온 외로움에 나처럼 혼자였을 그 애가 떠올랐을 뿐야.

간간이 그 애 소식을 접해 오긴 했어. 선생님들이 나누는 대화의 틈새에서 백선오와 함께 독일에 거주 중이란 소식을 듣곤 맘이 놓였다가, 레슨실에 놓인 음악 잡지 속에서, 공식 석상에서 서하진과 함께한 인터뷰를 보고 다시 불안해진 적도 있지.

콩쿠르 우승 소식이 들려오면 내 바람이 이뤄진 듯 기뻤어. 다시 그 애 연주를 가까이서 듣게 될 날을 상상하며 미소 짓던 때도 있었지. 그게 전부야. 그 이상은 없어. 내 발등에 떨어진 불이 뜨거워

주위를 돌아볼 새가 없던 시절이었으니까.

나는 일주일 만에 침대를 벗어나 컴퓨터 앞에 앉았어. 인터넷 검색창에 '백이현'이라는 세 글자를 넣어 봤지. 아빠와 함께한 인터뷰가 제일 먼저 떴어. 베를린에서의 삶, 함께하는 연주 여행, 얼마 전 아르헤리치를 만나 아빠를 뛰어넘는 거장이 될 거란 격찬을 들었단 일화까지.

그 밑으로 연주 실황을 담은 동영상 몇 개가 보이길래 제일 첫 번째 걸 클릭했어. 훌쩍 큰 키에 여전히 야윈 몸을 한 백이현이 꼿꼿한 자세로 피아노 앞에 앉아 있었어. 잘난 이마를 덮은 밤색 머리카락이 제법 길어서 예쁜 눈을 다 가리고 있더라.

카메라가 무대 전체를 조망하던 때, 첫 음이 울리고 연주가 시작되었어.

희고 긴 손가락이 가만히 건반에 닿았어. 익숙한 선율이 울려 퍼졌지.

리스트의 위안.

너무 유명해서 길을 걷다가도 들려오는, 아마도 수백 번은 들었을 곡이었어. 못 보던 사이 그 애 연주는 조금 더 깊어졌더라. 윤아네 아줌마의 품 같고 우리 엄마의 목소리 같았어. 부드럽게 무르익은 선율이 따뜻하고 슬픈 냄새를 풍겼지. 애처로운 음들은 어쩐지 등을 토닥이는 위안보다는 더 울어 보라는 종용처럼 들렸어. 실제로 관객석에 앉은 몇몇 이들은 지금 막 실연이라도 당하고 온 듯 흐느끼고 있었어. 카메라는 눈물이 그렁그렁한 그들의 얼굴을 집요하게 잡아 대었지.

하지만 책상 앞에 앉아 영상을 보던 5분 남짓 동안 나는 눈물 한 방울 흘리지 않았어. 그럴 필요가 없었어. 그 애가 나 대신 마음껏 슬퍼하고 있었으니까.

세상엔 슬픔이 주는 위안이란 게, 진짜 있더라고.

그 영상을 몇 번이나 반복해 재생했는지. 백이현의 연주를 듣는 사이, 내 마음은 차분히 가라앉기 시작했어. 쓸데없이 괴로운 척 그만하자는 결심이 섰지. 지금으로선 이 문제를 받아들이고 그냥 살아가는 수밖에 없잖아.

먼저 내가 괴물이란 사실부터 인정해야 했어. 그다음으로는 괴물로 잘 살아가기 위한 방법을 모색해 봐야 하고. 토씨 하나 빼먹지 않으려 노력하며 들여다본 인터넷 게시 글들이 꽤 도움이 됐어. 거기서 얻은 유용한 정보를 토대로 나만의 규칙을 하나하나 정립해 봤지.

가장 중요한 건 먹어도 되는 것과 되도록 먹지 않는 게 좋은 것을 구분하는 거야. 어른들은 건드리지 않는 게 좋아. 일상과 밀접한 관련이 있는 사람들은 특히 조심해야 해.

집에 상주하며 나를 돌보는 이모들, 학원 선생님, 담임 선생님. 그런 분들이 날 까먹으면 일이 좀 귀찮아지거든. 문제가 생길 싹은 애초에 제거하는 게 좋잖아.

이쪽은 방법이 그다지 어렵지 않아. 그동안 해 온 것의 정반대로

만 하면 되니까. 마주치면 인사 대신 멀뚱멀뚱 쳐다보기, 예의란 예의는 다 잊은 듯 굴기, 말을 걸면 다섯 번에 한 번꼴로만 대답하고 나머지는 안 들리는 척 무시하기, 적당한 때에 염치없는 부탁을 해서 당황스럽게 하기.

그러다 보면 아주 커다랗던 솜사탕이 물먹은 듯 쪼그라들기도 하고, 흐린 날의 구름처럼 흩어지기도 해. 그러다 어느 날 갑자기 처음부터 존재하지 않았다는 듯 완전히 자취를 감추지.

속상하지 않았냐고? 그럴 리가. 그렇게 기꺼울 때가 없는걸. 들어 봐, 진짜로 속상한 건, 이런 거야.

맘대로 커다래지는 솜덩어리에 눌려 숨도 제대로 못 쉬고 헐떡거리다 길바닥에 쓰러지는 거, 저걸 먹으면 어떻게 되는 줄 알면서도 내 욕망 하나 억누르지 못해 날 좋아해 주는 사람의 기억을 아귀처럼 먹어 치우는 일, 방금 전까지만 해도 다정으로 나를 죽일 것 같던 눈동자가 모르는 사람처럼 멀뚱히 날 바라보는 때.

이제 알겠어? 나를 좋아하려던 누군가의 마음이 꺾인 꽃처럼 시들어 버리는 거. 나한텐 그만한 희소식이 또 없어.

얼마 지나지 않아 난 이 규칙을 특정인에게 국한하는 게 아니라 모두에게 적용하는 게 맞다는 결론을 내렸어. 같은 반 친구, 레슨실에서 만나는 애들, 길을 걷다 마주치는 모든 이들에게 말야.

사람들이 내 생각보다 훨씬 착하더라고. 부딪히는 온갖 존재에게 쉽게 정을 줘. 너무 빨리 사랑에 빠져. 내가 엄청난 매력의 소유자라서 다들 날 좋아한다는 자랑을 돌려 말하는 게 아니야. 그냥 인간이 원래 그렇게 생겨 먹었어. 그걸 다 감당하다간 요절할 판이라니까.

모두에게서 거리를 두니 조금 살 만해졌지만, 문제가 없진 않았어. 최선을 다해 혼자가 되려고 노력해 봤자 안 되는 때가 있었거든.

사람 마음이란 게 교통사고 같은 거더라. 어느 날 불쑥 나타나서는 앞도 안 보고 돌진해 와. 내게 큰 빚이라도 진 사람처럼 다정을 퍼다 줘. 난 아무것도 줄 게 없는데 괜찮다며 자기들 맘대로 푹신한 솜뭉치를 만들어. 꿀 같은 향으로 나를 둘러싸고는 숨통을 조여 와. 이러다 딱 죽겠다 싶을 때까지.

운 좋게도, 나는 곧 이런 때를 위한 비책을 찾아냈어. 나를 잘 알지도 못하면서 얼굴만 보고 좋아해 주는 남자애들은 늘 있었거든. 머리 위에 뽀얀 솜덩어리를 달고 다니는 애들.

선량한 사람들의 헤프고 포근한 마음들이 나를 죽이려 들 때마다 난 걔네들을 만나서 놀았어. 몇 마디 나누고, 밥도 같이 먹고, 적당히 시간 보내다 보면 나풀거리던 솜털은 금세 단단하게 자리 잡고 몸집을 키워 내. 단내가 나기 시작하는 때가 적기야. 그때 바로 잡아먹으면 돼. 간단하지.

너무 그런 눈으로 쳐다보진 마. 고작 며칠 친하게 지낸 게 전부잖아. 나도 아무거나 막 삼키는 건 아니야. 딱 봐서 솜털처럼 가벼운 마음이다 싶을 때만 먹는다고.

그러니 걔네한테 날 잊는다고 해서 무슨 큰일이 생기는 건 아니야. 해가 될 것도 전혀 없어. 뭐, 마음이야 잠깐 공허할 수도 있겠네. 까닭 없는 허무감에 며칠 속을 끓일지도 모르겠어. 그렇다고 걔네가 죽는 건 아니잖아. 죄책감은 느끼지 않기로 했어. 이쪽은 생사가 달린 일이라.

모든 일이 잘 풀렸던 건 아니야. 상황을 통제하려고 노력해 봤자 일은 어디서든 어그러지기 마련이잖아.

몇 달 전에도 큰 실수를 했지. 운 좋게 콩쿠르에 입상한 덕분에 다니는 학원과 연계된 후원 재단에서 하는 연주회에 참석했던 날이었어. 연주를 마치고 무대에서 내려오니, 회장 안에 설탕 냄새가 가득하더라. 객석 가득 솜사탕이 들어차서 구름 위에 서 있는 기분까지 들더라니까? 크기가 위협적인 건 얼마 안 됐지만 개수가 그 정도 되니 부담스러웠지.

얼른 옷 갈아입고, 인사드릴 분들께만 인사드리고, 최대한 빨리 집에 가자.

그렇게 마음먹고 바삐 움직이는 내게, 어떤 여자가 다가왔어. 대학생쯤 되었으려나. 아니, 어쩌면 그보다 조금 더 위일지도 모르겠다. 화장기 없이 말간 얼굴이 아직 앳되어 보이는데, 눈빛은 깊고 어른스러워서 어쩐지 나이를 가늠할 수 없더라고.

그 사람, 내 팬이라면서 꽃다발을 내밀었어.

너무 생경한 단어에 대답도 못 하고 얼떨떨한 표정만 짓고 있었더니, 못 알아들었다 생각했는지 다시 한번 또박또박 말해 주었지.

─저 이은원 씨 팬이라고요. 아, 이은원… 학생이라고 불러야 하나?

―어, 언니 편한 대로 부르세요.

―언니래. 와, 지금 언니라고 부른 거예요? 저한테?

맘대로 언니라고 불러서 미안하다고 사과했더니, 그 언니, 연신 손을 내저으며 앞으로도 그렇게 불러 달라고 말했어. 내가 언니라고 불러 줘서 너무 기쁘대. 분당에서 고양시까지 두 시간여 전철을 타고 온 보람이 느껴진다나.

붉게 상기된 얼굴을 손등으로 식혀 가며 어쩌다 날 알게 된 건지 조곤조곤 설명해 주었어.

친구가 내가 다니는 학원에서 일하는데, 그 친구를 만나러 갔다가 우연히 내가 연주하는 걸 들었대.

―집에 가서도 자꾸 귓가에 맴도는 거예요. 저 클래식 같은 거 관심도 없었는데 이상하게 자꾸 그 멜로디가 윙윙거려서. 그래서 인터넷에서 찾아 들었는데, 내가 들은 거랑 좀 다른 거 같고….

친구를 통해 내가 콩쿠르 참가한다는 소식을 듣고 볼 수 있는 모든 무대를 다 지켜봤다더라. 그러다 보니 어느새인가 응원하고 있었대.

―이런 말 하는 거 부끄러운데. 제가 요즘 안 좋은 일이 많아서, 일도 그만두고, 뭘 좋아할 열정도 안 생기고, 누구한테 관심을 쏟을 힘도 없었거든요. 그런데 여기만 오면 힘이 나더라고요.

내 연주를 듣는 순간만큼은 자기가 살아 있는 것 같더래. 잡생각이 다 없어졌대. 몇 분 안 되는 순간을 위해 왕복 네 시간을 전철로 움직이는 게 하나도 고생스럽지 않더래.

아무것도 바라지 않고 사는 데 익숙해졌다 생각했는데, 어느새 맘 졸이며 내가 1등 하길 기도하고 있더래. 바라는 대로 내가 우승을 하면, 그러면 그걸 증표라 생각하며 다시 잘 살아 봐야지 했었대.

―근데, 막상 우승했을 때 알았어요. 그게 중요한 게 아니었구나. 아, 물론 되게 기뻤고 엄청 축하하는데… 그냥, 이기고 지는 게 중요한 게 아니구나 싶었어요. 여기 오는 동안 기대하고, 앉아서 기다리고, 음악을 듣고, 집에 가는 동안 되새기고, 그러는 동안 다 충족된 것 같아요. 제가 너무 많은 걸 받았어요.

내 연주가, 마음의 위안이 되었다고, 그 언니는 그렇게 말했어.

눈시울을 붉혀 가며 내뱉는 모든 말엔 한 토막의 거짓도 섞여 있지 않았어. 언니의 진심이 눈앞에 훤히 보였지. 만지면 그대로 가루가 되어 흩어질 듯 부드러운 솜사탕 타래가 여름 저녁의 구름처럼 광대히 펼쳐져 있었어. 도저히 감당할 수 없는 강렬한 향을 내뿜으며.

어떻게 해야 할지 알 수 없었어. 너무 고마웠는데, 그 맘을 전달하고 싶은데, 섣불리 입을 열었다간 어떤 일이 벌어질지 장담할 수 없었지.

팽팽히 당겨진 이성의 끈은 한계치에 도달한 지 오래였고, 나의 뇌는 빨리 이 자리를 벗어나라며 경고음을 울려 대고 있었지. 고갯짓으로만 겨우 인사를 대신하고는 대꾸도 없이 자리를 뜨는 내가 얄밉지도 않은 건지, 그 언니는 등 뒤에서 소리쳤어.

―계속 응원할게요. 좋은 연주 들려줘서 고마워요.

잔뜩 들뜬 그 목소리가 귓가에 꽂히는 순간, 솜털 구름이 하얀

베일처럼 나를 덮쳐 왔어. 부드러운 천에 감겨 질식당하는 기분이었지.

허기 탓에 다리에 힘이 풀렸던 걸까, 내가 잠깐 휘청였나 봐. 그 언니는 놀라서 나를 부축하러 다가왔어. 모든 일은 순식간에 벌어졌지.

난 며칠 굶은 산짐승처럼 허겁지겁 식사를 했어. 숨이 막힐 것 같아서, 이걸 다 입안에 삼켜 내 몸을 채워야 살 것 같아서.

다 먹어 치운 후에야 정신을 차리고 그 언니를 올려다봤어. 언니는 윤아네 아줌마가 그랬듯이 어지러운 듯 몸을 휘청거리고 있었지. 난 다급히 언니의 팔목을 붙잡았어. 그게 나 때문에 벌어진 일이란 걸 모르는 사람처럼. 이제는 편하게 입을 열 수 있었기에 괜찮냐고도 물어봤지.

언니는 혀를 살짝 내밀며 머리를 긁적였어.

―제가 좀 긴장했나 봐요. 내가 무대에 올라간 것도 아닌데 왜 이러지.

나는 빠르게 계산기를 두드렸어. 그때, 내가 윤아네 가족들과 몇 분 정도 더 대화를 나누었더라? 저 정도 크기의 솜사탕을 먹고 나면 내게 주어진 여유 시간이 어느 정도 되는 거지?

모든 걸 잊고 나면, 자신이 여기에 온 연유조차 기억하지 못할 사람을 붙잡고, 나는 쫓기는 사람처럼 고맙다고 말했어.

팬이라는 말, 처음 들어 본다고. 내 연주를 좋게 들어 줘서 고맙다고, 정말로 큰 힘이 되었다고, 괜찮으면 요즘 왜 그렇게 힘들었는지 말해 줄 수 있냐고, 언니는 참 따뜻한 사람인 것 같다고, 내 연주가 아녀도 어디서든 다시 좋아하는 걸 찾아낼 사람처럼 보인다고.

언니의 이야기도 많이 들었어. 말썽만 부리고 걱정하는 맘을 몰라주는 막냇동생 얘기, 맏딸이라 느끼는 부담, 병가도 안 주는 악덕 기업에서의 고생담, 최근에 재봉틀을 사서 재미를 붙여 보려 한다는 말.

언니는 나와 이렇게 길게 대화를 나눌 수 있을 줄은 몰랐다며, 상기된 얼굴을 하고 웃었어.

그때였어. 누군가 나를 불렀어. 그래, 언제까지 여기 서서 떠들고 있을 순 없는 상황이었지. 나는 날 부르는 사람을 향해 몸을 돌렸어. '잠깐만, 금방 갈게'라고 소리쳤어. 작별 인사를 하기 위해 다시 언니 쪽으로 고개를 돌린 순간, 목격하고야 말았지. 방금 전까지 눈부시게 반짝이던 언니의 얼굴에서 빛이 꺼지고, 미소가 사라지는 모습을.

그냥 연주 몇 번 들은 게 다인, 이은원이라는 열일곱 살 여자애에 대한 애정, 기억. 그건 정말 아무것도 아닌 줄 알았는데. 그 언니 얼굴, 순식간에 다른 사람처럼 변하더라.

내가 뭔가를 단단히 착각한 거지. 그 기억은 내 것이 아니었는데. 그 마음은 그 사람만의 것이었는데.

난 그 언니에게서 너무 커다란 걸 빼앗은 거야. 때늦은 후회는 아무 도움도 되지 않지. 돌이킬 방법은 없으니 앞만 보고 가야 했어.

바이올린은 그날부로 그만뒀어.

* * *

생각보다 힘들진 않았어. 양심을 버린 건 오래전 일이었고, 바이올린 역시 언젠가 그만두어야 할지도 모른단 각오를 해 둔 터였어. 이게 골방에 틀어박혀서 혼자 연주하는 악기는 아니니까.

그래도 예고로 진학했으니, 대학까지는 이쪽으로 가 보고 사람 덜 만나는 게 가능한 방향을 연구해 보면 어떨까 싶었는데, 정신 차리고 나서 다시 생각해 보니 나, 진짜 어린애 같은 꿈을 꾸고 있었더라.

엄마는 바이올린을 그만두겠단 내 말을 순순히 받아들였어. 몇 년 만에 다시 전화가 걸려 오긴 했지만.

예중 입학하고, 학교 안 나가며 방황하던 시절부터 고민했었다, 그래도 끝까지 가 보자 했는데 고등학교 올라오니 알겠더라, 내가 계속 연주자의 길을 갈 정도로 재능이 있진 않더라, 콩쿠르 우승까지 해 봤으니 여한은 없다, 할 수 있는 데까지 다 했으니 이제 다른 걸 해 보고 싶다, 이러려고 성적 관리도 해 둔 거다….

뭐 그런 말을 진지하게 늘어놓으며 일반고로 전학 가고 싶다고 말했더니 바로 허락이 떨어졌지.

여태까지 한 거 아깝단 말도, 계속 해 보라는 설득도 없었어. 엄마도 괴물인 내게 이런 날이 올 거란 걸 예감하고 있던 걸까? 그럼 비싼 바이올린은 왜 사 주고, 레슨비는 왜 대 주셨을까. 그게 엄마가 보여 줄 수 있는 최대한의 애정이었던 걸까. 왜, 백이현이 그랬잖아. 그렇게 비싼 돈 내는 거, 사랑해서 그러는 거라고.

백이현 소식은 마지막으로 레슨실에 들렀던 날 우연히 전해 들었어.

근황이야 나도 대충 알고 있었지. 이따금 기사나 영상, 인터뷰 같은 걸 찾아보곤 했으니까.

하마마쓰 국제 콩쿠르에서 우승했던 게 벌써 반년도 더 된 일이던가. 백선오와 함께 귀국할 예정이란 소문은 어디서 들었더라. 둘이서 협연도 한다는 이야기도 있었지. 난 조금 고민하다 가지 않기로 결정했지만, 선생님들은 그 연주회, 가셨을 거야. 늘 백이현이 우리 학원 출신이라고 자랑스럽게 말씀하시곤 했으니까.

직접 듣는 그 애의 피아노 소리는 어땠으려나. 몇 년이 지난 지금, 그 애의 피아노는 또 어떤 빛을 내고 있을까. 나는 그런 것들이 궁금했나 봐. 그래서 아주 조금만, 선생님들의 이야기를 엿들어 볼 작정을 한 거지.

그런데 귓가에 들리는 말들은 내가 기대했던 내용이 아니었어. 내가 그 애 소식을 챙기지 않던 지난 반년 사이에 너무 많은 것들이 달라졌더라.

서하진, 그러니까 그 애 엄마가 얼마 전에 교통사고로 죽었다는 소식엔 많이 놀랐지. 젊은 나이에 목숨을 다해 안타깝단 생각은 들지 않았어. 난 그 애 엄마는 죽어도 싸다고 생각했으니까. 처음부터 그랬지만 시간이 흐를수록 점점 더 확고해지더라. 애를 그렇게 패는 사람은, 죽는 게 나아.

내가 걱정한 건 다만 백이현 하나뿐이었어.

그런 엄마도 엄마라고 가슴 아파했겠지. 그때처럼 또 끅끅대며 울었을까. 아니면 또 우는 것처럼 웃으려나. 백선오는, 그 애 아빠는, 백이현을 안고 등이라도 토닥여 줄 따뜻한 사람이려나.

복잡해진 머릿속에 수많은 상념을 굴리는 사이에도 선생님들의 이야기는 계속되었어. 사고가 난 차량 안에 백이현도 타고 있었단 얘기를 들었을 땐 가슴이 철렁했지. 손끝 하나 다치지 않았단 말에 안도의 숨을 쉬었고.

장례를 치른 후 딱 두 달 후로 예정되어 있던 연주회. 그걸 취소 없이 예정대로 진행했단 이야기엔 생각이 많아지더라. 선생님이 그랬어. 백이현 본인 뜻이었다고. 예정대로 하고 싶다고 고집할 때는 뒷말도 돌았지만 책임감 있는 결정이라는 감탄도 있었대.

연주회 전엔 선생님께 인사하러도 한번 왔었다나 봐. 그때만 해도 아주 멀쩡해 보였다고 했어. 그래서 그런 일이 벌어질 줄은 몰랐다고.

그 애, 연주회 당일, 직전 리허설을 하다 그냥 나갔다더라. 조율이 끝난 피아노 앞에 한참을 가만히 앉아서 피아노를 쳐 보려고 건반 위에 손을 얹었다가 다시 내렸다가 하다가 손가락이 움직이지 않는다고 말했대.

사실상 은퇴 아니겠냐는 추측, 백선오가 하나뿐인 아들을 그냥 두겠냐는 말, 한국으로 아주 들어온다더라 하는 소문, 아직 어리니 복귀할 수도 있지 않냐는 낙관론, 그 뒤로 이런 말이 이어졌어.

  서하진, 죽으면서도 이현이 손만 감싸고 있었대요. 피아노 치는 손이라면서. 이현이한테 직접 들었어요. 애가 충격이 컸겠죠. 그냥 연주회를 취소했으면 좋았을 텐데 그렇게 되어서 참. 그래도 다시 한번 해 보자고, 너만 잘하면 사람들은 또 금세 잊는다고 설득해 봤는데 걔가 그러더라고요. 피아노 앞에만 앉으면 그 장면이 어른거려서 못 치겠대요. 아니, 다시는 안 칠 거래요.

* * *

  무슨 정신으로 학교까지 갔는지 기억이 안 나.

  필요한 건 이미 다 챙겨 놨고, 전학 갈 준비도 끝냈는데. 남은 짐, 별거 없었는데.

  수업 다 끝난 시간이라 아무도 없을 줄 알았는데 교실에 허유림이 남아 있더라. 내 옆자리 여자애. 윤아랑 닮은 동글동글한 얼굴에 늘 미소를 띠고 다니는 잔정 많은 애였지. 나처럼 겉도는 애들을 가만히 못 두는 사람 좋은 애. 고맙게도 머리 위에 달고 있는 솜사탕을 내가 감당할 만한 크기 정도로만 유지해 주고 있는 애.

  —언니, 그냥 가려고 했지. 아, 진짜. 나 섭섭하려고 그래.

  말 섞을 생각은 없었어. 심란한 상태로 입을 열면 괜한 실수를 할지도 모르니까. 그런데 허유림 걘, 기어코 말을 이어 나가는 거야.

─우리, 가끔 만나고 그러자. 응?

있잖아. 위악도 계속하면 습관이 되고 천성이 된다? 나도 모르게 '내가? 너를? 왜?' 같은 말을 내뱉고 있더라. 그 애 위의 솜덩어리는 충분히 내가 견딜 만한 정도의 고통이었는데도.

그따위로 구는 내게 허유림은 여전히 웃는 낯으로 말했어.

─아, 왜애. 전학 가는 학교, 그렇게 멀지도 않던데. 충분히 볼 수 있잖아.

─멀어.

─알았어. 언니한테 오라고 안 할게. 내가 가면 되니까. 그건 괜찮지?

─네가 왜 거기까지 오는데.

─아, 말 안 했나? 나 그 근처에 이모 집 있어. 그리고 뭐, 꼭 무슨 일이 있어야 가? 그냥 이은원 만나러 가는 거지. 안 돼?

─응, 안 돼.

─에이, 자꾸 그러지 말고.

─오지 마. 와도 안 볼 거니까.

허유림이 실소를 터뜨렸어. 그래, 이 정도면 쟤도 화날 만하지. 비아냥대는 말이라도 쏟아진다면 가만히 감당해 줄 생각이었어. 아니, 사실 그런 걸 기대했어.

그런데 어찌 된 일인지, 그 애 머리 위 솜사탕이 작아지기는커녕 순식간에 두 배로 부풀어 올랐어. 허유림, 가뜩이나 정 많은 그 애는 전학 가서 이제 못 본단 말에 감상에 젖기라도 한 모양이었어.

―아, 이은원 진짜 징하다. 어떻게 끝까지 그러냐.

투정 부리듯 그런 말을 하는 허유림과 나 사이로 아찔한 단 향이 무겁게 가라앉았지.

짐이고 뭐고 일단, 교실 밖으로 나가자 싶어 내 앞의 허유림을 밀쳐 냈는데, 그 애가 밀려나는 대신 내 손을 잡아 자기 품으로 끌어안아 버리는 거야.

―언니, 진짜 그러지 좀 마.

―…….

―좀 솔직해져라. 나 진짜 서운해지려고 하니까.

숨이 턱 막혀서 아무 말도 못 하고 있는 내 얼굴을 바라보며 허유림은 샐쭉 웃어 보였어.

―아니. 마음에 담아 두진 말고, 사실 오늘 건 섭섭한 축에도 들지 않아. 이은원을 내가 이제 좀 알지.

마지막까지 참 다정한 애였어. 남은 짐 별거 없는 것 같은데 괜히 도와준다면서 방해하진 않겠다고 말도, 그래도 잘 챙겨 가라는 당부도, 예고 없이 불쑥 찾아가 놀라게 하진 않을 테니 걱정 말라는 장담도 모두 고맙기만 했어. 그래도 적응 좀 하면 자기 꼭 불러야 한대. 멀어도 괜찮대. 이모 집이 그 근처인 건 거짓말은 아니래, 가는 거 어렵지 않으니까 심심하면 언제든 부르래, 전화하면 꼭 받으래.

사실 말이야. 나도 그러고 싶었어. 친구 하나 정도는 있어도 되지 않나. 아주 친한 친구까지는 못 되어도 가끔, 잊을 만하면 한 번씩 전화해서 어떻게 지내는지 묻는 정도는 괜찮지 않나 생각도 했어.

나 조금은 더 참을 수 있었거든. 그 애를 뿌리치고 교실 밖으로 나가자마자 기절을 하든, 그대로 한 번 더 쟬 복도로 밀어 내고 문을 잠가 버리든. 어떻게든 방법은 있었을 거야.

하지만 그건 임시방편일 뿐이야. 드물게 마음이 약해져 있는 날에 이 애한테 전화가 오면 나는 못 이기는 척 받아 버리겠지. 쟨 자기가 말한 건 꼭 지키는 애라 진짜로 나를 찾아올 거야.

마음이 약해진 어느 날엔가 나는 그 부름에 응답하게 될 거야. 우린 또 오늘처럼 얼굴을 마주할 테고. 만남을 거듭하는 사이, 시간은 잘 만든 파이의 겹처럼 차곡차곡 쌓이겠지. 내가 참지 못하고 저 애 머리 위의 솜사탕을 먹어 치우는 그날까지는.

답은 명확했어. 내 손으로 내가 불탈 지옥을 만들 필요는 없잖아. 이건 이쯤에서 해결해 두어야 할 문제였지.

우선, 이 애가 원하는 대답부터 해 줘야지.

—유림아. 그동안 참 고마웠어.

—아, 뭐 또 그런 말을.

—그냥, 내가 너한테 도움받은 게 많은데 고맙단 말을 한 번도 한 적이 없는 것 같아서.

—알지, 알지. 그걸 꼭 말로 해야 하나. 이 언니 진짜. 자꾸 이게 마지막인 것처럼 그러네.

—그렇게 들렸어? 미안, 우리 곧 또 볼 건데.

—…어?

나는 혼신의 힘을 다해 미소를 만들어 보이며, 진심을 다 끌어모아 마지막 말을 건넸지.

―내가 연락할게.

―진짜다? 이은원, 거짓말 치는 거 아니지? 언니, 진짜 꼭 하기다?

허유림, 걔. 입이 찢어져라 웃더라. 번호 바꾸기 없다고, 약속하라고 하면서 새끼손가락까지 내밀더라.

그래, 이런 걸 좋아하는 애들이 있지. 내가 그런 애들한테 좀 약해.

나는 순순히 그 애 손가락에 내 손가락을 걸어 줬어. 허유림은 이제 곧 여름인데 손이 왜 이렇게 차갑냐면서 반대편 손으로 내 손등을 감싸 쥐었지.

그게 끝이야. 다음 순간, 나는 허유림 머리 위에 뜬 망할 솜사탕을 먹어 치웠어.

식사를 끝마치고 돌아본 교실은 조금 전과 다름없었어. 아무것도 달라지지 않았지. 허유림은 멍한 얼굴로 털썩 주저앉았어.

―아, 나 이번엔 다이어트 성공할 건가? 막 어지럽고 그러네.

이젠 대충 감이 갔어. 내게 주어진 시간은 10분, 길면 20분쯤? 그사이 못 전한 마음을 모두 말해도 좋을 거야. 마지막 인사도 한 번 더 해 보고.

그런데 그게 무슨 소용이 있나. 어차피 앤 곧 다 잊어버릴 텐데. 실컷 떠들다 어느 순간 낯선 눈으로 넌 누군데 우리 반에 있냐고 묻는 허유림을 보고 싶진 않았어. 그래서 비겁하게 도망치는 걸 선택했지.

―앉아서 기다려 봐. 따뜻한 물 한잔 가져올게.

가방을 등 뒤에 그대로 메고 있어서 다행이었어. 그대로 교실 밖으로 나가면 그만이었으니까. 어차피 허유림은 곧 나를 잊을 테니, 따뜻한 물 한 컵만 오매불망 기다리는 일은 없을 거야.

교문 밖으로 나오고 나서야 내가 짐을 가지러 들른 거란 사실을 깨달았어. 몇 분만 기다렸다가 다시 들어가 챙겨 갈까. 잠시 고민하던 난 곧 그만두기로 했어. 어차피 남은 짐이라고 해 봤자 허유림이랑 세트로 맞춘 노트, 맘대로 커플 템이라고 사 온 펜, 억지로 같이 찍은 사진 같은 거니까. 버리는 게 맞겠더라고.

그날, 짐 챙길 생각을 안 했으면, 한 번은 더 만날 수 있었을까? 어울리지 않는 감상적인 생각을 몰아내려 나는 머리를 세차게 흔들었어. 지나간 일은 빨리 잊는 게 상책이잖아.

그래도 허유림 덕분에 한동안 굶주림에 허덕일 일은 면했어. 덕분에 전학 간 학교에도 쉽게 적응했고.

마음을 여유롭게 먹으니 일이 술술 풀리더라고. 새로 생긴 솜뭉치 해치우는 것도, 나에 관한 안 좋은 소문을 퍼뜨리는 작업도, 같은 반 애들이랑 적당한 거리를 만드는 일도, 어려울 게 없었어.

그렇게 다시 평온한 삶으로 돌아오나 싶었을 때쯤, 담임이 새로운 전학생 소식을 전하더라.

놀랐지. 웬 문짝만 한 남자애가 들어오길래.

남자애들은 다들 그렇게 갑자기 크고 그래? 키도 훌쩍 자라고, 뼈대도 단단해져서는 뽀얗고 보들보들한 인형 같던 때랑은 완전히 다른 사람 같더라. 사진이나 영상으로는 안 그래 보였는데 말이지.

그래도 단번에 알아본 건 순한 눈동자 때문이야. 가지런히 아래로만 뻗어서 조금 인상을 맹해 보이게 만드는 긴 속눈썹, 그 아래 연한색 눈이 너무 그대로라서. 저런 얼굴은 한번 보면 잊을 수가 없잖아.

그래, 백이현이 내 눈앞에 서 있었어. 7년이면 그다지 긴 세월은 아니지 않나? 나, 초등학교 때 이미 클 만큼 다 커서 그사이 별로 변한 것도 없거든. 그런데 백이현, 이 멍청이는 날 알아보지 못하더라.

자꾸만 곁눈질하다가 결국엔 내 옆으로 자리를 옮겨 오길래 이제야 알아본 건가 했지.

그런데 갑자기 초등학생처럼 '친하게 지내자, 누나.' 같은 말이나 하는 거야. 진짜로 처음 보는 사람처럼.

어처구니가 없어서 정말.

확 잡아먹을까 싶었어. 보아하니 정이 뚝뚝 흘러넘치는 게 옆에 앉은 김에 좀 친해지는 건 일도 아니겠더라고. 머리 위엔 벌써 조약돌만 한 솜뭉치가 하얀 강아지 귀처럼 붙어 있었지. 쟨 모든 사람에게 디폴트값으로 호의를 보이는 타입이니까.

이참에 저걸 제대로 커다란 솜사탕으로 부풀려서 바로 잡아먹을까. 그런 생각을 안 한 건 아니야.

그런데 백이현 걔, 갑자기 반칙을 쓰는 거 있지.

"저기 누나, 저, 사실 얼마 전에 엄마가 돌아가셨거든요."

"……."

"아, 갑자기 분위기 이상하게 만드려고 꺼낸 얘기는 아니고요. 사실 뭐, 그렇게 슬프지도 않았고. 아니다, 약간 슬프긴 했나? 울긴 했는데, 제가 원래 눈물이 좀 헤프긴 하거든요. 아, 이런 얘기 하려던 게 아니라…. 누나. 이거 진짜 비밀인데요. 아무한테도 말하지 마요. 우리 엄마, 실은 살짝 미쳤어요."

무슨 우스운 이야기라도 되는 듯, 걘 머리 옆에 손가락을 가져다 대 빙그르르 돌렸어.

"미쳤단 말은 좀 그런가? 아무튼 정상은 아니에요. 보통 자기 아들을 그렇게 죽도록 미워하진 않으니까. 이걸 본질이 악하다고 말해야 하나?"

"……."

"뭐 본인은 날 사랑해서 그런 거라고 믿고 있었던 거 같지만요. 끝까지."

얜 왜 늘 내 말문을 막히게 만들까.

걔네 엄마가 어떻게 미쳤는지, 어떤 식으로 쟬 미워했는지, 죽는 순간까지 계속되던 그 지독한 사랑이 쟤를 어떻게 괴롭혔는지, 그걸 들어 버렸는데. 아주 조금만 들었을 뿐인데도 그 단면조차 너무 끔찍했는데. 그 짧은 기간 동안 몇 번 마주친 게 전부면서 내내 쟤가 잘 살기를 바랄 정도였는데.

그런데 쟨 왜 남이나 다를 것 없는 사람한테 아무렇지 않게 그 이야기를 늘어놓고. 저렇게 태연한 얼굴로.

"아, 맞아. 이것도 말해야지. 저, 실은 아빠도 뭐 없다고 봐야 해요. 이제 또 해외로 가셨고……. 원래 나한테 그렇게 관심 있는 사람은 아니라. 워낙 바쁜 분이거든요. 챙길 여자 친구들도 많고."

"……."

"그렇다고 이 나이에 애정 결핍이니 뭐니 그런 건 아니고요… 저도 이제 곧 성인이니까 제 살길 제가 찾는 게 맞죠. 아, 이거 뭐 위로해 달라고 하는 말은 아니고요……."

"……."

"아… 위로할 생각 같은 거 없으셨나…? 내가 좀 너무 나갔네. 아무튼 뭐, 그냥… 뭐, 그냥 그렇다고요."

"…그런데 그걸 왜…."

"아, 맞다. 나 하려던 얘기 있었다. 제가 왜 이런 얘기를 꺼냈냐면…… 이게 그러니까… 음……."

잠시 말을 멈춘 백이현은 작게 숨을 내쉬며 호흡을 골랐어. 그러고는 말을 이었지.

"이거, 어느 쪽이냐고 하면 동질감이라고요."

"동질감……?"

"연민, 동정. 뭐, 그런 게 아니라."

"……."

"그러니까 잘 지내 보자고요, 우리. 자, 악수."

그러니까 백이현, 그 앤 남자애들이 떠들어 대는 시답잖은 얘기가 신경 쓰였던 거야. 그걸 내가 다 듣고 있었다는 걸 알았고, 그래서 자리를 옮겼으면서, 그 마음을 내가 동정이라 치부하며 자존심상해할까 봐 제 속사정을 다 까발린 거야. 뭐 저런 놈이 다 있지?

너무 황당해서 웃음이 다 나오더라.

백이현은 고개를 갸웃거렸어.

"저 무슨 웃긴 말 했어요? 아님 말실수했나? 이게 그렇다고 비웃을 일까진 또 아닌데……."

전보다 야윈 얼굴, 그 덕에 드러난 날카로운 선들, 가파른 직선을 모두 무마해 줄 선량한 눈동자. 그 눈 가득 띄워진 순진한 물음표를 보며 나는 결심했어.

백이현.

애랑은 최대한 멀리 떨어져 지내자.

할 수 있는 한 최고로 못되게 굴어 주자, 정이 떨어지다 못해 재수가 털려서 솜사탕은커녕, 솜털 하나 머리 위로 띄우지 못하게, 나를 아주 미워하게 만들자.

그건 내 전공이니까.

연마한 기술을 발휘하는 건 어렵지 않았어.

먼저 악수하자며 내민 손을 세게 쳐 냈지.

얼굴을 잔뜩 찡그리고 말했지.

"어쩌라고."

"네?"

"그래서 뭐. 비슷한 처지끼리 모여서 단합 대회라도 하자고?"

거울 보며 연습한 대로 입술을 이죽여 봤어.

그런데 있잖아. 백이현, 걔가 그냥 웃어 버리는 거야.

"단합 대회 좋죠."

라면서.

그러더니 갑자기 필통을 안 가져왔다면서 펜 좀 빌려 달래. 뻔히 가방 안에 있는 게 보이는데. 분위기 풀겠다고 꺼낸 말인 거 알면서도 일부러 무안을 줘도 그냥 웃어. 바보처럼 빈 필통을 털어 보이기나 해.

이렇게 신경 쓰이게 하는 것도 재주야. 저런 성격으로 피아노는 용케 쳤다 싶어. 자꾸 뭘 안 가져오고, 떨어뜨리고, 까먹어.

저리 가라고 면박을 주려다가도 예전 일이 생각나. 서하진 앞에서 가늘게 떨리던 어깨가. 모른 척 무시하려고 할 때마다 어김없이 떠오르지. 제 말을 들은 척도 하지 않던 엄마 앞에서 종알종알 떠들어 대던 모습이, 불안만 가득 차 있던 눈동자가.

나와 말 섞어서 좋을 게 없는데 계속 시답잖은 얘길 늘어놔. 멀찍이 떨어져 있으려 했더니 함부로 거리를 좁혀 와. 상처 줄 테면 상처 주라는 듯이. 그러면 아무것도 할 수가 없이.

자꾸만 뭘 챙겨 주게 돼. 쟤가 나한테 보여 준 빛이 고마워서, 내 몫까지 슬퍼하며 들려주던 연주에 멋대로 위안받은 게 미안해서.

도의상 빌려주는 거라는 티를 잔뜩 내면서 건넸는데도 속없이 고마워해. 잠자코 받으면 될 걸 또 토를 잔뜩 달아.

저 이거 주면 누나는요? 누나는 어떻게 할 건데요?

그러고는 엄청 감동받은 표정으로 나를 보는 거야. 머리 위엔 어느새 포슬포슬한 솜사탕 덩어리가 주먹만 하게 자라 있지.

그 애가 날 좋아해 줘서 기뻤냐고?

전혀.

세상 모든 사람들이 나 같은 괴물이라면, 그중 반절 정도는 쟤 머리 위에서 솜사탕을 보게 될걸?

저런 사람들을 몇 봤어. 타고나길 선하고 다정해서 누굴 만나든 일단 좋은 쪽으로 해석하지. 조금만 잘해 줘도 금세 꼬리를 흔드는 강아지처럼 쉽게 정을 주고.

그런 애들 주변엔 늘 사람이 넘쳐. 다들 착한 사람은 귀신같이 알아보고 붙느니까.

처음엔 다루기 쉬워. 모두에게 공평히, 잔잔한 애정을 나눠 주느라 바쁘거든. 저 솜뭉치가 내 앞에서만 숨 막히는 크기로 부풀어서 설탕 냄새를 뿜어낼 일은 없겠다 싶지.

그러나 모든 사고는 방심하는 사이 일어나기 마련이야. 그런 애들은 어느 날 갑자기 천장에 닿을 듯이 커다란 솜털 구름 같은 걸 몰고 와서 날 죽이려 들지.

제일 까다로운 케이스야.

예측도 안 되고, 컨트롤하기도 힘드니까.

뭐, 어쩌겠어.

이번에도 내가 할 수 있는 일을 해야지.

저 강아지 같은 놈이 머리 위의 솜털을 거대한 구름 덩어리로 바꾸기 전에 비상식량을 마련하는 수밖에.

나는 지하 밑까지 떨어진 내 평판을 회복하기로 마음먹었어.

3. 반주해 줄까요

이은원 평판?

알잖아.

엄청나지.

최악이야.

더 떨어질 데도 없을 정도?

그렇다고 회복 불가능한 수준은 아니란 게 신기하단 말이지. 아직도 이은원과 친해지고 싶어 하는 애들이 꽤 있어. 속 시커먼 사내새끼들 말고, 반장처럼 성격 좋은 여자애들. 걔네가 사람 볼 줄 아는 거지.

그런데 왜 아직도 혼자 다니냐고? 그야, 눈 좋은 사람일수록 눈치도 빠르니까. 이은원, 걔. 누구랑 가까워지면 혀 깨물고 죽을 사람처럼 굴거든. 다들 그거 알고 배려해 주는 거지.

사실 난 저 이상한 풍선껌도 이은원의 철통 방어의 일환인가 했어. 다가오는 사람들 내쫓으려고 대놓고 기인 흉내를 내는 건가 싶었지.

그런데 말도 안 되잖아. 이은원, 걔. 진짜 토끼같이 생겼고 고양이같이 생겼잖아. 그런 애가 신문지를 뒤집어쓰고 있다고 뭐가 달라지겠어. 쟨 뭐 저러고 있어도 예쁜가 하고 말지. 걔가 집에 거울이 없을 린 없고, 그렇게 똑똑한 애가 그런 것도 모를 린 없지.

1교시 내내 고심을 거듭한 나는 걔 감정 상하지 않도록 머리에 그것 좀 떼라고 조언해 줄 방책을 겨우 찾아냈어.

[누구와도 대화를 나누지 않으시면서도 전교생의 유행을 선두하는 모습이 감탄스럽기 그지없습니다. 다만, 뒷자리 사람 칠판 보는 데에 방해되지 않을까 걱정이 되는데요.]

이게 맞지. 이은원이 어떤 애야. 잎새에 이는 바람에도 자기 머리카락이 남에게 피해 줄까 괴로워하는 애잖아.

난 잠시 스스로의 발견에 감탄하는 시간을 가졌어. 백이현, 넌 어떻게 머리까지 좋니. 못하는 게 대체 뭐야, 진짜.

하지만 나의 '이은원 목 디스크 탈출 프로젝트'는 성공 직전에 좌

절되었지. 내가 세부적인 사실 하나를 간과했더라고. 이은원이랑 나, 둘 다 중간에 전학 왔잖아. 우리가 맨 뒷자리야.

포스트잇 전달 직전에서야 기적적으로 오류를 파악한 내가 당황한 사이에, 이은원이 선수를 쳤지. 믿었던 반장마저 가세했고.

그래, 문제의 그 '왜 자꾸 허공만 보니' 발언. 그땐 둘이서 짜고 나를 놀리나 싶었다니까.

저게 안 보인다고?

저렇게 큰 게?

그러니까 내가 지금 헛것을 보고 있다고?

난 쉬는 시간이 끝나기도 전에 바로 재확인에 들어갔어. 반장에게 물었지. 허공이니 뭐니 하는 거, 장난치는 거면 그만하고 말해 달라고. 다들 달고 다니는 거, 네가 오늘도 머리 위에 달고 온 그거, 그게 대체 뭐냐고 말이야.

"머리 위? 나 뭐 묻었어?"

반장은 맹한 표정으로 손을 올려 정수리 근처를 매만졌고, 그 손은 그대로 분홍색 원을 통과했지. 그게 마치, 유령이라도 되는 것처럼.

"너… 다시 한번 지금처럼 손 움직여 봐."

"어? 음, 이렇게?"

반장의 손은 그 망할 원을 또 한 번 뚫고 지나갔어.

"내가 진짜 미쳤나……."

혼잣말처럼 중얼거리는 나를 보며 반장은 어깨를 움츠렸지.

"나 머리 위에 뭐 벌레 같은 거 있는 건 아니지?"

차라리 그게 벌레였더라면 얼마나 좋았을까.

신중을 기하기 위하여 몇 번 더 검증 과정을 거쳤어. 이러다 반 전체가 날 미친놈 취급하게 될 수도 있으니 아주 조심스럽게 접근해서 최대한 정상적인 질문을 했고, 그 결과 다들 날 미친놈으로 보게 되었어.

최후의 수단이란 마음으로 담임 선생님도 찾아갔어. 교칙에서 허용하는 헤어 액세서리가 어디까지냐, 보통 어느 정도 크기까지 하고 다니냐고 둘러 물었지.

"왜? 이현이 머리띠 하고 오게? 너라면 그것도 잘 소화할 것 같긴 한데…."

"아, 그런 건 아니고요. 교칙에서 정확히 어떤 색, 어떤 크기까지 헤어 액세서리를 허용하는 걸까, 작금의 한국 사회에서 학생에게 바라는 단정함의 기준은 무엇인가, 이를테면 머리 위에 배구공만 한 둥근 액세서리를 달고 다니는 경우도 허용되는가, 그러니까 선생님이 아니라 학생의 경우라면… 이런 게 좀 궁금해져서…요."

선생님이 한숨이라도 쉬면서 그렇지 않아도 요즘 애들 하고 다니는 꼴이 영 아니라는 보수적인 발언을 해 주시길 기대했건만. 우리 담임 선생님, 학생의 자유를 제한할 생각이 없는 아주 관대한 마음의 소유자시더라고. 이렇게 말씀하시는 거 있지.

"우리 이현이, 학교가 많이 힘들었구나?"

선생님의 머리 위엔 분홍빛 풍선껌이 달랑거리고 있었지.

그쯤 해선 인정할 수밖에 없었어.

이건 내 눈에만 보인다는 거.

나만 만질 수 있다는 거.

그러니까 내가 좀 돌았다는 거.

그런데 미친 사람이 자기가 미쳤다는 걸 인정하는 게 어디 쉬운 일인가?

난 신경외과, 신경내과를 지척에 두고도 안과부터 찾아갔어. 아니, 반장이 그랬거든. 아무래도 내가 비문증인 것 같다고. 그게 있으면 눈앞에 날파리 같은 게 떠다니는 거처럼 보인다던데?

정밀 검사 결과는 깨끗했어. 아무 이상 없음. 완전 정상. 양쪽 시력 모두 2.0.

의사 선생님이 아주 딱 잘라 말하시더라고.

―비문증은 시야에 먼지, 벌레, 실타래 같은 게 보이는 겁니다. 환자분은 비문증이 아니에요.

―왜죠.

―왜냐뇨…. 그것이 비문증이니까요. 먼지, 실타래, 벌레 같은 게 보이는 것….

―풍선껌이나 벌레나 거기서 거기 아닐까요?

―…환자분, 제가 진료를 보기 싫어서 그러는 게 아니라 머리 위에 배구공만 한 풍선껌이 보이는 건요. 안과가 아니라….

―아, 배구공은 옛날얘기고 지금은 수박만 해요.

―네, 배구공이든 수박이든.

―그… 벌레도… 커다란 벌레 있잖아요. 물론 아무리 큰 벌레도 수박만 하진 않겠지만 앞으로 기상 이변이 오면 어떻게 될지 모르고….

어처구니없다는 표정으로 날 바라보는 의사 선생님 머리 위엔 풍선껌도 날벌레도 보이지 않았어. 그렇게 날 미친놈으로 여기는 사람 수만 하나 더 늘어났지.

신경 정신과?

생각을 안 해 본 건 아니야.

사실 그 편이 접근성은 더 좋아. 내가 얼마 전에 제법 큰 교통사고를 당했는데, 그때 심리 상담 권유받아서 정기적으로 병원에 다니고 있거든. 일주일에 한 번 만나는 주치의에게 다 털어놓는 것쯤은 간단한 일이야.

근데 그렇게 하면 다음 과정이 어떻게 흘러갈지 예상되는 거야.

죽은 사람 유령 같은 걸 보는 것도 아닌데 한바탕 난리법석이 일어나겠지. 이런저런 과거랑 연관 지으며 다들 심각해질 거야. 독일로 들어간 지 얼마 안 된 아빠까지 다시 소환될지도 모르겠군. 최악의 경우, 학교를 그만두게 될지도 몰라.

잘 굴러가는 일상을 내 손으로 망가뜨리고 싶지 않았어. 지금이 내 인생 최고의 태평성대였거든. 이은원 옆자리에 앉고 나서부터는 학교생활도 제법 즐거웠고.

게다가 난 지금 내가 이상한 걸 보고 있단 걸 스스로 인지한 상태잖아. 그럼 된 거 아닌가?

뭐, 나 편한 대로 생각한 거지.

내가 알았나. 헛것을 보는 수준을 넘겨 진짜 미친놈이 될 줄을.

음악 선생님이 자유 악기 시험을 보겠다고 하신 건 6월 초쯤이었을 거야.

달갑진 않았어. 내가 피아노를 치다 그만뒀거든. 콩쿠르 나가서 상 받은 적도 몇 번 있어서 그런지, 음악 선생님이 바로 알아보시더라고.

수업하시다 말고 큰 소리로 네가 왜 일반고에 전학 왔냐고 물어보셨을 땐 좀 난감했지. 요샌 다들 바로 인터넷으로 찾아보잖아.

덕분에 귀찮은 질문을 몇 번 받았지만, 잘 처리했어. 눈 좀 내리깔고 슬픈 표정 지으면서 최대한 불쌍하게 각색한 사연을 털어놓았더니 다들 말이 없어지더라고.

자유 악기 시험을 통보했던 날, 음악 선생님이 교무실로 날 따로 불러내서 물으셨어. 음악실에 있는 그랜드 피아노가 상태가 그렇게 좋진 않은데, 내가 연주할 거면 조율을 해 둘 테니 미리 말하래. 이렇게 황송하고 부담스러운 일이 다 있나.

"아, 저 리코더 하려고요."

일부러 머뭇거리듯 말하고는 쓸쓸한 척 웃었어. 음악 선생님, 정이 넘치는 분이라 점수는 후하게 주실 것 같더라. 뭐, 리코더 잘 불 자신도 있고.

짧은 면담을 마치고 교실로 돌아가려는데 이은원이 교무실에 들어왔어. 반가워서 말을 걸었지.

"어, 누나 자유 악기 시험 물어보려고 왔지. 뭐 해요? 혹시 나랑…."

리코더 같이 불 생각 없냐고 물어보려는데, 걔가 먼저 등 뒤에 멘 제법 묵직해 보이는 가방을 툭툭 치더라고. 바이올린 케이스였어. 리코더 듀오 결성의 꿈은 그렇게 허무하게 날아가 버렸지. 교실로 올라가는 길, 잠깐 혼자서 감탄했던 게 기억나네.

바이올린이라니, 어떻게 저렇게 저랑 똑 닮은 악기를 골라 배웠을까.

그게 바로 그다음 주였던가? 너도 알지. 음악 선생님이 자리 비우셨던 날.

반장이 피아노 건반을 두드려 시끌벅적한 애들을 잠재우곤 전달 사항을 일러 줬어.

"우리 오늘 자습. 음악실에서 자유 악기 시험 대비 연습하래. 이동만 조용히 할 수 있다면 교실로 돌아가서 공부해도 괜찮대."

말이 끝나기 무섭게 다들 음악실 밖으로 나갔어. 시험이 얼마 남지 않아서 마음이 바쁠 때였으니까. 나도 별생각 없이 그 대열에 합류했는데, 교실에 도착해서 보니 이은원이 보이지 않더라고.

그 헛똑똑이, 혼자서 책에 코 박고 시험공부하고 있다가 아무 말도 듣지 못하고 혼자 남은 건 아닌가, 문이 저절로 잠겨 갇히기라도 했으면 어쩌나.

서둘러 음악실로 돌아간 나는 다행히, 걱정하던 일이 벌어지지 않았다는 걸 확인했지. 이은원은 평소보다 풀어진 표정으로, 텅 빈 음악실을 만끽 중이었어. 작게 허밍을 하면서 바이올린을 꺼내 드는 모습이 즐거워 보였어. 낮게 흥얼거리는 목소리를 따라 분홍색 풍선껌도 한들한들 흔들리고 있었지.

일부러 인기척을 냈는데도 눈치채지 못하길래 방해 말고 교실로 돌아가 있을까 했어. 그런데 마침 그때, 걔가 바이올린을 꺼내 든 거야. 반들반들 광이 나는 붉은색 바디에 흑단 지판까지, 값깨나 나가 보이는 물건이었지.

조심스럽게 악기를 들어 올리는 몸짓도, 튜닝 페그를 돌리는 손놀림도 퍽 숙련되어 보였어.

작은 턱을 가볍게 댄 옆모습이 멋져서 새삼스레 감탄했어. 상상했던 것보다도 더 잘 어울리더라고. 이은원과 바이올린.

점심시간도 한참 지난 늦은 오후였어.

에어컨도, 선풍기도 꺼 둔 음악실엔 더운 공기가 가득했지. 열어 둔 창문 틈으로 불어온 바람에 단정히 묶은 머리가 조금 흐트러졌어. 목덜미에 잔머리가 닿는 느낌이 간지러운지 고개를 살짝 흔들어 털어 낸 이은원은 곧 자세를 바로잡았지. 활이 현 위에 미끄러지며 연주가 시작되었어.

클라라 슈만의 3개의 로망스 Op. 22.

나도 좋아하는 곡이야. 몇 년 전에 한 번, 반주해 준 적도 있고. 잔잔하고 낭만적인 곡이지. 복잡하고 화려한 기술을 요하지 않는.

그래서 더 연주하기 까다로워. 빠른 템포가 곡의 임팩트에 기대어 갈 수 없는 만큼 연주자의 기본기가 확연히 드러나니까.

흔들림 없는 자세, 부드러운 손목의 움직임, 능숙한 활 컨트롤, 섬세하고 자연스러운 비브라토와 프레이징. 그런 건 하루이틀 연습해서 되는 게 아니잖아.

이은원은 그 모든 걸 갖추고 있었지.

걔, 뭐든 저처럼 하는 거 알아? 머리 위엔 연분홍색 풍선껌을 살랑거리는 주제에, 표정만은 미동 하나 없더라. 그렇게나 낭만적이고 서정적인 곡을 단 한 톨의 속마음도 보여 줄 생각이 없는 사람처럼 연주했지.

연습 때마다 듣던, 다 드러내는 대신 좀 감추고 억누르라는 충고들. 영 감이 안 오던 그 말의 의미가 뭔지 그제서야 알겠더라니까.

아, 그게 이런 얘기였구나. 절제란 건, 꽉꽉 눌러서 뚜껑 닫아 두는 게 아니구나. 끝없이 타올랐다 식어 버린 불길이구나, 까맣게 남은 잔해구나.

들어 본 중 가장 고요한, 과하지 않다 못해 서늘하기까지 한 로망스였어. 그래서였을까. 연주가 끝나고 나니 좀 서러워졌지. 무뚝뚝한 사람이 눈물 한 방울 보이지 않고 가만히 자기 얘기를 하고 있으면 내가 대신 울게 되는 것처럼.

활을 내려놓는 모습을 보고서야 정신을 차리고 물었어.

"전공자였네?"

이은원은 멀뚱히 날 쳐다보다 대답했지.

"그만뒀어."

"왜?"

"남의 시선 끄는 거, 나랑 안 맞아."

"그런 사람이 고등학교 자유 악기 시험으로 이런 걸 준비해?"

"한 번쯤은 그래도 돼. 그럴 만한 이유가 있으면."

그러니까 이런 걸 연주하면, 시선 좀 끌 거란 사실은 인식하고 있단 거지. 그게 부담스럽게 느껴질 정도로 심각한 무대 공포증 같은 건 없단 의미기도 하고. 난 고개를 갸웃거리다 물었어.

"진짜로, 왜 그만둔 거야?"

"말했잖아."

"누나는 주목받는 걸 싫어하는 타입이라기엔… 누가 주목을 하든 말든 상관없어하는 사람인 줄 알았는데."

"맞아."

"그런데 왜 그만뒀어? 이렇게 잘하는데."

이은원은 여전히 무표정한 채로 답했어.

"모르는 사람이 날 보고, 내 이름도 알고, 나 좋아하고 그러는 게 싫어."

음, 저렇게 눈에 띄는 얼굴이면 멋대로 들러붙는 새끼들이 있다 해도 놀라운 일은 아니지. 콩쿠르 정보만 확인해도 이름, 출신 학교, 사진까지 다 나오겠다….

그런 이유로 포기하기엔 너무 아까운 실력이라는 말이 턱끝까지 차올랐다 간신히 들어갔어. 비슷한 얘기 들었을 때 그다지 유쾌한 기분은 아녔던 기억이 떠올라서.

"왜 말을 삼켜?"

"그냥, 별거 아니라서."

커다란 눈을 부라리며 그렇게 묻는 얼굴이 귀여워서 그만 웃어 버리고 말았지.

"연습 더 할 거니까 방해할 거면 교실 가 있어."

"방해 안 할 거면 여기 있어도 되나."

"…네가 여기서 이러고 있는 게 방해되니까 교실로 가란 말이었어."

"음, 쓸데없는 말 안 걸고 조용히 누나 연주하는 거만 듣고 있을 건데. 그래도 안 돼요?"

"그게 방해가 된다고. 네가 듣는 게."

"어… 그럼 안 듣고 내가 할 거 할게."

"네가 지금 여기서 할 게 뭐가 있는데."

이은원은 책도 필기구도 없이 텅 빈 내 손을 훑어보았지. 그때, 별안간 내 머릿속에서 천재적인 아이디어가 하나 떠오른 거야.

"저기, 누나."

"왜, 또?"

"내가… 반주해 줄까?"

걘 뭐 같이 뛰어내려 죽을까? 같은 말이라도 들은 사람처럼 날 바라보더라.

잠시 어리둥절하던 나는 곧 깨달았어.

맞다. 이은원 쟤, 지난번에 음악 선생님이 내 얘기 할 때 수학 선생님이 불러서 뭐 가져다 내느라 잠깐 없었지. 쟤가 반 애들이랑 말 한마디도 안 하니까 모르겠구나. 내가 피아노 쳤던 거.

그래도 그렇지. 이게 저렇게 떨떠름한 표정을 지을 일인가. 뭐, 내가 어렸을 때부터 관상에 피아노가 없단 소리를 듣곤 했지만.

난 거의 해명하듯이 말했어.

"아, 그게 나 원래 피아노 좀 치거든. 봐요, 이 곡, 피아노 반주 들어가는 곡인 것도 한 번 듣고 알았잖아."

민망함을 무릅쓰고 내 손으로 내 이름을 검색할 작정까지 하던 때. 그런데 걔가 먼저 입을 열었어.

"그래서, 백이현, 네가 내 반주를 해 주겠다고."

"응."

"왜?"

"왜긴, 같이 하면 재밌을 것 같아서."

"너 리코더 한다면서."

"누나랑 같이 하면 그게 더 좋지. 아, 나 장난치는 거 아니고 진짜로 피아노 오래 쳤거든. 심지어 이 곡은 반주도 해 봤어. 내가 누나 덕 보려고 괜히 끼어드는 게 아니라……"

"알아."

그 두 글자가 뭐라고, 기분이 좀 좋더라. 너 나쁜 애는 아닌 거 안다는 말같이 들렸거든. 그래서 조금 더 주절거렸어. 연주가 좋아서 아쉽다, 반주까지 들어가면 더 좋지 않겠냐…….

이은원은 왜인지 조금 화가 난 듯한 표정으로 나를 바라보다가 앞쪽에 놓인 피아노를 가리키며 말했어.

"쳐 보든가."

"어? 지금……?"

"반주해 준다며. 악보 줘?"

"아, 음… 아니, 괜찮아."

내가 피아노 앞에 앉자, 이은원은 악기를 고쳐 잡고는 시작 신호를 주었어.

그러니까 이제 연주하면 되는데, 어려운 곡도 아닌데, 수십, 수백 번을 연주했는데, 다 외우고 있는데, 손가락이 어느 건반에 닿아야 하는지 몸이 외우고 있는데….

너무 오랜만이라 그런가. 손가락이 말을 안 듣더라고.

"아, 이게 또 누나 앞에서 하려니까 떨리네. 잠시만."

주먹을 꽉 쥐었다가 풀고 다시 한번 건반 위에 손을 올렸어. 이은원에게 턱짓으로 신호를 준 후. 건반 몇 개를 누르는 데 성공했지. 첫 프레이즈가 끝나고 바이올린 연주가 들어올 차례에서 다시 멈춰 버렸지만.

"미안해, 누나. 내가 좀 긴장했나 봐. 나 원래 진짜 잘하거든."

"……."

"거짓말하는 거 아냐. 나, 심지어 유명해. 검색해서 보여 줄까?"

이은원은 됐다는 듯 고개를 젓고는 단조로운 어투로 말했어.

"괜찮아. 다시 해 보자."

그런 헛짓거리를 몇 번이나 반복했을까. 손에 쥐가 나기 시작하더라. 건반을 두드리는 데까지 간 적도 몇 번 없는데. 나는 팔을 피아노 아래로 내린 채, 주먹을 몇 번 꽉 쥐었다 풀었어.

"누나, 진짜 미안한데, 마지막으로 딱 한 번만 더 해 보자."

"……."

"미안, 근데 나 진짜로 일부러 누나 연습 방해하려고 그런 게 아니라…."

"알아."

이은원이 횡설수설하는 내 말을 잘랐어.

"알아주니 고맙네. 그럼 우리 한 번만 더…."

"백이현."

"응?"

"이제 그만해도 돼."

고개를 들자 이은원이 금방이라도 울 듯한 표정을 하고 나를 바라보고 있었어.

"누나 화 많이 났어요?"

"아냐."

"저, 제가 연습 방해한 건 미안하긴 한데…."

걔가 고개를 도리도리 저으며 말했지.

"미안해할 거 없어. 내가 잘못했어."

대체 뭘 잘못했다는 거지?

지금 못 하고 있는 건 난데….

내가 이렇게까지 못할 줄 모르고 계속 시켜서 미안하다는 건가?

영문도 모르고 눈만 꿈뻑대는 내 앞에서 이은원은 사과를 계속했어.

미안해, 백이현. 내가 잘못했어.

다 알고서 그러는 게 아니었는데.

난 그냥 네가 왜 그런 말을 하나 했어.

지금 나한테 장난치는 건가.

그게 아니면 왜 저러나. 화가 나서 그래서 그랬는데….

그게, 내가 화낼 게 아닌데 나는 왜.

알 수 없는 말이 길게 이어졌고, 말이 아니라 표정 때문에 걔가 무슨 이야길 하고 있는가 알았지.

아, 이 누나 나를 정말로 아는구나.

나를, 좋아했구나.

그러니까 그냥 나 말고 피아니스트 백이현을.

나 피아노를 좀 일찍 시작한 편이야. 어려서 콩쿠르에 입상 몇 번 하고 나서는 내 연주를 좋아하는 사람들도 좀 생겼고. 정작 나는 이게 대체 뭐가 좋다는 건지 알지도 못하면서 시키는 대로 친 것뿐이지만.

우리 엄마가 어렸을 때 나를 좀 쥐어 잡았어. 그때 학을 뗀 거지. 언젠가부터는 내가 이걸 좋아하긴 하는지, 그냥 안 하면 맞아 죽을 것 같아서 억지로 하는 건 아닌지, 잘한다 잘한다 하는데 뭘 잘한다고 하는 건지 아무것도 모르겠더라고.

거기에 이런저런 가족사까지 겹쳐서, 작년에 그만뒀어. 그냥 갑자기 안 쳐져서. 다행히 리허설 때여서 어떻게 무마가 된 것 같은데, 연주회 당일에 일어난 일이니 알음알음 소문은 퍼졌겠지.

인터넷 기사만 대충 찾아본 같은 반 애들까지 알 정도는 아니지만, 알 만한 사람들 귀엔 다 들어갔을 거야. 이를테면, 피아니스트 백이현을 믿고 좋아해 주던 사람들.

이제야 이해가 되더라. 반주해 주겠단 내 말에 왜 그렇게 황당한 표정을 지었는지.

연주회 직전에 못 치겠어요, 하고 도망쳤으면서 여기서 반주나 해 주겠다고 시시덕거리고 있으니 얼마나 한심해 보였을까.

당일 취소된 그 연주회 티켓도 샀으려나. 그럼 좀 미안한데. 아까 표정이 안 좋아 보였던 거, 내가 오해한 게 아니었구나. 그런데 내가 진짜 못 치니까, 미안하다고 그런 거네. 그게 쟤가 나한테 미안해할 일은 아닌데.

어쩐지 마음이 복잡해졌지만, 무거운 분위기는 우리 둘에게 어울리지 않지. 난 웃으며 물었어.

"누나, 내 팬이었구나?"

이은원은 답 없이 날 빤히 쳐다봤어.

"아, 이은원이 나를 알고 있었다니. 진짜 창피하네. 알았으면 더 잘 쳐 보는 건데."

"…무슨 소릴 하는 거야."

"진짜로. 나 원랜 훨씬 잘 치거든요."

"…알아."

"진짜? 누나 나 잘 치는 것도 들은 적 있어?"

그 애는 천천히 고개를 끄덕였어.

"되게 영광이다. 이은원이 내 팬이라니. 나 피아노 그만뒀는데, 다시 해 볼까 봐. 그럼 또 좋아해 줄 건…."

나는 말을 다 끝마치지 못하고 입을 다물어야 했어. 오싹할 정도로 달콤한 향이 코끝을 찔렀으니까. 꿀처럼 단 냄새의 근원지는 명확했지. 이은원. 정확히는 걔가 머리 위에 붙이고 다니던 유령 풍선껌.

그 정체불명의 분홍색 원이 내 눈앞에서 존재감을 부풀리고 있었어. 어쩌다 내가 저걸 머리핀이라고 착각한 걸까. 저렇게 거대한 것을.

열기구에 붙은 풍선처럼 어마어마하게 부풀어 오른 그 원은 그대로 이은원을 데리고 어디로 날아가 버릴 것만 같았어. 나도 모르게 입이 벌어졌어. 감미로운 내음이 그 틈을 놓치지 않겠다는 듯 입술 근처를 맴돌고 있었지.

이은원의 머리에 코를 박고 킁킁대며 냄새를 맡고 싶은 걸 겨우 참았어. 한 입만, 딱 한 입만 베어 물고 싶어서 죽을 맛이더라. 열흘은 굶은 개가 된 심정이었지.

외면하면 나아질까 싶어 고개를 숙여 봤지만 소용없었어. 살결 고운 뺨, 귀여운 콧날, 입술, 가느다란 목덜미, 더 내려가서 긴 손가락까지. 아니, 걘 왜 쓸데없이 손까지 예쁜 건지.

뭘 봐도 끔찍한 허기만 느껴졌어. 뭐든 입에 넣고 싶고, 빨고 싶고, 삼키고 싶었어. 이은원이 정확히 봤어. 난 미친놈이 맞았던 거야.

미친놈이 미친 걸 숨기는 거, 그거 되게 어려운 일이다? 멀쩡한 척 걸어가는데 식은땀이 다 나더라. 눈앞에 빛무리가 어른거렸어. 어지러워서 이러나 싶어 피아노 쪽으로 손을 뻗었지만 아무것도 잡히질 않았어.

이은원이 높은 옥타브로 내 이름을 부르는 소리가 들리더니, 곧이어 귓가에 이명이 일었지. 순식간에 모든 음이 차단되었고, 곧 차가운 돌덩이가 내 뺨을 후려쳤어. 한참 후에야 내가 바닥에 쓰러졌다는 걸 알았지.

이은원이 나를 끌어안고 뭐라고 소리쳤지만, 무슨 말을 하는지 하나도 들리지 않았어. 온 세상이 묵음 처리 된 가운데, 단내만이 집요하게 나를 침범해 왔어.

나는 사람이 입으로 할 수 있는 것 중엔 베어 물기, 삼키기, 씹기 같은 것도 있다는 사실을 무시하려 안간힘을 쓰며 겨우 말을 내뱉었어.

만지지 마.

라고 말하려고 했지만 '망미므마' 정도로 들렸겠지. 입술에 힘도 잘 들어가지 않았으니까.

이은원, 걔. 아주 날 죽이려 들던데? 평소엔 그렇게 과묵하던 애가 왜 갑자기 말이 많아졌는지. 뭐라고 하는지 제대로 들리지도 않는데 쉼 없이 입술을 열어 대는 이유는 뭔지.

뱉어 내는 숨결이 내 몸에 닿을 때마다 참을 수가 없었어. 당장이라도 이은원을 그대로 삼켜 버리고 싶었어.

손을 뻗어 걔를 밀어 낸 건, 정말이지 그때 내가 할 수 있는 최선이었어. 저리 가, 라고 말했어. '어이아' 정도로 들렸겠지. 그다음에 일어난 일은 잘 기억나질 않아.

정신을 차렸을 땐 침대 위였어.
눈을 뜨고, 주변을 살폈어. 아빠랑 같은 에이전시에서 일하는 삼촌이 와 계시더라고.
"이현아, 괜찮아? 여기가 어딘 줄은 알겠어?"
"…병원?"
"그래, 여기 응급실이야. 너 구급차에 실려 왔잖아. 어떻게 여기까지 왔는지 기억나?"
"어, 대충은요."
"의사 선생님 말씀이, 어디가 크게 아픈 건 아니고 그냥 영양실조나 봐. 넌 허우대는 이렇게 멀쩡해서는 잘 좀 챙겨 먹었어야지. 아무튼, 심박수도 안정되었고. 피 검사 결과도 괜찮대. 이제 사진 몇 장 더 찍을 거야."
"사진이요?"
"응, 뇌 CT 사진. 머리부터 부딪혔으면 뇌에 손상이 있을 수도 있대. 너 최초 발견자분이 말한 자세 보면 그럴 가능성 많진 않다는데, 그래도 혹시 모르니까. CT 먼저 찍고, 별 이상 없으면 MRI까지는 안 찍는대. 아마 별문제 없을 거야. 누워 있기 불편해도 조금만 참아."
"삼촌, 저…."

"그래, 이현아."

"뇌 CT 사진인가 뭔가랑, MRI랑, 그거 다 해도 될까요? 그거 말고도 머리에 문제 있는 사람이 하는 거 다 해 봐도 돼요?"

삼촌은 걱정 가득한 얼굴로 '우리 이현이, 머리가 많이 아프구나' 하고는 고개를 끄덕였어. 덕분에 나는 종합 검진 수준의 검사를 받았지. 정밀 검사 결과는 나중에 확인할 수 있다지만, 어쨌든 지금으로선 큰 이상은 없어 보인대. 고맙고도 절망스러운 소식이었지.

내가 미쳐도 단단히 미쳤다는 걸 인정해야 할 때였어.

4. 학교나 나와

언제부터냐고?

글쎄.

걔가 내 머리카락 만질 때?

자리에 앉자마자 '어, 너 머리…' 하고 중얼거리다 입을 꾹 다물어 버리곤 눈알만 위로 굴릴 때?

다른 애들한테 그게 뭐냐며 멍청한 질문 하고 다닐 때?

판단을 보류하고 있던 건 나 자신을 완전히 신뢰할 순 없어서야. 난 백이현을 어려서부터 알아 왔어. 오랜 기간 애착을 갖고 지켜봐 왔지. 그 애를 나 자신과 동일시하고 싶은 마음이 드는 것도 이상한 일은 아니잖아, 왜곡된 결론을 피하기 위해서는 좀 더 지켜보는 게 낫겠다 싶었어.

그런 걸 감안해도 깨달음이 너무 늦었단 건 나도 알아. 근데 그거 다 백이현 때문이야. 그 바보가 자꾸 내 머릿속을 엉키게 만들지만 않았어도.

머리 위의 솜사탕을 하루가 다르게 부풀려 오는 주제에, 왜 자꾸 근처에서 얼쩡거리는 건지. 내가 지금 걜 안 잡아먹으려고 얼마나 노력하고 있는데 그것도 모르고.

오죽했으면 내가 바이올린까지 꺼내 들었겠어. 감탄이라도 하게 만들어서 큰 문제 안 되는 애로 하나 먹자 한 거지. 정 안 되면 음악 선생님 호의라도 살 생각이었다고. 선생님 먹어 치우면 뒤처리가 여간 번거로운 게 아닌데, 내가 걜 생각해서 거기까지 감수하려고 했단 말이야.

그런데 걘 또 내 계획을 훼방 놓았지. 반주해 주겠단 소리를 해서 심장 떨어지게 만들질 않나, 음악실 기둥만 한 애가 갑자기 고꾸라지질 않나.

누구든 빨리 불러와야 할 판에 왜 내 손을 붙들고서는 발음도 제대로 못 하면서 자꾸 중얼거리는 건 또 뭐야. 세 글자만 반복하는 걸 보면 '가지 마' 같은데, 여기서 내가 안 가면 누가 사람을 불러 와?

그래, 네가 바닥에 철푸덕 엎어졌으니 나는 영원히 네 곁을 지키련다 하고 얌전히 앉아 있어? 왜, 아주 음악실에 뼈를 묻어 달라고 하지 그래?

돌아오겠다고, 잠깐만 혼자 기다리라고 약속한 후 뒤돌아 달려가는데, 속이 다 타들어 가서 웃음도 나오질 않더라. 내가 무슨 전쟁터 나가는 병사도 아니고.

키우던 강아지 혼자 두고 가는 심정이라 한 번 더 뒤돌아보는데, 멀찍이 보이는 모습이 시체 같아서 또 한 번 가슴이 철렁했지. 불덩이 같은 이마 위로 넘실넘실 구름처럼 흔들리는 솜사탕 덩어리만 아녔다면, 진짜로 죽은 줄 알았을 거야. 멍청한 놈. 저렇게 마음이 헤프니 자주 아프지.

보건 선생님이 애한테 손대지 말고 그냥 바닥에 두라고 소리치고, 음악 선생님은 너무 놀라서 119 대신 112에 전화하고, 덩달아 따라온 애들은 웅성거리다 교실로 쫓겨나고, 담임 선생님은 보호자 연락처 찾느라 정신없고….

그러는 동안 난 계속 백이현 가까이에 앉아 있었어. 그러다 걔가 중얼거리는 소리를 들은 거지. 여전히 불분명한 발음이었지만, 이번엔 아예 못 알아먹을 정도는 아녔어.

"누나, 제발."

"어? 백이현, 다시 말해 봐. 뭐라고?"

"…제발 머리에 그거 좀 떼요."

망치로 한 대 두드려 맞은 기분이었지. 숙고할 새도 없이 자동적으로 질문이 튀어나왔어.

"너, 내 머리 위에 뭐가… 보여?"

"그렇게 큰 걸 누가 못 봐…."

그 말이 채 끝나기도 전에 구급대원들이 우리 둘 사이를 비집고 들어왔고, 백이현은 그대로 구급차에 실려 나갔어.

종례 시간이 되어서야 돌아온 담임 선생님은 크게 걱정할 건 없다고 말씀하셨지. 병원으로 가는 사이 열이 좀 떨어졌대.

조각난 퍼즐은 저절로 맞춰졌어. 내 솜사탕도 그딴 식으로 사람을 당장 죽일 듯 괴롭히다가 또 이내 괜찮아지곤 했으니까.

집에 돌아가는 길 내내, 얼마나 열심히 머리를 굴렸는지 몰라. 백이현이 나와 같은 부류라는 건 확실했지. 우리 둘만 있던 음악실에서 갑자기 그런 건 나 때문일 테고. 정확히 말하면 내 머리 위에 달려 있는 걜 향한 마음, 말하자면 호의.

놀라운 일은 아니야. 누가 걜 미워하겠어? 아마 우리 반 애들 전체가 머리 위에 솜뭉치 하나라도 달고 있을걸.

나야, 옆자리 앉아서 백이현이 쉼 없이 떠드는 헛소리를 듣다 보니 미운 정, 고운 정 들어서 좀 더 커졌겠지. 오래전부터 알았던 사이기도 하고. 걘 하나도 기억하지 못하는 거 같지만.

추측건대, 내 머리 위의 솜덩어리엔 얼마간의 우정과 연민, 애틋함, 고마움, 그리고 세월이 뒤섞여 있을 거야. 그 정도 감정에 저렇게 괴로워하는 걸 보니 걘 역치란 게 아예 없는 상태인 거고.

이번 일이 백이현의 첫 경험인 게 분명했어. 나도 처음엔 솜사탕만 한 크기에도 숨을 못 쉴 지경이 되곤 했으니까.

그렇다면… 내 감정부터 추스르는 게 우선일 거야. 이 솜뭉치라는 게 어느 정도는 자가 조절이 가능하거든. 연애 감정처럼 주체 못

할 충동, 맹목적인 열정, 부모 자식 사이의 정처럼 통제 불가능한 영역만 제외하면.

건강하게 살면서, 그쪽에 조금 덜 관심을 두고, 다른 흥밋거리를 찾거나 명상이라도 해서 평정심을 유지하면 조금 덜 위협적인 크기가 된다더라고.

사람 일이란 게 참, 한 치 앞을 몰라. 인터넷에서 보고 외워 둘 때 이걸 내가 알아 둬서 뭐 하나 했는데 이렇게 써먹을 기회가 오다니. 백이현한테는 불행 중 다행이네. 내가 조금만 더 신경 쓰면 쟤가 또 기절해 실려 갈 일은 없을 거 아냐.

그래도 궁극적으로는 멀어지는 게 최선일 텐데, 전학은 좀 그런가. 반이라도 바꿀 수 있나 알아볼까? 익숙해질 때까지 옆에서 좀 도와주는 게 맞을까? 타인과 거리를 두는 방법부터 가르쳐 줘야 하는 건가? 다른 애들 감정까진 내가 조절 못 해 주는데….

그런데 이걸 걔한테 어떻게 말하지?

백이현이 나 같은 괴물이라니.

그 애가 이런 삶을 감당할 수 있을까? 걘 나랑 완전히 다른 애잖아.

어두운 것도, 좁은 데 혼자 갇히는 것도 싫어하는데. 환하고 북적거리는 넓은 데서 여러 사람들에게 둘러싸여 사는 게 어울리는 앤데. 살면서 마주치는 사람마다 머리 위에 무섭게 커다란 호의를 달고 다가올 텐데. 당장 나 살기도 힘든 판에 이젠 백이현 걱정까지 해야 하다니.

엉킨 생각 사이에서 갈피를 못 잡는 사이, 정신도 덩달아 멍해진 것 같아.

그래, 다 백이현 때문이지. 그게 아니었다면 내가 그날이 화요일이란 걸 깜빡하고 집에 들어갈 일은 없었을 거야. 매주 화요일은 엄마가 집에 오는 날이거든.

어려서는 방에 갇혀 있었고, 조금 크고 나서는 그 시간에 레슨을 잡았어. 이젠 학교에서 자습하다 늦게 돌아가.

막상 그렇게 해 보니, 방에 갇혀 있는 것보단 아예 집에 들어가지 않는 게 훨씬 낫더라고. 나도 문가에 귀 가져다 대며 시간 낭비할 일 없고. 엄마도 조금 더 편하게 그 집에 머물다 갈 수 있고.

집에 돌아오면 내 책상 위에 올려진 일기장에 누가 손댄 흔적이 보여. 아, 엄마가 내 허락 없이 일기장을 훔쳐보는 건 아니야. 이건 사실 일기장이라기보다 생활 보고서에 가깝거든.

몇 년 전에 엄마가 이모를 통해 전달해 왔거든. 내가 어떻게 지내는지 알고 싶으니 짧게라도 기록을 남겨 줬으면 좋겠다고.

〈키다리 아저씨〉에나 나오던 살가운 편지 같은 건 아니고, 그냥 동선 보고, 생활에 불편한 점, 학교생활에서의 문제, 특이 사항 같은 거만 써 주면 된다길래 그렇게 하고 있어.

그거 말곤, 엄마가 내 방 물건에 함부로 손댄 일은 없어. 딱 한 번, 내 노트북을 열어 본 흔적을 발견하긴 했는데, 그 정도쯤이야. 뭐, 급한 일이 있었나 보다 싶었어. 어차피 다 엄마가 준 돈으로 산 거기도 하고, 내가 남에게 들키면 안 되는 기록을 노트북에 그대로 남겨 두는 편은 아니라서.

그러고 보니 엄마는 나에 관하여 생각보다 많은 걸 알고 있을지도 모르겠다. 하지만 최근 몇 년간, 우리는 단 한 번도 같은 공간에 동시에 머무른 적이 없어.

실수로라도 마주치는 일 따위도 없었지. 나도 엄마도 시간 약속에 철저한 편이라. 그런 건 같이 살지 않아도 유전자에 각인되어 있나 봐.

그러니까 이게 아마 13년 만이지? 아주 어렸을 땐 함께 살았던 것 같으니.

문을 열고, 거실에 앉아 있는 엄마를 발견하자마자 아차 할 새도 없이 실소부터 터져 나왔어. 나와 똑 닮은 얼굴 뒤로 여태껏 본 적 없이 커다란 솜덩어리가 방 안을 가득 채우고 있었으니까.

웃음이 길게 이어지진 않았지. 광대한 구름 떼가 턱 밑까지 밀려와 숨통을 조이기 시작했거든. 둥그런 솜 타래가 석양빛을 받아 너울거리는 게 아주 장관이더라. 이 정도 크기면 다 먹어 치우는 데도 시간이 좀 걸리겠다 싶을 정도였어.

있잖아. 난 시선 처리에 능숙한 편이야. 사람들 머리 위만 뚫어져라 쳐다보면 좀 이상해 보일 테니까, 자연스럽게 눈 돌리는 법을 익힌 거지.

그런데 그날은 그게 쉽지 않았어. 생각해 봐. 쫄쫄 굶으며 성냥 팔던 애가 창문 너머 식탁에 놓인, 한 입 머금으면 바로 뱃속까지 따뜻해질 것 같은 먹음직스러운 수프에서 시선을 돌릴 수 있겠어?

그래, 충분히 들릴 만했어. 가빠 오는 호흡을 주체 못 한 채, 벌어지는 입을 억제하려 아랫입술만 잘근잘근 깨물고 있었으니.

엄마가 물어 왔어.

"이게 보이니?"

대답이 필요하지 않은 질문이었지. 바로 스스로 답까지 마치신 걸 보면.

"그래, 너도 보이는구나."

그 말이 어떤 의미인지 알아채는 건 어렵지 않았어.

너도, 라는 건, 그러니까…….

엄마도 보인다는 거구나.

엄마도 나와 같은 괴물이구나.

우리는 한동안 가만히 서서 서로를 응시했어. 먼저 입을 연 것은 이번에도 엄마였어.

"언제부터였니?"

"6년 전이요."

엄마가 한숨인지 신음인지 모를 소리를 냈지. 나도 짧게 물었어.

"엄마는요."

"열아홉 살 때부터."

"열아홉이면…."

"너보다 훨씬 늦었지. 내가 운이 좋은 편인가 봐."

엄마는 억장이 무너진 얼굴을 하고는 담담하고 차분한 목소리로 말을 이어 나갔지.

바이올린 그만둔다고 했을 때, 조금 의심을 하긴 했대. 엄마도 꽤 오래 바이올린을 배웠나 보더라고. 대입 직전에 그만두고, 이과로 전향했대.

"아쉽지 않았어요?"

"전혀. 의외로 그쪽에 더 맞더라고. 잘된 일이지. …너도 그랬으면 좋겠구나."

내가 찾아낸 폭파된 사이트. 그것도 우리 엄마가 만든 거였어. 자신과 비슷한 부류가 있을 거라 믿었고, 여러 사례를 검토하면 해결 방법을 찾을 수 있을 거라 생각했다나. 나도 같은 생각을 했었는데 말야.

엄마의 목적은 의외로 빠르게 달성됐어. 모든 위대한 발견이 그러하듯 우연과 우연이 겹겹이 쌓여 벌어진 일이었지. 엄마가 만든 커뮤니티 회원 몇이 실제로 만난 적이 있나 봐. 그들 중 하나가 상대에게 너무 큰 사랑을 품어 버렸고, 상대는 못 참고 그걸 먹어 치웠대. 그렇게 해서 해결책이 탄생한 거야.

"나와 같은 사람을 찾아서, 그 사람이 내 걸 먹게 하면 돼."

맘에 쏙 드는 방법은 아니었어. 먹힌 사람은 모든 걸 잊고 정상으로 돌아가고, 먹어 치운 사람은 그 사람 몫까지 고독을 견뎌야 하니까.

워낙 작은 집단이었기에, 소문은 순식간에 퍼져 나갔어. 그 방법을 이용해 여기서 벗어나려는 사람, 정보를 독점한 후, 터무니없는 가격을 매겨 넘기는 사기꾼. 사이트가 와해되는 건 순식간이었지.

엄마는 그 소동에 끼어들지 않은 채 조용히 혼자 계획을 세웠대. 모든 게 잠잠해질 때쯤까지 기다렸다가 그 커뮤니티에 속해 있지 않던, 그래서 아무것도 모르는 저와 같은 괴물을 꾀어 내어, 이용해 보자는 결심을 한 거지. 거기에 걸려든 게 아빠였고.

아빠는 엄마가 취미로 계속하던 바이올린을 고치러 들른 가게의 악기 제작자였다던데, 붙임성이 좋은 사람이었나 봐.

얼굴을 보자마자 반갑다며 인사를 하더니 자신도 어려서 바이올린을 전공했다면서 이런저런 말을 잔뜩 늘어놓더래.

―저 사실, 우리 콩쿠르에서 몇 번 마주쳤어요, 우리. 그쪽은 기억 못 하겠지만.

악수를 요청하길래 맞잡은 손은 따뜻했고, 곱게 접은 눈동자는 여간 선량해 보이는 게 아니었지. 그때 이미 아빠 머리 위엔 작은 동그라미가 빼꼼히 고개를 들고 있었대.

"이상하지, 난생처음 보는 남자랑 있는데, 아주 오래전부터 알던 사람처럼 편했어."

그래서였을까? 아빠가 바이올린은 왜 그만두었냐고 물어 왔을 때, 엄마는 평소처럼 대충 둘러대는 대신, 그냥 사실대로 다 말해 버렸대.

―사람들 머리 위에, 갑자기 뭐가 막 보여서요. 연주할 때, 성가시더라고요. 그게.

아빠는 이렇게 되물었다나 봐.

―그쪽도… 그래요?

이제 엄마가 해야 할 일은 정해져 있었어. 우선 아빠와 가까워져야만 했지. 그래야 엄마 머리 위에도 뭐가 생길 거 아냐. 그게 몸집을 부풀려 아빠가 먹어 치우지 않고는 못 배길 정도가 될 때까지, 엄마는 최선을 다해 사랑으로 돌진해야만 했어.

다행히도 아빠는 사랑에 빠질 만한 구석이 많은 매력적인 사람이었던 것 같아. 두 사람 사이엔 바이올린을 비롯해 많은 공통점이 있었고.

머리 위의 원이 커다래지는 건, 아마도 시간문제였을 거야. 하지만 엄마도 그땐 꽤 조급했었나 봐.

"젊었을 땐 다들 그렇잖니. 시간이 너무 느리게 가는 것만 같고, 순간이 영원처럼 느껴지지."

엄마가 말했어.

동갑내기에, 생일도 얼마 차이가 나질 않았건만, 아빠는 애늙은이처럼 느긋한 성격이었대. 집요할 정도로 자주 찾아와 사랑을 애걸복걸하는데도, 언제나 다정하게 거리를 두려 해서 엄마를 분통 터지게 만들었다나.

손을 잡으려 하면 뒤돌아섰고, 입술을 부딪치려 하면 한 발짝 물러섰대. 머리 위엔 커다란 원을 머리 위에 달고 있으면서, 그러니까 엄마를 사랑하는 게 확실한데도 말야.

못 참은 엄마가 다짜고짜 달려들던 어느 날에도, 아빠는 잽싸게 먼 데까지 도망가서는 이렇게 말했다지.

—아직이요. 아직 그 정도는 못 돼요.

—지금, 무슨 말을….

—아직은 제가 더 사랑하는 거 같습니다.

—…네?

—자꾸 이러시다간 그쪽이 절 잡아먹게 될 거예요. 그러니까 위험하다고 말하는 겁니다.

—…그게 무슨.

—제가 더 노력할게요. 충분히 사랑할 만한 사람이 되어 볼게요. 그래서 그쪽 머리 위의 것도 커다래지면, 그때 단번에 먹어 치울게요. 그걸 원하시는 거, 맞죠?

아빠는 이미 다 알고 있었던 거야. 천형 같은 운명에서 벗어날 방법도, 엄마의 얄팍한 속셈까지도.

그 말을 들은 순간 엄마 머리 위의 솜뭉치도 조금은 더 커다래졌으려나? 음, 그건 아빠만 답할 수 있는 문제겠지. 하지만 난 그랬을 거라 믿어. 엄마가 말씀하셨거든. 그날부터 조금 다르게 살아 보고 싶어졌다고.

더 이상 뭘 바꾸려 들고 싶지 않았대. 이대로 사는 것도 괜찮겠다 싶었대. 단 한 사람. 나의 모든 걸 알아주고, 내 마음마저 훤히 들여다보는 그 사람만 있다면, 세상 모두와 담을 쌓은 채 둘이서만 평생을 함께 사는 것도 나쁘지 않겠단 생각이 든 거지.

엄마와 아빠는 늘 약속 장소를 두 군데로 잡았어. 아빠가 교차로 앞에서 기다리면, 엄마는 건너편 서점 앞에 도착해 손을 흔들었지. 따로 떨어져 나란히 걸었고, 멀찍이 앉아 남처럼 커피를 마셨어.

각기 다른 일터에서 고독을 작업복처럼 두르고 일하다가, 밤이 되면 단단한 벽이 막고 있는 각자의 방에 들어갔지.

엄마가 그랬어. 어두운 방 안에 혼자 앉아서 옆방에 있는 아빠에게 전화를 걸어 오늘 있었던 일들을 미주알고주알 떠들던, 그때가 인생에서 가장 행복했던 시절이었던 것 같다고.

"미안하지만, 너를 낳고 키우던 때는 두 번째라고 말해야겠구나. 어쩔 수 없는 일이란다. 어린 너와 함께하면서는 무작정 행복하기만 할 순 없었어. 널 사랑하는 크기만큼의 불안도 감당해야 했으니까."

엄마는 아빠가 어쩌다 우리 곁을 떠났는지에 관한 이야기는 훌쩍 건너뛰어 버렸어.

"네가 어렸을 땐, 우리 둘이 함께 산 적도 있단다. 아주 잠시였지만."

"사진으로 봤어요."

"그래, 사진이 있었지. 더 많이 찍어 둘 걸 그랬어."

"……."

"그땐 몰랐던 거지. 처음부터 이렇게 할 생각은 없었거든. 그런데…"

엄마는 탄식 같은 숨을 내뱉고는 씩 웃었어.

"네가 날 너무 좋아하더라고."

엄마의 머리 위 솜털 구름이 좀 더 제 영역을 넓혔어. 누군가 내 목을 조여 오는 듯 갑자기 눈앞이 아찔했지.

엄마도 그 시절 어린 내게 이런 고통을 받았던 걸까. 내가 엄마를 그렇게나 사랑했던가? 갓 태어난 아이가 처음 눈에 담은 사람을 향해 품는 마음은 대체 어느 정도 크기일까.

엄마는 그 괴로움에 관해서는 언급하지 않은 채, 로봇처럼 딱딱한 말투로 영유아 시기의 접촉과 발달 사이의 상관관계를 늘어놓았어. 그건 남겨 두는 편이 낫겠다 싶어 오래 욕심을 부렸다고. 한계치에 도달했던 게 13년 전이었던 거지.

"필요한 모든 걸 해 줄 수 없었던 건 미안하게 생각해."

"자라면서 특별히 뭐가 부족하다고 느낀 적은 없어요. 오히려 남들보다 풍족한 편이었죠."

"제일 중요한 게 네 곁에 없었잖아."

"……."

"결핍이 많은 환경이었다는 걸 알아. 힘들었을 거야. 유년기 시절 양육자와의 애착 형성도 만만치 않게 중요하니까."

논문이라도 발표하는 듯 차분한 어투였어.

"입양도 고려해 봤지만 리스크가 있었단다. 새 가정의 부모의 질을 완전히 신뢰하기 어렵고, 네가…."

"제가 엄마처럼 될지도 모른다고 생각하신 거죠."

"유전적 문제인지, 전염성이 있는지에 관해서는 아직 밝혀진 사실이 없으니까."

법원 공무원보다도 더 냉철한 말투에, 난 그만 웃어 버리고 말았어. 내가 엄마라도 저렇게 생각하고, 저렇게 말했을 것 같았거든. 우리가 참 많이 닮았더라고.

엄마도 그렇게 말씀하셨어. 내가 엄마를 많이 닮은 것 같대. 얼굴도, 성격도. 어떻게 그렇게 잘 숨겼냐고 물으시더라. 매주 들러서 점검하고 모든 걸 보고받고, 내 일기장을 살피고, 나 모르게 매번 학부모 면담까지 참여했는데 자신이 뭘 간과한 건지 모르겠다면서.

"제가 조심한 거죠."

"이제 와 하는 얘기지만, 바이올린을 그만둔다고 했을 땐 못 참고……. 음…."

"제 노트북 확인하셨던 거요?"

"알고 있었구나."

"네."

"어떻게 알았니?"

"다른 사람이 만지면 바로 알아챌 수 있게 해 놨어요."

"무슨 수를 썼는지까진 얘기해 주지 않을 참이구나."

"그럼요."

"노트북은 언제든 누가 들여다봐도 별문제 없어 보이게 관리했을 테고."

"네."

"그건 참… 내가 할 만한 행동이구나."

엄마는 찡그리는 건지 웃는 건지 모를 얼굴을 하고는 솜털 구름을 천장까지 부풀렸지. 그 기세에 질린 내가 뒷걸음질을 치자, 엄마도 몇 발자국 뒤로 물러났어.

"많이 힘드니?"

"견딜 만해요. 아직은."

"미안, 내가 편하니 거기까지 생각을 못 했어."

그러니까, 내 머리 위의 솜뭉치는 큰 위협이 되지 않는다는 말이었지. 나는 조용히 물었어.

"나도 엄마를 사랑하긴 하나요?"

엄마는 우는 건지 웃는 건지 분간할 수 없는 얼굴로 답했어.

"조금은."

앞으로 추이를 지켜보자고 하더라. 확실하게 하려면 적기에 단번에 먹어 치워야 한다고. 그렇게 하면 귀찮은 일도 다 끝난대. 나는 엄마도, 이 괴물 같은 현실도 모두 다 잊고 평범한 사람으로 살아갈 수 있을 거래.

오래전부터 여러 가지로 대비를 해 두었다면서, 무슨 해충 박멸하는 작업을 준비하는 사람처럼 말했지.

"내가 엄마를 잊고 싶지 않다면요?"

"어차피 우리가 쌓아 온 추억이 많지도 않잖니?"

농담 같은 그 말 앞에서 나는 잠시 망설이다 물었어.

"역으로는 생각해 본 적 없으세요?"

"역?"

"내가 엄마를 먹는 거요."

엄마는 그날 본 중 가장 환한 미소를 지으며 답했어.

"그러기엔 내가 너를 너무 사랑하더라고."

"……."

"게다가 난 하나도 잊고 싶지 않아."

"어차피 우리가 쌓아 온 추억이 그리 많지도 않은 것 같은데요."

내가 조금 전에 들은 말을 그대로 따라 했더니, 엄마가 웃음을 터뜨렸지.

"맞아. 그래서 널 먹어 치운 다음에도 잘 살 수 있을 것 같아. 그럴 때를 대비해서 따로 산 보람이 있어."

"…그냥 여태까지처럼 떨어져 살면 안 돼요? 가끔만 연락하고요. 엄마랑 아빠가 그렇게 했듯이요."

"음, 그게 그다지 효율적인 방법은 아니더라고. 둘이서 괴로워하는 것보단 한 사람이라도 편해지는 게 낫지. 어쩌면 그쪽이 두 사람 모두에게 편한 길이 될 수도 있고."

농담이라도 하듯 명랑하게 말하는 엄마의 눈동자는 텅 비어 있었어. 나는 어떤 사람이 그런 눈을 하는지 알고 있었지.

모든 걸 포기하고 절망한 사람. 아니, 어떤 정신 나간 운전자가 날 치어 죽여 버렸으면 하는 단 하나의 바람만 가지고 힘없이 사는 사람. 그러다 겨우 의지를 끌어모아 조금 더 적극적으로 죽음을 도모하기로 결심한 사람. 그런 사람에게서만 볼 수 있는 눈.

캐묻지 않아도 알 수 있었어. 엄마는 이날을 위해 살아왔던 거야. 나를 먹어 치워 주기 위해서 기억도 마음도 사랑도 아무것도 쌓지 않은 채, 그렇게나 허무한 눈을 하고 버텨 온 거야.

그 노력의 결실이 내 머리 위에 달려 있었지. 먹어 치우기도 뭣할 정도로 작은 솜뭉치 하나로. 그사이에도 엄마의 사랑은 무럭무

럭 자라나 금방이라도 날 질식시킬 듯 굴고 있고 말야.

얼굴도 보지 못하고, 통화도 거의 하지 않고, 남처럼 살았는데도 쌓이는 마음이란 대체 어떤 걸까.

가슴 한구석, 움푹 파인 곳에 뜨끈한 액체 같은 것이 괴는 듯한 느낌이 들어 나는 후, 하고 크게 심호흡을 했어.

"힘들어 보이는구나."

"괜찮아요."

"오늘은 그만 쉬렴. 다음에 더 얘기하면 되잖니."

"…다음이 있어요?"

"그럼. 자주 보아야 내가 널 먹을 수 있지 않겠니? 매일 통화하는 건… 공부에 방해가 될까?"

"통화 좀 한다고 성적에 영향을 받을 정도로 멍청하진 않아요."

"내 딸다운 대답이네."

엄마는 그날 저녁, 바로 내 메일 주소로 여러 서류를 보냈어. 내가 엄마에 관한 모든 기억을 싸그리 잊는 날이 온다 해도 혼란스러워하지 않게 차곡차곡 시나리오를 써 두었더라.

내 일기와 그럴싸하게 맞물린 그 글 속의 이은원은 실제의 나와는 사뭇 달랐어. 조실부모했으나 유년기에 받았던 넘치는 사랑을 토대로, 풍족한 유산과 친척들의 온정에 기대어, 심지 곧게 자라난 열여덟 살 여자애.

그런 걸 준비해 둔 이유는 쉽게 추측할 수 있었어. 도서관에 틀어박혀 논문이나 뒤적이던 시절에 알게 된 건데, 인간의 뇌가 생각보다 약하고 유연하더라고. 약간의 단서만 던져 주면 자기 맘대로 가짜 기억을 만들고 그래.

엄마 같은 사람이 그걸 모를 리가 없지. 있잖아. 뇌를 속이는 거, 생각보다 아주 쉬워. 여러 연구 결과가 그걸 입증하고 있지.

어린 시절 사진에 열기구만 교묘히 합성해서 보여 주면, 사람들은 경험해 본 적도 없는 일에 관하여 술술 떠들어 대. '그때 그랬던 건 같은데, 잘 기억이 나질 않는다' 정도가 아니라, 그날 날씨가 어땠는지, 누구랑 갔는지, 출발 전에 어떤 실랑이를 했는지, 점심 메뉴가 뭐였는지까지.

번거롭게 합성 사진까지 갈 필요도 없어. 미세하게 단어만 조정해도 효과는 같으니까. 차가 돌진해서 쾅 부딪혔을 때 속도가 얼마였냐고 물으면, 사람들은 제일 큰 숫자를 불러. 충돌했을 때, 부딪혔을 때, 살짝 쳤을 때, 접촉했을 때, 스쳤을 때⋯ 단어만 조금씩 바꿔 말해도 목격자가 말하는 숫자는 점점 내려간다나.

엄마는 내 기억의 미싱 링크를 잘 채워 주고 싶었던 거야. 정교한 실험을 설계해서 완전히 새로운 기업을 삽입해 주는 것까진 못한대도, 내 인생에서 엄마란 존재가 사라진 후 남은 공간, 거기에 물음표가 끼어들 여지는 줄여 줄 수 있겠다고 본 거지.

내 명의로 돌려 둔 집, 신탁 자금, 은행 계좌까지. 엄마의 준비는 완벽했어. 구멍 없이 꼼꼼했고, 과하게 세심했지. 이미 한 번 이런 일을 시도해 본 적 있는 사람처럼.

그래, 엄마가 아빠를 먹어 치운 거야. 다시 한번 생각해 봐. 너무 뻔하잖아. 아빠와 처음 만났던 때에 관해서는 그렇게나 자세히 늘 어놓고선, 두 사람의 마지막에 대해서는 언급도 하지 않았어.

아빠가 돌아가신 거라면, 내게도 사인을 말해 줬을 거야. 두 사람이 좋지 않게 헤어졌다면… 음, 엄마는 그런 이유로 나에게 아빠란 존재를 빼앗을 사람은 못 돼. 아빠가 날 보는 것조차 원하지 않았던 놈팡이였다면 그런 식으로 아련하게 옛일을 회상하진 않았겠고.

문득 어린 시절 주워들은 말이 떠오르더라. 어린애한텐 듣는 귀도 없는 줄 아는 어른들이 맘대로 떠들던 말들. 아빠가 내가 태어나기도 전에 엄마를 버렸다고들 했지. 애가 생긴 걸 알고 도망간 건지, 모르고 그런 건지, 하루아침에 남처럼 돌변해서 안면 몰수를 했다며 수군거렸어.

있잖아. 사랑하는 이를 그런 식으로 떠나보내는 사람의 속은 대체 얼마나 문드러져 있을까. 나는 6년도 버거워 미칠 지경인데 엄마는 어떻게 평생을 버텨 온 거지? 자식에게마저 잊힌다면, 인간이란 게 그러고도 남은 생을 살아 나갈 만큼 강한 생물이던가?

적어도 우리 엄마는 그런 사람은 못 되는 것 같아. 엄만 날 먹어 치운 후, 여생을 유지할 생각이 전혀 없어.

오로지 단 한 가지 목표만을 위해, 만일의 만일을 위해 달려온 족적들. 그 모든 게 내 눈앞에 펼쳐져 있는데 어떻게 모른 척할 수 있겠어.

내 기억 속의 엄마가 이미 죽은 사람이길 바라는 것도 이상하지. 모든 일이 엄마의 계획대로 이뤄진다면, 기억이 사라지는 건 나뿐인데. 엄마가 날 잊어버릴 일은 없는데 신탁 자금, 집, 은행 계좌가 왜 필요한 거지.

하지만 그 체념과 포기를 누가 비난할 수 있겠어.

설득? 될 리가 없지. 이때만 기다리며 버텨 온 사람한테 무슨 말이 통하겠어. 내가 할 수 있는 건 훼방뿐이야. 감사한 일이지. 최악을 막을 방법이 내 손안에 있다니.

그래, 난 엄마를 먹어 치울 생각이야. 아직 늦진 않았잖아. 지금부터라도 다 잊고 멀쩡히 새 삶을 살아가면 돼. 엄마는 그럴 자격이 있는 사람이니까.

뜬금없이 고결한 척 희생정신을 발휘하겠단 건 아냐. 그냥, 이게 더 합리적이라서 그래. 엄마도 그렇게 말했잖아. 둘이서 괴로워하는 것보단 한 명이라도 속 편한 게 낫지 않냐고.

조금 더 솔직히 얘기해 볼까. 난 그냥 이기적인 선택을 한 거야. 욕망이란 게, 쉽게 잠재워지지 않더라고. 그렇게 커다란 솜덩어리를 봐 버렸는데, 어떻게 참아. 그걸 다 먹어 치우면 적어도 일주일은 맘 편히 살 텐데.

게다가 일이 참 편하게 굴러가고 있잖아. 엄마가 철저히 세워 둔 대비책 덕분에, 골치 아플 일도 하나 없지. 엄마는 아마 일기도 꼬박꼬박 써 뒀을 거야. 누가 훔쳐봐도 상관없을 내용으로, 최대한 사실에 입각해서, 그러니까 어쩌다 불시에 기억을 잃어도 더듬더듬 찾아갈 수 있을 만큼만. 나라면 분명 그랬을 테니.

모든 일이 너무 쉽게 풀려 이래도 되나 싶을 정도였어. 몇 번 더 엄마를 만나서, 내 머리 위의 솜사탕을 키우기 위해 시간을 보내는 척해 봐야지. 얼마 후면 방학이니 그 후에 거사를 치르자고 제안해 봐도 좋을 거야. 모든 걸 다 잊고 새로 시작하기 전에 기억이 온전한 채로 가족 여행을 가고 싶다고 졸라 보는 건 어떠려나.

기말고사 끝나고 방학하면 바로 따라갈 테니, 엄마가 먼저 어디 멀리 좋은 데라도 가 있으라고 말해야겠다. 그곳 지리라도 미리 익히고 괜찮은 레스토랑도 좀 발굴해 놓으라고, 내가 도착하면 같이 며칠만 오붓한 시간을 가져 보자고 해 봐야지. 꽤 괜찮은 플랜 아닌가. 실제로 그렇게 하고 싶을 정도야.

엄마가 출국하는 날엔 공항까지 마중을 나가야지. 공항만큼 이별에 어울리는 장소가 또 어딨을까. 잘 다녀오라고 마지막 인사를 한 후 게이트 앞에서 먹어 치우면 딱이겠어.

비행기 안에서는 원래 좀 다 불편하지 않나? 중요한 걸 **빼** 먹고 온 듯한 불안, 갑자기 내 삶 전체가 낯선 곳으로 옮겨진 듯한 묘한 위화감. 그 원인을 여행 탓으로 돌리다 보면 금세 일상에 익숙해지겠지.

나? 아직 어리잖아. 살다 보면 누군가에게 먹힐 기회를 찾을 수 있겠지. 이 세상엔 나 같은 괴물이 생각보다 많이 살고 있는 것 같으니.

봐, 벌써 하나 만났잖아. 그것도 같은 학교, 같은 반에서. 백이현, 걔를.

엄마에 관한 계획을 대충 정리한 후 남은 밤 내내, 나는 백이현에 관하여 생각했어.

걜 어떻게 하면 좋을까.

이용해 볼까?

그게 되려나?

아니면, 엄마가 아빠에게 그랬듯이 잠시나마 공존하는 법을 택하는 건?

중대한 결정은 다음 날 아침으로 미뤄 둔 채, 나는 습관처럼 일기를 쓰고 잠들었어.

[****년 6월 **일. 화요일. 날씨: 맑음.

내 옆자리에 앉는 백이현이란 남자애가 오늘 음악실에서 쓰러졌다. 허우대는 멀쩡해 보였는데 속이 다 곯았나 보다. 잘 좀 먹고 다니지.

옆에서 자꾸 떠들어 대서 공부를 방해하긴 했지만, 그래도 본성은 착해 보이는데 참 안타깝게 됐다.

곧 나을 것 같으니 걱정은 안 해도 되겠지?

요즘 같은 땐 아파도 결석하면 안 된다. 곧 있으면 기말고사라서 선생님들이 나눠 주는 자료, 수업하면서 하는 말 하나하나가 중요한 시기이기 때문이다.

그러고 보니 오늘은 시험 기간에 잡힌 보강 스케줄 체크하느라 바쁜 엄마가 집에 오시는 날인 것도 깜빡하고 있었다. 우연히 마주쳐서 잠시 대화를 나눴는데, 그동안 쌓였던 오해를 푸는 좋은 시간이었던 것 같다.

 요즘 기말 준비 때문에 스트레스가 컸는데 덕분에 기분도 환기가 된 듯하다. 내가 조금 피곤해했더니 엄마는 다음에 더 이야기하자고 하셨다.

 다음에 엄마를 만나면 시험 끝나고 방학식 하면 같이 어디 외국 여행이라도 다녀오면 안 되겠냐고 말해 볼 생각이다. 난 아직 한 번도 엄마와 단둘이 여행 가 본 적이 없어서 한 번은 꼭 가 보고 싶다.

 만약 엄마가 내 부탁을 들어준다면, 시험공부하는 동안에도 조금 덜 괴로울 것 같다. 방학하고 여행 갈 날만 기다리면 되니까.

 백이현처럼 공부 잘 안 하는 애는 그런 보상을 생각하지 않아도 늘 홀가분한 상태겠지? 그 앤 지금 무슨 생각을 하고 있을까? 아마 시험 걱정은 아닐 것이다. 내일 학교는 나오려나?]

5. 저한테 왜 이러세요?

 사흘을 통으로 결석했어.

 아파서 그런 건 아니야. 그렇다고 그때 일이 다 쇼였던 것도 아니고. 학교 가기 싫어서 그런 짓을 벌일 거였다면 적어도 이은원 없는 데서 그랬겠지. 그땐 그런 수작을 벌일 여유도 없었어.

 그런데 이상하지. 검사 다 받고 집에 오니 또 멀쩡해지더라고. 먹은 게 없어서 기운이 통 나질 않는 것 빼고는 아픈 데 하나 없었지.

 다음 날 아침, 난 전에 없이 이르게 일어나 학교에 갔어. 좀 겁이 났거든. 전날 내가 봤던 그 무시무시하게 커다란 풍선껌, 그게 여전히 이은원 머리 위에 붙어 있을까 봐.

미리 학교 도착해서 교문에서 들어오는 거부터 지켜보고 대비를 하자 싶었지. 그러려면 새벽같이 일어날 수밖에 없었고. 이은원, 우리 반에서 제일 빠르게 등교하는 사람이거든.

조용한 교실에 홀로 서 있으니 기분이 묘하더라. 이은원도 이런 느낌이 좋아서 매일 일찍 오는 건가?

환기도 시킬 겸, 창문을 열어젖히고 그 애를 기다렸어. 멀찍이서 확인하면 환각이고 뭐고 사라질지도 모른다는 희망을 품고서.

그게 산산조각 나는 덴 얼마 걸리지 않았어. 잠시 후, 이은원이 교문을 통과해 들어왔거든. 걔 머리 위의 풍선껌은 4층 교실 창문가에서도 눈에 띌 만큼 커다랬고. 사실, 눈이 알아채기도 전에 몸이 반응했어. 그렇게나 식욕을 자극하는 냄새라니.

그대로 집으로 내뺐어. 삼촌한테는 학교 가는 길에 너무 어지러워서 다시 돌아왔다고 둘러댔고. 불쌍한 척을 실컷 하며 신경 정신과 예약 좀 당겨 줄 수 없냐고 부탁했지.

삼촌은 어두운 표정으로 고개를 끄덕이셨어. 심리적 요인에 의한 등교 거부란 게 생각보다 흔한 일이라 나도 그쪽이구나 생각하신 거겠지.

그런데 막상 진료실에 들어가 앉아 있자니, 눈앞이 막막한 거야. 이걸 대체 어디서부터 어디까지 어떻게 설명해야 하나.

난 우선 생략법을 써 보기로 했어. 거짓말보다는 그게 낫잖아. 입 밖으로 튀어나온 순간 미친놈 낙인찍힐 얘기는 살짝 뒤로 빼 둔 채, 주요 증상만 빠뜨리지 않고 말하면 되겠다 한 거야.

내가 다니는 병원은 매번 질의 응답표를 작성해. 모두가 그러는 건 아닌 것 같은데, 내가 한창 과묵한 척하는 데에 빠져 있을 때 이 선생님을 처음 만났거든. 그때 시작한 전통을 계속 이어 오고 있는 거지, 뭐. 진료가 시작되면 선생님은 내가 적은 내용을 확인할 겸 추가적 질문을 해.

"전학 오자마자 처음부터 그 친구가 제일 먼저 보였다고요. 확 눈에 띈 이유가… 다른 사람들이랑 조금, 달라 보여서라고 썼네요."

"네."

아무래도 그렇죠.

떡잎부터 괴상했던 풍선껌을 달고 있었으니.

"남달랐던 그 부분이 시간의 흐름에 따라 점점 더 커졌다고 써 있는데, 그 다르다는 부분이 대체 어떤 건지 구체적으로 말해 줄 수 있나요?"

"음…."

"편하게 말하세요."

"걔 머리 위에요. 뭐가 반짝반짝 빛나요."

"아, 후광 같은 걸 말하는 건가요?"

"…후광이요? 네, 대충 그런 느낌이라고 할 수 있겠네요."

여기서 이렇게 대답하면 안 되었는데.

의사 선생님은 키보드를 몇 번 두드리더니 질문을 이어 나갔어.

"그 후광이 점점 더 확실히 느껴질 때부터 그 친구가 신경 쓰이기 시작했다고요. 언젠가부터 그 친구의 냄새를 맡으면 이상 식욕이 생겼다고도 적었는데, 맞나요?"

이상 식욕.

그래, 그건 정말 정확한 표현이었지.

나는 제법 열성적으로 고개를 끄덕였어.

"그 친구에게 맛있는 냄새가 난다고 했는데, 혹시 식사를 하고 와서 나는 냄새였을까요? 그러니까 라면 냄새나 고기 구울 때 몸에 배는 냄새 같은 것?"

"그것보단 과일…. 포도나 딸기 같은 거에서 나는 단 냄새요."

"향수 냄새는 아닐까요. 바디 스프레이나."

"그런 거랑은 전혀 달라요."

"그럼 몸에서 나는 체취 같은 건가요?"

"차라리 그쪽에 가깝겠네요."

뭐, 그것도 몸에 달린 거니까.

"정리하자면 전학 와서 옆자리에 앉게 된 여자아이가 다른 사람보다 특별히 예쁘고 후광이 빛나는 것 같은 느낌까지 드는데, 체취까지 좋아서 그런지 갑자기 식욕이 자극되었다는 말이군요. 맞나요?"

"…네. 제 문제가 10,000분의 1쯤 축소된 것만 빼고요."

"어떤 부분이 축소되었다고 생각하나요."

나는 솔직히 다 털어놓았어. 내가 느끼는 감각은 이상 식욕 정도가 아니라고. 나는 그냥 배가 고픈 정도가 아니라 지금 당장 걜 먹어 치워야겠다는 생각으로만 머릿속이 가득 찬 상태라고, 걜 볼 때마다 그런 충동을 억제하기가 힘들다고. 개의 후…광을, 아니, 그걸 넘어 그 애 전체를 베어 물고 핥고 씹고 삼켜서 먹어 치우고 싶어진다고. 그렇게 하지 않으면 당장이라도 죽어 버릴 것 같다고.

의사 선생님, 몰랐는데 이 일을 하기엔 공감 능력이 현저히 부족하신 분 같아. 내 처절한 호소 앞에서도 안타까워하기는커녕 흐뭇한 미소를 짓더라니까?

"그 친구와 꽤 친한가요?"

"그렇…다고 볼 수 있죠. 옆자리에 앉으니까."

이은원도 그 생각에 동조할지는 모르겠단 의문에, 나는 얼른 덧붙였어.

"아무튼 전 좋아하는 친구예요."

"그런 말을 하는 걸 보면 정말 좋은 사람인가 봐요."

이번 질문은 쉬웠지.

"네."

"혹시 그 좋아함의 정도라는 게 어느 만큼인지 표현할 수 있나요?"

"숫자로요?"

증상을 이야기할 때마다 1부터 10까지라고 하면, 하고 말씀하셨던 게 떠올라 그렇게 물었더니 선생님이 고개를 저으셨어.

"아뇨. 그러니까 그 친구를 그냥 옆자리에 앉는 좋은 친구라고 생각하는 정도인지, 아니면 그 이상으로 더 좋아하는지를 이야기해 주겠어요?"

"그 이상이라면…."

"이를테면… 연애 감정을 느낀 적은 없나요? 사귀고 싶다든지."

나는 잠시 이은원에게 고백하는 장면을 떠올려 봤어. 내 머릿속에서 이은원은 한숨을 푹 쉬면서 '꺼져'라는 짧은 말을 내뱉곤 곧 연기가 되어 사라져 버렸지.

"상상도 안 되네요."

"왜 그런가요?"

"왜냐니… 글쎄요. 그냥 그림이 안 그려져요."

"음, 그 학생은 예쁜 편인가요? 그러니까 객관적인 시선으로 말고, 백이현 학생의 눈에 예뻐 보이나요?"

이건 너무 쉬운 질문이었어.

"객관적으로도 엄청 미인이고 제 눈에도 그래 보여요."

"다들 그 학생을 좋아하겠군요."

"…그렇진 않아요."

"좋은 사람이고, 얼굴도 객관적으로 아주 예쁜데요?"

나는 머뭇거리다 입을 열었어.

"걔가… 오해를 많이 받는 편이에요."

"곁에서 지켜보면 안쓰럽단 감정이 들겠군요."

의사 선생님 앞에서 멀쩡하게 잘 사는 이은원을 불쌍한 애로 만들고 싶진 않았던 나는 대답 없이 어깨만 으쓱했어.

"혹시 그 친구 앞에서 하고 싶은 말을 다 하지 못하고 망설였던 적이 있나요?"

관찰 카메라라도 달아 뒀나?

"그게 제 일상이에요."

"그 친구 앞에서만 유독 긴장이 된다든가, 심박수가 올라가거나 했던 적은요?"

혹시 이은원을 개인적으로 아시나?

"늘… 그런 것 같은데요?"

"그 학생과 지금보다 더 친해지고 싶다는 생각을 한 적도 있어요?"

음, 모르시는 게 확실하군.

"아뇨, 지금이 최대치라고 봅니다."

의사 선생님은 빠르게 키보드를 두드린 후, 조금 더 조심스러운 어투로 물어보셨어.

"음, 그렇다면 그 학생과 신체적인 접촉을 원하는 맘은 들지 않나요? 이를테면, 손을 잡고 싶다든가, 좀 더 가까이 앉고 싶다든가, 나도 모르게 그 학생을 만지는 상상을 한다든가…."

"없…."

다고 말하려고 한 순간 퍼뜩, 걔 머리카락을 향해 나도 모르게 팔을 뻗었던 일이 생각나고 말았지.

"있었군요."

"…그렇기는 한데요. 제가 걜 연애 감정으로 좋아하는 건 진짜 아니에요."

"왜 그렇게 생각하시나요?"

"그건……."

"사귀는 게 상상도 되지 않아서 그런가요?"

"아, 네. 그런 것 같아요."

어쩌다 내가 쟤 같은 애를

"하지만 인간적으로 좋아하고 아주 예쁘다고 생각하며, 앞에 서면 긴장을 해서 하려던 말도 망설이게 되고 이따금 더 가까이 접촉하는 상상도 하는군요. 그런데도, 이 이상 친해지는 건 불가능하다고 생각하고 있고요."

선생님이 한 말과 내 상황은 분명히 조금 다른데, 어디가 다른지 정확히 짚어 내기가 힘들더라.

나의 침묵은 강력한 부정으로 취급되었다가 곧 인정이라 받아들여졌고, 그 후론 내내, 나의 어긋난 애착 유형에서 비롯된 욕망의 부정에 관해서만 이야기하다 왔지.

의사 선생님, 아주 신이 나셨더라. 그간 내가 건드리기 까다로운 문제로만 차트를 채워 놓긴 했지. 이혼 가정에 유명인 부모, 아빠의 방임, 엄마의 학대, 교통사고 트라우마까지. 그래도 이건 긍정적인 신호래. 성장과 함께 문제의 초점이 원가족에서 또래 관계, 연애 문제로 옮겨 가는 건 자연스러운 흐름이라나.

먼저 스스로의 감정 상태를 인지해야 한다, 자연스럽게 발생하는 욕망을 무시하고 억누르면 그릇된 방향으로 전환되어 고통과 불안으로 다가올 수 있다, 누굴 좋아하는 감정을 느끼고, 인정하고, 고백도 해 보면서 거절을 감당할 줄 아는 사람으로 성장하는 게 중요하다….

다 맞는 말이길래 열심히 고개를 끄덕였어.

그다음으론 기시감이 드는 질문이 이어졌어.

그 있잖아. 케이블 채널 돌리다 보면 심심찮게 튀어나오는 몇십

년 전 예능 방송. 의사 선생님은 그 방송 속 천하장사 출신 연예인이 그러듯 똑같은 질문을 반복했어.

이은원 씨를 사랑합니까?

사랑합니까? 안 합니까?

이은원 씨와 결혼할 겁니까?

상담 시간은 그렇게 종료되었어.

그래도 아주 소득이 없었던 건 아니야. 일상생활에 지장을 초래할 정도의 심리 불안 상태를 인정받아 처방약은 챙길 수 있었으니까.

대화도 영 시간 낭비였던 건 아니었어. 집에 오는 길에 곰곰이 생각해 봤는데, 선생님 말씀도 일리가 있더라고. 내가 억눌린 욕망을 설탕 냄새 나는 풍선껌으로 구현해 냈다고 믿는 건 아니지만, 걔 머리 위에 보이는 그거, 그게 내 마음이라고 하니 모든 일이 설명되긴 하는 거야.

처음부터 눈에 밟혔지. 멀쩡한 애가 겉도는 게, 이상하게 눈길이 갔어. 그때만 해도 작았던 풍선껌이 옆자리로 옮겨 말을 트기 시작하자마자 조금 커다래지더니, 자꾸만 신경 쓰이던 때부터 훅, 부풀어 올랐어. 벽이 좀 허물어졌나 싶었을 때쯤 무섭게 자랐지.

손바닥에서 거미줄이 나오는 사람, 철 갑옷을 두른 재벌도 있는 판에 자기 마음이 보이는 인간이 하나 있다고 해서 놀라운 일은 아니잖나?

난 그냥 이런 사람인가 봐. 누굴 좋아하면 그 사람을 잡아먹고 싶어서 돌아 버릴 것 같아지는 미친놈.

깨달음이 해결책을 동반하는 건 아니지만, 그래도 인정하고 보니 마음은 한결 편해졌어. 삼촌은 의사 선생님께 무슨 말을 들은 건지 이번 주까지는 그냥 집에서 쉬는 게 어떠냐고 묻더라. 덕분에 시간도 좀 벌었지.

그다음 주 월요일, 다시 학교에 갔을 땐 변함없이 거대한 풍선껌이 살랑거리며 나를 반겨 주었지만.

1교시 내내 나는 몸이 안 좋아서 잠 좀 자겠다는 핑계를 대고는 책상에 엎드려만 있었어. 안 보고 있으면 덜하길래.

고개를 완전히 벽 쪽으로 돌린 채 손바닥 전체로 얼굴을 감싸 쥐어 코를 막곤 숨만 겨우 고르며 생각했지.

한 입만, 딱 한 입만 베어 물어 볼까. 한 입 정도는 괜찮지 않을까. 중간엔 진짜로 그럴 뻔도 했어.

모르겠다. 그냥 살짝 핥아만 보자. 다 먹어 치우지만 않으면 될 거 아닌가 싶었지. 그런데 고개를 돌리자마자 코앞에 이은원의 얼굴이 보이는 거야. 커다란 눈 한가득 걱정을 담은 채 묻더라.

"괜찮아?"

"응?"

"많이 안 좋은 거면… 그냥 보건실 가 있어."

자괴감이 밀려왔어.

저렇게 착한 앨 옆에 두고, 내가 대체 무슨 생각을 하고 있는 건지. 핥는다니, 입에 넣다니, 먹어 치운다니.

다음 시간은 이은원 조언대로 보건실에 가 있었어. 이게 참 신기하게도 멀어지니까 또 좀 참을 만해지더라고. 그래서 쉬는 시간 종이 치기 무섭게 담임한테 가서 자리 좀 바꿔 달라며 거의 빌었지.

구급차까지 부른 일 덕인가, 아니면 삼촌에게 무슨 말을 들은 걸까. 선생님은 의외로 더 말도 없지 않고 자리 이동을 허락해 주셨지.

돌아와서 짐을 챙길 땐 마음이 좋진 않았어. 그렇잖아. 음악실에서 그런 일이 있고 나서, 내리 사흘을 결석하느라 더 얘기도 나누지 못했지, 오자마자 사회에 불만 있는 청소년처럼 고개 돌리고 벽만 보고 있었지, 이젠 자리까지 제일 먼 데로 옮겨 간다니. 이건 뭐, 대놓고 네가 싫다고 광고를 하는 것도 아니고.

"내가 눈이 좀 안 좋아서. 맨 뒷자리에 앉으니까… 자꾸 두통이….″

어설픈 변명이라도 갖다 붙이려는데, 반장이 끼어들었어.

"이현이 너, 지난번에 시력 검사 한 거 양쪽 다 2.0 나왔다고 그러지 않았어?"

"내가? 아… 그랬나…?"

"응, 너 그때 안과 갔다 왔다고 그랬잖아."

더는 거짓말을 지어낼 힘도 없어서 진땀만 흘리고 있던 나 대신, 이은원이 말을 받아 줬어.

"갑자기 시력이 떨어졌나 보지. 그래서 두통도 온 거고."

미안함은 배가 되고 말았지. 걔가 정말로 그렇게 믿고 한 말은 아닌 것 같았거든.

눈동자가 내게 말하고 있었어.

다 알아.

그런데 괜찮아.

이런 일, 자주 있었어.

순간 그냥 다 털어놓고 싶은 욕구가 일었어.

실은 내 시력은 좌우 2.0이 맞고 갑자기 떨어지지 않았으며, 그래서 네가 아주 씹어 먹고 싶게 귀여운 게 너무 잘 보여서 탈이야. 그래도 가까이서 보면 제일 좋으니까 계속 네 옆에 앉아 있고 싶어. 다만 내가 네 옆에 있으면 자꾸만 널 뼈도 남기지 않고 싸그리 먹어 버리는 생각만 하게 돼. 그래서, 어쩔 수 없이 그렇게 됐다.

…라고 말할 수는 없는 노릇이니 꾹 눌러 참는 수밖에 없었지.

자리를 멀찍이 옮기고 나니 살 것 같더라. 코끝을 자극하는 냄새는 여전해서, 하루 종일 책상에 코 박고 엎드려 있어야 했지만.

내 몸에 뭔가 문제가 있긴 한가 봐. 오전 내내 이은원 잡아먹을 생각만 했는데, 막상 점심시간이 되니 식욕이 뚝 떨어지는 걸 보면.

급식실에 가서 식판에 받은 음식을 입안에 넣는단 상상만 해도 속이 메스꺼워졌어. 그러고 보니 지난주부터 끼니를 제대로 챙겨 먹은 적이 없었는데 말야.

난 다 점심 먹으러 나가 버리고 나 혼자만 남을 순간을 기다리며 버텼어. 잠깐이라도 단 향에 시달리지 않은 채 진짜 낮잠을 자고 싶었으니까.

그런데 애들 말소리가 멀어지고, 교실이 정적에 휩싸이고 나서도 냄새만은 사라지질 않더라. 심지어 점점 더 진해졌어.

냄새나는 놈들이 다 사라져서 존재감이 더 부각되는 건가? 더러운 남자 놈들을 다시 불러와야 하나? 아, 창문 다 닫고 에어컨을 틀어 둬서 그런가?

환기라도 시키려고 비틀거리며 자리에서 일어섰다가 그대로 또 기절할 뻔했잖아. 이은원이 내 앞에 귀신처럼 가만히 서 있었어. 머리 위엔 당연히 그놈의 풍선껌이 위풍당당 매달려 있었지.

걘 두 손 가득 쥐고 있던 걸 내 책상 위에 쏟아 놓고는 멀찍이 물러났어. 어디서 이런 걸 다 얻어 온 건지 모르겠다 다양한 종류의 진통제, 두통약, 매점에서 산 오렌지주스, 쟤가 즐겨 마시는 것 같던 초콜릿 맛 프로틴 셰이크까지.

"넌, 안 그래 보여서는 왜 이렇게 몸이 부실하냐. 약부터 먹어라. 아, 잠깐만."

걘 문밖으로 뛰어가더니, 연노란색 텀블러 가득 미지근한 물을 담아 와 마시라며 내밀었어.

"주스는 약 먹고 30분 있다 마셔. 알았어?"

울고 싶더라. 정말.

내가 어떻게 하면 쟤를 잘 좀 뜯어먹을 수 있나 궁리하고 있던 동안, 쟨 이동식 보건실을 차려도 될 정도로 많은 약을 챙겨 와서는 따뜻한 물까지 받아 온 거잖아.

미안하단 말도, 고맙단 말도 할 수 없었어. 섣불리 입을 열었다간 무슨 사고가 날지 몰랐으니까. 이은원은 애초에 그런 인사치레를 기대한 적도 없는 사람처럼 바로 교실 밖으로 나가 버렸고, 그제야 편히 숨을 쉴 수 있었지. 마지막의 마지막까지 고마운 일투성이였어.

오후 내내 머리를 굴려 봤어. 내가 이은원에게 보답할 길이 있을까? 아무리 생각해도 답은 하나뿐이더라고. 전학. 내가 더 미쳐서 진짜로 쟬 먹어 치우기 전에 먼 데로 사라지는 일.

아예 한국을 뜨는 게 좋을 거야. 우연히 스치듯 만날 여지도 남기지 말자. 그래, 다 해결됐네.

답이 나왔으니 그대로 따르면 되는 일이었어. 다만 마음이 영 내키지 않는 게 문제였지.

전학을 거듭하는 게 싫어서? 그건, 아무 문제 되지 않아. 그냥 내가 그러고 싶지 않았어. 이렇게 괴로운데도, 그냥 여기 있고 싶었어. 저 빌어먹을 풍선껌만 없애 버리고 이은원 옆에서 시시덕거리다 졸업할 때 한 번 더 머리 길러도 괜찮겠냐고 묻고, 질색하는 표정이나 구경하면서.

하지만 이대로 가다간 졸업은커녕 학기가 끝나기도 전에 쟬 세상에서 없애 버릴 판이야. 세상엔 내키지 않아도 꼭 해야 하는 일들이 있기 마련이고, 나는 이 결심을 격조 높고 어른스러운 방식으로 이은원에게 고하기로 했어. 그러니까 편지만 남기고 도망가기로 했다는 말이야.

난생처음 자의로 저녁까지 학교에 남았던 그날, 난 내내 고개를 박고 편지만 썼어.

[누나

나 백이현이야. 한자는 흰 백에… 사실 흰 백밖에 모르겠어. 한글 이름인가? 여권에는 세 글자 다 한자가 써 있긴 했는데. 아, 방금 찾아봤는데 미칠 현 자가 있어. 내가 미친 건 이름을 이렇게 지어서일까? 이는 너무 많아. 한자 진짜 어렵다. 한국에 태어나서 다행이야. 방금 바지락조개 이라는 한자를 찾았어. 그러니까 나는 미친 바지락조개일 수도 있는 거지.

아니겠지? 우리 엄마 아빠가 정상이 아니긴 한데 이 정도는 아닐 거야. 다시 찾아보니까 검을 현 아닐까 싶어. 피아노 시키려고 이름에 흑백을 다 넣어 뒀나 봐. 그냥 다른 한자로 개명할까? 어떻게 생각해?]

갑자기 개명 상담을 신청했다가 한 장 찢고.

[To. 이은원 누나♥

누나, 하트에서 눈치챘겠지만, 내가 누나를 좋아하는 것 같아. '같다'는 표현이 애매하게 들릴 수도 있겠지만 어쩔 수 없어. 그것은 지금 내 상황이 애매하기 때문이야. 긴 설명 할 수 없음을 용서해.

하지만 이거 하난 누나가 꼭 알아줬으면 좋겠다. 나 아무한테나 하트 붙이는 사람은 아니야. 혹시 누나는 그런 사람이라면… 생각해 봤는데, 누나는 그래도 될 것 같아. 누나가 아무한테나 ★☆♡♥ 다 붙이고 목욕탕 표시까지 붙여도 괜찮아. 생각해 보니 내가 누나한테 괜찮니 뭐니 할 입장은 아닌데, 말실수를 했네. 누나 앞에서는 자꾸 잘못만 해. 지금도 봐. 이렇게 길게 쓸 거면 길게 설명할 수 없음을 용서하란 말은 쓰지 말았어야 했는데, 헷갈리게 해서 미안해. 지난번에 피아노 치는 거 방해한 것, 오랜만에 학교 나와서 미안하단 말도 안 하고 등 돌리고 엎드려 있던 거, 아까 약 가져다줬는데 고맙다고도 안 한 것도 정식으로 사과할게. 미안. 안 고마워서 그런 건 아니고 사정이 있어서 그랬어. 사정이 뭐냐면 그건 말할 수 없어. 어쩌자는 거냐고? 나도 그걸 잘 모르겠어.]

두서없는 말을 적다가 또 찢어 내고,

[이은원
누나, 내가 지금은 너무 힘들어서 누나를 못 볼 것 같아.
누나가 날 보자고 한 건 아니지만.
그러네. 괜한 말 했네… 종이낭비X 규칙 지키지 못해서 미안해.
맨 앞에 맘대로 이은원이라고만 쓴 것도 미안해. 그런데 사실 속으로는 늘 그렇게 부르고 있어. 맞먹으려고 그러는 건 아니고 누나 이름이 예뻐서 자꾸 부르고 싶어. 이은원, 이은원. 어떻게 이름 세 글자에 다 이응이 들어가? 정말 멋진 이름이라고 생각해. ~~혹시 한 자는 어떻게 돼?~~

물론 누나 자체도 진짜 멋있는 사람이야. 그렇다고 누나의 모든 행동이 이해되는 건 아니지만.
미안. 내가 또 이상한 말을 했네. 원래 하려던 말은 이거야.
좋아해, 누나.

아마 그런 것 같아. 의사 선생님이 그러셨으니 맞을 거야. 누나도 알지. 의대 들어가는 거 어려운 거. 그래도 누나는 들어갈 수 있을 거야. 힘내!]

뜬금없는 얘기 끝에 유치한 고백을 적다가 또 찢고.

[이은원.
너 머리에 풍선껌 붙었어.
처음부터 그랬는데 점점 커지더라.
그리고 그게 너무 나를 힘들게 해.
무슨 소린지 모르겠다고? 진짜? 나돈데.
신기하다!]

짧게 써 보려다가 또 실패하고.

[이은원 누나에게♥
미안. 누나. 이것도 찢을게.
하트가 안 예뻐.]

종이 낭비 속도는 점점 빨라지기만 하고.

[이은원 누나.

누나가 너무 좋아서 제가 미친 것 같아요. 이런 말 부담스럽겠죠. 알아요. 그런데 사람이 돌아 버리면 원래 사리 분별이 안 되는 거라네요. 제가 지금 바로 그 상태인 것 같습니다. 같은 게 아니라 그렇죠. 말을 똑바로 못 해서 죄송합니다. 너무 죄송해서 다시 존댓말을 하게 되었네요. 사과의 뜻을 담아 전학을 결정했습니다. 그동안 정말로 고마웠어요. 누난 제가 만나 본 사람 중 가장 착하고 예쁘고 멋진 사람이에요. 사는 동안 행복하시고 건강하세요.

백이현 올림.]

편지 잘 쓰는 법 같은 걸 검색해 보다가, 존댓말로도 써 보고.

[은원 누나.

제가 편지를 너무 못 쓰죠. 저도 처음 알게 된 사실이에요. 전 제가 손으로 하는 건 뭐든 잘하는 줄 알고 살았는데 아니었나 봅니다. 그래도 존댓말로 쓴 게 제일 나은 것 같아서 다시 시도해 봐요.

누나는 이거 읽으면서 얘가 이제 헛소리를 글로도 쓰네 하시겠죠. 그런데 저는 누나가 그렇게 저를 구박해도 좋아요. 아니, 구박하면 더 좋은 것도 같아요.

누나를 처음 봤을 때부터 누나가 좋았어요. 왜 그런지 모르겠는데, 그냥 그랬어요. 알지도 못하면서 꼭 아는 사람처럼 누나가 자꾸 신경 쓰였어요. 알고 나서 보니 너무 좋은 사람이라서 더 좋아졌어요.

그 연주회, 혹시 티켓 사셨어요? 비쌌을 텐데 취소해서 미안해요.

환불을 원하시면… 그런데 아마 주최 측에서 환불해 줬을걸요. 환불 기간을 놓치셨다면 그건 누나답지 않네요. …죄송해요. 살면서 차차 갚아 볼게요. 변명을 하려는 건 아니지만 저도 사정이 있었습니다. 알아요. 세상에 사정 없는 사람은 없죠. 나약한 소리 한 것 사과드립니다. 변명을 하려는 건 아니었다고 말해 놓고 변명을 한 것도 잘못했습니다.

지난번에 반주 얘기 한 건, 장난은 아니었습니다. 누나 연주하는 거 들으니 괜히 한번 같이 해 보고 싶어서 그랬어요. 경솔했죠. 이것도 사과합니다.

근데 누나 바이올린은 왜 그만두셨는지? 다시 하는 게 좋을 것 같다고 용기를 내어 말해 봅니다. 이런 말 하면 절 싫어하실 수도 있겠지만, 이쯤에서 이미 절 싫어하고 계실 것 같아서 제가 크게 손해 볼 건 없을 것 같습니다.

아, 누나. 이거 알아요? 사람들이 '이게 다 널 위한 거야'라고 말하는 거, 그거 거짓말일 경우가 많더라고요. 저는 지금 누나를 위해서 하는 이야기가 아니라 저를 위해 하는 말이란 걸 밝혀 둡니다. 누나랑 바이올린, 잘 어울려요. 누나 연주 듣기 좋아요. 계속 하시면 좋겠어요. 제가 할 말은 아니지만요. 아, 그때 갑자기 기절해서 당황하셨죠. 저도 그럴 생각은 없었는데… 참 사는 게 다 제 맘 같진 않네요.

아무튼 누나, 제가 이렇게 펜을 든 이유는 다름이 아니라 누나를 좋아한다고 말하고 싶어서예요. 의사 선생님이 그러시는데 제가 그런 말을 안 하고 살아서 문제가 생기는 거라네요. 누구 좋아하는 맘

깨닫고, 그 상대에게 고백해 본 적이 있냐고 물어보는데, 솔직하게 답할 수가 없었어요.

왜냐면 저는 늘 가만히 있으면 누가 먼저 좋아해 주고 고백해 왔거든요. 이런 말 하면 좀 재수 없어 보일까 봐 그냥 입 다물고 있었습니다.

근데 왜 누나한테는 말하냐면… 그냥요. 그냥 누나한테는 다 말하고 싶어요. 또 무슨 말을 하고 싶냐면 저는 누굴 좋아한다고 해서 꼭 그 마음을 전할 필요는 없다고 생각합니다. 너무 무거운 마음을 받으면 사는 게 버거워질 수도 있잖아요.

예를 들어 제가 누나를 좋아한다고 말을 해 봤자 뭐가 해결되는 건지. 어차피 누나가 저 같은 애를 좋아할 리도 없고….

아, 방금 전 말은 저 좋아해 달라고 하는 말은 아니에요. 그렇다고 좋아하지 말라고 하는 것도 아니고.

제가 뭐라고 누나한테 그런 말을 하겠어요. 누나는 누나 하고 싶은 대로 하고 사세요. 강요는 아닙니다. 누구든 그렇게 사는 게 맞으니까요.

말이 자꾸 이상하게 나오는 건 제가 좀 미쳤기 때문입니다. 거의 바지락만큼 미쳤어요. 그래서 이런 편지를 쓰게 된 것입니다.

별로 궁금하시진 않겠지만 어떻게 미쳤는지를 말해 보자면, 누나를 좋아하면 좋아할수록 이상한 게 보여요. 날이 갈수록 점점 커다랗게요. 그것 때문에 너무 괴롭고, 힘들고…. 전 이게 다 누나를 너무 좋아해서 생긴 병이라 보고 있습니다. 그래서 전학을 결심하게 되었습니다.

누나를 탓하는 건 절대 아니에요. 사실 누나 말고 다른 애들도 비슷한 걸 달고 있거든요. 몰랐는데 걔네들 것도 좀 커져 있더라고요. 제가 누나만 보느라 그걸 몰랐네요.

근데요. 걔넨 또 왜 그런 걸 달고 다니는 걸까요? 저는 혹시 무의식중에 걔네도 좋아하는 걸까요? 잠재적 바람둥이일까요? 근데 제가 얼굴도 모르는 애들도 달고 다니던데⋯ 혹시 제 무의식이 그렇게 헤픈 놈이라면 그놈을 잘 패서 고쳐 두겠습니다.

사람은 맞으면, 고쳐지더라고요. 제가 누굴 패 본 적은 없지만, 많이 맞아 봐서 알아요. 이건 저 불쌍해하라고 하는 말은 아닌데. 사실 제가 좀 불쌍하긴 해요. 누나도 저 좀 불쌍하게 생각해 주시면 안 되나? 아. 맞다, 아까 뭘 바라진 않는다고 했지. 사람 맘이 참 그러네요. 솔직히 말하면 바라는 게 천만 개쯤 있습니다. 계속 누나 옆에 있고 싶어요. 누나랑 같이 있으면 그냥 좋아요.

아주 어렸을 때, 엄마한테 많이 맞았어요. 제가 이미 이 얘기 했죠. 아닌가. 아, 바로 앞에 썼구나. 그러려니 하고 읽어 주세요. 제가 지금 너무 오래 편지를 쓰고 있어서 그래요. 지금 막 정신이 혼미해지려고 하네요.

저 무슨 말 하고 있었죠. 맞다. 엄마가 절 많이 팼어요. 엄마도 이해가 아주 안 되는 건 아니에요. 사실 제가 좀 말이 많고, 귀찮게 엉기는 편이니까 다른 애들보다 좀 키우기 어려웠을 거 같긴 하거든요.

그래도 조금만 덜 팼으면 좋았을 텐데, 정도가 심했던 것이 엄마의 불찰이었습니다. 솔직히 맞아 죽는 줄 알았거든요. 근데 전 그땐 그게 정상이라고 생각했어요. 누가 나한테 그거 잘못된 거다, 너네 엄마 미쳤다, 아빠한테 말해라 밀어붙이지 않았으면, 그냥 그대로 살았을 거예요. 아무한테도 말하지 않고요. 계속 두드려 맞다가 진짜로 맞아 죽었을지도 모르죠. 사람 체구랑 힘이랑은 큰 상관이 없는 것 같더라고요. 아니다, 이건 도구의 힘을 빌려 한계를 극복한 사례라고 봐야 하나? 그러고 보면 인간이란 참 대단한 존재입니다.

그러고 보면 인류사에 족적을 남길 큰 위업을 이루었을 어떤 여자애가 생각납니다. 걔 화를 돋우는 타입임이 분명한 저에게도 꽤 친절하게 대해 주었어요. 저희 엄마가 미쳤다는 사실을 받아들이라고 강요하면서 그걸 모두에게 말하지 않으면 안 된다며 저를 협박했습니다. 이렇게 말하니 악당처럼 들리지만 그 모든 일이 제겐 눈물 나게 고마웠어요. 좀 무섭긴 했지만, 걔가 무서운 건 엄마가 무서운 거랑은 좀 다른 느낌이에요.

그 애 덕분에 어떻게든 살아남았고, 아직 잘 살고 있죠. 이게 잘 살고 있는 건진 모르겠지만. 제가 말했나요. 저 지난번에 수학 ■■점 맞았어요.

써 놓고 보니 점수는 좀 창피하니까 지울게요. 예전엔 이 정도는 아녔는데. 어렸을 때 너무 맞아서 머리도 좀 나빠진 것 같아요. 진짜예요. 저 그때 그 여자애 얼굴도 기억이 잘 안 나요. 이름도 모르겠고, 우리가 친한 사이긴 했는지도 잘 모르겠어요. 그때 정확히 무슨 말을 했는지, 어쩌다 협박까지 당해서 아빠에게 털어놓게 된 건지, 그런 걸 다 까먹어 버렸어요.

그런데 집에 뭐가 남아 있긴 해요. 걔가, 급식에서 맛있는 주스 나오면 꼭 하나씩 훔쳐 와서 저한테 줬거든요. 혹시 도둑질한 걸까요? 그땐 거기까지 생각 못 했는데…. 하지만 그랬다고 해도 그 정도면 의적 아닌지. 걔, 주스 말고 사탕도, 초콜릿도, 껌도, 있는 걸 죄다 털어 저한테 줬어요.

전 그때 그게 좀 아까웠나 봐요. 하나도 먹질 못하고 간직한 걸 보면. 온갖 주전부리를 다 모아 놓은 서랍에는 걔가 준 쪽지도 여러 개 있어요. 거기 적힌 말들을 읽고, 또 읽으면서 그때를 살았어요. 그래서 그런가. 어렸을 때 생각을 하면 저는 자꾸 신이 나요.

왜 사람들이 그러잖아요. 너무 힘든 시기에는 뇌가 알아서 그때 기억을 삭제한다고. 진짜 그렇더라고요. 어려서 제가 무슨 생각을 했는지, 어떻게 살았는지, 뭘 좋아했는지, 그런 것들이 모두 가물가물합니다. 상담 기록이나 누가 해 준 얘기를 들을 때면 남 얘기같이 '그렇구나' 합니다.

그런데요, 누나. 사람들이 하는 얘기 속 제 어린 시절은 그렇게 끔찍할 수가 없는데, 그런데도 전 그때를 떠올리면 기분이 좋아져요. 이름도 기억 안 나는 그 여자애 때문에 그런 것 같아요.

제가 전에 얘기했었나요? 누나 글씨가 걔랑 좀 닮았어요. 누나가 훨씬 잘 쓰는 것 같긴 한데, 그래도 많이 비슷해요.

꼭 그것 때문은 아니고, 누나를 생각하면 저는 오렌지주스를 처음 받았던 날이랑 똑같은 기분이 돼요. 모든 일이 다 잘 풀릴 것 같고, 뭐든 버틸 수 있겠다 싶어요. 밑도 끝도 없는 희망이 생겨요.

무슨 말인지 모르시겠다고요. 너무 걱정하지 마세요. 지금 저도 정확히 그렇게 느끼고 있으니까요. 저는 그냥 편지 쓰면 안 되는 사람인 것 같습니다. 편지 쓰기도 타고나는 재능일까요.]

존댓말이 능사가 아니란 걸 알면서도 길고, 길게 하고 싶은 말, 해야 하는 말, 하지 않으려고 꾹 참은 말까지 모두 적어 보고.

[이은원
옆자리에 앉으면서 즐거웠어.
그동안 잘해 줘서 고마워!
갑자기 전학 가게 되어서 아쉽지만, 다음에 또 볼 수 있으면 보자! 꼭!
추신. 너 12월 31일생이더라. 나, 1월 3일생이야. 나흘 차인데 누나라고 부른 거 아까워서 마지막으로 반말해 봄.
백이현 씀.]

몰랐어. 편지 쓰는 게 이렇게까지 어려울 줄은.
쓰고 찢고 쓰고 찢은 걸 대충 서랍 속에 넣어 뒀다가, 집에 가기 전에 다시 한번 읽어 봤는데 어떻게 된 게 써먹을 구절 한 줄을 못 찾겠더라. 그냥 다 폐기하기로 했어. 세상엔 부치지 않는 게 나은 편지란 게 있더라고.

6. 크기가 궁금해

훔쳐볼 생각은 없었어.

진짜야.

백이현이 그 종이 뭉치를 제대로 찢지도 않고 아무렇게나 버리지만 않았어도 내가 그것까지 들여다볼 일은 없었을 거야.

걘 쓰레기 소각장까지 가서 폐휴지함에 가지런히 넣어 뒀으니 충분하다 생각했겠지. 학교에 걜 좋아하는 여자애들이 얼마나 많은지도 모르고. 걸음마다 쫓아다니며 어쩌다 떨군 펜 하나도 기념품으로 간직하는 순정 가득한 군단을 무시하면 큰코다치지.

내가 그 종이 쪼가리를 거둬들인 건 100퍼센트 선의였어. 민감

한 개인 정보라도 적혀 있을까 봐 확실히 처리해 주려고 그랬지. 그런데 걔, 거기다가 별걸 다 적어 놨더라. 무슨 편지를 그렇게 두서없이 쓰는지.

그걸 읽기 전만 해도 내 맘은 반반이었어.

저 순해 빠진 놈을 이용해 볼 생각은… 그래, 솔직히 말하면 아주 안 해 본 건 아냐. 내 입장에선 그것만큼 좋은 방법이 없어 보였거든.

백이현, 쟤. 조금만 구슬려도 바로 넘어올걸. 속이려고 들 필요도 없어. 사실대로 털어놓기만 해도 순순히 협조할 텐데, 뭐. 우는 소리 좀 하면서 인정에 호소하면, 앞뒤 생각도 않고 제 입으로 먼저 '누나, 안심하세요. 제가 먹어 드릴게요' 할 애니까.

내가 너 이용하려고 그런 거다 실토를 해 봤자 오냐, 기왕 이용한 김에 아주 뼈까지 다 발라먹어라 하고 제 몸 다 내줄걸.

난 왜 하필 걸려도 하필 쟤 같은 애가 걸려서.

백이현이 자기 잇속 좀 차리는 타입이었다면 얼마나 편했을까. 그럼 나도 거리낌 없이 이용해 먹었을 거 아냐. 저 바보한테 사기를 쳤다간 지옥 불에 떨어질걸. 모든 기억을 다 지우고 새 삶을 살다가도 무의식중에 각인된 양심의 가책 때문에 심장에 문제가 생겨 제명엔 못 죽을 거야.

그러니 눈물을 머금고 포기하는 수밖에 없지. 뭐, 언젠가 또 기회가 오지 않겠어? 그때 내가 잘 잡을 수 있을진 모르겠지만, 아무튼 백이현은 안 돼.

맞아, 쟤한테 잡아먹힐 욕심은 초장에 버렸어. 다만, 하나 더 고민이 남아 있던 거지. 이걸 다 말해 줘야 하나. 잠깐 더 두고 보는 게 맞나. 그래서 마음이 반반이었다고 얘기한 거야.

걔한테 다 알려 준다면, 내 정체까지 까발리는 게 되잖아. 어디로 튈지 모르는 애한테 쥐고 있는 패를 다 보여 주는 대신, 조금만 더 두고 볼까 싶었던 거지. 그 편진지 뭔지 하는 걸 다 읽고 나선 생각이 완전히 바뀌었지만.

나 진심으로 궁금해. 피아노 잘 치는 건 머리랑은 아무 상관 없는 걸까? 아니, 악보는 다 어떻게 외운 거지? 어떻게 된 게 1부터 10까지 다 틀려? 진짜로 아이큐가 110 이하인가?

출석부 들춰 볼 거면 제대로 좀 보든가. 걔랑 나는 나흘 차이가 아니라 365일+4일=369일 차이라고. 상식적으로, 내 머리 위에 뭐가 떠 있는데 그게 자기 마음이라는 게 말이 돼?

도울 이, 기쁠 이, 이로울 이.

나타날 현, 빛날 현, 햇살 현, 어질 현….

수많은 한자를 냅두고 왜 그런 것만 봐? 누가 자식 이름을 미친 바지락이라고 짓냐고.

대체 어떤 돌팔이한테 가스라이팅을 당했길래 자기가 날 좋아한다는 결론을 내려? 먹어 치울까 봐 걱정된다는 건 또 뭐야? 갠 왜 그렇게 사고의 비약이 심해? 그 처치 곤란한 동그라미를 똑 따다 먹으면 되겠단 생각은 왜 안 해? 어쩌다 날 한입에 삼켜 없애 버리는 데까지 상상하게 된 건지는 짐작도 안 된다.

세상에 우리 같은 괴물이 몇 명이나 되는지 모르겠지만, 자기가 사람을 통째로 잡아먹을까 봐 겁먹은 사람은 백이현이 최초일 거야.

그러니 내가 저런 앨 어떻게 그냥 두겠어.

다음 날, 난 백이현 자리로 쳐들어가 중요 서류 소각 방식에 대한 설교를 늘어놓고 싶은 맘을 꾹 눌러 참느라 애를 먹었어.

수업이 다 끝날 때까지 기다려야 했지. 애들 있는 데서 말했다가 백이현이 '그러니까 누나도 이게 보인다고요?' 하고 소리를 지를지도 모르는 일이잖아.

장소는 음악실로 골라 뒀어. 구관에 있어서 인적이 드물고, 방음도 좀 되니 문 닫고 말하면 말소리가 새 나가진 않을 거 아냐.

난 종례 시간 직전에야 그 애 자리로 찾아갔어.

"백이현, 우리 얘기 좀 하자."

"무슨… 얘기?"

"끝나고 잠깐 남아."

"…그냥 지금 하면 안 될까?"

"어, 안 돼."

"아, 그렇구나. 음…."

"야, 뭘 그렇게 긴장해. 내가 너 남겨서 때리기라도 할까 봐?"

"…그런 생각은 안 해 봤는데. 지금부터 한번 해 볼게."

웃기는 놈.

난 방긋 웃으며 부드럽게 말했어.

"됐고. 종례 끝나면 음악실 가 있어."

"…음악실?"

"그래, 거기가 넓잖아."

딱 좋지. 천고도 높겠다, 공간도 널찍하겠다. 지금 걔 상태론 내가 붙어 있어 봤자 도움 될 게 없으니 말야. 내가 이렇게까지 세심히 배려하고 있는 걸 알 턱이 없는 백이현은 괘씸하게도 몹시 떨떠름한 표정으로 고개만 끄덕였지.

종례가 끝나자마자 아무것도 든 게 없는 가방만 챙겨 서둘러 교실 밖으로 나가는 백이현을 봤을 땐 솔직히 좀 뿌듯하기도 했어. 애가 참, 말은 잘 듣는다 싶어서.

음악실에 갔는데 아무도 없는 걸 보고는 뭐, 또 뭘 두고 와서 교실로 돌아갔나 했지.

그런데 한참을 기다려도 돌아오질 않는 거야. 혹시 어디서 또 쓰러진 건 아닌가 싶어 온 복도를 다 뒤졌다고. 그러니 교실로 돌아가 책상 위에 붙은 쪽지를 확인했을 때 내가 얼마나 큰 배신감을 느꼈겠어.

[미안해요. 누나. 내가 집에 일찍 가야 할 사정이 있어. 그냥… 그래야 해.]

그래. 걔가 그냥 튀어 버린 거야.

어이가 없어서, 원.

도망가면 내가 못 쫓아갈 것 같아?

그거 알아? 걔, 내 옆자리로 옮기자마자 이름, 전화번호, 집 주소, 키, 몸무게, 혈액형, MBTI, 태몽까지 다 적어 줬어.

이런 걸 왜? 했더니 자기가 초등학교 때 이후로 한국에서 학교를 안 다녔는데, 그땐 다 이렇게 했대. 자기는 애들이랑 별로 안 친해서 못 했으니까 지금이라도 해 보고 싶대.

난 이런 개인 정보는 아무 데나 써서 돌리면 안 되는 거라는 너무도 당연한 조언을 해 준 후, 바로 중요 정보가 잔뜩 든 종이를 잘 처리했어. 아무도 이어 붙일 수 없을 정도로 잘게 찢어 버렸지.

걘 내가 얼마나 큰 친절을 베푸는지도 모르고 울상이 되어서는 그럼 비상시에라도 쓸 수 있게 번호랑 주소 정도는 외워 두라며 다시 한번 써 줬고.

일리가 있는 말이라 주소와 전화번호는 쏙 보고 외워 뒀어. 종이는 쉬는 시간에 다시 완벽히 처리했고. 내가 그걸 잃어버릴 일은 없지만, 혹시 모르잖아. 어디서 도둑질이라도 당하면 어떻게 해.

주소도 본인 손으로 두 번이나 쥐여 줬겠다, 비상시엔 방문해도 좋다는 구두상 허락도 받아 뒀겠다, 거리낄 건 전혀 없었어. 오히려 잘됐지, 뭐. 듣는 귀 많은 학교보단 집이 낫잖아.

* * *

주소가 과하게 심플했을 때 눈치챘어야 했는데. 백이현네 집, 진짜 부자 동네에 있더라. 드라마에서 나오는 부잣집이 그러듯, 그쪽으로 통하는 대중교통도 없어서 가파른 언덕을 등반하듯 올라야 나오는 단독 주택 단지. 입구를 찾는 데도 한참이나 걸리는 집.

연녹색 넝쿨이 수놓인 높다란 담장 너머로 붉은 벽돌집이 빼꼼히 고개만 내밀고 있었어. 검은 대문의 위용에 침을 한 번 삼키곤 초인종을 눌렀지. 잠시 후 익숙한 목소리가 귓가에 꽂혔어.

—이은원?

현관에 달린 카메라가 고화질인 모양인지 백이현은 바로 내 얼굴을 알아보더라. 고개를 까딱하며 인사를 했더니, 스피커를 통해 벙찐 목소리가 들려왔어.

—이은원이 어떻게 우리 집 앞에….

"이제 누나라고도 안 부르는구나."

—아… 미안해요. 내가 또 헛걸 보나 해서.

"괜찮아. 그럴 수도 있지. 원래 다들 속으로는 그러는 거 아니겠어."

—그런데 누나가 왜… 아니, 우리 집 여긴 줄은 어떻게 알고.

"네가 전에 알려 줬잖아."

—제가요?

이은원이랬다가, 극존칭을 썼다가.

"그래. 아예 종이에 써서."

—아, 맞다. 생각난다. 내가 그랬지. 근데 누나 그거 바로 찢어 버리지 않았어요?

"맞아."

―그런데 어떻게….

"네가 기억하라면서. 그래서 보고 기억했는데. 문제 있어?"

―문제… 없죠. 그러네, 문제없네.

"그럼 쓸데없는 얘기 그만하고 좀 나와 볼래? 아니면 내가 들어갈까?"

낮게 침음하는 소리가 들리더니, 철컥, 하며 현관문이 열렸어. 이게 들어오라는 얘긴지, 제가 나올 테니까 기다리라는 의민지. 망설이는 사이, 익숙한 발걸음 소리가 들려왔지. 잠시 후, 멀찍이서 하얗다 못해 창백하게 질린 얼굴이 보이기 시작했어.

좁은 서울 땅에 뭐 이렇게 땅을 펑펑 쓰는 집이 있는지. 정원이 운동장만 하더라. 우리 둘 사이엔 하얀색 창살문 하나가 더 존재했어. 그 틈으로 보이는 백이현은 꼭 새장에 갇힌 새 같았지.

얼마나 서둘러 도망갔으면 그새 씻고 옷까지 갈아입은 건지, 팔랑거리는 흰 셔츠가 편해 보였어. 조금 괘씸해졌다가, 며칠 새 야윈 듯한 얼굴에 마음이 다시 약해졌지.

나는 우선 부드럽게 타일러 보기로 했어.

"이현아."

"네? 왜 그렇게 부르시는데요."

"뭘 그렇게 긴장해."

"긴장 안 했는데요."

"갑자기 존댓말까지 다시 쓰고. 너, 내가 무서워?"

"어… 조금?"

쟨 뭐 이런 데서 솔직해지는지?

"겁먹지 마. 내가 뭐 너한테 돈 받으러 온 것도 아닌데 왜 날 집까지 쫓아온 사채업자 보듯이 쳐다봐."

"그… 일단 집까지 쫓아오신 건 맞고."

"야, 그건…! 자, 우리 생각해 보자. 네가 약속을 지켰으면 내가 여기까지 올 일이 있었겠어?"

"그… 지금 말하시는 것도 좀 사채업자 같긴… 아닙니다."

말을 하다 말 건 뭐람. 그냥 눈 좀 커다랗게 떴을 뿐인데.

뭐, 이해가 안 가는 건 아니야.

우리가 전에 음악실에서 주고받은 말도 있고, 슬슬 나를 피하는 것만 봐도 그렇고, 쟤도 대충 눈치챈 거지. 내가 뭔가를 알고 있다는 걸.

많이 놀랐을 테니 조금 더 섬세하게 접근하는 게 좋겠지. 나는 최대한 상냥한 표정을 짓고 입을 열었어.

"이현아. 나, 너한테 뭐라고 따지고 캐물으려고 온 거 아니고. 그냥 좀 물어볼 게 있어서 얘기 좀 하자고 남으라고 한 거야."

"저한테 물어볼 게 있으시다고요."

갑자기 극존칭을 쓰는 것이 영 거슬렸지만, 난 지적은 뒤로 미루고 일단 요점부터 꺼내 보기로 했어.

"그래. 중요한 거야."

"궁금하신 게 뭔데요?"

이쯤에서는 단도직입적으로 가는 편이 나을 거야. 우선, 나에 관한 질문으로 시작해 볼까.

"있잖아, 나, 그거… 크기가 궁금해."

"네? 뭐, 뭐요?"

얜, 뭘 말까지 더듬는담?

난 혹시라도 듣는 귀가 있어서 그러는 걸까 봐 목소리를 조금 낮췄어.

"알잖아, 그거. 너만 아는 거. 말해 봐. 얼마나 커?"

시간 낭비 말고 처음부터 바로 물어볼 것을.

이 말 하나에 창살문 걸쇠부터 풀고 맨발로 코앞까지 달려올 줄이야.

백이현은 볼륨과 톤을 바닥까지 낮춘 채 속삭이듯 화를 내는 재주를 선보였어.

"누나 진짜 미쳤어요?"

무례하고, 흥미로운 질문이었지.

7. 부담되진 않을 정도

 애가 갑자기 집 앞까지 찾아와서는 눈웃음을 치던 때 알아봤어야 했는데. 아무래도 이은원, 미친 것 같아.
 "왜 그래? 이현아."
 자기가 언제부터 내 이름을 성 떼고 불렀다고.
 "아, 좀 작게 말할까? 혹시 여기 안에도 스피커나 카메라 달렸어? 안 보이는데…."
 "달렸으면, 뭐 달라져요?"
 "음. 그럼 장소를 옮겨야지. 다른 데로."
 "다른 데, 어디요?"

"누가 들으면 좀 그렇잖아. 우리 둘만 있을 수 있는 데가 어딨을까. 근처에 어디 공터 같은 데 없나? 사람 잘 안 오는."

공터? 큰일 날 애네. 내가 어이없어서 말도 못 하고 있는 사이, 이은원이 생글생글 웃으며 덧붙였어. 이런 건 넓고, 쾌적하고, 한적한 장소일수록 좋은 거라고.

"특히 너처럼 처음일 때가 그래."

"누나 진짜 아까부터 무슨 소리를 하는 거예요. 누나가 뭘 아신다고."

이은원이 다시 요상하게 눈을 뜨고 웃었어.

"알지, 이현아. 나, 다 알아."

혹시 이 누나가 내가 자기 좋아하는 거 알고 그러나?

그래도 갑자기 찾아와서 이러는 건 너무한 거 아닌가?

나는 순간 울컥해서 물었어.

"누난, 내가 그렇게 쉬워 보여요?"

"응? 전혀. 넌… 어느 쪽이냐고 물으면 어려운 타입이라고 생각해. 그래서 쉬운 것부터 시작하려는 거지."

"쉬운 거라니…."

"이건 눈에 바로 보이는 거니까. 추상적인 개념은 이해하기 힘들잖아. 이 편이 한결 쉬워. 그래서 크기부터 물어본 거고."

나는 땅이 꺼져라 한숨을 쉬었어. 이은원이 놀란 듯 물었지.

"와, 그 정도야?"

"…누나, 무슨 말인지는 알겠는데 쉬운 길로 이거 말고 좀… 다른 방식으로 말할 수 있잖아요."

"어떤 방법?"

이은원의 얼굴엔 황당함마저 어려 있었어. 어쩌면 내가 너무 답답하게 구는지도 모르지. 이게 내가 이해할 수 없는 이은원의 방식일지 몰라. 하지만….

"누나, 난 진짜 모르겠어요. 이게 이렇게 막 물어보고, 말하고 그래도 되는 건지."

"백이현, 어렵게 생각하지 말고 그냥 솔직히 털어놓으면 돼."

"…누나 다른 사람한테도 이렇게 해요?"

"다른 사람들한테 이런 거 물어볼 일이 있겠어?"

"……."

그것참 다행이긴 하다만, 그럼 저한테는 왜 이러시는지.

"이거 좀 오래 걸릴 것 같은데, 우리 잠깐 안에 들어갈까? 나 물 좀…."

"아뇨! 들어오지 마세요. 거기서 한 발짝도 움직이지 말아요."

이은원이 멈칫했어.

"알았어."

"…소리쳐서 미안해요."

"아냐, 그럴 수도 있지. 내가 너무 다짜고짜 말했네."

"……."

알긴 아는구만.

"그럼 나 그냥 여기 서서 얘기할게. 난 일단 네가 기본적인 것부터 알아 두는 게 좋겠다 싶었어. 이게 어떤 때 커다래지고, 어떻게 하면 다시 작아지는지."

식은땀이 나기 시작한 건 그때부터였지.

"네, 괜찮습니다. 그런 거 설명 안 해 주셔도."

"진짜로 안 궁금해?"

"네, 저도 알 건 다 알거든요."

"모르는 것 같던데…."

"…누나 생각보다 훨씬 잘 알고 있습니다."

이은원은 조금 당황한 얼굴을 하더니 곧, 팔짱을 끼곤 의심스러운 눈초리로 나를 바라보더라.

"음… 그래, 잘 알고 있다니 다행이네. 그럼 크기만 확인하고, 오늘은 그냥 갈게."

"뭐, 뭘 확인해요."

"이건 내 문제기도 하니까. 내가 자세히 알아 둬야, 너도 좀 편해지거든. 아는지 모르겠는데, 이게 내가 조절해 줄 수도 있는 문제라."

"네? 조절이요?"

"지난번에 보니까 그래도 꽤 커진 것 같던데, 힘들지 않아?"

그때 내가 어떤 심정이었는지는 하늘만 알 거야.

"…지난번에 언제요."

"그때, 음악실에서."

설마 내가 쓰러졌을 때?

"누나 미쳤어? 변태야? 뭘 훔쳐본 건데?"

"그게 훔쳐본 거야? 네가 보여 준 거지."

대화가 길어질수록 점점 더 혼란스러워졌어. 그래도 그동안 이은원이란 사람에게 조금은 적응했다고 생각했는데, 내가 뭘 놓친 건지.

혼미해지는 정신을 다잡으려 고개를 흔드는데, 그 순간 머리가 번뜩이며 귀신같은 촉이 날 찾아왔어.

그때 나, 편지 쓴 거 다 버리려고 소각장까지 갔었는데. 가는 길에 한 장 정도 흘려 놓고 어두워서 몰랐나? 설마, 이은원이 그걸 본 건가?

다 기억나진 않지만, 거기다 걜 향한 욕망이니 뭐니 억누르지 못해서 너무 힘들다느니 그런 말을 썼던 것도 같은데….

그래, 그것 때문에 괴로워서 전학을 결심했다고도 말한 거 같다. 이게 다 이은원 탓이라고 쓴 것도 같아.

그걸… 보고 이렇게 찾아왔다고?

아냐, 그건 말이 안 되잖아.

혹시 이은원도 나를 좋아했나?

쌍방 마음이 있으니 쉬운 것부터 해 보자?

극강의 효율주의자인 이은원이 할 만한 생각이긴 해.

나는 조심스럽게 물었어.

"누나, 아니면 진짜 미안한데. 혹시 나 좋아해서 이렇게 된 거야?"

이은원은 새삼스럽게 뭐 그런 걸 물어보냐는 듯 여상한 표정으로 고개만 끄덕였어. 당황한 건 오히려 나였지.

"진짜로?"

"그럼. 내가 너한테 아예 마음이 없었으면 이 사달이 났겠어? 와, 진짜. 너 다 알고 있구나? 이걸 어떻게 설명해야 하나 했는데. 먼저 눈치채 줘서 고마워."

나는 침을 꿀꺽 삼키며 요동치는 심장을 달래고 물었어.

"그럼 우리 집까지 찾아온 건, 내 편지 읽고 그래야겠다 생각한 거고?"

"맞아. 어떻게 알았냐? 백이현, 너 은근 예리하다."

한숨이 절로 나왔어.

이제 대충 어떤 사고의 흐름인지는 알았지만, 여전히 이걸 어디서부터 바로잡아야 할지는 알 수 없었지.

"저기, 누나."

"그래, 이현아. 말해 봐."

"편지 읽었으면 알겠지만, 난 누나 정말 좋아해. 진짜 좋은 사람이라고 생각하고, 신경 쓰이고, 솔직히 누나만큼 예쁜 사람 본 적이 없어."

"갑자기 무슨 소리야."

"근데… 이런 말 어떻게 들릴지 모르겠지만…. 난 좀 천천히 가고 싶어."

"천천히?"

"응, 누나가 생각하는 것보다 훨씬. 아주, 아주 천천히."

이은원은 잠시 인상을 찌푸리더니 이내 고개를 끄덕였어.

"무슨 뜻인지 알겠어."

휴.

"이해해 줘서 고마워. 그냥, 난 마음의 준비도 필요하고…."

"알아. 더 설명 안 해도 돼. 나도 네가 힘들 것 같아서 서두른 거지, 내가 급할 건 없지."

내가 힘들 것 같아서 이런 짓을 벌인다고?

하, 이런 애를 두고 내가 어떻게 전학을 가.

"누나, 난 누나가 그렇게까지 상대방을 배려해 줄 필요는 없다고 생각해. 사실 이런 일은 누나 마음이 제일 중요하잖아."

"내 말이. 그래서 물어본 거잖아. 나도 기본적인 정보는 확인해야 앞으로 어떻게 해야 할지 판단하기가 쉬우니까."

"기본적인 정보?"

"그래, 크기 문제."

"…누난 진짜 그게 그렇게 궁금해?"

"아무래도?"

"커요, 커. 객관적으로도 크고, 제 눈에도 커요. 어디 가든 늘 크단 소리만 들었어요. 됐어?"

길고 지지부진했던 대화의 끝이 결국 이렇게 끝나다니. 갑자기 피곤해져서 관자놀이를 문지르고 있는 내 앞에서 이은원이 벙찐 표정을 하고 물었어.

"…어딜 가서 크단 소릴 듣는다고?"

"아, 뭐. 내가 어디 가서 막 보여 줬을까 봐? 그냥 수영장이나, 운동하고 샤워할 때나 그런 때 남자애들끼리 얘기하니까."

"수영장…?"

"그래, 수영장. 근데 누나. 난 진짜 이해가 안 가. 사랑이나 정신이 아무리 추상적이고 이해하기 힘든 감정이라도 그렇지. 눈에 보이는 게 쉽다고 해서 그것부터 시작하는 게… 아, 물론 그건 누나 가치관이지만. 누나도 누나 맘이 우선이라면서. 누나도 천천히 가는 게 좋다면서. 누가 누나 좋아해서 괴롭다고 변태처럼 굴면 화를 내야지, 왜 크기를 물어봐. 누나 진짜 다른 데 가서 그러면 큰일 나. 내가 진짜 걱정돼서. 아, 공터는 대체 왜 찾아."

말만 낮게 했다 뿐이지, 거의 화내듯 속삭이는 내 앞에서도 이은원은 가만히 서 있기만 했어.

귀까지 새빨개진 얼굴을 보고서 내가 너무 말이 심했나, 사과라도 하려던 때, 갑자기 옥타브를 높인 목소리가 내 귀청을 울렸어.

"백이현, 너 미쳤냐? 이 변태 새끼가."

"지금 변태가 누군데."

내 말을 자른 이은원이 제 머리 위를 가리키며 말을 이었어.

"내 머리 위, 여기 달린 거."

"어?"

"이거! 이거 크냐고 물어본 거잖아."

"…아, 그거."

"그래, 이거! 이거 얼마나 크냐고."

"그게… 그러니까… 큰 편이긴 한데… 얼마나 크냐고 하면…."

나는 말을 하다 말고 입을 다물었어.

그러니까 쟤가 이걸 알고 있다고?

"누나도… 보여요?"

이은원은 혀를 차곤 말했지.

"들어가자. 처음부터 설명해 줄 테니까."

* * *

 늘 생각했어. 이 집 거실은 쓸데없이 커서 싫다고. 혼자 있을 때야 말할 것도 없고 오래전, 엄마, 아빠까지 함께 살던 때도 그랬지. 지나치게 커서 뭘 채워 넣어도 황량해 보이고, 옆 사람과 저절로 거리를 두게 돼. 사람들을 갈라놓으려 만든 고약한 공간, 내게 우리 집은 그런 곳이야. 이은원이 들어오기 전까지는.

 사람 하나 새로 왔을 뿐인데, 공간이 꽉 차더라. 머리에 열기구만 한 걸 띄우고 다니니 당연한 일이지만, 어쩐지 공기도 조금 달라진 느낌이었어.

 따뜻한 물이 든 머그 컵을 키친 테이블에 내려놓자, 이은원은 잽싸게 그걸 낚아채서는 거실의 전면 창 근처에 자리를 잡았어.

 도 닦는 사람처럼 조용히 앉아 눈까지 감길래, 물어봤어.

"뭐 하는 거야?"

"너한텐 말보단 시각 자료가 낫겠다 싶어서."

"시각 자료?"

"그래, 딴짓하지 말고 잘 보고 있어."

"뭘…?"

가느다란 손가락으로 제 머리 위를 가리킨 이은원은 명상이라도 하는 것처럼 깊이 숨을 들이마시었다가 느리게 뱉어 냈어. 그러는 사이 머리 위의 그 정체불명의 동그라미가 서서히, 움츠러들었고.

나도 모르게 감탄사라도 내뱉었나 봐. 이은원이 슬쩍 눈을 떴어.

"어때? 효과가 있어?"

"효과라는 게…."

"좀 작아졌냐고."

"완전 많이요."

"같은 공간에 있어도 괜찮을 정도야?"

이젠 이은원이 저 풍선에 매달려서 공중으로 날아오르는 건 아닌가 걱정될 정도는 아니었지만, 연한 분홍빛 풍선껌은 여전히 무시 못 할 수준이었어. 하지만 보이는 그대로 말할 순 없었지. 그때만 해도 그게 내가 걜 좋아하는 마음이라고 믿고 있었으니까.

"음, 부담되진 않을 정도."

이은원은 내 대답에 만족한 듯 씩 웃어 보였어.

"이제 좀 알겠지?"

"뭐요, 누나가 해리 포터 같은 사람이라는 거?"

"…내가 지금 조절을 했잖아. 그러니까 이거, 네가 나 좋아해서 그러는 게 아니라 내 마음이라고. 내 마음."

"누나… 진짜 나를 좋아하는 거였구나."

내가 얼떨떨한 표정으로 그렇게 중얼거리자, 이은원은 거실 바닥이 꺼져라 깊은 한숨을 쉬었어.

"배움의 길이 멀다. 얼른 이리 와서 앉아 봐. 너무 가까이는 말고. 네가… 부담되지 않을 정도로만."

나는 주춤거리며 거실 쪽으로 몇 걸음 더 나아갔어. 걘 가방에서 뭘 꺼내더라고.

"그게 뭐야?"

"화이트보드랑 마카. 5천 원에 팔아."

"누난 이런 걸 왜 가방에 가지고 다니는데?"

"종이에 쓰면, 거기서 보이겠냐? 네가 아무리 눈이 좋아도."

이은원의 요술 가방에 든 건 그게 다가 아니었어. 어쩐지 오늘따라 가방이 꽉 차 보이더라니, 그럴듯하게 생긴 종이 상자까지 들었더라고.

"그건 또 뭔데."

"수업 자료."

민트색 상자의 뚜껑을 열자, 반쯤 찢긴 종잇조각들이 우수수 떨어졌어. 그래, 내 편지였지. 바닥에 떨어뜨렸을지도 모른다 생각했던 한 장이 아니라 전부.

"이걸 어떻게 다…."

"누가 대충 버려 놔서 주워 왔다. 왜?"

"나 소각장까지 가서 버렸는데."

"그러니까. 자꾸 일 처리 그렇게 할래?"

"…줘요. 다시."

"안 돼. 넌 이런 귀한 걸 가지고 있을 자격이 없어."

"내 편지가… 귀해?"

"그럼, 원래 공부는 오답 체크부터 시작하는 게 룰이거든."

그렇게 스파르타 개인 과외가 시작되었어.

이렇게 체계적일 수가 없는 커리큘럼이었지. 꼼꼼한 오답 체크 후의 기초 개념을 학습하는 동안 이은원은 화이트보드와 마카를 이용해 세세한 부분까지 짚어 주었어.

풍선껌의 정체.

그로 인해 예상되는 피해.

그를 방지하기 위한 대인 관계 운용법.

급작스러운 습격의 사례.

위기 상황에서의 대처 방안까지.

한 챕터가 끝나고 적어 둔 것을 지우기 전엔 이해하고 암기할 시간을 줬지. 그 후엔 내게 지금 배운 것을 다시 설명해 보라고 했고, 걔, 쪽지 시험 문제까지 준비해 왔다니까. 진짜 뭘 해도 잘될 애야.

증거 인멸은 또 어찌나 철저히 하시는지. 화이트보드는 자국 하나 남지 않게 박박 닦았고, 수성펜만 써서 치른 쪽지 시험이 끝난 후엔 종이를 물에 적셔 지우는 것도 모자라, 잘게 찢은 후 화장실 물에 내려 버렸어.

모든 과정을 속성으로 끝냈을 땐 긴 여름 해가 다 진 후였지.

"오늘은 여기까지 할까?"

"…내일이 있다는 소리로 들리네요."

"음, 내일은 학원 가고, 내일모레는… 가족 행사가 있으니까 이틀 쉬고, 금요일에 보자."

"오, 이틀이나?"

"너 천천히 가고 싶다며."

난 자초한 굴욕적 상황을 얼른 떨쳐 내고는 아무렇지 않은 척, 배운 걸 복습하고 있겠다고 말했어. 자리에서 일어서던 이은원의 시선이 피아노에 가서 박힌 건 바로 그때였지. 그래, 저게 못 보고 지나치긴 너무 존재감이 크긴 해.

어느새 가까이로 다가가 건반을 쓰다듬고 있는 이은원에게 나는 대충 설명을 해 줬어.

"원래는 엄마 거였는데, 지금은 아빠가 한국 들어오시면 가끔 쳐요."

"너는?"

"전엔 쳤죠."

"지금은 안 치고?"

"누나도 봤잖아요. 못 치는 거."

내가 어깨를 으쓱하며 말하자, 이은원은 빤히 날 쳐다봤어.

그럼 이제 아예 못 치게 된 거야?

언제까지 그럴 것 같은데?

네가 할 줄 아는 게 그거 하난데 그래도 언젠가 다시 쳐야 하지 않아?

난, 걔가 그런 말을 할 거라 생각했어. 보통 다들 그렇게 물어보니까.

하지만, 알밉도록 귀여운 입술 새로 새어 나온 말은 전혀 다른 형태를 하고 있었지.

"치고 싶긴 해?"

"네?"

"아, 말이 좀 그랬나. 기분 나빴으면 미안. 그냥 내가 너라면, 어떨까 생각해 봤어. 치고 싶을지, 꼴 보기도 싫을지."

꽤나 과격한 단어 선택에 나도 모르게 웃음이 터져 나왔어.

"꼴 보기도 싫은 쪽이면요?"

그럼 뭐, 설득하려고 그러나?

다시 생각해 보라고?

이번에도 이은원의 대답은 내 예상에서 벗어났어. 걘, 무심히 그랜드 피아노 위를 쓰다듬으며 말했어.

"그럼, 이거 어디다 치워 버려야지. 너 거의 혼자 있다면서. 아빠, 가끔만 오시는데 계속 여기 둘 필요 없잖아?"

"그렇겐 생각을 못 해 봤는데."

"그럼 지금 생각해 봐."

"어디다 치워 버릴 건지?"

"그것도 그렇고. 우선 네가 꼴 보기도 싫은 쪽인지, 치고 싶긴 한 쪽인지부터."

이은원은 무슨 라면을 살 건지 골라 보라는 듯, 심드렁한 어투로 그렇게 말했어. 덕분에 난 그랜드 피아노를 앞에 두곤 생전 처음 스스로에게 질문을 던져 봤지.

내가 피아노를 치고 싶었던가?

그래, 그런 때가 있었지. 지겹다, 질렸다, 하다가도 건반에 손이 닿는 순간순간마다 즐거움을 느끼곤 했어. 리사이틀을 강행하려던 것도 그 때문이겠지. 피아노 앞에 앉아 있는 순간만큼은 다 잊고 거기에만 집중할 수 있었으니까.

리허설 때 손가락이 움직이지 않았던 건, 예상 못 했던 일이야. 그다음은 뭐, 모든 일이 순리대로 흘러갔어. 열정도 의욕도 떨어진 지 오래, 명분도 생겼겠다 옳거니, 그만둬 버린 거지. 다시 시작할 생각도 하지 않은 건, 아마도….

"…최근엔 해 본 적이 없는 것 같은데… 지난번에 누나 연주하는 거 들었더니 또 치고 싶지데?"

"그래서 반주하겠다고 한 거야?"

"아, 그건… 누나 연주가 좋아서 그랬어요. 충동적으로 말한 거지. 내가 워낙 누나를 좋아하니까. 리코더도 같이 하고 싶었다니까?"

농담하듯 화제를 돌려 보려 했지만. 이은원에겐 통하지 않더라.

"지금은?"

"응?"

"그땐 충동적으로 말했다 치고, 지금은 어떤데. 여전히 치고 싶어?"

나는 천천히 고개를 끄덕였어.

"네, 그런 것 같아요."

"그럼 연습해."

"연습? 아, 자유 악기 시험? 나 진짜 반주 시켜 주려고?"

"아니. 그냥 너 혼자 해."

"왜요. 내가 누나 성적까지 망칠까 봐서?"

걘 우리 사이의 거리를 재듯 팔을 쭉 뻗으며 말했어.

"되겠냐?"

이 상황에서 우리가 가까이 붙어 함께 연주하는 건 불가능하단 말이었지. 그러면서 나 혼자 치라고 그러는 거야.

"난 다른 애들이 다 너 피아노 치는 거 봤으면 좋겠어."

"많이들 봤던데요. 인터넷에 올라가 있는 동영상으로."

"아니, 그거 말고. 눈앞에서. 그래야 임팩트 있잖아."

이런 게 팬의 마음이라는 건가?

내가 그런 착각을 심화시키기 전, 이은원이 말을 이었어.

"경험상 이게 제일 효과가 괜찮거든. 연주 한 번에 없었던 게 생기고, 바로 부풀어 올라. 말도 섞어 본 적 없는 애들이 너를 좋아하게 될 거야."

"그게…."

"벌써 까먹었어? 아까 말했잖아. 그런 쪽이 제일 뒤탈이 없다고."

그래, 이은원이 말해 줬지. 나를 향한 마음이라 해도 그것의 주인은 그들이라고. 그러니 여차하면 도망치고 멀리하고, 최대한 거리를 두라고. 버틸 수 있을 때까지 버티는 대신 먹어도 되는 것과, 그러면 안 될 것을 구분하라고. 나에게도 상대에게도 타격이 없을 걸 골라서 미리 먹어 두는 게 편하다고.

시키는 대로 달달 외우긴 했지만, 사실 와닿진 않았어. 일단 난 이은원 말곤 어떤 사람의 머리 위에 떠 있는 것도 그리 위협적으로 느끼지 못하는 상태였고, 걔가 말한 대로 그 마음은 애초에 내가 함부로 할 것이 아니니까.

천천히 짐을 챙기는 이은원의 앞에서 머뭇거리던 나는 결국, 참지 못하고 입을 떼었어.

"저, 누나."

"왜."

"꼭, 잡아먹어야 할까요?"

그 앤 바삐 움직이던 손을 멈추곤, 그대로 자리에서 일어났어. 망설임 없이 성큼성큼 걸어와 내 앞에 멈춰서더니, 까치발을 하고는 두 손으로 내 셔츠 깃을 잡아당겼지. 나직한 목소리가 작게 속삭였어.

"고개 좀 숙여 봐."

이은원이 말하고, 숨 쉴 때마다 달큼한 향이 코끝을 간지럽혔어. 그 냄새에, 손길에 끌려간 내 입술은 자연스럽게 벌어졌지. 내 입술이 말간 이마를 지나고 날렵한 콧날을 스쳐 도톰한 입술에 닿으려던 때, 이은원이 나를 밀치며 뒤로 물러섰어.

"이제 알겠지. 먹을 수 있을 때 먹어 둬야 하는 이유."

"지금… 뭘…."

"뭐긴 뭐야, 멍청아. 배운 거 제대로 복습이나 해."

그대로 짐을 챙겨 냉큼 문밖으로 향하는 이은원에게 난 소리쳤어.

"기다려요. 누나."

"왜, 또."

"데려다줄게요."

창밖은 이미 어두컴컴해진 지 오래였어.

나한텐 세상에서 제일 무서운 사람이 이은원이지만, 그래도 쟤가 이 험한 세상과 혼자 싸우게 둘 수는 없는 거 아니겠어.

8. 위안이 되네

 이렇게 늦어질 줄 알았으면 안경을 가져오는 건데 그랬어. 난 백이현처럼 시력이 좋진 않은 데다 야맹증까지 있어서, 캄캄한 길을 맨눈으로 찾아가는 건 영 젬병이거든.
 백이현이 따라나설 땐, 잘됐다 싶었어. 뭐, 실외에서는 어느 정도가 최적 거리인지도 알아 두는 게 좋을 테니까.
 넓은 정원을 통과해 집 밖으로 나오자마자 난 한참 뒤로 물러서 소리쳤어.
 "이 정도면, 괜찮아?"
 "응? 음… 뭐. 나쁘진 않은데요."

"왜, 좀 불편해?"

"아니, 내가 누나 뒤로 가야 하지 않나 싶어서."

"왜?"

무슨 소린가 싶었어. 그럼 길 안내는 누가 하냐고. 그런데 걔가 우물쭈물하다가 이렇게 대답하는 거야.

"음, 위험하니까?"

썩 기분 좋게 들리는 말은 아니었어. 내가 얘한테 이렇게 믿음을 못 줬나 싶었지.

"무서워? 내가 뒤에서 덮쳐서 너 잡아먹을까 봐?"

백이현은 아주 폭소를 터뜨리더라. 내가 어리둥절한 표정을 지었더니, 눈물까지 닦아 내며 말하던데?

"누나."

"왜."

"전 원래 늘 누나가 무서웠어요."

"……."

"잡아먹을까 봐 그러는 게 아니라 그냥 처음부터."

그런 버르장머리 없는 소리도 모자라 아주 일장 연설을 하더라.

세상의 상식이란 게 있지 않냐, 캄캄한 밤길을 따로 떨어져 걸어가는 것만으로도 충분히 위험한데 뒤에서 따라오겠다니 말이 되는 소리를 해라, 앞서 걸어가다간 호랑이가 나와서 누나를 잡아채 가도 모르고 그냥 혼자 걸어가게 될 거 아니냐. 자기가 얼마나 달리기가 빠른지 아냐, 멀리서 달려와 봤자 쉽지 않을 거다까지.

"아, 그래서 아까 그렇게 잘 뛰었구나."

자꾸 그 얘기 꺼낼 거며 입술을 삐죽이는 백이현 앞에서 난 한 번 더 단호히 말했어.

"그래도 네가 앞장서."

"왜요."

"나 길 몰라. 역까지 안내해."

"…아까는 어떻게 찾아왔는데?"

"어떻게."

이 정도 말했으면 말 좀 듣지, 백이현은 끝까지 고집을 부리더라. 그냥 자기가 뒤로 걷겠대. 그러다 넘어져서 뒤통수라도 깨지면 운명이려니 받아들이겠대. 어쩌겠어. 더 성숙한 인격의 소유자인 내가 양보하는 수밖에.

나는 눈물을 머금고 백이현에게 내 번호를 알려 주었고, 백이현은 거리를 두고 뒤에서 날 따라오며, 전화기로 실컷 훈수를 뒀어. 여기서 꺾어라, 이제 쭉 직진이다, 발밑에 잘 봐라….

가파른 골목길을 지나가고 나니, 길게 뻗은 대로가 나왔어.

―이제 계속 직진이에요.

습관처럼 전화기를 들고 있다가, 필요 없겠다 싶어 통화 종료 버튼을 누르려던 순간 백이현의 낮은 목소리가 흘러나왔어.

―누나.

"왜, 길 잘못 들었어?"

―아뇨. 계속 직진 맞는데 그냥, 궁금한 게 생겨서. 전화 끊기 전

에 물어보려고요.

"뭐가 궁금한데."

—나한테 왜 이렇게 잘해 줘요?

"내가 뭘 잘해 줘. 아깐 나 무섭다며."

등 뒤에서, 그리고 전화기 속에서 유쾌한 웃음소리가 터져 나왔어.

"그거, 나쁜 뜻 아닌 거 알죠?"

"…알아."

"거봐. 또 이렇게 알아주고. 길도 잘 모르면서 집까지 찾아와서 다 가르쳐 주고."

"그래서. 불만이야?"

"그럴 리가 있나."

"글쎄다. 네가 속으론 날 이은원이라고 불러도 겉으로는 깍듯하게 예의를 갖추는 놈이라 그런가 보지."

"…죄송합니다."

수그러든 목소리가 귀여워서 나답지 않게 한 번 더 놀려 봤어.

"아니면 네가 날 좋아하는데 욕망을 억누르느라 괴로워하는 게 미안해서 크기 정도는 물어봐야겠다고 생각한 걸 수도."

백이현이 앓는 소리를 냈지.

"…그거 언제까지 기억할 건데요."

"몰라. 우선 졸업할 때까지?"

그 애의 꿍얼거림에 내 웃음소리가 얹히고, 사람들의 웅성거림이 섞여 들었어. 캄캄했던 시야도 도시의 불빛에 조금씩 밝아져 왔지. 이제 역이 코앞이었어.

그만 집으로 돌아가라는 내 말에도 아랑곳하지 않고 백이현은 날 따라 전철을 탔어. 기사 딸린 차 아니면 택시 말곤 타 본 적 없을 도련님이라 그런가, 전철 타는 게 익숙지 않은지 잠깐 두리번거리더라. 괜히 어렸을 때 생각이 났어. 그때였으면 옆에 앉아 키득거릴 수 있었으려나, 그런 생각을 하는 동안 금세 내릴 역이 왔어.

역에서 우리 집 앞까지 걸어가는 길은 넓고 한적했어. 2차선 도로를 사이에 두고, 나란히 걸어가는 동안 우리는 전화기 없이 별것 아닌 잡담을 나눌 수 있었지.

"누나."

"왜."

"이런 건 원래 다 이렇게 도제식으로 배우는 거예요?"

"설마."

"그럼 누나는 어디서 이런 거 배웠는데?"

"누가 이런 걸 가르쳐 줘. 그냥 혼자 터득했지."

검증된 정보가 아니란 뜻으로 들릴까 봐, 얼른 덧붙여 설명하려던 때, 걔가 멈춰서 날 보고 그러더라.

"이은원, 되게 좋은 사람이네."

혼자서 맨땅에 헤딩하느라 힘들었으니, 넌 내가 도와주겠다는 뭐 그런 거냐면서.

봐, 이래서 내가 백이현을 가만히 못 보고 나선 거야. 만사를 그렇게 다 자기 좋은 쪽으로만 해석해서 쓰나.

난 실토하기로 했어. 그런 거 아니라고. 그렇잖아. 이거 사실, 내 맘 편하자고 하는 거거든. 안 그러면 불안해서. 뭐, 그 과정에서 쟤도 얻어 가는 이득이야 있겠지. 하지만 내 쪽이 훨씬 더 좋은 걸 가져가. 그런 말을 막 늘어놓는데 백이현이 물어 왔어.

"이게 누나한테 뭐가 좋은데요?"

"나랑 비슷한 사람이 있다는 거, 그런 사람이랑 이렇게 다 말할 수 있다는 거. 그게 좋아. 누구든 정서적 지지가 필요하니까."

"정서적 지지?"

"아, 이건 좀 안 맞는 말인가? 음, 심정적 연대? 심적… 위안? 뭐 그런 거?"

생각나는 단어들을 다 늘어놓던 나는 아차 싶었어. 쟤, 지금 죽을 맛일 텐데 나 혼자 연대니 위안이니 하는 게 얼마나 짜증 날까 싶어서. 그런데 백이현은 하룻강아지처럼 맹한 눈으로 배시시 웃으면서 맞장구까지 치더라.

"좋네요. 그거. 정서적 연대, 심적 지지, 심정적 위로."

"…다 섞였잖아."

"아무튼, 그런 거."

상대가 이렇게 태연하니 내 속이 타들어 갔어. 그래서 잔소리하는 어른처럼 별 트집을 다 잡았지. 넌 미래 일은 생각도 안 하냐, 앞으로 어떻게 살지 걱정되진 않냐, 다 들었는데 겁도 안 나냐, 사람들이랑 척지고 사는 거, 할 수 있겠냐… 걔 그 말도 웃어넘기더라고.

"그다지 인류애가 넘쳐나는 편은 아니라."

"네가?"

"온 세상 사람 다 멀리하고 사는 것도 괜찮을 것 같은데요? 어차피 누나는 계속 옆에 있을 거잖아. 그런데…."

"그런데?"

"그냥 그렇게 벽 치고, 아까처럼 무섭게 다가오면 잘 피하고, 그렇게 살면 안 되는 건가. 지금 누나가 잘하고 있는 것처럼."

순한 눈동자에 실망을 주고 싶지 않았지만, 그래, 그렇게 해 보자는 거짓말도 할 수 없었어. 하는 수 없이 나는 몇 가지 얘기를 더 털어놓았어.

윤아네 가족을 먹어 치웠던 밤,

연주회에 찾아와 꽃다발을 주었던 그 언니의 눈.

끝이 눈앞에 선하게 보여 앞당겨 먹어 치워야 했던, 못 참고 나도 정을 주고 말았던 사람들과의 일까지.

백이현은 처음엔 호들갑을 떨며 신나게 들었어. 종종 질문도 던졌지. 리액션도 좋았어.

그래서 놀이공원에 갔어요?

와, 진짜 좋은 사람들이다.

역시, 팬이 있었구나.

전학 와서 아쉬웠겠다.

같은 말들.

하지만 뒤로 갈수록 말수가 적어졌고, 이야기가 끝나 갈 때쯤엔 입술만 꽉 깨문 채 앞만 보고 걸어가더라. 내가 너무 암울한 이야기를 꺼냈나 싶었지. 그런 식으로 말하진 않았던 것 같은데.

환한 가로등 불 아래로 드러난 굳은 표정을 확인했을 땐 우습게도 서운함 비슷한 걸 느꼈던 것 같아. 난 아무렇지 않은 척 가볍게 물었어.

"왜 갑자기 말이 없어졌는데?"

걘 고개만 도리도리 저었어.

우린 작은 횡단보도 앞에 멈춰 섰어. 이제 몇 발자국만 더 가면 내가 사는 아파트 입구였지.

"내가 괴물 같아? 이제 진짜 내가 무서워졌어? 말도 섞기 싫어?"

그렇다고 인정이라도 하면 바로 이죽거릴 작정이었어. 너도 나랑 똑같아질 거라고, 우리 둘 다 괴물이라고. 하지만 그날 나에겐 그 애한테 상처 입힐 기회 따위 주어지지 않았어.

백이현은 긴 다리로 성큼성큼 횡단보도를 건너오더니, 큰 손으로 내 양어깨를 감싸 쥐고는 그대로 제 품 안으로 당겨 끌어안았어.

"뭐 하는…."

속수무책으로 안겨 버린 내가 바로 밀어 내려 하던 때, 나직한 목소리가 귓가에 울렸지.

"잠깐 숨 참아요. 그러면 괜찮다면서."

커다랗고 따뜻한 두 손이 내 등을 천천히 토닥였어. 몇 분 전 내가 던진 우스갯소리처럼 억눌린 욕망의 발로 따위가 아니었지. 그건 그냥, 강아지나 고양이, 우는 어린애를 안고 어르는 손짓이었어.

찰나의 포옹, 몇 번의 토닥임 후, 우린 자석의 같은 극처럼 동시에 서로를 밀어 냈어. 백이현은 씩 웃어 보였어.

"이게 뭐야. 갑자기, 위험하게."

"그… 심정적 위로? 심적 위안? 그거."

그 말엔 그만 나도 웃음을 터뜨리고 말았지.

용기가 가상해서. 진짜로 큰 위안이 되어서. 위험을 감수한 만큼 뿌듯해하길 바라면서.

현관문을 열고 집안으로 들어서고서야 저녁을 걸렀단 사실이 떠올랐어. 냉장고를 열어 습관처럼 프로틴 셰이크를 꺼내 들었는데, 문득 백이현도 저녁 챙겨 먹을 시간은 없었겠다 하는 생각이 들더라고. 저러다 돌아가는 길에 또 쓰러지는 건 아닐까 싶어서 하나를 더 꺼냈어.

전화를 하려다, 아직 멀리 안 갔다면 소리치는 게 더 빠를 듯해 창문가로 달려갔지. 우리 집, 3층이라 그 정도는 보이거든.

백이현은 다행히 아직 그 자리에 서 있었어. 아까 전 나와 헤어진 장소에서 한 발자국도 움직이질 않았더라고. 고개를 푹 숙이고 있는 꼴이 보아하니 바닥에 뭘 떨어뜨린 듯했지. 난 슬리퍼만 꿰어 차고 얼른 내려갔어. 마실 것도 챙겨 줄 겸, 잃어버린 물건도 찾아 줘야겠다 싶었거든.

갠 내가 1층으로 내려올 때까지도 그 자리에 그대로 우뚝 못처럼 박혀 있었어. 대체 뭘 찾느라 저렇게 바닥만 보고 있는 건지. 챙겨 온 단백질 음료를 쥐여 주려고 가까이 다가서고 나서야 알았어. 뒤돌아선 마른 등이 들썩거리고 있는 걸. 걔, 울고 있었어.

그새 무슨 일이 생긴 건가. 어떤 미친놈이 와서 뺨이라도 후려치고 갔나? 놀란 마음에 다짜고짜 이름부터 불러 젖힌 것 같아.

"야, 백이현!"

백이현은 어렸을 때처럼 얼른 눈물을 훔치고는 다 쉰 목소리로 눈에 모기가 들어간 거 같다는 말도 안 되는 소리를 하더라. 그러다 눈물이 쉽사리 멈춰지지 않아서 끅끅대고, 작게 헐떡이고, 커다란 손으로 잘난 얼굴을 마구 훔치고. 어쩜 그렇게 어렸을 때랑 똑같은지. 그 꼴이 여간 안쓰러운 게 아니라 나도 모르게 울컥했어.

"너, 아까 그 심적 위로니 뭐니 그거 해서 이러는 거지."

걔 또 애처럼 도리질만 하면서 아니래, 그 정도로는 힘들지 않대. 흐느낌 섞인 목소리로도 말대답은 잘만 했어.

"사람이 다이빙도 하고 잠수도 하는데 그 잠깐을 못 참겠어. 누나 모르는 것 같은데 나 수영도 되게 잘해. 숨 참는 거 도사야."

"도사님께서 왜 이러고 있는데."

"원래 사람이 주기적으로 울어 주고 그래야 하는 거예요. 누나는 공리주의 뜻도 아는 사람이 그걸 몰라요, 그거? 카타르시스. 정화 작용, 플라톤."

"아리스토텔레스."

"잘 아네!"

"그래서 지금 네가 정화 작용 중인 거라고? 말이 되는 소리를 해. 진짜 왜 그러는데. 어디 아파? 생각해 보니 막막해?"

"그런 거 아니에요."

"그럼 왜 이렇게 우는데?"

"……."

고집스럽게 다물린 도톰한 입술은 한참을 어르고 달랜 후에야 겨우 열렸어.

걔가 그러더라. 아픈 데 없고, 그 누구도 키가 전봇대만 한 남자애를 후려치고 가지는 않으며, 막막한 것도 아니라고. 그냥, 슬퍼서 울었을 뿐이라고. 내가 해 준 얘기가 너무 슬퍼서, 그래서 참았다가 혼자 있을 때 운 거라고.

별것도 아닌 일로 사람을 이렇게 놀라게 할 일인가? 등짝이라도 한 대 후려치고 싶은 맘을 꾹 참고 표정을 구기고 있는데, 걔, 나한테 그러더라.

참 외로웠겠다고.

많이 사랑받고, 실컷 잊히고, 혼자가 되는 걸 반복하면서, 참 많이 외로웠겠다고.

그런데 내가 울지 않아서, 그래서.

또 한 번 터진 울음을 수습하느라 말을 잇지 못하는 백이현을 코앞에 두고도 가까이 다가가 토닥여 주는 대신 한 걸음 물러서면서, 나는 혼자 생각했지.

이번에도 얘가 나 대신 울어 주는구나.

* * *

도제식 교육은 그 후로도 계속 이어졌어.

백이현을 가르치며 알았는데 나, 의외로 괴물이 적성에 맞나 봐. 조금만 조심하면 일상생활에 큰 지장은 없다고 생각하고 살아왔건만, 걔처럼 활동 반경이 넓은 타입은 나랑은 또 다르더라고.

디즈니랜드는요? ―안 가 봤어.

기내에서는 어떻게 해요? ―알아서 잘.

진짜 좋아하는 친구랑 악수하고 껴안을 때는? ―그런 적 없는데.

할아버지랑 같은 방에서 자는 건 좀 그런가, 따로 잔다고 하면 서운해하실 텐데 어떻게 하죠? ―혼자 자는 습관을 들여 보시라고 해.

한 번도 생각해 보지 못했던 걸 재고해 보는 것도 나름 즐거웠어. 가르쳐 줄 게 차고 넘쳐서 잡생각이 끼어들 새 없는 것도 좋았지.

언젠가 한번은 집까지 함께 가는 길에 새로 생긴 영화관 간판을 보고는 걔가 이렇게 물은 적도 있어.

"영화관은? 누나 영화관도 잘 안 가?"

"그건 가끔 가. 조조 시간대로."

"아, 조조 영화. 나 그건 한 번도 못 봤는데."

나는 피식 웃고 말했어.

"조조 영화가 별건가. 똑같은 영화 아침에 보는 거지."

"이은원 진짜 뭘 모르네. 그게 특별한 거잖아. 누나, 우리 내일 조조 영화 볼까?"

"…학교 안 가냐, 너?"

"어… 하루 정도 빠지면… 안… 되나?"

백이현이 이래. 진짜 개념이 없어도 너무 없다니까. 시험이 코앞인 고등학생이 수업 빼먹고 조조 영화 볼 생각이나 하고 말이지. 답답해서 훈수를 두면 또 바로 야단맞은 강아지처럼 눈에 띄게 시무룩해지는 것도 문제야. 난 왜 하필 그런 얼굴에 약한 건지.

결국 그날 백이현은 나한테 영화관 거리 두기 실습이라는 명목으로 기말 끝나면 같이 영화관 보자는 약속을 받아 냈어.

그 후로는 기말 특강에 과외에 나도 이래저래 바빴어. 엄마랑 여행 가는 계획도 별건 아니지만 자잘하게 신경 쓸 게 많았고. 정신없어서 며칠 못 본 사이에 백이현이 또 한 번 사고를 쳤던 게 기억나네.

그놈의 자유 악기 시험, 잘해 본다고 장담에 장담을 하더니 당일 날 결석을 해 버린 거 있지. 담임이 갑자기 감기에 걸려 아프다더란 얘길 전해 왔을 땐, 꾀병이라 생각했어. 어제만 해도 펄펄 날아다녔으니까. 근데 또 생각해 보니 진짜 아픈 건가 싶은 거야. 내가 걔 골골거리는 꼴을 한두 번 본 게 아니라 안심이 안 되더라고.

나, 몰래 전화까지 해 봤어. 다른 사람이 받더니, 소리를 치더라. '이현아, 친구한테 전화 온 것 같은데, 방으로 가져다줄까?' 멀찍이서 작게, 아주아주 멀쩡해 보이는 목소리가 들렸어. '아뇨, 필요 없어요. 안 받아도 돼요.'

수업 다 끝나고서야 확인해 본 내 전화기 안엔 부재중 전화 하나 떠 있질 않았어. 잠잠하던 전화기가 울린 건 자정이 넘은 시간이었지.

[누나, 많이 화났어?]
[걱정했지. 미안.]

짧은 메시지를 읽고 있자니 분통이 터지더라. 이게 누굴 놀리는 건가 싶어서. 그대로 무시하고 자려는 때, 전화기가 한 번 더 울렸어.

[아직 잠 안 자는 거면, 잠깐 전화하고 싶은데.]

나는 결국 참지 못하고 통화 버튼을 눌렀어. 신호가 가기 무섭게 전화를 받은 그 애한테 다짜고짜 따졌고.
"너 뭐 하는 애야? 지금 장난해? 내가 얼마나…."
백이현은 여느 때처럼 낮은 미성으로 속삭였어.
—그게, 할아버지가 오셔서.
"그게 뭐. 할아버지가 학교 가지 말고 같이 놀재? 학교 가서 피아노 좀 치면 죽는대?"
—아니, 어… 그러니까….
"뜸 들이지 말고 솔직히 말해. 나 아까 다 들었어. 백이현, 너 나한테 왜 연락했냐? 아깐 안 받아도 되는 전화라더니?"
목소리만 높이지 않았다 뿐, 거의 윽박을 지르듯 말하는 내 앞에서 백이현은 머뭇거리며 늘어놓았어.

―그게, 그걸 받으려고 문을 열었다가는 죽겠더라고. 내가.

아, 그래.

할아버지가 오셨다는 게, 그런 얘기구나.

방 밖으로 나가지도 못했겠구나. 전화기가 밖에 있어서 연락도 이제야 하는 거구나. 그래서 학교도 오지 못했구나.

아침부터 응당 했어야 했을 추측을 이제사 시작하느라 말을 잃은 내게 백이현이 또 한 번 사과했어.

―누나. 진짜예요. 나 누나한테 거짓말 안 쳐.

고개를 열심히 끄덕이던 나는 이게 전화 통화라는 걸 알고 뒤늦게 말을 내뱉었어.

"그래, 알아."

―미안해요. 그래도 어떻게든 연락은 했어야 했는데.

"할아버지는, 서운해하지 않으시고?"

―독감 걸려서, 옮는다고 안 된다고 했어요. 문 꽁꽁 걸어 잠가 놓고. 다음에 보자고.

어지간히 급했나 보다 해서 한숨 같은 탄식이 새어 나왔지.

―누나 비웃어요?

"아니, 걱정돼서 그런다."

―뭐가?

"다음에 또 오실 땐 어쩌려고."

―그러게요. 시험 끝나고 오시라고 하긴 했는데.

"진짜, 어떻게 할 건데."

―할아버지도 이제 좀 독립적으로 살 때가 되긴 했어.

"장난해?"

―아, 몰라요, 그건… 그때 가서 생각하죠 뭐.

그 말을 들으니 나도 조금 생각이 심플해지더라. 이런 애라 다행이란 생각도 들고. 그래서 나도 그냥 듣기 좋은 소리나 해 보기로 했어. 나답지 않은 일이지만.

"할아버지가 널 정말 많이 사랑해 주시나 보다."

백이현은 기분 좋은 듯 웃으며 답했지.

―응, 그렇더라고. 그게 눈에 보이니까, 기분 되게 좋더라.

전화를 끊자 안도감이 밀려왔어. 그 커다랗기만 한 황량한 집 안에, 그래도 걜 말려 죽일 만큼 사랑을 퍼붓는 사람이 하나는 있었구나. 죽거나 혹은 먹어 치우게 될까 봐 방 밖으로도 나가지 못하고 있지만, 그래도 안길 품이 있다는 건 얼마나 다행스러운 일인지.

* * *

기말고사가 끝나자 드디어 그날이 왔어. 시험 끝난 바로 다음 주 주말, 엄마가 먼저 출국하는 날 말야.

시험 끝내고 나서부터는 홀가분한 마음으로 여행 계획을 세울 수 있었지. 엄마랑 나, 생각보다도 훨씬 맘이 잘 맞더라. 특히 여행에 관해서는. 우리 둘 다 자료 조사를 철저히 한 후에 계획을 세우고 움직이는 걸 선호하는데, 또 일정이 너무 빡빡한 건 좋아하지 않더라고. 다툴 일 하나 없는 즐거운 여행을 할 수 있을 듯했어. 진짜로 같이 가게 된다면.

여행 계획에 들떠서 백이현과의 약속을 깜빡한 건 내 불찰이지. 시험 끝난 다음 주말에 영화 보러 가자고 먼저 말해 놓고서는 걔가 '토요일이 좋아요? 아님 일요일?' 하고 물어볼 때야 떠오른 거 있지.

"누나, 까먹었구나."

"그게… 내가 중요한 약속이 있어서. 그거 신경 쓰느라."

백이현은 차라리 이렇게 하는 게 내 맘 편하게 하는 길인 걸 아는 사람처럼 장난스럽게 입을 비죽거렸지.

"와, 얼마나 중요한 일이면 나를 까맣게 잊어버렸을까. 누구 만나요? 남자야?"

"엄마가 일요일 아침에 출국해서 인천 공항까지 같이 가기로 했어."

"누나 진짜 나빴다. 이러면 뭐라고 하지도 못하잖아. 어머니가 어디 멀리 가세요? 출장 같은 거?"

"그 비슷한 건데, 좀 더 길게 가셔서."

"그럼 토요일은 엄마랑 보내고 싶을 테니까 시간 많은 내가 양보해야겠네. 알았어요. 다음 주에 보지 뭐. 봐줬다, 내가."

백이현 말대로 그렇게 하면 됐는데, 무슨 바람이 들어 그런 말을 한 건지.

"그냥 우리, 일요일에 볼까?"

"누나 공항 간다면서."

"아침 일찍 출국하니까. 엄마 배웅 갔다가 와서 보면 돼. 12시 전엔 만날 수 있겠다."

백이현은 내 말에 기분이 좋아진 모양이야.

"알았어요. 출국 시간 알려 주면, 공항까지 갈게요."

"그냥 영화관에서 봐. 공항 멀어. 몇 번 갈아타야 돼."

"전철 말고 택시 타고 갈 건데요."

우리 집까지 데려다주고 돌아갈 땐 늦었으니 택시 불러서 가라고 해도 한번을 말을 안 듣더니만.

"무슨 바람이야. 곧 죽어도 전철만 타던 애가."

"그땐 밤이었으니까."

"밤이 뭐."

"그래야 누나가 나 걱정할 거 아냐. 잘 들어갔냐고 전화도 해 주고."

"미친놈."

욕 듣는 게 뭐가 좋다고 실실 웃던 백이현은 이번에도 내 말을 들어 줄 생각은 없어 보였어.

"나 공항 가는 거 좋아해서 그래요. 어렸을 때는 늘 아빠 만나러 공항 나가고 그래서. 그때마다 되게 기분 좋았거든."

그 말에 마음이 약해져서 출국 시간을 캡처까지 해서 보내 주는 게 아녔는데. 걔 앞에서는 왜 자꾸 나사 하나 빠진 사람처럼 구는지 모르겠어.

* * *

엄마와의 일은 별 탈 없이 잘 끝났어.

세세한 건 잘 기억이 안 나네.

보통 사람들은 작별 인사를 어떤 식으로 할까? 백이현처럼 눈물 헤픈 애라면 펑펑 우려나. 사랑한다고 말하고, 끌어안고, 그동안 고마웠다, 미안했다 말하기. 잘 지내라는 말, 건강하라는 인사 그런 건 너무 티가 나잖아.

엄마 앞에서 그렇게 굴었다간 들키기 십상이지. 그래서 그냥 아무 말도 안 했어. 뭐, 이게 마지막은 아니잖아. 엄마는 앞으로 더 행복해질 거고, 살다 보면 언젠가 또 볼 수도 있는 거 아닌가.

난 그냥 곧 보자고 말하며 맡아 두었던 엄마의 가방을 건네줬어. 멀찍이서 손을 흔들다가 일정 다 정리해서 프린트해 왔는데 그걸 가방에 넣어 준다고 하고 깜빡했다며 종종걸음으로 다가갔지.

아주 거짓말은 아니었어. 나도 엄마의 기억에 빠진 구멍을 메꿀 준비물 하나 정도는 마련해 주고 싶었거든.

입을 벌리고 바보처럼 웃으며 다가가, 엄마가 든 가방 앞주머니에 쏙, 내가 만든 소책자를 넣어 주고는 엄마가 고개를 숙여 가방 안을 확인하는 틈을 타, 단숨에 먹어 치웠지.

식사엔 생각보다 긴 시간이 걸리지 않았어. 엄마는 꽃다발을 들고 왔던 그 언니처럼 휘청였고, 윤아처럼 눈을 꿈뻑이다가 허유림이 그랬듯이 털썩 주저앉았어.

경험상 알고 있었어. 긴 시간이 허락되진 않을 거란 걸. 운이 좋으면 20분 정도? 솜사탕 크기와 내게 주어진 시간이 비례하길 바라보는 수밖에 없었지.

너무 큰 야심은 품지 않기로 했어. 처음 겪는 일이니 예기치 못한 부분이 있을 테니까. 난 그냥 딱 하나만 까먹지 말고 해야겠다 마음먹었어. 한 번만, 마지막으로 딱 한 번만 엄마 품에 안겨 보기.

될 줄 알았어. 엄마가 거기서 그렇게 통곡을 할 줄은 몰랐거든. 다 큰 어른을 달래느라 애먹은 건 또 처음이라, 나도 좀 당황했어. 괜찮다고 말했어. 이게 더 좋은 길이라고, 속상해하지 말라고 했지. 나도 다 대책이 있다고, 믿는 구석이 있어서 그런 거라고 얘기했어.

그러게. 손 붙잡아 줄 생각도 못 하고, 말만 실컷 늘어놓았네. 나만 믿으라고, 내가 써 둔 시나리오 속의 엄마는 공항 바닥에 앉아서 사람들 다 보는데 엉엉 울었던 일 같은 건 다 잊고서 잘 살다가 나랑 곧 다시 만나게 될 거라고 장담했어. 그땐 아마 좀 어색하긴 할 텐데, 그건 어쩔 수 없는 일이라며 웃었어.

"어차피 우리가 애초에 그렇게 친하게 지내진 않았잖아요."

그 농담이 끝일 줄 몰랐지. 엄마는 멍한 눈을 하고 허공을 응시하다가, 곧 내게서 등을 돌렸어. 단 한 번도 뒤돌아 나를 보지 않는 것을 보니 내 작전은 대성공을 거둔 모양이야.

백이현이 모든 걸 지켜봤다는 건 알고 있었어. 어쩌다 이렇게 이른 시간에 도착한 건지 알 수 없지만, 계속 눈앞에 얼쩡거리더라고.

동그랗고 푹신해 보이는 솜뭉치가.

그게 내 눈에만 보이는 걸 알면서도 자꾸만 움찔했잖아. 우리 엄마가 '솜사탕, 걔 봤니?' 할까 봐서.

그래도 최대한 그쪽으로 눈을 두지 않으려 노력했어. 오늘 내게 제일 중요한 일은 그게 아니니까. 백이현, 걔. 내가 시간 약속 철저한 거 알고부터 엄청 신경 쓰는 것 같거든. 조금이라도 늦을까 봐 미리 나오고. 출국 시간도 알겠다, 장소도 뻔하겠다 오늘도 그래서 좀 서두른 거지. 그게 걔 잘못은 아니니까.

방해받을까 봐 걱정했으면 애초에 걔랑 여기서 만나기로 하면 안 되는 일이었고. 어쩌면 나, 그게 필요했던 것도 같아. 정서적 지지, 심정적 연대, 심적 위안, 위로 같은 거.

그렇잖아. 나 같은 케이스가 아니라도 공항까지 둘이 왔다가 혼자 돌아가는 길은 좀 서글플 수 있는 거잖아. 그래서 좀 기대고 싶은 맘이 있었나 봐.

일이 끝나고 나서야 그런 생각을 하면서 멍하니 걜 기다렸어. 걔, 과하게 이른 시간부터 나와 있던 주제에 약속 시간보다 10분이나 늦게 얼굴을 보이더라. 정신 차려 보겠다고 어디서 세수라도 하고 온 모양인지 하얗게 질린 얼굴에서 물이 뚝뚝 흐르고 있었지. 그렇게 생긴 애가 젖어 있으니 사람들이 다 쳐다보더라.

참 쉬운 애야. 얼굴에 다 보이니까. 표정만 봐도 충격을 많이 받았을 걸 알겠는데, 그렇다고 구구절절 변명을 늘어놓고 싶진 않았어. 그래야만 하는 상황이었다, 사정이 있었다, 이상해 보이지만 네가 생각한 그런 건 아니다… 그런 말을 해서 뭐 하겠어.

맞아. 나, 그건 아직 백이현한테 가르쳐 주지 않았어. 괴물에서 벗어나는 방법 말야. 나조차 이제 막 알았으니 확실한지 검증하고 곱씹을 시간이 필요하겠다 싶었거든.

뭐, 검증이야 대충 된 거 같고. 이걸 어떻게 말하면 좋을까. 조금 고민을 하고 있는데 걔가 다짜고짜 묻더라. 영화 보지 말고 그냥 걷지 않겠냐고.

"몇 정거장만 가면 공원 있더라고요. 거기 막 배도 탈 수 있대요. 길이 넓어서 나란히 걸을 수 있을 것 같은데."

모른 척해 주려는 게 눈에 보여서 나도 쟤가 알아챘다는 걸 모른 척해야지 싶었어. 어차피 영화관에 앉아 있어 봤자 뭐가 눈에 들어올 것 같지도 않고.

전철을 탈 때까지만 해도 티 나게 밝은 목소리로 웃고 떠들던 백이현은, 산책길에 도착해 걷기 시작하자, 말이 없어졌어. 농담도, 질문도 하지 않았지. 괜찮냐고 물어보지 않는 건 좀 고마웠네. 그러면 내가 또 거짓말을 해야 하잖아.

꽤 오래 걸었어. 처음엔 평소 때 그러듯 약간의 거리를 둔 채 나란히 걸었고, 걷는 것에만 집중하다 보니 어느새 내가 한발 앞장서 있더라.

시간이 얼마나 흘렀는지도 모르고 한참을 앞만 보고 걸었어. 하늘이 오렌지색으로 물들어서 해가 지는구나 했어. 맨다리에 닿는 바람이 차서 밤이구나 했지. 머리 위에 투둑, 차가운 것이 닿아 고개를 들어 보았더니 거짓말처럼 소나기가 쏟아지더라. 백이현, 걘 필통도 안 들고 학교 오는 애가 어쩌다 우산은 챙겨 온 건지, 커다란 걸 펼쳐서는 내 앞으로 냉큼 달려왔어.

"누나!"

하고 코앞까지 왔다가, '아, 맞다' 하고 한 발짝 물러서는 얼굴이 귀여워 크게 웃어 버리고 말았어.

"미안, 너무 가까웠네. 우산 안 가져왔지. 나랑 같이… 쓰면 안 되겠구나. 일단, 누나가 이거 쓰고 있어. 나 저리 갈게."

우왕좌왕하는 백이현을 보며 나는 또다시 깔깔 소리를 내어 웃었어.

"괜찮아. 한동안은. 나 오늘 배불리 먹었거든."

"…다행이네."

"네가 힘들겠지. 우산 필요 없으니까 얼른 저리 좀 가. 난 다리 아파서 여기 좀 앉아 있을래. 여기, 햇빛 가리는 거 아래 있으면 되지."

"이거 비 다 들어와."

"없는 것보단 낫잖아. 빨리 저리 가."

내가 한 말을 한 번에 듣는 법이 없는 백이현은, 걸치고 있던 셔츠를 벗어 바닥에 깔아 주고는 맨바닥에 앉지 말라면서 내 손을 붙잡아 일으켰어.

"반팔 한 장 입어서 되겠어?"

"왜요. 나 너무 노출이 심해? 누가 보고 반할까 봐? 하긴, 내가 어깨랑 팔이 좀 예쁘긴 해."

실없는 농담에 웃던 나는 곧 정신을 차리고 손을 뻗어 그 앨 뒤로 밀어 냈어.

"그만 말해. 너, 그러다 큰일 난다."

의외로 단단한 가슴팍은 꿈쩍도 않고 버티고 서서는 제 주인처럼 말을 듣질 않았어.

"괜찮아요."

"뭐가 괜찮아."

"나도 아까 먹었거든. 한동안은 괜찮아."

"공항에서?"

그래, 거기 유독 사람이 많았지. 쟨 오늘따라 유난히 잘생겨 보이고. 갑자기 어떤 낯선 사람이 솜사탕을 부풀렸대도 이상한 일은 아니지.

"어때? 확실히 좀 편해졌지?"

내가 그렇게 물으니 백이현은 말없이 고개만 끄덕이며 내 옆에 털썩 주저앉았어.

"나 손잡아 줄래요?"

"무슨 수작이야."

"아니면 그냥 안아 줄래요?"

"배가 부르니까 아주 막 뭐든 할 수 있을 것 같아?"

눈을 부라리며 그렇게 말하는데도 백이현은 쫄지도 않고 나긋나긋한 목소리로 나를 불러 왔지.

"누나."

"왜."

"심정적 위로, 나 그거 해 줘."

"싫어."

"그럼 내가 해 줄게."

"필요 없어."

"걱정 말아요. 안 잡아먹을 테니까."

"어떻게 믿고."

"그러게. 다음엔 재갈이라도 사 올까."

장난스러운 목소리도, 활짝 편 긴 팔도 짜증 날 정도로 다정했어. 그래서 못 이기는 척 안길 수 있었지. 아까 마지막 포옹도 깜빡한 분이 조금은 풀리더라.

백이현은 자장가 같은 멜로디를 낮은 목소리로 허밍하면서 천천히 내 등을 토닥였어. 이런 거, 드라마에서나 구경했는데. 엄마가 애 업고 이렇게 낮게 노래 흥얼거리면서 토닥이는 장면. 심장 박동처럼 등을 울리는 편안한 음에 나는 그대로 눈을 감고 잠들고 싶어졌지.

문제가 생겼다는 걸 눈치챈 건 한참이 더 지난 다음이야. 내가 너무 넋을 빼고 있던 거지. 정신 차리고 보니 백이현이 숨을 헐떡이고 있더라고. 처음엔 얘가 또 우나 했어. 창백해진 안색을 확인하고서야 내가 간과한 사실이 뭔지를 깨달았지.

걘 이게 첫 경험이었어. 그 전엔 한 번도 뭘 먹어 본 적이 없어. 우린, 그런 실습은 한 번도 한 적 없고. 그런데 그 멍청이가 제대로 해냈겠냐고.

"백이현."

"네."

"너, 제대로 된 거 먹은 거 맞아?"

"글쎄요… 확실히 먹긴 했는데…."

"얼마나 큰 거 먹었는데?"

"그냥, 적당히… 알맞은 크기였는데."

"그러니까 단위로 얘기해 봐. 미터법으로."

"그러니까 그게… 미터로 얘기하기엔 좀 작고… 센치미터로 하면…."

백이현은 매가리 없는 얼굴로 그런 말을 하고서 비틀거리며 일어났어. 난 급하게 몸을 떼어 내고 저만치 뒤로 물러섰지. 입 밖으로 튀어나온 욕설을 들으며 걘 속없이 낄낄거렸어.

"누나, 진짜 욕 많이 해."

"미친놈아, 지금 웃을 때야. 앞장서. 오늘은 내가 뒤에서 따라갈 거야."

"왜요."

"너 또 픽픽 쓰러질까 봐 그런다. 데려다줄게. 집까지."

"싫어요."

"왜. 난 너 데려다주면 안 되냐?"

"응. 안 돼요. 갑자기 뛰어와서 나 먹어 치우면 어떻게 해."

"너 달리기 빠르다며."

"지금은 달릴 기력도 없어."

제가 한 말에 제가 웃어 젖히는 백이현 앞에서 나는 혀를 차며 말했어.

"택시 불러. 너 돈 많잖아."

진짜로 상태가 안 좋긴 안 좋았는지 이번엔 군말 없이 내가 시키는 대로 하더라. 나는 커다란 허우대가 무색하게 비척거리는 몸을 차 안에 밀어 넣고서는, '집에 가서 전화해'라고 몇 번을 당부했어.

백이현이 택시를 두 대나 불러 놓은 덕에 나도 좀 편하게 집까지 도착한 것 같아. 밀리고 밀려 평소보다 늦어지긴 했지만. 그런데 걘 그때까지도 전화 한 통 없더라.

기다렸어. 세 시간 가까이.

그쪽도 길깨나 막히나 했지. 종일 걸어 다녔으니 그사이 배터리가 닳은 전화기가 꺼졌을 수도 있고.

그런데 세 시간이면 도착해서 씻고 충전하고, 좀 쉬었다가 전화하고도 남을 시간 아닌가? 사람이 그렇게 걱정을 했으면 '괜찮다'는 세 글자, '도착'이라는 두 글자라도 보내 주면 어디 덧나?

걱정과 분노가 뒤섞인 맘으로 씩씩거리던 나는 결국 먼저 전화기를 들었어. 연결음이 열 번 넘게 지나가고 나서야 성의 없는 목소리가 귓가에 꽂혔지.

─…아, 이은원이다.

"너 어디야?"

─어디긴, 집이죠.

"내가 도착하면 도착했다고 전화하랬지."

—…아, 깜빡했다.

알고 있는 욕을 다 퍼붓는데도 걘 그냥 웃더라.

—누나 목소리 들으니까 좋다.

"미친놈아. 욕먹고 싶어서 그따위로 하는 거야?"

—네, 더 해 줘요.

"됐어. 끊어."

—네.

실컷 화를 냈으면 속이 좀 풀려야 하는데 이상하게 마음이 더 안 좋아지더라. 자꾸 뭐가 찜찜한 거야. 백이현이 내가 끊으란다고 네, 하고 끊을 애가 아닌데, 아, 누나 실은요… 하고 하염없이 떠들 애인데 싶어서.

가만 생각하니 깜빡했다는 것도 말이 안 됐지. 걔, 헐렁해 보여도 나랑 한 약속은 안 지킨 적이 없거든. 그러고 보니 농담하는 목소리도 불안하게 흔들렸던 것 같아.

생각이 깊어질수록 불길한 상상만 늘어났어. 혹시 진짜 많이 아픈가? 아까 너무 붙어 있어서?

그런 거라면 내가 가까이 있어 봤자 독이 될 뿐이겠지만 어떻게든 눈으로 확인하고 싶은 맘을 주체하기 힘들었어. 결국 나는 다시 택시를 불러, 거금을 내고 백이현의 집 앞까지 갔어. 거의 자정 가까이 된 시간이었지.

이제는 익숙해진 검은 대문 앞에 서서 이 밤에 초인종을 눌러도 되려나 망설이던 때였어.

"이은원?"

자다 깬 듯, 가라앉은 목소리가 내 이름을 불렀어. 백이현이었어. 제 집 앞에서 쭈그려 앉아 졸고 있는 백이현. 너무 놀라서 말이 나오질 않더라.

"이 시간에 어떻게 왔어요?"

"…너는 이 시간에 왜 여기 나와 있는데."

"그냥, 더워서. 바람 좀 쐴 겸."

자다 깬 듯 연한 갈색 머리가 부스스해져 있었지만, 말간 얼굴은 더 이상 창백해 보이지 않았어. 적어도 몇 시간 전, 택시에 태웠을 때보단.

"왜요. 나 아파서 끙끙 앓고 있을까 봐 걱정돼서?"

태연히 말하는 목소리에도 떨림 하나 없었지.

"그래. 그랬다. 왜?"

"아픈 애한테 욕까지 했으니 미안해서 달려왔구나. 착한 이은원."

그런데 왜 나의 불안은 가시질 않는지.

"시끄러워. 너 정말 괜찮은 거 맞지."

"네."

"그럼 나 그냥 갈게."

"잘 가요."

밖에 나와서 덥다고 바람 쐬고 있을 정도로 멀쩡한 걸 확인했으니, 이제 그냥 집에 돌아가서 속 편히 자면 되는데, 왜 그렇게 발길이 떨어지지 않던지.

 몇 걸음 걸어가던 나는 다시 뒤를 돌아 백이현을 봤어. 걘 스스럼없는 표정으로 손까지 흔들어 줬지. 멀쩡하다 못해 뽀얗기까지 한 얼굴, 환한 미소까지 찬찬히 훑어보던 나는 비로소 이 찜찜함의 정체를 깨달았어.

 소나기가 그친 여름밤 날씨는 기온은 좀 내려갔지만 습기 탓에 쾌적하게 느껴지진 않았어. 쟤네 집엔 에어컨이 펑펑 틀어져 있을 테고. 그래, 집 밖에 나와 있는 건 뭐, 답답해서 그랬다 치자. 몇 시간 전 내게 돗자리 삼아 펴 준 흙 묻은 셔츠까지 걸치고 있는 건 말이 안 됐어.

 냅다 집으로 내뺐을 때도 씻고 옷부터 갈아입고 있던 놈이, 세 시간이 지났는데 아까 입고 있던 옷 그대로였지.

 그제야 눈이 보이는 것들이 너무 많았어. 억지로 짓고 있는 미소, 곱게 접은 눈동자가 무색하게 새빨개진 눈가. 울었던 게 분명한 흔적들까지.

 그래, 그 일이 얘한테도 벌어졌구나.

 난 왜 얘한테만 이렇게 늦을까.

 왜 자꾸 예상을 못 하고, 뭘 놓치고, 뒤늦게 깨닫고 마는 걸까.

 멍하니 날 보는 선량하기 짝이 없는 눈동자엔 너무 많은 죄책감이 들어 있었어. 내가 할 수 있는 건 백이현에게 배운 걸 그대로 돌려주는 일뿐이었지.

 몇 걸음 안 되는 거리조차 멀게만 느껴졌어. 마음이 급해 건지 못하고 달려가다 스텝이 꼬였지. 그런 눈동자를 하고도 내가 더 걱정되는지, 얼른 일어서 내 곁으로 오는 그 애를 이번엔 내가 먼저 끌어안았어.

움찔하며 습관적으로 밀어 내려던 백이현이 곧 팔을 멈췄어. 낮에 내가 했던 말을 기억하는 거지. 한동안은 괜찮다는 말.

옅게 풀 냄새가 나는 셔츠에 고개를 파묻은 채 나는 물었어.

"누구야?"

대답은 한참 후에야 나왔지.

"할아버지요."

예상해야 했던 일이야. 심적 위안이니 뭐니 하는 말장난에 취해서 내가 걜 공항으로 불렀을 때, 계획한 대로 멀리 떨어진 좌석에서 영화를 보고, 거리를 둔 채 걷다가 집에 돌아오면 될 것을 욕심을 부려 품에 안겼을 때, 먹지도 않은 걸 먹었다고 하며 무리하던 백이현이 하얗게 질린 얼굴로 차에 탔을 때, 이렇게 될지도 모른다는 걸 알았어야 했어.

비틀거리면서 택시에서 내렸겠지. 한 달은 굶은 듯 머리가 몽롱했을 거야. 어지러운 채로 집에 들어갔을 테고, 문을 열었을 땐 사랑스러운 손주를 기다리던 할아버지께서 팔 벌려 반겨 주셨겠지.

넓은 거실이 솜 타래로 가득 찼을까. 우리 엄마의 것처럼 거대한 구름이었을까. 그렇다면 백이현에겐 뭘 더 생각할 겨를도 없었을 거야. 그건 참고 견딜 수 있는 영역이 아니니까.

아주 오래간만에 나는 울었어. 너무 미안해서. 왜 미안한지, 뭐가 미안한지도 설명할 새 없이 눈물이 마구 나왔지. 걔가 나한테 그러더라.

"미안해요."

흐느낌을 감추느라 대답을 하지 못했어. 네가 뭐가 미안하냐고, 내가 잘못했다고 빌고 싶었는데 백이현은 그럴 기회를 주지 않았지.

몰랐어요.

이런 건 줄은….

이걸 어떻게 견뎠어요.

누나는, 누나는 이걸 어떻게.

가쁘게 뱉는 숨 사이로 백이현이 내뱉는 짧은 말들을 들으며 나는 누군가 내 심장을 손으로 꽉 쥐고 비틀고 있구나 싶었어. 마음이란 건, 머리 위로 보이면 됐지 왜 가슴팍에도 붙어 있는 건지.

나도 참 가증스럽지. 그렇게 슬퍼하면서도 동시에 마음이 좀 후련하기도 하더라. 하루 종일 자기 연민에 시달리고 있었는데 더는 내가 불쌍하지 않았어.

있잖아. 난 세상에서 백이현이 제일 불쌍해.

엄마를 먹어 치운 건 내 선택이었어. 생각해 보면 우리 모두에게 더 나은 길이었지. 하지만 백이현은 그럴 기회조차 없었어.

난 아마 앞으로도 어떻게든 잘 살 거야. 여태까지도 그래 왔으니까 달라지는 건 없잖아. 그런데 얜 그게 아니었어. 얘한텐 모든 게 새로운 슬픔, 낯선 상실이 되겠지. 그걸 다 알고도 어떻게 그냥 둘 수가 있겠어. 내가 백이현을 아는데. 언제나 나보다 먼저 슬퍼해 주던 앤데, 매번 나 대신 눈물을 흘려 주던 애가, 앞으로는 제 슬픔에 매일 울 걸 알면서 가만히 내버려두는 건 사람이 할 짓이 아니잖아.

그래, 난 백이현을 좋아해. 어쩌면 사랑하는 것 같아. 하지만 이건 사랑 때문에 하는 희생 따위가 아니야. 다분히 이기적인 결정일 뿐이지. 쟤가 이런 식으로 울지 않아야 나도 잘 살 수 있을 것 같아서, 그냥 날 위해서 어쩔 수 없이 내린 결론인 거야.

변화엔 언제나 리스크가 따르지. 그러니 현상 유지만큼 편한 길이 또 없어. 나는 그냥 원래 살던 대로 살면 되는 거고. 쟤도 여태까지 원래대로 돌아가면 돼.

어느새 성큼 자란 단단한 어깨를 끌어안고, 가느다란 떨림을 멈추려 끝없이 등을 토닥이며 나는 생각했어.

아무래도 쟬 잡아먹어야겠다고.

이런 일은 되도록 빨리 처리하는 게 좋지만, 그래도 그 밤만큼은 느긋하게 즐겨야겠다고도 마음먹었어.

우리 둘 다 가없는 사랑을 먹어 치운 오늘 말고는 이렇게 꽉 끌어안을 날이 다시 오진 않을 테니까.

9. 보이는 것을 바라는 것은 희망이 아니므로*

 공항에서도, 산책길을 걸을 때도 눈물 한 방울 보이지 않던 이은원은 우습게도 그 밤, 내 왼쪽 어깨를 다 적시고 갔어. 나? 내 눈물이야 워낙 헤퍼서 말할 거리도 안 돼.

 뭐, 그날이 유독 울 일이 많은 날이긴 했지. 그래도 괜찮았어. 할아버지 일은 처음엔 좀 충격을 받았지만 감당하기 벅찰 정도는 아니었거든. 시간을 좀 두었다가 찾아뵙고 말씀드리면 된다고 생각했어. 어떻게든 해결할 방법이 있을 거라 믿었지. 맞아. 내가 좀 낙천적인 편이야.

 그런데 이상하지. 이은원 앞에 서면 생각이 그런 식으로 가질 않

아. 물가에 어린애를 내놓은 것처럼 초조하고, 불안해. 자꾸만 걱정이 늘어. 그날 밤, 눈물범벅이 된 애를 집으로 돌려보내고 나서는 정말 한잠도 못 잤어. 공항에서 본 게 있었으니 더 안절부절못하겠더라고.

내가 목격한 것이 이은원이 제 엄마를 먹어 치우는 광경이라는 건 직감으로 알았어. 그분 머리 위에 뭐가 보이는 것도 아닌데 그냥 알겠더라고.

아, 저게 저런 거구나.

저런 식으로 쓱 먹어 치우면 되는 거구나.

간단하네.

처음엔 그분이 이은원의 어머니는 아닐 거라고 생각했어. 그렇잖아. 분명 나한텐 아무나 함부로 먹어 치우면 안 된다고 가르쳤는데, 이은원이 스스로 정한 규칙을 함부로 어길 사람도 아니고.

난 그냥 걔가 엄마 나이 또래의 여성을 먹을 작정이었는데, 그걸 나한테 일일이 설명하기 번거로워서 대충 그렇게 둘러댄 거려니 생각했어.

그런데 그분이 망연자실한 얼굴로 공항 바닥에 주저앉으시는 거야. 이은원은 그분 손을 붙들고 뭐라고 열심히 떠들고 있고. 게다가 입 모양을 보니 이은원이 반복해서 '엄마'라고 부르는 것 같더라고. 거기서 고개를 돌렸지. 아, 이건 얘가 나한테 보여 주고 싶지 않은 장면이겠구나 싶어서.

그런데, 그분 목소리가 자꾸 귀에 꽂히더라고. 어떻게 살려고. 내가 했어야 했는데. 방법이 있어? 지금부터 잘 사는 게 무슨 의미야.

그러다 보니 자연스럽게 이은원의 대답도 들렸지. 괜찮아. 이게 맞아. 방법이 있어. 다 잊으면 되지. 잘 지내. 나도 잘 지낼게.

걸음을 바삐 해서 얼른 자리를 피했어. 찬물을 얼굴에 끼얹어 가며 쓸데없는 생각들을 머릿속에서 몰아내려 했지. 그런데 그게 잘 안되더라고.

사사로운 의문이 계속해서 마음을 어지럽혔어. 스치며 본 것이 다였지만 그 애 어머니, 나쁜 사람 같진 않던데. 혹시 사전에 그러기로 합의를 했나? 그럼 저렇게 오열할 리가 없잖아? 그리고 그게 말이 돼? 누가 이런 걸 원하겠어. 이게 모든 걸 잊고 새로 시작하는 리셋 버튼도 아니고, 어차피 그분 머릿속에서 사라지는 건 이은원에 관한 기억뿐일 텐데?

돌아가지 않는 머리를 싸매고 괴로워하는 동안에도 시간은 잘만 흘러갔어. 약속 시간이 다 되었을 때쯤, 난 이해를 단념하고 그냥 받아들이기로 결론을 내렸지.

무슨 사정이 있는 거겠지. 이은원이 하는 모든 일엔 이유가 있으니까.

걔가 저 좋으라고 벌인 짓 같진 않아 조금 신경이 쓰였고, 상처받은 게 표정에 다 드러나서 마음이 좀 쓰였지. 그래, 딱 그 정도 걱정이었어. 그게 이렇게 버거운 일인 줄은 내가 비슷한 일을 겪어 보고서야 비로소 깨달았지.

며칠 결석할 수도 있겠다 싶었어. 어차피 시험도 끝났고, 방학까지 몇 주 남지도 않았잖아. 전화도 받지 않고 메시지도 확인하지 않길래, 학교 갔는데 없으면 나도 수업이고 뭐고 내팽개치고 그냥 걔네 집에 찾아가서 같이 있어 줄 참이었지.

그런데 걔는 아주 멀쩡한 얼굴로 새벽같이 나와 있더라. 표정도 좋아 보였어. 낯빛도 어제보다 밝았고, 경쾌한 목소리에선 후련함마저 느껴졌지.

"몰라, 시험 끝나서 그런가. 홀가분해. 좀."

이은원은 활짝 웃는 얼굴로 말했어. 그게 왜 내 눈엔 바람 앞의 등불처럼 덧없는 미소로 보였는지.

걔가 내 자리로 찾아온 건 수업이 다 끝나고 나서야.

"백이현, 집에 같이 갈까?"

"우리 집이요?"

"음, 집에 아직 할아버지랑 삼촌 계시지 않아? 그냥 우리 집까지 바래다줘. 걸으면서 얘기하게."

그때까지만 해도 별생각이 없었어. 그런데 학교 밖으로 나온 이은원이 이런 말을 하는 거야.

"우리 손잡고 걷자."

"손…이요?"

"오늘까진 괜찮을 거 같아서. 너도 괜찮지?"

"그렇긴 한데…."

"왜, 또. 천천히 가고 싶어?"

그 농담에 피식 웃으면서 나는 까닭 없는 불안을 잠재웠어. 이은원이 가끔 이상하게 굴 때가 있긴 하거든. 그럴 때면 갑자기 다른 사람이라도 된 듯 말투도 밝아지고. 주로 나를 어르고 달랠 때 그러는 거 같지만.

아, 나한테 뭔가 바라는 게 있는 걸까? 이렇게까지 안 해도 얘가 원하는 건 다 해 줄 텐데. 뭐 시킬 거라도 있나? 먼저 물어볼까?

쓸데없는 생각을 쌓아 가는 사이, 어느새 이은원의 동네에 도착했어. 지어진 지 제법 되어 보이는 아파트 입구에는 작게 팻말을 단 나무 몇 그루가 총총히 늘어서 있었지.

데려다주는 것도 실습이라고 우기면서 몇 번을 오가는 동안 한 번도 그런 이야기를 하지 않던 이은원이 그 이름을 하나하나 일러 주더라.

—이건 이팝나무인데 봄에는 하얗게 쌀꽃이 펴. 나는 얘가 벚꽃보다 예쁜 것 같아. 그래서 4월보단 5월이 좋아. 벚꽃은 너무 순식간에 져 버리잖아.

—이렇게 동전 같은 이파리가 달린 초록 나무는 대충 미루나무라고 생각하면 돼. 미국에서 온 버드나무라 미루나무라고 부른다던데, 왜, 동요 노랫말에 나와서 그런가. 난 얘 한국 애 같더라.

—아, 여기 있네. 얘가 내가 제일 좋아하는 애야. 지금은 볼품없어 보여도 봄에 꽃 피면 은근히 귀엽다? 색? 그걸 흰색이라고 해야 하나? 살짝 노란색이 섞였는데…. 맞다, 상아색 꽃. 이름은 미선나무. 우리 엄마 이름이랑 똑같아서 어렸을 때부터 괜히 정이 갔어. 근데 알고 보니까 이게 우리나라에서만 자라는 희귀한 나무라더라.

티 없이 맑은 얼굴로 재잘거리는 걸 듣고 있으니 조금 안심이 됐어.

"누나 이런 거 좋아하는구나."

"응. 도움이 되거든."

"도움?"

"그냥. 심신에. 나무 자라는 거 보면 심리적으로 위안이 돼. 너도 나중에 화분 하나 들여 봐."

이은원다운 말에 나도 모르게 웃음이 나왔어. 살랑살랑 부는 바람에 흔들리는 초록색 이파리를 보고 있자니, 그래, 너무 심각해지진 말자 싶기도 했지. 이렇게 나무 그늘 아래나 걸으며 즐기면서 살면 되는 거 아니겠나.

집을 코앞에 두고는 이은원이 갑자기 목이 마르다고 하길래, 난 얼른 아파트 근처 편의점으로 달려가 우리 둘 다 좋아하는 오렌지 주스를 사 왔어. 나무 그늘 밑 벤치에 나란히 앉아서 빨대를 꽂아 쪽쪽 빨며 병아리 같은 이은원의 얼굴을 슬쩍씩 훔쳐보다가 조금은 편해진 마음으로 집 바로 앞까지 바래다주었지.

걔네 집 입구 역 쓰레기 수거장 근처에 서서 잘 들어가라고 인사를 하는데, 이은원이 나를 멈춰 세웠어.

"있잖아, 백이현. 너, 아직도 그렇게 생각해?"

"그렇게라니… 뭐가요?"

"너, 전에 네가 나 좋아한다고 착각했었잖아."

"아…."

"어디서 가스라이팅을 당해 와서는. 내가 그거 아니라는데도 조금은 그럴지도 모른다고 자꾸 막 우기고, 내 말 안 듣고."

툴툴거리는 말투가 귀여워서 웃어 버렸더니, 이은원은 평소처럼 협박을 시작했지.

"웃지만 말고. 제대로 말해."

"누나."

"왜."

"그렇게 생각하는 게 아니라, 진짜 그래. 나 누나 좋아해. 아마 처음부터 그랬던 것 같아."

"처음부터?"

이은원이 가소롭다는 듯 웃더라. 전혀 믿지 않는다는 눈치였지. 조금 억울해진 난 이렇게 말했어.

"진짜라니까. 지금 생각해 보면 그래. 처음, 완전 처음부터 좋아했어."

"그 처음이 언젠데?"

"음, 교실 들어와서 누나 얼굴 봤을 때부터?"

이은원은 조금 씁쓸해 보이는 표정으로 웃으며 답했어.

"그래. 뭐, 그렇다고 치자. 그게 뭐가 중요하겠냐마는."

난 빈 오렌지주스 팩 두 개를 잘 접어서 분리수거함에 버리며 시간을 끌었어. 이은원에게 부담이 되지 않을 말을 생각하려면 그 정도 여유가 필요했거든.

"누나가 불편해하지 않을 선에서 잘 정리할 테니까 걱정 마. 이게 내 맘대로 되는 건 아니라, 얼마나 걸릴진 장담 못 하지만."

"백이현."

"왜요."

"우리 그냥 사귈까?"

이번엔 내가 씁쓸한 웃음을 지을 차례였지.

"누나, 내가 누나 좋아한다고 해서 누나가 그렇게까지 해 줄 필요는 없어."

"……."

"가만 보면 누나가 나보다 더 이상한 거 같다니까. 왜 그렇게…"

착해 빠졌냐는 말까지는 입 밖에 내뱉지 못했어. 이은원이 씩씩거리면서 집 안으로 들어갔으니까. 때마침 도착한 엘리베이터를 타고 바로 올라가려는 걸 겨우 붙잡았어.

"누나 화났어? 왜 그러는데? 내가 또 뭐 잘못 말했어?"

"아니, 화 안 났는데? 나 그냥 집에 가던 길이라 집 가는 거야. 넌 하던 거 해."

"하던 거 뭐?"

"그거. 마음 정리."

어디서 마음이 상한 건지 도무지 알 수 없어서 입만 떡 벌리고 있는 사이에 아파트 주민이 주춤거리며 우리 둘을 지나쳐 엘리베이터에 탔지. 나는 고개를 꾸벅하며 머쓱한 인사를 하고서는 이은원의 손을 붙잡고 다시 밖으로 나갔어.

"누나… 혹시요, 이거 진짜 혹시나 해서 물어보는데."

"뭐, 또."

"…저 좋아하세요?"

"보면 알 거 아냐."

이은원이 제 머리 위를 성의 없는 손짓으로 가리켰어.

"그게… 꼭 그런 게 아니라면서요."

"너 바보냐? 꼭 그런 게 아니란 말은 그럴 때도 있다는 거야."

"그러니까… 진짜로? 진짜 이은원이 날 좋아한다고?"

"몇 번 더 물어볼 건데?"

이은원은 또 할아버지네 고양이처럼 성질을 냈어.

"아니, 근데…."

"그런데 뭐? 말 제대로 끝내라. 또 이상한 소리 하지 말고."

나는 벌어지는 입꼬리를 겨우 다잡으며 말했지.

"너무하잖아. 아까 그 미루나무인지 비루나무인지 있는 데서 물어보든가. 왜 이런 얘길 쓰레기 분리수거장 앞에서 해요."

"왜, 쓰레기가 뭐. 쓰레기 무시해? 쓰레기도 다 소중해. 세상 모든 게 결국엔 언젠가 쓰레기가 되는 거야. 쓰레기는 엄밀히 말하자면 이 세계 전체를 대변한다고도 볼 수 있는 거다?"

"…가만 보면 나보다 누나가 더 이상해."

"이상한 애 좋아해서 나도 이상해지나 보지. 그래서, 사귀어? 말아? 정리할 거야?"

"…아, 나중에 태어날 아기들한테는 뭐라고 말해요. 진짜 쓰레기장 앞에서 사귀기 시작했다고 그럴 거예요?"

"야, 백이현. 넌 무슨 고백받은 지 1초도 안 되어서 애 낳을 생각을 하냐."

"왜요. 누난 낳기 싫어요? 그럼 그렇게 하고."

"아니, 좋아. 음, 모르겠어. 아냐, 나중에 생각해 볼게."

"있잖아, 누나. 나 방금 이름도 지었다?"

"그새?"

"응. 이런 건 빨리 준비할수록 좋잖아."

"뭔데? 들어나 보자."

"이은원."

"미친놈."

"왜요. 난 그 이름이 세상에서 제일 좋아."

"미쳐도 제대로 미쳤지…."

그렇게나 유쾌할 수 없었던 여름날이 욕설과 함께 또 하루 속절없이 사라지고 있었어.

* * *

얼마나 행복했는지 몰라. 내가 좋아하는 사람이 나를 좋아한다는 난생처음 겪어 보는 사건이 주는 기쁨이 모든 걸 압도한 시기였어.

2주 뒤면 방학이 시작된다는 게 날 더 들뜨게 만들었지. 모범생인 이은원은 쉬는 동안에도 계속 학원에 뭐에 바쁘겠지만, 그래도 전보다는 함께 있을 시간이 늘어날 거 아니겠어.

조금 거리를 둔 채로도 함께 걸을 수 있는 곳이 어딨을까. 인파로 붐비지 않는 한적한 곳에 가면, 붙어 있지 않아도 도란도란 이야기를 나눌 수 있지 않을까.

이은원이 날 좋아할 거란 상상도 해 본 적 없는데, 막상 사귀기 시작하니 별걸 다 꿈꾸게 되더라. 방과 후, 집으로 돌아가는 길마다 희망 사항을 다 늘어놓느라 오디오가 빌 새가 없었어.

"방학하면 우리 어디 놀러 가요."

"어디?"

"그냥, 어디든요. 일단 바닷가부터 갈까."

"피아노 연습은 안 해?"

"그것도 같이 해요. 아, 누나도 하자. 바이올린은 어디든 가지고 다닐 수 있어서 좋겠다. 그리고 또 뭐 하지. 음, 내 여자 친구, 연애한다고 놀러 다니다 성적 떨어지면 큰일 나는데…. 아, 도서관도 같이 갈까. 누나, 나 누나 다니는 학원 같이 다닐까요?"

"이현아."

"왜요."

"그렇게 좋아?"

내가 바보처럼 실실 쪼개며 고개를 끄덕이자, 걘 옅은 미소를 지으며 답했어.

"그래, 가자. 우리 바다도 가고, 도서관에 가서 공부도 같이 하고,

조조 영화도 보고 그러자."

이은원은 나보다 야심이 적고 바라는 게 명확했어.
"일기 써 와. 매일."
"원하는 게 그게 다라고요?"
"응. 근데 내가 쓰라는 대로 써야 돼."
"받아쓰기 같은 건가? 나 맞춤법 자주 틀려요? 메시지 보면서 거슬려서 시키는 거?"
"아니, 의외로 멀쩡하게 쓰던데. 그냥, 기록이 중요한 거라 그래."
그 부탁은 의외로 까다로운 조건이 붙어 있었지.
일상에서 벌어진 일, 피아노 연습한 것, 앞으로 하고 싶은 것들, 이루고 싶은 꿈 위주로 써야 한대. 이은원에 관한 이야기를 쓰면 안 되는 건 아니지만, 솜사탕이니 풍선껌이니 하는 건 일절 언급하지 말래. 누구에게든 보여 줄 수 있는 일기. 지금 당장 형사가 증거로 제출하라고 해도 떳떳할 일기를 쓰라나.
"그게 왜 필요한데요?"
내가 습관처럼 던져 본 '왜'라는 질문을 무시한 채 이은원은 꼭 키보드로 쳐서 인쇄한 다음에 노트에 붙여 오라고 명령했어.
"누나, 나 글씨 그렇게 별로야?"
"솔직히 잘 쓰는 건 아니지."
"그래도 못 알아볼 정도는 아니지 않나?"
"백이현, 너 군말 없이 다 들어준다면서."

"아니이, 시키는 대로 할 거긴 한데…. 왜 프린트해서 노트에 붙이기까지 해야 하는지가 궁금해서 그러지."

고개만 갸우뚱하는 내 곁에서 이은원은 거절할 수 없는 제안을 했지.

"방학 전날까지 네가 전학 와서, 여태까지 있었던 일. 네 생각. 피아노 얘기. 자리 바꾼 거, 애들이랑 놀러 다닌 거, 시험 본 거 다 써 오면… 그럼 내가 거기에 답장해 줄게."

그런 보상을 제시하는데 넘어가지 않을 수가 있나. 별 군데에서 다 꼼꼼한 규칙을 정해 놓는 내 여자 친구의 명을 받들어, 나는 시키는 대로 열심히 일기를 썼어. 이전에 있던 일도, 매일의 일상도, 차곡차곡 담아서 이은원에게 보여 주고 답장을 받고 싶었거든.

좋은 시절은 늘 그렇듯 빠르게 지나갔지. 방학식 전날, 이은원은 내가 내민 일기장을 받더니, 내일 돌려주겠다고 말하더라.

"내일요? 방학 끝나고 주는 게 아니라?"

"네가 일기 쓰는 동안에 나도 같이 너한테 줄 거 썼거든. 집에 가서 그거 여기에 붙여 오기만 하면 돼."

"누나도 인쇄해서 붙여 주는 거예요? 난 누나 글씨가 더 좋은데."

"미안, 이미 다 써 놔서. 다음에, 다음에는 손으로 써 줄게."

어떻게 된 게 날이 갈수록 더 순해지기만 하는 이은원의 안위를 걱정하던 난 그날 밤, 오랜만에 일찍 곯아떨어졌어. 방학식 날, 학교는 예정보다 일찍 끝났어. 선생님도 빨리 쉬고 싶었나 보지.

유난히 햇살이 좋은 날이었어. 산들바람이 선선히 불어와 별로 덥지도 않았지, 한낮의 해가 나부끼는 커튼이나 책상 따위를 교실 바닥에 예쁜 그림자로 만들어 내고 있었어. 영화 속에서나 나오던 가상의 여름 속에 들어온 듯했지.

이은원은 가방 말고도 커다란 쇼핑백 하나를 더 가져왔더라. 사물함에 있는 얼마 안 되는 짐, 서랍 속 교과서까지 다 챙기는 모습을 보고 과연 모범생은 다르구나 감탄을 했던 게 생각나.

쇼핑백 안엔 나에게 돌려주려고 가져온 일기장도 보였어. 이은원이 하나 마련해 오라고 해서 고심 끝에 고른 하늘색 노트는 내가 이은원에게 건네줄 때보다 부풀어 올라 있었지. 자기가 쓴 일기, 편지 따위를 한 치의 오차도 없이 깔끔히 재단한 후, 딱풀을 발라 공책에 붙일 책상 앞의 이은원을 떠올리니 나는 좀 웃음이 나왔어.

"이따 줄게."

"지금 먼저 읽어 보면 안 돼요?"

"안 돼. 조금만 기다려."

"왜요. 나 궁금한데. 누나가 뭐라고 썼는지."

"창피하단 말야. 집에 가서 혼자 읽어. 너 이거 몰래 훔쳐보려고 하면 나 방학 내내 너 안 봐. 약속해. 빨리."

못 이기는 척 알았다고 말하던 때만 해도 그 약속을 어길 맘은 추호도 없었어. 이은원이 하는 말을 들어서 뭐가 잘못된 적은 없으니까. 순둥이 같은 내 여자 친구가 몸 안 사리고 남 걱정부터 할 때만 **빼면** 앞으론 무조건 시키는 대로만 하고 살자 싶었지.

우리가 대충 짐을 싸고 나가려던 때, 담임 선생님이 교실에 들어왔어. 선생님은 조금 놀란 표정으로 물으셨지.

"너희 둘, 아직도 여기 있었니?"

"아, 네. 짐 좀 싸느라…."

"그러네. 은원이는 다 가져가야 되는구나. 방학 때 한 번 더 와서 마저 챙겨 가도 되긴 하는데. 애들한테 인사도 할 겸."

"아, 선생님. 그게요."

"응, 왜. 힘들지. 방학 앞두고 … 준비하는 게…."

무슨 말을 하는 건지 몰라 눈만 껌뻑거리고 있는데 이은원이 갑자기 담임 손을 끌고 교실 밖으로 나가더라. 저답지 않게 과격한 손짓으로 문을 닫느라 쾅, 하고 큰 소리가 날 정도였지.

조급해 보이던 건 오해겠지 했어. 문이 세게 닫힌 건 바람 탓이려나 생각했어. 소음 사이로 언뜻 들린 단어만 아녔다면 정말로 아무 생각 없었을 거야.

담임 선생님, 분명히 전학 준비라고 말했어.

나, 그런 거 잘 듣거든. 귀도 눈만큼 좋은 편이라.

이해가 가질 않았어. 전학이라니?

내가 잘못 들은 건가?

문 닫히는 소리에 섞여 헷갈렸나?

아니면 정말로 전학 갈 생각이 있나?

예고로? 다시 바이올린 하려고? 언제?

그러다 문득, 일기장이 생각났지.

방학 내내 써서 주겠다더니, 꽉 채워 가져온 일기장. 빼곡히 붙인 종이 때문에 뚱뚱해진 노트. 나는 종이 가방 사이에서 얼른 일기장을 꺼냈어.

내가 쓴 유치한 페이지를 대충 넘기자, 곧 내가 사용한 것과 똑같은 서체, 완전히 같은 크기, 문단을 끊는 법, 유난히 자주 내는 오타까지 그대로 흉내 낸 이은원의 일기가 나왔지.

[****년 7월 **일
이은원이랑은 헤어지기로 했다.
전학을 간다니, 어쩔 수 없다.
좋은 여자 친구로 기억하면 되지.
그래도 걔 덕분에 좋은 일도 많았다.
걔가 가르쳐 준 대로, 미선나무 꽃이 피는 봄에는 꼭 한 번 얼마나 예쁜지 보러 가야겠다. 근데 사실 그거 말고는 딱히 기억할 만한 게 없는 것 같다. 연애가 원래 그런 건가?]

[****년 7월 **일
피아노 치는 게 즐겁다.
이은원이 말한 대로 나는 피아노에 정말 재능이 있는 것 같다. 앞으로도 계속 열심히 해야지.]

이어지는 일기는 다 이상한 내용뿐이었어.

페이지를 후루룩 넘기다 보니, 내가 쓴 일기도 몇 군데, 수정된 게 보였지. 이은원이 정해 놓은 규칙을 아슬아슬하게 어긴 부분, 걔에 관한 이야기를 너무 많이 했던 페이지. 그런 건 다 친구들과의 즐거웠던 일, 피아노 연습한 이야기 따위로 바뀌어 있었어. 이해 가지 않는 일들투성이였어. 대체 왜 이런 가짜 일기를 써 붙인 걸까? 전학 이야기는 왜 한 마디도 꺼내지 않은 거지? 이게 그러니까 나랑 헤어지자고 말하는 건가? 내가 이은원 없이 살 수 있을까? 쟬 안 보고?

멀리서 작게 울리는 발걸음 소리를 듣고도 나는 일기장에서 손을 떼지 못했어. 곧 뒷문이 열리는 소리가 들렸고, 이은원이 천천히 내 앞으로 걸어왔지.

"보지 말랬잖아."

그렇게 말하면서 웃는 걔한테 나는 화낼 정신도 없어서 이렇게만 물었어.

"우리… 헤어져?"

"아니, 그런 거 아니야."

걘 낚아채듯 내 손에서 일기장을 빼앗으며 말했어.

"이은원, 너 전학 가?"

"…아주, 이제 누나라고도 안 하네."

"왜 나한텐 말 안 했어?"

이은원이 말했어.

우리는 멀리 떨어져 지내는 게 맞다고 판단했대. 헤어지는 건 아닌데, 좀 떨어져 살면서, 서로가 살길을 도모하는 게 좋겠대.

"그렇게 해서. 뭐가 해결되는데."

걘 좀 당황하는 듯싶더니 많은 말을 늘어놨어.

해결 방법이 있대. 사실, 오늘 그걸 나에게 알려 주려고 했대. 세상엔 우리 둘 같은 부류가 생각보다 많대. 그러니 그런 사람을 더 찾는 건 어려운 일도 아니래.

"찾으면 뭐 도움이 돼?"

"응, 이용할 수 있거든."

"…이용?"

이은원은 복잡한 얘기를 하려니, 머리가 아파 오는지 관자놀이를 매만지며 설명을 시작했어. 조곤조곤한 목소리가 조용히 교실에 울려 퍼졌지. 비슷한 부류를 찾는 게 모든 일의 관건이라더라. 그 사람이 내 기억을 먹어 준다면, 그럼, 이 모든 걸 잊고 해방될 수 있는 거라고.

"그걸… 왜 지금 말해?"

"나도 안 지 얼마 안 됐어."

"언제 처음 알았는데?"

"진짜 며칠 안 됐어."

나는 잠깐 생각을 정리하려고 말을 멈추었다가 다시 물었어.

"그럼 내가 누나를 먹어 주면 되는 거 아냐?"

걘 입술을 내밀고 말했어.

"거봐. 너 이럴 거잖아. 그래서 말 안 한 거야."

"왜?"

"네가 날 먹으면, 난 널 잊잖아."

"…그렇긴 한데, 어쩔 수 없지. 다시 알아 가면 되는 거잖아."

이은원은 조용하지만 단호한 말투로 내 이름을 불렀어.

"백이현, 난 너에 관한 기억은 하나도 잃고 싶지 않아."

내 똑똑한 여자 친구가 대체 어디까지 내다보고 있는지 가늠할 수 없었어. 그래서 난 바보처럼 이렇게 물었지.

"그럼, 뭐 다른 방법이 있어?"

이은원은 생긋 웃고는 자신감 넘치는 말투로 설명을 시작했어.

다른 사람을 만나서, 그 사람에게 기억을 먹어 달라고 하면 된다고. 그렇게 해 준다는 사람을 찾았다고. 그래서 일단, 전학을 가기로 한 거라고.

"그렇게 해서 이… 일과 관련된 기억이 다 사라지는 거면, 어차피 누나는 나도 잊어버리는 거 아니야?"

"그렇다고 너를 잊진 않지. 바보야. 너도 나중에 다른 사람한테 먹히면 돼. 나 말고 다른 사람. 그럼 날 까먹진 않을 거 아냐."

"…혹시 그래서 일기도 쓰라고 한 거야? 내가 나중에 풍선껌이니 뭐니 그런 거 다 까먹으면서 누나도 좀 잊고 그럴까 봐서?"

"응? 아, 일기."

이은원은 살짝 당황한 듯 멈칫하더니 가볍게 웃으며 말을 이었어.

"당연하지. 너랑 나랑 알고 나서부터는, 이 풍선껌이니 솜사탕이니 하는 거랑 연관된 게 너무 많았잖아. 그걸 다 날려 버리면서 나도 같이 잊어버릴까 봐. 그런 건, 기록해서 기억해 두라고 적으라고 한 거야."

"그게… 기록한다고 기억이 돼?"

이은원이 여느 때처럼 조리 있는 설명을 시작했어. 인간의 뇌라는 게 너무 쉽게 인지 왜곡을 일으킨다고. 약간의 단서만 가지고도 맘대로 미흡한 정보를 조작해 채워 넣는다고. 일상을 상세히 기록했으니, 빠진 기억까지 메꾼 채 나는 이은원을 똑똑히 기억할 수 있을 거래.

그 자리에서 나는 마지막 과외를 받게 되었지. 한꺼번에 이해하기에는 너무 복잡하게 엉켜 있어서 이걸 다 내가 기억할 수 있을까, 걱정까지 되는 여러 가지 정보들을 내 여자 친구는 언제나처럼 일목요연하게 정리해서 알아듣기 쉽게 말해 줬지.

다 끝나고 나서는 질문도 받더라. 세세한 부분까지 다 들어서 궁금한 게 많진 않았지만, 그래도 한동안 떨어져 있어야 한다니, 뭐라도 더 말해 보고 싶어서 나는 별생각 없이 생각나는 걸 물었어.

자진해서 네 걸 먹어 주겠다고 하는 사람이 있다니 다행인데, 그걸 믿어도 되는 거냐고 물었더니, 걘 코웃음을 쳤어.

"야, 백이현. 내가 일 처리도 똑바로 못 하고 누구한테 속고 그럴 거 같아?"

"음, 아니지."

"그래, 안심해. 너도 나도 이제 다 좋은 일만 있을 거야. 다 됐으면 이제 가자. 집까지 데려다줄 거지?"

운 좋게도 그해엔 더위가 늦게 찾아왔어. 방학 직전까지도 못 견디게 덥진 않았지. 그래서 난 매일 이은원이 사는 곳까지 함께 걸어가곤 했어. 이차선 도로를 사이에 둔 채 조금 떨어져서 나란히 걸어가며 이따금 이은원이 툭툭 내뱉는 말을 듣는 게 좋아.

이은원이 알고 지내는 나무들을 거쳐 아파트 입구에 도착하면, 이은원은 나한테 나무 그늘 아래에서 잠깐만 서 있으라고 그래. 그리고 집에 들어가 냉장고를 열어 차가운 오렌지주스 두 팩을 가지고 와.

3층에 있는 그 앨 향해 손이라도 흔들고 싶은데, 걘 고집스럽게 건물이 아니라 나무만 보고 있으라고 하지.

"넌 초록을 좀 가까이해야 해. 그게 눈에 좋아."

"여기서 어떻게 더 좋아지지? 나 시력 양쪽 다 2.0인데?"

"몽골 사람들은 4.0도 있고 그래. 자만하지 마, 백이현. 그리고 나무 보고 있는 게 정신 건강에도 좋거든. 그냥 시키는 대로 해. 그리고…."

"그리고 뭐?"

"나, 네가 나 오는 거 모르고 있다가 발걸음 소리 듣고 어깨만 움찔하는 게 귀여워. 다 알면서 내가 오렌지주스 팩 뺨에 대어 줄 때까지 기다렸다가 놀라는 척하는 것도."

"…다 알았어?"

"당연히 알았지."

"나 앞으로도 모르는 척할까?"

"응. 이 대화 다 잊어버려."

"응? 누나, 무슨 말 하고 있었지?"

내 여자 친구가 그런 귀여운 부탁을 하니 어쩌겠어. 그날부터 이은원을 기다리며 초록을 감상하는 건 나의 오후 루틴이 되어 버렸지.

그러니 나는 웃으며 얼른 가서 오렌지주스 마시자고 맞장구를 쳐야 했어. 이은원이 그렇게 환하게 웃고 있었으니 나도 기뻐해야 마땅했지. 그런데 자꾸만 기분이 가라앉더라고. 한동안 떨어져 있어야 한다는 말을 들어서 그런가. 그런 걸로 징징거리는 어린애 같은 짓은 하고 싶지 않은데….

아니나 다를까 눈치 빠른 이은원은 바로 이렇게 묻더라.

"왜 표정이 그래. 뭐 또 마음에 걸리는 거라도 있어?"

나는 억지로 심각해 보이는 질문 하나를 짜내 봤지. 누군가에게 잡아먹히는 데에 거부감은 없냐고 물었어. 내가 가진 기억의 일부가 사라져 버리는데도 그게 계속 나일 수 있겠냐고 말이야. 어려서 친하게 지내던 친구와 왜 소원해졌는지, 바이올린 왜 그만두게 된 건지, 그런 것들도 다 한꺼번에 머릿속에서 사라지고 모든 일의 연유를 알 수 없게 되면, 그래도 내가 계속 나일 수 있는 거냐고 물었지.

이은원은 웃더라. 그건 내가 아직 어려서 하는 생각이래. 고작 1년 일찍 태어난 주제에 한없이 어른인 척, 걘 모든 걸 다 잊어도 상관이 없대. 그러면서 나한테 생각해 보라는 거야. 나도 그쪽이 더 좋지 않겠냐고 안 좋은 기억, 다 잊고 싶지 않냐고. 피아노 치지 못하는 거 답답하지 않냐고. 안 좋은 기억 다 잊고, 다시 피아노 치고 싶은 마음만 남으면 얼마나 편하겠냐고.

 그 대답을 듣고 나니 스스로가 한심스럽게 느껴지더라. 수많은 이야기를 귀에 담고서 이제 와 이은원에게 그런 질문을 하다니. 잊고 싶은 기억들만 골라서 되새기고, 또 되새기다가 내게 들려주었는데. 얼마나 많이 곱씹은 건지, 돌덩이만 한 아픔을 곱디고운 설탕가루라도 되듯 아무렇지 않게 말하는 여상한 얼굴을 다 봤는데.

 이은원이 모든 걸 잊고 싶어 하는 건 당연한 일이지. 그게 걔가 생각하는 최선인 거야. 그리고 나의 사랑스러운 여자 친구는 너무 착하고 순해서 자신이 생각하는 최선을 사랑하는 사람에게도 쥐여 주고 싶어 하는 사람이고 말야.

 맞아. 그때서야 알았어.

 아, 그래서 그랬구나.

 그래서 쟤가 자기 엄마를 먹어 치웠구나.

 그분이 바닥에 주저앉아 울었던 건, 그걸 알아서 그랬던 거구나. 이은원이 괜찮다고, 다 잊으라고, 잘 지내라고 한 건 그런 의미였구나. 그분이 그때 내가 하려고 했다는 게 그런 의미였구나.

 그러고 나니 갑자기 많은 것이 이해 가기 시작했지. 이은원, 걔. 날 순 바보 취급 하지만 사실 이런 쪽으로는 걔보다 내가 눈치가 빠르거든.

 이은원은 합리적인 결정을 내린 게 아니었어. 나한테 혼자서도 잘 사는 방법을 알려 줄 생각도 없었지. 걘 진짜로 그럴 마음을 먹었다면 칠판에 판서를 하며 밤까지 수업을 해 줬을 애야. 필기도 하게 하고, 다시 설명해 보라고도 요구했겠지.

앞으로 떨어져 지낸다니 아주 서류로 만들어 왔을지도 몰라. 누가 봐도 못 알아보게 암호로 작성해서. 쪽지 시험 문제도 빼먹지 않았을걸.

넌 걔가 일단 전학 가서 내 문제부터 해결하고 오겠다고 말할 사람으로 보여? 절대 아니지. 순해 빠진 이은원이라면 제 발등이 활활 타고 있는데도 아랑곳하지 않고 딱 한 잔 남은 찬물을 남에게 끼얹어 줄 애야.

내가 아는 이은원은 저걸 이런 식으로 내게 다 일러 주지 않아. 진짜로 솔직히 다 털어놓을 생각일 땐 양아치처럼 음악실로 불러내서 윽박지르지. 무서운 얼굴을 한 채로 앞뒤 다 자른 말을 해서 실컷 당황하게 만들어 두고는 네가 먹힐래, 내가 먹힐까 당장 결정하라며 화를 낼 거야.

이은원은 나한테 이걸 말할 생각이 없었어.

전학 가는 것도 숨길 생각이었고, 일기장도 내가 아무것도 할 수 없게 된 후에 건넬 작정이었겠지.

갑자기 공항에서 걔가 엄마의 가방에 집어넣던 작은 책자가 떠오르더라. 그것도 이 일기장 비슷한 거겠지. 그렇게 해서 엄마를 구제하고 싶었던 거야. 똑같은 일을 내게 한 번 더 해 주려는 거고.

혹시 내가 저를 먹어 주었으면 하고 바란 적은 없었을까? 그냥 말하지. 바로 들어줬을 텐데.

마음이 약해져서 그렇게는 할 수 없었나 봐. 내가 전부터 계속 말했지. 걔가 좀 그렇다고.

 괜히 불쌍한 척했나. 걔 앞에서 너무 자주 울었나. 속을 다 까 보이지 말걸. 물러 터진 마음에 그게 남지 않았을 리가 없는데. 불쌍해서, 연민 때문에 나한테 부탁도 못 하고 있다가 이제는 먼저 나서서 날 먹어 주려 하는 데까지 오다니.

 알아. 걔가 불쌍하다고 아무한테나 잘해 주는 애 아닌 거. 쓸데없이 배신감 같은 거 느낀 적도 없어. 이은원의 마음은 언제나 분명했어. 걘 정말 진심으로 날 좋아해. 내가 어떻게 그걸 모를 수 있겠어. 눈앞에 훤히 보이는데. 아니, 그건 보이지 않아도 알 수 있어.

 쟨 어쩌다 나 같은 앨 좋아하게 된 걸까. 난 전생에 어느 나라를 구했길래 저렇게 천사 같은 애를 만나게 된 거지. 나의 순하디순한, 가엾디가여운, 바보 멍청이 같은 천사, 이은원.

 그 앨 앞에 두고 내가 뭘 더 할 수 있었겠어.

 걔가 나에게 안겨 울었는데, 그 눈물을 봤는데.

 그 외로움을 아는데.

 부드러운 햇빛이 활을 잡은 손가락에 닿을 때, 하얀 손이 작게 떨리는 움직임을 목격했는데.

 우리 집 앞에서 종종걸음으로 떠날 때 보도블록과 하얀 운동화가 부딪치면서 나는 소리가 어떤 계이름인지도 외워 버렸는데.

 우연히 스친 손가락의 얼음장처럼 차가운 온도를 아는데.

 걔가 내게 자신의 슬픔, 절망, 외로움, 고독까지 모든 걸 다 들려줬는데.

다 잊고 새로 살게 해 주겠다며 꽉 채워 붙여 놓은 가짜 일기장 한가득, 자기 계발서에나 나올 나는 훌륭한 사람이다, 나는 피아노를 좋아한다, 나는 행복하다, 나는 뭐든 잘한다 같은 말만 늘어놓은 걸 봤는데.

그리고 나는 그 애가 죽었다 깨어나도 모를 걸 하나 더 알고 있지.

내 눈앞에 선명히 드러난 그랜드 피아노만 한 풍선껌.

언젠가 이은원은 내게 물었지. 크기가 궁금하다고. 난 대충 얼버무리며 부담될 정돈 아니라고 답했었어. 걘 맘만 먹으면 그걸 자유자재로 조절할 수 있을 듯 굴었지만, 언젠가부터 풍선껌은 줄어들기는커녕 커져 가기만 했지. 그래서 나는 요즘 매일 심해에 사는 기분으로 숨 가빠 하며 살아.

이은원이 날 얼마나 사랑해 주는지. 저걸 다 먹어 치운다면, 한 달은 굶어도 될 것 같아.

그래서 난 이은원의 대답에 수긍하듯 고개만 끄덕였어.

무슨 말인지 다 알아들었다고 말하곤 집까지 짐을 들어 주겠다 했지.

곧 헤어지려니 아쉬워서 그러는지 머리 위의 원이 너무 커다래졌다고, 그러니 조금 멀찍이 떨어져 있으라고 말하면서는 잠깐 망설였어. 마지막으로 그 길을 함께 걷고 싶었거든.

반대편 보도블록에서, 이차선 도로를 사이에 둔 채, 은행나무가 잔뜩 심긴 길을 나란히 걸어가다가 미선나무 앞에서 손을 흔들고, 마지막으로 안고, 입을 맞추고, 하고 싶은 걸 다 한 후에 먹어 치운다면 얼마나 좋을까.

하지만 내 여자 친구가 그렇게 느슨히 굴 리가 없어. 욕심을 부리다간, 일을 다 망치게 될 거야. 내가 이은원보다 나은 거라면 즉흥성과 순발력, 100미터 달리기 기록 정도밖에 없으니까.

그래서 난 그 애가 내게 하려던 걸 선수 쳐 했어.

이은원의 머리 위에서 시작된 원, 투명한 분홍색으로 반짝반짝 빛나면서 교실을 꽉 채운 채 설탕 냄새를 뿜어내는 그 풍선껌 같고 솜사탕 같은 사랑에 입술을 대고 단숨에 먹어 치웠지.

걘 조금 비틀거리는가 싶더니, 그 자리에 털썩 주저앉았어. 부들부들 떨면서 부모의 원수라도 보듯 매서운 눈으로 나를 노려보았지. '너, 너, 백이현, 너…' 하면서 말을 끝까지 잇지도 못하더라.

난 이러면 미움을 살 걸 알면서도 입술을 비틀며 웃었어.

"왜요. 누나도 이러려고 했잖아."

그래, 그 말을 안 할 순 없겠더라고. 덕분에 또 욕만 실컷 얻어먹었어.

"이 멍청아, 바보야. 미친놈아. 어쩌려고. 진짜 너 어쩌려고…."

난 그냥 그 애에게 달려가서 파르르 떨고 있는 몸을 끌어안았어. 갑자기 소나기가 쏟아지던 아랫뱃길에서, 내 품에 안긴 채 이은원이 중얼거리던 '안아 볼걸, 마지막으로 한 번만 안아 볼걸' 하던 그 말이 이제야 무슨 뜻인지 알 것만 같았거든.

그랬지. 쟤, 엄마를 안아 보지도 못하고 떠나보냈지. 열심히 이런저런 설명만 해 주다 끝났어. 그러니까 이게 먹어 치운다고 갑자기 돌변하는 건 아닌가 봐. 아마 모든 기억이 사라지기 전까지 조금은 시간이 주어지나 봐. 그렇다면 그런 후회를 남겨 두어서는 안 되지. 난 할 수 있는 한 세게 그 애를 끌어안았어.

좋더라. 오랜만에 가까이 있을 수 있어서. 이젠 정말 아무렇지도 않아서. 나는 열이 오른 두 뺨을 양손으로 감싸 쥐었어. 눈가에 맺힌 눈물을 입술로 머금었지. 맞아, 이제 가까이서도 마음껏 입술을 열 수 있었어.

말간 이마에, 가지런한 두 눈썹에, 얄쌍한 콧날에, 순서대로 입을 맞췄어. 작은 콧방울을 지나쳐 윗입술이 살짝 들린 귀여운 입술에 내 입술을 한참이나 포개고 있었지.

"얼마나 오래 있을 수 있어요?"

"…몰라, 이 미친놈아."

"그게 나한테 남기는 마지막 말이면 어쩌려고."

"넌 그래도 싸. 나쁜 놈."

"그러지 말고요. 말해 줘요. 한 번만."

나의 천사님은 눈물을 뚝뚝 흘리며 내가 원하는 답을 해 주었어.

좋아해. 그건 진짜야. 너무너무 좋아해서 그랬어. 사랑해. 사랑해. 사랑해.

중간에 비속어가 여러 번 들어갔지만, 그 정도는 이제 애칭이려니 받아들일 수 있었지.

"누가 보면 내가 협박해서 고백받은 줄 알겠어요."

지치지도 않고 눈물을 쏟아 내길래 그런 말을 했다가, 또 한 번 평생 들을 욕을 한꺼번에 들어야 했지만.

공부 잘하는 애들은 원래 다 이렇게 부지런하고 그러나? 걘 한 번에 하나만 하진 않더라고. 우느라 정신없는 통에, 사랑한다고 했다가, 미친놈이라고 욕하다가, 어쩌려고 이런 짓을 했냐고, 앞으로 어떻게 살 거냐고 별안간 잔소리에 호통까지 쳐 댔지.

"어떻게 잘 살게요."

"지금이 그런 말 할 때야?"

"다 가르쳐 줬잖아요."

이은원은 아니래. 아직 다 말 못 했대. 빨리 먹은 거 뱉어 내라면서 펑펑 울더라. 이게 떼쓰면 해결될 일인 것처럼.

눈물을 그치게 하는 데까지 시간이 많이 걸리진 않았어. 내가 이제 이은원을 좀 알거든. 무릎 꿇고 빌기라도 했냐고? 아니, 그냥 말로 설득했어.

이건 너답지 않다, 어차피 이미 엎질러진 물 아니냐, 시간도 얼마 안 남았는데 우리 좀 효율적으로 써 보자… 그래, 마지막 말에서 겨우 울음을 멈췄지.

거짓말처럼 눈물을 뚝 그친 이은원이 내게 물었어. 그래서 남은 시간 동안 뭘 제일 하고 싶냐고.

나는 아까 전부터 줄곧 바라 왔던 걸 말했지. 집까지 같이 걷고 싶다고. 이은원은 조금 망설이더라. 얼마나 더 기억하고 있을지 모르겠대. 가는 도중에 갑자기 다른 사람처럼 굴 수도 있대.

"그것도 나쁘지 않겠는데. 색다르고."

"미친놈."

그렇게 우리는 겨우 교문 밖을 나섰어. 처음으로 이차선 도로 반대편이 아니라 좁은 도보에 붙어 서서 이은원의 손을 꼭 붙잡고 나무 그늘 아래를 걸었지.

잔소리 많은 내 여자 친구는 걸으면서도 내내 칭얼거렸어. 혼자서 어떻게 할 거냐, 대책 없이 일만 벌이면 되는 줄 아냐, 넌 왜 생각을 안 하고 행동을 하냐. 입 밖으로 내뱉는 모든 문장이 엄청 심한 말이었지만 그 끝에 붙은 사랑이 달아서 나는 마냥 좋았어.

"혼자서 뭐 안 할건데요? 누나 다시 만날 건데?"

미친놈.

"괜찮아요. 우리는 어차피 어디서든 다시 만나요."

미친놈.

"네? 뭐 안 할 건데요. 아무것도 안 해도 누나는 또 나 좋아할걸."

미친놈.

"내가 알지. 나도 그럴 거니까."

미친놈.

나중에는 미친놈 소리가 추임새처럼 유쾌하게 느껴지더라니까. 이은원, 그날 평생 할 말을 다 하는 거 같더라고. 꼭 찾아내라고, 득달같이 붙어 있으라고, 말도 안 되는 얘기 하지 말라고 화를 내도 미친놈처럼 물고 늘어지라고.

그러더니 갑자기 마음이 급해진 건지 말을 마구 쏟아 내더라.

백이현, 너 피아노 진짜 잘 쳐. 난 네가 계속 피아노 치면 좋겠어.

그런데, 치기 싫으면 그거 하지 마. 그냥, 너 하고 싶은 대로 하고 살아.

있잖아. 나도 처음부터 너를 좋아했던 것 같아. 이제야 말해서 미안해.

속이려고 한 것도 미안해. 아냐, 이 말은 취소할래. 결국 너 안 속았잖아. 나만 속았어.

네가 너무 미워. 넌 진짜 못된 놈이야. 절대로 용서 안 할 거야.

좋아해, 좋아해. 정말 정말 좋아해. 누굴 이렇게 좋아해 본 건 처음이야.

네 이름, 한자는 빛날 현으로 하자. 아냐, 햇살 현으로 하자. 너는 태양처럼 빛나. 이는 내가 나중에 생각해 볼게. 지금 잘 기억이 안 나.

안 잊어버릴게. 나 그럴 수 있을 것 같아. 잊어버렸다가도 네가 말하면 다시 다 기억할게.

나를 찾아와. 아냐, 내가 갈게. 그런데 내가 다 까먹어 버려서 못 갈 거 아냐. 있잖아. 내 일기장에 써 줘. 미선나무, 저기 어디에 미선나무 꽃이 흐드러지게 피는 수목원이 있어. 봄마다 거기 가는 게 나한테 아주 중요한 일인 것처럼 적어 줘. 몰라. 내가 어떻게 알아. 어떻게든 나한테 전해 줘야지. 이 대책 없는 놈아. 왜 이런 짓을 해. 어쩌다 내가 이런 앨 좋아해서.

축복처럼 쏟아지는 말의 홍수 속에서 나는 별안간 신이 났지. 그래서 막판에는 좀 달리기도 했어. 손을 붙잡고 여름 바람을 가르며 뛰는 느낌 나쁘지 않던데?

덕분에 집까지는 무사히 도착했어. 숨을 몰아쉬면서도 잊지 않고 추임새를 넣어 주는 걸 보면 내 여자 친구는 아직 나를 잊지 않은 채였지.

이팝나무, 미루나무, 미선나무를 지나서, 아파트 입구 옆 분리수거함에 섰을 때, 이은원이 말했어.

"기다려. 오렌지주스 가져올게."

아마, 내 여자 친구는 그렇게 말하고 날 잡아먹을 생각이었겠지. 그런 생각을 하면서 조금 웃다가 나는 준비한 말을 했어.

"나오지 말아요."

이은원은 잠시 멈칫했다간 고개만 끄덕였어.

"그래, 그럼 바로 가."

"알았어요. 오늘은 그냥 갈게요."

"꼭 바로 돌아가. 여기 서 있지 말고."

"알았다니까."

"백이현, 내가 사랑하는 거 알지."

"너무 잘 알아서 탈이지."

일그러진 입가로도 열심히 웃어 보이는 이은원의 앞에서 나는 입 모양으로만 조용히 말했어. 나도 사랑한다고. 그 말을 끝으로 나의 천사님은 뒤도 돌아보지 않고 집으로 달려갔지.

나는 처음으로 나무가 아니라 3층 창문을 보려다, 이제 쟤 말 좀 들을 때도 됐다 싶어 평소처럼 등을 돌렸어. 미풍에 흔들리며 스,

스, 스, 하고 이파리가 내는 묘한 소리를 들으며 내 뒤로 선 키 높은 건물 안에서 움직이고 있을 이은원을 생각했어.

언제가 마지막일까. 집까지 올라가서 창문을 열어 한 번 더 나를 들여다봤을까. 오렌지주스를 가져오다가 멈칫했을까. 냉장고 문을 열다가 말고 멍한 눈동자를 하고 있을까. 지금 무슨 생각을 하고 있을까. 아, 이은원 보고 싶다. 목소리 듣고 싶다.

그런 생각을 하나하나 쌓아 가다 보니 갑자기 사는 게 기대되기 시작했어. 한 번도 그런 생각 해 본 적 없는데. 내가 아직 어리고, 시간이 아주 많이 남아 있어서 다행이지 싶더라. 아무것도 변하지 않았는데 뭘 그렇게 두려워했나 싶었어. 내 사랑은 여전히 이 세상에 존재하고 있잖아. 그냥 모든 게 조금 더 편해졌을 뿐인데.

앞으로 어떻게 할 거냐고?

우선, 내 여자 친구의 말을 들어야지.

집에 가다니, 걔, 오늘 제정신이 아니었잖아. 그런 때 하는 말을 들으면 쓰나. 평소에 시키는 대로 하는 게 맞지 않겠어? 난 이은원이 시킨 대로 여기서 초록을 지켜볼 거야. 시력에도 정신 건강에도 도움이 되도록 말이지. 몽골인처럼 4.0까지 눈이 좋아지는 것도 나쁘지 않을 테니 해 질 때까지를 목표로 시도해 볼까 봐.

그러다 보면 기적처럼 익숙한 발소리가 들릴지도 모르지. 모른 척하고 앞만 보고 서 있으면 차가운 것이 뺨에 닿을 거야. 그럼 잔뜩 놀란 표정을 짓고는 뒤돌아봐야겠어.

그런 일이 일어나지 않으면?

이은원이 날 다 잊어버렸다면 어떻게 할 거냐고?

뭐가 문제야. 내가 다 기억하고 있는데.

내가 그랬잖아. 우린 언제든 다시 만날 거라고.

이은원은 어떤 식으로든 다시 나를 사랑하게 될 거야.

장담? 그런 걸 어떻게 해.

그냥 믿고 바라는 거지.

이은원한테는 비밀인데, 사실 나 첫사랑은 따로 있어.

이상하게 잘 기억은 안 나는데, 어렸을 때 잠깐 누굴 짝사랑했던 것 같아.

얼굴도, 이름도, 어디서 어떻게 만났는지도 다 까먹었는데 그 애가 해 준 얘기만 하나 머리에 남아 있어. 걔가 그랬어. 증거가 없어도 믿는 게 믿음이라고. 보이는 것을 바라는 건 희망이 아니라고.

맞는 말이야. 기약이 있는 기다림은 기다림이 아니고, 보이는 것을 바라는 건 희망이 아니지. 어떠한 근거도 없지만 나는 그냥 믿음이 가. 우리는 다시 만나 사랑하게 될 거야. 그러니 그때까지 캄캄한 어둠 속에서 기다림을 즐겨야지. 보이는 것을 바라는 것은 희망이 아니므로.

〈끝〉

---

* 마종기, 《보이는 것을 바라는 것은 희망이 아니므로》, 문학과지성사, 2004.

작가의 말

내가 은원을 처음 만난 건 초등학교 2학년 때의 일이다. 은원은 어렸을 때도 퍽 눈에 띄는 아이였다. 똑같은 옷을 맞춰 입고 다 같이 서 있을 때도 혼자서만 유독 튀었고, 큰 목소리를 내는 타입도 아니건만 반 아이들 모두가 그 애를 주목했다.

나 역시 은원에게 홀딱 반해 있었다. 인형같이 예쁜 얼굴, 똑 부러지는 행동거지, 단정한 글씨, 은원의 모든 면은 나와 같은 나이라고는 믿을 수 없을 정도로 완벽하게만 보였다. 가정사 운운하는 아이들 앞에서의 어른스러운 대처, 반에서 제일 작고 약한 애들에게만 다정해지는 얼굴까지. 그 시절 내게 은원은 연예인 같은 선망의 대상이었다.

동경이 너무 지나쳐서였을까?

나는 이상하게 은원 앞에서만 얼어 버렸다. 3년을 내리 같은 반이 되고도 친해지지 못한 이유는 그 탓이었다. 끝끝내 은원에게 다가설 용기를 내지 못한 채, 그의 단짝 친구인 윤아 곁에서나 얼쩡거리던 건 지금 생각해도 조금 부끄럽다.

결국 윤아와 꽤 막역한 사이가 되고 난 후에도 질투심을 완전히 버리지 못했다는 것도 그렇다. 다행히 나의 윤아를 향한 마음은 추악한 시기심으로 발전하진 못하고 살짝 샘내는 정도에서 그쳤는데 거기엔 은원의 역할이 컸다. 그 애의 선한 마음에 감화되어 덩달아 착해지기라도 한 건 아니었다.

나는 은원이 한번 누군가에게 마음을 주기 시작하면 밑도 끝도 없이 다 내어 주는 사람이란 걸 알고 있었다. 그런 은원이 아끼는 친구에게 안 좋은 마음을 품는 건 내게는 은원을 배반하는 일처럼 느껴졌을 뿐이다.

은원과 윤아가 갈라섰다는 소문을 처음 들었을 땐 그래서 더 큰 충격을 받았다. 학교에서 마주쳐도 남처럼 지나치는 두 사람을 볼 때마다 내가 다 상처받는 기분이었다. 윤아에게 속사정을 캐묻지 못한 이유는 지금 생각해도 잘 모르겠다. 어쩌면 나는 은원이 먼저 절교를 선언했기를 내심 바랐고, 그 반대의 경우라는 말을 들을 가능성을 전면 차단 하고 싶었을지도 모른다. 은원 없는 윤아는 잘 살아갈 것 같았지만, 윤아 없는 은원의 모습은 잘 그려지지 않았으니 말이다.

중학교에 입학한 후 나는 그 둘에 관하여 완전히 잊고 살았다. 사정이 생겨 학교를 1년 쉬게 되면서 내 생활에 급급했기 때문이다.

내가 다시 은원의 근황을 알게 된 건 고등학교 때 일이다. 그때가 4월이던가. 옆 도시에 살아서 종종 만나며 친구처럼 지내는 사촌 동생 유림에게 갑자기 전화가 걸려 왔다.

유림은 같은 반 친구가 인문계 고등학교로 진로를 틀었단 이야기를 하더니 그가 곧 내가 다니는 학교로 전학 올 거라는 소식을 전했다.

언니처럼 중간에 1년 학교를 쉬었대. 그래서 다른 애들보다 한 살 위야.

그 언니, 진짜 좋은 사람인데 남들에게 오해받기 쉬운 성격이라. 혹시 마주치면 신경 좀 써 줘.

유림은 전화를 끊기 직전에야 그 별난 친구의 이름을 밝혔다.

아, 이름은 은원, 이은원이야. 이름 예쁘지. 얼굴도 꼭 이름처럼 생겼어.

다시 만난 은원은 나를 알아보지 못했다. 애초에 그다지 친하게 지낸 것도 아니건만, 나는 여러 핑계를 찾아 가며 서운함을 달랬던 것 같다.

너무 긴 세월이 흘러서 그런다, 내가 어렸을 때랑 얼굴이 많이 바뀌었지, 내가 빠른 생일자라는 걸 핑계로 1년 학교를 쉬었던 사연을 비밀로 해 둔 걸 알아채고 모른 척해 주는 건 아닐까, 같은 것들.

반에서 겉도는 건 아닌가 하는 걱정에 그런 꼼수를 부린 나와 달리, 은원은 남의 시선 따위는 아랑곳하지 않는 듯 보였다.

그런 점은 전과 꼭 같았는데, 그 외의 모든 부분은 완전히 달라져 있었다. 저에게 관심을 보이는 남자애들 말에 거리낌 없이 응수해 주는 모습도, 며칠 후, 바로 그들과 척을 지더니 철통같은 벽을 세우며 뾰족한 말을 내뱉는 얼굴도 하나같이 낯설기만 했다.

그사이에 대체 무슨 일이 있었던 건지 궁금했던 나는 얼마 안 가 저열한 호기심을 드러낼 기회를 얻었다. 친척 언니의 결혼식 자리에서 유림과 만난 것이다.

나는 우선 유림에게 은원이 나와 초등학교 동창이었다는 말부터 꺼냈다. 이러한 우연을 유림도 무척 신기해할 것 같았기 때문이다. 하지만 유림은 어리둥절한 얼굴로 내게 물어 왔다.

언니, 지금 누구 얘기 하는 거야?

이은원? 그게 누군데?

처음엔 고약한 장난이라 취급했지만, 유림은 정말로 '이은원'이라는 이름을 생전 처음 들어 보는 사람처럼 굴었다.

불현듯 이상하단 생각이 든 나는 퍽 오랫동안 연락을 하지 못했던 윤아에게 전화를 걸어 보았다. 윤아는 어제 만난 친구인 듯 내 전화를 반기며 살갑게 안부를 물어 왔다. 하지만 내가 은원의 이야기를 하자, 유림과 비슷한 반응을 보였다.

그게 누구더라?

내가 친하게 지낸 애라고?

인상착의, 살던 동네, 바이올린 학원에 다녔던 것까지 설명하고 나서야 윤아는 겨우 은원을 기억해 냈다.

아, 기억나. 걔. 좀 아픈 애였지. 엄마가 그랬어. 그런 애 너무 미워하지 말라고. 근데 자꾸 나랑 친하게 지냈다고 거짓말을 퍼뜨리잖아. 그래서 한번 그러지 말아 줬으면 좋겠다고 말한 적도 있지. 너도 그 소문 듣고 오해했었구나. 나, 걔랑 친하게 지낸 적 없어.

나는 당장이라도 은원에게 달려가 이게 대체 어떻게 된 일인지 묻고 싶은 심정이 되었지만, 잠시 고민한 끝에 이 모든 일에서 은원은 아무 짓도 하지 않았다는 것을 깨달았다. 윤아에게도, 유림에게도. 잊히는 것 외에는.

그 애 주변에서 분명 무슨 일이 일어나고 있었지만, 그것이 무엇인지 알 수 없었다. 질문하려 해도 무엇을 질문해야 할지 알 수 없었기에 나는 일단 은원을 지켜보기로 했다. 그 애를 훔쳐보는 건 내 어린 시절 버릇 혹은 취미 같은 것이었으니 이제 와 그리 새삼스레 느낄 일도 아니었다. 바로 앞자리에 앉았기에 슬쩍 끼어들어 말 붙이기도 좋았다.

잠깐만 곁에 있어 보아도 그 애가 아홉 살 이은원 때와 같다는 걸 짐작할 수 있었지만 백이현이 전학 온 이후로는 조금 더 많은 걸 들여다볼 수 있었다. 그가 옆에 앉고서부터 은원의 말수가 부쩍 늘었기 때문이다. 그렇다. 나는 두 사람의 대화를 많이도 엿들었다. 비겁한 변명을 하자면, 굳이 들으려 하지 않아도 귓가에 꽂혔다. 백이현의 낮고도 부드러운 미성, 은원의 차분하고 청아한 목소리는 피아노와 바이올린의 음색이 그러하듯 잘 어울렸다.

그렇게 해서 여름이 되기 전에 나는 퍽 많은 사실을 알아냈고, 결국엔 매우 황당무계한 결론에 이르렀다. 더는 혼자서 엿보고 훔쳐보며 추측이나 하고 싶지 않았던 나는 그때쯤 그냥 은원을 불러내어 물어보았다. 내가 알았던 은원이라면 이렇게 정공법으로 다가가 모든 걸 털어놓고 질문했을 때 가장 성실한 대답을 줄 것 같았기 때문이다. 그리고 은원은 정말로 모든 것을 다 말해 주었다. 처음부터 나를 알아보았노라고도 이야기해 주었다. 1년 쉬었단 사실을 숨기고 '언니, 언니' 하고 불렀단 것이 부끄러워진 내가 얼굴을 붉히자, 은원은 웃으며 이렇게 말했다.

너 2월생이면 나랑 엄청 차이 나는 거야. 두 달하고도 보름이나 차이 나네. 그냥 계속 언니라고 불러.

백이현이 나를 신뢰하게 된 것은 은원이 내게 보인 호의 탓이리라 생각한다. 아니면 내가 우리 반에서는 거의 유일한, 백이현을 짝사랑하지 않는 여자애였기에 조금 더 부담 없이 대했을 수도 있다. 인기깨나 있는데 성격까지 좋은 드문 부류들이 흔히 그렇듯, 백이현도 저를 이성으로 대하는 사람에게는 약간의 거리를 두는 타입이었다.

내가 그런 걸 파악하고 부러, 편하게 다가가려는 수를 쓴 것은 아니다. 살면서 본 중 가장 예쁘게 생긴 그 얼굴이 내 취향은 아녔다는 되도 않는 거짓말을 할 생각도 없다.

나는 다만 은원에게 의리를 지켰을 뿐이다. 아무리 미남이기로서니, 친구가 좋아하는 남자애에게 흑심을 품을 수는 없지 않겠는가.

그러니까 나는 처음부터 알고 있었던 것 같다. 두 사람이 서로의 마음을, 아니 자신의 마음을 깨닫기도 전부터 내가 제일 먼저 알았다. 모를 수 없었다. 두 사람이 함께 있을 때면 둘 사이의 공기도 시간도 유난히 유유히 흐르고 있는 것이 온몸으로 느껴졌으니까.

어쩌면 그 알아챔이 나에게 이 사랑의 목격자가 될 자격 비슷한 것을 부여했는지도 모른다. 그렇다. 두 사람은 아직도 까맣게 모르고 있을 테지만, 나는 은원에게서는 백이현의 이야기를, 백이현에게서는 은원의 이야기를 모조리 다 전해 들었다.

한번은 둘 모두에게 각기 다른 장소에서 똑같은 질문을 던져 본 적도 있다.

왜 이런 걸 나한테 다 말해 주는 건데?

우습게도 두 사람은 완전히 상반된 답을 내놓았다.

한 사람에게만이라도 다 털어놓고 전부 잊고 싶어서.

그렇게 말한 건 은원이었고,

한 사람이라도 그 애를 계속 기억해 줬으면 해서.

그렇게 말한 건 백이현이었다.

알다시피, 그들의 소망은 모두 이뤄졌다.

은원은 방학식 이후 예정대로 전학 수속을 밟았다. 백이현 역시 그해가 끝나기 전 학교를 그만두었다. 나는 양쪽 모두와 몇 번 더 만났지만, 20대 초반에 유학을 떠나며 자연스럽게 연락이 끊겼다.

내가 은원과 다시 만난 것은 지난가을의 일이다. 광화문 시네큐

브에 영화를 보러 가던 길, 효자동에 있는 파스타집 두오모 앞에서 은원과 나는 우연히 마주쳤다.

우리는 단번에 서로를 알아보았고, 이러한 우연에 무척 반가워했다. 나는 영화 상영 시간까지는 아직 한 시간 반 정도가 남은 터였고, 은원 역시 약속 시간보다 조금 이르게 나와 커피 한잔 정도는 할 수 있노라 말했다. 우리는 근처의 카페에 들어가 밀린 이야기를 늘어놓았다. 은원은 행복해 보였다. 얼마 전에도 이 근처에서 엄마를 만나 같이 점심을 먹었다는 말을 하면서는 어려서보다도 더 해사한 미소를 지었다.

일, 영화, 음악, 서촌의 맛집, 여기 커피 맛이 괜찮단 이야기. 별별 수다를 다 털어놓은 주제에, 나는 영화 시간이 가까웠을 때쯤이야 겨우 '그걸' 물어볼 용기를 냈다.

만나는 사람은 있어?

은원은 커다란 눈동자를 장난스럽게 굴리며 입을 열었다.

너, 꿈에 그리던 이상형이란 말 알지.

엄청 잘생긴 사람한테 쓰는 말 아니냐고 시큰둥하게 되물으며 난 마음의 준비를 했던 것 같다.

남자 친구가 있구나.

은원이라면 분명 잘생긴 사람과 사귀겠지.

두 사람은 꽤 어울리는 커플이겠다. 하지만….

나는 입을 비죽이며 물었다.

잘생긴 사람인가 봐.

은원은 웃으며 고개를 내저었다.

아, 물론 걔가 잘생긴 건 맞는데. 그런 뜻으로 한 말은 아니고, 문자 그대로 꿈에서도 그리워하던 사람. 나, 그런 사람 만났다?

은원은 10대 후반쯤부터 자주 울다 깨곤 했다고 한다. 눈물범벅이 된 얼굴을 하고 일어날 때면 어김없이 누군가가 무척 그리운 기분이 들었는데 그게 누군지 도무지 알 수가 없어서 가슴이 답답했다고도 말했다. 떨어져 산 지 한참 된 엄마가 아닌가 싶어 상담을 좀 받다가, 전학을 자주 다녀서 생긴 스트레스려니 싶어 곧 그만두었다고도 이야기했다.

그런데 그 사람 만나고 나서는 한 번도 그런 적이 없어.

은원은 만나는 순간 바로 알았다고 말했다.

아, 내가 꿈에서도 그리워하던 사람이 바로 이 남자였구나. 꿈속에서만 매일같이 그리고 또 그리던 얼굴이, 이렇게나 예쁜 얼굴이었구나.

그 이야기를 듣는 내내 나는 속으로 별별 생각을 다 했다.

누구냐고 물어볼까?

이름을 물었는데 내가 생각한 답이 나오지 않으면 어쩌지?

그러면 정말로 마음이 무너져 버릴 것만 같았다. 하지만, 묻지 않고 집에 간다면 후회할 것이 분명했다. 마지막의 마지막에 이르러서야 나는 겨우 입을 열었다.

그 사람, 이름이 어떻게 돼?

질문이 끝나기 무섭게, 딸랑, 하고 경쾌한 소리가 울렸다. 내 등 뒤에 위치한 카페의 출입구. 초록색 나무문에 달린 작은 종이 흔들리며 내는 음이었다.

은원이 그쪽을 바라보며 환하게 웃었다.

마침 도착했네.

나는 아주 천천히 고개를 돌렸다.

그곳엔 내게도 무척이나 익숙한 얼굴을 한 남자가 서 있었다. 단 한 사람이라도 은원을 기억해 주면 좋겠다고 말하던 눈이 너무 쓸쓸해 보여서, 그래, 기억하자. 은원뿐만 아니라 두 사람을 모두 기억하자, 그 여름 내내 그렇게 읊조렸기에 꿈에서도 잊어 본 적이 없는 반갑고도 가여운 얼굴이.

이 소설은 그날부로 쓰기 시작했다. 긴 글을 쓰는 동안 많은 걸 감내해 준 내 곁의 한 사람과 다섯 고양이에게 감사한다. 헤매는 동안 함께해 주고 글 이야기를 나눠 준 작가 동료들에게도 큰 도움을 받았다. 끊임없이 들고 오는 여러 고민들을 함께해 온 오랜 친구들, 촉박한 시간 내에 멋진 표지를 만들어 주신 디자이너님께도 감사하다.

나는 처음에 동아출판사에 단편 소설집에 수록될 5만 자가량의 짧은 글을 드리겠다고 약조하였는데, 그것이 7만 자, 9만 자, 11만 자로 계속 늘어나 버렸다. 그동안 한없이 기다려 주시고 여러 번 되풀이하여 글을 읽어 주신 편집자님께는 어떻게 감사를 드려야 할지 모르겠다.

오래전의 나는 미련하게도 두 사람이 하는 말을 녹음해 두거나 수기로 적어 상세히 기록할 생각은 하지 못했다. 이 글은 일기장에 끄적여 둔 메모와 내 머릿속에 아직도 생생히 남아 있는 장면 몇, 그리고 불완전한 기억을 토대로 완성되었다. 열일곱 봄, 여름 동안 내가 보았던 두 사람의 눈부셨던 시간들을 조금 더 사실에 가깝게 전달할 수 있었다면 좋았을 거란 아쉬움이 많이 남는다.

그런 불안으로 친한 이에게 이 글을 보여 주던 때, 그 친구가 내게 물었다.

그런데 이게 진짜 실화야?

그러니까 넌 그 사람들 이야기가 진짜라고 믿어?

나는 그 친구에게 얼마 전 은원에게 들은 말을 그대로 전해 주었다.

은원은 언젠가의 봄, 기이한 끌림에 서울에서 한 시간 반 거리의 충남 인근 수목원에 찾아갔다고 한다. 인터넷에서 입소문이 난 명소도, 누군가에게 추천을 받은 곳도 아니었건만, 이상하게도 그날 거기에 가고 싶은 기분이 들었다고 말했다.

입구에 들어가서 경사 길을 조금 올라갔는데 상아색 꽃이 핀 나무가 있더라. 그 나무에 붙은 팻말을 봤더니 이름이 우리 엄마랑 같더라고. 그 아래 있는데 괜히 그런 생각이 드는 거야. 내가 이 나무를 보러 여기까지 왔나? 거기서, 그 사람을 만났어. 거기서 잠깐만 이야기를 나눠 봤는데도 너무 잘 맞는 거야. 그래서 연락처를 주고받고 몇 번 더 만났어. 만나면 만날수록 점점 신기하더라. 우리는 되게 다른 사람들 같은데, 이상하게 또 많이 비슷해. 나를 정말 잘 알고, 오래 봐 온 사람이랑 같이 있을 때처럼 무작정 마음이 편해.

서너 번 더 만나고 나서였나? 나 그 사람한테 물었어. 혹시 나 몰래 쫓아다니면서 조사했어요? 하고. 물론 그냥 농담으로 하는 말이었지. 그런데 그 사람, 갑자기 안절부절못하더니 고개를 푹 숙이고 죄책감 어린 눈으로 날 보는 거 있지. 그러면서 괴상한 이야기를 지어내서 말하는 거야. 우리가 전부터 알았대. 원래도 좋아하는 사이였대. 그런데 내가 다 까먹은 거래. 사정이 있는데 긴 설명 하긴 힘들대. 그러면서 막무가내로 다 믿어 달라고 하는 거 있지. 내가 다 믿어 준다고 약속했다나.

나는 물었다.

그래서, 믿는다고 말했어?

은원은 고개를 끄덕였다. 내가 그래서 어떻게 되었냐고 묻자, 은원이 웃었다.

진심이냐고 묻던데?

나도 그와 똑같은 질문을 해 보았다. 진짜로 그 허무맹랑한 이야기를 모두 믿냐고 말이다. 은원은 사실 반반이었다고 말했다. 그 마음을 솔직히 제 연인에게 털어놓았다고도 이야기해 주었다.

내가 지금 이 이야기가 진짜 같아서 믿는 건지, 아니면 당신한테 홀딱 반해서 뭐든 다 믿고 싶어서 믿는다고 말하는 건지는 모르겠는데, 어쨌든 반쯤 믿는 상황이라고.

그랬더니?

글쎄. 막 웃던데?

웃기만 해?

웃으면서 묻더라. 진짜로 자기한테 반했냐고. 자기 좋아하냐고. 언제부터 좋아한 거냐고. 그래서 솔직히 말했지. 처음 봤을 때부터, 완전 처음부터 좋아한 거 같다고. 그랬더니 그 사람, 그 말이 듣기 좋은지 한참을 웃다가 그러더라고. 나도 처음부터 좋아했어요, 라고. 그런데 그 말을 하는 얼굴이 너무 귀여운 거야. 내가 귀여운 거엔 좀 약하잖아. 뭐 어쩔 수 있나. 그때부턴 좋든 싫든 무조건 믿어 주기로 했어. 그렇게 열심히 지어냈는데, 가짜라도 칭찬해 줘야지. 솔직히 말하면, 네가 미쳤다고 할 수도 있는데 난, 그게 다 진짜 같아. 뭐 어때. 재밌는 이야기 믿는 데 돈 드는 거 아니니까.

나는 은원의 마지막 말이 마음에 꼭 든다. 그래서 이 글을 읽어 주는 모두에게 그대로 말하고 다니고 있다. 다소 허무맹랑하게 들릴 수 있는 이 이야기는 처음의 아주 처음부터 모두 진실이다. 그러니 웬만하면 믿어 주었으면 한다. 재밌는 이야기를 믿는 데 돈 드는 건 아니니까 말이다.

참고 문헌

글을 쓰며 참고한 책의 리스트

1. 찰스 퍼니휴, 《기억의 과학: 뇌과학이 말하는 기억의 비밀》(장호연 옮김), 에이도스, 2020.

2. 차란 란가나스, 《기억한다는 착각》(김승욱 옮김), 김영사, 2025.

3. 에릭 캔델, 《마음의 오류들: 고장 난 뇌가 인간 본성에 관해 말해주는 것들》(이한음 옮김), RHK, 2020.

4. 다이애나 도이치, 《왜곡하는 뇌-음악과 언어가 밝히는 뇌의 비밀》(박정미, 박종화 옮김), 알마, 2023.

5. 헬렌 톰슨, 《집에서 길을 잃는 이상한 여자》(김보은 옮김), 한국경제신문, 2020.

6. 올리버 색스, 《환각: 존재하지 않는 것을 본 적 있는가》(김한영 옮김), 알마, 2013.

7. 올리버 색스, 《뮤지코필리아: 뇌와 음악에 관한 이야기》(장호연 옮김, 김종성 감수), 알마, 2010.

8. 후루야 신이치, 《피아노의 뇌》(홍주영 옮김), 끌레마, 2023.

9. 올리비에 벨라미, 《마르타 아르헤리치》(이세진 옮김), 현암사, 2018.

10. 러셀 셔먼, 《피아노 이야기》(김용주 옮김), 은행나무, 2020.

11. 스티븐 허프, 《한 번 더 피아노 앞으로》(김하현 옮김), 현암사, 2022.

12. 알렉상드르 타로, 《이제 당신의 손을 보여줘요》(백선희 옮김), 풍월당, 2017.

13. 송은혜, 《음악의 언어: 흐르는 시간에서 음표를 건져 올리는 법》, 시간의흐름, 2021.

14. 송은혜, 《일요일의 음악실》, 노르웨이의숲, 2023.

15. 조너선 비스, 《하얗고 검은 어둠 속에서》(장호연 옮김), 풍월당, 2021.

16. 존 파웰, 《우리가 음악을 사랑하는 이유》(장호연 옮김), 뮤진트리, 2016.

17. 제러미 덴크, 《이 레슨이 끝나지 않기를》(장호연 옮김), 에포크, 2022.

18. 히사이시 조, 요로 다케시, 《그래서 우리는 음악을 듣는다》(이정미 옮김), 현악출판, 2023.

19. 김지희, 《G는 파랑: 피아니스트가 음악을 기억하는 방법》, 윌북, 2023.

글 속에 삽입된 클래식 음악 리스트

1. 로베르트 슈만 - 아베그 변주곡 바장조, Op. 1
Robert Schumann - Abegg Variations in F major, Op. 1
(2장, 어린 백이현의 연주)

2. 프란츠 리스트 - 여섯 개의 위안 중 3번, 내림 라장조, S.172/3
Franz Liszt - Consolation No. 3 in D-flat major, S.172/3
(2장, 백이현의 연주 영상)

3. 클라라 슈만 - 바이올린과 피아노를 위한 세 개의 로망스 중 1번, Op. 22
Clara Schumann - Three Romances for Violin and Piano, Op. 22 No. 1 in Andante molto
(3장, 이은원의 연습 장면)